AS COISAS QUE EU NÃO DISSE

BABI DEWET

AS COISAS QUE EU NÃO DISSE

SÁBADO À NOITE

ROCCO

Copyright © 2023 by Babi Dewet

Direitos desta edição reservados à
EDITORA ROCCO LTDA.
Rua Evaristo da Veiga, 65 – 11º andar
Passeio Corporate – Torre 1
20031-040 – Rio de Janeiro – RJ
Tel.: (21) 3525-2000 – Fax: (21) 3525-2001
rocco@rocco.com.br
www.rocco.com.br

Printed in Brazil/Impresso no Brasil

Preparação de originais
BRUNA POLICARPO
DAVI NICOLAS
DRYELE BRITO
ISA COSTA
MARESKA CRUZ
RODRIGO AUSTREGÉSILO

CIP-BRASIL. CATALOGAÇÃO NA PUBLICAÇÃO
SINDICATO NACIONAL DOS EDITORES DE LIVROS, RJ

D513c

Dewet, Babi
As coisas que eu não disse / Babi Dewet. - 1. ed. - Rio de Janeiro : Rocco, 2023.
(Sábado à noite ; 1)

ISBN 978-65-5532-369-6
ISBN 978-65-5595-212-4 (recurso eletrônico)

1. Ficção brasileira. I. Título. II. Série.

23-84583
CDD: 869.3
CDU: 82-3(81)

Meri Gleice Rodrigues de Souza - Bibliotecária - CRB-7/6439

O texto deste livro obedece às normas do
Acordo Ortográfico da Língua Portuguesa.

"They'll always be there when no one else cares
It's how we cope with the pain
Don't you know that rock and roll is good for the soul?"
(Where Did All The Guitars Go? — McFLY)

introdução

Este é um livro muito especial para mim. Quase tudo começou com essa história, em meados de 2004/2005, como fanfic do McFLY lá no Fanfic Addiction. A série Sábado à noite era só uma ideia em uma época na qual popularizamos as fanfictions interativas (em que o leitor conseguia colocar seu próprio nome e descrições nos personagens por html), mas que acabou virando um pedacinho da vida de muita gente — e o início da minha. Foi meu primeiro livro independente, em 2009/2010, e a primeira vez que tive um contato real com o mercado editorial, eventos literários e a responsabilidade de escrever um livro.

E essa responsabilidade me fez revisitar e dar uma nova chance à essa história, agora com o nome de *As coisas que eu não disse*. Reescrevi cenas, personagens, acontecimentos e diálogos que, hoje, fazem mais sentido com a escritora que eu sou e com o que acredito. Cortei algumas coisas, troquei outras de lugar, escrevi novos capítulos e tentei dar mais profundidade a questões e personagens, mesmo que isso não fosse nada fácil — se você já leu *Sábado à noite*, sabe do que eu tô falando. *São muitos personagens!*

Se você nunca leu a fanfic e não passou o início dos anos 2010 falando mal da Amanda ou chorando com "She Left Me", espero que se divirta com esta nova edição e que consiga entender de onde ela veio e como marcou uma geração de leitores junto comigo.

Se você lia a fanfic, me mandava mensagens sobre o Harry ser personagem fixo, tem a versão independente do livro e cresceu com aquele gostinho de querer ter os "marotos" como parte do seu grupo de amigos, desejo que esta nova edição te leve de volta a bons momentos e que continue te abraçando com clichês românticos e músicas dramáticas. Tentei honrar a história original e manter viva aquela sensação de nostalgia!

Esta é uma história longa, mas que reflete com carinho a juventude de uma cidade pequena, com seus amores, desconfianças, inseguranças, irresponsabilidades e descobertas; uma história sobre adolescentes que querem encontrar seu lugar no mundo, mesmo passando pelo momento mais difícil das suas vidas; adolescentes que querem descobrir o primeiro amor, a primeira decepção, e aprender como se comunicar e como crescer mesmo sem saber para onde ir.

Eu aconselho escutar as músicas que são citadas no início dos capítulos, com cuidado, porque elas falam mais do que os personagens conseguem expressar! E, como amigo do narrador, você não quer perder nenhum drama, certo?

Boa leitura e bom show! A Scotty está pronta para subir no palco!

> "'Cause obviously she's out of my league"
> (Obviously – McFLY)

um

O dia estava claro em Alta Granada, ensolarado e com um vento leve desses que fazem os cabelos dançarem. Como em tantas outras cidades pequenas, as pessoas despertavam cedo. Enquanto os adultos passavam a maior parte do tempo trabalhando ou ocupando as mesas de bares, os jovens perambulavam sem preocupações, como se fossem os verdadeiros donos das ruas batidas de terra. Afinal, todo mundo se conhecia de alguma forma, e as fofocas se espalhavam rápido demais. Saber que tudo que faziam logo chegaria a seus pais poderia manter os adolescentes na linha, certo?

Não exatamente.

Mesmo não muito contente em acordar cedo, Amanda saiu de casa com a mochila nas costas e desceu a rua, agitada. Algumas casas à frente, encontraria o amigo com quem pegava carona para a escola quase todos os dias, já que ele tinha acesso ao carro dos pais, que não ficavam muito na cidade. Mesmo só tendo dezesseis anos, aquela liberdade não era incomum em Alta Granada, e Amanda aproveitava para não precisar descer tantas ruas a pé sozinha.

Ela sabia que era mimada pelos seus amigos e não conhecia outra vida fora aquela. Estudava no único colégio grande e particular da cidade, suas roupas eram sempre bem-arrumadas, delicadas e bonitas. A saia esvoaçante, as sapatilhas e a camiseta branca meio amarrada de lado, com o símbolo pequeno da escola bordado.

Chegou à porta da casa de Bruno e se sentou na calçada, esperando. Sabia que o amigo sempre se atrasava e já tinha desistido de tentar apressá-lo. Não adiantava, os dois acabavam brigando, e ela odiava discutir, principalmente com ele, que conhecia desde pequena. Ainda mais àquela hora da manhã.

— Já falei que pode entrar pra me chamar quando estiver com pressa — disse Bruno, aparecendo na porta com as chaves na mão, calça folgada e baixa, terminando de vestir a camiseta branca do uniforme. Os cabelos curtos e castanho-claros, quase loiros, estavam molhados e bagunçados. Amanda se levantou, rindo, e olhou para ele com uma careta.

— Sentar no chão às vezes é bom. Significa humildade, sabe?

— Não sei, não — Bruno respondeu.

— E eu não tô com pressa, mas custa olhar o relógio? Se eu chegar atrasada, nem posso colocar a culpa em você, ninguém sabe que vamos juntos pra escola.

— Aí não é problema meu.

Bruno beijou a testa da amiga, passando a mão nos cabelos desarrumados pelo vento, e abriu a porta do carro.

— Você sabe que isso é idiota — disse ele. — Todo mundo aqui sabe de tudo. As pessoas só fingem que não.

— Aí não é problema meu. — Ela entrou no carro sorrindo e ajeitando os cabelos como podia.

Os dois estavam no segundo ano do ensino médio, embora fossem de turmas diferentes, e costumavam ir para a aula juntos desde pequenos, mesmo cada um tendo sua vida e seu círculo social. Amanda não se dava muito bem com alguns amigos imaturos de Bruno, ao mesmo tempo em que ele achava as amigas dela chatas demais. Elas eram o próprio clichê ambulante de grupo de garotas populares. Todo lugar tem um. Os dois viviam discutindo sobre essa diferença, e Amanda, no fundo, achava divertido ter aquele momento que era só deles dois. Ela era popular, e seu melhor amigo, um perdedor. Um clássico dos clássicos.

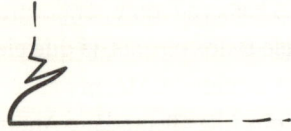

Amanda viu as amigas no corredor da escola e acenou, animada. Todo mundo parecia encará-la, e, às vezes, isso ainda era uma surpresa. Dava um quentinho no peito, como se entrasse em seu próprio filme, com uma trilha sonora própria, e pudesse fazer o que quisesse.

Olhou para Bruno, sorrindo, mantendo um pouco a distância.

— Vê se me cumprimenta no intervalo — disse ele. — Por caridade, sabe como é? Ninguém precisa saber que a gente é amigo.

— Sem chance — Amanda respondeu, se virando e andando para o grupo de amigas.

O garoto ficou parado, olhando para ela com as mãos nos bolsos. Quando eram pequenos, eles andavam de skate juntos, corriam pelo quarteirão e jogavam bola dentro do quarto. Tinham crescido juntos. E, agora, Amanda era o tipo de pessoa com quem ele normalmente não faria dupla nos trabalhos da escola. Ela chamava atenção de todo mundo e achava isso importante demais, como se ser popular valesse alguma coisa. Para Bruno, essa dinâmica era idiota e mesquinha, e ele não entendia como as coisas haviam mudado de repente.

E entendia menos ainda o fato de um de seus melhores amigos ser apaixonado por Amanda. Logo Daniel Marques, um dos garotos mais desajeitados da escola, coitado. Ele não tinha chance alguma. Daniel tinha a pele muito clara e cabelos castanho-escuros, ondulados e propositalmente bagunçados o tempo todo, que pareciam sempre precisar de um corte. Os olhos eram grandes, o corpo, nada malhado, o rosto, cheio de sardas, e ele era muito desengonçado e inseguro.

— Não sei mais o que fazer, gente, tô com um baita problema — Daniel disse de forma dramática assim que Bruno se aproximou, enquanto iam para a sala de aula. Precisavam empurrar as pessoas para passar, porque quase ninguém notava os quatro no corredor lotado.

— O que foi dessa vez? — perguntou Caio, preocupado, ajeitando os óculos de grau e passando a mão pelos cabelos escuros e curtos, claramente cortados por ele mesmo, enquanto tentava seguir Bruno.

Apesar do físico de atleta mesmo sem fazer exercícios, Caio era o mais tímido de seus amigos e tinha um jeito clichê de nerd e fã de super-heróis. Tinha sido o primeiro grande amigo de Bruno, fora Amanda, embora ele mesmo não curtisse tanto super-heróis assim.

— Eu compus uma música ontem. Não é grande coisa, mas acho que ficou bonita. Queria que vocês dessem uma olhada... ou melhor, uma ouvida... — Daniel disse, suspirando alto e atraindo alguns olhares. — Essa palavra existe?

— Acho que sim — Caio opinou.

— Claro que existe, vocês não prestam atenção nas aulas, não? — corrigiu Rafael, mexendo a cabeça para tirar o cabelo liso que caía nos olhos, enquanto jogava uma bolinha de pingue-pongue para o alto.

O garoto era o mais baixo e magro dos quatro amigos e, embora parecesse bobo, normalmente era o mais sensato do grupo. Não ligava muito para moda, e sua calça, que terminava no meio da canela, parecia que ia cair o tempo inteiro.

— E qual é o problema em fazer música? Qual é o drama agora? — Bruno perguntou, revirando os olhos.

— O problema é que, sempre que penso em alguma musa inspiradora, me lembro dela. Sempre ela, ela e ela. — Daniel abaixou a cabeça em um movimento teatral. — Eu não sei mais o que fazer.

— Aconselho você a dar uns beijos na próxima festa perto da igreja. Em outra garota, claro, porque *ela* não te quer. Quem sabe? Tem a Juliana, ela é legal e, por algum motivo esquisito, te dá mole — falou Rafael, rindo.

— Arruma uma namorada — concordou Caio, dando de ombros.

— Não quero uma namorada! Isso não resolveria nada, gente. — Daniel fez uma careta.

— Então não tem solução, porque eu duvido muito que a Amanda sequer saiba da sua existência. Eu nem me lembro da última vez que ela falou de você, o que é até esquisito de pensar porque você tá comigo quase o tempo todo desde o nono ano. — Bruno ficou pensativo, tirando a bolinha de pingue-pongue da mão de Rafael.

— E olha que o Bruno é o mais fofoqueiro do grupo, ele saberia — completou Rafael, o que lhe rendeu um soco no braço.

— Amigo, tu tá ferrado e vai arrumar problema: todo mundo sabe que não se deve gostar de gente popular. Você não tem chance — disse Caio, chegando mais perto de Daniel e encostando o ombro no dele.

— Eu não tive escolha, tô mesmo na pior. No fundo do poço. Derrotado. Sem forças pra viver. E não sei o que fazer... Ela nem olha pra mim! Eu não sou invisível, sou? Até a Anna fala comigo...

— O que a Anna tem com isso? — perguntou Caio, curioso.

Daniel olhou para o amigo sem entender a pergunta. Os outros não pareciam interessados na informação como ele, nem pareciam estar ouvindo essa parte da conversa.

— Ela é amiga da Amanda. E não me esnoba, é até legal.

— A Anna fala com você? Ela... — Caio ia completar a frase quando sentiu alguém encostar em seu ombro.

— Bom dia, *marotos* queridos. Meus encrenqueiros favoritos. — Um rapaz se enfiou entre ele e Daniel, e os dois sorriram de repente.

Era como se uma janela tivesse sido aberta no meio do corredor apertado.

O rapaz tinha os cabelos loiros, compridos e maltratados, presos em um rabo de cavalo. A barba malfeita lhe dava um ar de mais velho e rebelde, embora ele tivesse só um ano a mais que os amigos. O sorriso era enorme, a pele, muito rosada, e era um pouco mais alto do que os outros quatro. No braço, algumas tatuagens, várias pulseiras e, por cima da camiseta do uniforme, usava uma camisa de flanela vermelha quadriculada.

— Fred... ninguém gosta dessa palavra, de onde você tirou que chamar a gente de *marotos* é legal ou socialmente aceitável? — perguntou Bruno.

— O que significa isso? — Daniel franziu a testa.

Fred encarou o amigo e voltou a olhar para Bruno, ignorando a pergunta.

— Prefere "moleques"?

— O tema é pagode? — Rafael levantou a sobrancelha, e Fred concordou. — Eu gosto de Só Pra Contrariar.

— Claro que gosta — Bruno devolveu.

— Vamos de "marotos" então. E aí? Como passaram a noite? — perguntou Fred, acenando para um grupo de pessoas que passava por eles.

— Eu passei a noite dormindo. E você? — Caio riu, ajeitando os óculos.

Fred olhou para os amigos, achando graça.

— Depois da festa de ontem? Eu nem fui pra casa ainda!

— Eca, você sujou a blusa toda de molho ontem, ainda tá podre assim? Por isso esse cheiro de perfume exagerado? — perguntou Daniel com uma cara de nojo. Fred concordou, confiante.

— Nem foi tão divertido assim, cara. — Rafael deu de ombros — Festinha nada de mais, mediana mesmo, não tinha nem comida boa. Música chatona.

— Como assim "nada de mais"? Vocês estão loucos? O barzinho do Seu Zé é incrível, pertinho da praça, e estava cheio das meninas do bairro de cima... Achei que vocês... Nem um beijinho? Caraca... — Fred parou de falar quando passaram por Amanda e suas quatro amigas e percebeu que elas estavam olhando para eles.

Bruno, sutilmente, ergueu a mão cumprimentando Amanda, que sorriu, fazendo o mesmo.

— Desde quando ela fala com você no corredor? — perguntou Daniel, esganiçado, olhando para trás. Algumas pessoas estavam no meio, mas ele pôde ver com clareza os olhos dela voltados para ele. Quando se encontraram, ela desviou o olhar. Daniel sentiu o rosto ficar vermelho.

— Desde que eu falo com ela, ué. Corre aí, a professora já tá na sala e vai reclamar de novo com a gente. — Bruno saiu andando na frente, como se o desespero do amigo não fosse nada de mais. Era só mais um dia de Daniel sendo dramático por besteira. Ele não agia assim só por Amanda.

— Como eu odeio biologia... — reclamou Rafael, abaixando a cabeça e seguindo o amigo.

— A gente se fala no intervalo, então! Tenho uma novidade pra contar! — disse Fred, acenando e colocando a cabeça para dentro da sala de aula. — Bom dia, dona Vera! A senhora tá magnífica, o corte de cabelo ficou incrível! — ele a cumprimentou com um sorriso enorme.

— Bom dia, meu amor, obrigada. Sempre gentil, sempre — respondeu ela, mandando beijinhos.

Fred estava no terceiro ano do ensino médio. Era popular entre os professores e os funcionários da escola, então não era incomum vê-lo perambulando pelas salas de aula e conversando com todo mundo. Ele sorriu, dando tchau para os amigos que seguiam para seus lugares habituais no fundo da sala, ignorados pelo restante da turma.

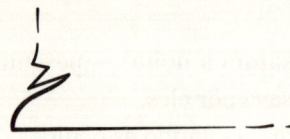

— Viu, que idiota? — perguntou Carol, arrumando os cabelos pretos, que eram sempre mantidos curtos por estilo, mas também porque ela não tinha muita paciência para arrumar todo dia. Gostava muito de moda, usava sempre roupas de marca e acessórios caros, que sua mãe trazia quando voltava das viagens para ver a família em Singapura.

Amanda encarou a amiga e ergueu a sobrancelha, curiosa.

— O quê?

— O Bruno. Pretensioso. Viu o jeito como ele olhou pra gente? Arrogante idiota — ela respondeu de mau humor, enquanto ouvia a risada das outras quatro.

— Ele é legal, Carol — disse Anna Beatriz, a melhor amiga de Amanda, se encostando na parede ao lado do grupo. Era a mais alta delas, ex-jogadora do time de vôlei da escola, o único e já extinto. Era bonita, de cabelos escuros, muito longos e lisos, olhos grandes e um sorriso doce, sempre cheia de paciência e calma na hora de falar.

— Como pode dizer que ele é legal depois de tudo que o idiota fez comigo? Vocês nunca ficam do meu lado! — Carol protestou, revoltada.

Amanda mordeu o lábio tentando não falar mais do que deveria. Ela sabia que Bruno tinha vivido um romance conturbado com Carol alguns meses antes, na última festa junina, que em Alta Granada era um evento de farra e noitadas na praça da Igreja por uma semana inteira. Os dois acabaram brigando por um mal-entendido, e, desde então, Carol se recusava a acreditar que havia mais na história do que ela sabia.

— Não tem isso de lado, amiga, o garoto era apaixonado por você, todo mundo sabia — disse Guiga enquanto abria um pirulito. — Você acreditou nas fofocas porque quis. A Amanda tinha acabado de falar com ele naquela noite.

Guiga era baixinha, com cabelos cacheados e a pele negra sem um único traço de espinhas ou manchas. De uma tradicional família rica do interior, ela teve toda a vida traçada antes de nascer e enfrentava uma cobrança enorme para sempre ser a melhor aluna da escola. Tinha ido estudar no Colégio Alta Granada havia pouco mais de dois anos, depois de ter saído do Rio de Janeiro, onde costumava morar com a tia.

— Bruno é um cabeça-dura, mas não é arrogante, não, Carol. Você sabe o que eu penso dessa situação toda — Amanda disse, andando. As quatro amigas foram atrás, todas falando ao mesmo tempo.

— Não foi você quem namorou com ele. — Carol bufou, irritada.

— Eca, eu tenho bom gosto! — Amanda respondeu.

— Ele não é feio, é tipo... — Anna deu de ombros, e Carol colocou a língua para fora, como se fosse vomitar.

— A gente vai ficar falando disso de novo? Achei que esse assunto já era coisa do passado. Bruno é um idiota, chato, não presta. Eu não discordo de você, não, amiga.

Maya jogou os cabelos vermelhos na altura dos ombros para trás. Não media palavras quando queria dar uma opinião, era a mais crítica das amigas e não tinha muita paciência para as reclamações diárias de Carol sobre os garotos com quem saía, embora instigasse algumas discussões entre o grupo quando ficava curiosa. Maya era uma garota bonita, gorda e com a pele sardenta, e andava de um lado para o outro com um caderninho anotando tudo que acontecia.

As cinco seguiram discutindo até entrarem na sala de aula, enquanto Maya abria suas anotações e folheava as primeiras páginas do caderno.

Carol tinha ficado com Bruno por alguns dias, isso era um fato. Amanda ser amiga do garoto tinha feito com que ele desse carona para elas em uma das festas, e Carol e ele acabaram passando um tempo sozinhos. Ela não costumava ficar de casal, e era comum sair com vários garotos ao mesmo tempo. Maya nem lembrava mais o nome de nenhum deles. As discussões eram sempre sobre "o garoto da rua de cima", "o que gostava de ler", "o baixinho", "o de nariz esquisito", e Carol tinha sempre muitas histórias para contar. Maya achava que, no futuro, poderiam dar um bom livro.

No caso de Bruno, ele tinha virado "o garoto que traiu" porque essa foi a fofoca que correu na festa junina. Uma pessoa que falou para outra, que repassou para uma terceira, até Carol ficar sabendo que Bruno tinha beijado outra garota enquanto saía com ela. Foi um caos. As amigas nunca a tinham visto daquele jeito. A história toda era esquisita porque Amanda tinha visto o amigo minutos antes, e as fofocas diziam que ele estava do outro lado da cidade, mas Carol não quis acreditar.

Bruno negou veementemente, mas como o bom cabeça-dura que era, ficou ainda mais bravo e fechado porque a garota tinha acreditado nas pessoas e não nele. Desde então, uma rixa silenciosa entre os dois permanecia.

Maya se divertia com tudo isso.

Já Amanda tinha mais com o que se preocupar do que ficar defendendo Bruno naquela situação ridícula. Tinha os próprios sentimentos confusos e conflitantes com os quais lidar, embora normalmente acabasse não lidando com nada. Ficava ansiosa só de pensar.

Ela tinha certeza de que Guiga, sua própria amiga, tinha uma queda secreta por Daniel, um dos amigos de Bruno. E isso era um problema porque Amanda, embora ninguém soubesse, nutria uma paixonite pelo garoto desde que o viu pela primeira vez, na oitava série. Ele era fofo, risonho, sensível, diferente dos outros meninos, que eram implicantes e debochados. Mas era só uma paixonite, claro. Não era amor nem nada disso. Um crush, no máximo. Seria breguíssimo pensar em amor, sendo que os dois nunca nem conversavam. E tinha Guiga.

Quando Guiga chegou à cidade, ela e Amanda não se deram bem de primeira. Um tempo depois, descobriram que o estranhamento era porque as duas gostavam de Daniel Marques, da outra turma do nono ano. Isso se tornou um segredo só entre elas. Decidiram, então, que não iam competir por um menino e que eram parecidas demais para ser inimigas. Aquela coisa de rivalidade feminina não estava com nada! Foi então que Guiga entrou no grupo com Anna e Maya, e logo depois Carol, recém-chegada na cidade, se juntou a elas.

Só que Amanda tinha certeza de que Guiga ainda era apaixonada por Daniel e, por isso, tinha evitado ficar perto dele, falar com ele, falar sobre ele, sequer se aproximar, porque as amizades sempre vêm em primeiro lugar. Garotos, não. Essa é a regra.

E, também, porque ele era um perdedor, e ela não queria passar vergonha. Imagina se as pessoas soubessem que se sentia desse jeito?

Horas depois, assim que o sinal do recreio tocou, o grupo de garotas esperou a turma inteira sair para só depois saírem da sala de aula a passos lentos.

— Que saco, meus pais resolveram hoje, de novo, que não vão mais me emprestar o carro. Tipo, nunca mais — reclamou Carol.

— Quem diria, você só bateu ele na garagem umas vinte vezes! — riu Amanda, de braços dados com Anna e Guiga.

— Dirigir deve ser muito chato, imagina ter que prestar atenção em tanta coisa ao mesmo tempo? — comentou Guiga, vendo Maya concordar enquanto seguiam para o recreio.

— Certo, vamos às novidades... — disse Fred para Bruno, Daniel, Rafael e Caio, sentados na mureta do pátio da escola. — O diretor foi na nossa sala hoje falar dos bailes de sábado.

— Que bailes? — perguntou Caio, curioso. Fred andava de um lado para o outro, chamando atenção das pessoas por sua figura excêntrica.

— Bailes... Festinha, música, pessoas dançando e se beijando, Cinderela... — disse ele, gesticulando loucamente.

— Não estamos sabendo nada de Cinderelas aqui no colégio, cara. Desculpe — Rafael zombou, fazendo Fred sorrir.

— Só uma porção de bruxas más — acrescentou Bruno.

— E irmãs feias — completou Rafael.

— Claro que não... O diretor deve falar na sala de vocês depois, mas eu tenho informações privilegiadas. O cara tá em busca de atrações para tocar em todos os bailes de sábado daqui pra frente.

— E isso significa que você finalmente resolveu virar palhaço? — perguntou Daniel, sorrindo. Fred revirou os olhos e colocou as mãos na cintura.

— Não, isso significa que vocês podem ficar famosos.

— Mas não sou do circo — Bruno fez graça, ouvindo os amigos rirem.

— Quem disse? Fom, fom! — Rafael apertou o nariz, como se usasse uma fantasia de palhaço.

— Foco aqui, gente. — Fred bateu palmas. Os outros quatro garotos encararam o mais velho. — Pensei em indicar a banda de vocês.

— Nossa banda nem existe — falou Caio, triste, e Daniel concordou.

— Essa é a oportunidade de fazer existir!

— Eu não entendi nada disso de baile ainda, quem chama uma festa desse jeito hoje em dia? — Bruno cruzou os braços, descendo da mureta.

— A questão aqui é a gente não ter uma banda — ralhou Caio, sem ser ouvido.

— Eu não quero tocar na frente da escola toda. — Rafael balançou a cabeça enquanto passava um pacote de biscoito recheado aos amigos. — Fora que ninguém iria assistir à gente. Eu não sei se vocês perceberam, mas não somos exatamente populares.

— E eu duvido muito que o diretor deixe a gente subir num palco, principalmente depois que o Rafael tomou aquela última suspensão — Daniel falou, olhando ao redor pela multidão de alunos, como se procurasse alguém específico.

— Eu não sabia que era proibido trazer o meu lagarto pra escola pela terceira vez — disse ele, se defendendo.

— Qual é, gente, seria uma oportunidade incrível de vocês mostrarem que são talentosos! — Fred tentou animar os amigos. — Imagina só o sucesso? O colégio todo iria saber, vocês poderiam ficar populares...

— E o que faz você pensar que a gente quer ser popular? — Bruno fez uma careta, e Fred se aproximou mais dele.

— *Todo mundo* quer ser popular.

— Seria irado poder trazer meu lagarto pra escola sem tomar advertência. — Rafael pareceu sonhador, e Caio fez que não com a cabeça.

— Ser popular não te dá passe livre pra burlar as regras, cara.

— Tenho certeza que dá.

— Isso nem faz sentido.

— Tenho certeza que faz — insistiu Rafael, enquanto Caio coçava a testa, confuso.

— O assunto nem é esse. — Fred bateu palmas novamente. — Vocês tocaram na minha festa surpresa e foi incrível.

— Mas só estávamos nós cinco — disse Bruno.

Fred continuou, sem dar atenção:

— E é o sonho de vocês, não é? Daniel tá sempre compondo músicas legais, o Caio canta muito bem... Rafael, você é o melhor baixista que eu já ouvi, cara. E o Bruno...

— Eu não sei se quero minha cara estampada nas paredes da escola, nem quero ninguém perguntando sobre a minha baqueta! — protestou Bruno.

Os outros quatro caíram na gargalhada, chamando atenção de algumas pessoas que passavam.

— Temos dois guitarristas e um baixista pra fazer sucesso antes de chegar na bateria. — Daniel piscou, sorrindo. Já estava imaginando seu rosto em um pôster bonito, no meio do corredor, onde Amanda pudesse ver e notar sua existência. Deixou escapar um suspiro. — Eu topo esse negócio de banda e baile, mas ainda acho que o diretor não vai deixar a gente tocar.

— Pode deixar essa parte comigo. — Fred pareceu animado. — Eu vou ser tipo aqueles *managers* de banda e fechar os contratos, tenho todos os contatos da escola e da cidade na palma da mão. As pessoas vão gritar por vocês, vão pedir pelos marotos nos bailes de sábado à noite!

— Que viagem — Rafael sussurrou.

Daniel concordou sem prestar muita atenção e continuou imaginando pôsteres com seu rosto estampado pela escola, finalmente podendo cantar suas músicas sem ser ignorado por quem estivesse em volta, com o olhar perdido do outro lado do pátio. Suspirou alto, e os amigos se viraram para a direção em que ele estava fixado.

Amanda e as amigas tinham sentado em uma mesa por ali e conversavam entre si, animadas, alheias a tudo ao redor. Fred encarou as garotas e suspirou alto também.

— Eu daria tudo pra ficar com aquela garota — ele comentou.

— Qual delas? — perguntou Caio com a voz esganiçada, vendo as cinco rindo juntas de algo que Anna dissera.

— Qual delas? — Daniel repetiu, em alerta.

— Guiga... — Fred disse o nome dela como se fosse o de algum anjo. Suspirou alto de novo, se perdendo em pensamentos por alguns segundos.

— Ih, o cara tá apaixonado... O que deu em todo mundo? — Bruno colocou a mão no ombro do amigo.

— É o fim dos tempos. Ou uma comédia romântica, tanto faz, dá na mesma. — Rafael balançou a cabeça sem conseguir entender. — A gente fingindo que tem uma banda famosa de qualidade e vocês apaixonados por umas garotas que nem olham pra nenhum de nós. E depois eu é que sou o esquisito.

— Uma coisa não exclui a outra. Você é esquisito — murmurou Bruno, chamando a atenção dos amigos — E aí? Qual vai ser o nome da banda? A gente precisa pelo menos ter um nome, né?

Os cinco se entreolharam, e Daniel abriu um sorriso. Com um pulo, subiu na mureta e começou a tocar uma guitarra invisível no ar.

— Como diria Marty McFly, eu acho que vocês ainda não estão preparados para isso... — Ele apontou de forma dramática para o pátio da escola, cheio de gente que não prestava a mínima atenção neles. — Mas seus filhos vão adorar!

> "When she walks in the room my heart goes boom"
> (Met This Girl – McFLY)

dois

— Festinha na escola? Parece legal, mas por que será que esse diretor desmiolado criou isso agora, do nada? — Maya perguntou, enquanto estavam no pátio, ainda na hora do recreio. A fofoca tinha chegado na mesa delas, e as amigas discutiam a provável novidade.

Amanda deu de ombros, um pouco distraída.

— Vai ver se apaixonou. Ideias estapafúrdias sempre vêm de gente apaixonada — disse ela de forma exagerada, e as amigas começaram a rir.

— Pode ser mentira também. Só vou acreditar quando o velho for lá na sala falar sobre isso — pontuou Carol.

— As pessoas podem ter caído em alguma pilha — concordou Anna. — Vocês lembram quando rolou a fofoca de que a escola ia trocar de nome e todo mundo pirou com as suposições?

— Amiga, eu acreditei de verdade que a escola ia se chamar Pônei Encantando. Foi horrível dormir pensando nisso — completou Amanda.

Guiga gargalhou, olhando para trás de relance. Seus olhos cruzaram com os de Fred, que estava com os amigos na mureta ali perto. Vendo ele sorrir abertamente, ela jogou os cabelos para o lado e voltou a atenção às amigas, o rosto vermelho.

— Por que eles não param de olhar pra gente? — questionou Anna, se aproximando um pouco para que só elas escutassem. As quatro olharam para o lado na mesma hora, de forma nada discreta.

— Eles quem? — perguntou Carol.

Ela olhou para a mesa logo à frente, da qual os rapazes do time oficial de basquete as encaravam.

Era o único da cidade, mas eles se chamavam de oficial para parecerem mais populares e famosos do que os outros esportes.

— Não, não esses. Eu tô falando dos amigos do Bruno — explicou Anna, vendo os olhos confusos de Maya escaneando o pátio da escola.

Amanda riu.

— Eles parecem que estão no quinto ano, olha isso — comentou. As amigas encararam o grupo de meninos, que pareciam estar em uma competição de guitarras invisíveis.

— Parece divertido. — Guiga sorriu. — Eles e aquele... Aquele...

— Fred — Amanda completou.

— Certo, Fred. Eu sei o nome dele, estava tentando achar um adjetivo — Guiga se defendeu. As meninas se entreolharam.

— Consigo pensar em alguns, mas nenhum parece simpático pra falar em voz alta. O cara é um esquisito, maluco, pirado. — Maya deu de ombros, fazendo careta.

— Eu acho ele engraçado... — Anna respondeu, olhando novamente para o grupo perto da mureta.

Fred parecia estar imitando um jogador de basquete quando alguns alunos passaram perto deles com uma bola de futebol, quase causando uma briga sem qualquer motivo aparente. Os outros garotos continuavam rindo.

— Ele sempre foi bem legal comigo. — Amanda olhou para trás, observando Fred. Viu Bruno e Daniel conversando e rindo, e sentiu vontade de sorrir também. Respirou fundo, baixando os olhos para as unhas e ignorando a conversa das amigas. Anna percebeu e se levantou, encostando no ombro dela.

— Vem comigo no banheiro, Amanda? — chamou.

As duas caminharam lado a lado até a quadra, do outro lado do pátio.

— Tá tudo bem? — perguntou Anna.

— Tudo certo. Tudo chuchu beleza.

— Amanda... — Anna entrelaçou o braço no da amiga, diminuindo o passo e se misturando entre os alunos.

— Tá tudo bem mesmo. Acho que só tô um pouco sensível esses dias. Meio carente, sabe? Acho que vou ficar menstruada.

— Você sabe que eu tô aqui para o que precisar, né? Você pode desabafar comigo. Eu sei... das histórias. Do Daniel e tudo mais. — Amanda encarou a amiga com os olhos arregalados. Anna continuou andando em direção aos banheiros.

— Você tá me espionando! — As duas sorriram.

— Eu só quero que você me diga quando estiver com algum problema. Certo? A carência romântica eu não posso resolver, mas você tem todo meu amor, de todas as outras formas!

— Anna! — Amanda deu um grito, gargalhando. — Você é bonita demais pra mim.

— Eu sou bonita demais pra todo mundo, ué!

As duas sorriram, cúmplices.

— Obrigada, amiga. — Amanda diminuiu o tom de voz ao passarem por outros alunos. — Eu já superei tudo que sentia pelo Danie... Por *ele* há muito tempo. Não dá pra gostar de alguém tão... diferente. Não quero que as coisas mudem, tá tudo muito bem do jeito que tá. — Ela olhou para onde tinham vindo, embora já estivessem distantes demais para ver a mesa com as amigas ou a mureta. — Além do mais, meu foco agora é arrumar um namorado que possa me trazer pra escola de carro e não precisar mais pegar carona escondida com o Bruno pra isso! Chega de humilhação, eu quero cenas de filme de comédia romântica!

Anna assentiu enquanto entravam no banheiro, mas guardou a informação de que, talvez, a amiga não estivesse tão bem como dizia. Era observadora; alguma coisa não estava legal, e ela ia ficar de olhos bem abertos.

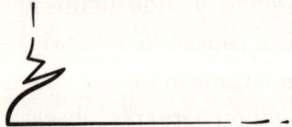

Algumas horas depois, na diretoria, Fred e o excêntrico diretor da escola estavam sentados frente a frente, discutindo os tais bailes de sábado à noite. O diretor, um homem de cabelos brancos e sempre de gravata-borboleta, comandava a instituição havia mais de trinta anos. Ninguém tinha certeza da idade dele, mas Fred sabia bem o tipo de música de que ele gostava. A fofoca vinha direto da sala dos professores. Era confiável.

— Eu te garanto, Seu Antônio, os caras são muito bons! Você vai curtir as músicas, tem uma pegada tipo Beatles com Titãs, sabe? — Fred deu uma piscadinha.

— É exatamente esse tipo de coisa que eu estou procurando! — Seu Antônio sorriu. — Eu acabei de recusar dois grupos esquisitos que vieram tentar vagas no palco. Imagina só? Um garoto do terceiro ano que disse que tocaria flauta com os amigos, que tinham aprendido o hino nacional inteiro! Quem vai dançar e fazer o *twist* com o hino nacional?

Seu Antônio parecia ofendido pela ideia. Fred mordeu o lábio, concordando.

— Não tem como, realmente.

— O outro grupo? Um DJ e dois dançarinos, se chamando de banda-não-sei-o-quê. DJ! Como se isso fosse música! — o diretor continuou, sem notar que o garoto à sua frente parecia nervoso. — E vieram me falar que o grupinho daquele Rafael, do segundo ano, queria tocar. E aquele garoto lá sabe algum instrumento? Eu duvido! Ele teria tempo para se dedicar à música se não levasse tanta advertência. Ainda bem que não passou de uma fofoca de mau gosto.

— DJ e o Rafael? Realmente, nem imagino como seria. — Fred engoliu em seco, pensando em como convenceria o Seu Antônio a aceitar a banda dos amigos depois de tudo aquilo. No fim, Daniel tinha razão.

— Ainda bem que você sempre tem boas ideias, Frederico. Quero relembrar os momentos da minha juventude na cidade! A gente fazia bailes temáticos todo fim de semana, e foi a melhor época da minha adolescência. Alta Granada era um lugar repleto de rock 'n' roll! — O diretor pareceu sonhador por alguns segundos. — Talvez seja disso que esses jovens estejam precisando. De *twist*, de roupas decentes e de pentear os cabelos. E isso não foi uma crítica, meu querido, sou a favor da tribo paz e amor, já fui hippie quando tinha a sua idade.

— Eu... o quê? — Fred franziu a testa. — Ah, sim, sim...

— Então, como é o nome dessa banda incrível que toca instrumentos de verdade? E quem são os alunos, para anotar na ficha da secretaria?

Seu Antônio colocou os óculos de leitura, puxando uma pilha de papéis na mesa. Fred mordeu o lábio, pensativo, então sorriu de repente, como se tivesse pensado em algo genial.

— A banda tem uma pegada misteriosa, então não posso dizer o nome deles ainda, mas o senhor não vai se arrepender, eu garanto!

— É uma ótima ideia, Frederico! Se todos usassem máscaras, seria como os bailes da minha época! É uma ótima ideia! Bailes temáticos novamente! — o diretor falou, animado. Fred concordou, sorrindo, como se ele realmente tivesse dito algo assim. — Mas eu preciso do nome da banda pra colocar no flyer que vai para a gráfica ainda hoje.

— O... nome? — Fred respirou fundo, pensando em todas as ideias sugeridas pelos amigos mais cedo. Uma pior do que a outra. Barão Azul? Os Mosquitos Atômicos? Macacos Me Mordam? Eles precisavam de um nome que fosse como o Marty McFly. À frente do seu tempo.

— Frederico? — o homem perguntou, com a caneta na mão. Fred balançou a cabeça, lembrando do último filme que tinha visto com o grupo de amigos, na casa de Bruno, um a que assistiam sempre que passavam a madrugada acordados, normalmente enchendo a cara. Sorriu.

— O nome da banda é *Scotty*, diretor. Anota aí como escreve.

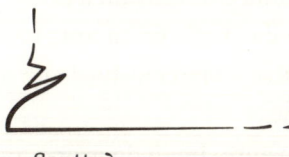

— Scotty?

Na manhã seguinte, Amanda olhou para as amigas sem entender quando viu um flyer sobre os Bailes de Sábado à Noite grudado no mural do primeiro andar do colégio. O flyer grande e chamativo anunciava que essa tal banda desconhecida tocaria no baile da escola no próximo sábado, e que eram ótimos músicos e profissionais. Todo mundo se acotovelava para ler melhor.

— Que nome ridículo — Carol disse. — Aposto que são uns nerds tocando flautas e se achando aquelas bandas gringas metidas a besta.

— Ridículo é julgar uma parada que você nem conhece — respondeu Bruno, aparecendo atrás delas, na confusão de alunos que tentavam enxergar as informações e novidades. Carol levou um susto e olhou para ele fazendo careta.

— Quem te chamou aqui? Parece uma assombração — respondeu ela, em tom grosseiro.

— Foi só falar de ser ridículo e você apareceu, né? — disse Amanda, rindo. Bruno cruzou os braços, ignorando as duas.

— O que achou dessas festas, Bruno? — Anna perguntou, simpática. O garoto olhou para ela, de sobrancelha erguida, curioso pela interação repentina.

— O diretor podia ter inventado qualquer maluquice. Um monte de festas não é tão ruim assim.

— Ele tentou emplacar a Olimpíada Interescolar ano passado e os Jogos Estudantis no nono ano, né. A gente tem que admitir que o cara pelo menos é criativo. — Maya se aproximou do flyer na parede para ver melhor, obrigando dois garotos que estavam na frente a rapidamente darem espaço para ela.

— Jogar vôlei nos últimos anos foi divertido. Uma pena que só a nossa escola investiu na ideia...

— Acho que os outros diretores da cidade não gostam muito do nosso, Anna — Amanda pontuou vendo a amiga concordar.

— Eu ainda não entendi essa coisa toda de bailes de sábado. Ele não sabe o que a galera faz nas festas? — Carol comentou com um sorriso, e Bruno revirou os olhos.

— Ele disse que era uma forma de fazer os alunos se envolverem mais com a escola, né? Eu achei legal, tô curiosa pra saber os temas que ele vai inventar. — Anna se virou para Bruno enquanto os alunos em volta começavam a dispersar, seguindo para suas salas. — Você sabia que alguém da escola tinha uma banda? O único que eu conheço que toca algum instrumento é o Marcelinho do terceiro ano, mas acho que ele não tem muita cara de Scotty...

— Marcelinho não é o DJ Pedrinho? — Daniel se aproximou do grupo, interrompendo a conversa. Anna arregalou os olhos e concordou.

— Quem chamou vocês pra conversa? — Maya perguntou, e as amigas riram.

— Eu não conheço ninguém que toca instrumento. — Bruno deu de ombros.

— Você não queria aprender a tocar bateria quando a gente era mais novo? — Amanda olhou para o amigo, que negou veementemente. Ela pareceu confusa, mas concordou que não faria sentido. Bruno era muito sedentário pra isso. — Eu tô tentando me lembrar de onde conheço esse nome, "Scotty". Tenho certeza de que já ouvi isso.

Maya e Anna balançaram a cabeça, como se não fizessem ideia.

— É o nome do personagem principal do *Eurotrip*, aquele filme antigo que uns caras fazem tipo um mochilão pela Europa depois da formatura. A cena do papa é um clássico, você nunca viu? Tem até a música.

Daniel começou cantarolar o ritmo de "Scotty Doesn't Know", trilha sonora do filme. Bruno arregalou os olhos, e Amanda cruzou os braços, encarando o garoto. Quando percebeu o que fez, Daniel ficou vermelho e sorriu, sem graça. Nem era por ter falado demais, mas porque Amanda estava perto dele e o encarando.

— Parece que você já tinha a resposta na ponta da língua.

— Corta essa, você sabe que o filme tá travado no DVD lá de casa e que a TV da cozinha só passa *Eurotrip* o dia todo — Bruno se adiantou, e Amanda assentiu, finalmente se lembrando de onde tinha ouvido falar desse tal Scotty.

Já tinha mais de um ano que o filme estava em loop eterno na casa de Bruno, embora ela nunca tivesse acreditado nessa teoria do disco preso no aparelho. Amanda só achava que o amigo queria que sempre parecesse que tinha alguém em casa junto com ele e deixava a TV ligada o dia todo, já que seus pais não eram lá muito presentes.

— Eu nunca assisti e parece chato. Já acabamos aqui? Tá na hora da aula e a Guiga já deve estar na sala, gente. — Carol mexeu nos cabelos, saindo de perto do grupo sem falar mais nada.

— Alguém me segura, porque se eu revirar os olhos mais uma vez, capaz de eles nunca mais voltarem ao normal. Garota insuportável... — Bruno deu as costas.

Amanda viu Anna e Maya seguindo Carol e sorriu de forma simpática para Daniel, que ainda estava parado no lugar sem mexer um músculo sequer. Ela logo desfez o sorriso e cutucou Bruno no ombro, antes de seguir as amigas.

— Me espera na esquina, você prometeu me levar pra tomar sorvete hoje depois da aula — disse ela.

— Caio e Daniel vão lá pra casa. Eu não te prometi nada — respondeu o amigo, que se virou e viu Amanda dando alguns passos para trás, com os braços levantados como quem se recusava a ouvir o que ele estava dizendo. — Se você se atrasar e me deixar parado que nem um idiota lá na esquina, vou acabar com seu sorvete favorito e você sabe que eles demoram pra repor! NINGUÉM GOSTA DE CHOCOMENTA!

Daniel encarou o amigo, ainda com o rosto vermelho, sentindo o suor descendo pelas costas.

— Você tá maluco? Eu não vou pra sorveteria com vocês!

— Se abrir a boca pra falar de *Eurotrip* de novo, você não vai mesmo, porque eu vou te matar antes.

Bruno ergueu o indicador para o amigo em alerta, enquanto Daniel fazia uma careta e seguia para a sala de aula.

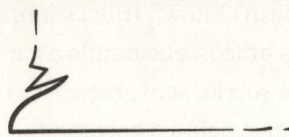

— Você disse que não se importava. — Bruno saiu andando para o carro, com Amanda em seu encalço na esquina da escola.

— Eu não disse absolutamente nada!

— Ficou implícito!

— E, só pra constar, não me importo mesmo se Caio e Daniel forem com a gente na sorveteria — Amanda falou, ofegante, porque Bruno andava rápido demais. — Eu só quero que a Anna e a Guiga venham também. Qual o problema?

Bruno balançou a cabeça, passando as mãos pelos cabelos várias vezes.

— Ainda bem que não trouxe as outras...

— Não mete a Maya no meio do seu problema com a Carol — disse Amanda, brava. — Aliás, problema imbecil, você podia ser maduro e resolver logo essa merda entre vocês! — Ela abriu a porta do carro conversível de Bruno, vendo o amigo abaixar a capota para aumentar o espaço dos bancos traseiros.

Era um modelo antigo de um carro popular, herdado de seu avô. Um Escort XR3 conversível, todo branco, com rodas caras e motor novinho em folha. Era o xodó de Bruno, que se achava o máximo dirigindo com os cabelos voando, se sentindo o próprio protagonista de um filme de ação.

Guiga e Anna se aproximaram do carro, conversando, e logo atrás delas vinham Daniel e Caio de cabeça baixa, envergonhados.

— A gente precisa ir logo, daqui a pouco as pessoas vão virar a esquina e vai ser a maior fofoca — disse Guiga, rindo.

— Que carro bonito, é um Escort? — perguntou Anna, subindo no banco traseiro com a ajuda de Amanda.

Bruno estava irritado. A discussão com a amiga não tinha melhorado em nada seu humor, mas a pergunta sobre o carro o animou, e ele desatou a falar do modelo, ano e informações que ninguém normalmente se interessava em saber.

Amanda viu que Guiga entrou por último no banco traseiro, sentando ao lado de Daniel para que a configuração dos quatro ficasse menos desconfortável com as duas garotas nas extremidades. O garoto se apertou contra Caio, que precisou encostar as pernas nas de Anna. Ficaram todos em silêncio, tensos, enquanto Bruno, sem notar o climão, continuava falando sem parar do motor recauchutado e potente. Guiga sorriu para Daniel, que ficou vermelho e olhou para as próprias mãos sem saber onde enfiar a cara. Amanda, sem perceber, abaixou o banco com um pouco mais de força do que deveria, e Bruno encarou a amiga.

— O que foi que eu te fiz pra você tratar meu carro desse jeito? Você não me ouviu falar o ano que ele foi produzido? É uma relíquia!

A garota abriu um sorriso forçado, sentando e colocando o cinto de segurança. Sentia o coração disparado, sem entender muito bem por quê.

— Você podia trocar seu carro por um maior, né? — comentou, disfarçando.

Bruno encarou a amiga, revoltado, enquanto Anna dava uma risada, fazendo Caio rir junto, embora nem prestasse atenção no que estava acontecendo. O garoto ligou o motor, apertando a buzina com toda força assim que passaram pela entrada do colégio, chamando atenção de vários alunos que conversavam na calçada. Sorriu, debochado, com o grito que Amanda deu, e ela abaixou a cabeça e tentou se esconder, com vergonha.

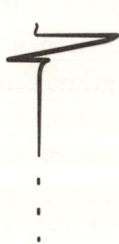

> "Went out with the guys and before my eyes
> There was this girl, she looked so fine"
> (That Girl – McFLY)

três

A caminho da sorveteria, Amanda ficou trocando de estação no rádio, tentando encontrar alguma música boa. Os meninos conversavam, animados, sobre um jogo que tinha sido lançado na última semana, enquanto Anna e Guiga reagiam às diferentes músicas que surgiam. A conversa paralela não impedia Amanda de virar para trás vez ou outra, percebendo o olhar vidrado de Daniel nela. Os dois, na mesma hora, desviavam o olhar de forma tímida, e a garota começou a sentir as bochechas quentes, sem perceber que estava sorrindo.

— Para de sorrir que nem uma idiota e deixa em alguma estação de uma vez — reclamou Bruno, acordando Amanda de um transe momentâneo depois de desviar os olhos de Daniel pela décima vez em poucos minutos. Anna e Guiga se entreolharam, trocando uma risadinha.

— Idiota é você, eu hein. — Amanda fez uma careta forçada, mexendo no botão do rádio até encontrar uma batida animada e conhecida. Se virou para as amigas no banco detrás, e as três sorriram juntas.

— Deixa aí, é Pussycat Dolls! — gritou Guiga, animada.

— Um clássico, que saudades dessa música! — Anna apoiou as mãos no banco de Bruno e ficou de pé, se equilibrando no carro em movimento.

Caio arregalou os olhos, sem saber se ajudava a garota que quase caiu para trás, rindo. Bruno diminuiu a velocidade, e Anna balançou os cabelos ao vento, berrando junto o refrão da música. Amanda podia jurar que todo mundo na rua do centro da cidade estava olhando para eles naquele momento.

Guiga segurou no ombro de Daniel, que estava ao seu lado, e deu impulso para ficar de pé do mesmo jeito que a amiga. O garoto, que estava todo apertado no banco, quase caiu para o lado, atrás dela, e soltou uma gargalhada envergonhada.

As duas começaram a dançar "Don't Cha" com os cabelos voando e dando gritinhos de felicidade.

— *I know you like me, I know you do* — elas cantavam em coro.

Amanda balançava a cabeça no ritmo, enquanto Caio e Daniel trocavam olhares divertidos. Bruno estava com a mão na porta do carro, batendo na lataria, acompanhando a cantoria e a melodia. Amanda começou a rir sozinha.

— Isso é muito divertido! — Guiga segurava um ombro de Daniel e o banco da frente para ficar de pé, dançando.

O garoto não parava de rir. Aquela era uma situação completamente fora da realidade dele, e queria muito que não acordasse de repente descobrindo que tinha sido tudo um sonho. Olhou para Amanda no banco da frente, emocionado de ver o sorriso contagiante da garota, e ela batia no braço de Bruno e gritava a letra da música. Daniel sentiu o coração disparar. Mesmo se fosse tudo um sonho, ele só queria viver ali naquela realidade por mais um tempo. Para sempre.

Guiga enfim sentou, cansada e risonha, e reparou em Daniel, no jeito que ele olhava para Amanda. Ficou feliz de notar a forma carinhosa e cheia de admiração com que o garoto enxergava a amiga e ainda mais feliz por saber que para ela, ele era passado. Ele era o oposto do que Guiga procurava naquele momento.

— Então, vocês vão no baile de sábado? — resolveu perguntar, quase gritando por cima da música para tentar ser ouvida.

— Não — Bruno respondeu, de forma irônica. — Isso é apenas mais um evento infantil criado pra confraternização entre pessoas que provavelmente nunca se falariam se não fosse a proximidade da sala de aula.

Todos no carro olharam para ele.

— Não seja bobo, é só uma festa! — Amanda zombou.

— A gente não é muito de ir em festas — Daniel falou rápido. — Temos coisas mais importantes pra fazer!

— Tipo guerrinha de comida? — perguntou Anna, rindo.

— Não. — Caio olhou ofendido para ela. — Somos pessoas ocupadas.

— Ocupados com a vida alheia, né?

— Nem todo mundo vive pra chamar atenção que nem você, Amanda. — Bruno colocou a língua para fora.

— Vai se ferrar! É só uma festa, e vocês vão perder a diversão, como sempre!

— Aumenta a música, eu amo esse finalzinho! — Guiga se levantou no banco novamente, fazendo Daniel empurrar Caio para o lado.

As três continuaram cantando e dançando, como se os meninos nem estivessem ali, até avistarem a sorveteria, uma casa antiga pintada de verde-claro, com a imagem de um sorvete enorme no telhado.

A sorveteria era espaçosa, a decoração toda dos anos 1960, com piso de azulejos quadriculados e paredes bem brancas. Era um dos lugares mais movimentados da cidade, pessoas de todas as idades passavam as tardes quentes provando sabores diferentes ou se reunindo com os amigos nas mesas espaçosas e em cores pastel.

— Fred vai no sábado? — perguntou Guiga, enquanto sentavam juntos, ainda conversando sobre os bailes do colégio.

Bruno sentou entre Caio e Daniel, franzindo a testa e encarando a garota com a sobrancelha levantada.

— Não sei, pergunta pra ele — disse, com um sorriso maldoso. Amanda e Anna não pareciam ter ouvido a pergunta porque conversavam sobre o que iam usar na festa e se deveriam comprar roupas novas.

— Foi só curiosidade, seu grosso. — Guiga pareceu ofendida.

— Ele não perde uma festa, mas nunca se sabe, né?

Caio pegou o cardápio, perguntando o que os outros iam pedir. Amanda, sentada em frente ao garoto, sorriu ao vê-lo se embaralhar, sem saber se falava com elas como amigas ou se mantinha a distância. Aquele tipo de interação quase nunca acontecia, então era normal que ele ficasse meio confuso. Caio levantou para fazer os pedidos na bancada, e ela reparou que a sorveteria por enquanto estava meio vazia, com poucas pessoas da escola deles. Que bom, menos gente para fofocar sobre as garotas populares estarem saindo com os perdedores sem noção. Voltou a encarar a mesa.

— Então... — Daniel pigarreou, chamando atenção, e encarou Amanda, que estava na ponta. A garota sentiu as pernas amolecerem e mordeu o lábio, de repente.

Era uma sensação esquisita, porque ela não estava mais acostumada a falar tanto assim com ele. A boca de Daniel era carnuda e as sobrancelhas arqueadas eram um pouco grossas, com sardas no rosto muito fofo e tímido. Amanda se deu conta do que estava pensando e abaixou o olhar, pedindo em sua cabeça "não fala comigo, não fala comigo".

— Vocês vão no sábado? — Ele riu, direcionando a pergunta à Anna, que estava sentada à sua frente.

Amanda agradeceu mentalmente, suspirando.

— Com certeza. A escola inteira vai!

— Ouvi os meninos da nossa sala combinando de levar bebidas sem ninguém ver — Guiga falou, animada, e Bruno revirou os olhos, entediado. — Você não cansa de fazer isso aí com a cara, não?

— O bom é que, sendo na escola, a gente já conhece os cantinhos mais isolados... — Anna mexeu as sobrancelhas, dando risadinhas com as três amigas.

— E meus pais não vão ligar que eu chegue tarde, já que é um evento da própria escola. Literalmente a festa perfeita! — Amanda acrescentou. Caio chegou na mesa trazendo alguns copos de milk-shake e depois voltou até o balcão para pegar os potes de sorvete.

Amanda agradeceu, impressionada com a gentileza dele, enquanto encarava com animação seu pote de chocomenta.

Voltaram a ficar em silêncio, cada um saboreando e aproveitando o próprio pedido.

— Vocês viram que o Leo torceu o pé e vai ter que ficar no banco? — Guiga perguntou às amigas, lembrando-se da fofoca que precisava compartilhar. Anna arregalou os olhos.

— Mas ele é um dos craques do time!

— Tadinho, deve estar muito triste — Amanda comentou.

Caio engasgou com o sundae e tossiu, e Daniel fez uma careta.

— Ah, corta essa... — Bruno deu uma gargalhada. — O time de basquete nem participa de nenhum campeonato, os caras ficam achando que estão numa comédia americana. Esse negócio de mascote e musiquinha de torcida... Que coisa idiota, cara.

— Isso aí é inveja, hein? — Amanda apontou a colher para o amigo, que colocou a língua para fora como se fosse vomitar. Caio riu.

— Inveja de saber quicar uma bola de um lado para o outro?

— "Qual é o time? Wild Cats!" — brincou Daniel, cantando. Os amigos deram risadinhas, vendo as garotas se entreolharem.

— Vocês falam isso porque não tem talento pra nada! — argumentou Anna, iniciando uma discussão enorme sobre diferentes tipos de talentos e inteligência.

Minutos depois, a porta da sorveteria se abriu e alguns rapazes de uniforme da escola entraram. Eles estavam arrumados, pareciam ter saído direto de um filme. Um deles girava a bola de basquete no dedo, o outro arrumava o topete, e Bruno, como sempre, fez uma careta para o jeito como os caras pareciam se exibir para as poucas pessoas que estavam sentadas ali. Como Amanda e as amigas imediatamente encararam a porta, ele se deu conta de que a técnica de fingir ser um astro de Hollywood funcionava, porque elas pareciam animadas com a chegada dos caras.

— Certo, meus jovens, é nossa hora de ir embora. — Ele fez um gesto pros amigos se levantarem.

Anna estendeu o braço por cima da mesa.

— Mas já?

— O ambiente ficou meio inóspito.

Caio mordeu o lábio sem saber se deveria levantar ou não. Bruno chamou os amigos novamente.

— A gente vai ficar, eu nem terminei meu sorvete ainda — Guiga informou, sem olhar para eles.

Amanda encarou Daniel, que se levantou e quase derrubou a cadeira com o movimento. Ela deu uma risadinha, mas escondeu o rosto com uma tosse falsa e respirou fundo.

— Vocês podem ir, a gente vai depois.

Bruno colocou sua cadeira no lugar arrastando os pés no chão, de pirraça, e puxou Caio pelo braço. Amanda ainda fingia que não estava prestando atenção na cara de confusão de Daniel, mas reparou que Guiga chamou o garoto assim que ele se virou. Todo mundo olhou para ela.

— Você esqueceu seu casaco na cadeira — disse Guiga.

Ainda prendendo a respiração, Amanda se levantou e agiu como se precisasse levar seu pote de sorvete vazio urgentemente para o balcão.

Estava sendo burra demais. Aquela proximidade com Daniel a deixava muito nervosa, e isso não era nada bom. Por isso tinha evitado uma amizade por tantos anos. Não podia correr o risco de ninguém saber o que ela estava sentindo para não machucar a si mesma e a amiga.

De pé no balcão e de costas para a mesa, Amanda respirou fundo algumas vezes, colou um sorriso no rosto e, prestes a se virar, sentiu alguém se aproximando. Daniel parou ao seu lado com as mãos nos bolsos, parecendo tímido e envergonhado. A garota entrou em pânico. O que ele estava fazendo ali?

— Ei... eu posso conversar com você? — perguntou o garoto.

Amanda arregalou os olhos, mordendo o lábio sem saber o que responder. Não tinham intimidade, e ela não se lembrava da última vez que os dois tinham ficado sozinhos daquele jeito.

— Eu...

— Melhor vocês irem embora. Eu não quero que vejam a gente conversando sozinhos — disse, tentando manter a voz o mais estável possível. Ele estava próximo demais.

Daniel abriu e fechou a boca algumas vezes, sem saber o que responder. Não esperava que, depois daqueles momentos, ela não quisesse nem ouvir o que ele tinha para falar.

Não que ele soubesse o que diria, de qualquer forma. Só pensou que ela talvez... que ela podia, sei lá, bater papo. Como estavam fazendo na mesa.

Ele se sentiu um idiota.

— Tudo bem, até amanhã então — respondeu, cabisbaixo, saindo da sorveteria atrás de Bruno e Caio.

Amanda colocou o sorriso forçado novamente no rosto e caminhou até a mesa, sentando-se de frente para as amigas. Anna apontou para o balcão e para a amiga.

— O que foi aquilo ali? Você precisava falar com ele daquele jeito?

— De que jeito? Eu só falei normalmente. — Amanda deu de ombros, vendo Anna franzir a testa.

— Eles foram superlegais hoje o dia todo.

— Eu só fiquei cansada. Eles demandam muita energia.

— Achei legal a gente abrir essa brecha, até pra ver se a Carol dá um tempo de falar mal do Bruno, né? — Guiga comentou, parecendo desinteressada.

— Só por isso eu topei vir aqui hoje. Com o Bruno sozinho eu ainda consigo lidar, mas o grupo deles é meio... barulhento demais. É irritante. — Amanda fingiu uma careta, recebendo um olhar julgador de Anna.

— Eu me diverti bastante — a amiga pontuou. Guiga, ao seu lado, juntou as mãos e se apoiou na mesa, como se quisesse mudar de assunto e falar alguma coisa em segredo. As outras duas se aproximaram dela.

— Gente, vamos ao que interessa... perceberam que eles não param de olhar pra nós desde que chegaram? — perguntou, indicando com os olhos o canto da sorveteria onde os garotos do time de basquete estavam sentados. Amanda olhou para eles, vendo o mais alto levantar o braço, a cumprimentando. Ela sorriu e acenou de volta.

— Já que estamos aqui mesmo... Não custa nada, né? — Deu de ombros, levantou e foi até a outra mesa, sendo seguida pelas amigas.

— Ela me odeia. Ela me odeia! — Daniel repetiu, já dentro do carro de Bruno, que dava uma carona para os amigos. Sabia que tinha se iludido demais pensando que poderia conversar com Amanda, que poderiam ser amigos ou que ela pudesse, talvez, se lembrar do seu nome. Sabia também que poderia ter forçado a barra tentando se aproximar na sorveteria e que, provavelmente, tinha estragado tudo. — Eu sou um idiota.

— Nisso aí você tem razão — concordou Bruno, buzinando e acenando para alguém atravessar a rua enquanto ele estava parado.

— Você tá pensando demais nisso, ela nem vai se lembrar de nada disso amanhã — falou Caio, no banco de trás. Daniel balançou a cabeça.

— Esse é o problema. Ela não quer nem saber da minha existência. Eu tô apaixonado, não sei o que fazer.

— Parar de pensar na Amanda é um bom começo — Bruno respondeu.

— Como se fosse fácil assim mandar no coração.

— Ninguém disse que é fácil — disse Caio no banco traseiro, cruzando os braços e deixando o vento bater em seu rosto, pensativo. Bruno e Daniel se entreolharam. — É difícil não pensar na garota mais bonita do mundo. O jeito que ela sorri. Como ela mexe nos cabelos e coça o nariz quando fica confusa. A forma que abraça as amigas e não nos trata como se fôssemos completos estranhos, sabe? Ela é incrível.

— A gente ainda tá falando da Amanda? — Bruno perguntou, e Caio abriu os olhos no susto, negando.

— Eca. Não.

— Eu já estava preocupado em perder minha medalha de emocionado do grupo pra você, o que aconteceu? — brincou Daniel encarando o amigo. — Tu tá falando da Anna, então?

— Não. — Caio tirou os óculos e coçou os olhos. — Não sei. Provavelmente. Sim. Acho que sim.

— Tá maluco, o que vocês comeram na sorveteria? Vou reclamar com o dono. — Bruno balançou a cabeça, confuso. Viu Daniel se compadecer com Caio e freou o carro, parando no acostamento da rua principal da cidade. Olhou para os amigos, respirando fundo. — Certo, isso tá indo longe demais. A gente tem uma banda pra montar e não parece que vocês estão preocupados com isso.

— A arte é feita de corações partidos, cara. — Daniel deu de ombros.

— E o que você vai fazer, então? Escrever uma música pra Amanda? Caio vai cantar pra Anna? Tu vai ficar lá no palco cantando sobre paixões não correspondidas? — Bruno deu uma gargalhada, mas logo depois fechou a expressão. Franziu a testa, pensativo. Era isso. — Gente! É genial!

— O quê? Cantar as nossas dores no sábado à noite? — Caio perguntou, confuso. — O Fred avisou que a gente vai ter que usar máscaras, ninguém vai saber quem está cantando.

— Exatamente.

— Bruno, eu não entendi a ideia. — Daniel mordeu o lábio e, de repente, sorriu. — A minha música! A gente pode cantar no palco, e Amanda nunca vai saber que é pra ela! É genial!

Os três se entreolharam como se tivessem tido uma grande revelação. Se a arte é feita de corações partidos, músicas são feitas para pessoas que partem corações, mesmo sem saber.

Estar em cima do palco da escola nunca fez tanto sentido.

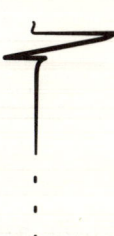

"Oh, Scotty doesn't know
So don't tell Scotty"
(Scotty Doesn't Know — Lustra)

quatro

Na sexta-feira antes do primeiro baile, a escola inteira comentava sobre roupas novas, caronas e se era para usar fantasia ou aquilo era uma piada do Seu Antônio. A fofoca era que alunas do terceiro ano estavam confeccionando diversos modelos de máscaras e que todo mundo receberia uma na entrada da festa, mas ninguém tinha certeza.

— Esse negócio de baile de máscaras é bem ridículo, como se as pessoas não fossem saber quem é quem porque tem um treco tapando o olho, sabe? — Carol comentou com as amigas no corredor, depois que o sinal do recreio já tinha tocado.

— Tipo o Super-Homem e o Clark Kent? — Maya riu. — O Batman? A Tiazinha?

— Quem é Tiazinha? — perguntou Amanda, e a amiga deu de ombros.

— Eu pensei em usar uma máscara que minha mãe tem em casa, de quando ela foi pra Veneza. — Guiga tocou no próprio rosto, sorrindo. — É cheia de brilhos, me lembra muito do filme *Romeu + Julieta*.

— Eu acho romântico — disse Anna, enquanto Amanda assentia.

— Também acho!

— Será que aquelas de carnaval também servem? — Guiga pareceu animada.

— Espero que sim, é a única que eu devo ter em casa. — Anna franziu a testa. Carol respirou fundo, fazendo as amigas encararem a garota.

— Sabe o que eu não tenho? Expectativas! É uma festa na escola. Provavelmente os professores vão aparecer também, né? Imagina o mico?

— Se eu venho pra escola no sábado, espero que pelo menos a música seja boa. — Guiga mexeu na própria mochila, distraída. — Carol, você vai comigo na loja depois da aula?

Carol concordou enquanto as amigas caminhavam pelo corredor, todas bem próximas.

— O baile é amanhã e ninguém descobriu quem são os garotos dessa tal banda Scotty — lembrou Amanda, curiosa, e Maya deu uma risada.

— Eu já ouvi tanta coisa diferente que tô começando a achar que o diretor inventou tudo isso e ninguém vai vir tocar nada.

— Bruno disse que pode ser uma banda de fora da cidade — arriscou Amanda, vendo Guiga balançar a cabeça.

— Eu não acredito em nada do que ele fala. O grupinho deles cada dia espalha uma coisa diferente.

— Eu ouvi que o vocalista é tipo filho do prefeito — falou Anna com uma risada.

— O filho do prefeito não tá na cidade, ele teria me ligado. — Carol mexeu os cabelos, e as amigas deram risadinhas.

— Scotty parece nome de banda gringa, né? — As quatro olharam para Maya que, do grupo, normalmente era quem sabia mais das fofocas que rolavam pelos corredores. — Mas nenhuma banda famosa viria pra Alta Granada. A gente tá no meio do nada. Todos os shows legais só acontecem em São Paulo ou no Rio de Janeiro.

— Dá pra chegar no Rio em algumas horas de carro — lembrou Amanda, e Maya negou com a cabeça.

— Deve ser algum nerd esquisito fingindo que é popular. A gente precisa ficar de olho em quem vai estar aqui amanhã, porque os caras devem ficar pelo ginásio antes ou depois do show.

— A gente já pode excluir os *marotos* então. — Amanda riu, deixando Maya confusa.

— Quem?

— Ai, é ridículo — respondeu. — Bruno falou esses dias que o Fred inventou de chamar os amigos dele desse jeito. Aquele garoto é estranho, vocês sabem.

— De onde ele tira essas coisas? — Anna soltou uma gargalhada, e Amanda deu de ombros.

— Eu só sei que Bruno disse que eles não vêm, claro, porque são inimigos da diversão, não que alguém se importe. O que me deixa pensando que "Scotty" pode nem ser referência àquele filme *Eurotrip*, como eles falaram. Devem estar inventando uma mentira pra cada pessoa, é bem a cara deles.

— Eu nunca nem ouvi falar desse filme — concordou Guiga.

— É coisa de nerd. — Amanda mal lembrava da história, mas tinha certeza de que já tinha assistido com Bruno e Caio. Pensou em pesquisar depois, quando fosse na casa do amigo.

— Pelo menos eles não vão perturbar a nossa paz. Só isso já me deixou um pouco mais animada com essa ideia ridícula de baile. — Carol sorriu, vendo as outras quatro concordarem.

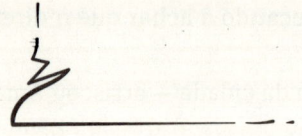

— Elas perguntaram por mim, né?

Fred tinha passado a semana toda repetindo a pergunta. Bruno, Caio e Daniel estavam cansados de concordar.

— Cara, eu nem acredito!

— Se eu tiver que repetir mais uma vez, vou começar a dizer que é mentira — disse Bruno.

— Pensa bem, cara. — Rafael parou na escada da escola, na frente do amigo. — Você é mais velho que a gente e consequentemente tem mais chances, né?

Fred deu de ombros enquanto desciam para o pátio depois das aulas do primeiro horário. Bruno e Caio tiravam sarro das pessoas que passavam por eles, e Daniel se mantinha pensativo, sem prestar muita atenção no que eles falavam.

— Sou mais velho e mais bonito, mas ando com vocês... Preciso de amigos novos. — Fred sorriu para uns garotos que passaram pelos cinco e acenou, mas um deles mostrou o dedo médio em resposta.

— Acho que isso vai ser meio difícil. — Caio deu tapinhas no ombro de Fred. Rafael soltou uma gargalhada.

— Você forçou a barra no mais bonito, absolutamente ninguém jamais disse isso.

Fred olhou para Daniel.

— Você não vai me defender? — O garoto parecia não ter ouvido nada da conversa. — Tá tudo bem, cara? Fumou alguma coisa e bateu errado?

— Ele anda assim ultimamente — Caio explicou. — Coitado, cada dia pior. Ontem esqueceu as letras das músicas como se ele mesmo não tivesse escrito quase todas elas.

Daniel lançou um olhar ameaçador para o amigo.

— Ei, eu tô bem aqui! E tô justamente pensando numa música. Vocês precisam ouvir.

— Eu me recuso a mudar o setlist em cima da hora — reclamou Bruno. — Se quiserem, façam um acústico sem a minha bateria, já vou avisando.

Ele sentiu um tapa nas costas e se encolheu, soltando um grito fino. Fred fez sinal de silêncio com o dedo indicador.

— Cala a boca! A escola tem paredes, e paredes têm ouvidos — sussurrou.

— Nós somos os ouvidos das paredes, Fred — disse Caio, sussurrando de volta.

Os cinco começaram a rir.

— Opa, olhem discretamente. Acho que temos companhia — o garoto mais velho continuou sussurrando quando Amanda e as amigas passaram pelo corredor do primeiro andar indo para ginásio.

Bruno sorriu, tirando uma bolinha de papel do bolso e mirando na amiga. Errou por uma distância significativa e acabou acertando a cabeça de uma pessoa aleatória.

— Quem foi o otário? — veio um grito, e Bruno olhou para trás fingindo não ter nada a ver com aquilo.

— Tudo bem, Bruno, nada de música nova. Mas se vocês curtirem e der tudo certo, nosso próximo show já tem novidade.

— Se tiver próximo show, né? — Caio disse, mexendo os ombros.

— Mal posso esperar pra ver a cara de todo mundo amanhã, quando ouvirem nosso som! — Rafael bateu palmas animado, e Daniel imitou. Queria olhar diretamente para Amanda quando cantasse a letra da sua música. Qual deve ser a sensação de enfim ser ouvido?

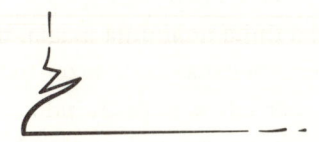

Guiga olhou para trás a tempo de ver Fred sorrindo para Bruno, que rebolava numa péssima imitação dela e das amigas. Riu com a cena, e os olhos dos dois se encontraram. A garota ficou em pânico, levou um susto e quase derrubou Maya, que estava ao seu lado.

— Mas a gente não precisa de par para o baile! — Carol, com um sorriso, reclamou um pouco alto demais para João.

Ele era do terceiro ano e chamava atenção no meio do corredor com o grupo de amigos barulhentos e populares que, naquele momento, faziam queda de braço. Tinha cabelos escuros e o corpo muito atlético, era bonito, forte e capitão do time de basquete.

— Mas uma festa dessas exige pares, que nem nos filmes! Eu sei que você quer ir comigo, Carolzinha — insistiu o garoto.

Na mesma hora todas as quatro amigas olharam para ela, que riu, encantando o garoto à sua frente.

— Você se acha muito — disse Carol, fazendo-o sorrir e assentir.

Amanda revirou os olhos, respirando fundo, e sentiu um dos amigos de João encostar o braço no dela. Ele era alto, forte, de cabelos loiros raspados, e usava uma camiseta vermelha do time de basquete no lugar da blusa do colégio, que estava pendurada no cós da calça. A vantagem de ser popular era poder fazer o que bem entendia. Ninguém questionava se Alberto estava de uniforme ou não.

E Amanda conhecia bem o garoto, que normalmente tinha os adultos na palma das mãos. E os outros adolescentes também.

— Nós somos os melhores e estamos oferecendo o privilégio de irem com a gente. Nessa escola só tem perdedor e maloqueiro! Não dá pra ser popular e chegar na festa sozinha, na frente de todo mundo.

— Vocês é que têm sorte de ainda estarmos ouvindo esse papo todo — respondeu Anna, fazendo Guiga rir.

— É, esse argumento foi bem fraco, Alberto — concordou Amanda, encarando o garoto.

— Qual é, Amanda! Todo mundo vai de casal no baile, e você sabe que a gente combina. Eu neguei o convite de várias garotas pra vir falar contigo — Alberto insistiu.

Amanda revirou os olhos, sem paciência. Ela sabia bem que o garoto não ia desistir e que ia ficar no pé dela, como já tinha acontecido antes. Os dois já tinham ficado algumas vezes em outras festas, mas Amanda não conseguia sentir nada por ele. O beijo era até legal na hora, mas não tinha nenhuma magia, nenhuma sensação especial, nenhum sentimento. Estava cansada de fazer todas aquelas coisas só por ser popular. Mordeu o lábio, pensativa, se distraindo com o barulho das pessoas que passavam sem ouvir a resposta das amigas para João e Alberto. De longe, viu o grupo de Bruno se aproximar de uma mesa no pátio, interagindo com algumas garotas. Sentiu um frio na barriga e o coração disparou ao ver Daniel, ao lado do amigo, entregar uma flor e sorrir para uma delas. Ele ficava tão bonitinho sorrindo daquele jeito. Isso era ciúmes? O que Amanda queria? Que, de repente, tudo mudasse e ela pudesse simplesmente ir em uma festa importante daquelas com um cara que ninguém nem sabia o nome? Era para isso que ela tinha se esforçado nos últimos anos? Não era o tipo de fofoca que queria ouvir pela escola.

— Amiga? — Anna cutucou a garota, que despertou dos próprios pensamentos. Piscou os olhos algumas vezes, abriu um sorriso falso e tentou se situar na conversa que rolava ao seu lado. Anna concordou, preocupada, mas sem insistir. As duas encararam Carol, que tinha dado uma gargalhada mais alta.

— Eu admiro a coragem de vocês de virem atrás da gente, sério mesmo — disse a amiga —, mas esse negócio de parzinho para o baile é meio ultrapassado e...

— Talvez... — Amanda interrompeu, com a testa franzida, e falou, sem pensar muito: — Talvez, sei lá, isso tudo possa ficar legal.

— Legal, como? Tipo voltar no tempo pra uma época mais conservadora? — Maya cruzou os braços, e Carol caiu na risada.

— É só uma festa, não é tão sério assim!

Amanda interrompeu as duas.

— Acho que vai ser divertido poder ter com quem dançar e ir junto como um grupo bem grande. Fora que seria meio romântico, né? Não custa nada!

Guiga assentiu, concordando.

— Até faz sentido. Essa coisa toda de vestidos e máscaras tem essa pegada mesmo. E vocês são os caras mais legais da escola, não teria ninguém melhor pra isso — disse, fixando, de repente, o olhar na mesa na qual Fred estava sentado ao lado de uma garota.

Amanda percebeu para onde Guiga olhava e abaixou a cabeça. Com certeza também tinha visto Daniel com os amigos e tentou disfarçar, como ela estava fazendo.

— Pra mim tanto faz, mas eu não garanto que vou ficar a noite toda do seu lado, hein, João? — Carol apontou para o garoto, que concordou rapidamente.

— Eu sabia que ia dar certo, Carolzinha!

Outros dois amigos do grupo de atletas se aproximaram de Anna e Guiga, puxando conversa. Alberto passou o braço pelos ombros de Amanda, fazendo a garota olhar para cima.

— Você já é minha! — ele disse de um jeito prepotente que Amanda conhecia bem.

Ela respirou fundo, sentindo o cheiro forte do perfume dele e forçando um sorriso depois de trocar olhares com Maya, que perguntou:

— Sobraram o Jonathan e o Tiago pra mim? — E fez uma careta. — Já que a gente voltou no tempo, que tal um torneio de heróis em que o sobrevivente tem a chance de me levar para o baile? Alguém aqui sabe lutar com espadas?

Jonathan, que usava dreads e alguns cordões de prata, mencionou qualquer coisa sobre acabar com Tiago no soco se precisasse, mas Amanda já não prestava mais atenção na conversa. Se esse baile no sábado à noite não fosse um fiasco total, já seria lucro.

> "I wonder what it's like to be loved by you
> I wonder what it's like to be home"
> (Walk in the Sun — McFLY)

cinco

Daniel ria de algo que os amigos diziam quando olhou mais adiante no pátio da escola. Amanda estava ao lado de um dos playboys do último ano, sorrindo, enquanto o idiota parecia contar alguma piadinha sem graça. As outras garotas também interagiam com o grupo, e muita gente que passava perto ficava de olho. Já deveria estar acostumado a ver os grupos dos populares juntos, mas Daniel ainda sentia algo esquisito, que não conseguia explicar. Viu o tal garoto pegar no queixo de Amanda e respirou fundo, virando o rosto para o outro lado. Bruno cutucou seu ombro.

— Ela não gosta do Alberto, ele é um babaca. E feio.

Daniel olhou para o amigo.

— Eu não perguntei nada. — Fez um barulho esquisito com a boca. — Ele vai voltar a se exibir porque está com ela, o cara é ridículo. Ela não vê isso?

— Eles parecem estar forçando uma barra ali, só porque é um grupo popular. Dá pra ver que a Amanda tá esquisita, o futum de loção pós-barba do idiota vem até aqui.

A garota, naquele momento, encarava a grama, cabisbaixa, e voltou a sorrir quando Alberto chamou sua atenção.

Daniel fez bico.

— Ela parece triste.

— Quem parece triste? — perguntou Caio, virando o rosto na direção que os amigos olhavam e fazendo uma cara de desgosto. — Ah, o grupinho de populares se encontrou, que divertido.

— Já viram os músculos deles? — Rafael torceu o nariz.

— Músculos eu também posso ter — Caio respondeu, ao que o amigo negou com a cabeça.

— Acho que o cérebro de minhoca desses caras do time de basquete serve de anabolizante, sei lá. Adubo fértil com cocô — Rafael continuou. — Olha lá, tem dois deles fingindo uma briga de espadas, eu vou vomitar.

— Acho que elas vão com eles pro baile — comentou uma das garotas que estava na mesa ao lado de Bruno.

Daniel arregalou os olhos, se virando para ela de repente.

— Por que elas fariam isso? Que história é essa? — perguntou, curioso.

A garota loira com quem Fred estava conversando riu.

— Quem não gostaria de ir no baile com eles? São os garotos do time de basquete! João, Alberto, Michel... — Ela pareceu sonhadora, e Rafael fez barulho de vômito.

— Alguém liga para o SAMU, eu vou passar mal.

— A gente já tem com quem ir no baile, acho que só vocês vão sozinhos — outra garota na mesa deles respondeu. — Não que alguém vá aceitar ir com vocês, né?

— Eu iria comigo mesmo! — Rafael protestou, bravo.

— Eu iria com vocês — disse a morena mais baixa, rindo.

— Muito obrigado, Susana, mas não vamos no baile — Caio comunicou.

As meninas se entreolharam.

— Por que não? Não estão curiosos pra saber quem é essa tal de Scotty? É só o que a gente ouve falar! — Susana perguntou.

— Nem um pouco — Bruno respondeu.

— Eu fiquei sabendo que é uma banda gringa, que veio pra cá paga com os impostos da prefeitura — uma delas disse, e Fred soltou uma gargalhada, mas ficou sério logo depois.

— Eu vou no baile — disse ele de repente. — Quer ir comigo, Susana?

A garota riu.

— Bom, o baile é amanhã e eu não tenho ninguém com quem ir. Então, mesmo você fazendo essa cara nada animada, eu aceito. — Ela deu de ombros.

— Obrigado pela caridade.

— E, da próxima vez que convidar uma garota pra sair, tenta não ficar pensando em outra, Fred. Isso é bem babaca.

— Eu não tô pensando em ninguém! — Ele franziu a testa, olhando discretamente para o pátio.

— Do mesmo jeito que o Daniel também não tá? — Susana perguntou, irônica, vendo o garoto voltar a olhar rapidamente para a mesa.

— Eu? Claro que não! — A voz de Daniel subiu algumas oitavas, ficando mais fina que o normal.

As garotas riram e se despediram, se afastando dos meninos.

Os cinco permaneceram em silêncio e, imitando Bruno, sentaram-se em cima da mesa, lado a lado.

— Vai ser mais difícil do que imaginei. — Caio passou as mãos pelo rosto com um suspiro cansado.

— Eu quase não dormi essa noite, fiquei ensaiando a madrugada toda. — Daniel respirou fundo, esfregando os olhos. Bruno bufou, irritado.

— Que merda é essa de casalzinho? Quem inventou isso?

O inspetor passou por eles e olhou feio para os cinco, mandando que descessem da mesa e se sentassem direito, como jovens educados.

— Como eu vou arrumar alguém pra ir comigo amanhã no baile? — Daniel ficou de pé, colocando as mãos nos bolsos da calça. Fred arregalou os olhos, fazendo careta.

— Teoricamente você não vai no baile, idiota.

— Eu voto pra substituir o Daniel na banda, ele não tem cérebro pra lembrar letra de nenhuma música no palco — disse Rafael, sentando-se de novo em cima da mesa.

— Eu aposto dinheiro de verdade que ele vai chorar na primeira música.

Bruno estendeu a mão, e Rafael a apertou, confiante.

— Eu tô bem aqui. — Daniel levantou os braços.

— Acho melhor a gente desistir logo, eu tô muito nervoso. — Caio roía as unhas sem parar, pensando em todas as coisas erradas que poderiam acontecer naquela festa. Na frente da escola toda.

— Não vão desistir de nada! Gente! — Fred bateu palmas, chamando a atenção dos amigos. Os quatro olharam pra ele, que andava em círculos, de braços cruzados, falando com uma voz séria. — Amanhã é o começo de um novo ciclo, e não tem casalzinho de playboy que vai tirar isso de vocês!

— Que papo de coach, cara, eu amei. — Rafael sorriu, irônico.

— O melhor disfarce de vocês é a realidade. Ninguém vai imaginar que os caras mascarados no palco são os perdedores do fundão. Vocês estão seguros! — Fred enfatizou, e os amigos se entreolharam.

— Eu tô tentando decidir se você tá do nosso lado ou contra a gente.

Bruno ficou de pé, vendo Fred dar uma risada na hora em que o sinal de fim do intervalo tocou. Ele encarou os quatro como se fosse o treinador de um time.

— Confiem em mim, que nem Marty McFly.

— Marty McFly confiou num velho maluco que falava sobre viagem no tempo em um carro tunado, você sabe disso, né? — Rafael perguntou, e Fred balançou a cabeça.

— Exatamente. A gente se fala mais tarde.

Daniel chegou em casa e jogou a mochila no chão da sala.

— Mãe? Pai? — ele gritou e, como esperado, não obteve resposta. Os dois provavelmente ainda estavam no trabalho.

Foi devagar até a cozinha, abriu a geladeira e tirou de lá tudo que tinha açúcar. Uma barra de chocolate pela metade, um pedaço de torta de limão, sorvete de flocos e uma lata de refrigerante. Naquele fim de tarde de sexta, era fácil notar quanto estava na fossa. Amorosa mesmo, das brabas. Equilibrou as comidas no braço e fechou a porta da geladeira com um chute, voltando para a sala ao mesmo tempo que tirava os sapatos, largando os tênis pelo caminho.

Ele se sentou no sofá, tirou a camiseta suada do colégio e ligou a televisão. Tinha que se distrair. Toda a tensão por causa do baile de sábado à noite e o fato de estar sendo ignorado pela garota de quem gostava o deixavam nervoso, carente e bastante inseguro. Era cansativo tentar não pensar nela ou ignorar que, enquanto ele estivesse em cima do palco no dia seguinte, cantando sobre seus sentimentos, ela estaria beijando um cara todo musculoso do último ano. *Dançando juntinho*.

Além de cansativo, era patético se sentir assim.

Eles não iam ficar juntos, e Daniel sabia bem disso. Sempre soube, ela tinha deixado claro no nono ano. Amanda nunca ficaria com ele, apesar de ele gostar dela há muito tempo. Tinha o fator escola, o fator popularidade, o fator amigos, fatores e mais fatores. E a única coisa que ele sabia era que gostava muito dela e que o jeito que ela sorria quando olhava para ele era lindo.

Porque ela olhava.

No fundo, Daniel não era nenhum idiota e via muito bem quando seus olhares se cruzavam, no corredor da escola ou no pátio. Ela evitava, virava o rosto, disfarçava e tudo mais, mas ele sabia que estava sendo observado. Era uma certeza difícil de explicar, mas que colocava um sorriso imediato na cara dele.

Abobalhado, sorriu para a televisão, escolhendo ao que ia assistir enquanto enfiava todo o chocolate na boca. Em um dos canais estava passando o filme *Eurotrip*, um dos seus favoritos, justamente em uma cena engraçada e que ele sabia todo o diálogo de cabeça. Era o destino! Um sinal, uma mensagem divina! Sorriu ainda mais, sabendo que aquele era um aviso de que tudo daria certo, mesmo sofrendo de um amor não correspondido. Não tinha outra saída.

> "Help me babe I gotta get over you!"
> (Get Over You – McFLY)

seis

Era sábado à noite e, finalmente, hora do baile. Todos no colégio estavam ansiosos por saber como seria, com quem os populares apareceriam e quem eram os integrantes da banda misteriosa. Diziam as más línguas que nem o diretor sabia quem fazia parte da Scotty, e ninguém negava ou confirmava absolutamente nenhuma informação. Enquanto rolavam apostas sobre a identidade do grupo, o colégio tinha passado o dia inteiro movimentado com as preparações para a festa.

Amanda e as amigas se arrumaram juntas na casa de Anna, que tinha o quarto mais espaçoso e um espelho enorme que todas podiam usar para se maquiar ao mesmo tempo, o que não diminuiu a correria e o desespero por deixarem tudo para última hora. Faltava pouco tempo para o horário que tinham combinado com o time de basquete, e para algumas delas era a primeira vez em um evento desses. Esse tipo de coisa só acontecia nos filmes.

Amanda bufou olhando para o próprio reflexo no espelho, bagunçando a trança que estava tentando fazer. Tinha mordido toda a boca por dentro, de tanta ansiedade, e estava se segurando para não começar a roer as unhas. Queria muito curtir essa festa e não sofrer por sentimentos infundados! Mas a maldita trança não estava ficando boa, tudo estava feio, se sentia esquisita, inchada, horrorosa. Anna se aproximou quando Amanda se jogou na cama, soltando um grito abafado pela música alta que Carol tinha colocado.

— Quer ajuda com o cabelo? Eu já tô pronta.

Amanda olhou para a amiga, que estava linda da cabeça aos pés. Anna usava uma maquiagem leve, os cabelos amarrados no alto, o vestido azul rodado como se fosse uma fada de livro de fantasia.

— Você vai ser a garota mais bonita da noite. Devia ter aquelas premiações de rainha do baile, com uma coroa bem chique e brilhante — Amanda disse, fazendo a amiga gargalhar.

— Você sabe a minha posição, Maya me ensinou todos os problemas reais da monarquia! — Anna sentou-se ao lado de Amanda, mexendo nos seus cabelos e começando a fazer uma trança. — Você parece triste, é alguma coisa com o Alberto? Quer dizer, além do fato de que ele é um idiota?

— Ele é legal, não é nada. — Amanda forçou um sorriso. — Eu só não tô animada mesmo.

— Isso tem algo a ver com a falta da presença do Daniel na festa hoje? — Anna perguntou baixinho, vendo a amiga arregalar os olhos em um pânico momentâneo.

— Quê? Claro que não! De jeito nenhum! — sussurrou, nervosa. — Por favor, fala baixo, não deixa a Guiga ouvir.

Anna sorriu, vendo Amanda respirar fundo, então sussurrou de volta que Guiga estava no banheiro e que as outras duas garotas não estavam nem prestando atenção nelas, cantando sentadas em frente ao espelho, do outro lado do quarto.

— Então nada de Daniel. Tudo bem.

— Ele é passado, Anna. Passado mesmo.

— Tá certo, não tá mais aqui quem perguntou.

— Totalmente no passado, distante. Não quero nem olhar pra cara sardenta e feliz dele... — Amanda insistiu.

Anna concordava de forma paciente enquanto terminava de prender a última trança no cabelo da amiga. De repente, Carol soltou um grito, dando um susto nas duas:

— Acho que os garotos chegaram! Eu ouvi uma buzina! ALGUÉM FECHA MEU VESTIDO?

As cinco amigas se levantaram, dando os retoques finais nos looks e se entreolhando para garantir que tudo estava certo. Os sorrisos eram de incentivo enquanto pegavam as bolsas e corriam pelo quarto tentando não esquecer nada. Amanda engoliu em seco, deu uma última olhada no vestido e respirou fundo mais uma vez antes de seguir as amigas porta afora.

Havia dois carros parados lado a lado no meio da rua, e o motorista de um e passageiro do outro conversavam com a cabeça para fora das janelas. Eram dois carros grandes, bonitos e caros, que em nenhum outro lugar adolescentes dirigiriam do jeito que estavam fazendo, com certeza. Jonathan, um dos motoristas, fazia o motor roncar enquanto o som de música alta saía das janelas abertas.

Alberto acenou ao volante, buzinando novamente e chamando Amanda por cima da confusão. A garota acenou de volta, vendo as amigas se apertarem pelos espaços vazios nos carros, e foi se sentar ao lado dele depois que João vagou o lugar e foi se enfiar com os outros no banco de trás.

— Você tá bem gostosa com esse vestido! — Alberto disse assim que Amanda bateu a porta e colocou o cinto. Um dos garotos sentados atrás ofereceu uma garrafa de cerveja.

— Uau, isso foi bem romântico. Obrigada.

Eles estavam elegantes e bem-arrumados, apesar da quantidade de latinhas espalhadas pelo chão do carro. Amanda apertou os punhos, sentindo o carro dar partida e competir em corrida com o de Jonathan, que fazia barulho logo à frente. A noite prometia.

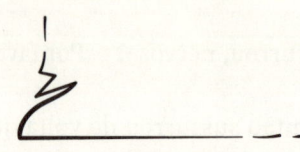

Os quatro garotos da banda se entreolharam quando se encontraram no depósito de educação física. A sala tinha sido transformada temporariamente em camarim para o baile e dava para um corredor que ia direto para o estacionamento de professores, por onde os meninos tinham entrado horas antes, sem serem vistos. Todos estavam com roupa social em tons de preto e cinza e tinham arrumado os cabelos com gel para ficarem com um visual diferente. Caio ajudava Daniel a esticar os cachos, enquanto Rafael ajeitava os próprios suspensórios. Bruno parecia desconfortável com a calça social um pouco larga demais.

Fred apareceu, todo sorridente, em meio ao completo silêncio, com uma mochila e uma camisa social verde-escura meio aberta, superarrumado e perfumado. Abriu a bolsa e puxou quatro máscaras brancas que pareciam feitas de massinha por uma criança. Ele explicou que a técnica se chamava papel machê e que cada máscara tinha sido moldada para ser diferente, cobrindo partes do rosto distintas, mas ao mesmo tempo mantendo uma identidade em comum.

— A gente vai parecer personagens de filmes de terror. Eu me sinto na cabeça do Tim Burton, vivendo no Halloween, tipo o Rei das Abóboras — Bruno disse, pegando a sua e testando o elástico que a prendia na parte de trás da cabeça.

— Você é comprido mesmo, tipo o Jack Skellington! — Rafael riu alto. O amigo respondeu puxando seu suspensório e soltando logo depois, o que tirou um grito do garoto.

— Se isso não assustar a plateia, já é um começo — Daniel argumentou, esfregando as mãos no terno preto risca-de-giz para secar o suor de nervoso. Rafael pareceu animado, fingindo se assustar com Bruno enquanto colocava sua máscara e se encarava em um espelho pequeno pendurado na parede.

— Que nada! Estamos mais bonitões que os loucos do Slipknot! — Rafael comparou, fazendo os amigos rirem.

— Espero que ninguém descubra quem somos. — Bruno girou as baquetas nos dedos. — Isso me deixaria mal!

— Esse é o melhor disfarce, gente. Ninguém imaginou nada disso, eu tive o cuidado de espalhar as fofocas com o completo oposto. A galera tá esperando um grupo de axé! — Fred deu tapinhas nas costas de Caio, que respirava fundo. — Então... músicas preparadas? — perguntou, olhando para os quatro mascarados à sua frente. Daniel concordou, rindo, sentindo as bochechas suadas.

— "Esquecer você"... "You've Got a Friend" e "Pinball Wizard", do The Who — Caio disse, coçando a perna por cima da calça social. — E, talvez, um Legião Urbana no fim da festa pra acabar com o clima!

— Eu te mato se você puxar isso. Você não quer ver minha baqueta voando na sua cara! — Bruno ameaçou, tirando uma risada dos amigos.

Eles se entreolharam, todos prontos. As máscaras eram brancas e disformes, tampando o rosto quase inteiro e mostrando apenas a boca, o queixo e os olhos. De jeito nenhum seriam reconhecidos, até porque todos no colégio achavam que o único talento que eles tinham era o de arrumar confusão.

A festa já tinha começado, com um DJ contratado para tocar antes da atração principal. O ginásio enorme estava lotado e tinha sido decorado com balões coloridos. Felizmente, a maioria dos alunos parecia ter gostado da ideia das máscaras e muita gente tinha aderido, o que era impressionante para um evento escolar, que os alunos do ensino médio normalmente teriam boicotado por causa das ideias esquisitas do diretor. Talvez todo mundo ali precisasse de algo diferente.

O mistério da banda convidada e a comida de graça tinham animado as pessoas. Os mais velhos reclamavam da proibição de bebida alcoólica, mas era impossível o colégio permitir qualquer coisa do tipo com tantos menores de idade. Mas é claro que alguns tinham, sim, batizado as bebidas escondido.

Fred e Susana já estavam no meio da pista e dançavam uma música eletrônica que ele nunca tinha ouvido na vida. Era bem ruim, mas todo mundo parecia se divertir. A garota estava muito bonita e não se preocupava que Fred estivesse meio desligado, porque sabia que ele estava ali sem os amigos. A verdade, é claro, era que ele estava tentando se misturar para perceber as reações das pessoas à sua volta na hora que a banda começasse a tocar. Tudo estava planejado! Encarou seu par, sorrindo para ela, tentando ouvir o que um grupo do primeiro ano falava ao lado deles.

— A gente não vai ficar hoje, você sabe, né? — Susana gritou por cima da música alta para Fred, que sorriu.

— Você me magoa achando que eu só vim contigo pra isso! — ele respondeu. Susana gargalhou, concordando.

— Você veio comigo porque é fofoqueiro e quer saber quem são os caras da banda! E tudo bem, eu também vim só por isso!

Fred piscou para a garota, fazendo alguns passos de dança e aproveitando para se aproximar da dupla que curtia a música ao lado deles. Ouviu um burburinho, como se alguém importante tivesse chegado à festa, e ele sabia bem quem devia ser. Não deu outra.

Amanda entrou ao lado de Alberto pelo corredor principal, fazendo todo mundo ao redor olhar para eles. O garoto estava com o terno aberto e sem gravata, parecendo um ator daqueles seriados americanos famosos. Ela usava um vestido branco esvoaçante até o joelho, com as tranças bonitas que Anna tinha feito. Carol e Maya vinham logo atrás com o resto do grupo, as duas com vestidos pretos e muito bonitos. O de Carol era mais justo e mostrava suas curvas, enquanto o de Maya tinha um decote nada discreto. Anna vinha logo depois delas, ignorando o que seu par falava, e Guiga ajeitava a saia rosa e se apressava para alcançar a amiga.

Fred estava sem palavras. Ela estava linda!

Elas estavam lindas. Elas. Todas. Não só Guiga. Arregalou os olhos, achando que tinha dito algo em voz alta, mas ninguém prestava atenção nele. Todo mundo parecia olhar para os populares andando juntos, arrumados, como se já não andassem em bando todos os dias. Os caras do basquete eram chatos, sem criatividade para roupas, como se estivessem indo para uma festa de quinze anos normal. Fred colocou a língua para fora, óbvio, fazendo cara de nojo, ao que recebeu um cutucão de Susana.

— Se você arrumar briga com eles, vou te deixar sozinho! — a garota comentou, e Fred voltou a sorrir, embora fosse uma expressão claramente falsa. — Eles estão bonitos demais pra brigarem, olha como o Leonardo é lindo... Ele e Guiga formam um casal e tanto, não acha?

Fred apenas concordou, sem conseguir tirar os olhos de Guiga. Ela estava deslumbrante. Os cachos dos cabelos soltos, o sorriso iluminado, o jeito com que mexia os braços e apertava os lábios, olhando em volta. Ele adorava tudo nela. Guiga era bonita demais para aquele feioso do Leonardo.

— Fred? — Susana o cutucou novamente, fazendo o garoto sair do transe momentâneo.

— Desculpa, viajei na música por um segundo. — Fred fingiu uma tosse, tirando os olhos do grupo dos populares e puxando Susana. — E, sim, os dois combinam demais, muito legal, são todos maravilhosos, estrelas do cinema francês! Vamos ignorar a existência deles! — disse, fazendo a garota revirar os olhos.

Mesmo assim, Susana seguiu seus passos e voltou a dançar. Algumas guerras já começavam perdidas.

Amanda olhou para a festa ao seu redor e pensou que talvez aquilo até fosse ser divertido. O ginásio estava tão bonito e iluminado! Sorriu, animada, vasculhando com os olhos o salão enorme. Será que Daniel tinha resolvido aparecer? Que besteira, por que ela estava pensando nisso? Droga.

— Adoro essa música! — Carol disse ao ouvir uma batida pop, e puxou João para a pista de dança.

Maya sorriu e seguiu com parte do grupo, enquanto Anna decidiu procurar uma mesa. Guiga parou ao lado de Amanda e encarou a amiga. As duas se entreolharam, sorrindo.

— Olha quem tá ali — Amanda comentou, de repente.

Guiga olhou e viu Fred. Respirou fundo ao perceber como ele estava bonito, de camiseta verde e com os cabelos presos em um rabo. Seus olhares se encontraram, e ela virou o rosto no susto. Não queria que nem ele nem Amanda percebessem nada, até porque ele estava se divertindo com uma garota, e a amiga parecia preocupada procurando alguém na multidão. Pegou a mão de Leonardo e o levou para o meio da pista, fazendo Amanda franzir a testa, sem entender o que tinha acontecido.

— Vamos dançar também? — Alberto perguntou, perto de seu ouvido.

Amanda pulou de susto, colocando a mão no peito para acalmar o coração e encarando o garoto com uma careta. Ele não esperou uma resposta e a puxou pela cintura, indo para perto de Guiga.

Mas Amanda não durou muito tempo dançando. Podia ser por culpa do salto alto que estava usando ou porque não estava realmente a fim, com a cabeça em outro lugar. Não conseguia parar de observar o ginásio, olhando para todo mundo em volta, sem prestar atenção na coreografia esquisita que Alberto estava fazendo. Ele dançava muito mal.

Quando sentou-se à mesa perto do palco em que as amigas e alguns dos garotos estavam, pensou em tirar os sapatos, embora fosse cedo demais. Já tinha passado uma hora de festa?

Anna e Carol estavam rindo de algo que João tinha dito, e Amanda sacudiu a cabeça, tentando prestar atenção. Precisava se concentrar. Todos pareciam se divertir às custas de Fred, que estava à vista deles, logo na frente do palco, dançando.

— Ainda bem que só veio esse daí daquele grupo esquisito! — Leonardo disse, tirando uma careta de Guiga, que ela disfarçou em seguida.

— E aqueles caras lá entendem de festa? — Alberto riu.

— Pega leve, eles nem estão aqui pra se defender! — Anna respondeu, e os garotos deram gargalhadas.

— Defender? Aqueles esquisitos? — Michel continuou rindo, mostrando os músculos do próprio braço. — Queria ver um deles tentar se defender disso daqui!

— Sempre foi meu sonho sair com um neandertal, tô tão feliz — Maya disse de forma irônica, e Amanda riu, quase cuspindo a bebida.

— Não devem ter conseguido nenhuma garota que quisesse vir com eles. — Carol cruzou os braços e João gargalhou ao seu lado. Maya olhou para a amiga, batendo de leve na mesa.

— E desde quando é regra precisar de parzinho pra festa, Carol? Em que ano a gente tá?

— Ah, nem vem com esse papo, porque todo mundo aqui veio com alguém. — Carol revirou os olhos.

— Se a ideia heteronormativa de precisar ter um par do gênero oposto pra te acompanhar em uma festa da escola tiver feito os idiotas não virem, isso não é motivo de comemorar!

— Eu não entendi nada do que você falou, o que tem a heteronormatividade? — Anna perguntou, ao que Maya começou a se explicar. Alberto bufou, entornando o copo de uma bebida que Amanda tinha certeza de que não era refrigerante.

— Aquele perdedor ali veio com uma garota — disse ele.

— Os outros devem ter ficado com vergonha de virem sozinhos ou um com o outro, como se fossem duplinhas de namorados! — Michel disse, como piada, e Anna deu um tapa no braço do garoto.

— Cala a boca.

— Vocês estão perdendo a linha — Maya reclamou, e o garoto zombou da expressão do rosto dela.

Amanda respirou fundo, tentando ignorar a discussão da mesa. Será que Daniel, Caio, Bruno e Rafael tinham ficado realmente com vergonha de se divertir? Isso não era legal, fazia com que ela se sentisse culpada sem saber exatamente o motivo. Olhou para Fred e sorriu sem querer, vendo o garoto dançar uma música de hip-hop com passinhos dos anos 1960. Amanda queria ser mais como ele;

no fundo, sabia que também tinha vergonha de ser quem gostaria. De simplesmente não se importar com a opinião de todo mundo.

Bebeu mais um gole do refrigerante, sendo acordada dos pensamentos por uma microfonia que veio do palco, no qual o diretor se colocara. Ele batia no microfone, testando o som, e vários alunos se juntavam, aos poucos, na frente da estrutura.

— Boa noite, caros alunos! — O diretor usava uma gravata-borboleta colorida e os cabelos grisalhos lambidos para trás. — Fico muito feliz que tenham vindo participar dessa minha adorável ideia...

— Ideia imbecil — Alberto disse, e Amanda se virou para ele de cara fechada.

— ... espero que corra tudo bem, para que esse seja só o primeiro de muitos bailes de sábado à noite! — o diretor continuou, e todos aplaudiram. Mais alunos se aproximaram, formando uma plateia na frente do palco. — Ok, ok, chega de papo. Preciso passar o microfone para os nossos convidados, que toparam agitar esta noite com muito rock 'n' roll! Eu não sei quem são, mas confio na indicação. Com vocês, Escu... Iscóri? Scotty! Isso, é assim que se fala, bem internacional mesmo! — apresentou e começou a bater palmas, dando a deixa para que um professor subisse ao palco e arrastasse as cortinas vermelhas, deixando à mostra os instrumentos já montados e três microfones na frente.

Todo mundo continuou aplaudindo, e, quando a luz baixou, o burburinho e os assobios se uniram à gritaria de animação. Na multidão, alguns esticaram o pescoço para enxergar melhor quem subia ao palco. Quatro garotos de terno e máscara se posicionaram em frente aos instrumentos, e o público, de repente, ficou em silêncio. Amanda olhou para Anna, que estava sorrindo. Fred e Susana aplaudiam, animados.

O guitarrista foi em direção ao microfone do meio, caminhando lentamente e olhando para toda a plateia em silêncio, esperando qualquer movimento.

— Boa noite, nós somos a Scotty, e essa música se chama "Esquecer você" — Daniel disse, tentando falar de forma um pouco mais grossa do que o normal. Respirou fundo, encarando os amigos da banda e ajustando a guitarra no ombro. Bruno levantou a baqueta e começou a contar.

Todos se entreolharam, ansiosos, quando as primeiras notas da música agitada e melancólica foram tocadas.

Ela tem esse olhar no rosto
Triste e solitário e então pensei
Se ela sorrisse assim pra mim
Mas não é bem assim

Então perguntei se poderia
Talvez *ser sua companhia*
E depois conversar, mas ela não vai entender
E eu não sei mais o que dizer

Os alunos pareciam impressionados e animados, acompanhando a música que era agitada e dançante, mesmo que a letra fosse o completo oposto. A batida parecia de um rock mais antigo, com notas simples, e a voz dos garotos da banda estavam em harmonia. A plateia, aos poucos, passada a surpresa, voltou a dançar, e na mesa de Amanda todos se levantaram aos gritos para acompanhar. Amanda continuou sentada, hipnotizada pelo que acontecia no palco.

— Não quer ir dançar? — Alberto perguntou, gritando para ser ouvido. A garota negou, balançando a cabeça.

— Agora não... meus pés ainda estão doloridos — ela mentiu, sorrindo para ele.

Não estava cansada coisa alguma. Queria apenas observar melhor o que acontecia, ainda chocada com a música. Os garotos no palco não lhe pareciam estranhos. De alguma forma, olhar para eles dava uma sensação gostosa, um frio na barriga, que ela não sentia normalmente... só quando pensava no garoto de quem não deveria gostar, mas aquela era outra conversa. Nada a ver com aquele momento. Nada, nadica de nada, longe de ter qualquer coisa a ver.

— Certo, vou pegar algo pra gente beber então. — Alberto saiu de perto, não parecendo muito interessado.

Amanda estava sozinha na mesa. Prendeu a respiração, olhando para o palco, prestando atenção na letra da música e sentindo o corpo ficar meio dormente. O garoto que tocava guitarra e parecia liderar o grupo cantava com tanta emoção, com tanta sinceridade, que parecia sofrer mesmo daquele jeito. Gostando de alguém que não deveria. Querendo esquecer alguém. Ela se sentiu idiota pelo pensamento e abaixou a cabeça, sorrindo.

Você é como eu quero
E não sei explicar como é
Mas não posso viver nessa sombra
Então me ajude a te esquecer
Nossos olhos se cruzam quando ela me olha
E ela finge que não é um sinal
Eu não sei explicar, baby
Preciso esquecer você

Seu olhar vazio, triste e sem vida
Ela sorri e não é de verdade
E não é pra mim
Se ela me desse apenas uma chance
Nada teria que ser assim

Amanda olhou para o palco quando ouviu as últimas frases, com os olhos marejados de lágrimas. Alguma coisa chamava sua atenção. A letra era tão verdadeira e tão emocionante, que desejou profundamente que tivesse sido escrita para ela. A música parecia triste, e ela estava triste. Ao mesmo tempo, era tão romântica. Uma tragédia!

Daniel, com o microfone à frente, sentia exatamente o que cantava, cada palavra, como se nada mais existisse no mundo. Fechou os olhos, tentando se concentrar para não se distrair e acabar esquecendo a letra — seus amigos nunca o perdoariam —, mas logo percebeu que seria impossível errar. Cada sentimento vinha do coração, e ele poderia repetir aqueles versos sem nem pensar. Abriu os olhos e encarou a plateia animada, dançando e se divertindo, sem imaginar que o cara que estava cantando se sentia tão triste. Tão apaixonado.

Olhou para todo mundo, tentando encontrar o rosto que conseguia enxergar mesmo de olhos fechados. Avistou Amanda sozinha em uma mesa ao lado do palco, roendo as unhas, parecendo triste e impaciente. Queria, mais que tudo, ir até ela e tirá-la para dançar. Ela estava linda! Sentiu a garota olhar para ele e não quis virar o rosto, de propósito. Ela podia não saber, talvez nunca soubesse ou imaginasse, mas Daniel esperava que entendesse o sentido da música que tinha sido feita para ela.

Me ajuda a esquecer
Me ajuda a te esquecer
Não sei de verdade o que fazer
Então me ajude a te esquecer, baby
Me ajude a esquecer vocêeeeeeeee

Caio se aproximou de Daniel, tocando a própria guitarra e harmonizando o final da música no mesmo microfone que ele. Os dois encararam Fred, que estava logo à frente do palco, cantando a letra todinha sem errar nem um verso, e Daniel sorriu, pensando que o amigo poderia colocar tudo a perder se as pessoas percebessem que, por algum motivo, ele era o único que sabia cantar junto! Mas, naquele momento, pouco importava. Eles estavam arrasando, e nada estragaria o clima! O romance fluía pela plateia, que se abraçava, pulava, sorria, enquanto casais apaixonados se beijavam e curtiam o momento. Era bonito ver tudo isso, inclusive dali de cima. A emoção era indescritível.

Alberto chegou à mesa, entregando um copo de refrigerante para Amanda. Ela cheirou e fez careta, sabendo que ele tinha acrescentado alguma bebida alcóolica ali dentro.

— Tá gostando da banda? — ele perguntou.

Ela fez que sim.

— Muito... Essa música, essa letra. Tudo tão... verdadeiro, né?

— É. Meio meloso demais, mas quem escreveu tem talento. — Alberto se sentou ao lado da garota, tomando sua bebida batizada. — Quem será que são? Não consegui reconhecer, acho que nunca vi esses caras por aqui.

— Não mesmo — Amanda concordou, apesar de achar, sim, alguma coisa bastante familiar.

— A gente saberia se tivessem uns caras talentosos assim na escola — Alberto continuou. — Devem ter vindo de fora mesmo, talvez do Rio.

Quando a última nota da música foi tocada, Amanda deu um pulinho na cadeira, ignorando que Alberto ainda estava falando, e aplaudiu de pé junto com o resto do ginásio. Todo mundo comemorou. Os músicos se curvaram, agradecendo, e Amanda ficou observando o guitarrista do meio, que passou quase toda a música olhando na sua direção. Será que tinha gostado dela?

Balançou a cabeça e sentou-se se sentindo idiota. A voz de Bruno ecoou na sua memória, dizendo que "nem tudo era sobre ela", e ele estava certo. Amanda tinha que parar de achar que era o centro das atenções. Aquela música não era para ela, isso não fazia o menor sentido.

— Eu adorei! — Carol gritou para Guiga assim que a primeira música acabou. A amiga estava rindo, suada, depois de dançar bastante. Os garotos na roda de amigos já tinham tirado as gravatas e todo mundo parecia eufórico.

— Foi bom demais! — Guiga respondeu, se abanando.

Maya, que tinha acabado de beijar outro garoto que não era seu par, Jonathan, se aproximou.

— Muito misterioso, gente. Pelas roupas eu achei que ia rolar um heavy metal.
— Eu tô quase subindo e agarrando um deles.

Anna prendeu os cabelos de novo, que tinham soltado do rabo de cavalo. Estava suando, pegajosa. Sentiu a mão de Michel na sua cintura e se soltou do garoto imediatamente.

— E eu quebro ele depois — o garoto disse, irônico. Anna revirou os olhos e mandou ele ficar quieto.

— Cadê a Amanda? Não quis vir dançar? — Guiga perguntou, ficando na ponta dos pés.

Eles se viraram para a mesa na qual Alberto e Amanda estavam parados, sem conversar, apenas olhando para as pessoas em um clima esquisito e indiferente.

— Ela deve estar cansada, o pé dela estava doendo — Anna disse, embora soubesse que era mais do que isso.

— Perdeu. A música era *lin-da*! — Carol destacou cada sílaba e puxou a bebida da mão de João, que estava ao seu lado.

Fred passou por elas com a camiseta verde de botão quase toda aberta.

— Fala, perdedor — João provocou.

Ele se virou para a rodinha e deu um sorriso debochado.

— Veja se não é o grupo dos sem cérebro! — Fred respondeu, abrindo os braços.

— Quer ver quem tem cérebro aqui, moleque? — Leonardo perguntou, grosseiro, mostrando o muque.

Fred abriu a boca, fingindo estar assustado. Anna abaixou a cabeça para não perceberem que tinha começado a rir.

— Eu não resolvo as coisas no braço, irmão — ele disse, se afastando —, e tô a fim de aproveitar o final do show. Susana me disse que ia embora se eu arrumasse alguma briga! — Fred se abaixou em uma reverência exagerada. — De qualquer forma, boa noite e tenham um resto de festa no máximo agradável!

A zombaria fez Guiga rir alto sem querer. Fred percebeu e piscou para ela, sem que os outros vissem, deixando a garota meio desconcertada. Por que ele tinha que ser tão charmoso? E se todo mundo notasse?

— Vou ver se a Amanda quer beber alguma coisa! — Saiu apressada de perto dos amigos e caminhou até a mesa ao lado do palco, batendo os pés com força no chão.

— Parece que o Fred arrumou encrenca — Amanda disse com uma risada assim que Guiga se sentou na cadeira ao seu lado.

— Ele é um imbecil.

— Achei que você tinha dito que ele era bonito!

— Bonito *e* imbecil — Guiga rebateu, revirando os olhos, e as duas deram uma gargalhada juntas.

Amanda balançou a cabeça, concordando. Olhou para o palco quando os quatro garotos da banda voltaram aos seus lugares, fazendo o ginásio comemorar e se juntar na frente do tablado para ouvir o que viria em seguida. O segundo guitarrista, à esquerda, se aproximou do microfone e avisou, com a voz meio trêmula, que aquele momento era para relaxar um pouco.

— Essa música é um cover e celebra a amizade. É muito importante pra gente. Em um dos versos, diz que se o céu ficar escuro e se tornar cheio de nuvens, com antigas memórias voltando, é só manter sua cabeça no presente e me chamar em voz alta. Ser amigo é estar perto e lembrar que essa tristeza é como o vento e vai passar — Caio disse enquanto o ginásio estava em silêncio, os outros alunos curiosos com qualquer coisa que eles falassem. Esse era um poder que ele não imaginava que pudessem ter tão cedo, o de serem ouvidos. Era impressionante. Olhou para os garotos da banda, que dividiam o palco com ele. — Quero que vocês aí embaixo olhem pro lado, pros seus amigos. Olhem mesmo, sem vergonha! — continuou, rindo, apontando pros colegas da escola. — E dedique a eles esse momento. Essa é "You've Got a Friend", aquela famosa do James Taylor! Bora!

A plateia se emocionou quando a música começou, sorrindo junto, alguns grupos se abraçando e outros dando as mãos. Guiga sentiu os olhos cheios de lágrimas e segurou a mão de Amanda, que estava do seu lado. As duas se entreolharam, sorrindo. Amanda não queria perder a amizade de Guiga por nada no mundo.

Muito menos por Daniel Marques.

Daniel desceu do palco após a última música, uma bem agitada, sentindo algo que nunca tinha sentido. Ansiedade e medo de ter feito algo errado, misturados com a sensação de ter realizado um sonho. Estava suado, meio trêmulo, em completo êxtase. Os quatro entraram correndo no camarim improvisado antes que qualquer professor ou aluno pudesse abordá-los por trás do palco. Fred continuava na plateia, pronto para distrair todo mundo.

Encarou os três amigos da banda, que tiravam as máscaras com os rostos vermelhos e suados e sorriam um para o outro.

— Eu poderia fazer isso pelo resto da vida — Daniel disse, e Caio concordou.

— E o Rafael perdeu a aposta: nosso vocalista apaixonado não errou nenhuma palavra! — Bruno aplaudiu, irônico. Rafael sacudiu os cabelos suados, respingando água nos outros três.

— Nada disso, eu apostei que ele não erraria nada!

— Claro que não, quem ia apostar nisso? — Bruno devolveu, e os dois começaram a discutir. Daniel franziu a testa e encarou Caio, que encostou no ombro dele, sorrindo.

— Todo mundo gostou da gente, cara.

— Foi legal dividir isso contigo. Seu discurso na segunda música foi emocionante. Obrigado por ser meu amigo — Daniel disse, e os dois se abraçaram.

— É abraço coletivo? — Rafael perguntou, se jogando neles. Bruno tirou as botas e encarou o relógio na parede.

— A gente precisa sair daqui, cadê o Fred? Daqui a pouco algum fofoqueiro vai descobrir onde a gente está e os populares não vão ser nada perto dos perdedores mascarados!

Daniel se soltou dos braços dos amigos, concordando, e se aproximou de Bruno. Com um bico no rosto, lembrou-se de ver Amanda sentada sozinha na mesa por bastante tempo. Ela estava com uma expressão triste, mas Daniel tinha certeza de que a garota prestara atenção na música. Ele sentiu os olhares dela, o interesse. Era uma sensação curiosa a possibilidade de ter sido ouvido.

— Tá pensando nela, né? — Bruno perguntou, e o amigo concordou, tirando um gorro preto da mochila e cobrindo o cabelo que estava voltando a ficar encaracolado depois de tanto suar. — Eu sabia, sua cara de bobo diz tudo.

— Ela estava triste, cara — Daniel disse, pensativo. — Não parecia bem.

— Claro que estava triste, ela teve que ficar olhando pra cara do imbecil do Alberto. — Rafael se aproximou, fazendo careta. — Nome de velho do cacete, nem a mãe dele deve gostar da cara dele.

— Tu pega pesado, né? — Caio reclamou.

— Vou falar com ela depois. — Bruno encostou a mão no ombro de Daniel. — Não pensa nisso agora. Acabamos de fazer nosso primeiro show, e nenhum dos idiotas dessa escola parece ter descoberto quem somos!

— Isso é bom ou ruim? — Rafael perguntou. — Isso não significa que ninguém pensa na gente quando vê algo legal?

— Você tá foda hoje, hein? — Bruno mostrou o dedo do meio para o garoto e voltou a encarar Daniel, que estava guardando sua guitarra na caixa de transporte. — Amanhã, eu passo na casa da Amanda, mas agora a gente vai beber até achar que somos parte dos Beatles, e eu não quero falar sobre corações partidos e essas coisas mela cueca.

— Queria tanto poder fazer alguma coisa. São dois anos com esse sentimento aqui dentro... — Daniel suspirou.

— Mais do que cantar uma música pra ela em um sábado à noite na frente da escola toda? — Caio perguntou, vendo o amigo se levantar com a mochila nas costas.

— Do que adianta se ela não sabe que é pra ela?

— Você sempre pode fazer umas mentalizações, uma coisa assim bem *O Segredo*... — Rafael sugeriu baixinho, fazendo os amigos rirem.

— Eu achei que tinha sido bem claro sobre não falar mais desse assunto mela cueca, seus idiotas. Cadê o Fred? Eu preciso que ele traga as partes da minha bateria pra gente levar pra van! — Bruno repetiu, entreabrindo a porta da sala.

— Eu te entendo, e a gente vai ter o momento certo pra resolver tudo, confia. — Caio deu tapinhas nas costas de Daniel. Eles viram a cabeça de Fred passar de repente pela fresta da porta, assustando Bruno, que tentava ver alguma coisa do lado de fora.

— Estão prontos, *marotos queridos*? Já levei a bateria pra van. Depois, o professor de matemática vai trazer as ferragens pra cá pra esconder tudo pro próximo show. Eu prometi que ajudaria ele a corrigir alguns deveres de casa se ele me ajudasse na surdina. — Fred sorriu.

Os quatro saíram do camarim improvisado e seguiram o amigo pela porta dos fundos do ginásio, em direção à minivan da mãe de Caio. Não podiam ter ido no conversível do Bruno, pois era capaz de alguém ver e reconhecer o carro. Sem falar que a bateria e os outros instrumentos não caberiam naquela lata-velha, claro. Seria um tiro no pé. Caio teve que prometer lavar a louça pelos próximos três meses para convencer a mãe a emprestar a minivan. Pelo menos, tinha valido a pena.

— Todo mundo acomodado aí atrás? — Fred perguntou ao volante, olhando para trás, onde os amigos se espremiam nos bancos com mochilas, ternos embolados e instrumentos.

— E se a gente pedir umas dez pizzas de calabresa em vez de quatro queijos? — Rafael perguntou, depois que o mais velho deu partida no carro e saiu do estacionamento de professores da escola.

— Tanto faz, mas eu jogo primeiro porque o videogame é meu! — Bruno disse depressa enquanto colocava os pés para cima, confortável, no banco do carona.

Da parte de trás da van, um resmungo generalizado subiu. Sem papo de garotas ou romance; aquela noite seria sobre seus melhores amigos e o mundinho que eles tinham criado pra serem quem quisessem.

> "I won't be lonely when I'm down"
> (I've Got You – McFLY)

sete

Quando foi deixar Amanda em casa, Alberto tentou dar um beijo nela, que se esquivou para fora do carro o mais rápido que pôde. Estava cansada, tinha bebido mais do que devia e não achava que beijar Alberto fosse ajudar com seus sentimentos. Uma saudade do que não tinha vivido, de algo que não existia, de memórias que não eram reais.

Tirou o vestido da festa, o qual jogou em cima da poltrona de estampa floral que decorava o quarto, e tomou um banho rápido antes de colocar o pijama. Fez tudo no automático, sem perceber. Quando se deu conta, estava abraçada no urso rosa de pelúcia que ganhou de Bruno quando eram crianças. O bichinho estava caolho e encardido, mas ainda era fofo. Amanda encarou o espelho em cima da penteadeira e percebeu o quanto parecia mal. Não só porque estava pálida e com olheiras, mas até sua expressão estava entristecida. As sobrancelhas franzidas, a boca contorcida, o nariz vermelho. Fungou, sentindo os olhos se encherem de lágrimas. Por que isso estava acontecendo? Por que tudo era tão difícil? E logo agora! Sentimentos eram coisas tão incoerentes.

Olhou para suas fotos no quadro de metal pendurado na parede. Tinha uma com as amigas na praia. Estavam todas juntas, sorrindo, felizes. Sorriu de volta, orgulhosa das amizades que tinha. Ela não queria estragar isso. Não queria abafar o que sentia, mas isso se tornava inevitável quando passava uma noite inteira sem conseguir se divertir, pensando em alguém que nem estava por perto. Amanda estava arrependida de tentar se reaproximar de Bruno, Caio e os outros meninos, ou de fingir que eles se dariam bem com o grupo delas. Inventou que era por Carol, mas sabia que estava sendo egoísta. Que queria ouvir a voz de Daniel de perto, mesmo que fosse em uma amizade forçada. Ela era uma idiota. Aquele sentimento antigo tinha voltado do nada, e ela não sabia explicar nem por que, nem como. O pior era não saber o que fazer com aquilo.

Junto de algumas imagens antigas, tinha uma foto de toda a turma da escola no ano anterior, quando começaram o ensino médio. Encarou a si mesma sentada ao lado de Guiga e, mais acima, na arquibancada do ginásio, Bruno, Daniel e Caio, que eram da mesma turma. Viu que, por mais engraçado que fosse, Daniel estava olhando para ela. Na foto da escola! Ele olhava para baixo, mas não era para Guiga ao seu lado. Era para ela, e Amanda sabia muito bem.

Reparou no rosto de Daniel mais uma vez e notou que ele parecia sério, o oposto do garoto sorridente e bobão do dia a dia. Como ela nunca tinha reparado na expressão dele? Nem de longe ele parecia animado, e isso a deixou ainda mais infeliz. Sua garganta deu um nó, e sua boca ficou seca. Será que Daniel ainda gostava dela? Olhou para sua imagem no espelho e entendeu por que não tinha reconhecido o sentimento novo que causara a expressão de tristeza, as sobrancelhas franzidas, a boca contorcida e o nariz vermelho. Não tinha como reconhecer algo que nunca havia sentido.

Então era assim um amor não correspondido?

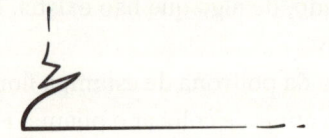

Depois de estacionarem a minivan na garagem fechada da casa de Bruno e tirarem os instrumentos, Fred começou a organizar os pedidos para a pizzaria enquanto os garotos se acomodavam. A casa de Bruno era aconchegante, a família claramente com dinheiro; no primeiro andar havia uma sala espaçosa, com sofás bege e uma TV grande, consoles e jogos de videogames espalhados; uma escada suntuosa para o segundo andar; uma porta para o lavabo e outra para a cozinha. As paredes eram todas brancas, mas precisavam ser pintadas novamente porque eram incontáveis as vezes que os garotos esbarravam nelas com os instrumentos ou deixavam cair pedaços de comida pela casa. De fora, poderiam pensar que uma família tranquila e endinheirada morava ali, mas olhando por dentro, era bem claro que um monte de adolescente fazia do lugar uma república. Vendo Rafael ir à cozinha em busca de um lanchinho e Caio entrar no banheiro, Bruno se virou para Daniel.

— Minha mãe mandou mensagem de Acapulco, e ela e meu pai só devem passar aqui depois do tal cruzeiro pelo Caribe, que sei lá quando termina. — Ele riu soltando ar pelo nariz. — Sua mãe vai ter que assinar meu boletim de novo.

— Dona Maria está de férias? — Daniel perguntou, mencionando a faxineira que conheciam desde crianças, e Bruno concordou. — Tudo bem, mas se você tirar notas mais altas que eu, nada feito.

— O que eu posso fazer se sua mãe gosta mais de mim? — O garoto passou a mão pelos cabelos, fazendo Daniel jogar o sapato nele, acertando a parede e deixando outra marca de sola na já existente coleção.

Fred entrou na sala, com Rafael em seu encalço, chutando o sapato de Daniel para fora do caminho.

— Eu estava pensando aqui com meus botões...

— Eu não sabia que eu tinha mudado de nome... — Rafael resmungou, seguindo até o sofá com os braços cheios de pacotes de biscoito.

— ... que a gente podia dar uma melhorada no visual pro próximo show. As pessoas vão prestar cada vez mais atenção, procurar semelhanças, então cobrir mais o rosto de vocês vai ser importante — Fred continuou. Bruno e Daniel concordaram.

— Tipo maquiagem?

— Tipo o Batman? — Bruno lembrou, e Fred voltou para a cozinha, falando que era uma ótima ideia e que ia pensar mais sobre isso. — Ele assumiu mesmo o papel de *manager* da banda, né?

— E é bom nisso! — Daniel disse.

Dando um susto nos três, o telefone fixo da casa tocou na mesinha de madeira ao lado do sofá. Bruno franziu a testa, caminhando até o aparelho e o tirando do gancho.

— Estranho, ninguém liga pra esse número. Fora a...

— Bruno? — Amanda disse, fungando alto e chorando. O garoto apertou mais o fone no rosto, assustado. Fazia muito tempo que não ouvia a amiga chorar.

— Amanda? — respondeu, o que fez Daniel arregalar os olhos e se aproximar. — O que foi? O que aconteceu com você? Alguém te fez alguma coisa?

— Desculpa te ligar do nada, só não tô me sentindo bem — a garota disse entre soluços. Ela confiava em Bruno e, acima de tudo, sabia que ele não riria dela, não importava qual fosse o problema. Era seu melhor amigo.

— O que aconteceu? Me fala quem te fez chorar que eu mato o desgraçado...

Daniel prendeu a respiração, sem conseguir se mexer. Caio saiu do banheiro com o rosto limpo e ficou encarando a cena, confuso.

— Ninguém fez nada, eu nunca faço nada, Bruno, isso é injusto! — ela disse, fungando. O garoto fez uma careta, sem entender o que estava acontecendo. Uma veia latejava na testa dele, assustando os amigos que estavam na sala.

— Amanda, presta atenção. Para de chorar, por favor — ele pediu, apertando os olhos. — Vamos fazer assim, você me espera? Eu vou praí agora mesmo...

— Não precisa, eu só queria desabafar!

— Seus pais estão em casa? Tem alguém aí pra você não ficar sozinha por enquanto? — Bruno pegou a chave do carro, sentindo a mão de Caio em seu braço. Olhou para as próprias roupas e respirou fundo. Ele não podia simplesmente aparecer lá vestido como um Scotty, droga.

— Meus pais vão dormir fora, mas não precisa se incomodar...

— Você não me incomoda. — Ele fez um sinal para que Daniel e Caio trocassem de roupa, rápido, chutando os sapatos longe. — Eu vou... tirar... o pijama e vou praí.

— Eu te acordei, né? Desculpa! — ela choramingou.

— Não, olha que horas são! Quem você acha que eu sou? — tentou fazer graça. — Os meninos estão aqui, eles estavam comigo e...

— Eles... Eles estão aí? — Amanda arregalou os olhos. — Não precisa se incomodar comigo, eu tô falando sério! Eu tô superbem, bem pra caramba! — Ela parou de chorar repentinamente. Não queria que Bruno deixasse Daniel perceber alguma coisa. Que vergonha!

— Já era, eu tô indo. — Ele desligou o telefone e olhou para os amigos, que já estavam se despindo e procurando roupas jogadas pela casa. — Vocês dois vão comigo, eu não quero dirigir nervoso assim. Rafa, você fica porque o Fred tá lá nos fundos e alguém precisa explicar pra ele por que a gente saiu. Se ele aparecer aqui e ver a sala vazia, vai achar que a gente foi abduzido por extraterrestres.

— Isso poderia realmente acontecer, não brinca com coisa séria... — Rafael sentou-se no sofá de novo.

— Caraca, Bruno, como ela tá? O que tá acontecendo, quem fez o quê? — Daniel bombardeou o amigo com perguntas.

Bruno fez um gesto, tentando acalmá-lo.

— Pelo visto ninguém fez nada. Ela não tá se sentindo bem... mas a última vez que Amanda me ligou chorando faz mais de um ano, e os pais dela estavam brigando. A coisa era séria. — Ele tirou a camiseta e foi para o banheiro — Preciso ir pra lá.

Daniel concordou, em alerta, pegando um moletom amassado dentro da mochila porque as roupas jogadas pela sala estavam com um cheiro ruim. O que quer que tivesse acontecido, por mais bobo que fosse, sabiam que Bruno se preocupava. E Daniel estava se sentindo da mesma forma.

— Se aquele imbecil do Alberto fez alguma coisa com ela, eu vou matar o desgraçado — Daniel disse, sentando-se ao volante do carro. Bruno foi para o banco do carona, e Caio sentou-se atrás, deixando para colocar os tênis lá dentro.

— Não se eu matar ele primeiro — Bruno disse por entre os dentes.

— Ninguém vai matar ninguém aqui porque eu preciso devolver a minivan da minha mãe ainda hoje e não vou buscar nenhum dos dois na delegacia — Caio falou em tom de alerta.

— Ela parecia tão triste hoje, no show... — Daniel comentou, depois de um silêncio incômodo enquanto dirigia pelas ruas do bairro. — Eu queria poder fazer alguma coisa.

— Eu não consegui ver nada de cima do palco. No próximo sábado vou pedir pro Fred diminuir a luz em cima da gente — Caio respondeu, triste.

Ter que ficar sem os óculos por causa da máscara também não ajudava muito; ele precisava comprar lentes de contato quanto antes.

— De onde eu tava, no fundo do palco, só dava pra ver o ginásio bem cheio — Bruno comentou, cruzando os braços. — Daniel, tu veio pela rua da Carol? Não podia ter dado a volta pela praça?

Daniel piscou, prestando atenção ao lado de fora, e percebeu que, no automático, tinha dirigido pela rua paralela que normalmente pegava. Amanda morava perto da praça, no fim da rua, e, por ali, precisavam passar bem em frente à casa da Carol. Ele sorriu, se desculpando e torcendo silenciosamente para que não cruzassem com ninguém, mas tudo parecia estar dando muito errado. Em frente à porta, debaixo do poste iluminado, duas pessoas trocavam beijos, e não demorou um segundo para que Daniel visse que era Carol.

Se ele viu, Bruno também viu.

Droga.

— Essa garota me persegue, cara. Ela não pode beijar esse mané dentro de casa, não? — Bruno rosnou, franzindo a testa.

— A gente, literalmente, tá passando na rua dela... — Caio respondeu, baixinho, mas o amigo o ignorou enquanto Daniel pisava no acelerador para saírem dali quanto antes.

— O que ela vê nesse playboy do João? O cara usa camisa polo, sabe? E sapatênis! Porra, sapatênis!

— Sapatênis é complicado mesmo — Daniel concordou, ouvindo o amigo bufar ao seu lado.

Ele avistou a casa de Amanda e pisou no freio com força ao estacionar na frente, jogando Caio com a cara no banco do motorista. Bruno mal esperou o carro desligar e saltou, indo em direção à porta, ansioso.

— Se for demorar eu aviso e aí vocês podem ir embora — ele gritou e os amigos assentiram.

Daniel e Caio saíram do carro e se encostaram na lataria de frente para a casa, olhando Bruno apertar a campainha. Amanda atendeu quase imediatamente, de pijama, parecendo um pouco tímida. Acenou para os dois garotos mais distantes. Ao fundo, Daniel acenou de volta, mas virou de costas e encostou a cabeça na capota do carro.

— Tá machucada em algum lugar? O que o idiota fez? — perguntou Bruno segurando o ombro dela e girando seu corpo em busca de alguma marca.

— Eu não tô machucada. Para de me cutucar, não tem nada pra ver! — Amanda disse, sorrindo de leve. O amigo cruzou os braços, e ela o puxou em um abraço rápido e reconfortante.

— Obrigada, mas não precisava ter vindo até aqui. Você sabe como sou exagerada!

— Como se eu não te conhecesse desde criança, né? Sempre que você me liga é pra eu vir aqui... e não é como se eu morasse muito longe. — Ele passou a mão no cabelo dela com carinho. — E então? Vai me contar por que estava chorando?

— Você é insuportável. Tá. Entra... — Amanda olhou para o carro dele. — Os meninos querem entrar também? Quer dizer, meus pais não estão em casa e tá bem frio aqui fora... — ela disse, constrangida, sentindo o coração disparar com a possibilidade.

Bruno ergueu a sobrancelha e olhou para Caio e Daniel. Talvez fosse uma boa ideia. Assobiou, chamando a atenção dos dois. Caio desencostou do carro e foi correndo até eles.

— Tá tudo bem? — perguntou. Daniel continuou onde estava, imóvel.

— Querem entrar? Tá frio, vocês podem esperar na sala — Bruno disse, segurando a porta aberta depois que Amanda tinha entrado. Ela estava perto da escada, mas conseguia ouvir os dois conversando.

— Acho melhor não. Daniel tá meio surtado, acho que não tá se sentindo bem de estar aqui... Você entende... Acho que ele não vai querer entrar, pra não invadir o espaço dela — Caio respondeu, preocupado. Bruno fez um barulho estranho com a boca e concordou.

— Tá. Eu não demoro.

Ele fechou a porta depois de observar Caio enfiar as mãos no bolso do casaco e voltar para o carro. Bruno se virou para Amanda, que estava sentada no primeiro degrau da escada. Ela parecia uma garotinha assustada naquela posição.

— Ele não quis vir, né?

— Não. Você sabe bem, o garoto é gado.

— Eu queria poder fazer alguma coisa — Amanda reclamou, e Bruno se sentou ao lado dela.

— E não pode?

Amanda ficou com os olhos cheios de lágrimas e fez bico.

— Não, não posso! Eu achei que estava tudo bem, que isso tinha passado, mas você sabe que tem um monte de coisas e tem a Guiga e...

— Essa história toda é ridícula! Se ela é mesmo sua amiga, vai entender...

— Bruno, não! Eu não posso!

— Não pode perguntar pra ela, tipo: "Oi, tudo bem? Você ainda gosta do imbecil do Daniel Marques? Porque eu tenho um crush nele desde o nono ano e..." — Bruno falou de forma irônica, e Amanda arregalou os olhos.

— Tá doido? Eu não tenho crush nele, só tô confusa!

— Tá bom — disse Bruno, irônico. — É por isso que você está mal?

— Eu tô mal porque não sei o que fazer, e quando não sei o que fazer, eu choro.

— E me chama.

Amanda esboçou um sorriso.

— Obrigada.

Ouviram uma buzina. Bruno encarou a amiga, achando estranho, e abriu a porta da casa. Caio se afastou do carro e foi até ele.

— Gente, o Daniel foi embora, disse que ia pra casa a pé, pra pensar. Bruno, você vai ficar aqui? Eu vou atrás dele. Ele não estava muito bem e esqueceu o casaco — Caio disse, mexendo nos cabelos.

Bruno olhou para Amanda, que escondeu o rosto nas mãos.

— É tudo culpa minha, né?

— Você não é responsável pelo cara. Não é a primeira vez que ele vai ficar resfriado na vida.

— Vai atrás dele, Bruno. Tá muito frio e eu já quero dormir. — Amanda sorriu de leve, coçando os olhos. — Amanhã a gente se fala!

— Vai ficar bem aí sozinha?

— Claro, aquela ansiedade já passou. Não se preocupe.

— Tá — Bruno concordou, beijando o topo da cabeça dela e seguindo Caio de volta para o carro. — Qualquer coisa me liga, eu não vou dormir tão cedo depois do x... — Ele forçou uma tosse, acenando, percebendo que quase colocou tudo a perder quando viu a cara curiosa que a amiga fez — ... xxxxampu pra caspa que usei hoje, nossa, tô cheio. De caspa.

Amanda fez uma careta confusa, batendo a porta sem esperar os garotos entrarem no carro. Ela queria saber se Daniel estava bem, não se o esquisito do seu melhor amigo tinha caspa ou não. Que papo aleatório...

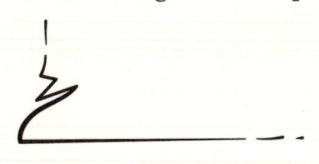

Daniel apertou os braços contra o corpo, sentindo o vento frio cortar o rosto. Ainda bem que tinha colocado pelo menos um gorro, porque estava sem casaco e sentia que ia congelar a qualquer momento. Respirava fundo, prestando atenção nas casas silenciosas, a maioria com as luzes apagadas e sem movimento naquele horário. Chutou algumas pedrinhas, pensando na expressão triste de Amanda minutos atrás. Se sentia inútil sem poder ajudar, sem poder oferecer nenhum conforto. Se não fosse tão medroso, poderia ter se aproximado mais nos últimos anos, mesmo que seu coração ameaçasse sair pela boca só de ouvir a voz dela. Mesmo que ficasse tão nervoso que as palmas das mãos ficavam suadas só de ver o sorriso dela de perto.

Não que Amanda quisesse algo com ele. Ela já tinha deixado bem claro que não ia muito com a sua cara em inúmeras situações ao longo do tempo que se conheciam. Ele não sabia o que tinha feito de errado.

— A Amanda e o Alberto ficaram mesmo depois do baile?

A voz conhecida fez Daniel levantar o rosto. Estava passando na frente da casa de Carol, e ela e João ainda estavam encostados, juntos. Ele olhou para os dois, que notaram sua presença, e continuou caminhando lentamente com as mãos no bolso do jeans velho, ignorando a curiosidade.

— Você sabe como Alberto é com as garotas. — João sorriu, fazendo um gesto obsceno.

— É, eu sei. Acho que a Amanda gosta dele também — Carol respondeu, um pouco mais alto do que o normal. Já tinha visto o jeito que Daniel olhava para sua amiga, como se tivesse qualquer chance. — Ela precisa ficar com alguém bonito e popular que nem o Alberto.

Daniel respirou fundo e chutou uma lata à frente, fazendo os dois se virarem para ele.

— Falando no oposto de alguém bonito e popular, olha só quem tá aqui — João provocou.

— Tá se olhando no espelho? — Daniel respondeu, parando de andar e encarando os dois na sua frente. A adrenalina pulsava em seus ouvidos, era ensurdecedor.

— Tá maluco, seu esquisito?

— Deixa ele. O nerd tá andando sozinho a essa hora, no escuro. — Carol segurou João pelo braço, trocando um olhar de afronta com Daniel. Quem ele pensava que era? — Deve ter se perdido daqueles amigos.

— Tá querendo ouvir fofoca pra espalhar na segunda-feira pela escola? — João deu uma risada, e Carol deu de ombros como se não se importasse. — O que você quer saber?

— De você? Nada. Me erra. Continuem o que vocês estavam fazendo, eu não ligo.

Era mentira, Daniel ligava bastante. Não achava justo João ficar comentando sobre Amanda daquele jeito, fazendo gestos feios. O que Carol tinha na cabeça para querer ficar com aquele idiota?

— O que a gente estava fazendo? Nem metade do que Alberto e Amanda fizeram. É essa fofoca que você quer?

— João... — Carol reclamou, e o garoto tirou a mão dela.

— Você por acaso gosta da Amanda? Não se enxerga? — João riu alto.

— Você não sabe do que tá falando — Daniel respondeu, fazendo careta. Viu Carol balançar a cabeça, tentando puxar o braço do outro.

— Espalha lá pra sua turminha de invejosos, virgens e sem talento. Ao contrário de vocês, o capitão do time de basquete estava comendo a garota popular da escola e...

— João! — Carol deu um grito, puxando o braço dele com força.

Daniel não conseguiu se mexer. O que Amanda fazia ou deixava de fazer não era da conta de ninguém para um filho da mãe como João ficar falando dela assim. A adrenalina tinha feito Daniel parar de sentir frio, e uma onda de raiva subiu pelo seu corpo. Continuou parado, respirando fundo, vendo João dar risada e se desvencilhar de Carol.

— Sabe como é, Alberto contou em detalhes pra gente no baile. Tudo que eles fizeram. Você achava que tinha chance com ela?

Antes que Daniel pudesse absorver qualquer coisa que o garoto estava falando, ouviram o barulho de pneus cantando e viram o carro de Bruno virar na esquina, com Caio ao volante. Estava vindo muito rápido e parou abruptamente ao lado de Daniel.

— Qual é o seu problema? — Bruno gritou e desceu do carro. Olhou para a calçada e seu olhar cruzou com o de Carol; ele fez uma careta na hora. A garota abriu a boca sem saber o que dizer.

— Eu... — Daniel tentou falar alguma coisa, mas estava tremendo um bocado. João deu outra risada, batendo palmas, se divertindo com a cena.

— Agora esse bairro virou filme de ação de quinta categoria? Achei que fosse mais bem frequentado.

— Ninguém tá falando com você, seu monte de estrume — gritou Bruno, dando alguns passos na direção de João. Carol arregalou os olhos e se enfiou entre eles.

— Gente, deixa isso pra lá... — ela tentou dizer.

— Seu amiguinho queria ouvir nosso papo, se você não sabe. Veio aqui saber que o amor da vida dele estava abrindo as pernas e...

— Cala a boca! — Daniel gritou, furioso.

João riu, mas Carol estendeu a mão para calá-lo, tentando evitar que a situação piorasse. Aquilo tinha ido longe demais. Era para ser só uma brincadeira, no fim das contas.

— E aí, perdedor? Você quer que eu cale a boca ou explique com todos os detalhes como foi a noite deles? Como ela gritava apaixonada o nome do Alberto e...

João começou a interpretar a situação com gestos e gemidos, vendo Daniel arregalar os olhos e dar passos à frente, sendo então segurado por Bruno. Carol bateu o pé e puxou o braço de João com força.

— Para com isso! Chega!

— Me solta, você tá defendendo esses esquisitos, sua maluca?

João olhou com raiva para ela, sacudindo o braço e empurrando com força a garota para longe. Ela tropeçou para trás, batendo as costas com força no portão e soltando um gemido de dor. Bruno largou Daniel e partiu para cima de João.

— Seu cretino! — ele berrou e deu um soco no rosto do garoto, que cambaleou.

Carol tapou a boca com as mãos, abafando um grito de susto. Daniel e Caio correram até Bruno, tentando separar a briga, enquanto João, cheio de raiva e com o lábio sangrando, tentou esmurrar Bruno de volta. No meio da confusão, acabou socando com muita força a maçã do rosto de Daniel, que caiu no chão. Caio puxou Bruno para o lado, e Carol foi até eles, empurrando João para longe dos outros.

— Vai embora daqui, seu idiota! Some! — ela gritou.

O garoto limpou o sangue da boca e encarou os três com uma expressão de nojo. Daniel estava no chão, e Caio tentava ajudá-lo a se levantar. Bruno permanecia com o punho cerrado encarando ele de volta, cheio de raiva. Carol empurrou João até o carro dele e só voltou para perto dos outros garotos quando o viu dobrar a esquina.

— Ai, meu Deus, que merda foi essa? — ela disse, assustada. Afastou Bruno com uma das mãos para chegar até Daniel, se ajoelhando e examinando o machucado dele. — Você precisa de gelo, de um curativo...

— Não precisamos da sua ajuda, podemos cuidar dele.

Bruno levantou Daniel, segurando o amigo pelo braço, apoiado em Caio, mas o garoto gemeu, tonto e com dor. A porrada tinha sido mais forte do que ele pensava.

— Não puxa ele assim, seu idiota! Vai acabar machucando mais, ele não vai conseguir ficar de pé! — Carol disse, alto. — Meus pais estão dormindo, vocês não podem entrar, mas aqui fora tá muito frio e ele precisa sentar em um lugar confortável. E a Anna foi dormir na Guiga, então sem chances. Vamos para casa da Amanda, é aqui do lado. Ela pode ajudar.

— Não! — Daniel ficou em pé com dificuldade. — Eu tô bem. — Seu rosto sangrava bastante e ele mal conseguia abrir o olho. Não estava nada bem, visivelmente.

— Você prefere ir pro hospital? — ela perguntou.

— E por que você se importa? — Bruno encarou Carol, com raiva. — Tudo isso é culpa sua também.

— Eu sei que também tenho culpa, por isso tô tentando ajudar! Eu não sabia que o João ia falar aquelas coisas horríveis! Ele nunca tinha me empurrado daquele jeito. — A voz da garota diminuiu, lembrando da cena. Bruno abriu e fechou a boca, sem saber o que dizer.

— Eu vou matar aquele monte de bosta. Você não tinha que ter expulsado ele daqui!

— Bruno... — Caio reclamou, sentindo o peso de Daniel em seu braço. — Obrigado por tentar ajudar, Carol, mas ele vai ficar bem — disse, sinceramente, ao ver que a garota estava nervosa. — Você tá bem? Se machucou?

— Eu não me machuquei, obrigada. — Carol encostou no ombro dele, fazendo ele levantar o rosto. — Daniel? Eu não gosto de você. Você não gosta de mim. E eu sei que você tem alguma questão com a Amanda, que você gosta dela ou sei lá... Tanto faz. Mas isso é sério. Sua bochecha tá muito inchada, e você precisa ver se não machucou seu olho. Não custa nada ir até lá, sabe? Não vai te fazer mal.

— Eu... — Daniel se virou para os amigos. — Sei lá... Eu acho melhor não...

— Cinco minutos? A gente limpa isso e põe gelo. Aí você vai pra casa e se vira. Não me deixa ficar com esse peso na consciência.

— Que consciência? — Bruno provocou de forma irônica, passando a mão pelos cabelos.

— Por favor — Carol insistiu, ignorando suas palavras.

Daniel abaixou a cabeça e sentiu como o rosto estava doendo. Gemeu alto e pediu o apoio de Caio para se manter em pé, porque sua visão estava embaçada. Conseguia sentir na voz da garota como ela precisava saber se ele estava bem, talvez mais do que ele mesmo. Ela também estava assustada e machucada.

— Tudo bem — Daniel disse, deixando Bruno de boca aberta de surpresa. Carol sorriu de leve, mordendo o lábio.

— Fecha a boca e me ajuda a levar ele pro seu carro.

Caio começou a andar com o amigo apoiado nos ombros, passando por Bruno e dando uma cotovelada nele. Carol correu adiante, abrindo a porta do banco de trás e ajudando os dois como podia. Era o melhor a se fazer. Ela também não queria ficar sozinha.

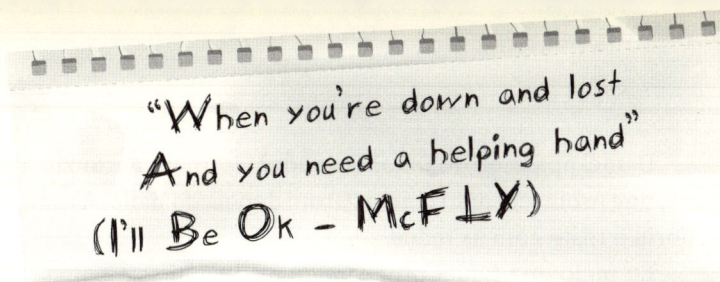

> "When you're down and lost
> And you need a helping hand"
> (I'll Be Ok – McFLY)

oito

Carol tocou a campainha da casa de Amanda, morrendo de frio e usando um casaco qualquer que encontrou no banco do carro para se esquentar. Bruno estava atrás dela, com os braços cruzados, parecendo furioso, e Caio ajudava Daniel a ficar em pé. Um caos completo. O rosto do garoto latejava, e ele só gemia, sem conseguir falar direito nem abrir o olho esquerdo. Carol batia os pés, nervosa, quando Amanda atendeu a porta, ainda de pijama, confusa com a cena que se desenrolava. Os cabelos estavam em um rabo malfeito e descuidado porque não tinha nenhuma expectativa que aquelas quatro pessoas, juntas, fossem aparecer àquela hora, por ali. Os olhos dela foram de Bruno para Carol, depois para Caio, tentando entender o cenário, parando por fim no rosto de Daniel. Quando viu o sangue, tapou a boca com as mãos, assustada, sentindo o coração disparar.

— O que aconteceu?

Ela largou a porta, se aproximando dele sem pensar duas vezes. O garoto, surpreso com a reação, deu um passo para trás e, se não tivesse sido amparado por Caio, teria caído.

— Podemos entrar, amiga? — Carol perguntou, respirando fundo, e Amanda concordou. — Eu te explico tudo.

— Vai explicar a parte que você ficou falando merda também? — Bruno resmungou assim que fechou a porta. Carol olhou de cara feia para ele.

— Você nem estava lá.

Amanda ignorou os dois e levou Daniel para se sentar em uma poltrona. Correu até a cozinha para pegar um pano com gelo e a caixinha de primeiros socorros, depois voltou à sala e se abaixou na frente do garoto machucado.

— O que aconteceu? — repetiu.

Caio se apoiou na poltrona.

— Uma briga, Amanda. Com o João — explicou.

— Daniel apanhou do João? Do nada? — Amanda franziu a testa e olhou para Carol, que sabia ter saído com o garoto depois do baile. A amiga fez cara de triste e cobriu o rosto com as mãos.

— Eu meio que fiquei provocando os dois, mas a culpa é do Bruno, que foi um grosso estúpido.

— Como sempre — Bruno enfatizou, bravo.

Amanda encarou o amigo, confusa, e voltou a olhar para Daniel, que parecia acuado. Ela entregou o pano com gelo para ele e molhou algodão com antisséptico para limpar o machucado. O garoto se afastou quando ela tentou tocar em seu rosto, mas Amanda insistiu. Ela olhava, admirada e preocupada, limpando lentamente o sangue coagulado nas bochechas e na boca de Daniel. Quando percebeu o silêncio, pigarreou, voltando a olhar para os amigos.

— O que vocês estavam fazendo com o João, alguém pode me explicar? Eu tô realmente confusa.

— Eu estava com ele. Sozinha — Carol começou, se encolhendo sem perceber. Bruno olhou para a garota tentando manter a expressão de raiva, embora estivesse preocupado. Cruzou os braços e mordeu o lábio para não falar nada.

— Foi tudo minha culpa — Daniel disse com a voz baixa.

Caio negou.

— Ele saiu andando daqui aquela hora e encontrou Carol e João na calçada. Quando a gente chegou, eles já estavam discutindo sobre... sobre... — O garoto olhou de Carol para Bruno, parando em Daniel sem saber o que dizer. Não queria repetir em voz alta o que tinha ouvido João dizer sobre Amanda.

A garota piscou algumas vezes, tentando se concentrar no que Caio falava, mas se perdeu um pouco enquanto limpava o sangue da bochecha de Daniel. Ele abriu e fechou a boca, e ela acompanhou os lábios dele, que estavam muito próximos. Sentiu um arrepio subir pelas costas e respirou fundo, encarando Bruno, que resmungava.

— Isso ia acontecer uma hora ou outra. Pelo menos tive a oportunidade de socar a cara daquele idiota.

— Era para o Bruno ter apanhado, e não o Daniel — Carol disse, nervosa. — Mesmo que... injustamente.

— Injustamente? — Amanda repetiu, virando o rosto na direção do garoto, que deu de ombros, irônico.

— Esse sou eu, totalmente injustiçado pelas pessoas — falou com um riso forçado, olhando para Carol.

— O João provocou, ele... — Daniel começou a falar, com a voz baixa e rouca. Os amigos o encararam sem saber o que diria. — Ele ficou com aquelas palhaçadas sobre mim, como sempre, e eu comecei a bater boca.

Carol franziu a testa, sem entender. Seu coração batia muito rápido, e ela se sentiu agradecida pelo garoto não ter repetido o que João estava dizendo de Amanda. Ela sabia que não era verdade e que Alberto provavelmente tentou tirar vantagem com os amigos, mas contaria tudo para Amanda em outro momento. Não ali, não com aquele clima, não na frente de outras pessoas. Sabia que a amiga ficaria muito mal e ela já não tinha tido uma noite tão divertida assim.

— João provocou Daniel, Carol reagiu defendendo Daniel — Caio contou, falando rápido. — João reagiu, empurrou a Carol, daí Bruno ficou nervoso, gritou de volta e bateu no João, que revidou errado. Pronto, esclarecido.

— Então Daniel apanhou porque Bruno defendeu a Carol? — Amanda perguntou, espantada. Daniel ergueu a sobrancelha com dificuldade e gemeu depois, arrependido de mover o rosto. — Eu tô muito triste que você tenha apanhado, mas impressionada que Bruno *defendeu a Carol*!

Daniel tentou não sorrir, mas seu rosto doeu do mesmo jeito. Só conseguia reparar em quanto Amanda estava perto e em como ela parecia concentrada cuidando dele. Caramba.

Bruno bateu o pé, atraindo a atenção dos amigos.

— Ele é um cretino! Empurrou a Carol! Não tem ninguém que não fique puto com uma situação dessa — se defendeu, furioso.

— Pelo menos você bateu nele? Machucou? — Amanda perguntou, ainda sorrindo. O amigo concordou, satisfeito.

— A boca dele não tá mais bonita do que a cara do Daniel no momento.

— Ei! — o garoto reclamou, fazendo Amanda puxar seu rosto de volta para a direção dela.

— Ótimo. Esse roxo aqui tá bem feio, desculpa — ela comentou, rindo baixinho e fazendo Daniel sentir o coração nos ouvidos.

— Isso é ridículo — Carol resmungou. Como uma noite de sábado começou tão bem, com uma festa, degringolou dessa forma?

— Isso vai inchar muito amanhã, mas agradeça porque podia ser bem pior se tivesse sido um pouquinho pra cima! — Amanda comentou, se levantando e estendendo de novo o gelo para Daniel.

— Vou lembrar de agradecer o idiota na segunda-feira — ele falou com certa dificuldade, fazendo Amanda sorrir.

— E não seja tão sarcástico, eu tô só tentando ajudar.

— Obrigado — ele agradeceu baixinho, mirando bem os olhos dela.

Amanda prendeu a respiração até se dar conta de que precisava fazer alguma coisa. Andou até a porta de casa, com Bruno em seu encalço.

— É melhor a gente ir logo mesmo, porque Fred e Rafael estão lá em casa. Você sabe que não posso deixar os dois sozinhos por muito tempo ou vou chegar lá junto com os bombeiros... de novo. — Bruno apertou o ombro da amiga ao passar, esperando os outros do lado de fora. A rua estava iluminada pelos postes de luz e pela lua, enorme no céu.

Daniel seguiu Bruno e Caio até a porta, tentando manter o equilíbrio.

— Obrigado por ajudarem — Caio agradeceu às duas meninas. — Foi algo que eu realmente nunca imaginei que as patricinhas de Beverly Hills pudessem fazer.

— Você é péssimo, como sempre — Carol disse, rindo de verdade. Virou-se para Amanda e abraçou a amiga. — Amanhã eu te ligo, tá? Vamos conversar.

— Quer carona pra casa ou não? — Bruno perguntou rispidamente, e Carol revirou os olhos, mas seguiu os três mesmo assim, reclamando até o carro.

Amanda encostou no batente da porta, ouvindo Caio dizer para Daniel que, se ele fosse o Goku de *Dragonball*, o João teria sido destruído. Daniel riu alto e depois gemeu, reclamando que sua bochecha estava ardendo.

— Fred vai ficar furioso por ter perdido isso — Caio não parava de falar. — Ele ia querer ter apanhado no seu lugar só pra fazer drama pra escola toda na segunda.

Daniel tentava não sorrir de novo, enquanto Carol e Bruno entravam no carro sem se olhar. Amanda, de longe, balançou a cabeça.

— Rafael provavelmente teria saído correndo gritando que nem criança, o que poderia ter evitado tudo, mas...

Eles ainda conversavam alto quando Bruno arrancou com o carro, e Amanda voltou para dentro de casa, finalmente sorrindo naquela noite, por pior que fosse a situação. Era estranho se sentir daquele jeito, e ela precisava refletir muito sobre o que faria dali para a frente.

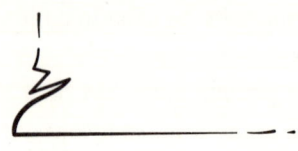

— Jesus Cristo e os doze apóstolos, o que é isso? — Fred gritou, com a voz fina, quando viu Daniel, todo arrebentado, entrando em casa com os dois amigos. Rafael desceu as escadas correndo ao ouvir o grito.

— Eita, a Amanda bateu nele?

— Quem dera. — Caio riu, sentindo um tapa de Daniel nas costas.

— Se não foi a Amanda, então foi o namorado dela? — Rafael continuou, confuso.

— Ela não tem namorado — Daniel retrucou, indo até a cozinha porque o gelo que estava no pano já tinha derretido.

— Aquele sem cérebro do João estava falando besteiras sobre a Amanda e o tal do Alberto, e Carol ficou puta primeiro e começou a brigar com ele e... — Bruno começou a explicar toda a situação, mas só conseguiu deixar Fred e Rafael ainda mais confusos.

— O Bruno bateu no João primeiro — Caio falou no meio da enrolação, chamando a atenção dos amigos.

— Sério? — Fred perguntou, impressionado.

— Bateu mesmo, tipo socão? — Rafael sacudiu os braços, animado. Caio concordou.

— Sangrou e tudo.

— Não foi bem assim, não. O cara não pode sair empurrando garotas de graça, sabe? Covarde do caralho.

Bruno tirou o casaco, jogando-o no chão de qualquer jeito, e voltou a explicar toda a briga pelo seu ponto de vista de forma teatral. Daniel voltou para a sala com uma latinha de cerveja na mão, que entregou para o amigo.

— O que o playboy falou da garota pra você ficar puto, Daniel? Foi tão sério assim? — Fred perguntou, curioso, vendo Daniel esticar o dedão, concordando.

— Foi ridículo e ofensivo. Coisas que não são da conta de ninguém.

— Que coisas? — Rafael arregalou os olhos.

— Que não são da conta de ninguém — Daniel repetiu. Caio balançou a cabeça, cansado.

— Aquelas baixarias que ele vive falando pela escola, sabe? Tirando onda que pegou a garota e...

— E você ficou irritado a ponto de arrumar briga porque o cara disse que transou com a Amanda? Não que não seja horrível, eles são uns idiotas, mas você nunca ficou desse jeito — Fred disse, mas Daniel não respondeu nada e só olhou para os amigos. — Isso é sério.

— A gente sabe. — Caio riu. — Se fosse com a Guiga, você teria feito igual.

— Eu teria feito pior, estaria todo mundo envenenado.

— Você tá vendo documentários de serial killers demais. — Bruno balançou a cabeça, sentando no sofá. O amigo negou.

— Vocês tinham que ver a Guiga do lado daquele feioso hoje na festa. Meu coração quase parou de tanta tristeza — Fred continuou, dramático. — É doloroso ver que ela gosta mais dele do que jamais vai gostar de mim.

— Você já perguntou isso pra ela? — Bruno questionou, ligando a televisão. O amigo negou fervorosamente.

— Claro que não.

— Então, como você sabe o que ela acha ou de quem ela gosta?

— Por que ela ia sair com um cara de quem não gosta? — Daniel se apoiou na escada, fazendo careta.

— Você perdeu o cérebro na hora que levou o soco? — Bruno perguntou. — Até parece que não sabe que elas ficam andando pra cima e pra baixo com os caras populares porque é assim que a escola funciona.

— Eu odeio a escola. A gente podia largar tudo e viver só da banda — Rafael reclamou, sentando-se no tapete em frente a Bruno, ligando o videogame.

— Temos que ser mais realistas, gente. Essa coisa toda de tocar no baile tá subindo à cabeça. Existe um *status quo*, mesmo que a gente ache idiota.

— Ai, Bruno, que papo baixo-astral. Onde tem incenso nessa casa pra limpar sua aura? — Fred perguntou, vasculhando uma gaveta aleatória.

Daniel sentiu o rosto doer de novo e se despediu dos amigos, subindo as escadas para o quarto no segundo andar. Estava cansado, muita coisa havia acontecido em pouco tempo e ele precisava baixar a bola, como Bruno tinha aconselhado. O amigo tinha razão.

Quando se deitou e olhou para o teto, ficou passando os dedos nos lábios, lembrando-se de como Amanda cuidara dele com tanto carinho, sem parecer irritada como sempre acontecia. Fechou os olhos e adormeceu, cantando para si mesmo, imaginando o que falaria para a garota na segunda-feira.

> "We drove round in a time machine
> Like the one in the film I've seen"
> (Year 3000 – Busted)

nove

— Dezessete... dezesseis... — Uma Amanda de dez anos apertou os olhos encostados no braço fino e gelado que estava estendido na parede. — Quinze... — Ela ouviu risadas às costas e abriu o olho direito devagarzinho. — Catooooorze!

Ela bem sabia que espiar assim era roubar e normalmente não faria isso. Mas, ali, as circunstâncias eram diferentes. Tinha aprendido nesses anos com os amigos que, na brincadeira de pique-esconde, quem não fosse esperto sempre acabava contando.

— Treze, doze...

Amanda fechou o olho direito e abriu o esquerdo. Nada, tudo limpo. Será que eles tinham descido as escadas? A casa do Caio era muito grande, mas a regra também era bem clara: só valia se esconder no andar de cima.

— Onze, dez...

Apurou os ouvidos para um barulho de passos logo atrás. Alguém estava se esgueirando, tentando fazer silêncio. Amanda riu. *Vou pegar esse idiota assim que me virar*, pensou satisfeita. Não era porque só tinha dez anos que Caio e Bruno iam fazê-la de boba. Ela era esperta, afinal de contas.

— Nove, oito...

Amanda ainda sorria, satisfeita, imaginando o instante em que enfiaria o dedo na cara de um dos dois. Ela ia rir para valer e, da próxima vez, estaria se escondendo em vez de contando!

— Sete... seis... cinco...

Só faltavam quatro números, e ela ainda tinha impressão de que alguém prendia a respiração à sua volta. Malditos, pensou, deviam estar por perto!

— Quatro... — Ela se demorou de propósito. — Três. Dois.

Chegou a hora: eles iam se ver com ela.

— Um. Lá vou eu! — Amanda gritou, já sorrindo e se virando. Quase deu um encontrão com Bruno, que enfiou a mão direto na parede ao lado dela, tão rápido que só deu tempo de Amanda gritar de susto.

— Pique um, dois, três. Bruno — ele anunciou, todo sorridente, com aquela expressão presunçosa de quem estava planejando isso havia dias.

Amanda colocou as mãos na cintura e ia começar a discutir quando Caio apareceu no corredor e andou lentamente até eles, confuso. Olhou de Amanda para Bruno e, então, para a parede.

— Pique um, dois, três... Caio! Amanda, tem certeza de que você ainda quer brincar? — ele perguntou com a maior naturalidade do mundo, sem entender o que estava acontecendo e por que tinha conseguido se safar tão fácil.

Amanda abriu a boca quando percebeu o que tinha acontecido, parecendo mais furiosa ainda, e olhou para os dois amigos. Soltou um gemido irritado e saiu batendo o pé. Bruno ficou dando risadinhas, enquanto Caio olhava sem entender.

— O que você fez dessa vez?

— Eu não fiz nada; por que sou sempre eu? — Bruno perguntou, se fazendo de desentendido. — Os espertos não contam! Ela não foi esperta. Quer brincar de novo, Amanda?

Em seguida, a porta do banheiro bateu com força. Bruno olhou para Caio, e os dois riram baixinho.

Mais tarde, Amanda estava sentada no sofá marrom e aconchegante da casa de Caio enquanto Bruno, de pé, imitava os passos de dança de Elvis Presley.

— Vamos pra praça? — sugeriu, tentando manter os olhos abertos. O sono estava pesando.

Caio olhou para a amiga, do outro lado do sofá.

— Você sabe bem que minha mãe não vai deixar, ela disse que vai chover.

— É só dizer pra tia que você é quase adulto!

— Eu já fiz isso, Amanda!

— Então diz que arrumou uma namorada; você já tem dez anos!

Bruno se intrometeu no papo, sapateando no ritmo da música. A amiga aplaudiu.

— Acho que a Julia lá da sala gosta de você — ela disse, dando risinhos, mas Caio pôs a língua pra fora.

— Eca — retrucou. — Querem ver *O Rei Leão*?

— A gente viu esse filme ontem! — Bruno cruzou os braços, parando de dançar.

— Eu vou chamar a Anna pra ir dormir lá em casa com a Maya. Mamãe disse que eu posso levar amigos, mas eu tô cansada de vocês dois. — Amanda se levantou do sofá, tropeçando no cadarço do tênis. — Vou fazer novas amizades.

— Tanto faz. — Bruno voltou à sua coreografia, enquanto a garota ligava para sua mãe e Caio procurava pela fita do filme que veria novamente.

Pouco mais de dois anos depois, sentados no mesmo sofá marrom, Amanda lixava as unhas enquanto Bruno e uma nova figura disputavam um não tão emocionante jogo de *Mortal Kombat*. O garoto pequeno e magrinho, de cabelos claros e bagunçados, se chamava Rafael. Tinha se juntado naquele dia ao pequeno grupo de amigos depois de levar seu bichinho de estimação para o colégio.

Caio entrou na sala com uma gaiola na mão, mostrando o enorme camaleão.

— Uau, ele comeu todas as moscas!

— É o que ele come! — Amanda revirou os olhos, como se fosse óbvio. — Ele é lindo.

— Eu bem queria poder ter um — Caio falou com certo desgosto e, ao ouvir o barulho de carro estacionando, arregalou os olhos. — E a mamãe me mata se vir esse bicho perto de mim! Ela tem pavor... O que eu faço?

— O quê? — Bruno pausou o jogo no meio de um movimento, fazendo Rafael reclamar, e olhou para Caio. — Sua mãe chegou? Mas você disse...

— Eu achei que ela só fosse voltar à noite! — o garoto gritou, esganiçado. — Pega aquela toalha de mesa, rápido! Ela vai me matar!

Bruno levantou, escorregando no tapete até o armarinho da sala. Pegou a toalha de mesa enquanto Caio acomodava a gaiola no chão entre Rafael e o videogame. Cobriu o animal com a toalha, que ficou parecendo uma banqueta de formato esquisito. Olhou e fez careta.

— Coloca o videogame aí em cima — Amanda sussurrou.

Rafael logo largou o console sobre a gaiola.

— Parece uma mesa — reclamou baixinho e com visível pena do camaleão, bem quando a porta da sala se abriu.

Caio se jogou no sofá, enquanto Bruno correu para sentar e dar play no jogo pausado.

— EI! GANHEI!

Amanda deu uma risada alta, seguida por Caio, observando a expressão devastada de Rafael sendo vencido de repente com seu Sub-Zero. Uma senhora alta e bonita, com as bochechas naturalmente bem vermelhas, entrou na sala fixando o olhar diretamente nos meninos. Mirou Caio, então Rafael, depois o videogame. Seu olhar voltou-se para Rafael.

— Oi, queridos. Amigo novo?

— Mamãe, esse é o Rafael. Ele é lá do colégio — Caio explicou, sorrindo, como se não tivesse nada para esconder, muito menos um animal esquisito no meio da sala. Verdade seja dita, ele tinha se acostumado a ser um bom mentiroso!

— Rafael, fique à vontade. — Ela sorriu, simpática, fechando a cara ao olhar novamente para o filho. — Caio, você ofereceu bolo aos seus colegas?

O menino fez uma careta.

— Eles não querem comer, mamãe.

— Oi, tia, muito obrigado! Eu aceito bolo, sim, Caio — Bruno falou, sorrindo.

— Eu também, não sabia que tinha bolo — Amanda emendou, deixando Rafael ligeiramente corado.

— Tudo bem por mim.

— O quê? Seus traíras.

Caio se levantou e seguiu para a cozinha, pisando firme, enquanto a mãe subia as escadas falando para si mesma quanto estava exausta e como precisava de um bom banho. Assim que sumiu no andar de cima, os três ouviram o videogame tombar de lado e viram a gaiola coberta se mexendo.

— Essa foi por pouco. — Bruno respirou fundo, enquanto os outros dois riam e tentavam conectar de novo os cabos.

No ano seguinte, numa sexta-feira, Bruno se reuniu com Caio, Rafael e mais dois novos amigos, Daniel e Fred, em uma pizzaria na esquina da rua da casa dele. O garoto estava com o celular nas mãos.

— Ela não atende. Mas marcou comigo — falou baixo, indignado.

Daniel mordeu o lábio, pensando na menina para quem Bruno tentava ligar. Era linda. Os cabelos castanhos sedosos e brilhantes, os olhos bonitos que pareciam envergonhados, mas que foram os primeiros que tinham notado Daniel naquele colégio. Suspirou, vendo o amigo fazer careta ao seu lado.

— O que tá acontecendo?

— Cara, a Amanda já não sai com a gente tem um bom tempo, você não notou? — Caio disse calmamente. — É o ciclo da vida.

— O que ela ia fazer aqui? Não tem nada de interessante na gente. — Fred riu, prendendo o cabelo loiro que estava deixando crescer. — Ela deve estar com as amigas.

— Mas ela marcou comigo! — Bruno fechou a cara, desligando a ligação. Daniel ergueu as sobrancelhas, insistindo que ele tentasse ligar de novo.

— Liga pra melhor amiga dela, vai que aconteceu alguma coisa.

— Já tentei. Ninguém me atende.

— Tenta de novo. E... e o telefone da casa dela?

Todos olharam para Daniel.

— Cara, você gosta dela — Rafael falou, abrindo um sorriso.

— Lógico que não! — O garoto arregalou os olhos. — Eu nem conheço ela direito, foi só uma sugestão.

— Cara, claro que gosta! Você tá apaixonadinho! — Rafael ria baixinho.

Daniel abriu e fechou a boca algumas vezes, sem emitir nenhum som.

— Você chegou há pouco tempo na cidade, coitado. As meninas daqui não ligam pra gente, você arrumou os amigos errados — Caio disse, enfiando um pedaço de pizza na boca. — A gente tá no nono ano, e elas só querem saber dos garotos do ensino médio.

— Fale por você, na minha sala tem uma garota que fala todo dia comigo. — Fred balançou a cabeça.

— Sua prima não conta.

Bruno pediu a eles que calassem a boca porque alguém tinha atendido o telefone e ele não conseguia escutar nada. Mas, em segundos, pareceu decepcionado.

— Obrigado, tia. Desculpe incomodar. Quando Amanda chegar, pode pedir pra me ligar? — Ele desligou. — Ela não tá em casa. A mãe dela disse que ela foi pra casa da Anna. Óbvio.

— Deixa a garota ter outros amigos! — Fred riu, recebendo um olhar indignado de Bruno.

— Eu não ligo, mas também não chamo a Amanda pra mais nada — disse, rancoroso.

Daniel assentiu, mas queria que Amanda tivesse ido à pizzaria. Queria poder conversar com ela e saber o que gostava de fazer, qual sua cor favorita e que músicas gostava de ouvir. Ao mesmo tempo, não queria que os novos amigos soubessem disso. Não por enquanto.

> "Time to admit it, a man's got a limit
> Going through the motions"
> (Going Through the Motions — McFLY)

dez

— Será que ele tá vivo?

Era Fred, acordando Daniel com o rosto muito perto do dele. O garoto soltou um grito de susto e rolou para o lado da cama, desabando no chão com as pernas emboladas no lençol. Bruno e Rafael riram, recostados na parede do quarto.

— Você gosta de se machucar, hein? — Rafael zombou, enquanto Daniel se levantava. — Isso tá ficando comum demais.

— Obrigado, Fred. — Ele colocou a mão nas costas doloridas, de cara fechada. — O que é que você quer?

— Calma, cara, queria apenas saber se estava vivo. Sua cara tá gigante, podia estar necrosando.

Fred sentou-se na cama ao lado do amigo. Daniel notou que não conseguia abrir o olho direito e que a claridade que entrava pela janela incomodava o outro, que aparentemente estava intacto. Sua mãe ia brigar bastante com ele quando o visse mais tarde.

— Que horas são? — Ele se espreguiçou, passando a mão nos olhos em um movimento automático de quem acaba de acordar, mas dando um grito logo depois.

— Quase dez. — Bruno olhou o relógio.

— Se ainda tá de manhã, então eu não tenho certeza se tô vivo — Daniel disse, voltando a deitar na cama e fechando os olhos. — Me acorda mais tarde, no futuro, pra saber.

— No futuro a gente estaria morando em outro planeta? — Rafael perguntou e se virou para Bruno, que negou.

— Debaixo d'água — foi sua resposta.

— Falando em água, faz um tempo que Caio voltou pra casa com a minivan, né? A tia deve ter colocado ele de castigo pela demora. Será que tá limpando a piscina de novo, pela segunda semana seguida? — Rafael falou, ignorando que Daniel queria voltar a dormir.

— A mãe do Caio acha que ele ainda tem dez anos — Bruno comentou.

— A gente pode ir lá depois de tomar um sorvete, o que acham? Ajudar ele dessa vez? — Fred se levantou da cama, puxando o lençol de Daniel. O garoto soltou um grito.

— Você acha que eu vou sair assim? — Ele apontou para a bochecha inchada.

— Nem vão notar a diferença na sua cara, tá feia como sempre. — Bruno se encostou no batente da porta, sorrindo.

— Quer passar no hospital? Eu estava brincando sobre necrosar, mas olhando de perto agora, não sei, não... — Fred se aproximou novamente e Daniel virou para o lado, fingindo dormir.

— Me deixem em paz.

— Que cheiro de queimado é esse? — Rafael perguntou, vendo os amigos confusos. Os quatro fungaram tentando sentir algum cheiro diferente.

— Eu não tô sentindo nada — Daniel comentou, preocupado.

— Então a porrada deve ter afetado seu olfato. — Bruno fez uma careta. — O cheiro tá superforte! Será que a casa tá pegando fogo de novo?

— Sinto cheiro de chulé.

— Não é chulé, Fred, é seu bolinho de peixe! Eu esqueci o forno ligado! — Rafael gritou, correndo porta afora para o corredor de repente. Fred soltou um grito agudo, seguindo o amigo.

— MEU ÚLTIMO BOLINHO!

Bruno balançou a cabeça, pensando que teriam que comprar um fogão novo em breve; não era a primeira vez que isso acontecia. Encarou Daniel, que sentava na cama, desnorteado.

— Tá melhor?

— Eu não tô sentindo cheiro do chulé, então devo estar morto mesmo.

— Tô falando sério — Bruno falou mais baixo.

— Parece que a minha cabeça virou um balão de festa. Dói até quando eu falo. — Ele tocou a maçã do rosto e fez uma careta. — Quanta força aquele playboy tem? Caraca.

— Ele é goleiro do time titular de basquete — Bruno continuou de forma séria.

— Basquete não tem goleiro. Acho.

— O que importa é que ele segura aquela bola pesada, e sua cara não é nada perto disso.

— E você fala time titular, mas literalmente só tem um time de basquete na escola. Acho que na cidade toda! Eles nunca jogaram contra outro time, só contra os próprios reservas! — Daniel respirou fundo, ficando de pé e passando as mãos pelo cabelo bagunçado e sujo de gel. Precisava tomar um banho direito.

— Ontem foi... muito estranho. Tudo.

— Nem me diga. — Bruno se espreguiçou, vendo o amigo se aproximar da porta. — Eu não achei que fosse brigar por ela de novo. Pela Carol, digo.

— Eu estava falando desde o começo do dia, a gente no palco, baile de sábado à noite, daí essa briga do nada...

— E eu estava falando da Carol.

— Eu sei que você tá falando dela. Você não engana ninguém.

— Eu tô... confuso. — Bruno suspirou alto, e o amigo deu um tapinha de leve em seu braço, compreendendo a angústia dele.

— Somos dois idiotas.

— Fale por você mesmo, eu hein. — Bruno passou por Daniel, apontando para o espelho do corredor e descendo as escadas correndo. O garoto parou e encarou o reflexo, levando um susto com o olho muito roxo e o rosto bem machucado.

— Ah, cara, que coisa horrível, minha mãe vai me matar! Esse playboy vai pagar caro se eu ficar de castigo!

> "If you listen to the things that your friends say
> You're gonna be lonely"
> (That's the Truth – McFLY)

onze

Na segunda-feira, os comentários na escola ainda eram sobre o baile de sábado à noite. Sobre quem tinha ido, com que roupa, que horas tinha ido embora e, claro, quem eram os misteriosos mascarados da Scotty. O que aquela banda tinha para esconder de todos no colégio? Ainda era um enigma, e os palpites estavam longe da realidade. Fred ajudava a instigar os boatos, morrendo de rir às escondidas.

Seus amigos, por outro lado, estavam sendo alvo de atenção pela primeira vez em muito tempo, e não tinha nada a ver com o baile da escola, embora tivesse relação com o sábado à noite.

— Ei, quem foi que te bateu? Sua namorada? — um baixinho do terceiro ano gritou quando Daniel passou pelo corredor.

— Não. Foi ontem à noite com sua mãe, seu otário! — ele gritou de volta. — Eu odeio chamar atenção! — comentou para os amigos.

— Essa foi boa, melhor que a anterior. Tenho quase certeza que admitir que caiu de cara no chão não seja exatamente tirar onda — Caio respondeu, e Daniel concordou.

— É até esquisito todo mundo olhar assim pra gente. Será que é desse jeito que os populares se sentem? — Rafael perguntou.

— Ninguém tá olhando porque gosta da gente. — Bruno esfregou os olhos, com sono.

— Ninguém gosta de quem é popular, essa é a manipulação número um — Caio explicou olhando em volta, confuso. — Cadê o Fred?

— Provavelmente dando em cima de alguém. — Rafael ficou na ponta do pé, procurando pelo amigo no pátio. — Ah, não disse? Olha lá.

Ele apontou logo adiante, se aproximando de Fred e do grupo com quem ele estava.

— ... nem achei tão bom assim. E, além do mais, ouvi dizer que o baterista dessa banda Scotty, na verdade, é uma garota da Noruega. — Fred olhou para os amigos, se aproximando. — E aí, rapaziada? Como estão?

— Como imagina, estando do lado de um imbecil com a cara toda roxa?

Bruno apontou para Daniel. Ele estava mostrando para algumas meninas o machucado do rosto, fazendo drama, gostando da atenção. Rafael estava entrando na onda, e Caio jurou que viu ele mancando.

Fred riu.

— Eu estava aqui comentando com elas — disse, apontando para Susana e as amigas — que nem gostei muito da banda de sábado. Foi mediano, no máximo.

— Mentira dele, dançou a noite toda! — Susana negou.

— Eu adorei a banda, fiquei muito fã! — uma das meninas disse, e as outras concordaram, animadas.

Bruno e Caio se entreolharam.

— Sério? Do que você gostou mais? — Bruno perguntou, curioso.

— Do guitarrista que não era o do meio, sabe? Ele passou a noite toda olhando pra mim! — a amiga de Susana comentou, e Caio arregalou os olhos.

— E se ele não estivesse enxergando nada? — gaguejou.

— Qual é, como não? — Fred riu, tentando disfarçar o nervosismo do outro. — Acho que ele estava de olho em você também, Carlinha. Ficou muito na cara.

— Não é? Eu sabia! — a garota comemorou, iludida. — Vou jogar meu sutiã no palco sábado que vem.

— Eu também — Fred brincou.

Caio e Bruno se entreolharam novamente.

— Eu não sei de nada. A gente nem veio nessa festa, e tenho zero interesse em qualquer coisa sobre o assunto, nem adianta falarem mais nada, eu super não me importo — Caio mentiu.

— Vocês não vieram? — uma delas perguntou, espantada, deixando Bruno ofendido. — Foi o evento do ano!

— Exagero, né? Claramente nem foi tudo isso — o garoto retrucou, irônico.

— Como você sabe se não veio? — Susana riu, balançando a cabeça. Bruno abriu a boca, sem saber o que responder, quando o sinal para o início da aula tocou. Ele suspirou, dando de ombros, aliviado, e puxou os amigos para o corredor.

Do outro lado, Anna segurava o caderno nos braços, rindo de alguma história que Maya e Guiga contavam. Carol parecia distraída, cansada, e Amanda amarrava os cabelos em um rabo no alto da cabeça. Como sempre, entraram fazendo um certo barulho, chamando atenção de quem estava em volta.

Amanda olhou para os lados, suspirando alto. Havia passado o dia anterior inteiro na cama, sem conseguir tirar todos eventos de sábado da cabeça. Tinha saído com Alberto, mas ficado feliz de cuidar de Daniel no fim da noite. Gostava dos garotos do basquete, mas não queria mais olhar na cara de João depois do que aconteceu. Ele tinha empurrado sua amiga e, se não fosse por Bruno, Caio e Daniel, sabe-se lá o que poderia ter acontecido!

Mas, ao mesmo tempo, o que ia fazer quando a escola inteira percebesse que alguma coisa estava diferente? Carol não tinha dito mais nada, fora repetir a situação para as amigas, e Amanda ficava ansiosa por não saber muito bem o que estava acontecendo.

E ficava ansiosa por querer tanto saber como Daniel estava.

Ela não podia se sentir assim.

Suspirou novamente, olhando adiante e vendo Bruno despontar do outro lado do corredor cercado pelos amigos. Arregalou os olhos, sentindo o coração bater mais forte, procurando Daniel por perto. O garoto vinha logo atrás, distraído, com o rosto bem inchado e roxo. Amanda sentiu vontade de chegar perto, de perguntar como ele estava, de ver o sorriso dele, como na outra noite. Prendeu a respiração pensando no que diria quando se encontrassem, levando um susto na hora em que outro grupo de atletas passou ao lado, jogando restos de bebidas neles.

Ela apertou a boca, mordendo o lábio e diminuindo o passo. Caio e Daniel tinham sido acertados com algum líquido laranja e uma latinha vazia bateu em Rafael, fazendo barulho quando caiu no chão. As pessoas em volta começaram a rir.

— Patéticos demais, que piada... — alguém disse, e o choque de realidade fez com que Amanda abaixasse a cabeça e se misturasse entre a multidão no corredor, querendo sumir dali. O que tinha na cabeça? Ia chegar no garoto esquisito da escola e segurar sua mão, no meio de todo mundo?

Mesmo que fosse exatamente o que quisesse fazer?

As amigas ficaram confusas quando viram a garota andar rapidamente em direção à sala de aula, tentando seguir por onde ela ia. Bruno tinha acabado de jogar a latinha de volta, vendo Amanda ao longe e percebendo que as outras meninas estavam se aproximando.

— Bom dia. — Fred acenou com a mão, sorrindo, quando elas passaram, ignorando que qualquer coisa tivesse acontecido segundos antes. Os amigos pararam logo atrás dele quando notaram o grupo.

— Pra você também! Belo olho roxo! — Anna respondeu, devolvendo o sorriso, apontando para Daniel. Caio se escondeu atrás de Bruno assim que olhou para a garota.

— Seu amigo tá melhor? — Carol perguntou, envergonhada, chegando mais perto de Fred do que gostaria depois que as outras três já tinham se misturado na multidão. Ele fez que sim com a cabeça, e ela apenas sorriu cabisbaixa, saindo de perto, como se os garotos tivessem piolho ou algo assim.

— Achei um contato interessante. Ela nunca tinha falado diretamente comigo. — Fred se virou para os amigos. Daniel ficou procurando por Amanda entre as pessoas, sem sucesso. — Carol perguntou por você!

— Legal — o garoto respondeu.

— Amanda não tá por aqui — Bruno disse, de braços cruzados. — Acho que ela viu um fantasma, correu igual naqueles filmes de zumbi.

Daniel abaixou a cabeça, decepcionado. Rafael encostou no ombro dele, com pena, notando a camiseta manchada de laranja.

— Essa atitude de manada dos atletas dessa escola é preocupante! — reclamou.

— Aqueles eram quem? Os caras da natação? — Bruno perguntou com um rosnado.

Fred assentiu.

— Um deles é filho do dono da sorveteria, e o outro, primo de terceiro grau do Alberto — comentou.

— A família toda é feia, impressionante — Rafael disse quando pararam em frente a uma sala de aula. Fred chamou os amigos para perto, como se fosse contar um segredo.

— Isso não vai ficar assim.

— Não inventa de envenenar a água da piscina dessa vez, as garotas da natação não têm nada a ver com isso — Caio sussurrou enquanto Fred balançava as mãos, negando.

— A cobra vai morrer pelo próprio veneno, vocês vão ver.

— Tá chapado? — Bruno arqueou a sobrancelha. Daniel parecia confuso também.

— Aguardem as minhas orientações. A gente se vê mais tarde, Rafa, depois do segundo tempo de aula, perto do banheiro.

O amigo mais velho se despediu, sorrindo, seguindo seu caminho para o outro lado do corredor. Os quatro se encararam e Daniel revirou os olhos ignorando a situação, procurando a sua cadeira no fundo da sala enquanto Rafael tentava negar que sabia o que estava acontecendo.

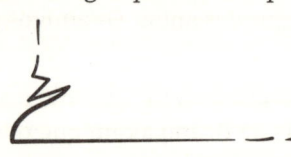

O tempo não parecia ter passado, mesmo depois de tantas horas. As aulas eram as mesmas, os professores eram chatos da mesma forma e, vez ou outra, alguém perguntava a Daniel o que tinha feito para ganhar aquele roxo no rosto. A cada questionamento, ele inventava uma história diferente. A última versão era que tinha sido raptado por um mandaloriano depois de roubar uma nave interestelar. E, mesmo assim, as palhaçadas não pareciam distraí-lo, fora o fato de que Rafael já tinha saído da sala pelo menos umas quatro vezes e ficava de fofoquinha com Bruno como se ele não existisse.

Até os amigos estavam ignorando sua presença. Que dia cruel.

— Certo, tá tudo escrito aqui — Bruno sussurrou, entregando um papel amassado para Rafael por debaixo da mesa. Daniel franziu a testa, desistindo de tentar entender.

— Cinco minutos... — Rafael murmurou de volta, olhando o relógio. O professor de português escrevia no quadro sem dar muita atenção aos alunos, o que era perfeito para o que estavam tramando.

Daniel voltou o olhar para seu caderno todo rabiscado, tentando se distrair de novo. Voltou a ficar ansioso, escondendo o rosto com uma das mãos e balançando sua caneta, impaciente, pensando no fim da noite de sábado. No que João tinha falado sobre Amanda de forma grosseira e irresponsável. Tudo passava como um filme em sua cabeça. Como tinha sido patético e como queria ter ajudado Amanda, assim como ela tinha feito com ele. Será que a garota sabia com que tipo de cara estava saindo? Não era injusto demais que ficassem falando dela pelas costas?

Cinco minutos depois, Rafael levantou a mão, voltando a atenção do amigo para ele.

— Posso ir ao banheiro? — perguntou. O professor encarou o garoto, confuso.

— De novo?

— Dor de barriga, eu acho que comi alguma coisa estragada.

O professor fez careta e voltou a olhar para o quadro, como se aquilo não fosse importante. Rafael levantou e colocou no bolso o bilhete de Bruno, saindo da sala. Os corredores estavam vazios, mas o garoto andou com cautela, pisando devagar e olhando para os lados, até ouvir um "psiu" quando passou em frente ao banheiro.

— Ei, aqui! Aqui! — Fred sussurrou, encostado na parede, como se o corredor estivesse lotado e Rafael não fosse capaz de encontrar ele ali no meio. — Bem na hora, trouxe o papel?

— Aqui é papo reto, tudo resolvido.

Entregou o bilhete, como se passasse algo proibido.

— Certo, vejo vocês no intervalo.

E saiu andando, olhando para os lados. Rafael esperou alguns minutos por ali antes de voltar para a aula.

Fred sorriu ao entrar em uma sala do outro lado do corredor, onde Amanda e as amigas estavam. Ele bateu à porta, acenando para a professora, que estava sentada em sua mesa na frente da turma.

— Com licença, posso entrar?

A mulher olhou para ele, assim como toda a turma. Guiga estourou a bola do chiclete ao ver Fred parado ali dentro.

— Claro, meu querido, precisa de alguma coisa?

Ele concordou, fazendo bico de forma teatral e dramática.

— Professora Márcia, estou com um problema — ele começou, sonso, estendendo um livro de química do último ano. — Achei este livro aqui no corredor, mas não conheço o dono, que é da outra sala e...

— Novidade — um garoto interrompeu, e várias pessoas riram.

Anna e Amanda se entreolharam, confusas. O que ele estava fazendo?

Fred não pareceu incomodado com o comentário e continuou explicando a situação para a professora.

— ... e não queria deixar o livro na secretaria porque, sei lá, podem esquecer de entregar pra ele, e os estudos são importantes demais.

— Certo, Frederico, como posso ajudar? — a professora quis saber.

— E como a namorada dele é dessa turma... — Ele se virou para Amanda e acenou, fazendo a garota arregalar os olhos. — Será que você pode entregar isso pro Alberto?

Amanda olhou para as amigas e, ainda sem entender o que estava acontecendo, se levantou para pegar o livro. Tentou trocar olhares com o garoto, que fingiu que não estava vendo. O que estava acontecendo? Por que ele estava chamando ela de namorada de Alberto, assim, na frente de todo mundo?

Quando se aproximou, Fred deixou o livro cair no chão, fazendo uma folha sair voando de dentro. Amanda logo pegou o papel, no automático.

— Ops! Obrigado! Te devo uma! — Fred sorriu para ela. — Obrigado pela atenção, professora! Saudades da sua aula, era a minha favorita!

Ele assentiu, saindo da sala, vendo o sorriso no rosto da mulher.

Amanda voltou para sua cadeira, percebendo o olhar da turma.

— Livro do Alberto? — Ela sentou, ainda com o papel na mão. — Estranho, né?

— Esse garoto é esquisito demais — Maya reclamou, mas estava curiosa.

Guiga estourou novamente uma bola de chiclete, mais alto que o normal.

— O que tá escrito no papel? — Anna perguntou, olhando por cima do ombro da amiga.

— Eu não vou ler algo que estava dentro do livro dele — Amanda falou, rindo, fazendo as amigas reclamarem e recebendo um olhar de desaprovação da professora.

— Qual é, você nem namorada do Alberto é — Carol disse. No fundo, também estava curiosa, e não faria mal algum se ele não ficasse sabendo.

Amanda abriu o bilhete sorrindo, mas seu rosto alternou entre diferentes cores em segundos, indo de vermelho para roxo e finalmente ficando pálido. Piscou os olhos algumas vezes, relendo o papel e soltando uma reclamação, fazendo a professora chamar sua atenção de novo. Olhou para as amigas e estendeu o bilhete, sentindo os olhos marejados de lágrimas.

Carol prendeu a respiração quando leu o que estava escrito, abaixando a cabeça.

— Amanda, eu preciso te contar uma coisa.

— Como você sabe que isso vai funcionar? — Daniel perguntou.

Já estava na hora do intervalo, e Rafael parecia confiante, sentando numa das mesas do pátio.

— É difícil resistir a uma fofoca, ainda mais quando ela cai nas suas mãos de bandeja. Amanda vai ler o que tá escrito no papel e, aí, já era esse namoro cafona dela com Alberto.

— Se tudo der certo — Caio ressaltou.

— *Se tudo der certo*, estaremos assistindo de camarote aqui. — Fred indicou a mesa na qual João, Alberto e os outros estavam, bem perto da deles.

Daniel olhou confuso, sentando-se ao lado de Rafael.

— O que tinha naquele papel, no fim das contas?

— Se tudo der certo, você vai ouvir. — Rafael fez mistério, e Daniel franziu a testa. — E, se não der, eu te conto.

Ficaram em silêncio, ouvindo as conversas dos alunos que passavam por aí. Na hora que Amanda apareceu pelo corredor com o livro nas mãos e o rosto vermelho, os três se inclinaram para ver melhor. Daniel encarou os amigos, que estavam calmos, como se tudo estivesse correndo completamente dentro do planejado.

— Alberto? — Amanda chegou ao lado dele.

Guiga, Anna, Carol e Maya vinham andando logo atrás, tentando alcançar os passos rápidos da amiga. Alberto se virou para a garota, sorrindo de forma sonsa, como sempre fazia.

— E aí, princesa?

— Corta essa, não me chama de princesa. — Ela estendeu o papel. — O que significa isso?

— Eu não sei, você que tá me mostrando.

— Alberto, você é ridículo! — Anna resmungou, balançando a cabeça.

O rapaz olhou para as cinco garotas sem entender nada.

— Vocês estão malucas de chegar assim, do nada, sem nem explicar o que tá acontecendo? — João perguntou e olhou para Carol, que deu um passo para trás no automático. Ele parecia tão confuso quanto Alberto ao ver Amanda sacudir o papel na frente dos dois, firme e irritada.

— João, cala a boca porque eu nem tô falando contigo. Mas, se quer se intrometer, ótimo, você também é um babaca. Satisfeito? — Ela apontou para Alberto, que fazia uma careta, como se ela realmente fosse doida. — E você, pra que mentir sobre mim? Sobre a gente? Ficar falando pra todo mundo que eu transei contigo? Sério mesmo?

— Eu... eu... — O garoto ficou pálido, recebendo um olhar confuso dos amigos.

— Quando que isso aconteceu?

— Amanda, fala mais baixo. Eu... eu posso explicar, não é nada disso que você tá pensando — Alberto disse, olhando para os lados.

A garota respirou fundo, sabendo que as pessoas em volta estavam prestando atenção. Colocou a mão na testa, fechando os olhos para tentar se acalmar. Não funcionou. Só conseguia pensar na raiva que sentia pensando que ele estava espalhando essas coisas sobre ela.

— O que significa então? Ele... — apontou para João, que arregalou os olhos — ... falou na frente das pessoas, na rua, que você me... que a gente...

Maya estalou os dedos, ficando ao lado de Amanda, que respirou fundo de novo, tentando falar num tom de voz que não chamasse ainda mais a atenção das pessoas em volta, sem sucesso. Todo mundo passava olhando para a discussão entre o grupo de populares, bem no meio do intervalo. Amanda olhou para os lados, pegando fôlego, vendo Bruno e os amigos em uma mesa ali perto. Eles logo viraram o rosto, tentando disfarçar, mas Daniel não. Ele continuou olhando, porque simplesmente não conseguia evitar.

— Foi por isso que você bateu nele?

João virou o rosto na direção que ela olhava, dando uma risada.

— Bati nele porque eu errei a mira e estava escuro. Era o outro idiota que eu queria acertar — o jogador explicou como se fosse óbvio, enquanto os amigos riam junto. — E daí? Tá com pena do esquisito agora? Essa escola virou instituição de caridade?

— Alberto mentiu pra você, e você repetiu a mentira pra eles — Amanda concluiu, secando as lágrimas que tinham caído atrasadas pela bochecha. Não ia mais chorar. — Eu não transaria com ele nem que fosse a última pessoa do mundo. Não que isso seja digno de pena, mas ficar tirando onda de algo que nem aconteceu contigo não é muita vitória, né?

— Eu só disse o que o garoto estava querendo ouvir, parece que ele gosta de você. Olha lá, não tira o olho da gente! — João falou, por entre os dentes.

Daniel parou de olhar para a cena, abaixando a cabeça.

— Vocês são patéticos. Eu realmente achei que eram legais.

— Amanda, você tá exagerando pra caramba. — Alberto passou a mão pelos cabelos. — Essas coisas são assim mesmo. Vamos conversar melhor, só eu e você. A gente se entende e...

— Nunca mais olha na minha cara — ela interrompeu, com raiva, e jogou o livro de química na lixeira que estava perto. Saiu andando, com as amigas em seu encalço.

Vendo a garota se distanciar, Daniel olhou para Alberto, observou a expressão arrogante de João e, então, encarou os amigos.

— Certo, o que tinha na droga do papel?

— Arte — Bruno começou a explicar. — Eu, com minhas habilidades, forjei três tipos de letras diferentes.

— Trocando as canetas — Rafael completou.

— Isso, troquei de caneta, claro. Escrevi uma conversa entre João e o outro idiota que eu não lembro o nome... — Bruno revirou os olhos — ... sobre Amanda ser namorada do Alberto e ele ter contado para alguém e, depois, Alberto concordando com a história. Digno de Oscar, tá? Amassei o papel, fingi que estava bem gasto, e *voilà*.

— Minha teoria foi confirmada, ninguém resiste a uma fofoca.

Rafael e Bruno comemoraram com um high-five. Daniel abriu a boca algumas vezes, tentando entender como eles tinham visto aquela situação como se fosse uma vitória. Amanda estava chorando.

— E a Amanda?

— O imbecil do Alberto levou uma lição por ter se gabado de uma mentira, que eu sabia que era mentira, convenhamos. A Amanda tem mau gosto, mas não é pra tanto — Bruno afirmou.

Daniel pensou em dizer alguma coisa, mas mordeu o lábio. Ele realmente achava que a história era verdade e ficou confuso com tanta informação. No fundo, só conseguia pensar que Amanda podia estar chorando e que ele não ia conseguir ajudá-la.

— E o João foi desmascarado na frente dos amigos. Olha a cara dele, o Alberto vai fazer ele comer a terra do campinho — Bruno continuou.

— Se ela não tivesse lido o bilhete, vocês estavam ferrados — Caio comentou. — O livro não é do Alberto, é?

— Claro que não, eu nem sei se ele traz os livros pra escola. — Fred deu de ombros. — O importante é que Amanda leu e, o melhor, jogou meu livro no lixo — exclamou, impressionado. — Eu amo essa garota!

— Vocês não estão percebendo que o problema aqui é que ela vai ficar mal por ter lido isso? — Daniel perguntou, preocupado.

— Olha, eu só falei da fofoca do namoro entre eles. Eu não achei... Quer dizer, a gente nem pensou na possibilidade de Carol falar sobre o papo do João. Amanda nunca ia saber essa parte, se dependesse de mim. — Bruno fez uma careta. Não tinha sido a melhor ideia que tiveram na vida, ele precisava concordar.

— Ela vai ficar melhor sem ele. — Rafael parecia tentar se convencer, arrependido.

Os cinco ficaram em silêncio por alguns segundos.

— Talvez a gente tenha ido longe demais. Essa história saiu do controle. — Fred franziu a testa. — O que a gente faz pra resolver isso?

— Chega, se a gente continuar se metendo, só vai gerar mais problema.

Daniel respirou fundo, olhando para onde Alberto estava. O garoto parecia querer arrancar os próprios cabelos, encarando os amigos.

— Você e sua boca, João, seu idiota.

— Cara, eu juro que não sei como ela descobriu — ele se defendeu.

— Será porque você falou na frente da amiga dela?

Só Michel riu, mas fechou a cara logo depois.

— E perto dos perdedores, né? — pontuou. Alberto bufou, olhando para a direção da mesa na qual eles estavam. Daniel encarou de volta, e o atleta deu um sorriso raivoso. — Eles devem ter ouvido.

— Claro — Alberto grunhiu. — Claro que ouviram. Eles me pagam.

> "I could sing about the oceans but I don't swim
> Sing about the trouble that I never been in"
> (Another Song About Love - McFLY)

doze

Depois de alguns dias, a fofoca da briga entre os populares ainda era comentada pelos corredores da escola. A identidade secreta da banda misteriosa do baile do sábado passado tinha saído de foco, e a discussão era se Amanda havia namorado ou não o capitão do time titular de basquete. Todo mundo tinha uma opinião sobre isso.

Amanda não aguentava mais. Não era nisso que estava pensando quando resolveu interrogar o garoto no meio de todo mundo. Mexia nos cabelos, furiosa, torcendo para que outra pessoa fizesse alguma coisa ridícula e novas fofocas surgissem.

A professora de educação artística entrou na sala e encarou a turma.

— Como faltam algumas semanas para as provas, conversei com outros professores sobre um trabalho em equipe para ajudar nas notas. — A turma comemorou. — Nossa inspiração foram os bailes de sábado à noite, uma brilhante ideia do nosso incrível diretor, já que as nossas aulas são de artes.

Todo mundo ficou agitado, mas Amanda e suas amigas resmungaram. Odiavam fazer trabalho em grupo quando não podiam escolher as pessoas.

— A gente vai ter que escrever algum livro? — uma garota no canto da sala perguntou.

— Ela disse que a inspiração foram os bailes, Juliana! Coloca a cabeça pra pensar! — outra respondeu, fazendo a turma rir.

— Nada de livros e nada de grosseria também, Valéria. Modos, por favor. — A professora pigarreou, sorrindo de repente, animada. — Vocês vão criar uma música para o Dia dos Namorados! Vocês vão ser pareados com os alunos da outra turma do segundo ano. Não é uma ótima ideia?

— Isso é um absurdo! — Carol protestou. — Eu nem gosto tanto de música assim.

— Vocês não precisam *gostar* da atividade, Carolina. É trabalho que vale nota. — A professora fechou a cara.

— Eu posso escolher a minha dupla, né? — Maya perguntou, levantando a mão.

— Não quero ficar com aquelas garotas da outra turma — alguém gritou do fundão, fazendo alguns alunos rirem.

— Se o Caio quiser, eu posso ser a dupla dele — outra menina falou entre risadinhas com as amigas.

Os olhares de Amanda, Anna e Guiga se cruzaram.

— Deus me livre — Anna rebateu.

— Vocês não vão poder escolher as duplas, vai ser sorteio. — A turma vaiou, reclamando. — Minha lista vai estar pronta amanhã, no ginásio, quinze minutos antes do intervalo. O professor Cláudio cedeu uns minutos da aula dele pra gente, não é incrível? — Os alunos continuaram reclamando, mas ela bateu palmas, fechando a cara e puxando o livro didático da gaveta. — Vou dar um motivo pra vocês lamentarem desse jeito. Todos abrindo na página 264. Quero os exercícios sobre as pinturas impressionistas prontos em vinte minutos.

Anna ignorou o aviso da professora, virando para trás e encarando as amigas, sussurrando.

— Isso é meio nada a ver. Escrever música? Eles acham que a gente é artista? — reclamou.

Amanda escutava em silêncio.

— Eu espero que minha dupla toque algum instrumento, se não a gente vai ter que bater panela. — Guiga puxou o livro de artes para cima da mesa. — Mas eu gostei da ideia. Parece divertido.

— Eu já comecei a escrever algumas coisas aqui, porque me recuso a perder nota por depender de dupla, não quero nem saber. Vou fazer um rap. — Maya abriu o caderno de rascunhos que usava por cima do livro de artes.

Carol soltou uma risada baixinha.

— Vai fazer um rap sobre as dificuldades de ser bonita e popular?

— Eu vou fazer uma letra de música sobre uma garota que ainda é apaixonada pelo ex, mas que nunca admite. — Maya colocou a língua para fora, zombeteira. — Daí um dia ele defende ela na frente dos amigos. Será que o Bruno toparia me ajudar? Ele sabe bem como essa história termina.

— Você é ridícula. — Carol revirou os olhos, irritada.

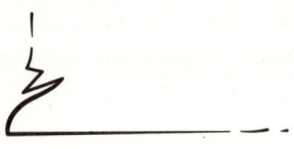

— É uma boa ideia — Caio comentou, jogando o livro para cima enquanto saíam pelo portão do colégio. — Só espero que ela não me coloque com aquele garoto chato que senta na janela.

— Aposto que vai colocar, o destino é fatal nesses casos — Bruno sentenciou. Os amigos entraram no carro dele.

— Se a professora vai sortear os nomes, nada é impossível — Daniel disse sorrindo, fazendo careta assim que avistou, de longe, Alberto e João encostados na grade.

— Corre, Bruno, o Daniel pode perder o outro lado do rosto! — Rafael bateu no banco do motorista, fazendo o amigo fechar a porta do carro de mau humor.

— Mas e o Fred? — Caio perguntou, pulando para o banco de trás com Rafael. — A gente não vai esperar por ele?

— Aula extra, parece que vai monitorar alguma turma, sei lá. Eu não entendi — Bruno explicou, ligando o carro, e ninguém questionou quando saíram do estacionamento.

A sala dos professores estava com o ar-condicionado no máximo, e Fred balançava as pernas, confortável, sentado em uma das mesas redondas rodeado de papéis. Estava ajudando o professor de matemática a corrigir alguns trabalhos do primeiro ano, aproveitando para beber seu café favorito que o zelador sempre deixava por lá. Era um dos privilégios de ser amado pelo corpo docente da escola: ele tinha livre acesso àquela sala, diferente do resto dos alunos.

Percebeu alguém se acomodando à mesa e levantou os olhos dos trabalhos, vendo a professora de artes espalhando seus livros de forma desastrada. Fred se levantou em um pulo, oferecendo ajuda.

— Esses alunos do segundo ano reclamam demais! — ela disse, desabafando, enquanto abria sua pasta de couro e tirava alguns papéis de dentro. — Na minha época, se a gente fazia pouco caso de um trabalho em sala, era castigo na certa.

— A senhora tem um trabalho muito difícil nessa escola, professora. Deveria ser mais valorizada por eles, com certeza — Fred respondeu, sabendo exatamente como puxar o saco. A mulher pareceu agradecida.

— Eu tive todo o trabalho de criar uma dinâmica, conversar com outros professores, tendo tantos testes para corrigir de várias escolas para amanhã, e é assim que eles me tratam! — Ela balançou a cabeça, e o garoto espiou algumas folhas que ela tentava organizar. — Olha quanto trabalho, como vou fazer tudo a tempo? Uma lista de alunos, como vou organizar isso?

Fred ergueu as sobrancelhas vendo as planilhas de presença das duas turmas do segundo ano nas mãos dela. Leu os nomes dos amigos de um lado e os de Guiga, Amanda e das outras meninas de outro. Era dessa dinâmica que ela estava falando? Das duplas para as próximas aulas de arte?

O garoto sorriu, malicioso, tendo uma grande ideia.

— A senhora quer ajuda? Eu posso selecionar os nomes do segundo ano de forma aleatória e já deixar anotado, seria uma coisa a menos — sugeriu. A professora semicerrou os olhos, pensando na opção de não precisar lidar com aquele incômodo em particular. — Só não ofereço ajuda nas correções porque ninguém saberia mais de história da arte do que a senhora, claro. Sortear uns nomes não precisa ser uma demanda!

A mulher concordou, como se fosse realmente uma grande ideia. Fred sorriu, animado, encarando as duas listas com os nomes dos amigos e das garotas que eles gostavam, puxando um papel em branco. Se era o destino quem colocava duas pessoas juntas, ele agora se chamaria Destino.

Os amigos ouviram um barulho no andar de cima e pararam o jogo de cartas, se entreolhando. Era Daniel descendo as escadas da casa de Bruno com o violão na mão, vestindo uma calça jeans e uma camiseta branca surrada. Rafael aproveitou para misturar suas cartas sorrateiramente, já que estava perdendo.

— Escutem essa música que eu escrevi! — Daniel gritou, puxando uma cadeira e se acomodando perto dos outros três, afobado.

Começou a dedilhar, mordendo o lábio e tirando os cabelos dos olhos. Respirou fundo, cantando de forma animada:

Não dá pra acreditar
Que encontrei alguém como ela
Uma garota que mudou minha vida
De todos os jeitos que podia
Ela de repente se virou pra mim
E me deixou triste, sem querer
Porque seus olhos eram tristes
Eu não sei o que ela soube
Mas eu estou feliz de não ser o cara
Que deixou ela tão mal

— Não é meio egoísta, não? — Caio perguntou, vendo Rafael negar, deslumbrado com Daniel. — Você ficar feliz de não ser o cara que deixou a garota que você gosta... mal?

— Claro que não, é arte! — Rafael defendeu.

— Eu gostei do ritmo, dá pra fazer uma bateria legal nesse último pedaço. Mas não prestei atenção na letra, foi mal, meloso demais. — Bruno deu de ombros ombros, largando as cartas na mesa.

— É sobre uma situação meio irônica, sabem? De ficar triste porque a garota está triste, mas de também ficar feliz porque ela não está triste comigo exatamente — Daniel contou, animado e, de repente, fechou a expressão. — É, pode soar meio egoísta mesmo, Caio tem razão.

— E se trocar o que deixou ela tão mal para ser feliz de não ser o cara que terminou com ela? — Rafael perguntou, vendo os amigos negarem veementemente.

— Vocês estão preocupados com o tal trabalho de artes? — Caio questionou, embaralhando as cartas novamente, distraído. Os amigos se entreolharam. — Porque a gente não pode exatamente mostrar as nossas músicas, né? Todo mundo da escola pode descobrir.

— Eu não vou mexer um dedo, espero que minha dupla saiba tocar algum instrumento — Bruno respondeu.

— E se for uma pessoa horrível? — Rafael passou as mãos nos cabelos. — Ou burra. Ou horrível e burra?

— Será que tem como manipular esse sorteio? Talvez conversar com a professora amanhã antes da aula...

— Claro, Daniel, por que a gente não vai agora até a casa dela e faz uma lavagem cerebral enquanto ela dorme? — Bruno imitou a voz de um zumbi, repetindo: — Me coloque com a Amanda, me coloque com a Amanda!

— Cala a boca, eu nem estava pensando nisso! — Daniel riu.

— Vamos jogar uma nova partida? — Caio ignorou o assunto, dividindo as cartas que tinha embaralhado. — Eu preciso estar em casa antes das oito, minha mãe acha que eu tô fazendo aulas extras de educação física, então vou precisar molhar o cabelo antes de sair.

Daniel deixou o violão de lado, se aproximando da mesa.

— Posso jogar? O que é? Pôquer?

— E você acha que o Rafa sabe jogar pôquer? — Bruno zombou, recebendo um chute por debaixo da mesa. — Não, é só rouba-monte. Quer tentar? Eu sou bom nisso de verdade.

— Beleza, manda ver — Daniel concordou.

Caio distribuiu as cartas, explicando de forma animada como o jogo funcionava, tentando falar por cima da discussão de Bruno e Rafael sobre quem jogava melhor.

O professor liberou a turma de Amanda um pouco antes do horário. Os alunos não estavam conseguindo se concentrar em nada que não fosse a reunião de artes no ginásio, quando iam descobrir com quem fariam duplas para o trabalho das próximas semanas. As fofocas e especulações de todo o segundo ano corriam soltas.

Amanda chegou à quadra da escola com as amigas, que andavam de braços dados. Observou a arquibancada de concreto cheia com as duas turmas e continuou caminhando até um espaço vazio. A professora de artes já estava em uma cadeira no meio da quadra, com papéis em mãos, distraída.

Alguns degraus acima, Bruno, Daniel e os amigos atiçavam a curiosidade das pessoas à volta, inventando teorias e instigando apostas por dinheiro. Até Fred fugiu da aula para assistir, se misturando às turmas sem que ninguém questionasse.

Quando a professora notou que não faltava mais ninguém, chamou atenção para si mesma, fazendo com que todo mundo ficasse em silêncio. Um milagre dos deuses da ansiedade, ela faria aquilo mais vezes.

— Primeiramente, quero informar que eu, ontem à noite, examinei todas as notas e os nomes de cada um de vocês.

— Ferrou — Bruno disse alto, fazendo todos rirem.

— Ferrou mesmo, Bruno Torres. Você, inclusive, precisa de uma ótima nota nesse trabalho para não ficar de recuperação — a professora disse enquanto os alunos gritavam, olhando para o garoto.

— Idiota — Carol comentou, debochada, recebendo um dedo do meio de Bruno em resposta.

— Formei quinze duplas. — A mulher mexeu nas folhas em mãos, encarando a lista, feita por Fred, pela primeira vez, naquele momento. — Quando eu anunciar as duplas, peço que sentem juntos imediatamente.

Todos se olhavam, apreensivos.

Ela começou, listando alguns alunos que soltavam exclamações e comentários animados quando pareados. Amanda mordeu o lábio, ansiosa, sem saber o que esperar daquela dinâmica, sentindo a mão de Anna em seu joelho como apoio.

Paula e Marcelo, Pedro e Guilherme, Joana e Susana... A cada dupla anunciada, o aluno levantava e cumprimentava seu parceiro para as próximas semanas, causando movimentação e bagunça na arquibancada.

— Anna Beatriz? — a professora chamou, no meio da gritaria. — Anna? — repetiu mais alto, vendo a mão da garota levantada. As turmas ficaram em silêncio por ouvirem o nome de uma das meninas mais populares da escola. — Sua dupla é Caio Andrade. A próxima da lista é Marília, cadê você?

— O quê? — Anna perguntou, quase em um grito.

O silêncio ainda dominava o ginásio, enquanto as pessoas olhavam de um para o outro, percebendo que Caio tinha ficado vermelho como um pimentão. O garoto encarou os amigos, que pareciam assustados.

— Caraca, moleque — Rafael sussurrou. — O destino existe.

— Que coincidência, não é mesmo? — Fred comentou, rindo.

— Frederico, o que faz aqui? Você não deveria estar em aula? — A indagação da professora, de repente, fez todos na arquibancada se virarem para ele.

— Fui liberado antes, e eu não perderia esse momento por nada — o garoto respondeu, com um sorriso tão brilhante que a mulher só meneou a cabeça e voltou aos nomes.

— Marília? — repetiu.

Caio caminhou lentamente entre as pessoas, tomando cuidado para não esbarrar em ninguém ao se aproximar de Anna. Ambos se cumprimentaram de forma tímida, e Amanda abriu espaço para que ele se sentasse ao lado da amiga. O garoto estava mais vermelho do que nunca.

Outras duplas foram formadas e o nome de Guiga foi chamado, pareado com um magrelo que era conhecido por tocar flauta nos jogos de futebol da escola. Ela pareceu decepcionada, mas pelo menos tinha conseguido fazer o trabalho com alguém que sabia tocar algum instrumento!

Carol e Amanda estavam de mãos dadas, fazendo figa com os dedos, torcendo.

— Carolina? Carolina Wong? — a professora chamou algumas vezes, até a garota notar que era com ela. Levantou a mão, e Amanda prendeu a respiração, nervosa pela amiga. — Sua dupla é com... Ah, querida, sinto muito. Sua dupla é Bruno Torres.

— QUÊ? — a garota gritou.

— Você só pode estar de brincadeira! — Bruno soltou uma gargalhada enquanto todos à volta arregalaram os olhos, espantados. — Lê de novo aí, professora, deve ter alguma coisa errada, a senhora não tá lendo um livro de invocações do mal?

— Modos, Bruno, ou além de trabalho você vai passar algumas horas na diretoria. — A professora balançou a cabeça.

— Cala a boca, otário, se eu levar advertência por sua causa, vou fazer picadinho de você — Carol disse, com raiva, se levantando e batendo os pés até onde Bruno estava. Os dois nem se olharam quando sentaram lado a lado.

— O que tá acontecendo? — Rafael sussurrou para Fred, que deu de ombros, se fazendo de desentendido.

Outras duplas foram unidas, embora quase nenhuma reclamasse em voz alta depois do esporro que Bruno e Carol tomaram. Os alunos só concordavam ou comentavam entre si.

— Myra Moura? Myara? — A professora leu duas vezes, semicerrando os olhos para entender a letra de Fred. Olhou para o garoto discretamente e aproximou o papel do rosto. — Ah, Mayara Moura. Desculpe, querida, não estou conseguindo entender minha própria letra.

Maya levantou de onde estava, cruzando os braços, entediada.

— Sua dupla é Rafael... Batman? — A mulher abaixou a voz, aproximando o papel novamente do rosto.

— Batman? — O garoto olhou confuso para Daniel e Fred, que estavam ao seu lado. Fred escondeu uma risadinha.

— Quem é Rafael Batman? — a docente perguntou, procurando na arquibancada. Os alunos estavam em silêncio novamente e ninguém respondeu. — Rafael?

— Acho que é com você, não tem outro Rafael no segundo ano — Daniel comentou sussurrando para o amigo.

O garoto se levantou, ainda confuso, encarando a professora.

— Seu nome é Rafael Batman? — Ela franziu a testa. Ele concordou, olhando pela arquibancada até encontrar Maya, que estava de boca aberta.

— Professora, eu não acho que Batman seja o nome de... — Bruno começou a falar, sendo interrompido pela garota ruiva, que atravessava o mar de alunos até eles.

— Isso foi combinado! — Maya reclamou.

Rafael sorriu, fazendo uma dança vergonhosa, como se tivesse vencido alguma corrida. Outros alunos comentavam, animados, enquanto outras duplas eram formadas.

— Marcelo e Fernando, eu não me importo se os dois estão brigados, se virem e arrumem um jeito de conviver essas semanas — a professora continuou sem perceber nada esquisito com a ordem da lista em sua mão. — Amanda?

A quadra inteira se virou para a garota, na expectativa do nome que seria dito. Ela mordeu com força o lábio, ansiosa, apreensiva, sendo uma das últimas a ser citada, sabendo que poucos alunos tinham sobrado.

— Seu par é Daniel Marques.

— O quê? — Foi a vez do garoto de gritar de onde estava, pulando de susto e quase caindo para trás.

Amanda piscou algumas vezes, confusa. Isso era possível ou ela estava ouvindo coisas? Virou-se para onde Daniel estava, e seus olhares se encontraram por alguns segundos enquanto a quadra se tornava uma bagunça generalizada. Ela fechou os olhos e abaixou a cabeça, sentindo que aquelas seriam as duas semanas mais difíceis de sua vida.

> "Hey, I'm looking up for my star girl"
> (Star Girl – McFLY)

treze

  Amanda e Daniel caminhavam lado a lado sem trocar nenhuma palavra. A professora tinha destinado a última aula do dia para que todos pudessem conversar e se conhecer melhor antes de começarem as tarefas, mas os dois não sabiam o que fazer. Era desconfortável. Enquanto Amanda sentia a barriga doer de ansiedade, Daniel pensava que seu coração ia saltar pela boca. Ele tinha um estranho sorriso no rosto, embora o machucado não lhe permitisse sorrir tanto. Amanda arregalou os olhos, parando onde estava, quando se lembrou do rosto roxo do menino.
  — Melhor? — Ela apontou para o machucado.
  Daniel olhou para ela e sorriu.
  — Um pouco.
  Voltaram a andar em silêncio. Estavam mesmo desconfortáveis, e Daniel parou em uma parte gramada do pátio, onde árvores faziam sombra. Algumas duplas já estavam por lá, mas ele não prestou atenção.
  — Vamos sentar por aqui? — perguntou, e Amanda concordou. O garoto limpou a grama, afastando os gravetos e folhas que estavam ali, indicando o lugar para se sentarem.
  — Eu já vou avisando que não sei rimar nem escrever letra de música — disse ela depois de se acomodarem, mesmo que ainda estivessem numa situação estranha. Estava tentando puxar assunto, senão os dois ficariam em silêncio pelas próximas semanas.
  Daniel sorriu, arrancando um punhado de grama do chão ao seu lado, em um sinal de nervosismo.
  — Também não sou tão bom — ele respondeu, lembrando que não podia falar do que realmente amava fazer. De como criava letras e melodias novas todos os dias. E que, normalmente, eram sobre Amanda.
  — Você tá sendo modesto, né? — Ela riu, e ele pareceu confuso. — Eu lembro que você escreveu aquelas... Os bilhetes...

Daniel arregalou os olhos, morto de vergonha. Abaixou a cabeça, mordendo o lábio, sem saber onde enfiar a cara. Deu uma risada nervosa, se lembrando das cartas terríveis e românticas, cheias de rimas toscas e infantis que mandara para ela no nono ano. Os dois se entreolharam e começaram a rir juntos, com os rostos bastante vermelhos.

— Ah, aquilo? — respondeu ele, umedecendo os lábios, tentando encontrar palavras. — Eu desisti de escrever cartas de amor. Elas não servem pra nada fora envergonhar a gente pro resto da vida.

— Elas eram lindas! — Amanda encostou de leve no braço dele, genuinamente animada. Percebeu o movimento com o jeito como ele se encolheu, puxando a mão para as pernas.

— Obrigado. Eu não fazia ideia de que você se lembrava disso.

Amanda assentiu. Os dois ficaram novamente em silêncio.

— Aposto que Bruno e Carol tão se matando nesse momento. — Ela tentou mudar de assunto.

A garota não conseguia parar de olhar para o perfil dele, o nariz bonitinho e cheio de pequenas sardas clarinhas, os olhos grandes, o enorme sorriso que gostava tanto. Respirou fundo, tentando disfarçar.

Daniel só conseguia encarar a grama no meio dos dedos nervosos.

— Eles se merecem. — Ele soltou uma risadinha pelo nariz.

— Os dois são tão cabeça-dura.

— Se eles conversassem direito, seria tudo mais fácil.

Daniel virou o rosto para a garota, notando como ela estava perto. A luz do sol se infiltrava entre as árvores e batia no cabelo dela, fazendo seus olhos ficarem mais claros e brilhantes. Era tão bonita.

Ele reparou que ela suspirou fundo, machucando os lábios enquanto mexia a boca. Parecia preocupada, distante, como se a cabeça dela estivesse em outro lugar. Juntou toda coragem que tinha para continuar conversando.

— Você tá bem? — perguntou Daniel. Amanda o encarou de volta com uma careta de incerteza.

— Tô chateada com tudo... com a história do Alberto, sabe? — ela disse, apoiando o queixo nas mãos, evitando olhar diretamente para o rosto de Daniel. — Eu sabia que ele era um cara grosseiro, mas não pensei que falasse de mim pelas costas. Que inventasse coisas.

— Eu sinto muito.

— Mas eu te agradeço — Amanda falou, e a expressão do garoto ficou confusa. — A Carol me contou tudo sobre aquela noite depois do baile. Quando o João... — Ela indicou o roxo dele.

— Não precisa agradecer, eu não consegui fazer nada. Fiquei parado igual um idiota.

— A Carol não gosta de vocês, então eu sei que ela não tá mentindo. — Amanda deu uma risada. Os dois voltaram a ficar em silêncio, de forma um pouco menos desconfortável. Sorriam de leve, encarando tudo menos um ao outro.

— Então, eu tava me perguntando se...

Daniel decidiu falar mais alguma coisa, já que era a primeira vez que Amanda passava tanto tempo sozinha com ele. Uma pontada de esperança gritava dentro dele, mesmo sabendo que eles estavam juntos ali por conta de um trabalho, e não por escolha dela. Talvez ele pudesse mostrar para Amanda quem era de verdade e como se sentia, depois de mais de dois anos desde que se conheceram.

Seu pensamento foi interrompido pelas vozes de outras pessoas e pelo pulo de susto que Amanda deu ao seu lado. Daniel arregalou os olhos, sem entender, e observou a garota recostar no tronco da árvore, quase se fundindo com a planta, como se tentasse se esconder. Ele a encarou, confuso, demorando a entender o que estava acontecendo.

— Você tá com vergonha das pessoas verem a gente aqui?

Amanda virou-se para ele, piscando algumas vezes. Soltou o ar que estava prendendo, juntando os joelhos e passando o braço em volta do próprio corpo, se encolhendo ainda mais. Sim, ela estava com vergonha. E não sabia como evitar. Assentiu, concordando com ele, sem conseguir levantar o rosto.

— Amanda — Daniel disse, sério, mordendo o lábio e esperando que ela olhasse para ele.

Seu coração parecia despencar de um desfiladeiro, mesmo que soubesse, desde o começo, que ela não estava do lado dele por vontade própria. Ela ainda era a garota popular da escola. Ele ainda era um perdedor. As coisas não mudariam tanto da noite para o dia. Daniel sustentou o olhar dela por alguns segundos, fazendo o possível para dar um sorriso sincero e brincalhão, gesticulando ao redor.

— Tem gente aqui perto desde o começo, tá tudo bem. É só um trabalho de artes, ninguém nem tá olhando pra gente — ele disse.

A garota arregalou os olhos, encarando o pátio gramado repleto de árvores e de outras pessoas. Amanda abriu a boca algumas vezes sem conseguir falar nada, sentindo as bochechas ficarem vermelhas de tanta vergonha. Olhou para Daniel, que ainda sorria de forma engraçada, como se estivesse pedindo desculpas. Amanda acabou rindo junto. Tinha sido uma idiota à toa.

— Eu sou a pior pessoa do mundo! — ela disse, escondendo o rosto nas mãos, ainda sem conseguir parar de rir. A gargalhada do garoto era contagiante.

— E, como é um trabalho de artes, a gente pode discutir sobre... o trabalho. — Ele se mexeu, sentando-se de forma diferente com as pernas cruzadas. Estava tentando amenizar a situação, mesmo de coração partido, e Amanda ficou agradecida pela atitude. — Você toca algum instrumento?

— Não. Nada.

— Nem um chocalho? Triângulo? — O garoto franziu a testa, tentando se manter no personagem.

— Não — Amanda disse sem pensar, quando de repente se lembrou de algo e também sentou de pernas cruzadas. — Na verdade, eu tenho um violão velho. O Bruno disse que ia me ensinar a tocar há alguns anos, mas acho que ele mesmo nunca aprendeu. Não deve nem ter corda.

— A gente arruma! É um bom começo, você pode trazer na próxima aula?

— Você toca? Violão? — Amanda perguntou.

Daniel negou com um pouco mais de esforço do que precisava. Ela não precisava saber que ele acreditava ser um dos melhores guitarristas do mundo. Um exagero; ele era, pelo menos, o melhor do bairro.

— Não toco nada. Nadinha de nada. — Balançou a cabeça. — Mas a gente pode se virar, não deve ser tão difícil! É só puxar as cordas, se balançar no ritmo, e, se nada der certo, a gente usa como um tambor improvisado.

Colocar esse tipo de mentira para fora fazia a cabeça de Daniel ferver, porque não tinha nada de fácil em aprender a tocar um instrumento! Nada! Nadinha de nada!

— Deve ser legal criar uma música do zero. Conseguir se expressar, né? Se comunicar é um talento! — Amanda disse, e o garoto concordou. — Tipo a banda que tocou na escola na festa de sábado. A música era tão emocionante! Eu fico imaginando como a pessoa faz pra escrever algo tão profundo, como que consegue explicar o que tá sentindo daquele jeito?

Daniel mordeu o lábio e fez uma careta, tentando disfarçar a surpresa ao ouvir Amanda falar, do nada, sobre sua banda. Sobre sua música. Deu de ombros, sem saber se concordava ou não com ela. O que poderia dizer? Como sabia se comunicar tão bem na forma de música e não conseguia abrir a boca do lado da garota de quem gostava?

Ela deu uma risadinha, percebendo que ele tinha ficado em silêncio.

— Eu me esqueci, você não veio no sábado, né? Não deve saber do que eu tô falando.

— Exatamente — ele disse, nervoso.

— Queria conhecer os caras da banda.

— E por que não vai falar com eles? — perguntou, se arrependendo logo depois.

— Eles usam máscaras, obviamente não querem ser reconhecidos.

— Faz sentido.

Voltaram a ficar em silêncio por mais um tempo.

— Podemos usar uma de suas cartas como música — ela sugeriu.

Droga, essa era a pior ideia do mundo. Amanda tinha falado sem pensar, sem analisar que isso significaria discutir sentimentos!

Ou pior, ter que cantar sobre eles na frente de todo mundo!

— Eu não tenho nenhuma cópia das porcarias que escrevi — Daniel respondeu, e Amanda franziu a testa, parecendo ofendida de repente.

— Eu tenho — disse ela, confiante. O que ele estava pensando para falar daquele jeito sobre sentimentos que um dia teve por ela?

A expressão de Daniel era de espanto. Ele não esperava por essa reação, era a última coisa que poderia imaginar.

— Eu guardo tudo que me dão de presente, não é nada pessoal. — Amanda ficou sem graça, tentando se corrigir, as bochechas queimando de vergonha.

— Se tiver alguma que você goste... — Daniel continuava com os olhos meio arregalados, em dúvida se aquela situação todinha não estava acontecendo só dentro da cabeça dele.

— Eu trago pra você ver — ela disse, e bem nesse momento o sinal do fim da aula tocou, ao longe. Os dois se levantaram, limpando as folhas e as sujeiras da grama das roupas, sem encarar um ao outro. — Obrigada. Por... Você sabe.

— Foi legal falar com você — Daniel respondeu, sorrindo e ela concordou.

Eles se entreolharam, envergonhados, sem saber o que fazer. Alguns alunos voltavam para o pátio e os dois começaram a caminhar lentamente, seguindo o fluxo de pessoas.

— Não foi tão ruim, né? — Ele sorriu, dando uma última olhada na garota, que concordou, assentindo discretamente, se separando dele no meio da multidão.

— Foi uma merda! Que inferno! — Bruno disse quando entrou na sala de aula, sentindo a veia da testa palpitar de frustração.

— Foi tão ruim assim? — Caio perguntou, já sentado.

— Ela ficou fazendo a porcaria da unha durante a aula toda, olhando pro nada, e a gente não trocou uma palavra sequer! Eu vou ser reprovado em artes por causa dessa garota! — Ele bufou, puxando sua cadeira e vendo Rafael se aproximar.

— Ela que vai reprovar por sua causa. Quem não tem nota é você.

— Você tá defendendo ela? — Bruno franziu a testa ao ver o amigo confirmar.

— Só eu que achei esquisito demais a gente ter ficado em duplas logo... com elas? — Caio perguntou, pensativo.

— Eu e Maya falamos sobre isso e chegamos à conclusão de que a professora tem algum tipo de poder sobrenatural. É a única explicação — Rafael respondeu. Daniel se aproximou do grupo, ainda sorrindo.

— Se vier com sorriso pra perto de mim, vai ganhar outro olho roxo — Bruno grunhiu, e o amigo parou perto da cadeira dele, levantando os braços.

— Já vi que o encontro de vocês não foi legal, né?

— O seu foi? — Caio perguntou, e Daniel deu de ombros, pensativo.

— Foi tudo bem.

— Tudo bem já é ótimo! — Rafael disse, animado.

— O quê? Vocês já escreveram alguma coisa? — perguntou Caio.

— Não, você e Anna escreveram? — Daniel se virou para ele, se sentando na cadeira em frente a ele.

— A gente ficou vinte minutos em silêncio, e o resto da aula falando mal de quem sabia cantar. Foi incrível, acho que tô apaixonado — Caio respondeu, arrancando uma gargalhada dos amigos.

— A Maya é inteligente, mas muito rabugenta. — Rafael riu. — Perfeita. Nossa música tá pronta e é sobre a teoria de que a professora de artes é, na verdade, uma viajante do tempo.

— Isso explicaria a confusão toda de hoje — Bruno comentou, ainda derrotado.

— O que quer que tenha acontecido, isso me deu uma chance de mostrar à Amanda que eu sou um cara legal. — Daniel sorriu, ainda sentindo uma pontinha de esperança depois do desenrolar da conversa deles. — Eu vou aproveitar cada segundo.

O sinal anunciando o fim da aula tocou novamente, liberando os alunos para irem embora. Os quatro pegaram suas coisas e estavam se dirigindo para o corredor quando foram parados por um garoto magro de cabelos desgrenhados. Ele não parecia estar se divertindo.

— Avisem pro amiguinho de vocês que, se ele aparecer no meu horário de aula e se meter com a minha dupla de novo, vai se dar muito mal! — o garoto disse, com o dedo esticado para os quatro. Daniel olhou para Bruno, Caio e Rafael com uma expressão confusa.

— Do que você tá falando, irmão?

— Do Fred. Aquele cabeludo que anda com vocês? Ele disse que a professora pediu a ele que passasse por todas as duplas para ajudar, mas não saiu do lado da Guiga nem por um minuto! Estragou meu momento, eu tava mostrando todo o meu talento na flauta!

Os quatro se entreolharam, achando tudo ainda mais esquisito. Fred não tinha ido visitar nenhum deles. O que o amigo estaria aprontando?

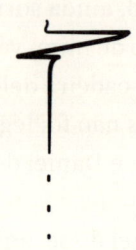

> "I still got so many unsaid things that I wanna say
> And I just can't wait another day"
> (Unsaid Things — McFLY)

catorze

    Amanda estava dentro de uma sala de aula. As carteiras eram coloridas, e várias redações estavam penduradas no teto em uma tira de barbante, como um varal. Ela sorriu, animada. Estava de volta ao nono ano, e aquela era sua sala de aula. Olhou para trás e viu Anna concentrada, copiando algo do quadro. A amiga estava bem mais nova, o que a fez sorrir. Sempre foi bonita e organizada.

    Sentiu um cutucão e olhou para o lado. Era Caio, parado ali, rindo, o rosto bastante vermelho. As bochechas denunciavam que ele estava com vergonha, mas seu rosto dizia que não era a primeira vez em que se via naquela situação. Ele ajeitou os óculos embaçados e estendeu um papel na direção de Amanda.

    — Odeio ser pombo-correio, pega logo isso! — Ele soltou o bilhete dobrado em sua mesa.

    Eles eram amigos, e aquilo fez com que a garota se sentisse feliz. Seu coração estava aquecido, confortável. Que saudade que sentia de tudo isso! Amanda levantou uma sobrancelha, observando Caio mandar dedo para dois garotos sentados no fundo e piscou para que sua visão entrasse em foco. Amanda viu Bruno, com o caderno na mão, rindo dos dois. Os cabelos estavam maiores, e ele parecia bem mais rebelde do que nos dias atuais. Logo ao lado dele, estava Daniel. Muito bonito, o rosto corado e as mãos sujas de tinta de caneta. Ela sorriu e ele acenou de volta, discreto, sem chamar muita atenção. A garota sentiu o estômago revirar de felicidade, como se o corpo comemorasse uma pequena vitória. Era um sentimento diferente, e Amanda lembrou que essa fora a primeira vez que se sentiu daquele jeito. Olhou para o bilhete nas mãos e piscou algumas vezes, tentando entender o que estava acontecendo.

    Levou um susto, sentando-se, de repente. Amanda abriu os olhos, notando que estava em sua cama e que era tarde da noite. A janela mostrava o céu escuro e silencioso. Passou as mãos pelo rosto, percebendo que a cena na sala de aula tinha sido um sonho. Uma memória, uma lembrança. Que trazia um sentimento que ela queria reviver.

Amanda se levantou, acendendo a luz e abrindo o armário no canto do quarto. Encontrou a caixa que procurava, velha e meio empoeirada, então sentou-se no chão e forçou a tampa para abri-la. Sorriu ao ver tantas coisas antigas e especiais que tinha guardado ali. Cartas, bilhetes, fotos, ingressos de cinema e pequenos objetos, todos com lembranças especiais. Viu uma foto dela, Bruno e Caio em um parque aquático e se lembrou de quanto eles três costumavam brincar juntos. Caio sempre tinha sido mais na dele, e Amanda sempre se deu muito melhor com Bruno, mas não deixou de pensar em como as coisas estavam estranhas agora. Caio era quase ninguém na vida dela. Como deixou as coisas mudarem tanto assim?

Quando se aproximou das amigas, acabou percebendo que podia compartilhar com elas coisas que, talvez, Bruno e Caio não compreenderiam. Suas inseguranças, as mudanças do seu corpo, percepções sobre ser uma mulher no mundo e as exigências de, por isso, crescer muito rápido com as responsabilidades que as pessoas em volta lhe cobravam. "As garotas são mais maduras que os garotos na sua idade" e "você é uma garota, precisa se comportar", enquanto seus amigos não recebiam os mesmos comentários. Amanda não precisava e não queria ser mais madura do que eles! Ela só tinha quinze anos!

Com as novas amizades e a chegada do Ensino Médio, suas prioridades acabaram mudando, não eram mais as mesmas. E, mesmo tendo sido divertido, necessário e acolhedor, Amanda sentia muita falta do que vivia antes. E ver Bruno, Caio e até Rafael se afastando dela de forma tão natural foi ainda mais doloroso.

Eram muitas perguntas: por que eles não me entendem? Por que eu me sinto desse jeito? Por que meus pais não querem mais que eles durmam aqui em casa?

Ela abaixou a cabeça, separando algumas fotos com Maya, Anna e até com Guiga e Carol, sorrindo. Debaixo de alguns cartões de aniversário, Amanda encontrou o bolinho das cartas de Daniel, que tinha recebido no nono ano. Riu com a letra bonita do menino. Apesar de bagunceiro, ele era caprichoso.

Abriu a primeira folha devagar e começou a ler.

Quando terminou, não sentiu que precisava ir para a segunda. A primeira que leu já era perfeita. Não só para o trabalho de artes, mas porque... era tão bonita! Sentiu as bochechas esquentarem e um sorriso bobo tomar o rosto ao guardar a carta em sua mochila. Por mais complicado (e difícil e desesperador e assustador) que fosse, Amanda estava animada por ter uma desculpa para passar tempo com Daniel, pela primeira vez. E acreditava que poderia ser uma chance de esclarecer todos esses sentimentos que ela nunca tinha conseguido definir muito bem e deixar, por fim, esse crush no garoto realmente no passado.

No fim da semana, algo extraordinário estava acontecendo. As fofocas corriam soltas pelos corredores, os olhares eram curiosos e críticos, e os comentários já não eram mais sobre a garota popular do segundo ano estar ou não namorando o capitão do único time titular de basquete da escola. O acontecimento do momento era o fato de a garota e de seu grupo de amigas estarem interagindo publicamente com os garotos esquisitos, mesmo que, naquele dia, aos gritos.

Enquanto Anna e Maya mantinham certa distância da mesa no pátio, Carol cerrava os punhos, furiosa, perto de Bruno.

— É claro que não podemos fazer uma música pra aula de artes com esse tipo de coisa, é fútil e desinteressante — o garoto resmungou de forma irônica, amassando a folha de caderno que estava em suas mãos.

— Então faz melhor! — Carol gritou, tentando puxar de volta o papel.

— Eu faço mesmo!

— Eu não acredito que você tá chamando minha ideia de fútil! — Ela bateu o pé com raiva.

Bruno negou com a cabeça.

— Não só fútil; fútil e *desinteressante*.

— E o que você sabe de música, seu idiota? — Carol perguntou, ainda aos gritos, no meio do pátio.

— E o que *você* sabe? Nada! — Bruno devolveu em voz alta. — Eu, pelo menos, tenho bom gosto, então posso dizer que isso tá uma bosta.

— Seu babaca!

— Eu não estou te entendendo, você abre a boca e só sai som de GRALHA! — o garoto ironizou, tampando os ouvidos. Carol fechou os olhos, respirando fundo.

— Vou agora mesmo na sala do diretor pedir pra me tirar desse trabalho, porque, se eu for presa por assassinato, não vou conseguir vir no próximo baile de sábado.

Ela se virou e saiu batendo os pés, em direção ao prédio. Bruno franziu a testa e saiu correndo atrás dela, ainda dizendo qualquer coisa que pudesse irritar a garota.

Os quatro amigos se entreolharam e encararam Amanda e Guiga, que estavam mais perto deles, de boca aberta.

— Eu não faço ideia do que acabou de acontecer — Guiga disse.

— Eu tô muito feliz com a minha dupla. — Rafael balançou a cabeça, ficando na ponta dos pés e se virando para onde Maya estava, ao lado de Anna, em uma mesa próxima. — MAYA, VOCÊ É A MELHOR DE TODAS, EU TE AMO!

— Cala a boca — a garota respondeu, revirando os olhos e voltando sua atenção para o lanche.

— A professora acabou de causar uma guerra mundial com esse trabalho de artes. Acho que ela nem imagina o que a lista dela fez com essa escola. — Caio deu uma risadinha, e Fred concordou.

— Mas é bom vocês poderem conversar sobre o que estão sentindo, né? — Fred tentou defender, e Amanda negou.

— Onde foi que você viu uma conversa ali?

Daniel encarou a garota, sorrindo, percebendo a troca de olhares entre eles.

— Eu queria tanto ter feito dupla com outra pessoa! — Guiga reclamou com uma careta. — Se Amanda quiser trocar comigo, eu sei que vocês dois não se dão tão bem e...

— Não — Fred e Amanda disseram ao mesmo tempo. Então se entreolharam, com a testa franzida, um suspeitando do outro.

— Quer dizer, não tem como, porque... a gente já tem a letra da nossa música — a garota disse, tentando disfarçar. Guiga concordou, sem notar como o clima estava esquisito entre o grupo enquanto olhava para o corredor ouvindo a voz de Carol ao longe.

— Eu imaginei. Fred até tentou ajudar a gente essa semana, mas a minha dupla só sabe tocar a mesma música na flauta e eu já não aguento mais! — ela revelou, sem olhar para Fred, com vergonha. — Gente, eu vou atrás da Carol, porque acho que ela pode estar enfiando a cabeça do Bruno na privada.

— Opa, eu vou com você. Preciso ver isso. — Rafael levantou da mesa em que estava sentado e seguiu a garota pelo pátio.

Na última aula do dia, que, mais uma vez, foi separada para a tarefa de artes, Amanda escolheu se encontrar com Daniel no mesmo lugar de antes. Apesar do susto que tinha levado quando as pessoas passaram por eles, e mesmo que normalmente houvesse outros alunos matando aula ou fazendo outros trabalhos na grama, ainda era um lugar mais reservado do que o resto da escola. Naquele dia, Amanda levou seu violão velho e passava os dedos nas cordas empoeiradas sem objetivo, só fazendo barulho. Daniel, ao chegar perto da garota, se apoiou na árvore.

— Você toca bem — elogiou.

Ela se assustou com a presença dele, parando de mexer nas cordas, com vergonha.

— Eu sei que você só quer me agradar.

— Talvez, mas a culpa não é sua de não estar bom, as cordas estão bem desafinadas! — Daniel disse, rindo, se sentando em frente a ela com as pernas cruzadas.

Amanda estendeu o violão para ele, reparando na jaqueta de couro bonito que ele usava por cima do uniforme. Não combinava com o resto da roupa, mas deixava o garoto com uma aparência um pouco mais rebelde e excêntrica. Balançou a cabeça, tentando afastar o pensamento de que ele estava bonito e próximo dela, porque o objetivo era justamente o oposto! Ele era esquisito! Esquisito!

— Você trouxe a carta? — Daniel perguntou, puxando o violão dela para o colo e vendo a confusão na expressão do rosto de Amanda. Ela pensou um pouco e logo concordou, puxando a mochila e tirando o papel que tinha separado no dia anterior.

— Tá aqui. Foi a primeira que eu vi. — Ela entregou o papel nas mãos dele, que tinha posicionado o violão no próprio colo, e percebeu que estava trêmula.

— Você releu?

Ele estava nervoso, mas não queria deixar de perguntar. De saber a opinião dela, de ouvi-la falar. Era difícil ficar próximo da garota, com os joelhos quase se encostando, o cheiro do xampu chegando até ele com o vento, e o sorriso, tão perto e tão bonito. Ela parecia mais ansiosa do que na última aula, embora dessa vez não tivesse quase ninguém por perto.

Amanda não respondeu, e Daniel pegou o papel da mão dela, começando a ler. No fim, deu um sorriso sem graça, mantendo a testa franzida, como se não acreditasse que pudesse ter escrito aquilo.

— Se não fosse a minha letra, eu diria que isso aqui é um documento falso! — comentou. Amanda o encarou, confusa. — É realmente profundo. — Ele estava vermelho. — Eu era muito idiota.

— Eu sei... — ela disse, e arregalou os olhos quando ele deu uma gargalhada.

— Não a parte do idiota, não, mas...

— Careta? Ultrapassado? É, isso também.

— Não foi o que eu quis dizer — Ela olhou para o chão com uma risadinha honesta e envergonhada. — Nos dias em que eu tava muito confusa com tudo, eu me lembro de ficar relendo as cartas e pensando como era esquisito um garoto gostar de mim desse jeito! Tipo, isso nunca tinha acontecido desse jeito.

— Foram suas primeiras cartas de amor? — Daniel sorriu, animado. Ela escondeu o rosto.

— É claro, você acha que os garotos de quinze anos costumam ficar escrevendo poemas ou cartinhas pra quem eles gostam? Isso não acontece!

— Acho que não. Você foi a primeira pessoa para quem eu quis fazer isso. — Ele olhou para o violão no colo, mexendo nas cravelhas para tentar afinar o instrumento.

— A primeira?

Amanda pareceu espantada. Ele tinha essa pegada de garoto romântico que manda cartinhas de amor desde a primeira vez que ela o viu na escola, então nem passou pela cabeça dela que não era algo que ele já fazia antes.

— A primeira. — Daniel sorriu sozinho.

Amanda sentiu o coração bater mais rápido, sem saber o que dizer. Com quinze anos, ela estava se afastando dos amigos, aprendendo mais sobre quem era, ouvindo elogios sobre ser bonita e começando a sair com garotos da sua idade. Que não eram seus amigos e não tinham acompanhado a infância dela! Tinha dado seu primeiro beijo, trocado fofocas sobre quem era mais bonito enquanto olhava no espelho e se sentia uma esquisita, um peixe fora d'água. Os garotos queriam beijá-la porque queriam beijar qualquer uma ou porque realmente gostavam dela? Amanda ficava na dúvida. Essa dúvida ainda existia, mas foi mais difícil quando era mais nova.

Ler a primeira carta de Daniel, no nono ano, tinha feito com que ela se visse de outra forma pela primeira vez. Ele não falava só sobre Amanda ser uma garota que chamava a atenção ou que era bonita, ou querer ficar com ela em algum lugar escondido nas festas da igreja.

As cartas de Daniel falavam sobre quem Amanda queria ser.

E reler aquelas palavras tinha feito com que todo aquele sentimento voltasse com muito mais intensidade do que ela gostaria. O que era um erro; ela não podia gostar de Daniel. Eles eram de grupos diferentes, estavam em momentos diferentes, e ela sabia que não podia mais ser a pessoa descrita nas cartas. Não era ingênua, sentimental nem mais especial do que ninguém.

E ainda tinha o fato de que Amanda achava que Guiga ainda era apaixonada por ele.

Estava tudo errado desde o começo. O que ela tinha na cabeça quando deu a ideia de fazerem o trabalho de artes com um pedaço dela que estava escondido tão fundo, algo que não queria que ninguém encontrasse?

— A gente pode começar pensando no ritmo! Você gostaria de uma música calminha ou mais agitada? — Daniel perguntou depois de observar a garota em silêncio por um tempo, mexendo nas cordas do violão aleatoriamente.

— Eu não consigo fazer isso.

Amanda mordeu o lábio, confusa. Daniel não entendeu sobre o que ela estava falando e encarou a garota com a testa franzida.

— Eu posso tocar, não tem problema. O que for mais confortável pra você.

— Não é isso. — Ela respirou fundo, engolindo o bolo de sentimentos que tentava subir pela garganta como um grito. — Eu... preciso sair daqui. Não tô muito bem.

A garota se levantou, pendurando a mochila no ombro, e Daniel quase deu um pulo, ficando de pé de forma desengonçada.

— Acho que essa história de carta de amor foi idiota, eu não devia ter sugerido isso. Desculpa.

Ela puxou o papel da mão do garoto e, sem dizer mais nada, correu para dentro da escola. Daniel ficou com o violão, paralisado, sem saber o que fazer. Encostou-se na árvore, pensativo, preocupado. O que tinha acabado de acontecer?

— Amanda, você tá chorando? — Guiga perguntou quando viu a amiga se aproximar dela e de Anna no corredor, no fim da aula de artes. As duas já tinham terminado a proposta do dia com suas duplas e estavam ao lado do bebedouro matando tempo, conversando.

Amanda chegou perto, limpando o rosto, parecendo bastante desnorteada.

— Preciso ir no banheiro — respondeu, sem saber como conter o que sentia, assustada por encontrar as amigas ali. Guiga concordou, segurando a mão dela e a guiando, com Anna, para o banheiro mais próximo. Verificaram que estava vazio e ajudaram Amanda a se apoiar.

— O que aconteceu? O que aquele imbecil do Daniel fez? — Anna perguntou, preocupada.

— Ele não fez nada. — Amanda encarou o espelho, secando as lágrimas e abrindo a torneira para lavar o rosto. — Eu é que sou uma idiota mesmo.

Ela gostava de Daniel. Gostava muito dele, e aquele sentimento era como uma admissão de culpa. Amanda não podia se sentir daquele jeito, vulnerável, sem saber quem queria ser ou acabar entendendo que, talvez, não tinha se transformado na garota que sempre dizia que seria. E ainda tinha Guiga... O que ela ia fazer?

— Quer desabafar? — Anna perguntou baixinho.

Amanda se virou e abraçou as duas amigas, negando, mas agradecida por estarem ali com ela naquele momento. Por mais bobo que fosse, *sentir* não era nada fácil. Ela só queria que aqueles pensamentos voltassem direto para onde tinham saído. Para o passado.

> "I can't believe I found
> A girl who turned my life around"
> (The Guy Who Turned Her Down – McFLY)

quinze

— Respirem fundo — Fred disse para eles, ajustando as máscaras. — Vocês estão horríveis.

— Valeu, cara. — Caio bateu no ombro dele.

— Ainda bem que você esqueceu as maquiagens em casa. Hoje tá quente demais, ia derreter tudinho! — Rafael se olhou no espelho, mexendo nos cabelos e garantindo que estava pronto e irreconhecível.

Daniel e Bruno estavam ajudando um ao outro com os ternos no camarim improvisado atrás do palco montado no ginásio da escola. O segundo show da Scotty estava prestes a começar, e eles não estavam nem acreditando que tinham chegado até ali sem serem reconhecidos ou descobertos de alguma forma.

— Ainda nervoso? — Fred ajeitou a gola do terno de Rafael, que concordou. — Isso é bom, cara. Significa que vocês estão sentindo o que é subir num palco!

— E como você sabe disso? — Bruno virou-se para Fred, esticando os braços para se alongar.

— Devo ter sido um rockstar em outra encarnação.

Os cinco amigos riram juntos, mas ficaram em silêncio logo depois. A semana não tinha sido fácil para nenhum deles, mas a sensação de estarem prestes a serem ouvidos, novamente, por toda a escola, fazia o peso de tudo ficar um pouco mais fácil de aguentar.

— Como eu tô? — Daniel fez pose diante do espelho.

— Tá bonito.

— Sexy!

— Feio, como sempre.

Responderam respectivamente Bruno, Rafael e Fred ao mesmo tempo, e se entreolharam. Caio se aproximou de Daniel, apertando a gravata dele e dando um sorriso reconfortante. Sabia que o amigo estava nervoso e que, parte disso, era por não ter visto ou falado com Amanda depois da última aula de artes.

Daniel estava preocupado e não podia fazer nada sobre isso naquele momento, a não ser dar o espaço que a garota precisava.

— Vai dar tudo certo — Caio disse, e Daniel concordou, sorrindo de leve.

— E se eu for o cara que deixou ela mal? — perguntou.

Caio negou, e completou:

— Eu ainda acho essa frase bem ruim, a gente podia mudar na letra da música.

— Também acho. Podia dizer que você não é o cara que recusou a garota! — Rafael declarou, vendo Daniel balançar a cabeça.

— Quem recusaria a garota que gosta?

Fred revirou os olhos enquanto a discussão se repetia depois de uma semana inteira tentando decidir como seria a música que eles iam tocar. Se a música que faziam deveria refletir seus sentimentos, alguma coisa estava muito fora de ritmo entre eles.

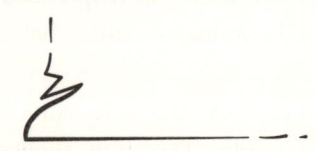

— Eu não devia ter vindo — Amanda sussurrou para Anna quando as duas chegaram na frente da escola, no sábado à noite, encontrando o lugar cheio e movimentado.

— Você precisava se distrair, amiga.

— Se eu encontrar o Alberto aqui, nem sei o que eu faço. Falo com ele? Ignoro?

— Se você não quiser conversar com ele, não precisa! — Anna respondeu, segurando a mão da amiga. — Nem com ele, nem com Daniel, nem com ninguém.

— Daniel não vem pro baile. Ontem, Rafael chamou a Maya para jogar boliche hoje, então duvido que eles vão sair de lá pra vir pra festa. — Amanda deu de ombros, e Anna arqueou a sobrancelha.

— É esquisito eles estarem próximos, né?

— Pelo menos alguém ficou feliz com essas aulas de artes — Amanda disse, e a amiga concordou.

— O Caio tem sido legal, ele quase não fala nada, e a voz dele, na verdade, é bem bonita.

— Ele canta?

Amanda garota ficou espantada, nunca tinha imaginado esse lado do amigo. Ficou se perguntando se tinha falhado em entender melhor quem eles eram anos atrás, porque ela não parecia saber mais nada sobre nenhum dos meninos.

— Não canta, mas a voz é bonitinha... — Anna disse baixinho, se aproximando das outras amigas que estavam na fila da mesa de bebidas.

— Nossa, vocês demoraram muito! Foram costurar as próprias roupas? — Carol disparou, cruzando os braços.

Amanda deu uma rodadinha, mostrando a calça preta justa e a camiseta que tinha escolhido.

— Vocês estão lindas! — Guiga disse com um sorriso. Anna abraçou a amiga, agradecendo.

— A festa parece mais cheia hoje do que no sábado passado, vocês não acham? — Maya perguntou, pegando um copo de refrigerante quando chegaram até a mesa.

— Disseram que tem um monte de penetras de outras escolas, todo mundo queria ver o show da Scotty. A cidade toda só comenta disso, né? — Guiga disse.

— O que será que eles vão tocar hoje?

Amanda ficou animada, de repente, se lembrando do show da semana anterior. Apesar de tudo que tinha acontecido depois, ela sabia que ouvir a banda misteriosa seria divertido.

Duas garotas passaram ao lado delas com sutiãs nas mãos, e Maya deu uma risada alta.

— Eu não acredito que elas realmente trouxeram sutiãs pra jogar no palco!

— O quê? — Anna perguntou, espantada, e observou a amiga concordar e se aproximar do grupo para contar uma fofoca.

— Rafael me contou que Fred disse que algumas garotas comentaram que iam fazer isso no show da Scotty de hoje.

— Droga, eu vim sem sutiã, e agora? — Amanda perguntou, em tom de zombaria, fazendo as amigas rirem. — Ninguém me avisou do plano!

— Eu acho que consigo tirar o meu sem problemas... — Carol começou a mexer na blusa, ouvindo as amigas gritarem e darem pulinhos.

— Na moral, que mico! Eu vou fingir que não conheço vocês, saiam de perto! — Maya andou na frente, ouvindo as amigas indo logo atrás.

— Elas vieram? — Caio perguntou.

Rafael colocou a cabeça para fora da cortina que tampava os fundos do palco e voltou a olhar para os amigos, que pareciam nervosos.

— Não dá pra ver, tá realmente lotado.

— Lotado? Tem mais gente que da última vez? — Daniel perguntou, sentindo o suor descer pelas suas costas. Respirou fundo algumas vezes.

— Bem mais. Ei, o filho do seu Zé lá do bar! Ele nem estuda aqui! — Rafael respondeu, animado.

— E se ela não vier?

— E daí? Se vier também não vai fazer diferença. Ela não sabe que é você no palco! — Bruno respondeu para Daniel, batucando sem parar, agora com as baquetas nas pernas de Caio. O amigo reclamou.

— Alberto, João e os outros babacas estão aqui. Dá pra ver de longe o tamanho do ego deles. — Rafael voltou a pôr a cabeça na lateral do palco. — Opa! Acho que consigo ver a Maya ali no meio, a plateia de repente começou a brilhar!

— Corta essa, Rafael, fala sério! — Bruno deu uma gargalhada.

Daniel colocou a cabeça por cima do ombro do amigo, vendo o ginásio lotado como ele nunca tinha visto antes. Que loucura! Tentou procurar onde Rafael tinha dito ver Maya e conseguiu encontrar Amanda, ao lado de Anna. Elas estavam rindo e pareciam se divertir, o que tranquilizou um pouco mais o coração dele. Amanda era a garota perfeita. Como ele queria poder ir lá falar com ela!

— Sai cima de mim, cara — Rafael mandou, e Daniel se desculpou, virando-se para Caio.

— Vai ser o cover do Chuck Berry e depois "O outro cara" mesmo, certo?

— Isso... — Daniel concordou, já sentindo calafrios.

Tocar as próprias músicas era sempre um momento emocionante, mas, naquela noite, eles queriam abrir com o cover de um clássico que sabiam que animaria a plateia. Queriam todo mundo dançando muito antes de ouvirem o que eles tinham para cantar.

— O que tá acontecendo lá fora? — Caio chegou perto de Rafael, que continuava com a cabeça enfiada para fora da cortina.

— Tem um garoto que eu não conheço falando com a Carol, que parece *beeeem* preocupada com as unhas.

— Típico — Bruno bufou.

— O amigo do Alberto, aquele que ninguém sabe o nome. Michel? É isso? Bem, ele tá tomando um esculacho da namorada do Caio — Rafael continuou narrando.

— Quem me dera — o amigo suspirou, e logo recebeu um olhar dos outros dois.

— Você virou canal de fofoca agora? — Bruno fez careta.

— E a Amanda? O que ela tá fazendo? — Daniel perguntou, interessado.

— Meu amor tá dançando com ela. As duas parecem animadas, nenhuma novidade por ali.

— Amor? Tá maluco, Rafael? — Bruno levantou as sobrancelhas, rindo.

— Maya! — Ele piscou para os amigos, tirando a cabeça da cortina. — De uma forma nada patética como vocês, é totalmente platônico.

— Eu nunca pensei que ia acabar assim. — Daniel olhou para Caio e Bruno. — A gente tá pior que o Rafael.

— A que ponto chegamos! — Caio ironizou, e parou para ver os amigos rirem.

— Já que vocês estão rindo aí de mim, não vou contar que Alberto chamou Amanda pra dançar — Rafael informou, novamente espionando o outro lado. — Ela negou, e a Guiga tá dançando com a Maya agora.

— O quê? O Alberto? — Daniel perguntou, preocupado.

Rafael deu uma risadinha debochada, mas ficou sério de repente.

— Ela tá ignorando o playboy, mas... EI, IMBECIL! — Rafael gritou sem pensar e depois colocou a cabeça para dentro, vendo que chamou atenção de algumas pessoas na plateia. — Droga.

— O que aconteceu? — Daniel se mostrou impaciente, sendo impedido de alcançar a cortina.

— Alberto tava dançando perto da Amanda, se aproximando. Acho que me viram aqui.

Rafael se afastou e Bruno ficou em seu lugar. Onde Fred estava a uma hora dessas?

— Alberto, eu não quero falar contigo. Sai de perto de mim — Amanda reclamou, quase gritando por cima da música alta.

Guiga chegou mais perto dos dois, percebendo que o garoto tinha segurado o braço da amiga.

— Ela não quer falar com você!

— Não se mete... — Alberto não teve tempo de completar a frase quando se virou para Guiga, porque sentiu um toque em seu ombro; era a mão de Fred, que apareceu sorrindo no meio deles.

— Tudo tranquilo, cara? — perguntou, gritando para ser ouvido. Alberto fez uma careta, e a garota deixou um sorriso escapar.

— Tudo bem, Fred. Obrigada. — Amanda se soltou das mãos de Alberto, dando alguns passos para longe dele.

— Sai de perto, perdedor. — Alberto apontou para Fred em tom de ameaça.

O rapaz arqueou as sobrancelhas, irônico.

— Você devia tentar falar mais pausadamente, Alberto. Eu não entendi nada. Com essa baba toda fica difícil, né? — ele gritou, fazendo gestos como se ninguém pudesse ouvir sua voz ali no meio. Amanda, Guiga e Maya esboçaram um sorriso, se entreolhando.

Alberto deu um passo para a frente, se aproximando de Fred e segurando o garoto pela gola da camiseta que usava.

— Repete — falou com o rosto próximo do dele. — Primeiro, você trama com seus amiguinhos perdedores pra cima de mim! Faz minha garota não me querer mais e agora fala assim comigo? Qual o seu problema? Tá apaixonado por ela?

— Solta ele, seu imbecil. — Amanda tentou puxar Fred de lado, mas Alberto a ignorou.

— Apaixonado pela Amanda? — Fred sorriu. — Seu cérebro é realmente limitado, uau.

— Alberto, deixa de ser babaca! — Amanda gritou, percebendo que algumas pessoas olhavam para eles.

Ela sentiu o coração acelerado e uma onda de pânico tomou conta, fazendo com que começasse a tremer. Não queria que ninguém olhasse para ela, não podia ser o assunto da escola de novo. Por que Alberto teve que aparecer? Sua respiração ficou mais ofegante e ela mordeu o lábio, sem saber o que fazer.

Fred, com um movimento, fez Alberto soltar ele no chão.

— Você amarrotou minha camiseta nova, sacanagem — zombou, ajeitando a roupa.

— Alberto, some daqui. Eu tô falando sério — Amanda pediu, quase implorando.

— Ele tramou aquela história do livro! Foi ele quem escreveu aquilo! Ele e aquele idiota do Daniel Marques — Alberto denunciou, chegando perto dela. Amanda vacilou e olhou ao redor. Em seguida, balançou a cabeça.

— Não importa o que aconteceu. Era tudo verdade, não era? — ela confrontou o garoto, embora tenha ficado um pouco confusa.

— Você tá cometendo o maior erro da sua vida — Alberto disse com um dedo na cara dela. Ele olhou da garota para Fred e, então, deu meia-volta e saiu de perto.

Amanda ficou parada, observando-o se afastar, ainda sentindo as pernas bambas e o coração disparado. Não era um sentimento familiar, como se tivesse medo de que alguma coisa fosse acontecer.

— Tá tudo bem? Quer dizer, não exatamente bem, mas... — Fred perguntou, próximo dela. Amanda encarou o garoto, agradecida, concordando.

— Vou ficar bem, obrigada.

Ela ficou calada e voltou para perto das amigas, recebendo abraços e tentando parecer o mais tranquila possível. Amanda viu que as garotas começaram a dançar com a música que tocava e fingiu estar animada, se mexendo junto. Não queria preocupar ninguém com o que estava sentindo.

Pensou em Daniel e olhou para os lados mais uma vez. Gostaria que ele estivesse ali. Era uma sensação reconfortante imaginar o garoto sorrindo no meio das pessoas e, sem querer, procurava o rosto dele em cada um que passava por ela.

Minutos depois, a música do DJ parou, e o diretor subiu ao palco para anunciar a tão esperada banda da noite. Os quatro garotos, de terno e máscaras bizarras, foram recebidos com calorosos aplausos e gritos de um ginásio abarrotado e curioso.

— Boa noite pra vocês — Daniel falou perto do microfone, abafando um pouco a voz. — Menos pros playboys que estão perturbando garotas que vieram para se divertir! — O público aplaudiu, rindo. A guitarra de Caio fez um barulho estranho de microfonia com o susto, sem saber o que o amigo diria. Daniel levantou o braço, ouvindo o ginásio gritar e encarando os amigos rapidamente. — Essa primeira música é sobre o que a gente ama fazer, que é estar aqui no palco! Acho que vocês conhecem "Johnny B. Goode", né?

As primeiras notas da música começaram, e até o diretor foi para o meio dos alunos dançar. Rafael passou por Daniel com o baixo na mão, perguntando de forma silenciosa se ele estava bem. O garoto concordou, tocando em sua guitarra de forma teatral e fazendo alguns passos de dança, e o resto da banda sorriu.

Assim que reconheceram a música, Amanda e as amigas deram gritos juntas, animadas, dançando como se nada de ruim tivesse acabado de acontecer. Amanda sentiu a pressão se dissipar um pouco enquanto ouvia aquelas vozes diferentes de cima do palco. O vocalista principal cantava um pouco mais grave, e ela só conseguia pensar que a voz era um pouco familiar, embora devesse ser coisa de sua cabeça mesmo. Sorriu sozinha, olhando para a banda, que finalizava a música com muitas palmas de todo mundo à sua volta.

— Obrigado, vocês foram incríveis! — Caio disse no microfone, rindo bastante e sentindo o suor pingando do rosto. — Essa próxima música é nossa, e ela é um pouco mais dramática, então chegou o momento de pegar alguma coisa pra beber e curtir com a gente, de braços pro alto!

— Essa é "O outro cara", e você provavelmente não vai entender a letra e tá tudo bem, a gente quase trocou em cima da hora! — Rafael gritou, fazendo sinal para que a música começasse.

Ao som da guitarra, algumas pessoas levantaram os braços, curtindo o ritmo animado e tentando acompanhar a batida com palmas. A melodia era de baladinha, e Amanda sentiu Anna cutucar suas costas, perguntando se queria alguma bebida. Ela negou, mexendo a cabeça com a música e encarando os quatro garotos no palco, com curiosidade.

Não dá pra acreditar
Que encontrei alguém como ela
Uma garota que mudou minha vida
De todos os jeitos que podia
Ela de repente se virou pra mim
E seus olhos eram tristes
Eu não sei o que ela soube
Mas eu estou feliz de não ser o cara
Que deixou ela tão mal

Porque você é a rainha da beleza
O tempo passa diante de mim
E eu fico só imaginando
Quem foi que te deixou assim
Mas estou feliz de não ser esse cara
Porque a vida sem você, baby
Seria como uma noite sem fim
Eu não saberia onde estaria
Mesmo não sendo o cara que te deixou assim

Amanda ficou parada enquanto todos à sua volta dançavam, aplaudiam e mexiam o corpo no ritmo da música. Como em um sonho, imaginou um dos integrantes da banda descendo do palco e chamando-a para dançar. Sorriu sozinha, ficando triste de repente. Por que aquele tipo de amor não podia acontecer com ela? Por que era tão difícil gostar de alguém?

Balançou a cabeça. Estava definitivamente ficando doida.

Deu meia-volta e saiu do ginásio, se misturando no meio das pessoas, sem ninguém perceber. Todo mundo prestava atenção na Scotty e no sentimento divertido e romântico que eles mostravam no palco. Mas Amanda só sentia que precisava ficar um pouco sozinha, respirar fundo e colocar a cabeça no lugar. Não queria que ninguém se preocupasse com ela. Nunca se perdoaria se as amigas perdessem um show tão esperado por qualquer besteira que pudesse estar sentindo.

Ficou andando pelos corredores vazios do colégio, ouvindo a banda tocar ao fundo, pensando em como no dia a dia tudo era tão diferente. Como estar ali sem mais ninguém causava uma sensação completamente oposta à pressão dos corredores cheios. Os olhares, os comentários, os sorrisos e expressões que nem sempre ela conseguia decifrar. Se os outros gostavam ou não dela, se queriam ou não sua companhia, se ela era ou não alguém interessante o suficiente para estar exatamente onde estava. Para merecer aquela atenção toda.

Amanda encostou-se em uma das paredes perto do bebedouro e foi escorregando até sentar-se no chão, apenas ouvindo a música de fundo ecoando pelo lugar inteiro, tentando dissipar os pensamentos ruins e sonhando com quão bom seria se cantassem aquela música para ela. Se Daniel cantasse aquela música para ela. Sorriu, se sentindo uma idiota porque, no fundo, sabia que era impossível.

Mesmo sem querer, Daniel era exatamente o cara que a tinha deixado mal.

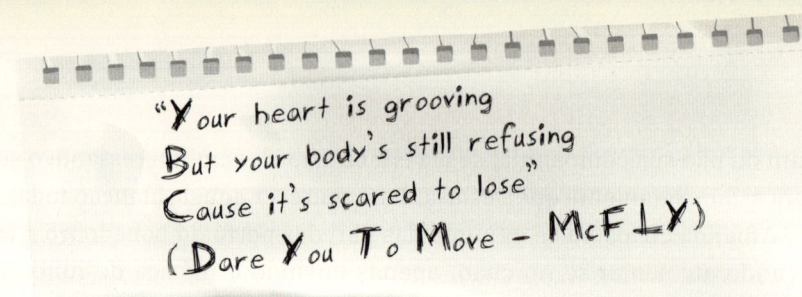

> "Your heart is grooving
> But your body's still refusing
> Cause it's scared to lose"
> (Dare You To Move – McFLY)

dezesseis

O som alto da música já tinha diminuído, mas ela não tinha certeza há quanto tempo. Amanda continuava sentada no chão, a cabeça apoiada nos joelhos, menos tonta, mas não menos emocionada. Tinha perdido a noção de que horas eram. Já tinha chorado, imaginado diálogos e cenas que não existiam, tinha falado sozinha e, enfim, voltado a chorar. A ideia de que estava realmente gostando de alguém a fazia se sentir vulnerável e perdida, porque a verdade é que queria muito uma grande história de amor. Mas não achava que merecia.

Anna parou de dançar, olhou para os lados e não encontrou Amanda por perto. Se aproximou de Carol, que rebolava com Maya, ambas visivelmente um pouco alteradas.

— Onde a Amanda tá?

— Com alguém por aí? — sugeriu a amiga, desentendida.

— Você sabe que não — Anna negou, vendo Guiga se aproximar, voltando do banheiro. — Nada? Eu achei que ela tava dançando aqui por perto!

Guiga se mexia, tentando enxergar por cima das pessoas à sua volta, que eram mais altas do que ela. Quando virou, deu um esbarrão em Fred, que estava com uma gravata amarrada na testa, mas ele nem tinha ido de gravata naquele dia. Ela se desequilibrou com o susto e se desculpou.

— Desculpa aceita, já que você tá especialmente bonita hoje. Posso me intrometer e saber o motivo de estarem que nem quatro baratas tontas? — Ele olhou e contou de novo. — Ih, quatro! Não falta uma?

— Exatamente e, pelo visto, só você notou! — Maya disse, cruzando os braços. — Amanda sumiu.

— Como assim, sumiu? Vocês não tavam com ela? Quem não percebe que a amiga desapareceu, gente? — ele perguntou.

— Seja mais simpático, Fred. — Anna revirou os olhos. — Estamos tentando um contato imediato de quinto grau contigo, e eu espero não ter que brigar com você.

— Certo. Mil perdões. Querem ajuda?

— Você não tá ocupado? — Guiga perguntou, e as amigas lhe lançaram um olhar curioso. Desde quando elas se preocupavam se ele estava ocupado ou não?

— Pra você eu nunca tô ocupado.

— Ai, corta essa. Cada um vai pra um lado, Amanda não pode ter evaporado do salão do nada. Deve estar por aqui — Anna disse.

— Será que ela não voltou pra casa? — Maya perguntou e logo saiu de perto das amigas. — Vou pedir pro Jonathan me levar lá pra checar, ele sabe que eu posso espalhar segredos que ele não quer que a escola saiba. Tá na minha mão.

Fred sorriu para Guiga, sem entender o que estava acontecendo e seguiu a garota, caminhando pelo ginásio entre os outros alunos, que ainda curtiam a música de outra banda que estava tocando. O celular vibrou no seu bolso, e ele atendeu, apertando o aparelho contra o rosto para ouvir.

— Fala, cara — ele disse quando viu que o número era da casa de Bruno. Então os amigos já tinham chegado e estavam seguros. Ufa, mais uma noite de vitória pra Scotty.

— Como estão indo as coisas por aí? Daniel tá na pilha querendo saber onde tá Amanda, que não viu na plateia o show todo. Aconteceu alguma coisa?

— Pois é. Não é que estamos procurando por ela?

Fred viu Anna passando por ele e Guiga se embrenhando no meio dos alunos, e a seguiu.

— Como assim, procurando? — Bruno perguntou, preocupado.

Houve um ruído na linha.

— O que houve? Ela tá bem? — Daniel perguntou depois de pegar o telefone da mão do amigo.

— Calma, cara, as meninas só não sabem onde ela tá. Deve ter ido pra casa ou ido no banheiro, mas a gente tá procurando — Fred disse, erguendo o tom de voz para tentar ser ouvido no meio do barulho. Queria tranquilizar os amigos, mas Anna chegou perto dele, com uma expressão estranha.

— Será que Alberto foi com ela pra algum lugar? Ele também não tá aqui.

— QUEM LEVOU ELA? — Daniel gritou do outro lado, e Fred tirou o telefone do ouvido na mesma hora.

— Não repete isso, não, Anna. O Daniel tá aflito aqui, você vai deixar ele doidinho.

A garota amenizou a expressão, sorrindo de leve, e pegou o telefone da mão de Fred.

— Daniel Marques? — ela perguntou.

— Quê? — O garoto gelou do outro lado da linha, reconhecendo a voz dela.

— Se você tá tão preocupado, por que não vem aqui ajudar a achar a Amanda? — Ela riu, divertida.

— Vol... Ir pro baile? — Do outro lado da linha, Daniel olhou para Bruno, que negou.

— Talvez você saiba de alguma coisa que a gente não saiba, sei lá. Não que eu precise da sua ajuda nem nada, você me entende? — ela disse irônica, como se soubesse de alguma coisa que ninguém mais sabia.

— Entendo. — Daniel engoliu em seco, nervoso. — Entendo, sim.

— Então é isso. Ou você para de importunar o Fred, que tá ajudando, ou vem pra cá. Fim de conversa.

Ela desligou, entregando o telefone para Fred, que estava parado ali, parecendo orgulhoso. Revirou os olhos, escondendo um sorriso e saiu andando, sendo seguida pelos amigos.

Amanda cansou de ficar sentada: as pernas já estavam um pouco doloridas, e ela finalmente tinha conseguido parar de chorar. Pegou o celular, que estava sem sinal, e viu que tinha ficado mais de uma hora ali, sozinha, sem ver o tempo passar. Estava confusa, cansada e solitária. Queria um abraço, ouvir alguma palavra bonita ou receber ajuda para levantar, porque poderia só virar para o lado e dormir por ali mesmo. Se arrependeu de ter bebido qualquer coisa, apesar de não se sentir mais bêbada nem nada. Mas o coração dela ainda doía, e Amanda não sabia se era um sentimento real ou fabricado pelo seu corpo cansado.

Olhou para os lados e viu que o corredor continuava vazio, escuro e silencioso. O barulho da música parecia ainda mais distante, e ela se perguntou se já não teria dormido e estava agora sonhando. Podia acordar do nada, na sua própria cama, em casa, confortável. Seus sonhos ultimamente estavam muito reais. E, nos últimos dias, continuavam envolvendo Daniel. O que era irritante, claro, porque ela sabia que aquele sentimento todo era um erro atrás do outro. Mas também sabia que era confortável. O que deveria fazer? Ouvir seu coração ou sua cabeça? Qual dos dois sabia o que era melhor pra ela?

Queria uma resposta, um sinal. Fechou os olhos, segurando o choro de novo porque, sinceramente, já estava cansada de limpar as lágrimas na própria camiseta e sabia que sentiria a maior dor nos olhos no dia seguinte. Que idiota, sofrendo por uma coisa que nem tinha acontecido direito! Não conseguia ficar feliz por estar gostando de alguém nem sabia se Daniel ainda gostava dela também! Aquele sentimento antigo podia ter ido embora. E, se ele ainda gostava dela, poderia achar que ela era a mesma pessoa de antes e se decepcionar quando percebesse que não era.

E agora? E se ele se decepcionasse quando descobrisse que ela não era uma pessoa tão legal quanto ele pensava?

Droga.

Amanda se sentia uma princesa de filme que só queria ser salva e que, por fora, lutava para mostrar que era suficiente. Não queria admitir para alguém que precisava ser acolhida. Era como se tivesse toda atenção do mundo, mas não fosse realmente vista por ninguém.

Ela balançou a cabeça para ver se espantava os pensamentos. Olhava para o final do corredor pouco iluminado, imaginando um monte de coisas impossíveis acontecendo. Será que, se ela passasse alguns dias ali sentada, Daniel sentiria sua falta e iria atrás dela? Na sua cabeça, ele ficava tão bonito caminhando naquele corredor, com algumas luzes batendo nos cabelos cacheados, a camiseta azul de flanela e as calças muito largas, que não cabiam direito nele. O som dos tênis All Star no chão frio do corredor, a borracha guinchando. Sorriu sozinha. Podia imaginar ele se aproximando, com cheiro de banho tomado e do perfume amadeirado. Sua expressão preocupada, assustada, como se tivesse visto um fantasma.

— Amanda?

A garota piscou rápido, ouvindo a voz dele. Esfregou o rosto com as mãos e encarou Daniel, agachado na sua frente, com os olhos na mesma altura dos seus. Deu um sorriso divertido porque com certeza tinha enlouquecido. Seus sonhos estavam realmente cada dia mais reais.

— Amanda? Você tá bem? — Daniel perguntou, falando baixo, segurando o queixo da garota e olhando em seus olhos, preocupado.

Ele procurava algum sinal de que ela estivesse bem, porque Amanda parecia não estar vendo ele bem ali, na frente dela. Amanda estava sentada perto do bebedouro, de pernas cruzadas no chão frio, os cabelos amarrados de qualquer jeito e a maquiagem borrada no rosto. Encarava ele, espantada, como se não acreditasse que tinha alguém ali de verdade.

— Amanda? — perguntou, de novo, paciente.

A garota arregalou os olhos, sentindo o toque dele no seu rosto, saindo dos próprios pensamentos e caindo na real. O que estava acontecendo?

— Daniel? — ela perguntou, confusa.

Ele olhou para os lados, e o corredor estava vazio.

— Você não tava me vendo?

— Eu vi, mas... não achei que fosse real — ela confessou e ficou corada, notando que tinha revelado aquilo em voz alta. Fez uma careta.

— E por que não seria? — ele perguntou de forma doce, sorrindo de leve. Havia percebido que ela tinha ficado sem graça e queria mostrar que estava tudo bem. Que ela não precisava sentir vergonha.

— Eu não sei... — Amanda balançou a cabeça, confusa. — O que você tá fazendo aqui?

— Procurando você.

Ela arregalou os olhos outra vez, sentindo o coração quase sair pela boca. Poderia vomitar de nervoso, mas não tinha certeza se era porque tinha bebido antes ou porque estava muito nervosa. Que bagunça.

— Por quê? Achei que você detestasse esse baile!

— E detesto — ele mentiu. — Mas suas amigas tavam tão preocupadas com você, e o Fred... Bem, acho que ele tava mais cantando a Guiga do que qualquer outra coisa, sendo bem honesto, mas ele me avisou que você tinha sumido.

— As meninas! — Amanda botou a mão na cabeça, pegando o celular que ainda mostrava estar sem sinal. — Eu não sei o que aconteceu comigo, de verdade. Eu não queria dar trabalho.

— Você nunca dá trabalho. A gente fica preocupado porque gosta de você — ele disse, pigarreando, tentando disfarçar. — Todos os seus amigos, as meninas, gostam de você. Somos amigos.

Ela concordou, ainda achando que sua mente estava pregando algum tipo de peça nela.

— Você viu o show? — ele perguntou, nervoso, mudando de assunto. A garota negou com a cabeça.

— Saí no meio da música, eu tava amando, mas não me senti muito bem e... — Amanda olhou para o rosto dele e viu que o garoto sorria de leve, embora a testa ainda estivesse franzida. — Daniel?

— Hm?

— Por que você veio atrás de mim?

— Eu fiquei preocupado.

Amanda sorriu de volta, se sentindo boba de tê-lo achado fofo. Daniel realmente parecia preocupado, agachado ali de frente pra ela, no meio da noite. Ele olhava para o seu cabelo, seu rosto e seus braços, e Amanda entendeu que o garoto procurava algum machucado, a fim de saber se estava tudo bem ou se alguém tinha feito mal a ela. Num estalo, foi tomada por outra onda de emoção. Sentiu os olhos se encherem de lágrimas e mordeu o lábio, tentando segurar o nó na garganta. Ele realmente tinha ido atrás dela. O que ela tinha feito para merecer esse carinho todo quando tinha sido uma idiota com ele nos últimos anos?

Ela queria um abraço. Deu um impulso para a frente, e os dois ficaram se entreolhando, em silêncio, sem saber o que fazer em seguida. Não sabia se estendia os braços, se encostava a testa em seu ombro, ou se isso seria invadir o espaço pessoal dele. Sentiu a respiração do garoto na pele, causando um arrepio no corpo todo. Estavam próximos demais e, mesmo assim, não era suficiente. Estava considerando diminuir ainda mais essa distância quando ouviram um barulho e vários passos ecoando no corredor.

— Amanda, até que enfim! — Guiga exclamou.

Ela avançou pelo corredor com Anna ao seu lado. Logo atrás, Fred, Caio e Bruno, com o telefone em mãos, apressaram o passo na direção de Amanda e Daniel. No susto, apoiado na ponta dos pés, Daniel quase caiu, e Amanda encostou na parede, colocando as mãos na cabeça, disfarçando a tontura.

Anna se aproximou, agachou ao lado da amiga e segurou seu rosto, replicando a expressão de carinho e preocupação que Daniel fizera, procurando por algum machucado. Bruno ajudou o garoto a se levantar.

— Você tá aqui há muito tempo? — perguntou, e Daniel negou.

— Não, eu cheguei agora há pouco e tava vendo se ela estava bem.

— O que você tá fazendo aqui no corredor, amiga? — Anna perguntou, baixinho. — Por que não atendeu o telefone?

Amanda mostrou o celular sem sinal. Ficou de pé, esfregando os olhos e se sentindo idiota por ter preocupado todo mundo. Virou-se para Daniel, lembrando quão próximos eles estavam e que, por muito pouco, não o beijara. Ficou vermelha e abaixou a cabeça, pensando que nunca mais voltaria naquela escola de tanta vergonha que estava sentindo.

Anna olhou de Amanda para Daniel, notando que ambos estavam agindo de forma estranha. Franziu a testa enquanto os amigos andavam na frente, observando os dois se afastarem juntos, mas sem conseguir olhar um para o outro. Soltou um suspiro quando ficou claro o que estava acontecendo.

Como ela tinha sido inocente!

> "Do ya do ya do ya love me?
> Do you need a little time?
> (Do Ya? – McFLY)

dezessete

— Amanda, tem alguma coisa que você queira me contar? — Anna perguntou mais tarde, deitada ao lado da garota na cama dela. Tinha decidido ir dormir na casa da amiga depois da noite conturbada que ela teve. Não tinha dito nada até o momento, mas a curiosidade estava ficando cada vez maior.

— Acho que não — Amanda respondeu, baixinho. As duas estavam de barriga para cima na cama de casal, olhando para o teto. — Eu não sei.

— Você realmente... gosta dele? — Anna insistiu, se virando de lado e encarando a amiga no escuro. Amanda se virou para ela, e as duas se olharam por um tempo.

— Eu queria poder dizer que não.

— Vocês tavam quase se beijando quando a gente chegou. Guiga não reparou, porque acho que ela nem pensa nessa possibilidade. Mas, pra mim, tava bem claro.

— Guiga não reparou? Você tem certeza? — Amanda perguntou, parecendo aliviada.

— Ela ia reparar em quê? Ela mal lembra que o Daniel existe.

Amanda fez um barulho esquisito com a boca.

— Não é bem assim.

— A Guiga é o motivo de você não querer ficar com ele? — Anna tentava entender o que, pra ela, não fazia sentido.

— Não só ela. — Amanda suspirou.

— Você sabe de quem estamos falando, né? Daniel Marques. O nerd perdedor, tosco, esquisito, bagunceiro...

— Obrigada por me lembrar de tudo que me impede de ficar com ele — a amiga choramingou, ao que Anna segurou sua mão.

— Conte sempre comigo pra isso — disse de forma irônica, tentando fazer a garota sorrir. — Eu não gosto muito dele, é verdade, mas não sou eu quem tem que gostar.

— Ainda tô confusa, amiga. Achei que tava tudo bem lá atrás, quando coloquei um ponto final nessa história e fiz de tudo pra ficar longe. — Amanda se mexeu, voltando a olhar para o teto do quarto. — Mas acho que senti muita falta de como eu fico quando alguém realmente gosta de mim, sabe? Ou pelo menos gostava...

— Meu Deus, achei que isso tinha terminado quando... quando terminou. — Anna começou a rir, fazendo Amanda empurrar ela de leve, rindo também.

— E ele é muito bonitinho, amiga, eu tô muito ferrada!

— Eu vou vomitaaaar! — Anna riu, sentindo Amanda rir do lado dela. Ficavam felizes de saber que podiam contar uma com a outra e que, não importava como ela se sentisse, Anna sempre tentaria fazer ela se sentir bem. Tinha muita sorte.

— A gente precisa conversar — Bruno disse assim que chegaram em sua casa, enquanto Daniel se jogava no sofá da sala.

— Você vai terminar com ele? — Rafael perguntou, surgindo de dentro da cozinha sem camisa. Bruno encarou o garoto, confuso, sem nem registrar a piadinha.

— Você não tinha ido pra casa?

— Desisti. Cadê o Fred e o Caio?

— Eles têm a casa deles! — Bruno respondeu, irônico, e Daniel riu baixinho. Apontou para o amigo no sofá em tom de acusação. — E você aí, pode ir contando tudo porque eu não sou lerdo nem burro, não importa o que o Rafael diga.

— Ainda bem que rolou esse acréscimo aí.

— Eu não tenho nada pra contar. — Daniel deu de ombros. — Eu não sei o que tá acontecendo.

— Você tá bem? — Bruno tirou o tênis e se sentou no tapete da sala. O amigo assentiu, os cabelos balançando.

— Sim. Eu só tô um pouco nervoso — admitiu. — Foi mal, cara.

— Isso ainda é por causa da Amanda? — Rafael perguntou, com uma cerveja nas mãos, sentando ao lado de Bruno. O amigo olhou pra ele de olhos arregalados.

— Primeiro, isso aí foi meio grosseiro, claro que é por causa da Amanda — Bruno respondeu e, em seguida, apontou para a cerveja. — E, segundo, onde conseguiu isso? Tinha acabado!

— Eu escondi algumas. — Rafael deu de ombros.

— O problema é exatamente esse: não tem problema fora ela — Daniel resmungou, chutando o ar de forma infantil.

— Você precisa ter mais paciência. É difícil saber o que ela tá sentindo.

— Bruno, é difícil porque ela não me fala — Daniel continuou resmungando.

— Ela não é obrigada, né? Vocês estão se falando há quanto tempo desde que pararam de andar juntos, no oitavo ano? Um mês? — o outro garoto se intrometeu.

— Rafael, isso não ajuda em nada — Bruno interrompeu.

— Cara, eu tô tentando ser maduro aqui.

— Às vezes parece que ela quer ficar perto de mim e, do nada, é como se eu fosse a pessoa mais horrível da face da Terra — Daniel disse, triste, fazendo os amigos se entreolharem. — Eu só queria a oportunidade de mostrar pra ela quem eu sou. Bruno, você acha que ela pode gostar de mim algum dia? Tô falando sério.

— Eu conheço a Amanda e sei que ela não tá bem — Bruno respondeu. — Mas é algo que vocês precisam conversar, eu não posso falar por ela.

— Corta essa, irmão, sério — Rafael interrompeu. — Amandinha leu sua carta de amor, cara! E nem foi aposta nem nada.

— E ela não tentou fazer as unhas enquanto vocês faziam o trabalho de artes — Bruno concluiu, cruzando os braços.

— E ela te ajudou com o machucado, e aquilo tava bem nojento na hora, pelo que eu fiquei sabendo — Rafael lembrou, e Daniel começou a rir.

— Vou tentar começar do zero, vocês têm razão. Eu tô ansioso demais e ainda tem os shows de sábado, então preciso me concentrar em conquistá-la com as minhas músicas! — Daniel se levantou, confiante.

— Aí vocês se casam e têm filhos — Rafael disse e começou a imitar um bebê. Bruno riu, pegando a cerveja da mão dele.

— E você fica popular na escola porque namora com ela.

— Nada a ver isso de namorar e depois se casar, cara, precisa rever esses objetivos aí.

Os dois entraram em um debate sobre como seria a vida de Daniel quando conquistasse Amanda, e o garoto encarou os amigos, pensando em todas as letras de música que poderia escrever.

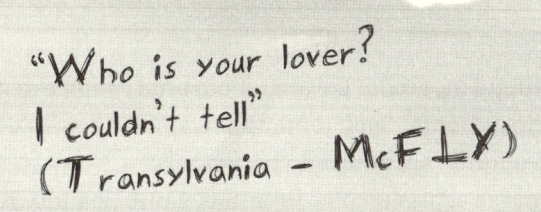

> "Who is your lover?
> I couldn't tell"
> (Transylvania – McFLY)

dezoito

Na manhã seguinte, Amanda acordou cedo, sem fazer barulho, para que Anna continuasse dormindo. Antes de pegar no sono, tinha pensado bastante sobre o que faria com o que estava sentindo, e a única conclusão à que tinha conseguido chegar era que precisava saber mais antes de tomar uma decisão. Aquele sentimento todo podia ser só uma carência no fim das contas, certo? Podia não ser sobre Daniel, e ela precisava passar mais tempo com ele pra descobrir isso!

Era uma desculpa para ver o garoto, mas não queria admitir.

Pegou seu violão, que estava jogado em um canto do quarto, enfiou a carta de Daniel no bolso da calça jeans, enviou mensagem para sua mãe sobre precisar resolver detalhes de um trabalho da escola e saiu de casa. Daniel devia estar na casa de Bruno, então era pra lá que ela iria.

Daniel ouviu uma batida na porta e se virou na cama, cobrindo o rosto com o travesseiro. Quem tinha deixado a merda da janela aberta? A batida persistiu até que Fred entrou no quarto com os cabelos escondidos sob uma toca de tricô colorida.

— Acho melhor você levantar AGORA — ele sugeriu.

O garoto sonolento esfregou os olhos, sentindo a maçã do rosto doer de leve, e piscou algumas vezes para enxergar melhor o amigo de pé na porta do quarto.

— Não tá muito cedo pra você aparecer na casa de alguém? É domingo! E você nem dormiu aqui ontem.

— Quem disse que não? — Fred perguntou, sorrindo. Daniel franziu a testa.

— Eu tô muito confuso. Quem morreu pra você me acordar assim? — ele reclamou, mal-humorado.

— Ninguém, ainda. Levanta, bota uma roupa e desce, cara. Sério. — Ele saiu do quarto, e Daniel ficou tentando se ajustar depois de abrir os olhos e se deparar com a luz do sol entrando pela janela.

Daniel se espreguiçou e levantou, cambaleando. Tomou uma ducha gelada e trocou de roupa, sem pressa. Quando estava saindo do banheiro, com os cabelos pingando, deu de cara com Rafael.

— Você demora muito.

— Nossa, o que aconteceu com vocês hoje? — reclamou.

— Você tem visita — Rafael disse, saindo do quarto, deixando Daniel ainda mais confuso, sacudindo os cachos.

— Ah, claro, como se alguém fosse me visitar em pleno domingo. Na casa do Bruno.

O garoto foi falando, dando risada, enquanto descia as escadas, despreocupado. Arregalou os olhos quando deu de cara com Amanda sentada com Fred no sofá. Ela estava de calça jeans clara e justa, uma camiseta branca larga e os cabelos presos, como na noite anterior. Dedilhava o violão de qualquer jeito e cantava algo que devia ser absurdamente engraçado, já que Caio gargalhava da cozinha com Bruno. O som da voz dela ecoava pela casa com a risada dos amigos, e Daniel precisava admitir que aquele não era exatamente o pior jeito de acordar.

— Bom dia. — Ela parou de tocar quando viu o garoto parado na base da escada, imóvel.

Daniel demorou um tempo para absorver a cena e sorriu, genuinamente feliz.

— Bom dia.

— Espero que eu não esteja incomodando muito, mas eu tava me sentindo inútil em casa, e como perdemos a última aula de artes porque, bem, eu fui ridícula... — Amanda corou. — Achei que, sei lá, a gente pudesse fazer alguma coisa hoje.

— Hoje? — Daniel ficou surpreso, e Rafael se retirou correndo para a cozinha de forma nada discreta.

— Se você não quiser, tudo bem. Eu sei que é domingo e que tá cedo, fiquei um pouco ansiosa — Amanda disse, sendo o mais sincera que conseguia.

Ela disse que estava ansiosa por encontrar com ele, certo? Ele tinha ouvido direito?

— Tá tudo bem, quero, sim. Não tenho nada pra fazer agora mesmo. — Ele bateu na cabeça, tentando se explicar. — Não quis dizer que quero fazer isso porque não tenho nada melhor, eu só...

— Eu entendi. — Ela sorriu.

— Então é isso, crianças. — Fred se levantou, batendo palmas uma vez. — Vou tomar um café forte para acordar e deixo vocês fazendo o trabalho aqui na sala. — Ele piscou para ela. — Se o Daniel te importunar, é só gritar. Se comportem.

— Geralmente quem me enche o saco é o Bruno — Amanda disse.

— Eu ouvi isso! — o amigo gritou da cozinha, em resposta.

— Obrigada, Fred. — A garota sorriu. — Eu não sabia que você era legal assim.

— Sou muito mais! Não se esquece de espalhar pras suas amigas, ok? — Ele saiu de perto em um movimento teatral, como de costume. Amanda se virou para Daniel, ainda com o violão na mão.

— Não quer sentar aqui? Não é minha casa, mas eu costumava ficar muito tempo nesse sofá, esperando o Bruno se arrumar, horas e horas... — Amanda disse.

— Cara, eu tô ouvindo vocês dois. Com licença. — Bruno fechou a porta da cozinha, deixando os dois sozinhos.

— Certo. — Daniel coçou a nuca e sentou no sofá em frente a ela, meio nervoso. — Por onde começamos?

— Onde paramos? — Ela pegou a carta e entregou nas mãos dele. — Eu acho realmente bonita.

— Obrigado. — Daniel pegou o papel e releu a carta, com o rosto quente. — Isso é muuuuito brega.

— Daniel! — Amanda protestou sorridente.

Ele adorou ouvir seu nome na voz dela. Ainda mais rindo daquele jeito.

— Me dá a carta e anota o que eu vou dizendo — ela mandou.

O garoto levantou e correu até o quarto para pegar papel e caneta. Seu coração estava a mil.

— Pode falar. — Ele sentou novamente com os cabelos caindo nos olhos.

Ela mordeu a bochecha relendo a carta, ficando nervosa por, de repente, ter o garoto tão perto dela e olhando tão profundamente para qualquer expressão que ela fazia. Mesmo sem olhar para ele, conseguia sentir o jeito que ele a encarava, sorrindo. Enquanto seus olhos corriam pelo papel, ela pensava no que estava fazendo. Aquilo era muito fofo! Soltou uma risadinha envergonhada quando terminou.

— Eu disse que estava brega!

— Eu não ri porque tá brega. Eu ri porque me deixa feliz.

— ISSO! — Fred gritou para Bruno na cozinha, e Amanda ficou vermelha, percebendo que estavam ouvindo os dois. Claro que estariam, os fofoqueiros.

— Certo. — Daniel ficou instantaneamente muito contente, mesmo sem saber como expressar isso sem soar idiota. A carta dele deixava Amanda feliz. A carta dele deixava Amanda feliz. A CARTA DELE DEIXAVA AMANDA FELIZ! — Começo por onde?

— Aqui você diz... — Ela sentiu a voz tremer, relendo e precisando falar em voz alta. Parecia muito mais sério e real desse jeito. — Que quer abraçar e estar com a pessoa de quem gosta. Hm.

— E que eu destruiria o mundo por você — ele completou, lembrando. Amanda vacilou o olhar, encarando novamente a carta na mão.

— E que você se sentia mal porque... não sabia como me... conquistar.

— Eu nunca fui bom nessas coisas de amor — ele continuou, se sentindo envergonhado. — Certo, como é o início? O que acha legal manter?

Tudo, Amanda pensou.

Meio sem graça, ficou admirando Daniel por um tempo. Ele disse que eram coisas de amor, certo?

— Então, a letra pode começar mais dramática com *Diga que você me quer*, como se a pessoa estivesse querendo a atenção de quem ela... gosta.

— Tá. — Daniel sorriu. *Eu te quero*, pensou.

— Por que você tá rindo? Se não gosta, faz sozinho! — a garota falou brincando, e Daniel mordeu o lábio, ainda sentindo as bochechas bem quentes de vergonha.

— É estranho ver alguém organizando as minhas palavras na música — ele se defendeu. — Só isso.

Não queria dizer que era como ele normalmente fazia, porque ela não poderia saber, mas podia dizer que era irônico estar ouvindo as palavras que ele escreveu para ela vindo dela mesma.

— Quer organizar e eu escrevo? — Ela pegou o caderno de suas mãos e entregou a carta pra ele.

— Pode ser. — Ele tossiu — Fred? Rafael? Caio? — Então gritou: — BRUUUUUNOOOO!

Bruno abriu a porta. Fred e ele olharam para os dois.

— Quê? — perguntaram juntos.

— Podem me trazer um café? Não comi nada ainda, tô mortinho de fome.

— Foi mal. — Amanda franziu a testa. — Olha o que eu fiz, te acordei e você nem comeu.

— Fica na tua — Bruno disse para ela. — Vamos fazer um café da manhã especial pro Danielzinho, porque ele tá com a cara ferrada e merece um consolo.

— Poxa, obrigado.

— Não se acostume. — Bruno bateu a porta da cozinha.

— Eles só vão fazer isso por sua causa, então vou me aproveitar.

— Seus amigos te amam. — A garota riu.

— Você acha mesmo? — Daniel gargalhou.

Os dois se entreolharam em silêncio, envergonhados.

— Vocês ainda vivem sempre por aqui, né?

— Como os pais do Bruno quase nunca tão em casa — Daniel mordeu o lábio — e os meus não se importam muito, eu fico aqui quanto tempo eu puder. Meu pai sempre viaja por causa do trabalho, indo de fábrica em fábrica da empresa que ele coordena. Agora, abriu uma nova filial no Canadá. Então a minha mãe passa o maior tempo com as amigas ou visitando a minha vó na capital.

Amanda, olhando ao redor da sala, sentiu saudade de quando era mais nova. Sorriu, vendo que poucas coisas tinham mudado. Reparou em um pedaço de madeira na estante na qual ficava a TV e algumas caixas de DVDs.

— Aquilo é uma baqueta? — Ela franziu a testa.

— Ahn? — Daniel ficou nervoso, arregalando os olhos.

— Baquetas! Eu sabia que conhecia alguém que gostava de bateria. O Bruno aprendeu a tocar? — A garota parecia curiosa e confusa.

Amanda tinha uma vaga lembrança do amigo dizendo que queria ser um astro do rock quando eram mais novos, embora nunca tivesse visto ele com algum instrumento.

— Bateria? O Bruno? — Daniel forçou uma risada debochada. — Acha mesmo? Ele até tentou fazer aulas, mas faz tanto tempo, você sabe como ele é desorganizado e grosseiro. Foi um terror, ele destruiu as panelas. Aquilo ali foi coisa do Fred, ele comprou achando que era tipo palitinho de comer miojo, aquele hashi.

Fazia sentido para Amanda, pois ela não imaginava Bruno focando tanto em algo que exigisse muito esforço físico. Ele tinha preguiça até de caminhar, imagina algo pesado desse jeito! Além do mais, os dois não tinham conversado sobre isso desde que ela se distanciou, então não devia ter se tornado algo importante. Se fosse, ele teria mencionado.

— Certo... então, *Diga que você me quer*. — Daniel pigarreou, tentando voltar a atenção dela para a música. Era melhor passar vergonha do que ter sua identidade secreta desvendada.

— Ouvindo assim parece idiota mesmo.

— Eu disse. A gente pode mudar.

— Não! Vamos manter assim. — Amanda mexeu no violão para disfarçar quanto estava envergonhada.

— Tudo bem. — Ele percebeu que ela parecia desconfortável e tentou fazer uma gracinha. Fez cara de poeta e começou a recitar. — *Diga que você me quer, diga o que eu quero ouvir. Eu faria qualquer coisa só pra te ver sorrir.*

— Uau, isso foi poético mesmo!

— Né? Mas quem disse que não era pra ser? Eu sou um poeta!

Ele riu. Amanda não resistiu e sorriu junto. Nada disso precisava ser proibido, certo? O que tinha de errado em querer que alguém gostasse dela daquele jeito?

No fim da manhã, eles deduziram que tinham escrito uma música. Brega, na opinião dos dois, mas concordaram que, pelo tempo que tinham bolado tudo, ficou boa o suficiente, ainda mais se nenhum dos dois tinha talento para o mundo musical como ela pensava. Amanda não sabia como definir aquele momento com Daniel. Tinha sido surreal. Nunca se imaginou numa situação como aquela, dividindo esse tipo de coisa, esses sentimentos.

— A gente se vê amanhã? — ele perguntou.

Amanda já havia se levantado, se preparando para ir embora. Parou perto da porta, sentindo o coração disparar de repente. As coisas pareciam diferentes, mas ela ainda estava confusa sobre como seria a situação na escola. Droga.

— Ok — ela respondeu, incerta.

— Prefere que eu não fale com você na frente das pessoas? — Daniel perguntou, sério.

— Não é que... — Ela mordeu o lábio inferior, suspirando, tentando não gaguejar. — ... eu não queira falar contigo, Daniel, mas...

— Eu entendo. Eu sei.

Ele buscou usar uma entonação bem natural, porque não queria que parecesse deboche ou ironia. Não entendia porcaria nenhuma, mas se esforçaria por ela.

— Sério? — Amanda sorriu, ainda envergonhada.

Ele pensou que valia a pena, naquele momento, guardar seus sentimentos se fosse para poder ver ela sorrindo daquele jeito.

— Ai, obrigada. Um dia, quem sabe, você possa entender o que eu tô falando.

— Vou contar com isso! — ele respondeu.

— TCHAU, BRUNO! — Amanda gritou, se sentindo um pouco mais confiante.

— Tchau, meninos!

Ouviu várias vozes da cozinha e deduziu que eles tinham se despedido.

— Então, até mais! — Ela saiu, fechando a porta atrás de si.

Daniel respirou fundo e ficou um tempo parado, absorto em pensamentos, ainda sentado no sofá. Deixou o instrumento de lado, nervoso e levantou correndo para a cozinha.

— O que foi isso? — Ele olhou para os amigos com os olhos arregalados.

Os quatro, espalhados pelo cômodo como se estivessem em tédio durante a última hora, começaram a rir.

— Você foi um idiota, mas valeu. — Caio estava sentado no chão, atirando bolinhas de papel no lixo que estava no colo de Rafael. Daniel soltou um grito e começou a gargalhar.

Ele ainda não tinha assimilado bem. O coração ainda parecia que ia sair pela boca.

— Eu não fazia ideia que suas cartas eram bregas daquele jeito. Não me surpreende você ter ficado solteiro esse tempo todo. — Fred, sentado na pia, fazia carinhas no resto de ketchup dos pratos sujos.

— Obrigado, mas só ela lia o que eu escrevia, tá? — Daniel disse, sentando numa cadeira ao lado de Bruno.

— E agora todo mundo da escola ouve, só que ninguém sabe, né? — Caio respondeu.

— Eu fui muito idiota?

— Não cara, você foi bem. Eles estão com inveja — Bruno falou, enquanto tentava se equilibrar com a cadeira para trás e quase caindo.

— Sério? — perguntou Daniel, sorrindo.

— Não, você foi bem idiota, mas deu tudo certo — Rafael gritou e uma bolinha de papel bateu no seu olho. — Caio! Cuidado, é pra acertar no LIXO, não na minha cara!

— Não dá no mesmo? — o amigo perguntou, rindo, começando uma discussão longe do foco inicial da conversa. Como sempre.

Amanda chegou em casa e correu para o quarto, guardando o violão e notando que Anna não estava mais dormindo por lá. Estava cansada, tinha caminhado pela rua toda debaixo do sol, além de não conseguir parar de pensar em tudo. Entrou na cozinha e encontrou a amiga sentada na mesa, comendo um sanduíche.

— Bom dia pra você também — Anna disse, encarando a amiga esbaforida e toda suada.

Amanda sentou-se em uma cadeira ao lado dela.

— Acabei de voltar da casa do Bruno — confessou, abrindo logo o jogo.

Anna prendeu a respiração e deixou o sanduíche no prato, como se comer não fosse mais o seu foco.

— O que você fez?

— Fui atrás do Daniel.

— VOCÊ O QUÊ? — Anna deu um pulo da cadeira, arregalando os olhos.

— Não aconteceu nada entre a gente. Eu só queria tirar aquela impressão estranha de ontem. Ele foi simpático, agiu como se fosse meu amigo há anos.

— Amanda, você tá doida? Eu tô tentando te acompanhar, te entender, mas não tá nada fácil.

— Eu sei. — Ela segurou as mãos da amiga em cima da mesa. — Me desculpa. Eu não tô sendo muito legal ultimamente, né?

— Não é ser ou não legal, é... É só esquisito. Eu não quero ver você triste.

— Eu acho que preciso passar por tudo isso. — Amanda suspirou, mexendo nos cabelos.

— Um tempo atrás você nem pensava em Daniel Marques. Você evitava passar por ele esses anos todos? Sim. — Anna pontuou. — Você ignorava até o Bruno quando ele tava do seu lado? Sim também. Evitou falar desse garoto? Fingiu que ele não existia? Sim, sim pra tudo isso.

— Eu sei...

— E daí, de repente, eu te peguei olhando pra ele uma vez. Ele te encarou de volta e você não ignorou. Daí em diante... Eu sei que algumas coisas têm sido difíceis. Com aquele garoto que você ficou na outra festa junina que foi um completo babaca, com o Alberto, com a Carol e o Bruno. Mas...

— Mas...? — Amanda continuava olhando para Anna como se ela pudesse ter a resposta para aquilo tudo.

— Você lembra quando começou a se sentir desse jeito... de novo? — Anna perguntou. Amanda mordeu o lábio. — Eu sou sua amiga desde o sexto ano, eu me lembro de como você ficou naquela época quando o Bruno e os amigos dele foram humilhados na escola.

Amanda piscou algumas vezes, tentando se lembrar exatamente de que momento Anna estava falando. A memória veio como um soco no estômago. Foi quando o grupo dos marotos se tornou a panelinha que era até aquele dia.

— A gente não foi legal com eles lá atrás, e eu sei que o Daniel ter começado a gostar de você nessa época te deixou confusa. E teve a história toda dos seus pais. Você sabe.

— Eu não quero falar sobre isso. — Amanda fez uma careta, e a amiga respeitou.

— E tudo bem, mas se isso ainda está te deixando triste, você precisa conversar com alguém.

— Anna... — Amanda encostou a testa na mesa, se sentindo cansada e derrotada.

Quando ela estava no nono ano, seu pai saiu de casa pela primeira vez.

Seus pais brigavam muito, e Amanda vivia no meio daquele relacionamento disfuncional, não sabia como era ver os dois felizes. E isso talvez tenha impactado a forma como Amanda via o amor. Talvez.

— Vamos fazer o seguinte? — Anna perguntou, puxando a mão da amiga e fazendo com que ela se levantasse. — A gente vai alugar um filme divertido sobre tudo menos pessoas apaixonadas. Fiquei curiosa pra ver aquele *Eurotrip* que o pessoal comentou na escola, lembra? Um besteirol pra se distrair?

— Um besteirol pra se distrair.

Amanda sorriu, apertando a mão da amiga, feliz de ter alguém como ela por perto. Não queria pensar em coisas tristes e nem reviver problemas que já deveriam ter ficado para trás. A Amanda do futuro que lidasse com tudo isso.

> "Oh, baby, you've got nothing to prove"
> (Down By The Lake — McFLY)

dezenove

Anna e Amanda chegaram à escola e deram de cara com Guiga e Maya conversando com Rafael e Fred na entrada, parecendo muito animadas e distraídas. As duas se entreolharam confusas, e logo foram abordadas por Bruno, Daniel e Caio com os cadernos nas mãos, usando chapéus coloridos e outros enfeites.

— Bom dia, princesas — disse Caio, fazendo uma reverência, e Bruno revirou os olhos.

As duas riram, vendo que algumas pessoas passaram por eles sem entender a situação.

— Bonito chapéu, Caio, combinou com a sua cara de palhaço — Amanda zombou, porque o garoto estava, literalmente, com uma maquiagem de palhaço.

— Por que vocês estão vestidos assim? — Anna perguntou.

Daniel se posicionou na frente delas e colocou um nariz vermelho. Bruno fez o mesmo, se divertindo com a expressão no rosto das meninas.

— Vocês são malucos, sai de perto! — Amanda brincou, envergonhada.

— É o treinamento pro dia nacional de combate ao câncer infantil, que acontece daqui a alguns meses. — Daniel apertou o nariz, fazendo gracinha. — A gente tá coletando umas assinaturas pra ajudar o hospital público do bairro alto, se quiserem participar... Não somos palhaços sempre, mas gostamos de espalhar alegria pra quem precisa de uma força.

— Isso é muito legal! Onde eu assino? — perguntou Anna, sorrindo, pegando o caderno que Daniel ofereceu e passando para Amanda logo depois.

— Querem um nariz também? Pra entrar no clima? — Bruno perguntou, com um sorriso irônico, num tom de voz alto demais, e aproximando dois adereços de plástico vermelho das duas. — Amanda eu sei que no fundo é uma palhaça... mas Anna... ainda tenho as minhas dúvidas.

— Obrigada, eu sempre disse isso! — Anna sorriu em tom de brincadeira. Amanda revirou os olhos, cruzando os braços, olhando para os lados.

— Você precisa falar sempre tão alto, seu imbecil?

— A gente tá, literalmente, vestido de palhaço, Amanda. Não acho que o tom de voz interfira em qualquer coisa! — disse Caio, abrindo os braços e fazendo Anna dar uma gargalhada.

Maya e Guiga se aproximaram com narizes de plástico nas mãos.

— Se a gente pegar a droga do nariz, vocês saem de perto? — Amanda sussurrou.

— Como vossa majestade mandar — Daniel concordou.

A garota encarou o rosto dele, os cabelos cacheados brilhantes e cheios, o casaco colorido por cima do uniforme e o sapato listrado enorme de plástico. Mordeu o lábio, escondendo um sorriso, virando-se e puxando as bolotas vermelhas das mãos de Bruno, entregando uma para Anna.

— Agora some — disse. Os amigos concordaram, fazendo reverências ainda mais exageradas.

— Nada como a bela vida de bobo da corte — Caio sentenciou, feliz, enquanto algumas pessoas passavam. — Bom dia, respeitável público. Já pensaram em fazer uma criança mais feliz?

Guiga colocou o nariz de plástico em si mesma, sorrindo para as amigas, enquanto os garotos se afastavam.

— Você foi contagiada! — Anna sorriu para ela, seguindo Amanda e Maya em direção ao corredor da escola. O sinal da primeira aula tocaria a qualquer momento.

— Eles estão cada dia mais pirados! — Maya comentou, vendo Amanda concordar, ainda com o nariz vermelho nas mãos. — Aposto que foi ideia do Rafael. Ele não me engana, é fofoqueiro demais e acaba me contando tudo. Quando a gente tava na aula de artes, ele veio com ideias parecidas — Maya contou.

— Eu achei muito fofo. — Anna apertou o nariz que segurava.

— A Maya só fala do Rafael agora, o que tá acontecendo? — Amanda perguntou, e Maya deu uma gargalhada, mostrando o dedo do meio para as amigas.

— Tá me confundindo com a Carol? Ela que tem histórico com os perdedores!

Amanda e Anna se entreolharam.

— Por falar na Carol, vocês viram ela por aí? — Guiga perguntou, ainda brincando com o nariz de palhaço. As amigas negaram.

— Vou tentar ligar pra ela, coloquei crédito no celular ontem quando fui pra casa! Já volto! — Anna respondeu, saindo de perto para um lugar com menos barulho. O corredor já estava cheio, e um grupo de pessoas aleatórias passou por elas, cumprimentando-as. Amanda levantou a mão, acenando de volta.

— Quem são?

— Não faço ideia — respondeu Guiga, rindo.

— Eu sempre aceno de volta. Uma vez, uma garota me deu bom dia por tanto tempo que acabei achando que ela era uma grande amiga. — Maya ajeitou os cabelos, guardando o nariz de palhaço na mochila.

Guiga se aproximou de Amanda e cruzou o braço com o dela.

— Dormiu bem ontem? — perguntou. — Você melhorou?

— Tudo certo, obrigada pela ajuda no sábado. — Amanda encostou o ombro no da amiga, sorrindo.

— Nada como uma madrugada vasculhando a escola no escuro atrás da sua amiga bêbada. A gente já fez pior — Guiga brincou, e Amanda ficou envergonhada. — Aliás, você está com o horário das aulas aí? Eu não sei quando é a próxima aula de artes.

— Por quê? O que tem de interessante no nerd flautista da sua dupla? — Maya provocou.

— Nada. Mas descobri que ele toca bateria em uma banda de ska da família. O Fred falou que a Marina do primeiro ano contou que a prima dela disse que foi em uma festa que ele tava. Vai que ele é da Scotty? — Guiga disse, sem muita certeza.

— Não é *nesse* nerd que ela tá interessada. — Anna se aproximou das meninas, rindo. — O Fred invade todas as aulas de artes dela e da dupla!

— Ele disse que visita a de vocês também — Guiga se defendeu.

— Lá nas árvores ele nunca deu as caras — disse Amanda, rindo.

— Nem na sala em que Caio e eu conversamos — comentou Anna e guardou seu telefone.

— Nem que Rafael quisesse. Por favor, né? Já basta um — Maya debochou.

Guiga deu de ombros, nem um pouco abalada pelo que elas falavam.

— E a Carol? Conseguiu falar com ela, Anna? — Guiga mudou de assunto, entrando na sala de aula.

Anna contou que a amiga estava resfriada e que elas poderiam visitá-la mais tarde. Amanda achava estranha a forma que Guiga falava de Fred com elas, mas pensou que talvez, assim como ela, a garota gostasse de Daniel e estivesse tentando disfarçar.

Prestaria mais atenção a partir de agora.

Horas depois, no fim do primeiro tempo, as garotas estavam sentadas com as cadeiras próximas, enquanto Guiga folheava uma revista *Sensação*.

— Numa festa, o carinha que você gosta está com outra garota. Você, opção A: finge que não viu; opção B: inicia uma aproximação; ou opção C: começa a puxar papo com o amigo dele? — Guiga leu o teste.

Maya soltou um barulho estranho pelo nariz.

— Que babaquice! Isso tá mesmo escrito aí?

— Com todas as letras.

— Eu não faria nada disso. Se o cara que eu gosto aparece com outra garota, ele vai tomar um esculacho. Fingir que eu não vi? — Maya negou com a cabeça.

— Puxar papo com o amigo dele parece uma boa opção — disse Amanda, levantando.

— Amigo e pegação não combinam na mesma frase! — Guiga respondeu, confiante.

— Nossa, mas combina muito! Como você vai ficar com alguém que você não tem amizade? Alguma conexão, sei lá? Nenhum relacionamento dá certo assim — opinou Maya enquanto separava seus cadernos, esperando a professora aparecer.

— Ninguém falou de relacionamento, pegação não é relacionamento! — Anna viu a amiga negar.

— Qualquer relacionamento é relacionamento!

As duas se entreolharam, confusas, como se falassem de coisas diferentes. Amanda e Guiga ignoraram a discussão e continuaram buscando outro teste na revista.

— Esse aí! — Maya apontou para a página que Guiga mostrava, se metendo. — Esse teste é bom, sobre traição entre amigas. Vem, Anna, sua vez de responder!

Amanda parou de frente para o bebedouro, pensativa, enquanto sua turma estava em aula. Não queria rodar muito pela escola sozinha porque não queria se encontrar sem querer com Alberto, mas estava com sede e precisava sair um pouco da sala de aula. Não queria conversar, ouvir o lado dele, entender situação nenhuma por um tempo. A ideia de o garoto falar dela pelas costas, espalhar mentiras, tinha deixado Amanda muito ansiosa sobre a atenção que recebia por ser popular. As pessoas prestavam atenção nela porque gostavam dela ou porque gostavam de falar sobre ela?

Estava cansada de fazer o que achava que os outros esperavam. De que adiantava ser tão jovem e não conseguir ser nada inconsequente?

— Amanda? — Ela levou um susto quando ouviu seu nome, ainda parada de frente para o bebedouro. Olhou para o corredor e encarou Daniel, parado ao seu lado, com as mãos nos bolsos da calça. Não usava mais o casaco colorido ou o tênis de palhaço. O garoto sorria lindamente, com as sobrancelhas levantadas, curioso. — Você tá bem? Tava derramando água na camiseta.

A garota olhou para a própria roupa, cheia de respingos. Percebeu que estava apertando o botão do bebedouro aquele tempo todo, distraída. Que idiota.

Passou a mão pelo tecido, antes que molhasse ainda mais. Olhou novamente para Daniel, percebendo que estavam conversando sozinhos no meio da escola, em horário de aula. Seu coração começou a palpitar mais rápido, ansiosa. *Se me virem falando com ele, o que iriam dizer? O que iriam espalhar sobre mim? O que iriam inventar?*

Será que Daniel se machucaria por causa dela?

— Tá tudo bem — o garoto disse, sorrindo e abrindo os braços, percebendo que ela tinha olhado para o corredor vazio, mordendo o lábio. Ele se aproximou, falando mais baixo, como se lhe contasse um segredo: — Não tem ninguém aqui.

Amanda suspirou, tentando entender se o que sentia era tristeza ou alívio.

— Você não liga quando as pessoas falam mal de você? Não se importa com a forma que te tratam aqui? — perguntou, curiosa. Poderia ser de mau gosto questionar daquela forma, mas Amanda realmente queria saber. O garoto deu de ombros, colocando as mãos novamente nos bolsos da calça.

— Eu fico feliz de ser quem sou, me acostumei a não ser tão importante assim.

Ela concordou com um movimento da cabeça, prestando atenção em como ele falava.

— O segredo é não ter expectativa de ninguém gostar de você — Daniel continuou. — Se você não tem expectativa, não tem frustração.

— Mas as pessoas te chamam de perdedor, de... — Amanda franziu a testa e se interrompeu ao ver o garoto dar de ombros novamente.

— Sinceramente, eu tô aqui conversando com você. A última coisa que eu me sinto é um perdedor.

A garota sentiu as bochechas esquentarem e mordeu o lábio, abaixando o rosto. Por que Daniel fazia isso com ela?

Daniel sorriu, vendo que Amanda tinha ficado envergonhada, mas que não tinha se afastado. Pensou em como ela ficava mais bonita a cada dia que passava. Pelo menos aos olhos dele.

Os amigos garantiam que ela continuava igual.

Ouviram vozes no fim do corredor e se entreolharam, sabendo que precisariam se separar. O garoto se aproximou, falando perto dela, quase sussurrando.

— Quer sair pra tomar um sorvete? Podemos conversar mais, escondidos de todo mundo — disse, tentando fazer Amanda rir.

— E depois a gente finge que nada aconteceu? — Ela sorriu de leve, sem conseguir encarar Daniel.

— Se você não me pedir em casamento antes, claro. — Ele apontou para ela e deu uma piscadela. — Porque as meninas costumam se apaixonar por esse corpinho todo aqui.

— E eu costumo pedir as pessoas em casamento, como você adivinhou? — Amanda entrou na brincadeira, rebatendo, arrancando uma gargalhada alta de Daniel. Ele tampou a boca em um gesto exagerado, e os dois olharam para os lados, vendo o corredor ainda vazio, embora as vozes de outros alunos ficassem mais próximas.

— Eu não sei se aceitaria. — Ele fez cara de desdém. — O pedido de casamento.
— Como é?
— Talvez — ele disse pensativo, ainda sussurrando. — Depende muito.
— Depende? Daniel, você é um cafajeste! Como que você me escreve cartas de amor e depois se nega a se casar comigo, me esnobando desse jeito? — Amanda fingiu decepção, e ele ficou sério.
— Eu não sou um cafajeste — ele disse. A garota ficou séria também, pensando se teria dito algo errado.
— Eu não acho que você seja, estava brincando.
— Eu sei. — Ele sorriu de novo, se aproximando um pouco mais dela, sussurrando mais baixo, fazendo cócegas no nariz da garota. — Só tô explicando pra que você não negue meu pedido.
— Que pedido? — Amanda arregalou os olhos.
— De tomar sorvete e se casar comigo — disse, e ela gargalhou alto, tampando a boca. — Onde você tava nesses últimos minutos? — Ele fez graça. Amanda escondeu o rosto com as mãos. — De verdade, podemos jantar juntos, o que acha? Um encontro totalmente despretensioso, na minha casa, hoje à noite. Eu cozinho. E prometo que não conto pra ninguém.
— Daniel! — Ela sentiu a voz tremer, levantando mais o rosto e vendo o garoto se afastar. O barulho ficou mais alto, e algumas pessoas começaram a aparecer pelo corredor. O garoto se virou para ela, sorrindo.

Como ela conseguiria disfarçar o nervosismo? O que diriam se soubessem?
Foco, Amanda. É só um jantar e uma conversa!
Como alguém podia ser tão fofo e convincente assim?

— Então tá combinado? Na minha casa, hoje, às oito? Você sabe onde eu moro! — Daniel acenou, andando para longe dela em direção à sua sala, sem esperar resposta.

Amanda não teve nenhuma reação. Ficou em dúvida se deveria ou não ter recusado, mas não tinha para onde fugir. O coração disparando em batidas alegres e rebeldes era a prova de que ela precisava tentar.

> "Everything was going just the way
> I planned the broccoli was done"
> (Broccoli – McFLY)

vinte

A mãe de Amanda parou o carro na esquina da casa de Daniel, em um bairro longe de onde moravam. Viu Amanda pegando a mochila e batendo a porta.

— Se precisar que te busque, eu só volto mais tarde — disse, e a garota concordou. — Bom trabalho de artes!

Amanda observou o carro da mãe se afastar e subiu a rua vazia, parando em frente à casa de Daniel. Era um lugar grande para o bairro mais simples, com cara de casarão de fazenda. As cortinas estavam fechadas, mas uma luz gostosa estava acesa na sala. Ela atravessou o jardim bem cuidado e chegou à porta de madeira escura, sentindo as mãos e os joelhos tremerem. Ainda não sabia por que estava fazendo isso.

Tocou a campainha.

Daniel abriu a porta, usando um avental colorido por cima da camisa xadrez de flanela vermelha e da calça escura, os cabelos bagunçados e um sorriso no rosto.

— Bem na hora. — Ele abriu mais a porta. — Você tá linda.

A garota olhou para a própria roupa e balançou a cabeça. Estava exatamente como todos os dias, de calça justa e camiseta preta, o cabelo ainda molhado do banho. Ele estava vendo coisas. Daniel abriu espaço e ela entrou, deixando a mochila em um gancho que estava cheio de casacos. Precisou levar seu material porque sua mãe pensava que ela estava indo fazer um trabalho de escola.

Não era exatamente verdade, nem exatamente mentira.

Daniel continuou sorrindo sem saber como agir com Amanda dentro da casa dele. Depois de tantos anos, parecia surreal ela ter aceitado o convite e ter realmente ido até lá. Mostrou as luvas de cozinha e correu para o outro cômodo quando um barulho de micro-ondas interrompeu os dois. Amanda ficou parada na entrada da sala, sentindo o cheiro de comida queimada e analisando as fotos de família penduradas na parede. Tinha uma de um garotinho vestido de coelho, segurando uma cesta de ovos de páscoa. Ela sorriu.

— Que casa bonita! — disse, ouvindo ele chamar por ela.

A sala era bem grande, toda de madeira escura, com uma mesa de jantar no canto. Pratos de porcelana e talheres de prata estavam perfeitamente alinhados em cima, acompanhados por duas velas acesas e um pequeno vaso de cristal com apenas uma rosa vermelha.

— Meus pais são bem conservadores — Daniel explicou ao ver a garota prestar atenção na decoração do resto da sala. Não sabia muito bem o que dizer ou o que fazer, com vergonha. — Minha mãe é fissurada nesses lances de mesa posta, tem toda uma comunidade aqui no bairro. Tipo um clube do livro, mas de arrumação de mesa! A rosa eu peguei do jardim, ela vai me matar se descobrir.

— Seus pais não estão em casa? — Amanda perguntou, sorrindo ao entender que estavam sozinhos. Ele assentiu.

— Se você não se importar... Meu pai saiu agora de noite pro Rio de Janeiro a trabalho. Minha mãe foi com ele dessa vez.

— Bom, você não é um cafajeste, né? Não preciso me preocupar.

— Sou um nerd e perdedor. É o que eu sei, por enquanto. — Ele sorriu. — Senta aí, vou trazer a comida.

— Quer ajuda, perdedor? — ela perguntou.

Ele fitou os olhos dela e tentou procurar por qualquer coisa que explicasse a forma que ela falava. Não sabia se estava sendo chato e inconveniente, ou se Amanda queria mesmo estar ali. Uma vez Fred tinha dito a ele que as pessoas passavam muitos sentimentos através do olhar, mesmo quando não diziam nada. Então, continuou encarando a garota, olhando em seus olhos. Nada. Não conseguia captar nada.

— Daniel — ela chamou —, eu tô brincando sobre o perdedor, e não quanto a ajudar.

— Foi mal, a fome me distraiu! — ele disse, dando alguns tapas na barriga. Amanda sentou em uma das cadeiras indicadas por ele, franzindo a testa.

— Você tá bem? Queimou a comida e não quer me contar?

— Queimar a comida? — Daniel arregalou os olhos. — Não. Eu acho que não.

O garoto virou de costas, nervoso, seguindo para a cozinha. Por que estava tremendo tanto?

Voltou com uma garrafa de suco pronto e uma latinha de cerveja.

— O que você quer beber? — perguntou, colocando os dois na mesa. Amanda pegou a latinha na mão, fazendo uma careta.

— Você costuma beber isso quando seus pais viajam?

— Bom, até quando eles estão aqui eu bebo cerveja. — Ele deu de ombros, sorrindo. — Meu pai não liga, ele diz que prefere que eu beba em casa, com ele, do que na rua, mas minha mãe não gosta, ela tenta se livrar de tudo. Daí eu acabo levando pra casa do Bruno escondido.

— Tô começando a entender as atitudes de vocês no colégio...

Amanda deixou a latinha em cima da mesa, se servindo do suco. Daniel voltou para a sala com uma travessa de comida.

— Você gosta de brócolis? — perguntou, tirando o avental. Até então, as coisas estavam indo como ele tinha planejado. Não tinha por que ficar nervoso.

— Gosto. Podem dizer que sou metida, mas nunca fui enjoada pra comer!

— Ótimo, porque eu fiz miojo... com brócolis.

Amanda quase cuspiu o gole de suco que tinha tomado e tampou a boca com a mão, rindo.

— Miojo com brócolis?

— Não consegui pensar em outra coisa, só tinha brócolis no congelador! — Ele riu, abrindo a latinha de cerveja e sentando-se na cadeira na frente de Amanda. Misturou o macarrão na travessa antes de servir.

Ficaram em silêncio por alguns minutos, enquanto terminavam de comer. Amanda sorriu.

— Por incrível que pareça, está delicioso.

— Obrigado. É meu tempero especial.

— Você sabe cozinhar muitas coisas?

Ele apenas concordou, mentindo. Nunca tinha nem ido para cozinha sozinho; porque quem cozinhava em casa era a mãe dele e, na do Bruno, o responsável pela alimentação deles era o dono da pizzaria mais próxima.

— O que você quer fazer depois que se formar no colégio? — ele quis saber, tentando começar uma conversa amigável e sair do assunto "cozinha".

Amanda terminou de mastigar e olhou para ele profundamente. O olhar fez os cabelos da nuca de Daniel se arrepiarem.

— Não sei ainda... Queria entrar pra alguma faculdade, talvez fazer jornalismo... Quem sabe direito? Ou então relações internacionais?

— Você tá só falando coisas aleatórias?

— Direito e jornalismo são importantes em relações internacionais. — Ela deu de ombros. — Eu acho. E você?

— Se um dia eu terminar o colégio, pretendo ser vagabundo.

— Vai conseguir se sustentar com isso?

— Não, quero me casar com alguma velha rica que me sustente. — Ele deu uma piscadela, bebendo um gole da cerveja. — O dia em que você for rica, estarei esperando por um anel de noivado — falou, sorrindo.

— Pena que eu não sou mais velha.

— Pois é, infelizmente você não faz meu tipo. — Ele se levantou, recolhendo os pratos que já estavam vazios.

— Não faço seu tipo? — Ela deu uma gargalhada. — Que absurdo, então todas aquelas cartas não significaram nada?

Ele deu uma risada alta da cozinha, voltando para a mesa com um pote de sorvete nas mãos.

— Há dois anos, era o que eu sentia.

— Você gostava muito de mim. — Ela sorriu, abobada, mas Daniel não viu. — Posso te confessar uma coisa?

— Hm? Calda de caramelo? — perguntou, enquanto servia o sorvete para ela, e assentiu.

— Obrigada. Então, eu me lembro do dia em que você entrou no colégio.

Amanda começou a contar. Ele se sentou com seu sorvete, que derramava calda pelas beiradas do potinho, e ficou olhando para ela.

— Eu tava sentada em um banco com a Anna e a Maya.

— Perto do pátio de trás — ele disse, e ela riu, sentindo as bochechas esquentarem.

— Sim! E você logo foi abordado por Caio, Bruno e Rafael.

— Eles foram muito legais. Eu tava perdido e com medo de ser ignorado.

— Lembro que você veio andando... e parou pra ajeitar as calças, que você sempre usou de um número a mais.

— Ei, eu gosto de calças largas! — ele protestou.

— Você olhou pra mim e pras meninas e sorriu. — Enquanto falava, Amanda mexia em seu sorvete com a colher. — Eu nunca esqueci aquele sorriso.

Daniel ficou sem palavras e sentiu o coração acelerado dentro do peito. Não sabia de nada disso.

— Então você andou até o outro banco, ainda sorrindo, e se sentou, olhando pras pessoas à sua volta, como se fosse escolher seus novos amigos. Anna comentou alguma coisa sobre você, mas não consegui ouvir, porque eu tava distraída. — Ela riu, envergonhada por falar tanto, e olhou para ele, colocando seus cabelos para trás da orelha.

Daniel procurou os olhos dela, como tinha feito antes e, dessa vez, sentiu um arrepio. Fred estava certo, você definitivamente podia ler o olhar das pessoas. E os olhos de Amanda brilhavam tanto que a vontade de Daniel era de se levantar e abraçar a garota.

— Então você escolheu o Bruno e... — Ela riu, sentindo os olhos marejarem de lágrimas. — Naquele momento, eu tive certeza de que não podia gostar de você.

Ele respirou fundo, sentindo os joelhos tremerem e a barriga doer de tanto nervosismo. Ouvir tudo aquilo era como realizar um grande sonho, algo que ele nunca pensou que seria possível. E, ao mesmo tempo, era agridoce e esquisito, porque não sabia o que fazer depois de ouvir aquilo. Abriu a boca algumas vezes, suspirando e tomando coragem.

— A primeira coisa que perguntei pro Bruno foi quem era você. E ele me disse pra cair fora, que você era popular e que eu ia perder meu tempo. Eu olhava pra você a cada cinco minutos do meu dia, sempre que podia, mas você nunca olhava de volta.

— Eu fingia que não — ela confessou, abaixando a cabeça.

Amanda sentia vergonha, frustração, mas, acima de tudo, alívio. Era como tirar um peso enorme do peito, um grito preso na garganta, colocar pra fora algo que ela nunca nem tinha falado em voz alta. E estava sendo muito fácil conversar com ele. Suas mãos estavam tremendo, e ela mordeu o canto da boca.

— Vai soar ridículo, mas eu pensava que você seria, tipo, o homem da minha vida, sabe? Pensamentos de quando se é mais nova? De imaginar um futuro, mesmo que não fizesse nenhum sentido? Eu guardava aquilo tudo pra mim, porque sempre achei que ninguém precisava saber de nada. — Ela respirou fundo, mexendo a sopa que tinha virado o sorvete. — Sempre fui muito orgulhosa, não sei de onde tirei isso. — Amanda olhou para ele, triste. — Eu acabei acreditando nos outros e aceitando a ideia de que eu não devia gostar de você. De que você não me merecia, mas...

— Mas? — quis saber ele, prendendo a respiração.

— ...Mas eu nunca achei que merecia o amor que você sentia por mim. Eu nunca entendi. Ainda não entendo.

Ela voltou a encarar o sorvete derretido. Era reconfortante falar disso, mas estranho, porque soava como declaração de amor. E talvez fosse. Talvez fosse algo que seu coração precisava fazer e dizer, e que o de Daniel precisava ouvir.

— Meu maior erro foi ter achado que era boa demais pra você. — Amanda continuou sem encarar o garoto. — Mas eu sei que não sou. Eu sei que nunca mereci seus sentimentos. Que...

De repente, ela sentiu um toque no queixo, e os lábios dele tocaram os dela. Um desconforto em seu estômago fez com que seu corpo inteiro ficasse trêmulo. A boca dele estava gelada por causa do sorvete, mas era doce, macia e confortável. E, rápido como se aproximou, ela sentiu ele se afastando. Continuou com os olhos fechados.

Daniel tinha se apoiado na mesa e não aguentava mais a ideia de não beijar Amanda. Ouvir tudo aquilo da garota que ele mais gostava — seu primeiro amor de verdade e a única pessoa com quem ele queria estar — era demais. O coração parecia saltar da boca, e ele voltou a se sentar observando ela ainda de olhos fechados.

— Daniel... — ela sussurrou e se levantou.

Com o rosto coberto pelas mãos, Amanda suspirou. Levantou o rosto e encarou o menino, que tinha se levantado também. Os olhos dele denunciavam confusão.

— Eu devia ir embora — ela disse e virou de costas, andando até a porta.

Daniel olhou para os próprios pés e decidiu que não deixaria mais momentos como aquele passarem.

Foi até ela e segurou seu braço.

— Por favor, não vai embora — pediu, com a voz rouca e grave.

Ela olhou para o rosto dele com os olhos cheios de lágrimas e as bochechas vermelhas.

— Eu não devia ter dito nada, eu... — Ela começou a se desculpar, mas ele sorriu. Amanda arqueou a sobrancelha. — Por que você tá rindo?

— Você fica muito bonitinha com as bochechas assim.

— Não faz isso comigo. — Sua voz ficou manhosa, e ela se virou de frente para ele. — Daniel, eu não posso deixar isso acontecer assim.

— Quer parar um minuto de pensar em qualquer outra coisa que não seja você?

Ela encarou o garoto, abrindo a boca algumas vezes, sem conseguir responder. Daniel passou a mão em seu rosto, se aproximando, e Amanda fechou os olhos.

— Você não pode mais fugir de mim, não quando você tá bem aqui — ele disse.

— Eu não quero fugir, mas não mereço...

— Você merece tanto! Merece muito mais! — Ele puxou a garota mais para perto, segurando seu queixo. — Olha pra mim. Olha nos meus olhos. Confia em mim.

— Daniel...

Ela misturou um sorrisinho com um suspiro. As mãos de Daniel foram para suas costas, em um quase abraço, e ela espalmou as suas no peito dele.

O garoto fechou os olhos e encostou a boca na testa dela, apertando a menina com força, de um jeito gentil e carinhoso. Queria tanto que ela pudesse acreditar, que pudesse sentir. Ele se afastou um pouco para encarar o rosto dela, e Amanda levantou o queixo, olhando diretamente em seus olhos. Se aproximou devagar, mantendo o contato visual, dando tempo e espaço para que ela pudesse se afastar se quisesse. Ela não se mexeu. Amanda fechou os olhos, sentindo o nariz dele encostar no dela e seus lábios se encontrarem, ainda gelados. Sentiu a língua de Daniel encostando na sua e uma onda de eletricidade passou por todo o seu corpo, um sentimento que nunca tinha experimentado.

Subiu as mãos para o pescoço dele, aprofundando o beijo e apertando o garoto com força. Amanda sentia que todos os seus problemas estavam longe. Que estava em outra vida, em outro momento, que era outra pessoa. Sentiu que era a pessoa mais feliz do mundo.

E o beijo dele, tão macio, a fazia perder os sentidos.

Daniel separou as bocas de leve, acariciando a nuca dela, e olhou para o rosto da garota. Os dois ofegantes, respirando alto, sentindo suas bocas arderem pela pressão com que se beijavam. Bem de perto, com os narizes se encostando, ele fixou seu olhar no dela novamente. Sentiu o corpo quente, reconfortado. Mas também percebeu que ela estava nervosa.

Amanda notou que ele buscava algo em seus olhos. Que buscava consentimento, conforto e sinceridade. Embora seus joelhos tremessem, ela queria que Daniel se sentisse tão bem quanto ela. Queria que ele percebesse como estava confortável e como queria continuar ali, com a boca na dele.

Sorrindo, espalmou as mãos de novo no peito dele e foi empurrando o garoto de leve até o sofá. Os dois se olhavam nos olhos, com os rostos grudados e respirando rápido, profundamente.

Quando Daniel sentiu as pernas encostarem-se ao estofado, parou de caminhar, se afastando de leve. Amanda sentou, puxando o garoto junto com ela até que estivesse deitada, com o joelho dele entre suas pernas. Sem pressa. Ele se apoiou com as mãos ao lado da cabeça da garota, só para enxergar melhor o seu rosto. Daniel abriu um sorriso, recebendo outro de volta, e se aproximou, voltando a encostar os lábios em alguns beijos estalados, bobos, sem tirar os olhos dela.

Ela não conseguia resistir ao sorriso bonitinho dele.

O garoto se ajeitou em cima dela e aprofundou o beijo, tirando o fôlego dos dois. Como se somente eles existissem no mundo.

Quando Daniel interrompeu o beijo, respirou fundo, buscando o ar e sentindo os lábios dormentes. Os dois sorriam, envergonhados.

— Vem aqui, quero te mostrar uma coisa — ele disse, se afastando um pouco.

Ela se levantou, sentindo a mão dele na sua, e seguiu o garoto, respirando fundo, caminhando até o fundo do corredor. Se ele quisesse, Amanda o acompanharia até o fim do mundo. Era a única coisa de que tinha certeza naquele momento.

> "If this is love
> Then love is easy
> It's the easiest thing to do"
> (Love Is Easy – McFLY)

vinte e um

— O que você quer me mostrar? — perguntou ela, rindo e andando atrás dele, curiosa. Sentia a mão quente dele na sua e um nervoso no estômago.

— Não é nada de mais... — respondeu ele, rindo e envergonhado.

— Então estamos apenas em um passeio pela sua casa? — Ela arregalou os olhos.

— Não exatamente. — Ele abriu a porta de um quarto no fim do corredor e fez sinal para que ela entrasse antes dele.

Amanda ficou observando o espaço, curiosa, sem conseguir tirar o sorriso do rosto. Era organizado, embora ela chutasse que, se abrisse o armário, acabaria encontrando toda a bagunça escondida. Andou devagar pelas estantes, encarando as fotos de infância e as fotos sorridentes do garoto com os amigos em um mural. Seus olhos pararam em um bilhete amassado, preso em uma foto de Daniel e Bruno.

— O que é isso? — Amanda perguntou quando ele se aproximou por trás dela.

— É exatamente isso que está pensando, olha aí. — Ele tirou o bilhete do mural, mostrando para a garota.

— Daniel, fui eu que escrevi isso! — Ela reconheceu sua letra, animada. Virou-se de frente para ele e, como estavam muito perto um do outro, sentiu a respiração dele em seu rosto.

— Você escreveu isso pra mim, lembra? — perguntou ele, com as mãos nos bolsos.

— *Será que você pode parar de me mandar cartas?* — Ela leu em voz alta, dando uma risadinha. — Não me lembro disso.

— Vira aí o bilhete.

— Caramba, você guardou isso? — A garota abriu a boca, sem acreditar que aquilo ainda existia. — *Não, porque eu não sei outra forma de mostrar que gosto de você.* — Ela leu o restante e começou a rir.

— Eu sempre fui brega. — Daniel riu também.

Ela se virou para o mural e colocou o bilhete de volta no lugar. Continuou andando pelo quarto, enquanto Daniel a observava, ainda com as mãos nos bolsos da calça. Amanda sentou-se na cama de casal do garoto, em silêncio.

— Eu não sei se deveria estar aqui — disse, percebendo que o garoto parecia magoado.

— Não começa com isso de novo, a gente sabe que não tá fazendo nada de errado. Eu sei que você sente o mesmo que eu.

Amanda concordou, mordendo o lábio. Olhou à sua volta, notando como o quarto era exatamente a cara do garoto, com pilhas de papéis rabiscados e pôsteres de filmes como *De volta para o futuro* e *Eurotrip* nas paredes. Sorriu, pensando que conhecia Daniel muito bem, mesmo sabendo que era tudo fruto da sua imaginação e expectativa. Ela nunca tinha deixado Daniel se aproximar. Nunca havia tentado entender mais sobre ele, ir além do que tinha imaginado.

Pensou no bilhete preso no mural e na época em que tinha escrito aquela mensagem. Na bagunça da cabeça dela com as próprias mudanças, com o grupo de amigas, com os novos interesses em garotos e em receber atenção das pessoas. No sentimento de confusão quando recebeu cartas de Daniel, como se ela pudesse viver um romance que só tinha visto nos filmes e escutado em músicas. Em como ficava dividida com todas as coisas bonitas que ele escrevia, enquanto tentava ignorar os próprios sentimentos.

Viu o garoto e os amigos serem humilhados tantas vezes pelos caras mais velhos que passou a ter vergonha do que estava sentindo. Foi quando Guiga chegou e confidenciou que gostava de Daniel. Amanda já tinha decidido se afastar.

Então, pediu a ele que parasse de mandar cartas.

Olhou para o garoto, que se sentou ao seu lado na cama.

— Você não pode me deixar, agora que tá aqui.

A voz dele era fraca e rouca, quase uma súplica. Ela sorriu, porque não conseguia se segurar vendo o rosto bonitinho dele tão de perto. Ela não queria que ele ficasse triste. Por quanto tempo tinha feito Daniel se sentir desse jeito?

— Eu não quero deixar você — disse ela.

Ficaram em silêncio, se encarando, assimilando os detalhes um do outro. As sardinhas que Daniel tinha pelas bochechas, a pintinha em cima da boca de Amanda, a sobrancelha falhada do garoto e os cílios compridos dela. Ele fez um barulho com a garganta, umedecendo os lábios.

— Ninguém precisa ficar sabendo. É algo nosso, pessoal, e tá tudo bem.

Amanda sorriu, comovida com o tom de voz dele. Naquele momento, não era exatamente sobre as pessoas da escola, nem sobre a vergonha de estar com ele, nem mesmo sobre Guiga. Era um sentimento estranho que ela não sabia explicar, era sobre culpa e sobre a sensação de que estava fazendo tudo errado e de que não merecia ser feliz daquele jeito. Mas, se era tão confuso até pra ela, como conseguiria explicar?

Acabou concordando, sem falar mais nada.

Daniel mexeu a cabeça, se aproximando do rosto dela e beijando de leve seus lábios. Amanda fechou os olhos, sentindo os joelhos tremerem, pensando imediatamente só no beijo dele e ignorando todo o resto.

— Você sentiu isso? — ele perguntou, ainda perto do rosto dela. — Você ainda pode fingir que não me conhece, tá tudo bem, mas, por favor... por favor, não me deixa, agora que você tá aqui. Fica mais um pouco. Eu realmente gosto de você.

Ele olhou para baixo, segurando as mãos da garota.

— Eu prometo que vou tentar ser menos indecisa. — Amanda respirou fundo, como se fizesse uma promessa pra si mesma também. — E eu não vou embora. — Ela viu Daniel abrir um sorriso. — Além do mais, nunca comi um miojo tão gostoso.

Ele começou a rir, balançando a cabeça.

— O que você queria me mostrar? Era o bilhete? — Amanda perguntou, ainda curiosa.

Daniel se levantou, animado, como se de repente tivesse se lembrado de algo importante. Pegou um violão mais velho, que não usava, porque seus instrumentos estavam na casa de Bruno, e sentou-se ao lado dela novamente. Estalou os dedos e sorriu.

— Uma melodia — ele disse, feliz. — Com o violão que eu peguei emprestado na escola, claro.

— Quer dizer que temos a nossa música? — ela perguntou, cruzando as pernas, ainda sentada na cama, se virando de frente para o garoto.

Ele começou a dedilhar alguma coisa, tocando uma melodia bonita, agitada e para cima, diferente do que ela estava acostumada a ouvir. Ela sorria, com as sobrancelhas levantadas e a boca entreaberta, vendo o esforço que ele fazia para tocar aquela música. Era engraçado, ela podia jurar que às vezes ele parecia tocar com tanta naturalidade e, logo depois, soava inexperiente. Balançou a cabeça.

Daniel fez festa no fim da música e levantou o braço, vitorioso.

— O que você achou?

— Obrigada por me conseguir um dez em artes! — Os dois riram juntos, cúmplices. Amanda ficou de joelhos e engatinhou até Daniel, segurando com as mãos o rosto dele. — Posso passar a noite com você?

Amanda não sabia que horas eram, mas não queria ter que ir para casa e passar a noite inteira acordada, pensando, sozinha. Não queria correr o risco de se arrepender, por um segundo que fosse, de tudo aquilo. Daniel deixou o violão de lado e ficou de frente para ela. Passou a mão nos ombros da garota e nos seus braços, olhando atentamente o caminho que percorria, ainda com um sorriso bobo no rosto.

Ele não disse nada, apenas concordou com a cabeça e deu um beijo estalado de leve nos lábios dela. Tirou o tênis, vendo Amanda fazer o mesmo, sorrindo.

— Só vou mandar uma mensagem pra minha mãe não se preocupar em vir me buscar. — Ela tirou o celular do bolso da calça. Sua mãe não se incomodaria de ela passar a noite fora, desde que avisasse.

Daniel se levantou e apagou a luz, notando que ela tinha deitado na cama, parecendo confortável. Carinhosamente, deitou-se ao seu lado e ficou encarando o rosto da menina no escuro, iluminado apenas pela luz dos postes da rua entrando pela janela.

— Com sono? — perguntou.

Ela concordou, bocejando.

Daniel sorriu ainda mais e beijou a testa dela, passando a mão pelos seus cabelos. Amanda fechou os olhos sentindo o perfume da roupa de cama. Cheirava tão bem. Era inebriante e fazia com que ela não quisesse abrir os olhos. Amanda se virou de costas, e ele, gentilmente, a abraçou, encaixando o corpo no dela. Adormeceu com o rosto no pescoço da menina, sentindo seu perfume e querendo que aquele momento durasse para sempre.

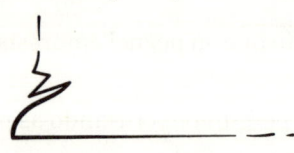

Daniel abriu os olhos com a luz do sol no rosto. Piscou algumas vezes e olhou para a ponta da cama, pensando que estava vendo uma miragem. Era possível que Amanda estivesse realmente ali com ele?

— Bom dia — a garota disse, amarrando os cabelos em um rabo de cavalo.

— Que horas são? — Daniel se sentou em um pulo, esfregando os olhos, quando ouviu a voz dela.

Era verdade. Ele não estava sonhando.

— Quinze pras sete... Preciso passar em casa antes de ir pro colégio.

— Ahhhh, a droga da escola — ele resmungou, voltando a se deitar, enfiando o rosto no travesseiro.

— Larga de ser preguiçoso... Pensa pelo lado bom, temos aula de artes hoje!

— Ótimo — Daniel disse com a voz abafada, ainda virado para o travesseiro.

— Vamos fingir que não nos conhecemos — falou de um jeito irônico.

— Não. — Ela colocou o tênis, rindo. — Vamos fingir que eu não gosto de você. — Viu o garoto levantando o rosto com os olhos arregalados. Puxou a perna dele, de leve. — Vamos, Daniel, você tem cinco minutos pra tomar banho!

O garoto se levantou em um pulo, correndo quarto afora, ainda sem acreditar em tudo que estava acontecendo. Será que, quando ele voltasse do banheiro, Amanda ainda estaria ali?

— Cadê a Amanda? — Guiga perguntou, e as amigas deram de ombros. Virou-se para Anna, que fazia de tudo para parecer despreocupada. — São quase oito horas, e ela ainda não apareceu. Por que ela não veio com você hoje?

— Não sei, ela não me ligou. — Anna queria desconversar, pois tinha suas desconfianças. — A gente pode ir entrando sem ela.

— Eu não quero entrar, a gente pode esperar aqui! — Carol disse com uma tosse, desconfortável.

— Você veio doente pra escola? Tá maluca? — Maya colocou a mão na testa da amiga.

— Artes. Eu realmente preciso dos pontos.

— Nem me fala! — Guiga reclamou.

Ouviram um barulho e as quatro olharam para trás. Bruno e Fred chegavam no velho conversível, falando alto e parando para conversar com alguns garotos do segundo ano.

— Fred está com o cabelo diferente hoje. Que estranho... — Maya disse, impressionada.

— Nem reparei — Guiga corou, virando o rosto, e as amigas lhe lançaram um olhar curioso. Anna sorriu e olhou para o relógio de forma impaciente.

Onde Amanda estava?

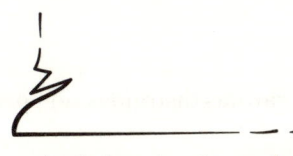

— Anda logo! — Amanda disse, rindo alto, no meio da rua.

Daniel terminou de amarrar os sapatos e quase tropeçou no processo, correndo logo depois para perto dela, ofegante.

— Você anda... muito... rápido! — ele disse, arfando e mudando a mochila de ombro.

— Você tá muito mal-acostumado, isso é falta de fazer algum esporte na escola!
— Olha aí... você com esse olhar metido de novo...
— Você provoca isso em mim! — ela gritou, gargalhando.

Caminharam por mais um quarteirão, quando alguns carros começaram a passar. Amanda prestou atenção na rua, ficando ansiosa de repente ao ver o carro de Alberto virando na esquina.

— Daniel, se esconde ali atrás. Agora.

Ela deu alguns passos à frente, vendo o garoto parar onde ela tinha pedido, tentando se esconder atrás de algumas árvores na calçada. Amanda prendeu a respiração quando o carro parou ao lado dela.

— Lindinha! — chamou Alberto com a cabeça para fora da janela, confuso de ver a garota ali naquela hora.

— Eu não quero falar com você, achei que tinha deixado isso bem claro. — Amanda balançou a cabeça.

— Quer carona? Por que tá indo a pé pra escola? — disse ele, ignorando o que ela tinha dito.

— Porque eu quero me exercitar. E não, eu não quero carona.

— Mas você tá atrasada.

Amanda olhou o relógio de forma irônica.

— Verdade. Você também.

Alberto sorriu, debochado, olhando em volta, ainda bastante confuso por ver a garota naquela rua distante de casa. Acelerou o carro, saindo de perto cantando pneu.

Amanda revirou os olhos, respirando fundo, sentindo a mão de Daniel em seu ombro. Quase levou um susto, tinha esquecido que ele estava logo atrás dela.

— Eu não quero falar sobre isso. Por favor — a garota disse, e ele concordou, carinhoso, levantando as mãos em sinal de rendição e voltando a seguir com ela pela rua.

— Bom dia — disse Caio, passando pelas quatro garotas distraídas no portão da escola.

Carol olhou para ele de cima a baixo e voltou a lixar as unhas, desinteressada. Guiga mexia no celular com um pingente enorme pendurado, e Anna sorriu de volta para o garoto, acenando de forma discreta com a cabeça.

— Cadê os outros palhaços? — Maya perguntou, curiosa. Caio piscou algumas vezes, tentando descobrir se ela realmente estava falando com ele.

— Ahn? Fred e Bruno devem ter entrado, acho. O Rafael e Daniel, hm... — Ele parou para pensar, coçando o queixo e ajeitando os óculos. — Eu não faço ideia, talvez com alguma garota por aí.

— Certo — Maya resmungou, fazendo um movimento com as mãos como se mandasse ele sumir de perto. Caio se virou para Anna, sorrindo, antes de acenar para as garotas e sair andando em direção ao corredor.

— Nossa, voltamos à estaca zero? Precisava falar desse jeito com ele? — Anna riu, empurrando Maya de leve pelo ombro.

— Faça-me o favor — disse Maya, revirando os olhos.

— Ele não cumprimentava a gente assim antes, né? — comentou Guiga, mordendo o lábio, impressionada.

Anna sentiu o estômago doer, ansiosa. Não sabia bem por que, mas queria que Amanda chegasse logo.

— Agora você para e eu ando. Estamos mais de dez minutos atrasados! — Amanda ordenou, segurando o garoto antes de virarem na esquina do quarteirão do colégio.

— Ok, você chega antes, sem problemas. Tô gostando disso, parece um filme de espionagem, sei lá, me sinto esperto demais. — Ele chegou perto dela, sorrindo.

— Sai pra lá, as pessoas vão ver a gente! — ela disse, rindo de volta.

— Tá bom, tá bom. A gente se encontra na aula de artes, então?

— Infelizmente. — Ela se virou, irônica, e apertou o passo.

Daniel foi atrás dela correndo, segurou em seu braço e roubou um beijo estalado nos lábios da garota. Amanda arregalou os olhos, sentindo as bochechas ficarem vermelhas.

— O que você pensa que...

— Até mais tarde! — Daniel deu meia-volta, virou de costas e saiu de perto antes que ela respondesse.

Amanda balançou a cabeça, voltando a andar pela calçada. Sentia o coração acelerado, o estômago revirado, a adrenalina pulsando nos ouvidos. Era uma sensação boa, diferente. Sorriu ao dobrar a rua, avistando suas amigas paradas na porta, que já não tinha mais quase ninguém. Correu até elas, segurando a mochila com força nas costas, olhando para trás a tempo de ver Daniel cruzar a esquina com Rafael ao lado. Ela encarou Anna e respirou fundo, sem fôlego, enquanto as amigas pareciam curiosas.

— Problemas em casa, amiga? — Anna perguntou, desconfiada.

— A droga do despertador não tocou — ela mentiu. — Bom dia pra vocês também! Carol, você não tava doente?

— Eu não quero ouvir mais críticas hoje! — reclamou Carol, vendo Maya arquear a sobrancelha, deixando claro que achava que Amanda estava certa.

Daniel e Rafael passaram pelas cinco, conversando.

— Bom dia! — Daniel disse olhando para Carol, que o encarou de volta. — Você tá doente?

— Juro, eu vou matar um hoje... — A garota saiu batendo os pés.

Maya gargalhou, levantando o polegar para Daniel em agradecimento. Ele não entendeu, mas deu de ombros. Anna cruzou os braços.

— Parece que tá sendo um belo dia pra você mesmo, Daniel Marques. Dormiu bem? Sozinho? Em casa?

O garoto franziu a testa, confuso, fazendo bico. Amanda começou a enrolar os cabelos com os dedos, fingindo estar distraída, torcendo para que ninguém percebesse nada.

— Na verdade, minha noite foi péssima — ele falou, com uma expressão irônica no rosto. — Vários monstros no armário, fantasmas, um esqueleto dirigindo uma moto, um monte de corvos na janela, esquisito demais. E a de vocês? Como foi? Dormiram bem? Sozinhas? Em casa? — Ele olhou para elas e parou os olhos em Amanda.

— Nada de anormal ou esqueletos em motos, sei lá. Eu, hein — ela respondeu, sem sustentar o olhar de volta. Anna concordou com a cabeça, semicerrando os olhos e percebendo que os dois trocaram olhares suspeitos. Daniel sorriu, satisfeito, e se virou para Guiga.

— Bonito celular — disse, e saiu andando com Rafael na sua cola, rindo como se achasse muita graça brincar com Amanda daquele jeito. Ela queria que parecessem estranhos, certo?

— Obrigada? — Guiga olhou para o aparelho nas mãos e depois para as amigas. — Eu nunca vou entender esses garotos.

Anna olhou com uma expressão suspeita para Amanda, que fez um sinal de "depois eu conto". As duas soltaram risadinhas e seguiram para a sala de aula.

> "Gonna bet tomorrow
> That the sky is blue"
> (Something New – Tom Fletcher)

vinte e dois

— VOCÊ O QUÊ? — perguntou Fred, arregalando os olhos, espantado.

— Eu nada, cala a boca... — Daniel pediu, nervoso, tentando falar mais baixo quando entraram no banheiro. — Eu tô tão feliz, cara, eu nem acredito que isso tudo seja verdade.

— Nem eu, me explica de novo. Você dormiu com a Amanda?

— Só dormimos, tipo, dormimos mesmo, foi romântico. A gente conversou muito, e ela é incrível.

Daniel abriu a torneira da pia do banheiro para lavar as mãos. Fred ficou rindo, sentado na bancada.

— Que bom pra você, cara.

— Muito bom.

— E vocês vão ficar juntos? Ela gosta de você da forma como você gosta dela e essas coisas?

— Eu não sei. Tô tentando manter o pé no chão, mas me pareceu que sim. Ela disse coisas que eu nunca pensei que escutaria dela. — Daniel se apoiou na bancada da pia ao lado de Fred, secando as mãos na calça jeans. — Mas eu tô tentando ser realista, porque ela ainda não quer que ninguém saiba. Nem as amigas.

— Isso é ruim.

— Pode ser que sim, mas eu vou aproveitar. Eu gosto muito dela, Fred. Muito mesmo.

— Eu sei, irmão. E você é muito bonzinho. Se vocês estão juntos e felizes, é o que importa.

— Não sei se estamos juntos, mas vou me esforçar pela parte do felizes!

Daniel sorriu, cruzando os braços. Queria poder compartilhar tudo que sentia, mas precisava respeitar a decisão de Amanda em manter a situação em segredo e já tinha dito demais. Ouviram alguém entrar no banheiro e os dois pularam da bancada, no susto.

— Vamos embora daqui. Depois falamos disso. — Fred deu tapinhas nas costas do amigo.

— E não abre a boca, cara. Ninguém pode saber — pediu Daniel, parecendo triste, embora estivesse sorrindo.

— Tá tudo bem, eu sou um túmulo quando preciso. — Fred fez um sinal de positivo, levantando o dedão, enquanto saíam do banheiro em direção às salas de aula. — Vocês vão se entender, uma hora ou outra.

Quando a porta se fechou, Alberto deu a descarga e saiu do reservado, parando em frente ao espelho. Ajeitou o cabelo e deu um sorriso malicioso para o reflexo.

— Alguém vai ter problemas — falou sozinho, com um sorriso vitorioso.

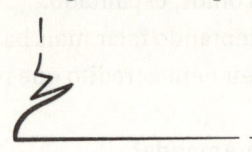

Anna e Amanda estavam no corredor fora da sala, esperando o sinal bater para a próxima aula, que seria de artes. As duas cochichavam, rindo, encostadas na parede lado a lado.

— Você contou que gosta dele? — Anna perguntou, com a mão na boca.

— Não exatamente, não com essas palavras.

— Então ele não sabe?

— Deve ter adivinhado, né? Eu dormi com ele! — Amanda sorriu, embora parecesse nervosa. Olhava para os lados, como se não quisesse falar disso em voz alta. — Anna, eu tô me sentindo mal.

— Vocês usaram camisinha? — A amiga arregalou os olhos, e Amanda imitou o movimento, abrindo a boca sem saber o que responder.

— Não! — Amanda quase gritou, abaixando a voz logo depois. — Não tem isso de usar camisinha, a gente só dormiu. Conversou, ficou junto. Nada de mais mesmo.

— Eu só perguntei.

— Tô me sentindo mal porque não gosto da ideia da Guiga não saber de nada. De precisar manter segredo.

— Você sempre pode conversar com ela.

— Eu vou fazer isso em algum momento — Amanda disse, firme. — Quando eu tiver certeza do que quero. Mas gostaria que tudo fosse diferente.

— Será que a gente vai lembrar dessa época da escola com orgulho de quem a gente foi? — Anna passou as mãos nos cabelos, pensativa.

Amanda deu de ombros, surpresa com a pergunta da amiga.

— Eu não sei.

— Amanda? — Anna mordeu o lábio, preocupada, vendo a amiga olhar pra ela. — O que você gosta no Daniel... Tipo, o que faz você gostar dele?

Amanda pensou um pouco, ficando vermelha e envergonhada.

— Ele é fofo, sensível, engraçado e talentoso, você tem que ver as cartas que ele escrevia! — contou ela. — Conversar com ele é fácil. Eu acabo falando mais do que deveria, porque é o que parece natural. E ele tem um sorriso bonitinho. Ai, amiga. Ele realmente gosta de mim, gosta muito!

— Deve ser legal ficar perto de alguém assim — Anna concordou, sentindo o próprio coração confuso.

— Eu odeio que ele seja maltratado aqui na escola. Eu me sinto péssima com isso.

— Não é como se a gente fizesse algo pra mudar a situação, né. — Anna olhou para os próprios pés, e Amanda imitou, mordendo a bochecha, ansiosa.

— Não sei se quero viver assim.

Anna admirou a amiga. Por ela, tudo também seria diferente.

Ficaram em silêncio até o sinal bater e, de repente, as duas salas do segundo ano saíram para o corredor, procurando seus parceiros de trabalho de artes. Guiga se aproximou delas com um caderno nas mãos.

— Cadê meu nerd tocador de flauta? Alguém viu? — perguntou ela, procurando em meio à multidão que se espremia no corredor.

— Não sei, mas o Fred tá bem ali!

Amanda apontou ao avistar o garoto mais velho chegando com Daniel perto delas, mesmo não sendo da mesma série que eles. Guiga ficou vermelha de repente.

— Não perguntei nada — ela disse baixinho, lançando um olhar suspeito para as amigas e indo atrás da sua dupla do trabalho.

Daniel se aproximou, e as duas viram que Fred ficou encarando Guiga.

— Pode ir atrás dela, a gente jura que fica calada — Anna disse, piscando para o garoto.

Carol, que tinha chegado perto das amigas, achando que Bruno pudesse estar com os amigos, olhou feio para a Anna, sem conseguir encarar Daniel. Ainda sentia certa culpa pelo fato de o rosto dele estar levemente arroxeado e não queria falar mais sobre isso.

— Desde quando você é simpática com eles?

— Desde quando ela descobriu que tem coração.

Fred piscou para Anna de volta, e Carol colocou a língua para fora. Ele acenou para o grupo e deu um tapinha no ombro de Daniel, indo atrás de Guiga na multidão. Daniel riu, com as mãos no bolso, sem saber o que fazer. Era confuso estar com Amanda no meio de tanta gente.

Carol deu alguns pulinhos, tentando enxergar por entre as pessoas caminhando no corredor e fez cara feia, saindo de perto e provavelmente indo procurar por Bruno.

— O que ela tem? — Daniel perguntou, e Anna e Amanda se entreolharam.

— Eu já não sei de mais nada. — Anna suspirou. — É nosso penúltimo ano na escola, então espero que a gente tenha tempo de amadurecer, porque essa situação... — ela apontou de Daniel para Amanda, que arregalou os olhos — ... tá mais complicada do que o prometido. Agora, onde Caio se meteu? Ele acha que sou mãe dele?

Anna saiu de perto, deixando os dois sozinhos no meio do corredor em um silêncio constrangedor. Amanda evitou olhar diretamente para Daniel e começou a caminhar em direção ao gramado da escola, com o garoto na sua cola.

— Suas amigas parecem estressadas. — Daniel desceu as escadas atrás da garota.

— São essas aulas em conjunto.

— Conviver com a gente dá nisso.

— Eu sei bem. — Amanda riu da expressão que ele fez. Seguiram pelo pátio até a lateral do jardim, onde ficavam as árvores e o gramado, que estava vazio àquela hora.

— O que vamos fazer agora?

Ele olhou para a garota, curioso. Já tinham a melodia e estavam trabalhando no ritmo e na letra da música para o trabalho.

— Sinceramente, eu não quero fazer nada. Tô bem cansada — Amanda disse, se sentando no gramado e se encostando no tronco de uma árvore. Daniel sentou de frente para ela, puxando a calça larga para cima e tirando um sorriso do rosto da garota. Ela fechou os olhos, levantando a cabeça.

— Eu imagino, você me chutou a noite toda. Deve ter se cansado bastante mesmo.

Amanda arregalou os olhos, e ele deu uma gargalhada.

— Daniel, eu chuto enquanto tô dormindo? A Anna nunca me disse! Daniel!

— Você é muito fofa.

— Eu tô falando sério! Eu te chutei mesmo? — ela perguntou, e ele negou. Amanda deu um suspiro, aliviada. — Já ia acrescentar mais uma coisa na lista de motivos pra que eu me sinta um lixo.

O garoto prendeu a respiração, sem perceber.

— Eu tô fazendo você se sentir assim?

— Daniel! Não! — Amanda balançou a cabeça, e ele deu um sorriso rápido porque amava a forma como Amanda dizia seu nome. — Eu dormi tão bem! — confessou, de repente.

— Que susto. — Daniel gargalhou, juntando as pernas e ficando da mesma forma que ela estava, abraçando os joelhos. — Já achava que tinha feito algo muito errado pra você se sentir mal.

— Você não fez nada de errado. — Amanda olhou para ele de forma gentil. — Eu sou confusa, me sinto esquisita, e essa situação não é fácil, né. Mas não posso negar que foi bom. Eu dormi muito bem, obrigada.

— Às ordens.

— Talvez seja por isso, você é fofo demais! — Amanda riu, e ele balançou a cabeça. — Tenta ser um cafajeste!

Daniel levantou uma sobrancelha, fez um barulho com a boca e ajeitou um pouco a coluna. Semicerrou os olhos e encarou a garota com um ar dramático.

— Eu não tô disponível de jeito nenhum, em lugar nenhum, nunquinha na vida! — disse, forçando o tom grave da voz, fazendo Amanda gargalhar. — Eu não quero nada com você, só me chame se for pra trannn... fazer seeeee... hm... fornicar?

— Daniel! — Amanda gritou, batendo as mãos de tanto dar risada.

— Ai, isso sai totalmente do meu personagem, é difícil. — Ele sorriu, passando as mãos no rosto, envergonhado. — Não sei o que posso fazer, mas, por mim, você sabe, eu faço qualquer coisa por você.

— Você é impossível mesmo. — Amanda balançou a cabeça, sentindo as bochechas corarem. Ele era muito bonitinho, mesmo quando tentava ser o oposto. O que ela fez para merecer alguém assim?

O sinal de fim da aula tocou ao longe e os dois se levantaram, ainda rindo da imitação de cafajeste de Daniel. A garota encarou os pés por alguns segundos, criando coragem para verbalizar o que estava pensando.

— Você pode me ligar algum dia?

— Ligo toda hora, se quiser.

Ele pegou o celular, quase deixando o aparelho cair de afobação, anotando o número dela.

— Você vai se cansar de mim se me ligar toda hora — Amanda disse, envergonhada, vendo o garoto dar um sorriso maroto ao voltar sozinho para o prédio da escola. Ele dava pulinhos com o celular nas mãos, acenando de longe.

— Eu duvido!

Amanda ficou parada, ainda no gramado, cruzando os braços e abraçando a si mesma, pensativa. O que ela ia fazer? Por que estava se sentindo tão mal se, ao mesmo tempo, se sentia tão feliz?

— Fizemos uma música e eu realmente não ajudei em nada — Maya contou, rindo. — Estou orgulhosa de mim mesma, só descansei.

— Então o Rafael é rápido? Quem diria. — Carol soltou um risinho e logo depois fez uma careta, irritada. — Ao contrário do Bruno, que é um idiota lerdo do cacete. Não temos nada ainda!

— A nossa música tá quase pronta — Amanda falou. Caminhava ao lado das amigas, com a mochila no ombro, indo para o carro de Anna no fim da aula.

— O Caio quer fazer nossa música com piano e tudo mais. Eu não sei tocar piano. — Anna deu de ombros, perdida em pensamentos. — Piano, cara.

— Pede pra ele te ensinar — Maya sugeriu.

— Ele se ofereceu. — A garota sentiu as bochechas esquentarem, abrindo as portas do carro.

— E você? Aceitou? — Carol perguntou de boca aberta, horrorizada, e Anna concordou, com a testa franzida.

— Fez bem — Guiga disse, concordando. — Aula de graça, cara!

— Olha, vocês estão ficando doidas! — Carol se indignou, balançando os braços de forma teatral. — Estamos falando dos marotos, sabem? Marotos! Assassinato social e tudo mais!

— E não tô falando nada de mais. — Maya cruzou os braços, encarando a garota de frente. — Eu não estou interessada no Rafael, não é nada disso. É a droga do trabalho. Você quer que eu fale o quê?

— E nem eu no Caio. — Anna deu de ombros. — E vou ter que olhar pra cara dele pelo próximo mês, o que posso fazer? Tratar o garoto como lixo? Sendo que ele me trata superbem?

— Nem olhem pra mim, vocês sabem que meus problemas com Daniel são antigos, então eu nem vou entrar nessa discussão — defendeu-se Amanda, tentando arranjar uma desculpa e levantando os braços.

Guiga riu.

— Eu te entendo, amiga.

— Eu sei.

Amanda sorriu de forma automática, sentindo um embrulho no estômago. Entrou no carro, vendo Carol entrar logo depois, e evitou o olhar de Guiga. A amiga se despediu, porque ficaria esperando o pai dela na porta da escola, e Anna deu a partida. Amanda encostou a testa no vidro da janela, sem prestar atenção na paisagem lá fora. Sentia que seu coração poderia explodir de tantas coisas ao mesmo tempo.

— Você não para de olhar pra esse telefone, Daniel. Tá apaixonado por ele? — Caio perguntou na saída do colégio.

As pessoas em volta olhavam para os meninos enquanto Rafael tentava dar um beijo em Bruno, que empurrava o amigo para longe. Daniel riu, balançando a cabeça.

— Eu tô só olhando!

— De quem? — Bruno quis saber, com a mão ainda na testa de Rafael.

Daniel olhou para ele.

— De quem o quê?

— De quem é o telefone que você tá olhando? — Bruno entrou no conversível velho, com os amigos se apertando junto.

— O telefone é meu.

— Da Amanda — Rafael falou, colocando o cinto e mostrando o dedo para Caio por ter conseguido se sentar no banco do carona. — Eu vi.

— Fofoqueiro dos infernos — praguejou Daniel, revirando os olhos.

— Da Amanda? Como assim? — Bruno deu um grito.

— Quer dizer que já conseguiu o telefone dela? Isso tá indo rápido, cara! — Caio comemorou.

— É bom vocês dois pararem de babaquice — Bruno resmungou.

— Que babaquice?

— Essa coisa de se gostarem e se odiarem, e, *oh, como eu sou popular*, esse tipo de coisa. — Bruno ligou o carro, ranzinza.

Daniel franziu a testa, dando um tapinha no ombro do amigo.

— Olha quem tá falando, né. Você não tem moral!

— Nossa, eu não deixava, Bruno, acaba com ele! — Rafael gritou, incentivando uma discussão que só parou quando todos chegaram em casa.

> "I can't take another night on my own
> So I take a breath and then I pick up the phone"
> (Falling In Love – McFLY)

vinte e três

O telefone de Amanda tocou, e ela correu do banheiro até o quarto, envolvida em uma toalha, para atender. O som da risada de Daniel do outro lado da linha arrancou um sorriso quase automático de Amanda.

— Você não vai acreditar no que eu vi hoje voltando da escola! — Ele gargalhou, e Amanda se sentou na cama, ainda de toalha e com o cabelo molhado, prestando atenção na voz dele. — O diretor Antônio e a professora de artes...

— Não! — Amanda colocou a mão em cima da boca aberta, genuinamente entretida com a fofoca. — Mentira!

— Eles tavam passeando com uns cachorros na coleira, juntinhos, tipo casal mesmo!

— Mentira!

— Eu juro, até me escondi atrás de um carro pra não causar qualquer inconveniência, né, imagina se fica aquele climão amanhã na aula? — Daniel ainda dava risadas, enquanto Amanda ouvia atenta. Ela se jogou para trás, deitando na cama e olhando para o teto.

Já tinha quase uma semana que os dois se ligavam e passavam horas da noite conversando, fofocando sobre qualquer assunto e esperando o outro dormir em silêncio na ligação. A mãe de Amanda ia ficar muito brava quando a conta do celular chegasse! Mas isso não a preocupava no momento.

Era perfeito demais, e ela tinha certeza de que alguma coisa muito ruim estava prestes a acontecer. Não costumava ficar tranquilo daquele jeito por muito tempo. Ela não dava essa sorte.

Na escola, para Daniel, não parecia tão tranquilo assim. Era muito difícil voltar a ser totalmente ignorado pela garota que ele gostava e acabar duvidando de si mesmo, depois de tantos momentos legais juntos. Era um jogo difícil, no qual ninguém queria perder, mas que também não sabiam quando nem como ganhar.

Ele estava apaixonado. Mesmo vendo o sorriso dela de longe e, à noite, imaginando pelo telefone, ouvindo tão de perto que não parecia real. O que uma garota bonita e popular como Amanda estava fazendo dando bola pra ele?

Quando chegou em casa na sexta-feira, ficou um tempo deitado encarando o teto. Tinham tido aula de artes, e Daniel fez o máximo para não parecer triste quando o sinal tocou e ele passou a ser ignorado por ela de novo. Naquele dia, trocaram um beijo escondido atrás da árvore, bem rápido, para que ninguém a metros de distância percebesse que alguma coisa estava acontecendo.

Suspirou, levantando e pegando o violão velho que deixava no seu quarto e não na casa de Bruno com os outros instrumentos da banda. Levou também o caderno cheio de anotações de letras de música que guardava seguro dentro do armário. Sentou-se na cama com o instrumento apoiado no colo, colocou a palheta na boca e procurou no caderno a letra que estava terminando para o baile no dia seguinte. Fez um barulho com a garganta, cantando sozinho e ajustando algumas frases com uma caneta.

— Eles dizem que sou um perdedor, mas garotas assim são tão cruéis... — murmurou, pensando nesse uso da palavra cruel. Não rimava com nada, que outra expressão poderia usar? — ... mas garotas assim são tão difíceis... mas garotas assim são tão ruins, são tão... impiedosas?

Balançou a cabeça em negativa, anotando as ideias.

Queria falar do encontro com Amanda na sua casa, em como estava confuso depois de um momento tão bonito. Queria falar de miojo de brócolis, de sentimentos guardados e abraços na madrugada. Será que Amanda ia perceber que a música era para ela?

Claro que não. Todo mundo comia miojo com brócolis falando de sentimentos do passado, certo?

Totalmente normal.

— Elas não sabem o que guardo aqui dentro... — o que rimava com difíceis? — ... visões de passados impossíveis. Mas o meu miojo é tão gostoso, que conquistou sua melhor amiga.

Daniel deu uma risada, achando que Bruno e Rafael gostariam da letra. Teria que arrumar um jeito de decorar até o dia seguinte.

No sábado de manhã, Amanda ouviu o celular tocando enquanto estava se levantando. Que horas eram? Era Daniel? Ela sorriu assim que atendeu, ainda sentada na cama de pijama.

— Tão cedo? — perguntou.

— Quase não preguei o olho... — ele falou com a voz rouca. — Dormiu bem?

— Muito bem.

— Vai ao baile hoje? — ele perguntou forçando desinteresse. Ela precisava ir, tinha que ouvir a letra nova!

— Vou, sim. Prometi a Guiga que ia com ela.

Daniel assentiu, pensando no que diria que estaria fazendo à noite caso ela perguntasse. Mas a garota não parecia interessada e ele ficou em silêncio por alguns segundos. Queria poder encontrar com ela, saber se estava tudo bem. Só pelo telefone era tão difícil.

Amanda ficou apreensiva quando ele demorou a responder. Daniel normalmente era quem puxava assunto e parecia que não tinha nada no mundo que ele não conseguiria conversar sobre.

— Será que a gente pode conversar? Pessoalmente? — ele perguntou, a voz mais baixa. A garota fechou os olhos, sentindo o coração pesar.

— Hoje, assim, do nada? As meninas vêm pra cá mais cedo pra gente se arrumar, o que eu vou falar pra elas? O tema da festa hoje é Debaixo D'água, você viu no pôster lá na escola. Foi superdifícil arrumar uma roupa bonita azul que combinasse comigo — ela desatou a falar, nervosa.

Embora quisesse muito encontrar com ele, segurar sua mão e sentir os lábios nos seus, Amanda sabia que precisava manter um pouco a distância até resolver as confusões da sua cabeça. Ela já tinha se apegado tanto em tão pouco tempo!

— Você não pode me ignorar pra sempre — Daniel respondeu, ansioso.

— Eu não vou! — Amanda se defendeu. — Eu só quero ser honesta e não me jogar de uma vez sem entender direito o que eu sinto.

— Amanda, se você não quiser ficar comigo, é só me dizer, tá tudo bem. Eu não tinha expectativa nenhuma de que nada disso ia acontecer, de qualquer forma — ele falou, tentando soar tranquilo. Sabia que precisava dar espaço a ela, que cada um tinha seu tempo, mas aquilo machucava tanto. — É só que é bem ruim ficar sem... saber.

— Daniel, não faz isso — Amanda choramingou.

— Eu queria tanto, tanto te ver.

— Você concordou com isso. Eu te avisei que a gente precisava fingir por um tempo. — Ela respirou fundo. *Também quero muito te ver, o que eu faço?*, pensou.

— Tudo bem. — Daniel estava chateado, mas tentava manter a voz no tom mais estável que conseguia, porque não queria que ela se sentisse culpada. — Tudo bem. Bom, de noite eu vou encontrar o Bruno pra jogar, mas vou estar a tarde toda aqui em casa. Se quiser me ver, você sabe onde eu moro. — Ele pausou, ouvindo a respiração da garota. — A gente se fala, tá? De qualquer forma, espero que você se divirta no baile! — Desligou o telefone sem esperar resposta porque sabia que estava sendo mais grosso do que deveria ser e não queria deixá-la mais triste.

Amanda encarou a parede por um tempo, ouvindo a linha muda do telefone. Sentou-se na cama, suspirando e pensando no que deveria fazer. As amigas só iriam para a casa dela mais tarde. Será que dava tempo de ir de bicicleta até Daniel para ver se ele não estava magoado? Poderia ir e voltar rapidinho. Dar só um abraço, mostrar para ele como ela se importava.

Levantou em um pulo, decidida. Entrando no banheiro, ouviu sua mãe bater na porta do quarto.

— Amanda, preciso ir ao supermercado e depois levar algumas compras na casa da minha amiga, preciso da sua ajuda — a mãe disse, vendo a garota ainda de pijama. — Coloca uma roupa, a gente não deve demorar muito.

Amanda concordou, pensando que era um ótimo plano. Iria com sua mãe, pegaria carona até a casa de Daniel e depois dava um jeito de estar em casa a tempo das amigas chegarem. Se trocou, animada, já conseguindo sentir o calor do abraço dele.

— Eu vou acabar ficando maluco — Daniel resmungou sozinho assim que desligou o telefone.

Ficou passando as mãos pelos cabelos. Deveria ligar para ela de novo? Não podia desligar sem esperar uma resposta, certo? O que ela diria? Deitou na cama e encarou o teto, esfregando o rosto com as mãos, cansado. O que podia estar errado? Ele se questionava se Amanda gostava dele ou se, talvez, estivesse acostumada com ele estar disponível. Era horrível ter essa dúvida. Queria tanto que ele fosse uma certeza. Que fosse a quem ela recorreria quando precisasse desabafar ou pedir ajuda. Que fosse esse alguém especial, lembrado nos momentos tristes e felizes.

Balançou a cabeça, bocejando. Mal tinha conseguido dormir e precisaria passar a noite em cima do palco da escola, com calor, no blazer preto e branco e debaixo da máscara que cobria quase o rosto todo. Precisava descansar um pouco e aliviar a ansiedade e a expectativa de que, talvez, em algum momento naquela tarde, Amanda poderia bater à porta.

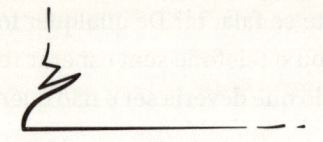

A garota empurrava o carrinho no supermercado, nervosa, olhando o relógio grande pendurado na parede o tempo todo. Sua mãe sempre fazia isso. Dizia que seria rapidinho e passava o dia ocupando Amanda com um monte de tarefas, sem nem perguntar se ela tinha algo melhor para fazer. Ela tinha dito que iriam só ao mercado, mas já tinham passado na farmácia, na quitanda, na casa de duas amigas para buscar umas tralhas, na loja de roupas do centro para trocar uma compra errada e no petshop para comprar ração para o cachorro da vizinha. Amanda não aguentava mais, e, pelo andamento do supermercado, ainda demoraria muito antes de conseguir pensar em passar na casa de Daniel. Já eram quase três horas da tarde, e as amigas iriam até ela para começarem a se arrumar por volta das cinco. O que poderia fazer?

Abriu a bolsa cruzada que usava, atrás do seu celular. Precisava mandar mensagem ou ligar para avisar a Daniel que ela tinha se planejado para ir encontrar com ele, que ela queria muito ir, mas que, pelo andar da carruagem, mofaria para sempre ali naquele departamento de comidas congeladas esquisitas do mercado. Mexeu na bolsa, sentindo a ansiedade atacar, um barulho estranho ecoando no ouvido. Onde estava o celular dela? Tinha esquecido em casa?

Daniel não tinha culpa de ela ser enrolada e ter medo de tudo! Sempre preocupada com o que os outros iam pensar, em como seriam as fofocas na escola, no que comentariam se a vissem perto de um dos perdedores. Ele não tinha culpa.

Encostou a testa no carrinho de supermercado, desolada. O que poderia fazer agora? Ele ia ficar ainda mais chateado, ia pensar que ela o estava ignorando de propósito e que não queria encontrar realmente com ele, mesmo a tendo chamado de última hora. Será que ele ainda ia querer falar com ela? Amanda tinha estragado tudo, como sempre.

> "You said you need some time
> How long does it take to see
> That we are more than meant to be"
> (3AM – Busted)

vinte e quatro

Amanda não estava de bom humor quando entrou no ginásio da escola para o baile de sábado. Estava se sentindo linda com a roupa que tinha escolhido, um vestido azul bem justinho e curto, dentro do tema da festa, que era fundo do mar. Debaixo d'água. Pequena Sereia. Algo do tipo. Tanto faz.

O ginásio estava decorado com papel imitando as cores do oceano, com balões brancos e bebidas sem álcool, que imitavam cores de peixes. Os alunos do terceiro ano estavam realmente dando tudo de si para aqueles bailes, Amanda precisava admitir. Olhou impressionada à sua volta, vendo Guiga, ao seu lado, fazer o mesmo. As amigas já estavam dançando ou se servindo, e as duas tinham ficado paradas, olhando para o alto e admirando o teto de estrutura de ferro repleto de balões. Era bem bonito. Por alguns minutos, Amanda se esqueceu de como tinha dado um suposto bolo em Daniel naquela tarde e que, mesmo quando tinha tentado ligar para ele no fim do dia, ele não tinha atendido. Devia estar chateado, decepcionado, e ela sabia que ele tinha razão de se sentir assim. Suspirou, virando-se para Guiga, ao seu lado. A amiga estava com a testa franzida, visivelmente preocupada com alguma coisa.

Amanda segurou a mão dela perguntando se estava bem, e Guiga deu de ombros, respirando fundo.

— Acho que eu tô com um problema — ela confessou, quase em um sussurro.

— O que houve?

— Acho que estou gostando de alguém que não deveria. Amiga, o que eu faço?

O coração de Amanda congelou assim que Guiga terminou de falar. Sentiu os braços dormentes e as pernas tremerem, em uma onda de ansiedade repentina. Então era real. Guiga ainda gostava de Daniel.

Balançou a cabeça, espantando os pensamentos ruins e depreciativos que invadiram sua memória e engoliu em seco, apertando a mão da amiga em apoio.

— E por que não deveria? Gostar dessa pessoa? — Amanda perguntou, meio rouca, próxima do ouvido dela por conta do barulho alto da música. Guiga fez um gesto de dúvida com os braços, fazendo bico.

— Ah, você sabe... a gente tem toda essa história de ser popular e prestar atenção no que a gente faz ou com quem fala, por causa das fofocas. — A garota respirou fundo. — Você sabe. Acho que você entende bem o que eu tô sentindo.

Amanda deu um sorriso forçado. Ela provavelmente entendia bem até demais.

— Eu não vou contar agora pras meninas e nem pra ninguém, porque acho que não me entenderiam. Eu e você já sabemos como é.

— É verdade — Amanda concordou, sentindo um nó na garganta. — Você não quer contar pra elas o nome dele?

— Não! Mas você sabe! Tem um D no nome dele! E a letra E... E já está bem óbvio, eu acho.

Amanda mordeu o lábio, concordando. O que ia fazer agora que tinha certeza de que uma das suas melhores amigas estava gostando de Daniel? Quando estava na dúvida já era difícil.

Ela tinha razão quando pensou que alguma coisa ruim ia acontecer.

— É, acho que eu sei como você se sente. Vou guardar seu segredo.

Amanda tentou sorrir, vendo a amiga sorrir de volta, aliviada. Guiga parecia feliz ao dividir aquela informação, enquanto Amanda sentia seu coração sendo dilacerado. Partido em pedacinhos. Ficou em silêncio sem saber o que dizer quando Carol se aproximou, estendendo um copo de bebida para ela.

— Você tá pálida, o que aconteceu? — perguntou, falando alto. Amanda negou ter algum problema e aceitou a bebida. Quando será que a Scotty subiria ao palco? Ela precisava de uma distração.

Daniel olhou para Bruno sentado na bateria, então para Caio ao seu lado, ajustando a guitarra nos ombros e, finalmente, para Rafael, que dava pulinhos com o baixo nas mãos, que fazia um barulho de microfonia. Os quatro se entreolharam, tentando não rir. A cortina subiria a qualquer momento, revelando mais um show da Scotty nos bailes de sábado à noite! E Daniel faria de tudo para ser um show incrível!

— Mais uma noite sendo os mais queridos no palco e os menos notados na multidão! O sonho de qualquer um! — Rafael continuou dando pulinhos, e Bruno mandou ele calar a boca.

— Então, vamos tocar primeiro a música nova, "Jantar a dois", e depois a gente vai pros covers? Ou querem repetir alguma das anteriores? — Caio perguntou, sussurrando.

— Dependendo do público, a gente pode repetir.

— E você vai lembrar a letra de todas elas? — Rafael questionou, se aproximando de Daniel. O garoto revirou os olhos.

— Eu não errei quase nada até agora.

O diretor apareceu com a cabeça para dentro da cortina, olhando para os quatro garotos. Levantou o polegar para a banda, e eles imitaram o gesto, os cinco ao mesmo tempo. Era hora do show.

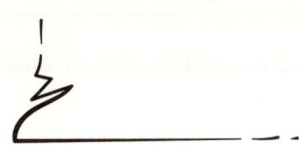

— O que será que eles vão tocar hoje? — Maya perguntou, animada, para o grupo de amigas. Elas estavam em uma meia roda, de frente para o palco, ouvindo o diretor falar um monte de coisas sobre o baile, o próximo tema, a punição para bebidas batizadas com álcool e outras regras que ninguém realmente prestava atenção.

— Eles nunca tocam nada que a gente conhece, Maya! — Guiga respondeu e a garota negou.

— Eu conhecia "You've Got a Friend" — Amanda protestou. — É um clássico!

— Hoje tá tão cheio quanto da última vez, né? — Anna disse, olhando o ginásio lotado. A fofoca sobre a banda mais legal da cidade tinha se espalhado, e, a cada fim de semana, parecia que todos os jovens de Alta Granada tentavam entrar nos shows de penetra. As amigas concordaram com Anna, se virando novamente para o palco, enquanto a cortina levantava e mostrava os quatro mascarados e seus instrumentos.

O público, espalhado pelo espaço, foi à loucura. Até a professora de artes, que estava ao lado do palco, dava gritinhos, animada.

Sob aplausos, a Scotty se apresentou e começou a introdução da primeira música. As amigas se entreolharam, sorrindo.

— Eles são demais! — Anna disse, mais alto que o volume dos instrumentos. Dessa vez, elas estavam mais perto das caixas de som e conversar seria mais difícil.

— O jeito deles não me é estranho. — Guiga examinou, tomando um gole do seu copo. — Acho que já vi a Scotty na televisão.

— Você acha mesmo que alguém que aparece na televisão viria tocar nessa escola, em Alta Granada, do nada? — Carol debochou, rindo. Maya imitou, concordando.

— É, Guiga, viajou.

— Se eu soubesse quem eles são, já teria chamado um deles pra sair! — Anna gritou, e Maya mandou as outras ficarem quietas, porque a banda estava começando a cantar a letra da música nova e ela queria prestar atenção.

Sempre gostava do jeito que a banda contava histórias de amor de um jeito divertido, romântico e patético ao mesmo tempo. As cinco se mexiam ao ritmo da música, enquanto os quatro garotos do palco também dançavam enquanto tocavam, brincando um com o outro.

Daniel respirou fundo, e seus olhos encontraram Amanda bem na frente do palco. Sorriu, pensando nela enquanto cantava.

Quando te chamei lá pra casa
Eu não tinha ideia do que fazer pra te agradar
Você não sabia que eu era virgem de cozinha
E que tudo que eu faço é tentar
Preparei o miojo, esquentei o brócolis
E o resto foi como minha mãe ensinou
Ela só não disse que garotas são difíceis
Porque no fundo todo mundo sabe
Só de olhar pra mim no corredor
Que eu tô acostumado com amores impossíveis

Amanda congelou enquanto batia palmas, ouvindo Maya animada ao seu lado. Elas davam gritinhos.

— Estranho eles mencionarem miojo e... brócolis. — Amanda estava confusa, sentindo as mãos tremerem, se lembrando da terça-feira na casa de Daniel.

Qual é a chance de outras histórias românticas terem esses mesmos elementos? Será que era um prato tão comum assim e ela não sabia?

Maya se aproximou dela, franzindo a testa.

— Por quê? O que tem miojo e brócolis? — ela perguntou.

Amanda deu de ombros.

— Nada, é que eu comi miojo hoje — inventou.

— Quem é que come miojo com brócolis? — Carol perguntou alto, rindo e pulando com o ritmo da música.

Amanda continuou confusa, as sobrancelhas juntas e os braços cruzados. Encarou os quatro garotos da banda com atenção e jurava que um dos três, na boca do palco, olhava fixamente para ela. Como se cantasse cada verso só para ela. A sensação estranha em seu estômago continuava, assim como aquela vontade de sorrir.

Eu deveria saber o que você sente
Deveria ter falado o que sinto
Mas a pressão é grande nessas horas
Eu não consigo esquecer teus olhares
Eu deveria saber que você se importa
Porque você se importa, eu sei que se importa
Até mesmo comigo, que não tenho nada pra te dar em troca

Amanda estava de boca aberta, ouvindo as amigas soltarem gritinhos junto com o restante do ginásio. A história da música era tão estranhamente familiar! Que coincidência. Sorriu sozinha, voltando a dançar e vendo o vocalista do meio apontar na direção delas enquanto cantava. Não conseguia acreditar!

Mas eu não vou desistir
Porque sei que ela gosta de mim
Pelo jeito que me beijou e disse
Que toda essa confusão existe
Porque apesar de eu ser ruim na cozinha
Ela gosta do meu romance bobo
E do meu jeito piegas de ser
E ninguém lá na escola pode saber
Que a menina dos meus sonhos
É minhaaaaaaa

Amanda levantou os braços, comemorando. Como eles podiam descrever a relação dela com Daniel e a forma como se sentia? Ou a forma como, talvez, Daniel pudesse se sentir? Ela sabia que a maioria das músicas românticas falava de relacionamentos difíceis, amores não correspondidos e romances impossíveis. Mas essa parecia tão pessoal! Chegava a ser engraçado.

Os três garotos no palco começaram a dançar juntos, e até o baterista no fundo mexia a cabeça animado. Elas riram, observando. Ele eram realmente fofos.

Anna tinha razão ao querer montar um fã-clube, mesmo sem saber quem eles eram de verdade. Não faria diferença. Sabia que ia gostar deles de qualquer jeito!

Amanda sorriu e desejou, no fundo do coração, um dia ter um namorado como os garotos ali de cima.

Eu sei que ela se importa (eu sei que ela se importa)
ela se importa, se importa...

— Amanda?

Ela sentiu alguém encostar em seu ombro e tomou um susto. Era Alberto. Que inconveniente, ela queria curtir o show. Ele ia fazer isso em todo baile?

— Ai, que coisa. O que você quer agora? — perguntou, se aproximando dele para que o garoto pudesse ouvir. O volume da música realmente impedia qualquer tipo de conversa.

— Queria saber como você está...

— O quê? — Ela perguntou, sem entender o que ele dizia.

— Quero conversar com você. Por favor, não quero brigar.

— Agora? — Amanda franziu a testa, e ele concordou.

Ela suspirou, pensando que precisava ir buscar uma bebida de qualquer forma, poderia dar um minuto para que Alberto falasse o que queria e, então, voltaria para o show. Ela se virou para Carol, que estava mais próxima.

— Eu vou ali no estacionamento ver se o Alberto para de me perturbar. Ele não vai sair daqui se eu não for. Vou aproveitar e pegar uma coisa pra beber. Quer alguma coisa? — Amanda perguntou. Carol encarou Alberto, que estava longe do grupo de amigos.

— Eu não confio nele, não, Amanda. Deixa ele aí.

— Eu volto rapidinho.

Ela olhou para as outras garotas ao lado, perguntando se alguma delas queria bebidas. Anna e Maya concordaram. Amanda se virou para Alberto, fazendo sinal com a cabeça e saiu andando com ele para fora do ginásio.

Fred se aproximou de Guiga, com olhos de águia, curioso, observando a garota ao longe. Ajeitou o casaco verde fluorescente, se aproximando do rosto dela para que ouvisse o que ele dizia.

— Amanda tá bem?

— Ela disse que voltava logo — Guiga respondeu, ficando vermelha com a proximidade do garoto. Não podia dar mole de continuar demonstrando tantos sentimentos toda vez que Fred se aproximava. — Mas ela não bebeu hoje, então a chance de dormir no corredor dessa vez é quase nula!

O garoto concordou, ainda preocupado. Sabia bem que Alberto não tinha as melhores intenções e não ia dar bobeira de precisarem passar mais uma noite de sábado procurando Amanda. Pedindo licença para Guiga, se embrenhou na multidão dançando, seguindo para onde tinha visto Alberto ir.

No estacionamento, sentindo o vento frio da noite bater nos braços, fazendo a pele ficar arrepiada, Amanda continuou caminhando até que o garoto parasse, encostando no próprio carro. Ela devia ter se lembrado de levar algum casaco.

— O que você quer comigo? — ela perguntou, cruzando os braços para tentar se aquecer.

Alberto encarou a garota e soltou um suspiro. Usava uma camiseta branca e uma calça jeans, totalmente fora do tema do baile, e Amanda já ficava irritada com esse detalhe. Não custava nada ele se esforçar o mínimo, né?

— Você não pode continuar me ignorando assim — ele disse, juntando as sobrancelhas.

— Como não? — Ela riu, com raiva. — Alberto, a gente nunca teve nada de mais! A gente só saiu algumas vezes!

— E você anda saindo muito com aqueles garotos perdedores. Qual é a sua? O que você tá fazendo? Que joguinho é esse?

— Como assim? — Amanda fez uma careta, confusa.

— Olhe pra vocês, ninguém precisa daqueles idiotas! E você prefere ficar com ele do que comigo? Logo com aquele moleque? — Alberto continuou falando, aumentando a voz e se alterando. A veia na testa dele saltou e seu rosto ficou vermelho. Amanda deu um passo para trás.

— Do que você está falando, Alberto? — Amanda franziu a testa, apertando os braços ainda mais em torno dela mesma.

— É uma vergonha pra mim uma garota que era MINHA agora ser DELE! — gritou, descontrolado.

Amanda sentiu cheiro de álcool saindo do hálito dele e não sabia se era bom continuar aquela conversa. Ele bateu com força na lateral do próprio carro, com raiva, e ela se assustou, porque nunca o tinha visto daquele jeito. Sentiu um arrepio de medo e olhou para o colégio, logo atrás, a alguns carros de distância. Não estava tão longe, e alguém deveria os estar ouvindo, certo?

— Olha, Alberto, é melhor eu voltar pra festa, ok? Eu não sei do que você tá falando. A gente pode conversar outra hora.

— Não, você não vai voltar — ele disse, em tom de ameaça. Abriu a porta do carro com força. — Entra.

— Não, claro que não vou entrar no seu carro, você tá louco? — Amanda riu nervosa e virou de costas. Ele pegou forte em seu braço, puxando a garota para perto outra vez.

— Entra logo! — ele gritou com raiva.

— Você tá me machucando, me solta — ela choramingou, com a voz fraca. Não sabia o que fazer, só sentia medo e impotência, sendo puxada por Alberto.

— E vou machucar mais se você não entrar.

Ele disse de forma lenta em um tom de voz baixo, assustador. Amanda soltou um soluço, sendo jogada com força no banco do carona do carro, batendo a perna na parte mais dura do banco, sentindo uma dor forte. Ela tentou gritar, mas o nervosismo foi maior e sua voz ficou presa na garganta. A porta se fechou diante do seu rosto.

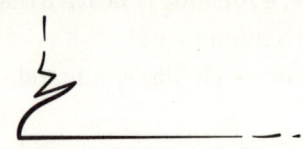

Fred achou esquisito o carro de Alberto sair cantando pneu do estacionamento da escola. Não tinha conseguido ver se ele estava sozinho ou para onde Amanda tinha ido, mas ficou desconfiado. Sendo os ouvidos daquele colégio, Fred sabia muito bem que Alberto era explosivo e que já tinha uma fama ruim de agressividade, fora as merdas que fazia com o time titular de basquete. Aqueles playboys idiotas. Resolveu dar meia-volta e encontrar as amigas de Amanda para que pudessem ligar para ela e descobrir onde ela estava.

Enquanto caminhava sério pelo ginásio, viu o diretor Antônio se aproximar com um sorriso enorme no rosto. Fred sorriu de volta, fingido, sem saber o que falar.

— Frederico, meu querido, vem aqui comigo que eu preciso te apresentar o prefeito da cidade!

O garoto arregalou os olhos, sendo praticamente arrastado pelo diretor para o outro lado, distante do palco. O que poderia fazer para se livrar logo dele?

Amanda sentia as pernas tremendo ao notar a velocidade do carro, em silêncio, e fechou os olhos quando Alberto parou de forma abrupta diante de um dos postos salva-vidas na praia. Estava tudo escuro. Era uma avenida pouco usada de noite e tinha poucos postes de iluminação, porque margeava vários terrenos da reserva da mata da região. Ninguém passava por ali naquela hora. Ainda mais com o frio e a quantidade de trovões e raios que brilhavam no céu.

— Você precisa pensar melhor — Alberto declarou, batendo no volante com raiva. Tinha parado o carro no meio da rua.

— Alberto, me leva de volta.

— Isso tá errado! — ele falava, passando as mãos nos cabelos, transtornado. Não olhava para Amanda; era como se falasse sozinho, bêbado.

— Alberto, eu quero voltar para a escola. Por favor. — A voz da garota saiu trêmula, e seus olhos estavam marejados. Fungou, com medo, observando Alberto bater mais algumas vezes no volante.

— Vocês são boas demais pra eles. — Alberto riu, debochado, com o rosto vermelho, cheio de raiva. — O que ele tem que eu não tenho? Hein? Eu sou filho de deputado, tenho um futuro pela frente, minha família tem dinheiro! E ele? Ele é um perdedor, um frouxo, uma vergonha pra essa cidade! — continuou, olhando-a como se esperasse uma resposta.

Amanda sentiu uma lágrima descer pela bochecha e rapidamente passou a mão no rosto para secar. Ela tremia e mordeu o lábio inferior, confusa.

— Alberto, eu não sei do que você tá falando. Me leva de volta.

— EU NÃO VOU TE LEVAR DE VOLTA! DROGA! — ele berrou, e ela fechou os olhos, assustada. — Você não está entendendo? Eu vou te avisar uma vez só. Se você aparecer com ele, eu juro... Juro que acabo com aquele garoto.

Amanda sentiu mais lágrimas descerem pelo rosto, encostando na porta do carro e se afastando o máximo que podia de Alberto. Fungou, se abraçando com mais força. Não queria acreditar que estava naquela situação.

— Alberto, eu não sei...

— Você sabe de quem estou falando, porra! Não se faça de desentendida.

Ela abaixou a cabeça, sem olhar para ele de volta. Tinha medo do que podia ver e só desejava, do fundo do peito, que não estivesse ali.

— Você me ouviu? Se ele aparecer em público com você, eu acabo com ele, e não estou brincando. É uma vergonha! Se você não liga pra isso, eu ligo! Eu ligo!

— Você não pode estar falando sério — Amanda disse baixinho, repetindo pra si mesma. *Que pesadelo.*

— Eu tô falando muito sério. Você me ouviu bem. — Ele passou por cima dela, abrindo a porta do carro, de repente, e ela se encolheu contra o banco. Sentiu o vento frio vindo de fora e o barulho alto do mar e dos trovões. — Agora desce do carro! — ordenou.

— O quê? — Amanda arregalou os olhos, tomando um susto.

— Desce, droga! Acha que vou voltar praquela merda de festa?

— Você vai me deixar aqui? Sozinha?

Ela olhou para os lados, piscando rapidamente para tentar fazer as lágrimas saírem dos olhos. O barulho feroz das ondas do mar era ensurdecedor, e estava tudo escuro do lado de fora. Ele não podia estar falando sério. Como ela ia voltar para casa?

— Desce — repetiu ele, falando alto e batendo com força no volante.

— Nunca imaginei que você fosse assim.

— Eu não me importo — ele debochou e indicou a porta com a cabeça. — Desce.

Amanda deixou escapar uma risada de nervoso, chorando, e saiu do carro, batendo a porta com toda a força. Ela não podia acreditar que aquilo estava acontecendo. Alberto ia mesmo deixá-la ali, no meio da praia, sozinha?

Observou o carro acelerar, fazendo um barulho muito alto, se afastando dela pela avenida, sendo engolido pelo escuro. Amanda deu um grito.

— VAI PRO QUINTO DOS INFERNOS, SEU BABACA! — xingou, soltando todo o ar dos pulmões, sentindo ainda mais lágrimas descerem.

Esfregou as mãos nos braços para se proteger do vento gelado, olhando para os lados, nervosa. O que ela ia fazer? Olhou para a frente cheia de medo. Estava muito escuro e frio. Muito frio. Ela podia sentir o nariz dolorido e ver a fumaça saindo da boca quando respirava. Andou um pouco pela rua da orla e logo se cansou. Andar de salto não era sua especialidade, ainda mais com a perna dolorida da batida dentro do carro.

Começou a chorar copiosamente. Era demais para ela. Não podia continuar assim, não ia suportar por muito tempo. Sentia dor em todos os lugares, o coração partido, culpa, tudo junto. Passou as mãos no rosto, afastando as lágrimas, mas continuava chorando.

Sabia que Alberto estava falando de Daniel, mas como ele sabia que estavam se vendo? E por que estava agindo daquela forma, como se alguma coisa a impedisse de ficar com outra pessoa? Será que ele iria atrás de Daniel? Ela nunca se perdoaria se o garoto se machucasse, novamente, por causa dela. Sabia que Alberto era capaz de fazer qualquer coisa depois daquela noite, e esse sentimento era assustador.

Começou a tremer ainda mais e decidiu ir até o posto salva-vidas, tentando fugir do vento. Estava abandonado e escuro, mas era melhor que ficar no meio da estrada. Tirou as sandálias e encostou o pé na madeira fria.

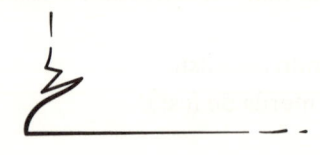

— Ok, agora é a hora que a gente entra em pânico — Maya alertou. — O show da Scotty já acabou e Amanda ainda não voltou com a bebida. Ela disse pra onde ia?

— Ela foi conversar com o Alberto, mas eu sei lá. Depois daquele dia com o João, eu não consigo confiar em nenhum deles.

Anna tentou ligar para o celular de Amanda, mas ela não atendeu. Ela suspirou, sem saber o que pensar.

— Ela não bebeu dessa vez, gente, mas já tava esquisita desde cedo. Ela pode ter ido pra casa, às vezes ficou com sono ou cansada — disse Guiga, tentando parecer positiva.

— Depois daquele susto no baile, eu duvido que ela voltaria pra casa sem avisar a gente. — Anna olhava para os lados. — Amanda pode só estar conversando com o Alberto em algum lugar.

Fred se aproximou, parecendo exausto, como se estivesse fugindo de alguém.

— Amanda não tá com vocês? — ele perguntou e colocou as mãos na cintura, recobrando o fôlego. Demorou, mas tinha conseguido fugir da vista do diretor e ir até as garotas. As quatro negaram.

— Eu posso perguntar pro João se ele sabe onde o Alberto está — Carol sugeriu, e Fred balançou a cabeça.

— Eu vi o carro do Alberto saindo do estacionamento há uns dez ou quinze minutos, não sei por quantos anos fiquei preso do lado do diretor! — o garoto disse, fazendo graça. — Mas não vi se ele tava sozinho.

— Eu vou matar a Amanda se ela foi dar uma volta com o Alberto, juro! — Maya revirou os olhos.

Não era a primeira vez que a amiga desaparecia e deixava todo mundo preocupado.

— Ela não teria saído com ele assim — falou Guiga, nervosa.

— Podemos procurar pela escola, já que da última vez deu certo. — Fred estendeu a mão, tocando no ombro dela, tentando acalmar a garota.

Guiga deu um passo para o lado, ficando vermelha.

— Não precisa se preocupar, Fred, pode voltar pro seu par. A Susana deve estar te esperando.

Anna e Maya se entreolharam, franzindo a testa, estranhando o tom ciumento. O garoto arregalou os olhos, apavorado.

— Droga, me esqueci da Susana! Eu já volto!

— Vocês acreditam nisso? — Guiga cruzou os braços, parecendo brava. Disse que ia ao banheiro e saiu de perto das amigas, aproveitando para procurar por Amanda e respirar um pouco longe do pessoal.

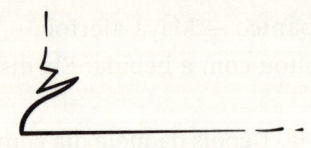

Amanda começou a achar que morreria congelada se não saísse logo dali. Estava escuro demais, e ela não conseguia parar de chorar de raiva e susto. Tentou se acalmar, ainda sem acreditar que Alberto tinha agido daquela forma. Era esquisito conhecer o garoto por tantos anos e não saber do que ele era capaz.

Pegou o celular, torcendo para que a bateria ainda não tivesse acabado, mas estava sem sinal. Como ia conseguir pedir ajuda? A estrada era longe da escola, longe de casa, e, mesmo que andasse por um bom tempo, mal conseguiria chegar a algum lugar iluminado.

— Droga — sussurrou, puxando o vestido curto para baixo, tentando cobrir um pouco as pernas congeladas de frio.

Saiu do posto salva-vidas tentando achar sinal em algum lugar. Segurando as sandálias de salto fino nas mãos, desceu para a areia e continuou a esmo com o celular levantado para o alto, buscando sinal. Nada. Cada vez mais frio, o vento cortante machucava seu rosto, e o som do mar era assustador.

Continuou andando até que um pontinho surgiu na tela do aparelho. Ela sorriu, arregalando os olhos e largando a sandália no chão. Sentou na areia de qualquer jeito e apertou o primeiro número da lista de ligações daquele dia, a última pessoa que tinha ligado pra ela. Sabia exatamente quem a ajudaria.

— Alô? — Daniel atendeu o celular distraído, sem olhar quem era.

Bruno estava andando pela casa de toalha, reclamando por ter quebrado algumas baquetas no show daquela noite. Daniel tinha colocado uma roupa confortável para dormir, calça de moletom, uma blusa velha e meias, depois de tomar um banho para limpar o gel do cabelo.

— Daniel?

Ele ouviu a voz de Amanda do outro lado da linha. Ela parecia estar chorando, rouca, e ele conseguia ouvir o som do vento e do mar muito alto no fundo. Levantou do sofá em um pulo, assustado.

— Amanda? — chamou rápido, preocupado. — O que houve? Onde você tá?

— Eu sei que você tá com raiva de mim. Eu sei disso e você tem razão, eu...

— Não! Não estou! O que houve? Onde você tá? — perguntou novamente, nervoso, e a ouviu fungar. Odiava saber que ela estava chorando. E não se lembrava de tê-la visto no fim do show com as amigas.

— Eu preciso de você, Daniel. Por favor, me ajuda, eu não queria ligar pra mais ninguém — pediu ela, baixinho.

Ele sentiu um frio na barriga com o som do trovão do outro lado da linha.

— Onde você tá? Eu vou até você, só me diz onde.

— Na praia, perto do posto salva-vidas abandonado. Eu... — Amanda fungou, e o garoto correu para fora do quarto, descendo as escadas, sabendo exatamente de onde ela falava. — Eu tô com medo e com frio, desculpa te ligar. Por favor, você pode vir até aqui?

— Posso! Claro que sim! Eu tô saindo e daqui a pouco chego aí. Fica parada, por favor, e não desliga o telefone! — Ele vestiu um casaco atrás da porta, calçou o par de tênis jogado no hall e pegou as chaves do carro de Bruno, abrindo a porta da casa do amigo. — BRUNO, ESTOU SAINDO! JÁ VOLTO! — Girou a maçaneta, com Amanda ainda na ligação. — Alô? Tá aí? Eu tô entrando no carro. Vai ficar tudo bem.

— Obrigada. E desculpa.

— Você não quer me contar o que houve?

Ele queria que continuasse falando para que ela não se sentisse sozinha. O que Amanda estava fazendo na praia, àquela hora?

— Eu... O problema é que eu...

A linha caiu de repente.

Daniel olhou para o celular, desesperado, ligando o carro e acelerando para chegar o mais rápido que podia. Não ia se perdoar se algo acontecesse com ela.

> "But we are the lovers
> If you don't believe me
> Then just look into my eyes
> 'Cause the heart never lies"
> (The Heart Never Lies - McFLY)

vinte e cinco

Daniel acelerou o carro pelas ruas de terra batida e pelo asfalto esburacado do bairro, acelerando o máximo que podia. A casa de Bruno ficava mais próxima da praia do que a dele, mas, mesmo assim, ainda eram bons vinte minutos até o início da orla naquele horário. Tentou ligar novamente para o celular de Amanda, que dava sinal de desligado. O que estava acontecendo? O que ela estava fazendo na praia a uma hora dessas?

Assim que entrou na avenida, ouviu uma trovoada e precisou fechar a capota e os vidros do carro por conta do vento forte e gelado.

— Ah, que ótimo, era só o que faltava. A garota tá sozinha na praia, com frio, e ainda essa droga de chuva? — reclamou para si mesmo em voz alta, ligando o limpador do para-brisa, que não parecia funcionar muito bem.

Os pingos de chuva começaram a cair aos poucos, e Daniel acelerou, contando com a luz do farol para se encontrar em meio à escuridão, torcendo para não derrapar.

Avistou ao longe o posto salva-vidas abandonado que Amanda tinha falado, e seu coração bateu mais forte. Onde será que ela estava? Parou o carro de qualquer jeito na estrada, com a luz do farol acesa para ajudar um pouco a enxergar no breu, e saiu, batendo a porta com força. Apertou o casaco contra o corpo, sabendo que estava frio, embora estivesse com calor pela ansiedade e adrenalina. A chuva começou a cair mais forte, encharcando seu cabelo, o incomodando.

Olhou para os lados e não viu ninguém por perto.

— Amanda? — ele chamou, gritando.

Andava de um lado para o outro pelo posto abandonado, ouvindo apenas o baque violento do mar, que não era nada agradável. Não conseguia enxergar direito pela força da chuva, mas decidiu descer pela areia, passando as mãos no rosto, procurando a garota.

— Amanda? — ele repetia sem sucesso, sentindo sua voz soar com um eco. Sozinho.

Olhava para todos os lados e girava em torno de si mesmo, mas a praia parecia deserta. Daniel parou, recuperando o fôlego, e observou o mar brigando com a água da chuva. Era um espetáculo e tanto. Enfiou as mãos nos bolsos do casaco, com os cabelos escorridos no rosto, sentindo o corpo gelado.

— Amanda? — ele perguntou baixinho, com um nó no peito, perdendo a esperança de que ela estava por ali.

— Daniel?

Ele ouviu um grito vindo de trás, ecoando pelo escuro. Podia ser sua imaginação ou o vento brincando com ele, e Daniel puxou os cabelos para longe da testa, tentando enxergar à sua volta, o coração preso na garganta. Viu a garota correndo em sua direção, sua silhueta aparecendo aos poucos pelo único ponto de luz no alto da estrada. Podia ser coisa da cabeça dele, mas Daniel se agarrou à esperança, caminhando em direção a ela. Amanda estava com o vestido da festa molhado e grudado no corpo, parecendo, de repente, muito pequena e frágil. Os cabelos estavam encharcados, e ela corria desengonçada pela areia, segurando as sandálias e uma bolsa pequena. Quando chegou perto, entrelaçou os braços no pescoço de Daniel e o abraçou com força. O garoto cambaleou para trás, apertando suas costas e garantindo que não estava sonhando. Ela estava ali. Estava tudo bem, ele tinha conseguido encontrar a garota.

— Amanda, você tá bem? Ah, claro que não, que pergunta idiota — ele disse, a boca próxima do ouvido dela, percebendo que seu corpo tremia de frio.

— Obrigada por ter vindo.

— Eu fiquei tão preocupado! — disse ele, apertando-a contra seu corpo com mais força.

Amanda não parava de tremer, gelada, pois devia ter ficado muito tempo por ali. O barulho ensurdecedor da chuva os envolvia, e Daniel afrouxou o abraço, tirando o moletom cinza pesado e colocando nos ombros dela.

— Não precisa... — ela negou, e ele a envolveu, ignorando.

Apesar de úmido, o moletom a esquentava e evitava que o vento continuasse batendo nos braços dela. Amanda agradeceu com um sorriso.

— Vem comigo, vamos embora — Daniel disse alto, segurando-a pelos ombros e caminhando para longe do mar e da areia, em direção ao carro.

— Você tá bem? — Daniel perguntou assim que fechou a porta, ligando o aquecedor.

O carro estava mais quente do que o lado de fora, e os dois encostaram-se aos bancos, recuperando o fôlego. O garoto ficou de lado, olhando diretamente para Amanda enquanto ela respirava fundo, de olhos fechados.

Tirou o casaco de Daniel dos ombros, o encarando de volta.

— Você geralmente usa esse moletom pra sair de casa? — ela perguntou, tirando os cabelos molhados do rosto, vendo o garoto soltar uma risada.

— Eu geralmente não penso em que roupa vestir quando alguém me liga chorando!

— Achei que era assim todos os dias — ela disse, irônica.

Daniel deu uma risadinha, balançando os cabelos igual a um cachorro para se secar. Amanda deu um gritinho, rindo também.

Ouviram o barulho alto do trovão e observaram a chuva batendo no vidro, que agora caía mais intensamente.

— Você quer me contar o que aconteceu? Por que veio sozinha pra cá?

— Eu definitivamente não quis vir pra cá sozinha. — Ela continuou olhando para o lado de fora do carro.

Estava com vergonha e não sabia muito como conversar com Daniel depois de não ter conseguido encontrar com ele mais cedo. E agora ele estava ali, ajudando-a no meio da noite.

— Ei. — Daniel se aproximou, encostando a mão quente na dela. — Você não precisa ter vergonha de mim. Pode até não me contar, se preferir. Eu só tô preocupado. — Ele se afastou. — Você estava com alguém?

Daniel franziu a testa, sem querer demonstrar ciúmes, mas falhando. Ela riu de leve, achando bonitinho.

— Estava — confessou.

— Hm...

— Mas não, Daniel, eu não tava com ninguém dessa forma.

Ele assentiu, sem saber o que falar em seguida, e Amanda podia vê-lo tentando entender a situação. A garota suspirou, olhando para as mãos molhadas e logo depois para o banco ensopado. Ela se lembrou da cena no carro a caminho da praia e sentiu um frio na espinha.

— Alberto me trouxe até aqui.

— O quê?

Trovejou mais forte, e um raio iluminou o cenário do lado de fora. A chuva ainda caía intensamente, fazendo um barulho alto, se misturando com a respiração deles e o som do aquecedor e do motor ligado.

— Eu não vim por escolha. Ele... me obrigou.

Olhou para o colo dele e viu que mexia as mãos, nervoso. Mordeu o lábio, sem saber exatamente o que contar.

— Ele te obrigou? — Daniel repetiu.

Amanda acenou com a cabeça, concordando.

Ele abriu a boca algumas vezes, passando as mãos pelos cabelos, sem acreditar. Soltou alguns palavrões e encarou a garota, se aproximando do banco dela, preocupado.

— Daniel, Alberto sabe sobre a gente — ela revelou, triste.

Ele franziu a testa, olhando nos olhos de Amanda com carinho.

— O que ele sabe?

Ela sacudiu a cabeça, porque realmente não sabia. Observou Amanda morder os lábios e, quando percebeu, estava fazendo o mesmo. Acabava espelhando os movimentos dela, de tanto que prestava atenção. Percebeu que a garota estava nervosa e suspirou, dando um sorriso para tentar confortá-la.

— Daniel, você tá sorrindo por quê? Isso é sério!

— Eu sei, desculpa, é que eu não consigo olhar pra você e não sorrir. Desculpa!

Ela ficou vermelha, balançando a cabeça.

— Eu não quero que o Alberto te faça mal. — Amanda sentiu os olhos encherem-se de água.

Era a única coisa que Amanda não queria que acontecesse. Que machucassem Daniel por sua causa. Ela agora sabia do que Alberto era capaz. Sabia que ele cumpriria o que tinha dito. Orgulho ferido é sempre desastroso, e, pelo visto, essa situação toda para ele era muita humilhação.

Ver a garota popular de quem ele gosta saindo com o perdedor da escola.

— Você é uma fofa, mas ele não vai fazer nada comigo — Daniel tentou acalmá-la. Não tinha medo de Alberto nem de qualquer outro amigo idiota dele.

Amanda ficou de joelhos no banco, nervosa, querendo que Daniel entendesse como a situação era séria.

— Ele disse que, se vir nós dois juntos, vai acabar com você! — ela choramingou, franzindo a testa e fungando alto.

Daniel sentiu dentro do peito, como se tivessem dado um murro nele novamente. Alberto não tinha direito nenhum de fazer mal a alguém incrível como Amanda. A garota parecia realmente assustada; e não era à toa. Que tipo de pessoa deixava alguém sozinho ali no meio do nada? Ainda por cima uma garota? Não era tipo sequestro? Era perigoso, algo muito sério podia ter acontecido!

Daniel respirou fundo novamente, tentando se acalmar. Não ia adiantar nada ficar bravo ali com ela. Só deixaria Amanda ainda pior.

— Ele não vai fazer nada — disse da forma mais calma que conseguia. — Nem vai nos ver juntos. A gente mal se fala na frente de outras pessoas.

Ele não queria que soasse triste ou irônico, mas acabou gaguejando. Amanda choramingou ainda mais, fungando forte.

— Eu sou uma pessoa horrível, né? — disse ela, soluçando.

— Não! Não, não, não foi isso que eu quis dizer! Não! — Daniel disse rápido, balançando a cabeça.

— Eu queria ficar com você. Mas agora ainda tem essa ameaça...

— Amanda — ele chamou o nome dela com carinho, balançando a cabeça.

Seu coração estava acelerado, e os sentimentos estavam uma bagunça dentro dele. Raiva, culpa, tristeza, incerteza, insegurança e aquele pontinho de felicidade que Daniel não conseguia explicar. Que sabia que não era certo da parte dele sentir em um momento tão sensível e difícil. Estava feliz de estar ali com ela. Por pior que isso pudesse soar.

— Daniel, o que eu faço? — ela perguntou.

Ele estendeu o braço de forma carinhosa, com o olhar tranquilo, fazendo Amanda sentir o corpo inteiro quente e protegido. Queria ser cuidada, queria poder ser vulnerável sem ter medo de se magoar. Ela segurou a mão do garoto, sentando-se em seu colo e apoiando a cabeça em seu peito. Daniel apertou o corpo dela contra o seu e deu um beijo carinhoso na testa dela.

— Não pense mais nisso, em nada disso. Você tá aqui comigo, certo? Você está bem, e isso é o que importa.

Ela sorriu e respirou fundo o perfume do pijama dele, sentindo a roupa molhada dele contra a sua. Entrelaçou os braços no pescoço do garoto, olhando para os olhos grandes dele.

— Daniel, me desculpa te fazer passar por tudo isso. Eu tô realmente perdida, mas não quero te fazer mal.

— Não se preocupa, fofa. — Ele acariciou o cabelo comprido dela, que gotejou em cima de sua perna, arrancando um sorriso de Amanda. — Eu tô bem, você tá aqui comigo. Não precisa fazer nada agora. Vamos esperar a chuva passar e eu te levo pra casa, pode ser?

— Daniel. — Amanda ficou de frente para ele, envolvendo o corpo dele com as pernas.

O garoto sorriu pela quantidade de vezes que ela repetia seu nome.

— Amanda — ele disse, imitando o jeito que ela falava, fazendo-a rir.

— Hoje aconteceu uma coisa tão estranha.

— É? E o que aconteceu de tão estranho?

— No show da Scotty, na escola. A banda mascarada, sabe? — ela começou a contar, e Daniel arregalou os olhos, querendo parecer interessado. — Eles têm músicas que me impressionam muito.

— Por quê? — ele gaguejou.

— Você nunca entenderia porque nunca ouviu, mas... eles parecem sempre falar de mim! Eu sei que isso soa idiota, não é sobre mim, claro que não.

Ela se sentiu boba. Uma banda como a Scotty não falaria de uma garota qualquer como ela.

— E se for? — Daniel sugeriu.

— Daniel, eles nem me conhecem!

— Ué, pode ser um daqueles nerds tocadores de flauta do primeiro ano. Eles te conhecem.

— Daniel!

— Tem o Pedrinho DJ, sei lá como é o nome dele. Ele foi com uma camiseta pra escola com a sua cara estampada uma vez, não foi?

Ela deu uma gargalhada.

— O Pedrinho DJ e os garotos da flauta não seriam assim tão criativos. E não falariam de miojo numa música!

— Miojo? Essa Scotty tem uns caras estranhos mesmo.

— Foi estranho demais, porque a música de hoje me lembrou daquela noite na sua casa. Foi muita coincidência, quem é que fala de miojo e de brócolis? — perguntou Amanda, sorrindo, sonhadora.

— Se eles falaram de miojo e brócolis e não mencionaram meu tempero genial...

Daniel, que estava achando graça nisso tudo, só imaginava a reação dela quando descobrisse que ele era um dos famosos da Scotty. Que as músicas eram sobre ela.

Que dificilmente mais alguém comia miojo com brócolis.

Será que ela ficaria brava com ele? Será que entenderia o que ele queria dizer com tudo aquilo?

— Você jogou o sutiã no palco também? Fred contou que isso virou moda! — ele brincou, e Amanda negou.

— Mas deixa só eles chegarem perto de mim pra você ver! — ela avisou vendo a expressão de espanto no rosto dele. — Daniel, namorar um músico deve ser bom! Imagina ir num show e alguém cantar sobre mim? — Amanda provocou enquanto ele fazia careta.

— Eu sou músico.

— Você está brincando, né?

Ela franziu a testa, e o garoto negou na mesma hora. Daniel estava se sentindo muito idiota. Estava sentindo ciúmes de como Amanda falava dele próprio? Só porque ela não sabia que o músico era ele?

— Não, mas sou melhor do que os otários dessa banda.

— Hm, sei — ela disse, irônica e em tom de dúvida. Estava adorando ver as reações dele, era sempre muito divertido ficar perto de Daniel desse jeito. O garoto sempre conseguia fazer com que ela sorrisse e se esquecesse dos problemas. Encostou o dedo no nariz redondo dele, sorrindo. — Será mesmo?

Daniel colocou a língua pra fora, fazendo uma careta e cutucando a garota na altura da cintura. Só então ele olhou para o colo e reparou que Amanda estava com as pernas em volta do seu corpo, no banco. O vestido dela, que era curto, estava todo puxado para cima e o garoto desviou o olhar para o teto do carro imediatamente. Amanda seguiu o olhar dele e arregalou os olhos.

— Daniel, eu tô machucando você? — ela perguntou, confusa por um instante.

De jeito nenhum, ele pensou.

Ele ficou desconfortável por alguns segundos, piscando e respirando fundo.

— Daniel!

— Sabe, quando você fala meu nome desse jeito, eu me sinto um herói de cinema... Oh, Daniel, oh, Daniel!

— Isso foi bem sexy!

Os dois riram alto, sentindo os rostos vermelhos.

— Eu sou sexy mesmo.

— *Daniel!*

— Viu, você fez de novo — ele disse, e ela bateu de leve no braço dele.

— Você é horrível, só pensa nessas coisas.

— Eu não tô pensando em nada! Inclusive, tô fazendo esforço aqui pra não pensar em nadinha de nada! — ele respondeu, com a voz em um tom mais agudo. Amanda deu uma gargalhada.

— Eu juro que não digo seu nome nunca mais.

Um trovão ecoou muito alto, dando um susto nos dois. A chuva piorou, ficando ainda mais forte, aumentando o barulho das gotas ao baterem na capota fechada do conversível de Bruno.

— Será que a gente vai acabar passando a noite aqui? Não dá pra enxergar nada da estrada com essa chuva.

— Eu não quero dormir no carro.

— A gente não precisa dormir — ele disse sem notar que ela estava rindo. Arregalou os olhos novamente. — Eu não sou um cafajeste! A gente pode jogar Stop a noite toda! Zerinho ou um!

— Se meu celular tivesse sinal, eu pedia uma pizza. Tô com fome.

— Ia chegar gelada por causa da chuva. Isso se o entregador conseguisse chegar aqui.

Amanda concordou em silêncio. Olhou para o lado de fora, pensando que não queria que a noite acabasse ainda.

— Vamos lá fora.

— Como é?

— Vamos lá fora, aqui tá quente demais.

Ele lançou um olhar curioso para ela. A roupa deles ainda molhada, os cabelos murchos encharcados e seu moletom jogado no canto do carro, ensopado. Amanda estava sorrindo, e ele não resistiu ao encanto dela.

— Vamos?

— Eu acho que você perdeu o juízo.

Amanda bateu palmas, animada, e abriu a porta do motorista, fazendo a chuva jorrar para dentro do carro e molhar os dois de uma vez. Daniel deu um grito, vendo a garota pular para fora, e mexeu nos faróis para que ficassem com luzes mais fortes antes de sair.

A chuva estava tão forte que ela não pôde ouvir as reclamações dele quando ela se virou correndo e começou a pular na calçada. Daniel balançou a cabeça, olhando com dificuldade a garota levantar o rosto para o alto e abrir os braços, sorrindo.

— Você tá descalça — ele gritou, alcançando Amanda bem na hora em que ela se virou para ele, sentindo a chuva diferente de alguns momentos atrás.

Em vez do desespero, medo e solidão, naquela hora ela parecia lavar a alma, limpar os sentimentos ruins e alimentar uma faísca de felicidade que Amanda não sentia há muito tempo.

— Você deveria ficar descalço também, seu tênis já tá todo molhado — aconselhou.

Daniel olhou para os pés e tirou o All Star que usava, jogando de qualquer jeito no chão. Olhou para a garota, que ainda estava com os braços abertos, sorrindo.

— Meu penteado se desfez — ele comentou, rindo, quando se aproximou. Amanda gargalhou, e o som de sua risada era tão bonito que Daniel conseguiu ouvir mais alto do que a chuva.

— Seu cabelo é lindo de qualquer jeito — Amanda disse.

O garoto levantou o rosto para o céu e abriu os braços, se sentindo a pessoa mais feliz do mundo. Deu um grito em comemoração, e Amanda ficou observando como seu cabelo cacheado estava escorrendo pelo rosto e seu sorriso se misturava com a água, bonito e acolhedor.

— Daniel.

— Amanda — ele respondeu.

— Você não se sente bem assim?

Daniel olhou ao redor. Estava tudo escuro. Podia notar a lua ainda escondida no céu, apesar da chuva e das nuvens. A mata de um lado, a praia do outro. O chão estava como um lago corrente, e onde caíam os fortes pingos surgiam furos, buracos e poças. Todo esse cenário, que antes parecia assustador, era muito bonito, ele precisava admitir. Olhou para o carro de Bruno e deu uma risada. A chuva contra os vidros parecia uma cascata, e o amigo ia matar eles dois. Depois, olhou para Amanda, que estava de costas, de braços abertos e com a cabeça levantada para o céu.

— É lindo mesmo.

— Dá vontade de gritar.

Ele berrou, e os dois começaram a rir juntos, pulando e dançando uma música que não existia. Se Alberto realmente fosse acabar com ele no dia seguinte, para Daniel já tinha valido a pena.

No meio de um pulo, segurou a calça, que começou a cair.

— Droga, essa calça tá ficando pesada molhada desse jeito — reclamou.

— Tira — Amanda sugeriu. Ele arregalou os olhos na direção dela.

— Não vou ficar peladão aqui! — protestou.

— Qual é a diferença de ficar com a blusa ou sem se eu tô vendo através dela de qualquer forma!

Daniel olhou para baixo, percebendo o estado da sua roupa. Sua blusa branca fina estava encharcada e completamente transparente.

— Eu fico mais sexy assim — brincou ele, fazendo pose.

Amanda foi até ele devagar, pegou na barra da blusa e a tirou, acompanhando com o olhar o movimento que fazia. Mordeu a bochecha instintivamente, e sua cabeça começou a criar milhares de fantasias que ela não sabia que tinha. Ele contraiu a barriga curvilínea e com sardas, por causa do frio, e pegou a camiseta na mão, dando pulinhos.

— Você quer me ver pelado, é isso?

— Se eu quisesse, já tinha visto! — disse ela, colocando a língua pra fora.

— Você pode continuar me elogiando, não tem problema!

A garota sorriu tampando a boca com a mão. Se aproximou de Daniel, encostando a ponta dos dedos de leve no peito dele. Seus olhos traçaram o caminho que ela fez na pele cheia de pintinhas, junto com a chuva, brilhando iluminada pelo farol do carro.

— Você é muito mais bonito do que imagina — Amanda falou, respirando fundo e sentindo o som do próprio coração martelar nos ouvidos. — E é a pessoa mais carinhosa, mais reconfortante e preciosa que eu já conheci. Desculpa se eu nunca te falei isso.

Ele mal a esperou terminar de falar e a puxou pela cintura para perto de seu corpo, pressionando seu peito contra o dela. Amanda sorriu, sentindo os joelhos amolecerem, se sentindo segura em se deixar escorrer como água nos braços de Daniel.

— Daniel, eu...

— Você pode calar a boca e me beijar?

Encostou os lábios nos dela, sentindo as gotas da chuva caírem entre seus rostos. Ela entrelaçou os braços no pescoço dele, e Daniel a puxou ainda mais para perto, e a garota ficou na ponta dos pés.

Amanda sentiu a língua quente dele e sorriu, sem parar o beijo.

À medida que apertavam mais o abraço, a respiração ficava entrecortada e as mãos corriam pelo corpo um do outro. Daniel segurou a nuca de Amanda, puxando de leve seu cabelo e partindo o beijo lentamente.

— Quer entrar no carro? A gente vai ficar doente desse jeito — ele sugeriu, a boca perto do ouvido dela. Sentiu a garota concordar com a cabeça e se soltar dos seus braços, correndo na chuva até a porta do carro.

Ele sorriu, pegando o tênis jogado no chão e logo depois seguindo Amanda até o banco de trás. A garota o puxou para dentro assim que entrou.

Quando se olharam no banco de trás, sem a chuva torrencial e protegidos, eles começaram a rir.

— Pra ficar claro, eu não entrei só pra não ficar doente. Não se fica doente só por pegar chuva, você precisa entrar em contato com o vírus da gripe ou do resfriado antes. Aprendi isso na aula de biologia — ela disse.

— Isso foi muito nerd da sua parte, eu amei — ele disse com uma voz engraçada.

— Você é ridículo. — Ela se encostou na porta do carro.

— Foi você quem me trouxe até aqui.

Ele ficou de joelhos e engatinhou até o lado dela, passando por cima do seu corpo, colocando as duas mãos no banco, uma de cada lado do seu rosto.

— Isso me faz a cafajeste da história, certo? — Amanda perguntou, olhando para ele de baixo para cima, vendo seu cabelo molhado pingar em volta dela.

— Só se você quiser.

Os dois se olharam de forma carinhosa, e Amanda encostou os dedos no queixo dele. Daniel fechou os olhos, sentindo a palma gelada dela na sua bochecha, virando o rosto e dando um beijo enquanto ela o observava. Amanda agarrou o pescoço dele sem pensar duas vezes e o beijou intensamente, puxando Daniel para perto. Ele sentiu o tecido molhado do vestido da garota em seu peito, e suas mãos percorreram o corpo dela até parar nas suas coxas, a puxando cada vez mais, pressionando seus corpos. Os dois gemiam entre um beijo e outro, com suspiros altos, sem fôlego. Ela passou as pernas em volta do corpo dele e riu, desencostando os lábios avermelhados pelos beijos.

— Minha maquiagem tá toda borrada, né?

— Pra mim você tá mais bonita do que nunca.

Foi um elogio sincero, e Amanda sentiu o rosto corar, abrindo de leve os lábios, esperando que ele voltasse a beijá-la. Ela podia sentir como o corpo dele reagia quando tocava no seu, como ele ficava arrepiado e com tesão, mexendo o quadril e soltando a respiração aos poucos. Ela encheu seu rosto de beijos enquanto o garoto descia pelo seu pescoço, sentindo as mãos dela apertarem suas costas e a parte de trás do seu cabelo molhado. Amanda sorriu, jogando a cabeça para trás e sentindo um arrepio enquanto os dedos dele subiam pela barra do seu vestido.

Nunca tinha sentido nada como aquilo e estava completamente arrependida de não ter beijado Daniel há muito mais tempo. Seus lábios eram macios, e sua língua acompanhava o ritmo da dela, em um encaixe perfeito. Acompanhou seus movimentos do corpo por um tempo, entre suspiros e beijos molhados, até perceber que o braço dele parecia trêmulo apoiado no banco.

Amanda empurrou o corpo dele para trás, sentando-se em seu colo com as pernas em volta da sua cintura, sem parar os movimentos. Daniel segurou a lateral das coxas dela, jogando o rosto para trás e fechando os olhos por um momento.

— A gente já tá aqui há mais de duas horas — ela sussurrou, e ele se arrepiou.

As bocas estavam inchadas, e as respirações, entrecortadas. As mãos do garoto subiram para as costas dela, tirando o vestido de Amanda em um puxão e encarando, apaixonado, ela só de sutiã na sua frente.

— Quer voltar pra casa? — ele perguntou, ofegante, encostando a testa no ombro dela e abraçando o corpo pequeno entre os seus braços, quentes.

Ela negou com a cabeça, segurando seu cabelo molhado com carinho.

— Mas a gente provavelmente precisa dar notícias de onde estamos, tá ficando tarde.

— Nossos celulares não estão com sinal aqui.

— Podemos achar um lugar onde tenha sinal, e aí a gente avisa todo mundo.

— A gente vai para onde você quiser.

Ela ajeitou o cabelo dele, puxando seu rosto para trás e tirando os cachos molhados dos olhos do garoto. Deu um beijo estalado em seus lábios, se afastando um pouco do corpo dele.

— Não vai embora ainda — Daniel pediu de forma manhosa. — Eu não sei se vou conseguir respirar com você longe de mim.

— Você é muito dramático!

— Esse sou eu.

— Eu gosto de você assim. — Ela beijou sua testa, e os dois se olharam. A expressão feliz do rosto de Daniel sumiu por um instante.

— Você vai me deixar, não vai? De novo?

— Eu sei que a gente vai dar um jeito de lidar com isso por enquanto.

Ele concordou, dando um beijo na ponta do nariz dela.

— No que você tá pensando? — ela perguntou.

— No momento, eu só penso em duas coisas e, além de você, meu grande amor seria uma pizza. A pizzaria ainda tá aberta, quer comer algo? — ele sussurrou.

— Você lê os meus pensamentos.

Os dois se beijaram mais uma vez, se distanciando para colocarem as roupas úmidas de forma atrapalhada por causa do espaço apertado do carro.

— A chuva parou e a gente nem viu — ressaltou Daniel, olhando pelas janelas embaçadas, desenhando um coração no vidro da frente.

— Você não reparou? — Amanda pulou para o banco da frente, e o garoto fez o mesmo, desengonçado, porque era bem maior do que ela.

— E nem pra me avisar, hein?

— Eu não, você tava tão concentrado em tentar tirar o meu sutiã!

— Eu sou muito bom nisso, fala sério. — Os dois se entreolharam sem conseguir parar de rir.

Daniel ligou o carro, ajustando a temperatura para desembaçar os vidros, e seguiu em direção à cidade. Sentiam como se aquilo fosse para valer e aquela sensação de frio na barriga fosse durar para sempre.

> "You don't think you're my type,
> But you are, but you are, but you are, but you are"
> (Surfer Babe - McFLY)

vinte e seis

Anna estava sentada na cozinha da sua casa com as amigas e Fred, quando Amanda ligou.

— Oi, desculpa por ter sumido, eu posso explicar — Amanda disse do outro lado da ligação assim que Anna atendeu o celular. Ela pôs as mãos na cintura, respirando fundo.

— Eu já tava ligando pra polícia e nem tô de brincadeira. A gente ficou preocupada!

— Preocupados! — Fred gritou do fundo, e Anna fez um gesto para ele ficar quieto.

— Fred tá aí? — Amanda perguntou, lançando um olhar para Daniel.

— Ele é uma praga, não quis ir embora enquanto não soubesse onde você tava — Anna disse olhando para o garoto, que brigava com Maya pelo ketchup. Voltou a atenção para o celular, sussurrando. — Olha só, eu enrolei eles aqui porque o Bruno ligou contando que o Daniel também sumiu. Não é uma coincidência, né?

— Não — Amanda respondeu, envergonhada. — Daniel, você entrou na rua errada!

A amiga fechou os olhos, suspirando, ouvindo os dois discutindo no fundo da ligação. Olhou para a mesa da cozinha, na qual os amigos comiam e conversavam, sem estranharem nada. Colocou um sorriso no rosto e se aproximou deles.

— Amanda tá bem, ela ficou sem bateria e já foi pra casa.

— Então ela saiu com o Alberto naquela hora mesmo, né? — Fred perguntou, e Amanda ouviu do outro lado da linha.

— Sim, depois eu explico melhor. Eu tinha ido... conversar com o Alberto — Amanda confirmou, parecendo triste. Anna encarou os amigos, acenando positivamente com a cabeça.

— Ela tinha ido conversar com ele e o celular ficou sem bateria. Mas tá tudo bem.

— Eu sabia que não tinha nada errado! Que bom! — Guiga disse, e Anna fingiu que concordava. Fred franziu a testa, sem acreditar.

— Então eu vou pra casa, não aguento mais de sono — anunciou Carol, levantando-se da mesa.

Anna só deu de ombros, voltando a prestar atenção na ligação. Alguma coisa estava muito estranha.

— Deixa que eu olho o telefone pra você — disse, saindo da cozinha e subindo as escadas para longe dos amigos.

— Telefone de quem? — Amanda perguntou, confusa.

— Eu estou disfarçando pra sair da cozinha e poder falar com você! — Anna disse, fechando a porta do quarto. — O que você e Daniel tão fazendo juntos se o Alberto saiu contigo da festa?

— É uma longa história.

— Eu tenho tempo.

— Eu não sumi com ela, Anna!

Anna ouviu Daniel berrar e deixou escapar um sorriso. Mexeu a cabeça, voltando a ficar séria.

— Amanda?

— Alberto me obrigou a entrar no carro dele e me largou na praia, aí eu liguei pro Daniel. Meu celular acabou a bateria e, por sinal, esse é o celular do Daniel, só por isso tô demorando pra desligar.

— Ela quer me falir. — Anna ouviu a voz do garoto do outro lado e riu. Depois franziu a testa, tentando entender o resumo que a amiga tinha feito da história. Alberto a tinha obrigado a entrar no carro dele?

— Então Daniel veio me salvar e começou a chover muito, a gente ficou na chuva e agora estamos indo comer uma pizza — Amanda disse calmamente.

— O Alberto fez *o quê*? — Anna perguntou, brava.

— Ele foi um idiota, como sempre. Mas eu tô melhor agora.

Anna deu uma olhada para o relógio em seu pulso.

— Você sumiu há mais de três horas, Amanda.

— Daniel e eu ficamos jogando adedanha — respondeu ela em tom de brincadeira.

O garoto deu uma gargalhada alta no fundo da ligação. Anna ficou ouvindo a interação entre os dois enquanto ele avisava que estava estacionando o carro na pizzaria.

— Eu quero de muçarelaaaa! — Amanda gritou vendo Daniel sair e fechar a porta. — Droga, ele não vai lembrar.

— Eu tô muito confusa, amiga. Você e o Daniel estão juntos? Por que ligou pra ele e não pra gente? — Anna perguntou.

— Eu não sei, eu tava sem sinal e era o último número no meu histórico de chamadas. Foi meio automático, sabe? E eu queria ver ele — confessou, com tristeza. — E o Alberto tinha acabado de ameaçar machucar o Daniel se nos visse juntos. Foi horrível.

— Eu não acredito que o Alberto fez algo assim. Que grande babaca! — Anna exorcizou. — Mas você tá bem?

— Agora estou, sim. Droga, falei cedo demais.

Amanda enrijeceu no banco do carro, se abaixando ao ver que Alberto estacionou do outro lado da pizzaria, saindo com amigos da escola. Daniel ainda não o tinha visto, porque estava de costas, conversando com a balconista, decidindo os sabores da pizza.

— Alberto tá aqui. — Ela escorregou do banco para o chão do carro e se encolheu.

— Quer que eu vá até aí?

— Não precisa, eu só espero que ele e Daniel não briguem. Droga. — Amanda esfregou os olhos, cansada, ainda no telefone, se encaixando o melhor que pôde para não ser vista. — Mas eu vou te contar em detalhes hoje mais tarde.

— Pegou chuva, perdedor?

Alberto parou ao lado de Daniel na fila do balcão da pizzaria. O garoto, que estava visivelmente molhado, olhou para o jogador de basquete com os amigos e voltou a encarar a atendente, respirando fundo em uma tentativa de se acalmar e não começar uma briga.

— Não, moça, eu quero metade de muçarela e metade calabresa — disse à atendente, ignorando o comentário do outro.

— Mas você disse que queria de champignon com catupiry — ela falou.

— Eu não. — Daniel riu. Parou para se lembrar. — É, acho que disse, mas pode me ignorar, eu não quero mais.

— Aquele é seu carro? — João perguntou. — Eu não sabia que você não tinha dinheiro desse jeito, pô, que lata velha.

— Respeita a história do Escort XR3, irmão. — Daniel franziu a testa, mas voltou a falar com a atendente.

— Vocês estão juntos? — ela perguntou, e Daniel deu uma gargalhada.

— Não sei quem eles são, moça.

Alberto fez um barulho estranho com a garganta, olhando Daniel de cima a baixo com desdém.

— Duas cocas, por favor.

— Duas? — João perguntou. — Tá acompanhado?

Ele observou o carro vazio no estacionamento através do vidro da pizzaria. Daniel olhou também e arqueou a sobrancelha, rindo.

— Eu tô sozinho.

— Duas cocas, Daniel — disse a balconista, entregando as latas de refrigerante.

— Obrigado. — Daniel virou-se de frente para João. — Perderam alguma coisa aqui ou tão só na fila?

— Fila — Michel respondeu, e Alberto o mandou ficar quieto.

— Pra que duas cocas, se tá sozinho? — João insistiu em saber.

— Uma é pra sua mãe — o garoto falou recebendo a pizza e agradecendo a atendente.

Daniel deu uma risada debochada para João, sem conseguir encarar Alberto para não perder a cabeça. Ele foi andando lentamente até o carro, observado pelo grupinho. Abriu a porta, deixando o refrigerante em cima do capô, e colocou a pizza no banco da frente. Sentiu que os braços estavam tremendo e não sabia se era frio ou raiva.

— Achei que você tinha ido embora.

— O que ele fez? — Amanda perguntou séria, ainda abaixada no chão do carro.

Daniel entregou as latas de bebida a ela e entrou.

— Nada, mas eu tô me segurando pra não bater nele e naqueles playboys.

— Nem brinca, Daniel. — Amanda abriu a lata e tomou um gole do refrigerante.

Daniel saiu do estacionamento, respirando fundo para se acalmar, e pegou a rua novamente.

— Posso subir?

— Sempre pôde.

— Não, eu não podia. Se ele me visse aqui, ia criar problema — ela disse, brava. Levantou a pizza com dificuldade e sentou-se no banco do carona, colocando a caixa no colo. — Tá com um cheiro muito bom.

— Muçarela, como você gosta — ele disse, sorrindo para ela. Amanda encarou o sorriso dele, sentindo o coração disparar. — Para de olhar pra mim assim, tô ficando com vergonha!

— Quem mandou você ser tão bonito?

Daniel deu um sorriso envergonhado, sentindo o rosto ficar vermelho. Balançou a cabeça, esquecendo totalmente do encontro na pizzaria. Ouvir esses elogios de Amanda era um sonho, principalmente depois de tanto tempo imaginando ficar tão perto dela.

— E onde a gente vai comer a pizza?

— Na minha casa — ele falou, e ela deu uma risada. — Não se preocupe, meus pais ainda não voltaram de viagem! A gente come a pizza vendo *De volta para o futuro 2*, porque eu vi, de novo, o primeiro ontem e não tem graça não ver a continuação logo depois, certo? Depois eu te levo pra casa.

— Eu até gosto de *De volta para o futuro 2*. — Ela fingiu que não tinha ficado feliz por poder passar mais tempo com ele naquela noite.

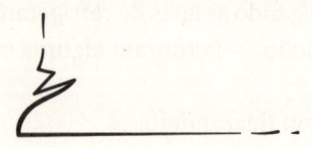

Daniel tirou a pizza do forno assobiando alguma música, distraído. Já tinha tomado banho e trocado de roupa e estava esperando Amanda fazer o mesmo, enquanto esquentava a comida. Ouviu a porta da cozinha se abrir, e a garota apareceu vestida com uma camiseta e calça suas e o cabelo molhado solto. O coração dele disparou.

— Fala a verdade, eu tô muito sexy com esse blusão.

Ela deu uma voltinha, rindo. O garoto balançou a cabeça, concordando, esticou o braço e puxou ela para perto. Achou lindo a garota em suas calças largas de moletom, os cabelos bagunçados e o sorriso no rosto.

Amanda se aproximou, e ele a puxou pela cintura, deixando um beijo nos lábios dela.

— Você deveria usar mais as minhas roupas — disse, abobado, ainda sentindo que seu coração poderia explodir. Ela sorriu de volta, sentindo o cheiro da pizza em cima da mesa. Ele riu com a expressão que Amanda fez.

— Tinha esquecido como tô com fome.

O garoto concordou, soltando a cintura dela, tentando colocar a cabeça no lugar.

Serviu os pedaços de pizza, levando tudo para a mesinha de centro da sala, colocando o DVD ao qual iam assistir. Sentaram-se lado a lado no sofá e começaram a comer, sem muito assunto no início do filme. Os dois já tinham assistido a *De volta para o futuro 2*, e, em certo momento, Daniel mencionou que gostaria de voltar no tempo. Amanda negou, só de implicância.

— O presente tá perfeito agora.

— Impossível alguém não querer visitar o passado! — ele falou com a boca cheia. — A gente poderia consertar tantas coisas!

— E aquela parada de efeito borboleta? Igual no filme!

— Imagina ter que salvar você mesmo de algum momento e não conseguir?

— Daniel, se você não conseguir salvar você mesmo de algum momento que deveria, você não existiria mais pra voltar no tempo e pensar em salvar você mesmo!

O garoto mexeu a cabeça, claramente confuso. Amanda riu, voltando a prestar atenção no filme.

— Se eu voltasse no tempo e me tornasse popular, talvez você pudesse escolher ficar comigo.

Ela sentiu o coração dar uma batida errada e suspirou, sem saber o que responder.

— Mas seria um saco se eu tivesse te conquistado lá na oitava série e você descobrisse que eu não era o seu tipo — Daniel continuou falando enquanto comia. — Hoje eu consigo entender um pouco mais as coisas, eu era muito inocente naquela época.

— Eu era uma péssima pessoa, Daniel — Amanda disse, terminando sua pizza e sentando-se um pouco mais próxima dele. — E você sempre fez o meu tipo.

— Não fala essas coisas, porque eu posso morrer do coração! — Ele fez um gesto dramático, puxando Amanda para perto. A garota deu uma risada.

— Você é um cara legal, Daniel. Sempre foi.

— Eu sei. — Ele ficou sério, olhando para ela, sem se importar com Marty McFly aparecendo na tela da televisão. — Mas por que você tá falando isso agora?

— Não sei se você percebeu, mas estamos agindo como se fôssemos amigos há anos! E temos nos falado com essa frequência não tem uma nem duas semanas — Amanda explicou, olhando o garoto de perto. Ele concordou, passando de leve os dedos no ombro dela. — Eu espero que não seja tarde demais para eu ser parte da sua vida.

— Quero ser seu amigo, acima de qualquer coisa.

— Desde o primeiro dia, eu nunca te vi como amigo. — Ela subiu novamente no colo de Daniel, ficando de frente para ele com as pernas entrelaçadas em sua cintura. Passou as mãos pelos cabelos cacheados e já quase secos dele, puxando seu rosto para trás, sem conseguir desviar o olhar dos lábios cheios e vermelhos do garoto. — Eu não sei muito sobre relacionamentos, acho que ninguém nunca gostou de mim como você gosta.

— Eu também não sei de nada, gosto da mesma garota desde a oitava série.

— Nerd — Amanda disse, sorrindo.

Ele sorriu de volta, olhando dos olhos dela para os lábios, sentindo o corpo arrepiado. Pressionou os dedos em sua cintura, apertando ela contra seu peito.

— Você segue sendo a garota mais bonita que eu já vi na vida. E eu já vi muitas garotas, tá? Eu não sou popular, mas tenho meu charme.

Amanda concordou, deixando alguns beijos no rosto dele, sentindo a mão de Daniel subir pelas suas costas. Ele pressionou os dedos na nuca dela, arrepiando sua pele e a fazendo soltar um gemido.

— Como você consegue fazer isso comigo? — disse ela, mostrando o braço, com os pelos arrepiados.

Ele sorriu, levantando a sobrancelha de um jeito engraçado ao mesmo tempo em que Amanda segurava o rosto dele entre as mãos, encostando os lábios e aprofundando um beijo, de repente. Tinha gosto de pizza de calabresa com pimenta, e ela pensou que nunca, nada na vida dela, poderia ser mais gostoso do que aquilo. Como tinha conseguido viver sem Daniel aquele tempo todo?

> "Home is where the heart is,
> It's where we started,
> Where we belong"
> (Home is Where The Heart Is – McFLY)

vinte e sete

Amanda acordou com uma música de Avril Lavigne que era seu toque de celular. Ao se virar para a mesa de cabeceira, fechou os olhos por causa da luz que entrava no seu quarto. Por que tinha deixado a cortina aberta? Esfregou o rosto e se sentou na cama, percebendo que ainda estava usando as roupas de Daniel. A calça de moletom cinza e a camiseta branca de alguma banda que ela não conhecia. Sorriu, sentindo o cheiro dele, querendo voltar a dormir, mas logo tomou um susto com o celular tocando novamente. Esticou a mão e atendeu, de mau humor.

— O QUE VOCÊ PENSA QUE TÁ FAZENDO? — Anna gritou do outro lado.

Amanda tirou o telefone do ouvido.

— Pra que gritar desse jeito?

— EU TÔ CURIOSA! QUE HORAS VOCÊ CHEGOU EM CASA? TE LIGUEI DEPOIS DAS TRÊS DA MANHÃ E SEU CELULAR AINDA TAVA DESLIGADO!

— Nossa, Anna Beatriz, você precisa relaxar, cara...

— Ah, não. — Anna bateu na própria testa. — Você tá falando igual ao Daniel. Era só o que me faltava.

— Eu? Você tá bem, amiga?

— Você é quem pirou. — Anna deu uma risada. — Na real, acho que pirei também. O Fred ficou aqui em casa até tarde comendo pizza. E eu preciso dizer uma coisa.

— O quê? — Amanda esfregou os olhos.

— Ele é muito legal.

As duas gargalharam juntas, enquanto Amanda alisava a calça de moletom que estava usando. Fez um bico, reclamando em voz alta.

— Você me acha louca por estar fazendo isso?

— Isso o quê? O QUE VOCÊ FEZ? — Anna deu um grito, curiosa, e Amanda riu.

— Nada de mais, estou falando de todo esse lance com o Daniel.

— Vocês estão juntos agora?

— Não exatamente. Eu adoro estar perto dele, eu tô até usando as roupas dele e...

— ONDE ESTÃO AS SUAS?

— No banheiro da casa dele. — Amanda lembrou que deixou o vestido pendurado atrás da porta do banheiro do quarto de Daniel. — Estavam molhadas, não grita comigo! — As duas riram juntas. — Eu gosto dele. Você sabe que sim.

— Eu tô cansada de saber — Anna disse em um tom implicante, ainda rindo. — Amanda, amiga, você precisa superar esse medo! Encarar a Guiga, Alberto, toda legião de fãs do colégio e assumir o que sente. Não vai doer, você não é a primeira.

Nem vai ser a última, Anna pensou, mas não disse nada.

Sabia que não era tão simples quanto parecia. Ela mesma estava com o coração dividido e sem coragem de encarar o que sentia. Amanda, pelo menos, tinha a audácia de tentar, de se esforçar para descobrir mais. Anna queria ser um pouco mais como a amiga.

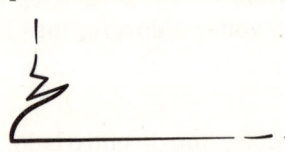

Amanda bateu na porta da casa de Bruno no fim da tarde de domingo. Estava frio, e a manga do casaco cobria suas mãos. Ela deveria ter colocado uma calça, não o short jeans que sempre usava. Bateu na porta outra vez, pensando em simplesmente sair entrando caso demorassem mais para atender, porque ela ia acabar congelando ali fora. E precisava conversar com seu melhor amigo. Precisava se distrair, esquecer os problemas e sentimentos estranhos.

Caio atendeu a porta, sorrindo curioso ao ver quem era. Os óculos pretos estavam quase na ponta do nariz fino, e seus cabelos estavam bagunçados.

— Bom dia — cumprimentou.

— Boa noite, Caio. O Bruno tá dormindo?

— Você conhece o seu amigo. — Ele abriu espaço. — Entra aí, você não tá com frio?

A garota assentiu, passando por ele em direção à sala. Lá dentro estava quentinho, e ela suspirou, aliviada.

— Eu não quero incomodar.

— E desde quando você incomoda? Eu e Rafael estamos jogando *Mortal Kombat* e será um prazer te derrotar — ele convidou, ainda sorrindo.

Amanda se lembrou dos velhos tempos em que ela jogava com Bruno.

— Eu nunca mais joguei videogame — disse ela, meio envergonhada.

Amanda seguiu Caio até onde Rafael estava, sentindo um quentinho no coração e uma animação diferente. Que vida estava tendo que nunca se sentia feliz assim?

— Nunca é tarde pra recomeçar velhos hábitos. — Ele piscou para ela.

— Caaaraaaa, você precisa ver o que meu personagem faz! Olha o *fatality*! — Rafael estava confabulando com o controle, olhando atentamente para a televisão, sem se mexer. Caio gargalhou e se sentou ao lado dele.

— Quer jogar também ou vai acordar o Bruno? — Caio perguntou, olhando para Amanda, que estava parada no meio da sala.

Foi então que Rafael percebeu a garota ali e logo se endireitou no sofá.

— Eu tô enxergando direito? Uma das garotas mais populares da escola tá me vendo sem camisa? — ele comentou, irônico.

Amanda revirou os olhos e só então percebeu que ele estava só de calça de moletom.

— Desde quando você tem uma tatuagem no ombro? — Ela arregalou os olhos, se aproximando.

— Eu nasci assim. — Rafael mexeu os braços, chegando para o lado e abrindo espaço para a garota no meio do sofá.

Ela sorriu e se sentou entre eles.

— Posso? — perguntou, olhando para Caio, que lhe entregou o controle do videogame.

— Ainda com o Sub-Zero? — ele perguntou, e ela riu.

— É o único *fatality* que eu sei.

Rafael olhou para a garota com uma expressão engraçada, apontando para a televisão.

— Eu e tu, tu e eu? A gente aposta o quê?

Caio se recostou no sofá, cruzando os braços e ajustando os óculos no rosto. Amanda não conseguia parar de sorrir.

— Ela que costumava acabar comigo e com o Bruno nesse jogo, antes de você aparecer.

— Impossível — Rafael riu.

— Vamos apostar então — Amanda disse rápido.

— Eu quero o telefone da Maya, minha musa inspiradora.

— Rafael estendeu a mão, arrancando uma gargalhada de Amanda. Maya ia amassar a cara dela se descobrisse que a amiga passou o número dela para um dos perdedores do colégio.

Amanda concordou, apertando a mão dele de volta.

— Cuidado que ela também tem o dom de estragar controles, apertando os botões ao mesmo tempo de forma aleatória — Caio alertou, e Rafael deu de ombros, convencido.

— Eu posso ser agressiva quando fico ansiosa.

— Tudo bem. — O garoto olhou para a televisão. — O controle é do Bruno mesmo.

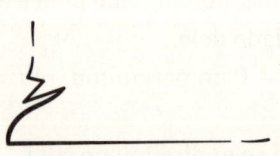

Pouco tempo depois, quando Amanda estava sozinha na sala, o telefone tocou. Ela chamou os amigos que estavam na cozinha, enquanto Bruno ainda dormia no andar de cima.

— Atende aí! — Rafael gritou. — O imbecil do Caio derrubou todo o refrigerante no chão!

— Foi você quem puxou da minha mão!

Amanda ouviu Caio reclamar, mas já tinha largado o controle e ido até o telefone.

— Casa do Bruno, boa noite. — Amanda atendeu, tapando a outra orelha para tentar ouvir por cima do barulho da cozinha.

— Amanda? — A voz de Daniel estava vacilante do outro lado da linha.

— Oi — a garota disse com uma risada, sentindo um frio na barriga de nervoso. Ouviu um grito de longe e suspirou, revirando os olhos. — Eles tão me dando uma canseira, um minuto. — Ela virou em direção à cozinha. — Eu não quero mais refrigerante, pode me trazer qualquer coisa!

— AHHHHHHH, SOLTA A GARRAFAAAAAAA!

— Caio e Rafael estão brigando por comida? — Daniel perguntou, e Amanda fez um barulho com a garganta, concordando.

— Eu tô acabando com os dois no videogame. Já fiz o Rafael dançar a Macarena duas vezes, e o Caio já foi até a esquina com as calças nos joelhos.

— Parece divertido.

— Mas o Bruno ainda está dormindo, eu tô achando que vou lá acordar logo ele ou não volto pra casa ainda hoje. — Amanda virou para o lado e viu Rafael sentado enfurecido no sofá. — Que foi?

— Caio me fez beber o refrigerante que derramei no chão — ele respondeu, emburrado. Amanda deu uma gargalhada.

Daniel ficou em silêncio, envergonhado, querendo perguntar como ela estava, se tinha dormido bem longe dele, se estava com saudades... mas respirou fundo, percebendo que ela também não sabia o que dizer.

— Bom, você pede pro Bruno me ligar se ele acordar ainda hoje?
— Claro!

Amanda queria chamar Daniel para ir até lá, mas não sabia como fazer isso sem parecer desesperada pela companhia dele, e a casa nem era dela.

Ele deu um grito agudo do outro lado da linha, e ela tirou o telefone do ouvido.

— Preciso desligar, vou queimar a casa de novo! — Daniel bateu o telefone no gancho, desligando na cara de Amanda, que sorriu abobalhada para a parede.

— Ele desligou na sua cara? — Rafael perguntou, e Amanda se virou, concordando com a cabeça. — Ele sempre liga pro Bruno quando coloca a comida no forno. Nem sei como aquela cozinha tá inteira e ele não foi proibido de entrar lá pela secretaria de saúde da cidade.

A garota colocou o telefone no gancho, voltando para o sofá. Sentou-se ao lado de Rafael e ficou perdida em pensamentos, em silêncio.

— Você gosta dele. — Ela ouviu o garoto dizer.

— Quê? — Amanda perguntou, se virando para ele. Rafael sorria com certa ironia e mexeu a cabeça, fazendo uma expressão mais doce e carinhosa.

— Você realmente gosta dele — repetiu, parecendo feliz.

Amanda abriu a boca sem saber o que dizer, e, então, Caio entrou na sala com uma bandeja e copos de refrigerante. Os dois sentados no sofá se entreolharam, cúmplices de um sentimento que, aparentemente, ela nem precisava confirmar. Estava na cara.

> "That's what I go to school for
> Even though it's a real bore"
> (What I Go To School For – Busted)

vinte e oito

Amanda passou na casa de Bruno na segunda-feira de manhã. Foi meio no automático, pensativa, e acabou parada na frente do carro dele, refletindo sobre os últimos dias. Sentiu o vento fresco, embora o dia estivesse quente, e fechou os olhos, sorrindo. Quem diria que tudo ficaria tão diferente e, ao mesmo tempo, tão familiar? Sentou-se no meio-fio, como sempre fazia, esperando Bruno sair de casa, até se levantar quando ouviu vozes e a porta da frente sendo aberta.

— Por que eu sabia que você estaria aqui? — Bruno perguntou, rindo, puxando a calça jeans larga para cima.

Amanda viu Caio logo atrás dele, acenando.

— Porque eu avisei que talvez viesse. — Amanda revirou os olhos, acenando de volta enquanto os dois se aproximavam. — Bom dia. Garoto, você não tem mais casa não?

— Acho que tá na hora de você se lembrar do meu nome, Amandinha — Caio falou, e ela riu, mostrando o dedo do meio. — E não deixa minha mãe te ouvir, ela acha que a gente tem muito trabalho da escola pra fazer.

— A sua mãe é a pessoa mais iludida desse mundo!

Amanda abriu a porta do carro de Bruno, que estava sem a capota, e sentou-se na frente. Os amigos entraram logo depois, e Caio se aproximou, comentando sobre o perfume que a garota estava usando. Ele e Bruno se entreolharam.

— É o mesmo de sempre, larga de ser idiota. Eu não tenho motivos pra usar mais perfume.

— Não mesmo? — Bruno levantou a sobrancelha, e Amanda ligou o rádio, ignorando o amigo. — Aliás, você e Daniel ainda vão pagar pela limpeza do meu carro, ele tá desde sábado sem capota pros bancos secarem depois de tanta água!

— Culpe São Pedro pela chuva, eu hein. — Amanda fez careta.

— Eu não acho que São Pedro tenha sentado encharcado no banco de couro do meu carro, mas eu posso estar enganado. Não tinha um lugar aqui que não estivesse molhado!

— O banco de trás ainda tá úmido, hein — Caio disse, se mexendo. Amanda ficou vermelha e desviou o olhar, esperando que os garotos não percebessem. — E, por falar em banco molhado, vocês conseguiram terminar a música da aula de artes?

Amanda olhou de relance para o garoto, sabendo que ele tinha mudado de assunto de propósito para não deixá-la ainda mais envergonhada. Se dependesse de Bruno, ela se afogaria de humilhação.

— Claro que não — Bruno disse, buzinando para um casal no meio da rua. Amanda deu de ombros, sem querer dizer muita coisa.

— Eu e Anna fizemos algo legal, ela tem a voz bem bonita. — Caio ficou vermelho, sem olhar diretamente para ninguém.

— Eu não entendi nada sobre esse trabalho até agora. Sério, essa professora me odeia muito, só pode, não tem outra explicação. — Bruno franziu a testa.

— Claro, porque ela parou um dia em casa e pensou *putz, eu vou ferrar aquele aluno folgado, Bruno Torres, que tá sempre colando nas provas mais fáceis de todo o segundo ano* — Amanda disse com uma risada, e Caio riu também.

— Lembram daquela vez em que o trabalho que ela passou era pra interpretar Romeu e Julieta? Na quinta série? Foi em dupla também — o garoto comentou.

— Eu lembro, a gente fez junto! — Amanda falou rindo, e Caio concordou com a cabeça, se apoiando nos dois bancos da frente. — Ela sempre fez essas coisas aleatórias, né, verdade.

— *Julieta, ó Julieta* — Bruno imitou.

— Amanda já tava dando indícios de que seria popular, ninguém fez uma Julieta melhor do que ela! — Caio cutucou a menina, que negou.

— É a cara de metida dela — Bruno disse, concordando. Amanda abriu a boca, sem saber como se defender.

— Não ia dizer isso, mas já que o Bruno se manifestou... — Caio riu.

— Eu não tenho cara de metida!

A garota cruzou os braços, enquanto estavam estacionando na rua ao lado da escola. Os dois, em coro, discordaram, deixando Amanda com uma pulga atrás da orelha. Será que ela sempre teve cara de metida ou eles só estavam implicando com ela?

Desceu do carro sem falar mais nada e caminhou batendo os pés até as amigas, que estavam encostadas no muro perto do portão de entrada. Guiga olhou para ela, sorrindo e notando os dois garotos chegando logo depois, passando reto por elas.

— Veio com o Bruno hoje?

— Eu tenho cara de metida? — Amanda perguntou, ignorando a pergunta. Maya concordou.

— Desde a quinta série.

— Impossível! — Amanda fez uma careta, horrorizada, enquanto Carol se aproximava delas. — O que é ter cara de metida? Isso não faz o menor sentido.

— A gente tá falando sobre a cara que a Amanda faz quando tá no corredor da escola? — Carol perguntou, e as amigas concordaram.

Amanda ficou ainda mais boquiaberta com a traição de todas elas. Como assim a cara que fazia quando estava no corredor? Será que só ela nunca tinha percebido?

— Eu tô odiando todas as aulas de matemática. Pra que a gente precisa aprender tudo aquilo? — Maya reclamou, mudando de assunto.

— Sei lá, como se eu fosse precisar usar equação e inequação trigonométrica em qualquer outro momento da vida! — Carol concordou.

— E seno e cosseno? Até hoje eu não sei o que é isso — confessou Guiga, rindo e mexendo nos cabelos que estavam enfeitados com pontos de brilho de pequenas lantejoulas.

Um grupo de garotos olhou para as cinco, e um deles acenou. Guiga encarou Carol, que parecia ser a única que conhecia um deles.

— Quem são? — Amanda piscou, tentando lembrar de onde conhecia o garoto que sorriu para ela.

— O Nicolas é filho de um amigo do meu pai. A gente já saiu algumas vezes — Carol disse, levantando a sobrancelha e sussurrando. — São da nova equipe de natação. Ele não tem um pelo no corpo todo e não me perguntem como eu sei disso.

— A gente imagina, pode deixar — Maya respondeu, e a garota ficou indignada.

Anna encarou Amanda, que parecia perdida em pensamentos, ainda tentando lembrar de onde conhecia o garoto de cabelo escuro que tinha passado do lado do tal Nicolas, filho do amigo do pai da Carol. Anna tentou chamar a atenção dela, sem sucesso.

— Amanda? — chamou mais alto, segurando no seu braço. A amiga levou um susto. — Seu celular tá tocando, você não tá ouvindo?

Amanda abriu a bolsa com pressa, arregalando os olhos. Realmente, não estava ouvindo. As amigas a encaravam, curiosas, e ela decidiu sair de perto depois de ver de quem estava recebendo mensagem. Era de Daniel.

O coração de Amanda bateu mais forte e ela ficou olhando para os lados, para saber se alguém estava vendo, como se desse pra enxergar qualquer coisa pela tela pequena do celular em suas mãos.

Você tá linda, como sempre, ela leu e releu algumas vezes. Sentiu as bochechas ficarem vermelhas e colocou o cabelo atrás da orelha, ouvindo o sinal da primeira aula bater. Olhou novamente para as pessoas em volta, procurando por Daniel no meio da multidão que entrava pelo portão principal em direção às salas de aula. Não o viu em lugar algum e ficou esperando para ver se o garoto mandaria mais alguma coisa, mas nada aconteceu. Sentiu um calor de repente, suspirando e tentou esconder que estava querendo sorrir.

Guardou o celular e balançou a cabeça, tentando não demonstrar o que sentia de verdade. Voltou para junto das amigas, que ainda discutiam o quesito beleza do novo grupo de rapazes descoberto naquela manhã.

— Quem era? — Maya perguntou, sem muita curiosidade.

— Minha mãe — Amanda mentiu, recebendo um olhar indagador de Anna, que não acreditava nem um pouco.

Anna cutucou a amiga, que acabou revirando os olhos quando pensou em quem poderia ser. Era só o que faltava, agora Amanda e Daniel estavam trocando mensagens durante o dia? Tinha como a relação dos dois ficar mais explícita do que isso?

Daniel colocou o celular no bolso e encarou Rafael, que estava em frente ao bebedouro no corredor. Subiu na ponta dos pés e desceu algumas vezes, procurando alguém no meio dos alunos que se esbarravam para entrar nas salas de aula.

— Que foi, cara? — perguntou, vendo que o amigo sorriu para ele, logo depois de beber água.

— Ela gosta de você.

— Quem?

— Não se faça de burro. Passei a tarde de ontem inteira do lado da Amanda, mas ela não olhou pra mim por horas!

— E daí? Ela pode só não gostar da sua cara feia — disse Daniel, gaguejando um pouco e olhando para os lados, envergonhado.

Rafael piscou e colocou a mão no ombro do amigo, ainda sorrindo, cúmplice e orgulhoso de toda aquela situação, mesmo que o amigo não soubesse.

— Tudo isso porque eu disse que ela gostava de você. Ela fez essa mesma cara aí quando falei isso pra ela, irmão.

Daniel não respondeu nada, ficando vermelho de repente. Bruno e Caio se aproximaram dos dois, depois de se afastarem de Fred em outro ponto do corredor, e Rafael piscou mais uma vez para Daniel, fazendo o amigo fingir uma tosse para esconder o sorriso enorme que deu.

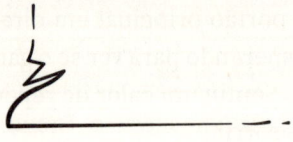

Depois de alguns dias trocando mensagens escondidas e conversando por telefone durante a noite com Daniel, Amanda não conseguia se lembrar mais de como era sua vida antes daquelas últimas semanas. Olhou para Alberto entre a troca de aulas na quinta-feira e só imaginava o que tinha visto de tão bom no garoto para um dia ter cogitado sair com ele. O jeito que Alberto olhava para ela era esquisito, e fora a mesma coisa desde o começo, nada tinha mudado. Era o oposto do que Amanda sentia de Daniel.

Naquele dia em específico, Alberto passou com uma expressão péssima, e Amanda sabia bem que era porque teria aula de artes e, nas palavras que ouvia pelos corredores, era engraçado ver a garota popular encontrando com um dos perdedores da escola. O capitão do time de basquete claramente não achava nada engraçado naquilo, e seu olhar pareceu mais uma ameaça do que qualquer outra coisa. Amanda tentou ignorar e continuar andando despreocupada pelo corredor com as amigas, mas a verdade é que tinha ficado pensando na expressão de seu rosto por um bom tempo. No fundo, tinha muito receio de Daniel acabar sofrendo mais por culpa dela, e aquele pensamento fazia sua ansiedade ir às alturas.

Amanda se aproximou do lugar onde sempre encontrava sua dupla para a aula de artes e conseguia ouvir algumas pessoas em volta cochichando.

— Imagina ter que fazer um trabalho com um esquisito como aquele?

— Como será que ele convenceu a professora a colocar ele em dupla com a Amanda?

— A professora deve gostar muito dele, não é possível.

— Sabe que eu tô até achando ele mais bonitinho com o violão na mão assim?

Amanda paralisou no pátio arborizado quando ouviu o último comentário. Tinha vindo de um grupo de garotas que voltavam para a sala, e ela não acreditou que estavam elogiando Daniel daquele jeito. Claro que ele era superbonitinho, inclusive com o violão nas mãos, mesmo que claramente parecesse bem perdido tocando o instrumento. Mas era o *seu* bonitinho. O que será que estava acontecendo?

— Você tá atrasada, já até mudei a nossa música de tanto que esperei. A gente vai apresentar a Macarena como trabalho de artes! — Daniel declarou, vendo Amanda se aproximar. Ela estava com a testa franzida e olhava para trás, desconfiada. — Tá tudo bem?

— Você disse a Macarena?

— Aconteceu alguma coisa? O idiota do Alberto tentou falar com você outra vez? — Daniel tentou se levantar, mas a garota negou, sentando-se ao seu lado na grama. Virou a cabeça de lado, prestando atenção nele, em silêncio. Daniel fez uma careta, mas sustentou o olhar. — Você tá chapada?

— Quê? — perguntou Amanda, dando uma gargalhada.

Ele sorriu de volta e ela voltou a ficar em silêncio, atenta em como as bochechas dele eram enfeitadas por pintinhas e como seu nariz mexia quando ele sorria daquele jeito. Os cabelos cacheados brilhavam contra a luz do sol, e ele já conseguia colocar uma mecha atrás da orelha, de tão grande que estava ficando. Daniel era realmente muito bonito, as garotas tinham razão.

De repente fez uma careta sozinha, arregalando os olhos. Estava com ciúmes de Daniel? Será que era possível?

— Como é que eu vou inventar alguma coisa com aquele ridículo?

Carol batia os pés, enquanto as amigas saíam da aula no fim do dia. Ela passou ao lado de um garoto do primeiro ano e bateu na pasta que ele segurava, derrubando tudo no chão só de birra. Guiga se abaixou para ajudar o garoto a pegar os livros, enquanto Carol continuou andando.

— Hoje foi tão ruim assim? — Anna perguntou, verificando se o garoto cujo material fora derrubado estava bem antes de seguir a amiga.

— Bruno não para de mandar indiretas pra mim, depois de não fazer porcaria nenhuma durante a aula. De novo. Eu vou repetir de ano por causa daquele... Argh! — ela gritou. — Odeio essa professora.

— Carol, você não odeia ninguém — Amanda falou, impaciente. — Muito menos a professora.

— Você, já que é a especialista nos perdedores, como que eu faço ele parar de ser um otário e falar sério pelo menos uma vez na vida? — Carol lhe lançou um olhar desafiador. Amanda mexeu os braços, fazendo careta.

— Eu sei lá, a gente não é tão próximo tem bastante tempo — ela respondeu. Carol ignorou e voltou a andar.

— Olha... — Guiga começou, chegando mais perto das amigas. — Só pra você saber, minha dupla é tão ruim quanto o Bruno.

— Duvido. — Carol deu uma risada irônica.

— Posso confessar como conseguimos terminar a nossa música? Foi tudo graças ao Fred. — Guiga suspirou.

— Isso não é nenhuma novidade, todo mundo sabe que o Fred tava te ajudando. — Maya deu de ombros.

— Todo mundo sabe — Anna repetiu.

— Não é nenhuma novidade mesmo — Amanda concordou com as outras duas.

— Você terminou a sua música? Só eu que não fiz nada? — Carol parou onde estava, chocada.

— Nem começa, gente. — Guiga fez uma careta para as amigas. — O Fred sempre vai na nossa aula e, outro dia, entrou dizendo que tinha uma ideia pra uma música, mas, como era muito ruim, a gente precisava ajudar e tal.

— E era ruim? — Anna perguntou, rindo.

— De forma alguma, tanto que eu e meu par roubamos a música pra gente. — Guiga piscou, e Maya cumprimentou a garota, orgulhosa com essa sagacidade.

— Você caiu na dele. — Amanda balançou a cabeça, dando uma risada.

Parou de sorrir na hora em que viu Daniel e os amigos passando perto delas. Falavam em voz alta, distraídos, mas ela tinha certeza de que Bruno olhou diretamente para onde estavam.

— Pelo menos a sua dupla parece ser legal com você. Eu sou a pessoa mais azarada da escola — Bruno disse, quase gritando, para os amigos, claramente querendo que Carol ouvisse.

Carol abriu a boca, se virando na direção deles, observando os garotos sumirem entre os outros alunos.

— Alguém me diz que isso não aconteceu. Não era o Bruno mandando outra indireta pra mim. Eu vou arrancar a cabeça dele e jogar bola com ela na próxima aula de educação física! — Carol quase gritou, respirando fundo, e Maya deu tapinhas em suas costas.

— Por que eles precisam fazer tanto barulho sempre? — Maya perguntou, e Amanda franziu a testa, vendo os quatro se afastarem sem que Daniel sequer olhasse para elas.

Será que tinha sido impressão delas a ideia que Bruno tinha visto as cinco e comentado algo sobre Carol? Ou eles realmente não sabiam que elas estavam ali? Era esquisito. Amanda podia jurar que estavam perto demais, tinha até sentido o perfume de Caio na hora que passaram.

— Eles nem ao menos olharam em volta. Devem estar ocupados mesmo, quem diria. — Guiga deu de ombros, desinteressada.

Amanda encarou a garota, pensativa. Daniel estava tão ocupado assim que ignorou completamente que ela estava ali?

Carol e Guiga se despediram, enquanto Maya e Anna seguiram para o lado oposto de onde os garotos tinham ido. Amanda sentia o corpo inteiro pesado, o coração disparado, e não de uma forma boa. Ela não queria que Daniel a ignorasse na escola. Estava acostumada com o olhar dele a acompanhando desde sempre! Como ia lidar com isso?

— Amanda, você vem? Eu te deixo em casa! — Anna ofereceu, e ela concordou, seguindo as amigas ainda tentando entender o que tinha acabado de acontecer.

> "She's looking good tonight
> I love the way she glows in ultraviolet light"
> (Ultraviolet – McFLY)

vinte e nove

Amanda andava de um lado para o outro no quarto, completamente desnorteada. Era muita coisa para um dia só! Não bastava perceber que estava com ciúmes de Daniel, estava confusa sobre ele tê-la ignorado ou não também. Tudo parecia tão ridículo! O que estava acontecendo? Que ela estava apaixonada, isso podia admitir. Ele realmente tinha conseguido fazer seu coração disparar, e Amanda nunca tinha recebido tanto carinho nos últimos tempos. Sem falar dos beijos, que ela não conseguia esquecer. A mão grande dele e o jeito que ele a segurava perto.

Tudo certo.

Mas aquele sentimento esquisito, que doía em outro lugar, era novo e a deixava inquieta.

Ela pegou o celular e se jogou na cama, vendo que não tinha nenhuma mensagem nova dele desde o final da aula. Será que deveria mandar alguma coisa? E se ele não respondesse? E se ela fizesse papel de idiota, correndo atrás dele para ser ignorada?

Daniel e Fred estavam juntos na cozinha de Bruno depois do ensaio que fizeram juntos, esperando o amigo sair do banho. Queriam mostrar para Fred uma ideia nova e não podiam esperar a mãe de Caio deixá-lo ou não sair de casa. Rafael tinha ignorado o convite, por seja qual fosse o motivo. Estavam acostumados com o amigo indo e vindo a hora que bem queria.

— Ainda bem que você sabe cantar, porque, se dependesse dos seus dotes culinários, você morreria de fome. Literalmente. — Fred deu uma gargalhada vendo Daniel tentar quebrar os ovos para a massa do bolo que tentavam fazer.

— Eu tô distraído, é só isso!

— Que novidade — Fred respondeu, lavando um dos potes que tinham sujado. — Falou com a Amanda depois da aula?

— Não. O Bruno disse que elas estavam na saída da escola, mas eu não vi. — Daniel deu de ombros, suspirando. — Tô tentando dar espaço pra Amanda, acho que o Alberto tem perturbado ela pelos corredores. E eu sei que ela tem medo de que ele faça alguma coisa comigo.

— Coitada. — Fred sorriu, vendo Daniel concordar.

— Sei lá, o que ele pode fazer fora me bater?

— Te bater bastante.

— Não me importo, sabe? — Daniel tentava tirar um pedaço da casca de ovo que tinha caído com a clara. — Se ela ficar comigo, isso não importa.

Fred fez uma careta, sabendo que Daniel era dramático. Olharam juntos para a mesa da cozinha quando o celular do garoto vibrou. Daniel largou o que estava fazendo, lavando a mão e correndo para ver quem tinha enviado mensagem.

— É ela. — Daniel encarou o amigo.

— Que superpoderes são esses? — Fred arregalou os olhos, impressionado.

— Pô, tô tentando dar espaço para a Guiga também, se ela ficar do meu lado e blá-blá-blá — ele disse, fazendo graça.

— Não adianta se ela não tem o seu número, idiota.

Daniel olhou da tigela do bolo para o celular e do celular para a tigela ouvindo Fred o apressar para que lesse logo a mensagem. Por que estava tão nervoso se eles estavam se falando todos os dias?

Secou as mãos molhadas na roupa e abriu a conversa com Amanda.

Oi, tá fazendo algo de importante?

Fred deu um cutucão no braço do amigo, ainda lavando a louça.

— O que diz?

— Ela só quer saber o que eu tô fazendo.

Daniel sentou em cima da mesa da cozinha, distraído.

— Diz a verdade. — Fred colocou o pote para secar no escorredor da pia. — Que você está tentando matar seus amigos envenenados.

— O que eu vou falar pra ela?

— Que você tá tentando matar seus amigos envenenados. Eu não já falei isso em voz alta?

Daniel encarou a mensagem dela, relendo algumas vezes.

Oi, eu tô na cozinha tentando fazer um bolo. E você?

Enviou.

Será que deveria ter dito algo a mais? Sentiu Fred puxar o celular da mão dele.

Estou tentando matar meu amigo Fred envenenado. Quer tc?

— Fred! — Daniel deu um grito, pegando o celular de volta, lendo o que o amigo tinha enviado como se fosse ele. — O que é isso? Tc?

— Em que ano a gente está? — Fred deu de ombros, inconformado.

Daniel mordeu o lábio, enquanto o amigo saía da cozinha, finalmente o deixando sozinho. Mexia as pernas, ansioso, esperando para saber o que ela ia responder. O celular vibrou.

Hahaha tecnicamente a gente já está se teclando. Isso é uma palavra de verdade?

Ah. Era isso.

Ele sorriu, olhando para a tela do aparelho, pensando se deveria ligar para ela em vez de ficar naquela agonia. Queria ouvir a voz dela! Que droga essa ideia de querer dar espaço à garota. Que espaço? Não queria espaço nenhum entre eles, se possível!

Esqueci de mencionar q Fred tá aqui. O q vc tá fazendo, fofa?

Amanda deitou de barriga para cima na cama e ficou encarando o teto, sorrindo, toda boba. Ok, então ele não a estava ignorando, certo? Se estivesse, nem teria respondido nada. O sentimento de ciúmes e insegurança foi substituído pela ansiedade de conversar com o garoto de quem ela gostava. Amanda balançou as pernas de forma infantil, dando gritinhos. Queria tanto que Daniel estivesse pensando nela também! Que quisesse conversar com ela, ouvir sua voz, abraçar e ficar junto, o contrário de toda experiência que tinham na escola!

O celular vibrou de novo, e ela olhou, animada.

Eu acho q o Bruno morreu no banheiro, Fred ligou para os bombeiros.

Ela sorriu, balançando a cabeça. O celular vibrou logo em seguida, sem que ela tivesse pensado em algo para responder.

Deixa pra lá, ele ainda tá vivo. Infelizmente.

Amanda respondeu que precisava terminar o trabalho de História, mas que estava sem saco. Daniel respondeu que poderia fazer por ela. A garota continuou sorrindo, mesmo trocando qualquer tipo de mensagem com ele. Tinha crédito o suficiente para passar o resto do dia e a noite toda ali, deitada, encarando o teto e a tela do celular.

Quer fazer alguma coisa?

A mensagem chegou no meio da noite, depois de algumas horas de conversa. Amanda sorriu, balançando a cabeça enquanto saía do banho, o cabelo todo molhado.

A gente já tá conversando, o que mais você quer fazer?

Respondeu, colocando um pijama e amarrando uma toalha na cabeça. Ficou olhando o próprio reflexo no espelho, tentando entender a expressão de felicidade à sua frente.

Eu tô dizendo tipo fazer alguma coisa mesmo. Quer sair?

Amanda sentiu os joelhos tremerem de leve e a barriga ficar dolorida de ansiedade. Sair? Àquela hora? O que Daniel estava pensando?

Temos aula amanhã!

Respondeu, fazendo charme, quando, na verdade, queria muito poder encontrar com ele. Mas sua mãe ia falar muito no seu ouvido se resolvesse simplesmente sair de casa naquela hora.

Eu passo aí ou vc passa aqui?

Ela leu e arregalou os olhos, se sentando na cama. Ele não podia estar falando sério! Amanda se levantou e foi até a janela, abriu e sentiu uma rajada de vento gelada. Já passava das nove da noite, e a rua toda estava silenciosa e vazia, sem nenhuma alma viva. Não sabia o que responder nem dizer a ele.

Já que vc ñ me responde, desce em 5 min

Como assim?

Ela voltou a se sentar, achando que suas pernas iam ceder de nervoso. O que ia fazer? Não poderia deixá-lo simplesmente tocar a campainha de casa e sua mãe atender. Totalmente fora de cogitação!

Olhando no espelho do quarto, tirou a toalha do cabelo, acertando os fios do jeito que dava, tentando se arrumar minimamente. Como se Daniel nunca a tivesse visto no seu estado mais vulnerável há menos de uma semana. Colocou um casaco de moletom por cima do pijama e enfiou os pés em um tênis qualquer, jogado no canto.

Apagou a luz do quarto, pôs o celular no bolso da calça e desceu as escadas em silêncio. Ouviu a televisão de sua mãe ligada e atravessou o resto da casa com tranquilidade, sabendo que ela já estava deitada e que dificilmente sairia da cama naquela hora.

A rua estava vazia e escura. Fechou a porta atrás de si e colocou as mãos nos bolsos, com frio. Foi até a calçada e voltou para a varanda, nervosa. Daniel realmente ia aparecer na casa dela, assim do nada? Olhou o celular de novo, e não tinha nenhuma outra mensagem. Recostou na parede da varanda, olhando para a rua.

De repente, ouviu o barulho de um carro, que parou algumas casas antes da sua. Seu coração disparou, e Amanda conseguia sentir os joelhos tremendo e, dessa vez, não era de frio. Ficou olhando para ver se conseguia distinguir quem era, mas não conseguia enxergar nada do lado de fora, a luz dos postes era muito fraca. Ouviu um assobio e cerrou os olhos, caminhando lentamente até o jardim de casa, sem senso nenhum de preservação nem de responsabilidade; poderia ser qualquer pessoa.

Olhou para o lado e viu Daniel perto de uma árvore, no escuro. O contorno dele era bonito até daquele jeito, com os cabelos cacheados bagunçados e o casaco enorme, dobrando o tamanho dele. Ela riu e continuou caminhando em sua direção.

— Você é maluco! Por que veio aqui a essa hora? — perguntou baixinho quando se aproximou. Daniel estava de costas para o tronco grosso da árvore e a encarava com as mãos nos bolsos do casaco.

— Eu precisava ver você! — Ele deu um grande suspiro assim que ela se aproximou.

— Você é louco, Daniel.

— Você não queria me ver?

Amanda olhou nos olhos dele, que brilhavam pela luz fraca de sua varanda e dos postes da rua. Ela sorriu, se aproximando ainda mais, observando-o se apoiar no tronco da árvore para não se desequilibrar. Daniel sorriu de volta, fechou os olhos e colocou a mão no peito teatralmente. Ela se encaixou entre as pernas dele, ainda com as mãos nos bolsos.

— Eu queria muito te ver.

— Juro que tentei me segurar, mas foi mais forte do que eu.

— Desde quando a gente é impulsivo assim?

Ele deu uma risada, e eles estavam tão próximos que o hálito dele fez cosquinha no nariz dela. O vento frio a arrepiou, e Daniel passou os braços pela cintura dela, puxando Amanda para apoiar no seu corpo, encaixando a garota dentro do casaco quentinho dele. Ela suspirou, aliviada pelo calor repentino, tirando as mãos dos bolsos e segurando no cós da calça dele. Apoiou a cabeça no peito do garoto, se aninhando no abraço, sentindo o corpo inteiro relaxar.

— Você fica linda nessa meia-luz — Daniel disse, apoiando o queixo no topo da cabeça dela.

Sentiu Amanda dar uma risada, porque o corpo dela tremeu de leve entre seus braços. Respirou fundo, sorrindo ao sentir o cheiro de xampu do cabelo dela.

— Parece uma cena de filme romântico, você falando essas coisas bregas.

Daniel quis gargalhar, mas se segurou, rindo baixinho e mexendo a garota apoiada no seu peito, sem querer. Sabia que ria muito alto e não queria acordar nem chamar a atenção de ninguém.

— Mas obrigada — ela disse, envergonhada.

Ele afastou um pouco o corpo do de Amanda, colocando uma das mãos no seu queixo e puxando o rosto dela para cima. Encarou os olhos dela sob a luz fraca, passando o polegar pela sua bochecha, ouvindo-a suspirar baixinho. Encarou os detalhes de seu rosto, o nariz bonitinho, a pintinha perto da boca e os lábios umedecidos pelo seu sorriso. Sentiu um gemido sair da própria garganta, sem acreditar que estava com ela tão perto assim, novamente.

Viu que Amanda fechou os olhos, passando a língua pelos lábios, e, lentamente, aproximou seu rosto, encostando o nariz no dela. Sentiu como a pontinha do nariz dela estava gelada e deixou um beijo ali antes de descer até os lábios, devagar.

Amanda sentiu a língua quente e macia de Daniel traçando sua boca, lentamente, e aprofundou o beijo sem pensar duas vezes, ansiosa. Ele soltou uma risadinha com o desespero dela, passando as mãos pelos cabelos da garota, pousando uma em suas costas e a puxando ainda mais para perto. Desceu a mão pelo pescoço dela com o dedão, fazendo carinho por onde passava. Amanda segurava no cós da calça dele, sentindo o joelho amolecido e um arrepio subir por todo o seu corpo.

Estava quentinha e segura, sem imaginar qualquer uma das coisas ruins que tinha sentido durante todo o dia. Só conseguia pensar que não queria que a noite acabasse de jeito nenhum.

Daniel respirou fundo, afastando o rosto e fechando os olhos, sem conseguir sentir os próprios lábios, dormentes. Amanda sentia o corpo dele tenso apertando o seu e deu um sorrisinho, enfiando o rosto no pescoço do garoto. Ele deu uma risada.

— Acho que tô envenenado. Que tipo de xampu você usou?

— A gente tá aqui há pelo menos duas horas, Daniel. Você não tá envenenado, está cansado.

— Não, eu não estou. Posso ficar aqui a noite inteira.

— Até a minha mãe encontrar a gente e te colocar pra fora.

— Eu posso correr esse risco.

Ele fez uma careta, e ela mordeu os lábios, angustiada por precisar prender o riso. Aqueles encontros escondidos tinham seu valor, mas era um saco não poder passar vinte e quatro horas do dia com a boca colada na dele. Que mundo injusto.

— Eu nem acredito que daqui a pouco a gente precisa acordar pra ir pra escola — Amanda reclamou. O garoto concordou, passando a mão pelos cabelos dela.

— Eu nem acredito que daqui a pouco a gente vai precisar fingir que não se gosta.

— Quer encenar uma briga no meio do pátio?

Daniel olhou para ela com a boca aberta em uma expressão animada.

— Amanda, eu não sabia que você gostava desse tipo de coisa!

Ela soltou uma gargalhada alta sem querer, enfiando o rosto no peito dele para abafar o barulho. Os dois ficaram rindo, tentando manter o silêncio, e ela tirou as mãos do cós da calça dele, colocando dentro dos bolsos grandes da parte da frente. Daniel se retraiu de leve, envergonhado, sentindo a mão dela se mexer. Amanda pediu desculpas, voltando as mãos para o cós da calça.

O garoto segurou com os dedos o cabelo dela, encostando a boca no topo da cabeça dela e respirando fundo, dando de ombros.

— Tá tudo bem, você pode fazer o que quiser comigo.

Ela sentia coisas que só conseguia sentir quando estava com ele. Seu corpo ficava aquecido, a pele arrepiada, os joelhos fracos, e tinha uma vontade incontrolável de sentir o gosto dele nos lábios dela. Era viciante, e Amanda não sabia muito bem como agir. O que deveria fazer?

Ela se mexeu, pensando que talvez fosse melhor parar por ali, antes que perdesse a cabeça. A qualquer momento, o dia podia começar a clarear e ela queria poder dormir sentindo o cheiro dele, sonhando que Daniel ficaria do seu lado e que não precisariam ir para a escola fingir que nada daquilo estava acontecendo.

Daniel puxou o rosto dela para cima, sem conseguir parar de pensar em continuar a beijando, tentando inventar qualquer desculpa plausível para que ela não precisasse entrar em casa e se despedir dele naquela noite. A luz da varanda iluminava o rosto dela, tão linda. Cada vez que olhava para Amanda, era como se apaixonasse pela primeira vez. Como amor à primeira vista, repetidamente. À segunda, terceira, décima, quinquagésima nona. Não conseguia colocar em palavras aquele sentimento nem sabia contar o suficiente para enumerar o tanto de amor que sentia.

Amanda se mexeu nos braços dele, fazendo uma careta, sabendo que precisava se afastar. Deu um beijo de leve nos lábios do garoto.

— Até amanhã — disse ela, fechando os olhos e dando um passo para trás.

Os dois se encararam por mais um tempo, com sorrisos no rosto e o coração apertado.

— Me manda uma mensagem amanhã quando pensar em mim?

Daniel pediu em voz baixa, ainda encostado na árvore, observando a garota ir em direção à porta da casa e concordar. Ele deu um enorme sorriso, sumindo no escuro das árvores e cercas das casas vizinhas. Amanda ficou parada na porta com uma expressão apaixonada. A vida era curta, e as noites eram longas. Momentos como esse seriam lembrados por ela para sempre. Pegou o celular do bolso, feliz, vendo que já passava das quatro da manhã.

> "Pinch me, is this real?
> I'm on a one way ticket out of Loserville
> Now I'm off the social flat line"
> (Ticket Outta Loserville – Son Of Dork)

trinta

— A professora de artes inventou esse dia dos namorados fora do Dia dos Namorados, e eu acho que ela deve estar apaixonada. Não tem outra explicação — Anna disse, irônica. — Sério, eu não consigo entender. Ela quer mesmo que os alunos se apaixonem, né?

— O Dia dos Namorados não é a mesma coisa sem um namorado. — Carol deu ombros e fez uma careta.

— Você só não tem namorado porque não quer — Guiga alfinetou.

— Vocês precisam parar de defender o Bruno! — Ela fez bico. — Vocês não sabem o que eu passei com ele!

— Você sabe que eu tô do lado dele nessa história, né? — Amanda comentou, e a amiga ficou horrorizada.

— Eu também — Maya falou, virando alvo de olhares incrédulos das outras. — Eu acredito nele, sei lá. Não posso?

— Não! Isso é traição entre amigas! — Carol balançou a cabeça, indignada, e se virou para o quadro. Estavam no meio da aula de história, e Amanda tinha se esquecido totalmente de fazer o trabalho de casa.

— O que você ficou fazendo pra esquecer o trabalho? Eu te lembrei dele de tarde! — Guiga sussurrou para a amiga, que estava na cadeira na sua frente.

Amanda fez um bico, pensativa. Anna olhou para elas, balançando a cabeça.

— É, Amanda, o que você tava fazendo a tarde e a noite toda?

— Eu dormi, gente. Foi sem querer — Amanda disse, encostando a testa na mesa.

Ainda estava morrendo de sono, na verdade. Mal tinha conseguido fechar o olho depois da noite que teve com Daniel.

As amigas continuaram conversando entre sussurros, sem que o professor notasse.

— Hoje à tarde eu vou na casa do Caio — Anna declarou, despertando surpresa entre as outras quatro. Até Carol olhou para ela, mesmo tentando fingir não estar interessada.

— Por quê? — Amanda riu, mas Anna ignorou o tom irônico da amiga.

— Ele vai me ensinar a tocar a nossa música no piano. A mãe dele, aparentemente, tem um instrumento antigo na sala e pensamos em fazer algo diferente. — Anna abriu um sorriso, fechando a cara logo depois que as outras lhe lançaram um olhar estranho.

— Você vai encontrar a mãe dele lá? — Maya resmungou, rindo.

Anna negou.

— Espero que não.

— Eu também espero, a mãe dele é uma pessoa... difícil — Amanda contou, em tom de fofoca. — Ela trata o Caio como se ele fosse uma criança, é irritante. Se dependesse dela, ele vivia em uma bolha vinte e quatro horas e não sairia de casa. Ainda bem que ele tem o Bruno.

— Tadinho — Anna sussurrou, com a testa franzida. Amanda e Maya se entreolharam. — E o que mais? Me conta!

Amanda achou curioso o interesse da amiga em Caio, mas não comentou nada e continuou contando mais da vida dele, desde que eram crianças, até o professor chamar atenção delas e cobrar o trabalho. Tinha se dado muito mal por não tê-lo feito e ainda ficar de conversa.

— Aí então o cara do filme pegou o revólver e puuuft! Matou outra pessoa — Bruno contava a história enquanto descia a escada para o pátio na hora do intervalo. Caio observava com a testa franzida, mas Rafael estava rindo.

— Conta mais — Rafael pediu.

— A pessoa morreu, cara — Bruno finalizou.

Rafael concordou com a cabeça.

— Conta mais — ele repetiu.

— O que você quer que eu diga? Esse foi o final do filme!

Bruno e Caio começaram a rir, mas Rafael fez uma careta.

— Odiei.

Atravessaram o corredor até o pátio, caminhando juntos até uma das mesas que estavam vazias. Daniel seguia na frente, perdido em pensamentos, sem prestar atenção na conversa dos amigos. Uma garota parou ao lado dele, mexendo nos cabelos.

— Você é o Daniel Marques, não é? — ela perguntou. O garoto piscou algumas vezes, confuso, olhando para os amigos e de volta para a garota.

— O que eu fiz dessa vez? — perguntou, mordendo a bochecha, sem entender.

Ela sorriu, tocando no ombro dele, enquanto voltava a mexer nos cabelos. Os amigos, que vinham logo atrás, pararam para observar.

— Meu nome é Laís, eu queria me apresentar. E, quem sabe, a gente podia marcar de tomar um sorvete pra se conhecer melhor. Ouvi falar muito de você.

— De mim? — Ele arregalou os olhos, virando a cabeça de lado, ainda muito confuso. Era uma garota bonita, mas ele não fazia ideia do que estava acontecendo.

— Sim! Você que tá fazendo o trabalho de artes com a Amanda do segundo ano, né? Ela é muito legal, sempre vejo ela e as amigas de longe — Laís disse.

Daniel abriu a boca, entendendo o que estava acontecendo.

— Pois é, estou fazendo o trabalho com a Amanda, sim — Daniel respondeu, concordando com a cabeça, ainda assimilando toda a situação.

A garota estendeu um papel para ele, explicando que era o número dela e pedindo para que ele enviasse mensagem quando quisesse.

Daniel ficou parado, observando Laís se afastar, enquanto os amigos se aproximavam.

— O que acabou de acontecer? — Bruno perguntou, com a testa franzida.

— Puta merda, você pegou o telefone daquela garota gata? — Rafael arregalou os olhos quando Daniel entregou o papel na direção dele. — Eu não quero, só elogiei, ué.

— Eu também não quero telefone de ninguém. Ela disse que ouviu falar muito de mim. Por causa do trabalho com a Amanda — Daniel gaguejou no fim da frase, amassando o papel e jogando na lata de lixo mais próxima, sentando-se na mesa vazia com os amigos em volta.

— Amanda virou seu ingresso pra fora do mundo dos perdedores, parabéns, meu amigo! — Fred sorriu, dando tapinhas nos ombros dele. — Estou orgulhoso!

— Será que essa é a sensação de ser popular? — Caio perguntou, sentado. — Como você tá se sentindo?

— E se ela veio até aqui porque perdeu uma aposta? — Daniel questionou, e Bruno concordou com a cabeça.

— É uma possibilidade.

— Pode ser um plano dos playboys. A gente não pode esquecer que o Alberto continua te ameaçando por se encontrar com a Amanda na hora dos trabalhos — Rafael pontuou.

— Pode ser... — Daniel mexeu nos cabelos, ainda confuso. Olhou para os lados, procurando por algum sinal de Amanda ou de Alberto, sem sucesso.

— Por falar em você e na patroa... — Fred mexeu as sobrancelhas.

— Por que vocês não vão encher o Caio, que vai dar aulas de piano pra Anna hoje? — Daniel entregou o outro amigo, tentando tirar a atenção dele mesmo, fazendo os amigos olharem na direção de Caio, que fez uma careta.

— Obrigado, cara — o garoto disse, envergonhado, sendo atolado em perguntas logo em seguida.

Amanda andou o mais depressa que pôde até o pátio arborizado perto da calçada para encontrar Daniel. Era a última aula de artes juntos, já que a apresentação deles seria no dia seguinte. A professora queria que as músicas fossem tocadas no palco do baile de sábado, mas o diretor não tinha liberado por questões de "manter a banda secreta ainda um segredo", e ela, então, pediu todos os horários de sexta-feira aos outros professores, criando a própria festa do romance em dia de aula. A especulação era que ela e o diretor tinham brigado e a professora tentava fazer a vida dele mais difícil, mas ninguém conseguia confirmar essa suposição. Fred tinha até tentado.

Amanda sorriu sozinha quando viu Daniel sentado encostado na árvore e o violão velho dela nas mãos, e arrumou os cabelos e o short do melhor jeito que conseguiu. Era o momento que mais esperava enquanto estavam na escola, porque finalmente podiam se falar sem ser por mensagens de celular. Quando se aproximou, Daniel olhou para o rosto dela, juntando as sobrancelhas, colocando a palheta na boca e mexeu nas cordas do violão de qualquer jeito, fazendo ela rir.

— Você até que é bom nisso! — Amanda disse, sentando-se ao lado dele, também com as costas apoiadas no tronco da árvore.

Daniel continuou mexendo nas cordas, sem fazer um som muito bom, triste de não poder tocar alguma música dele para a garota que gostava. Quando será que tudo isso ia acabar e ele poderia contar para ela que era o vocalista misterioso dos sábados à noite?

— No que você tá pensando, distraído assim?

Daniel olhou para a garota ao seu lado e levantou as sobrancelhas em um movimento irônico e sugestivo. Ela balançou a cabeça, encostando a testa nas mãos e apoiando no joelho, rindo.

— Daniel!

— Ué, você perguntou!

— Você é um pervertido! — Ela bateu no joelho dele.

— E você, tá pensando em quê? — o garoto perguntou, e Amanda imitou a expressão anterior dele. Ele arregalou os olhos, fingindo que ia se levantar. — Te encontro no banheiro daqui a dez minutos.

— Daniel! — Amanda gritou, rindo.

— Adoro quando você fala meu nome assim.

— Você é muito bobo. — Ela riu, estendendo o braço para pegar o violão das mãos dele. — Eu não quero pagar nenhum mico amanhã. Você que vai tocar, né?

— Você não vai pagar mico, sabe mais do que eu! — Ele entregou o instrumento para ela com cuidado, vendo Amanda se posicionar e tocar as primeiras notas da música deles. — Viu?

— Eu adorei essa música, Daniel. — Amanda suspirou, sem olhar para o rosto do garoto. — De verdade. Você é um gênio.

— Eu? Imagina, quem me dera.

Ele olhou para a frente, tirando os olhos dela. Amanda continuou tentando tocar as notas que tinha aprendido, e os dois ficaram em silêncio, ouvindo com atenção.

Ela de repente o encarou.

— Eu sinto sua falta quando você não me manda mensagem.

Daniel ficou sem reação, porque não esperava uma confissão dessas, do nada. Adorava esses impulsos de Amanda.

— A gente se viu ontem de noite! — Ele fitou Amanda com os olhos arregalados. O coração batia tão forte que ele tinha certeza de que sairia pela boca.

Ela colocou o violão de lado, sorrindo.

— Eu me pego pensando e... Ah, esquece.

Daniel quis segurar e acariciar suas mãos, abraçá-la e puxá-la para perto, mas sabia que não deveria, que isso poderia deixá-la chateada. Estavam em público. Grupos de pessoas olhavam para os dois, e, vez ou outra, eles tinham que fechar a cara para que achassem que estavam odiando estar juntos.

— Eu sinto a sua falta o tempo todo. Mesmo quando a gente tá se falando por mensagem — ele respondeu depois de um tempo em silêncio. — É como se eu ficasse prendendo a respiração até te ver e conseguir finalmente respirar.

— Daniel, você fala muito bonito — ela gemeu, envergonhada, abaixando a cabeça.

— Você tem o poder de me fazer a pessoa mais feliz do mundo só dizendo meu nome! E eu sei que você tem vergonha de mim e que a gente não pode ficar juntos por isso. — Ele respirou fundo. — Mas eu prometo que vou fazer isso mudar. Eu quero que você tenha orgulho de estar ao meu lado na frente de todo mundo.

— Me desculpa por fazer você achar que eu não tenho orgulho de você. Eu tenho. Muito. — Amanda franziu a testa, triste.

— Eu sei que você tem medo de me fazer mal, principalmente com o negócio do Alberto e com as provocações das outras pessoas, eu entendo. — Ele encarou a garota, tocando de leve na perna dela. Amanda olhou para o rosto dele, e os dois sorriram, de leve. — Mas eu não sou só um corpinho bonito, você sabe. Eu sou forte por dentro. Eu aguento o que precisar.

Amanda mordeu o lábio, sorrindo ainda mais. Ela estava com vergonha de ser quem era e de ter os sentimentos confusos que tinha. Será que no fundo, querendo poupá-lo de problemas, ela estava sendo exatamente a pessoa que fazia mal a ele? Como a música da Scotty dizia mesmo?

Mas eu estou feliz de não ser o cara que deixou ela tão mal

E se eles, no fim das contas, fizessem mal um ao outro?

Ficaram em silêncio, se encarando, sem perceber o tempo passar. Amanda olhou para os olhos grandes de Daniel, para suas bochechas redondas e para seus lábios bem quando ele os umedeceu com a língua. Ela imitou o movimento por instinto. Queria tanto poder beijá-lo e sentir toda essa insegurança ir embora!

Ouviram um grito próximo e olharam para o lado na hora em que Carol passou andando com Bruno atrás dela, na maior discussão.

— Me escuta pelo menos uma vez na sua vida? — Bruno pedia.

— Eu não quero, Bruno! Eu não vou escutar merda nenhuma! — Carol bufava, brava.

O garoto a pegou pelo braço, forçando Carol a olhar para ele, e a soltou logo depois, respirando fundo.

Todos que estavam naquele gramado prestavam atenção na cena. Não era muita gente, mas havia um número considerável de calouros e de alunos do segundo ano. Daniel e Amanda também ficaram na expectativa, sem saber se deveriam intervir. Se entreolharam, voltando a encarar os amigos.

— Você quer ou não passar nessa merda de matéria?

Carol estava irritada e com o orgulho ferido, mas fez que sim com a cabeça, sem conseguir parar de olhar no fundo de seus olhos.

— Então vamos fazer a droga desse trabalho. Esquece nosso passado!

— Eu já esqueci! — ela declarou alto, querendo passar segurança, mas sua voz saiu tremida.

— Não, você não esqueceu. Eu também não esqueci, e é por isso que a gente faz tudo isso.

Eles se encararam em silêncio, respirando fundo, com expressões de raiva um para o outro. Carol piscou algumas vezes, fazendo um movimento brusco, livrando o braço das mãos de Bruno.

— Tanto faz, vamos acabar logo com isso — ela disse, finalizando a discussão e saindo com ele na sua cola.

Amanda olhou para Daniel, que estava de boca aberta.

— Ele basicamente acabou de admitir que ainda gosta dela, certo? — Daniel perguntou, incrédulo.

— Foi o que eu entendi.

— Na frente de todo mundo. — Daniel mordeu o lábio, e Amanda deu uma risada, concordando. — Uau, essa aula de artes realmente mexeu com os ânimos da escola toda.

— Quero só ver amanhã e no sábado à noite. Se a Scotty não cantar sobre isso, vai ser até esquisito! Eles parecem ter ouvidos nesse colégio! — Amanda deu de ombros, e Daniel fez uma careta.

Não sabia o que responder. Ele tinha uma música nova e até sugeriu para o resto da banda uma canção que falava da situação de Bruno e Carol, mas o baterista tinha se recusado a tocar. Ele olhou para a garota, levantando a sobrancelha.

— Eles tão é perdendo tempo, podiam estar se beijando em vez de gritando desse jeito.

Amanda concordou, dando uma gargalhada.

Ela também não queria perder tempo fingindo ignorar Daniel quando queria estar beijando ele.

Arregalou os olhos de repente. Teve uma ideia.

— Daniel — ela chamou, se levantando —, vem comigo.

> "Girl I just wanna be the one
> To take you to heaven tonight"
> (IF U C Kate – McFLY)

trinta e um

Daniel não sabia o que fazer com o movimento repentino de Amanda, mas pegou o violão e a seguiu pelo meio das árvores até voltarem para a calçada do colégio.

— Posso saber pra onde estamos indo? A gente ainda tá em aula!
— Confia em mim. — Ela apressou o passo, rindo.

Daniel gostou. Adorava esses momentos em que Amanda parecia animada e fazia algo totalmente inesperado. Quanto mais tempo passavam juntos, mais percebia que ela ficava muito feliz quando tomava a dianteira das situações, quando estava no controle do que acontecia.

Amanda andava apressada, colocando os cabelos atrás da orelha, olhando para os lados e levando Daniel para um lugar ao qual não ia com frequência, o pátio dos fundos. Era onde geralmente os professores passavam os intervalos e onde ficavam algumas salas administrativas.

— Eu tô muito perdido — o garoto falou, percebendo que estavam praticamente sozinhos; ninguém ficava muito por ali.
— Faz o seguinte, vem aqui. — Amanda parou em um corredor, chamando Daniel para perto dela. A expressão no rosto dele fez com que a garota desse um sorriso. — Segue aqui e me espera em frente a uma porta grande e velha de madeira à direita. Tem uma placa azul.
— A sauna? — ele brincou.
— Imagina, uma sauna na área dos professores? — Ela deu uma risada, abaixando a voz em seguida. — Vai, rápido.
— Levo o violão? — Daniel sussurrou, e ela concordou.

Amanda ficou observando o garoto andar apressado até a esquina do corredor e arregalou os olhos quando o zelador apareceu com um radinho de comunicação nas mãos no lado oposto ao deles. Amanda andou até ele com uma expressão triste no rosto e pediu licença. O homem reparou a presença dela por ali e sorriu, simpático.

— Bom dia, seu Paulo! É que eu esqueci meu violão na escola ontem durante a aula, de novo! Da última vez, a professora me pediu pra ver no almoxarifado, mas não lembro muito bem onde fica, nunca venho pra esses lados — Amanda disse de forma inocente, parecendo perdida. Ele concordou, pegando uma chave no bolso.

— É naquele corredor, uma porta grande à direita com uma placa azul. Eu estava indo pra lá, mas acabei de ser chamado para o refeitório, esse projeto de arte do segundo ano tá me dando um trabalhão! É a terceira dupla de alunos, só hoje, que joga comida um no outro... Eu não sei o que essa professora inventou! Esses adolescentes se odeiam! — o zelador contou, visivelmente cansado. — Você pode levar a chave lá pra mim, depois que pegar seu violão?

— Posso, sim, claro. Obrigada, seu Paulo, boa sorte!

Ela sorriu, feliz, pegando a chave da mão dele, depois correu em direção à sala com um aceno para o homem, que seguiu seu caminho. Passou pelo corredor e virou à direita, dando de cara com Daniel sentado no chão, com o violão na mão e a cabeça encostada na parede. Era uma cena bonita. Ele estava com os cabelos bagunçados e as mangas do casaco arregaçadas, uma das pernas esticada e a outra dobrada, o que dava um jeito rebelde para a situação. Só de encarar ele ali, Amanda sentiu as pernas amolecerem e o corpo esquentar de repente. Sorriu, se aproximando, e ele a encarou com uma das sobrancelhas levantada.

— Vai ficar aí só me olhando? — Ele se levantou.

Ela mostrou a chave, e o garoto arregalou os olhos.

— Não mesmo.

Amanda andou até a porta, sentindo a presença dele logo às suas costas. Daniel era mais alto e precisava se abaixar um pouco para encostar o queixo em seu ombro, o que fazia Amanda se sentir sempre muito preciosa, muito protegida.

— Eu adoro seu cheiro — ele disse baixinho, respirando fundo. A garota sentiu os pelos do corpo ficarem arrepiados, girou a chave e abriu a porta à frente.

Daniel encarou o lugar, curioso, mas foi puxado para dentro de repente.

— Entra logo, não dá bobeira aí fora! — ela disse, fechando a porta atrás dos dois.

— Esse é o famoso almoxarifado! — Daniel exclamou, assentindo.

A sala era pequena, cheia de estantes e exalava um certo odor de naftalina, como se não fosse usada com frequência. Amanda acendeu a luz fraca e, rindo, notou um relógio na parede e uma mesa com alguns papéis. Abriu os braços, olhando para Daniel.

— Aqui ninguém vai encontrar a gente.

— Você é bem esperta, eu não teria pensado nisso — o garoto disse, erguendo a sobrancelha, genuinamente impressionado. — Ou isso aqui é lugar de desova de provas policiais, ou onde os professores se encontram pra não serem vistos.

— Amanda levantou a sobrancelha, rindo, e ele continuou: — Sério? Como o Fred nunca falou desse lugar?

— Aparentemente os populares é que vêm aqui com frequência — a garota brincou. Daniel concordou, caindo na isca dela e mordendo o lábio.

Ele deixou o violão no chão e se aproximou dela devagar, dobrando um pouco mais a manga do casaco.

— E aí, o que vai ser? Assassinato e desova de provas ou...

— Cala a boca, Daniel.

Amanda segurou o casaco do garoto, recuando um pouco e o puxando para ela com força. Ele apoiou as mãos na parede, prendendo a garota entre seus braços, encarando seus olhos de cima.

— Eu não consigo parar de pensar em você — Daniel disse baixinho, aproximando o rosto do dela, passando a língua na boca e piscando de forma demorada. — Eu vou dormir pensando na gente dentro daquele carro, eu acordo pensando nas suas mãos no meu cabelo, passo o dia tentando não me lembrar do gosto da sua boca, porque eu sou completamente apaixonado pelo seu cheiro e pelo jeito que você fala o meu nome.

Tirou uma das mãos da parede e segurou o queixo dela, passando o dedão em sua bochecha. Seus dedos eram grandes e cobriam parte do rosto dela com facilidade. Desceu o toque pelo pescoço da garota, sem parar de olhar em seus olhos, sentindo a respiração de Amanda na sua pele.

Ele se aproximou mais, encostando nela aos poucos. Amanda segurou o cós da calça dele, puxando sua cintura para perto e levantando o rosto para beijá-lo. Os lábios se encontraram, quentes, e a garota ficou de leve na ponta dos pés, apoiando as mãos trêmulas nos ombros do garoto. Sempre se enrolava nessas horas. Não sabia o que fazer ou que próximo passo deveria dar, embora soubesse quanto queria Daniel todo só para ela.

O beijo era apaixonado e um pouco bruto, e o garoto segurava Amanda pela mandíbula com as duas mãos, fazendo um carinho de leve com os dedos em suas bochechas. Daniel aprofundou ainda mais o beijo com a língua, lentamente, e a sentiu respirar fundo, quase sem ar. O garoto pôs uma das mãos na sua nuca e, com a outra, envolveu as costas de Amanda, puxando ela ainda mais para perto. A garota sentiu o corpo dele reagir ao seu, enquanto Daniel soltava pequenos murmúrios e gemidos. Segurou o garoto pelos cabelos, afastando de leve a boca dele.

— Daniel... — Ela arfou, soltando um pouco o ar. — A gente não tem muito tempo aqui.

— Eu sei. Só quero poder ficar juntinho de você, assim. — Ele a apertou novamente contra seu corpo, o que lhe tirou um suspiro alto.

Amanda sentiu as pernas tremerem e o corpo ficar muito quente, jogando a cintura para a frente, puxando os cabelos dele. Sentiu os dedos do garoto apertarem a lateral da sua perna, encostando na pele nua debaixo do short curto que ela usava. Ele apertou sua coxa com força, e Amanda deu um impulso, sem pensar, ainda com as costas pressionadas na parede, e colocou as pernas em volta da cintura de Daniel. O garoto a apertou ainda mais, fazendo movimentos com o tronco, sentindo o corpo dela amolecer segurando o seu. A mão dele nas costas de Amanda a segurava com firmeza e confiança no que estava fazendo.

Ela sentiu a pele da perna pinicando e olhou para baixo, se afastando de leve e percebendo que o cinto dele, que era de couro com tachinhas, estava machucando a parte de dentro de sua coxa. Daniel olhou para os lados, mexendo a cabeça em direção à mesa, e Amanda voltou a beijar sua boca, sentindo-o apertá-la ainda mais, movendo os dois em alguns passos.

Encostou o corpo da garota em cima da mesa, e Amanda continuou com as pernas presas ao redor da sua cintura. Ela colocou os braços para cima, observando Daniel de onde estava. Os cabelos bagunçados, a boca vermelha e inchada, a respiração entrecortada e os braços se movimentando para tirar o cinto que a machucava. Amanda arqueou a sobrancelha, sorrindo. Estendeu uma das mãos, puxando o casaco dele para baixo, deixando o garoto só com a camiseta do uniforme. Ele estava visivelmente suado.

Daniel mexeu nos cabelos, tirando os fios úmidos da testa, e voltou a se aproximar dela, com um sorriso no rosto. Amanda segurou no pescoço dele, apertando as pernas em sua cintura e sentindo a língua do garoto invadir sua boca novamente. Ele apoiou um dos braços na mesa, e o outro se moveu para o pescoço dela, puxando seus cabelos pela nuca e sentindo a garota arrepiada.

A mão apoiada na mesa segurou a lateral da coxa dela novamente, e Amanda sentiu sua pele sendo apertada com força. Pensou que ficaria marcada, mas que não era o que importava no momento. Movimentou os quadris para a frente, sentindo-o imitar o movimento, arrancando suspiros dos dois entre os beijos.

— Daniel — ela chamou, respirando fundo, sem ar. Ele tirou a boca do pescoço de Amanda, olhando em seu rosto, com os lábios entreabertos. — Eu não sei o que fazer com as mãos. Eu não... Eu não sou muito experiente nisso.

— Eu esperava que você pudesse me dizer o que fazer — o garoto disse, sem fôlego, fazendo Amanda rir. Os dois se olharam por alguns segundos, só ouvindo a respiração um do outro. — Você pode colocar a mão onde você quiser.

Amanda sentiu o rosto ficar ainda mais vermelho e revirou os olhos. Ele soltou uma risadinha, mexendo a cabeça para afastar a franja, que estava caindo no rosto.

— Eu tô falando sério. Você já me viu de cueca.

Ela concordou, lembrando. Já tinham se visto com menos roupa do que aquilo, ele tinha razão.

Mas não significava que ela sabia exatamente o que fazer. Daniel arqueou a sobrancelha, colocando os braços em volta dela com as duas mãos espalmadas na mesa. Os rostos ficaram próximos, e ele mexeu a cabeça, indicando as costas.

— Vai, pode pegar.

Ela olhou para a calça dele sem mover o rosto.

— Pegar no quê? — Ela arregalou os olhos, dando uma risada.

— Na minha bunda — ele falou, mordendo o lábio. Amanda jogou a cabeça para trás com uma gargalhada.

— Eu já sei que sua bunda é grande — a garota disse, falando mais baixo.

— Como você sabe?

— Eu presto atenção. — Ela revirou os olhos de novo, sorrindo.

— Pode pegar. Eu sou todo seu.

Amanda olhou fixamente nos olhos de Daniel, descendo as mãos das costas para a bunda do garoto. Os dois deram uma risada quando ela encaixou os dedos no bolso detrás da calça dele.

— Você sempre sonhou em fazer isso, né? Pode admitir.

— Era tudo o que sempre quis, como você sabia disso? — A garota levantou a sobrancelha, irônica.

Ele assentiu. Voltou a se aproximar do rosto dela, passando a língua pela boca de Amanda e mordendo o lábio inferior dela.

— A gente ainda tem alguns minutos. — Ele encarou o relógio na parede e encostou as bocas novamente, sentindo Amanda suspirar alto, enfraquecendo o aperto com as pernas em sua cintura. Segurou as costas dela com as mãos, puxando-a ainda mais para perto e recomeçando os movimentos lentos e ritmados, deixando leves suspiros escaparem a cada expiração.

Amanda apertou a bunda dele com força, voltando a encaixar as pernas na cintura do garoto, impulsionando o movimento do próprio corpo. Curiosa, sentindo o garoto tenso encostado nela, mordeu o lábio dele, movendo as mãos do bolso traseiro para a parte da frente da calça. Olhou nos olhos de Daniel, puxando seu lábio inferior com os dentes, conseguindo ver a mudança de expressão no rosto dele enquanto o acariciava. Ele fechou os olhos devagar, sentindo as pernas quase cederem. Amanda ainda observava, como uma novidade, o rosto dele se contorcer em uma expressão diferente, com a testa franzida e a boca entreaberta. As mãos dela se mexiam de leve, passando os dedos pelo cós da calça do garoto, arrancando suspiros dela mesma ao perceber os movimentos que ele fazia.

Ouviram um barulho do lado de fora, e Daniel apoiou a testa no ombro dela, aumentando a distância entre eles, como se lembrasse, de repente, de onde estavam. Respirou fundo, sentindo o peito subir e descer. Amanda se apoiou nos braços, dando uma risada divertida.

— Você vai escapar porque a gente tá na escola — ela disse, deixando um beijo de leve na cabeça dele.

Daniel levantou o rosto, ainda com os olhos fechados. Não se mexeu por alguns segundos, respirando fundo e tentando recuperar o fôlego.

— Muito triste precisar sair desse almoxarifado e ter que fingir pro mundo que eu te odeio.

A menina riu, passando as mãos nos cabelos dele.

— Já tô com saudades — Daniel falou, fazendo bico e se afastando um pouco mais.

— Claro, por que você não aparece hoje de noite lá em casa fazendo drama?

— Tenho dever de trigonometria pra fazer — ele respondeu, chateado. Ela fez uma careta, e Daniel sorriu, se aproximando do ouvido da garota. — Mas vou pensar em você a cada minuto — sussurrou.

— É bom mesmo — ela falou, beijando de leve os lábios dele. — Você pode pensar em mim uma vez a cada hora, é justo.

— Faz mais de dois anos que eu penso em você a cada minuto, fofa. — Daniel soltou o ar de forma engraçada pelo nariz, mexendo nos cabelos e se abanando. Amanda soltou sua cintura, ainda sentada na mesa. — Não vai ser agora que isso vai mudar. Se bem que, depois de hoje, eu vou acabar pensando a cada segundo.

— A gente vai acabar se tornando um daqueles casais chatos e melosos que ficam agarrados o tempo todo.

Ela ficou rindo enquanto descia da mesa, arrumando a roupa, mas Daniel ficou vermelho com a menção de se tornarem um casal. Puxou a camiseta para baixo, pegando o cinto que estava jogando no chão. Quando ela reparou na expressão estranha dele, arregalou os olhos, preocupada.

— Que foi? Eu disse algo errado?

— Você disse que a gente seria um casal.

— E daí? — Amanda perguntou.

— Vamos ser algum dia? Um casal? — Daniel ainda parecia assustado, como se fosse uma informação nova para ele. Amanda virou a cabeça de lado, fazendo um coque nos cabelos que estavam embaraçados.

— Claro que vamos — a menina disse, confusa. — Não vamos?

Daniel beijou os lábios dela, terminando de afivelar o cinto.

— Vamos. A hora que você quiser.

— Amanhã é o dia dos namorados que a professora inventou, você sabe. — Amanda mordeu o lábio, pegando seu violão e respirando fundo para garantir que não estava ofegante. — Sei que não somos namorados, e eu não estou pedindo para sermos. Mas quero que você pense em mim e somente em mim.

— E em quem mais eu pensaria?

O garoto sorriu.

— Eu não sou a única de olho em você nesse colégio, Daniel. Você sabe bem disso.

Ela pareceu meio ofendida. Daniel mexeu novamente nos cabelos, gostando de ver a garota com ciúmes daquele jeito.

— Pensa... — ele a beijou na testa — que você... — beijou na bochecha — é a única... — nos lábios — que pode pegar na minha bunda.

— Sua bunda é uma delícia — Amanda disse, sorrindo. Olhou para a calça do garoto, que colocou as mãos na frente da virilha, envergonhado. Ela levantou a sobrancelha, vendo Daniel pegar seu casaco jogado no chão e amarrar na cintura. — Agora tá melhor.

— Onde essa Amanda estava o tempo todo? O que tá acontecendo aqui? — o garoto perguntou, cruzando os braços. A menina se aproximou, ficando na ponta dos pés e dando um beijo em seus lábios, entregando o violão para ele segurar por uns instantes.

— Nos vemos depois. — Ela caminhou até a porta, girando a chave. — Amanhã vai dar tudo certo, né?

— Mais do que certo. — Ele sorriu com o violão nas mãos, entregando-o de volta para ela quando a garota abriu a porta.

Amanda agradeceu, trancou a porta depois de Daniel e saiu às pressas pelo corredor. Ele se encostou na parede, respirando fundo e sorrindo sozinho, sem conseguir acreditar em como era sortudo.

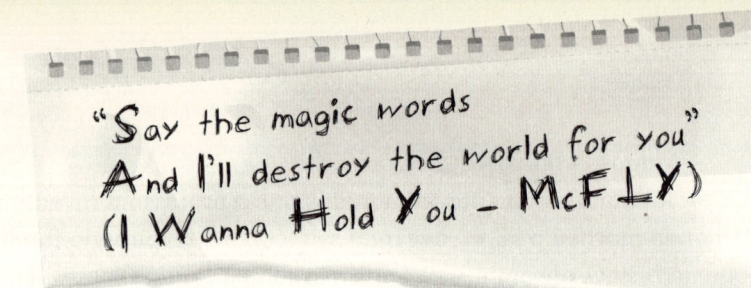

> "Say the magic words
> And I'll destroy the world for you"
> (I Wanna Hold You — McFLY)

trinta e dois

Feliz falso dia dos namorados, fofa.

Foi essa a mensagem que acordou Amanda naquela sexta-feira. Sorriu, chutando o ar de forma infantil e se espreguiçando ainda com o celular na mão. Foi até a janela e a abriu, deixando o sol entrar no quarto, dando bom dia, animada, para a vizinha que cortava a grama sempre naquele horário.

Feliz dia dos namorados totalmente falso pra vc tb, D.

Ela mandou de volta.

Daniel terminou de fritar os ovos com o celular na mão, sorrindo e tentando escapar dos respingos de óleo. Aquele seria um dia definitivamente bom.

Sentiu o aparelho vibrar e viu o nome de Caio na tela.

— Que é? — atendeu, apoiando o celular no ombro e tentando mexer a frigideira sem se queimar.

— Feliz dia dos namorados de mentira! Escuta, tá com o carro do seu pai hoje?

— Deixa eu ver.

Daniel esticou o pescoço e olhou para fora pela janela embaçada da cozinha. Tinha receio de usar o carro dos pais quando eles viajavam, mas o veículo estava ali, parado, dando bobeira.

— Eu tô, cara.

— Pode me buscar, então? Eu preciso levar o teclado pra escola por causa da apresentação, e minha mãe não pode nem sonhar com isso. O teclado da vovó é sagrado, mas né? É o que tem! — Caio comentou, ouvindo Daniel concordar. — E o Bruno tá na casa do Fred, acho. É fora de caminho.

— Como foi a aula particular ontem? — perguntou.

Caio soltou uma risadinha.

— Daniel, ela é incrível! — o amigo contou, sonhador. — Ela é, tipo, incrivelmente o melhor que já me aconteceu. A melhor pessoa do mundo, juro. A gente até sentou junto no piano.

— No piano mesmo?

— No banquinho, né.

— E se beijaram?

— Não, cara! Mas ficamos juntos, sabe? Bem próximos!

— Uau, irado. — Daniel sorriu, irônico. — Eu bem sei como é.

— Ela até ri das minhas piadas, como se eu fosse engraçado.

— É pra casar então, porque tu é ruim demais. — O garoto riu da forma com que Caio falava, apaixonado.

— Mesmo que ela diga que me odeia, eu sei que não é bem assim. Eu posso sentir, mesmo.

— Eu te entendo, cara. — Daniel olhou para longe, pela janela, pensativo.

— Ela é sempre tão bonita... — Caio suspirou. — Que barulho é esse, irmão? — perguntou, ouvindo estouros de óleo do outro lado da linha. Daniel olhou para o fogão e deu um grito.

— Meu ovo, cara, que drooooga! Te pego daqui a vinte minutos, me espera na porta dos fundos! — E desligou, deixando Caio confuso.

Amanda caminhava para a escola com o fichário debaixo do braço. O dia estava bonito, ensolarado, e ela tinha conseguido até fazer uma trança sozinha para os cabelos não ficarem caindo no rosto por causa do vento. Cantarolava um pedaço de *Quero te abraçar*, a música que ia cantar com Daniel no colégio, e chutava pedrinhas pelo caminho, distraída. Ouviu uma buzina e olhou para trás.

De primeira, teve receio que pudesse ser Alberto ou algum dos amigos idiotas dele. Mas, quando viu Caio colocar a cabeça para fora da janela do lado do motorista em um carro sedan prata, ela sorriu.

— Quer carona, Amandinha?

— Falta uma quadra pro colégio, Caio. — A garota parou de andar, colocando a mão na frente dos olhos para conseguir enxergar direito.

— E daí?

O vidro do carro era escuro, e isso impedia que Amanda visse quem mais estava lá dentro. Sabia que não era o carro da mãe de Caio, então franziu a testa tentando enxergar o lado do motorista. De repente, metade do corpo de Daniel apareceu na outra janela, acenando.

— Eu aceito ficar cinco minutos perto de você, não tem problema — ele disse, fazendo a garota rir.

— É, eu também. — Caio deu de ombros. — Acho.

— A gente pode deixar você nos fundos da escola, e daí ninguém vai ver a gente junto! Bora, sobe logo aí! — Daniel sugeriu. Amanda fez uma careta, sabendo que ele estava certo. Seria melhor, de qualquer jeito.

— Até porque vocês vão começar a ficar populares por minha causa. Eu nunca concordei com isso, ninguém nunca pediu a minha opinião. — Ela caminhou até a porta do carro.

— Sendo bem sincero, essa escola faz qualquer pessoa ficar popular, por zero motivo — Caio respondeu, e a garota fez uma expressão ofendida. — Qual é, você sabe que é verdade.

— O que o teclado da sua avó tá fazendo aqui no banco detrás? — Amanda perguntou, se ajeitando e batendo a porta.

— É pra apresentação de hoje. Você não abre a boca sobre isso pra minha mãe, hein.

— Eu vou usar isso contra você pro resto da vida. — A garota apoiou as mãos nos bancos da frente.

Daniel acelerou o carro, olhando para ela pelo retrovisor, sorrindo.

— Aposto que minha música ficou melhor que a de vocês — Caio concluiu, se olhando no reflexo do vidro, arrumando o topete. — Quero dizer, eu e Anna somos gênios musicais.

— Você? — Amanda zombou. — A Anna eu não duvido, mas o que você sabe de música? O Bruno até gosta dessas coisas, sempre inventou que queria aprender algum instrumento, mesmo ele sendo péssimo em qualquer coisa. Mas você reclamou a vida toda de ser obrigado a fazer aula de piano!

Daniel e Caio se entreolharam.

— Bom, não sei muito mesmo, mas sei mais que o Daniel.

— Eu não tô falando nada, tô quieto na minha! — o amigo se indignou, e Amanda deu uma risada.

— Como chama a música de vocês? — quis saber.

— "A garota adormecida" — Caio respondeu. — Linda música, dramática. Anna pensou em toda a história. A voz dela ficou perfeita na melodia com o teclado.

— Você falando da Anna já tá ficando nojento, sério. — Amanda fez careta, fingindo vomitar, e Daniel concordou.

— Vocês dois tão falando o quê? Eu vou te explanar, irmão, concentra aí no volante — Caio disse, fazendo Daniel revirar os olhos e ficar em silêncio.

Amanda franziu a testa, curiosa. Então ele falava dela para os amigos? Será que conseguiria arrancar essa fofoca de Caio em alguma outra hora?

— Eu tô nervosa — Guiga repetia, andando de um lado para o outro na frente da escola. As amigas estavam juntas, como sempre, esperando por Amanda. Isso já tinha se tornado uma rotina.

Fred se aproximou das quatro, sorrindo, com os cabelos presos em um coque e alguns fios soltos, desleixado. Guiga olhou para ele e ficou vermelha.

— Preparadas pra hoje? — ele perguntou, colocando as mãos nos bolsos da calça.

Carol fez careta, ignorando o garoto, mas as outras três sorriram para ele, cumprimentando de volta.

— Se Rafael contribuir... Ele ontem tava inventando que tinha ficado rouco — Maya falou, dando de ombros.

— Se minha dupla aparecer já vai ser um bom começo! — Guiga franzia a testa, se sentindo enjoada.

Fred pareceu comovido, preocupado.

— Estranho ele não ter chegado ainda, sempre vem supercedo. Tentou ligar pra ele? — perguntou.

— Não! Não tenho o telefone dele! — Guiga choramingou. — Mas ele precisa vir. Eu não posso me apresentar sozinha. Não sei tocar violão, nem flauta, nem cantar, nada!

— Vai dar tudo certo! — Fred falou, tentando acalmar a garota.

Quando saiu de perto delas e se aproximou de Bruno e Rafael, que estavam debaixo da árvore na frente do portão da escola, tentando esconder um cigarro aceso para o porteiro não ver, Fred abriu um sorriso enorme, mostrando quase todos os dentes.

— Ih, o que você aprontou agora? — Bruno perguntou, levantando a sobrancelha.

— Desembucha — Rafael disse.

— Vocês vão ver. — Fred piscou.

— Amanda, sério, tá ficando normal você chegar atrasada, e isso me deixa preocupada — Anna disse, rindo, quando a amiga surgiu da esquina correndo.

As outras amigas tinham seguido na frente para a sala de aula, conversando com alguns amigos de Carol, mas Anna ficou para trás com o telefone nas mãos.

— Fingi atender a uma ligação pra te esperar!

— Você é uma grande amiga, obrigada. — Amanda sorriu, olhando para os lados. Fez uma careta e bateu na própria testa. — Ai, como sou burra.

— Esqueceu o fichário em casa? — Anna perguntou, curiosa, vendo um carro prata parar no estacionamento na porta do colégio. Daniel e Caio desceram, conversando, e Amanda encarou a amiga.

— Pior — reclamou, fechando os olhos.

Sentiu um toque no ombro e se virou, vendo Caio parado atrás dela. Ele entregou o fichário para Amanda, sorrindo com ironia.

— Achei na rua. — O garoto piscou, ajudando Daniel a carregar a caixa do teclado para dentro da escola, se afastando delas. Amanda deu um sorriso forçado, envergonhada, e viu algumas garotas irem falar com os dois antes que conseguissem chegar ao corredor.

— Na rua? — Anna não pareceu convencida.

— Você sabe que eu peguei carona com eles — a amiga admitiu, sem prestar muita atenção. Ficou olhando Caio e Daniel se afastando das garotas, depois encarou Anna. — E você e Caio, hein? Ele não para de elogiar sua voz. — Amanda sorriu, vendo a amiga ficar vermelha. — E eu sei que você nem canta tão bem assim.

— Ontem foi divertido. — Ela parecia um pimentão ao falar sobre o dia anterior e a suposta aula de piano, enquanto andavam em direção às amigas, que estavam paradas no corredor perto da sala de aula.

Guiga ainda parecia desesperada, olhando para os lados e ficando na ponta do pé.

— Cadê aquele idiota? Como vou tocar sem ele? — repetia, choramingando.

Anna e Amanda se aproximaram.

— Calma, amiga. Não é o pior que poderia acontecer — Carol disse, entrando na sala quando viu Bruno do outro lado do corredor. — Eu queria que minha dupla tivesse faltado. Sorte a sua.

As outras aulas do segundo ano foram abafadas pelas conversas, fofocas, muxoxos e reclamações sobre a última aula do dia, que seria a apresentação de artes. Alguns alunos até cabularam outras matérias para ensaiar nos gramados, correndo atrás do tempo perdido depois de terem procrastinado nas últimas semanas. Em um certo horário, os outros professores desistiram de tentar ensinar qualquer matéria e só liberaram os alunos para conversarem e tentarem se acalmar.

No fim da manhã, as duas turmas do segundo ano se dirigiram para o ginásio, onde já havia um palco quase pronto para o baile do dia seguinte. As duplas começaram a se encontrar, e Caio pareceu preocupado, vendo Guiga, cercada das amigas, chegar perto da professora de artes. Ela estava visivelmente nervosa.

— Coitada dela, o garoto realmente não veio? — Caio perguntou, arrumando seu teclado em uma das mesas laterais.

Fred deu um sorriso, e Bruno balançou a cabeça e disse:

— Coitado de mim que minha dupla veio. — Ele percebeu que Carol olhava para onde estavam.

— Fico até feliz vendo vocês infelizes assim, essa competição está no papo. — Rafael fez uma dancinha, animado.

Daniel franziu a testa, tentando encontrar Amanda no meio dos outros alunos.

— Não é uma competição, cara. Não vai ter um vencedor.

— Eu duvido. — Rafael sorriu, irônico. — Sempre tem um vencedor.

— É um trabalho valendo nota! — Caio retrucou, confuso, e Rafael concordou.

— E minha nota será mais alta, portanto, eu e meu docinho de coco seremos os vencedores.

— Docinho de coco? — Fred deu uma risadinha, orgulhoso.

— Vocês estão com inveja. Bruno até escreveu a letra da música dele, que tem literalmente duas palavras, na palma da mão. Perdedor demais. — Rafael saiu andando em direção à Maya, e Bruno fechou o punho, irritado.

— Às vezes eu fico me perguntando o que a gente fez de errado pro Rafa ter escolhido a gente como amigos — Daniel sussurrou para Caio, que começou a rir.

Um barulho de microfonia chamou a atenção de todo mundo para o palco, e a professora de artes bateu palmas, animada, pedindo aos alunos que se juntassem mais na frente.

— Primeiramente, feliz lindo dia dos namorados para todos! — ela disse.

— A gente tá em setembro! — Bruno gritou, e a mulher ignorou.

Ela estava com um vestido comprido de cetim vermelho, uma maquiagem exagerada e um sorriso bobo no rosto, como se tivesse esperado o ano todo para aquele dia. Amanda olhou para Daniel, porque os dois tinham certeza de que a professora tinha começado a namorar escondido o diretor da escola e, por isso, ficava inventando essas coisas, claramente apaixonada.

— Nessa mesa, ao lado esquerdo do ginásio, estão os famosos bilhetes anônimos do dia dos namorados, que vocês poderão enviar para quem quiser durante a aula de hoje! Alguns já estão prontos, foram enviados pelas outras turmas! — Ela parecia animada com a dinâmica, embora alguns alunos se entreolhassem, preocupados. — O nosso querido porteiro Zé fez questão de ajudar e vai entregar os recados dos apaixonados!

Todos começaram a rir quando viram seu Zé, com grandes asas brancas, como se fosse um cupido, entrando no ginásio. Ele parecia irritado e mandou todo mundo calar a boca com uma careta.

A professora chamou a atenção de todos novamente, iniciando os trabalhos. Ela solicitou que as duplas ficassem próximas para organizar o processo e não demorarem muito, já que ela só ia liberar as turmas quando todos tivessem se apresentado. Os alunos se entreolharam, preocupados, e vários correram para perto dos colegas.

— Conforme eu for chamando, as duplas já podem subir ao palco — ela completou, descendo e se sentando em uma cadeira solitária logo na frente, de onde conseguia assistir perfeitamente.

Vários alunos conversavam alto, se mexendo de um lado para o outro. Alguns se juntavam para enviar recados anônimos ou apenas curtir com a cara do seu Zé vestido de anjinho. A professora chamou uma dupla, e quase ninguém parecia prestar atenção, enquanto ela estava totalmente entretida, fungando e anotando tudo em seu bloco.

Guiga continuava olhando em volta, nervosa.

— Eu tô muito ferrada. Vou fingir que passei mal, sei lá — resmungou.

— Calma, amiga. — Amanda pôs a mão no ombro dela, também olhando por cima dos outros alunos, procurando. — Não tem como você fazer sozinha?

— Não! De forma alguma — Guiga falou, chorosa.

— E não tem mais ninguém que possa tocar contigo? — Maya perguntou, franzindo a testa ao ver Rafael se aproximando.

— Bom... — Guiga levantou o rosto, ficando vermelha.

— O criador da música? — Anna questionou, dando uma risada. A amiga concordou, voltando a reclamar.

— Mas eu não quero subir no palco com o Fred! Ele nem é do nosso ano!

— E por que não? É só pra ganhar a nota! — Amanda comentou, dando de ombros.

— Não vou me sentir à vontade.

— Você me pareceu bem à vontade com ele lá em casa — Anna lembrou, irônica.

As amigas se entreolharam, e Guiga ficou ainda mais vermelha.

— Não fala isso, Anna.

A professora já tinha chamado e avaliado algumas duplas quando gritou o nome de Guiga e da sua dupla por cima do barulho dos alunos. Quando ouviram o nome da garota popular, a maior parte do ginásio ficou em silêncio e olhou pra ela.

Guiga abaixou a cabeça, derrotada, caminhando até a professora.

— Temos um problema — disse, baixinho.

— Não! Não tem problema algum. — Fred chegou perto dela correndo. Estava com um violão nas mãos, e, de repente, os amigos dele irromperam em aplausos e gritos, assobiando com animação.

Amanda encarou Daniel e Bruno, que estavam gritando, e acabou sorrindo junto.

— Desculpe, professora querida, a dupla da Guiga passou mal e me pediu que participasse no lugar dele. Coitadinho, ele me ligou, estava muito triste por perder essa aula — Fred falou com uma falsa preocupação.

Guiga olhava para o garoto sem entender nada.

— Isso aí, Fred! — Bruno gritou no meio do silêncio do ginásio, arrancando gargalhadas dos outros alunos.

Daniel e Rafael aplaudiam mais forte, cada um de onde estava. Caio mordia o lábio, sem graça, mas batia palmas discretamente, com vergonha.

— Sei. — A professora olhou de Fred para Guiga, com uma expressão confusa. — Tudo bem por mim, apesar de não saber o que o senhor Frederico está fazendo na minha aula... de novo. — Ela enfatizou o final, semicerrando os olhos.

Guiga ficou vermelha, sem saber o que dizer. A garota olhou para Fred e depois para as amigas, dando de ombros.

— Quer parar de olhar pro Daniel e dar apoio pra Guiga? — Anna cutucou Amanda de lado, e a amiga fez um bico, de braços cruzados.

— Tem um monte de garotas em volta dele! — reclamou, baixinho.

Algumas meninas sorridentes entregavam bilhetinhos para Daniel, Bruno e Caio, que pareciam entretidos com essa popularidade repentina. Amanda balançou a cabeça, inconformada, reclamando que era para ser anônimo e que ninguém estava seguindo as regras da dinâmica. Encarou Daniel novamente, depois que Guiga e Fred subiram no palco, se preparando. Quando os olhares dos dois se cruzaram, Amanda fez uma cara de brava e se virou de costas para Daniel, revirando os olhos e querendo, secretamente, que ele fosse falar logo com ela. Daniel sorriu, feliz, sem prestar atenção em nenhuma das garotas em volta dele.

A apresentação de Guiga e Fred foi simples, e fez Amanda esquecer por alguns minutos que estava irritada. Ele tentava animar a amiga o tempo todo, embora Guiga nem se mexesse direito no palco, parecendo um pimentão de tão vermelha. Ela parecia feliz, embora tentasse não demonstrar. Isso deixava Amanda encucada. Se Guiga gostava do Daniel, por que ficava tão envergonhada ao lado de Fred?

— Bruno e Carolina, vocês sabem que essa música não tem pé nem cabeça, certo? — a professora perguntou logo que a "apresentação" dos dois terminou.

— A culpa é toda do idiota do Bruno — Carol respondeu, irritada, descendo do palco.

— Professora, as únicas palavras da letra da música fui eu que sugeri. Ela não fez nada!

— Você sugeriu? Tá de sacanagem?

A garota deu um grito quando ele se aproximou. Os dois, ainda discutindo, pararam em frente à professora, que respirou fundo e fez um movimento com as mãos, mandando os dois saírem de perto para resolverem isso em qualquer outro lugar que não na sua aula. Chamou outras duplas, dando sequência aos trabalhos, preocupada com o horário.

Na vez de Caio e Anna, o ginásio inteiro parou para assistir. Era uma dupla que ninguém imaginava se dando tão bem, por serem tão diferentes. Os dois tocaram juntos no teclado algumas notas simples, mas muito bonitas, e eles pareciam sorridentes e animados, ao contrário de várias outras apresentações.

Amanda percebeu que a professora quase chorou no fim da música deles, o que era um bom sinal.

Quando Maya e Rafael subiram no palco, arrancaram algumas risadas porque a garota parecia irritada e confusa: sua dupla resolveu improvisar com um chocalho sem avisar antes. Maya terminou saindo do palco batendo os pés, mas a professora elogiou o ritmo animado, o que deixou o garoto metido enquanto seguia sua musa ao redor do ginásio.

— A próxima dupla é Daniel e Amanda. Podem subir no palco! — a professora anunciou momentos depois.

Os dois se entreolharam, respirando fundo, ouvindo o silêncio que seguiu o anúncio. Todo mundo parecia ter prendido a respiração, esperando Amanda subir no palco com Daniel, que estava carregando o violão, logo atrás. Não se encararam, tentando fingir uma falta de conexão, algo que era impossível de ignorar. Os cochichos começaram a aumentar, todo mundo comentando sobre os dois.

— A nossa música se chama "Quero te abraçar" — Amanda disse ao microfone, envergonhada.

Daniel começou a tocar o violão, errando várias notas de propósito, enquanto ela quase declamava a letra, sem conseguir cantar direito no ritmo que combinaram. Estavam nervosos, mas, em certo momento do minirrefrão que criaram, eles se entreolharam, sorrindo, e a música pareceu se ajustar naturalmente. Alguns alunos cochichavam sobre a letra romântica, outros comentavam baixinho sobre como os dois ficavam bem juntos, e a maioria batia palmas no ritmo que Daniel marcava com os pés.

Amanda olhava para o garoto ao seu lado, com os cabelos no rosto e o violão nas mãos, sorrindo, pingando de suor por causa do nervosismo, e não podia negar que estava apaixonada por ele. Completamente apaixonada.

— Vocês foram perfeitos! — Anna parabenizou quando os dois desceram do palco sob uma avalanche de aplausos. Alguns alunos cumprimentaram Amanda e Daniel, que se afastaram sem falar um com o outro.

— Obrigada — a amiga agradeceu dando pulinhos de felicidade e abraçando Anna.

— Guiga, você ainda tá vermelha — Carol falou, rindo, um pouco mais tranquila depois da própria apresentação.

— É o calor — disse a amiga, se abanando.

Maya chegou perto, abraçando Amanda de lado, observando o cupido seu Zé se arrastando até elas.

— Tenho bilhetes para as rainhas da beleza. — Ele deu uma piscadinha, sorrindo de leve.

Entregou três papéis para Anna, dois para Guiga e Maya, e quatro para Carol e Amanda. As amigas ficaram sem entender a quantidade. Eram muitos bilhetes! Viram vários alunos rindo juntos enquanto seu Zé passava entre os grupos e as últimas duplas se apresentavam no palco. Amanda olhou para Daniel e ficou nervosa ao ver que ele e os amigos também estavam recebendo um monte de bilhetes.

— Admiradores secretos — Guiga disse, animada. — Adoro isso!

— Gente, o meu! — Anna tossiu, ficando vermelha. As amigas olharam para ela, curiosa. — *Ele adormece e tudo que pensa é em você.*

Ela leu em voz alta e olhou para Caio, que dava gargalhadas com mais cinco bilhetes na mão. Anna sorriu e olhou para as amigas, que estavam confusas.

— Faz parte da letra da nossa música. A gente acabou de cantar isso no palco!

Amanda e Maya se entreolharam, abrindo a boca, impressionadas com a coragem dele. Guiga deu pulinhos, espantada. Não sabia que Caio era galanteador desse jeito e que gostava tanto de Anna assim!

— Que sorte de vocês, meus bilhetes são todos sem noção. — Carol mostrou para as amigas. Eram mensagens de amor e declarações dizendo quão bonita e gostosa ela era. Maya fez careta, e Carol sabia que ela ia começar um discurso sobre o papo machista dos garotos. Não que seus bilhetes fossem muito diferentes.

— Se Rafael não me mandou nenhum, ele vai se ver comigo — ela falou baixinho.

Amanda abriu o primeiro bilhete e teve certeza de que era de Alberto. Era grosseiro e insensível, iludido, como se fossem namorados. A cara dele. O segundo e o terceiro ela não tinha a menor ideia de quem havia mandado, ambos elogiando a garota de forma aleatória. Assim que abriu o quarto, sentiu os pelos do braço ficarem arrepiados, fazendo com que ela sorrisse automaticamente com o coração disparado.

— O que diz nos seus? — Guiga perguntou, curiosa.

— Nada de mais, aposto que foram do Alberto, aquele idiota — respondeu guardando os papéis no bolso. — Já volto, preciso ir ao banheiro!

Quando passou por Anna, enfiou o quarto bilhete na mão da amiga sem que as outras vissem. A garota pegou discretamente e, olhando para Daniel — que seguia Amanda com o olhar —, teve certeza de que eles estavam juntos de alguma forma.

Eu te amo, fofa.

Anna leu o papel e sorriu.

> "It's like hearing a love song and jumping inside it"
> (Happiness – McFLY)

trinta e três

Alberto parou o carro alguns quarteirões antes de chegar à escola. Tinha pensado e repensado em alguns planos e poucas coisas pareciam que poderiam dar certo. Ele ouvia o que as pessoas comentavam pelos corredores. Via Amanda e Daniel se olhando, como se ninguém fosse reparar. Precisava conviver com seus amigos falando o tempo todo sobre como ele tinha perdido a garota de que gostava para um zé-ninguém. Para um nerd, esquisito, perdedor. Alberto não aguentava mais.

Antes que a irmã dele pudesse sair do carro, o garoto fechou os olhos e respirou fundo. Odiava precisar pedir qualquer coisa para ela, porque os dois não se davam bem e ela era extremamente irritante. Não costumavam passar muito tempo juntos, porque Alberto sabia que seus amigos iam ficar como urubus em cima da garota, e a última coisa de que ele precisava era falar mais com ela do que era obrigado. Ela era um saco. Irritante, chata, infantil e muito difícil de conversar.

— Rebeca? — Alberto chamou, fazendo a garota encará-lo com cara de nojo. — Eu preciso da sua ajuda — disse, com dificuldade.

— E quem te fez sonhar que eu te ajudaria com qualquer coisa? — Ela cruzou os braços, sorrindo de forma irônica.

Alberto quase desistiu por uma fração de segundos.

— Eu deixo você usar o meu carro nos fins de semana.

Ela negou.

— Vai precisar de mais do que isso.

Era a pessoa de quinze anos mais irritante do planeta Terra, *puta que pariu*.

— Se servir pra alguma coisa, minha ideia envolve você ficando popular na escola — Alberto disse. A garota levantou a sobrancelha, claramente interessada. — E, se der certo, se tudo sair do jeito que eu quero, tento convencer o diretor a te apresentar para aquela banda de que você gosta.

— A Scotty? — Rebeca sorriu finalmente. Alberto concordou. — Tudo bem então. Do que você precisa, *irmãozinho*?

— Você sabe quem é Daniel Marques? — perguntou. A garota concordou. — Eu preciso que você convença as pessoas de que ele gosta de você.

Rebeca deu uma gargalhada.

— Você sabe que a fofoca na escola é que ele gosta da... Ah. — Ela sorriu, arregalando os olhos e entendendo o que o irmão estava querendo. Fez uma careta, fingindo ter pena dele. — Tadinho, você realmente é patético como eu pensava. Mas estamos combinados. Amanda, em breve, vai ouvir falar de mim.

Naquela sexta-feira, as duas turmas do segundo ano só foram liberadas depois que a maior parte da escola já tinha ido embora para casa. Era quase uma hora da tarde, e a professora de artes só concordou em deixar os alunos saírem quando todas as duplas do trabalho de música terminaram de se apresentar.

Quando Daniel e os amigos estavam caminhando juntos para o portão, uma garota parou em frente a eles, bloqueando a passagem. Algumas pessoas em volta olharam, curiosas. Ela era bonita, alta, tinha cabelos louros cacheados e era do primeiro ano. Daniel já tinha visto a garota pela escola com o grupo de Susana, mas só a conhecia de nome. O rosto era um pouco familiar, mas, sinceramente, ele nunca tinha prestado muita atenção.

— Daniel, posso falar com você? — ela perguntou, falando alto e chamando atenção de quem estava em volta.

Os amigos se entreolharam, confusos, tentando se lembrar de onde conheciam a garota e entender por que uma aluna do primeiro ano ainda estava na escola depois da aula.

Daniel deu de ombros, concordando, mas estava com a testa franzida. Deram alguns passos para longe do grupo dele, e o garoto sorriu, curioso.

— Seu nome é Rebeca, né? — perguntou.

Ela concordou, mexendo nos cabelos.

— Eu te mandei um bilhete na sua aula de artes!

Ele piscou algumas vezes, confuso, puxando pela memória.

— Hoje é um dia especial, é dia dos namorados! — a garota insistiu, e Daniel riu.

— Estamos em setembro.

Rebeca se aproximou, ignorando o tom de voz distante dele e olhando fixo para seu rosto. Daniel não deu a mínima, mas achou esquisito quando ela ultrapassou um certo limite de proximidade.

Ela, então, deu um beijo nele.

Do nada. Sem falar nada nem perguntar se ele queria.

Daniel sentiu a boca da garota na sua e ficou sem se mexer, com a testa franzida. Piscou os olhos, confuso, sentindo os lábios dela gelados e gosmentos, com cheiro de frutas. Era uma sensação estranha. Não era quem ele queria beijar, não tinha se preparado para isso e parecia muito, muito errado. Tentou empurrar a menina pelos ombros, mas sem colocar muita força.

— Ei, ei, ei, Rebeca... Calma, vamos conversar — ele disse, nervoso, tentando não machucar a garota.

Ela não parecia se importar. Daniel olhou para os lados, sorrindo, vendo que algumas pessoas tinham parado para ver a cena. Rebeca tocou o ombro dele como se tivesse intimidade, fazendo o garoto dar um passo para trás.

— Danny, eu sei que você gosta de mim, tá tudo bem.

— Eu? — ele perguntou, assustado. Balançou a cabeça, fazendo uma careta, mas sorriu logo depois, pensando que, se fosse muito grosseiro, poderia magoar a garota ou deixá-la triste. Estava muito confuso. Ninguém nunca tinha feito algo assim com ele antes. — Não, Rebeca, escuta...

Mas ela colocou os braços em volta do pescoço de Daniel, fazendo-o se encolher, desconfortável, sem se importar com o que o garoto falava.

— Por favor, não faz isso — ele pediu.

— Daniel, não precisa dizer nada, ok? — Ela foi se encostando, fazendo-o dar alguns passos para trás, tentando se afastar.

— Não, Rebeca, eu não quero isso! Eu não gosto... de você — ele tentou explicar, mas ela não parecia ouvir uma palavra. Olhou para os lados, nervoso. Alguns outros alunos estavam olhando, e ele ficou muito assustado. — Rebeca — disse, mais firme, e empurrou a garota com um pouco mais de força. Então ele virou a cabeça.

E seus olhos encontraram os de Amanda, que descia as escadas com as amigas. Ela estava pálida, com a boca entreaberta, sem entender o que estava vendo.

— Rebeca, chega — ele implorou, ainda encarando Amanda de longe. Balançou a cabeça, olhando para Rebeca e a afastando pelos ombros. Olhou para os lados, procurando Amanda novamente e percebendo que ela passava ao lado deles, batendo os pés, com as amigas logo atrás.

Não conseguia acreditar no que estava vendo. O que Daniel estava fazendo abraçado com outra garota? Logo depois das últimas semanas, da aula de artes, do bilhete dizendo que a amava?

Amanda fungou, tentando conter as lágrimas. Parou perto do portão, vendo as amigas se aproximando, preocupadas. Não queria chorar, não queria fazer drama, mas era mais forte que ela. As lágrimas começaram a cair na hora, e ela tentava não soluçar. Era seu Daniel, e ela estava apaixonada. Ele não podia fazer isso com ela, justo agora.

— Amanda, o que houve? — Anna perguntou, preocupada. Encarou Daniel, que estava um pouco distante, mas ele ainda estava conversando com aquela garota aleatória. Anna se aproximou da amiga, sem entender o que estava acontecendo. Amanda soluçava, apertando os olhos.

As pessoas que passavam por elas olhavam, curiosas.

— Dor, eu... — Ela respirou fundo, pensando em alguma desculpa para não preocupar ninguém. — Eu estou morrendo de cólica, nunca senti isso — disse entre soluços, limpando o rosto molhado. Não queria que as pessoas a vissem daquele jeito. Ainda bem que a escola estava praticamente vazia e que quase todo mundo já tinha ido embora.

— Sério, amiga? Isso é péssimo, eu sinto muitas dores também. Quer um remédio? — Maya abraçou Amanda, mas a garota negou.

— Valeu, mas acho melhor eu só ir pra casa. Posso encontrar vocês amanhã? Vou tentar descansar — disse.

— Deixa que eu te levo — Anna ofereceu, inquieta.

— Não! Não, vocês iam pra sorveteria, então não mudem os planos por mim. — Tentou sorrir, vendo a amiga franzir a testa. — Amanhã nos falamos, acho que vai ser bom andar um pouco. Dizem que melhora a circulação e tudo mais. — Ela apertou o fichário entre os braços.

Com pressa, saiu andando e acenou para as amigas sem dar oportunidade para que falassem qualquer outra coisa. Ainda não podia acreditar no que tinha visto, e sua cabeça fervilhava de pensamentos ruins. Quando, finalmente, se viu distante do colégio, algumas ruas depois, ela se deixou levar pelas emoções e não segurou mais o choro. Estava exagerando? Talvez. Mas sentia o coração partido, *de novo*, depois de anos, e aquela sensação ruim parecia estar se repetindo. Talvez Daniel não fosse o garoto certo para ela. Talvez ele não merecesse o que ela sentia!

— Amanda, espera! — Ela ouviu a voz dele, mas não parou de caminhar. O garoto estava correndo atrás dela. Amanda não se virou. Queria muito encará-lo e ouvi-lo dizer que gostava dela e que aquilo não significava nada. Mas continuou andando, com raiva. — Amanda? Me escuta, por favor!

A rua estava vazia, e ele se esforçou para alcançar a garota. Ela parou quando virou a esquina, sem olhar para ele, atrás de um caminhão parado.

— Eu preciso ir pra casa, Daniel. — Ela enxugou as lágrimas, ainda de costas. — Eu não tô bem.

— Amanda — ele sussurrou, se aproximando dela e encostando a mão em seu ombro de leve. Respirou fundo, desesperado. — Amanda, aquilo não foi nada.

— Eu esperava ouvir isso. — Ela sorriu, triste, mas continuou virada de costas, sem encarar o garoto. Começou a roer a unha, nervosa. — Eu não precisava ver uma coisa dessas depois de ler seu bilhete, sério. Eu tô muito mal.

— Olha pra mim — ele pediu, baixinho.

Ela fechou os olhos, balançando a cabeça. Sentiu a pele arrepiada com a voz dele tão perto e se virou devagar. Levantou o rosto e encarou o garoto.

— Por favor, não chora, me desculpa. Me desculpa, eu não fiz... Eu não...

Ela abaixou os olhos, sentindo as lágrimas descerem pelo rosto.

Daniel segurou o queixo dela, levantando seu rosto novamente e fazendo com que Amanda o olhasse nos olhos.

— Não sei por que ela tentou me beijar, acho que ela gosta de mim — ele falou de forma infantil, confuso, tentando compreender.

— *Eu* acho que ela gosta de você. — Amanda apertou a boca, mordendo o lábio.

— Mas eu não gosto dela. Nem conheço ela direito, eu fiquei sem reação.

Daniel passou os dedos no rosto de Amanda, secando o caminho de algumas lágrimas.

— Eu acredito em você — ela disse, abaixando os olhos. — Mas doeu demais ver isso. É inevitável ficar triste.

— Eu sei, fofa, me desculpa. — Ele encostou a testa na dela, fechando os olhos. — Desculpa, desculpa, mil desculpas. Eu nunca quis fazer você chorar.

Amanda olhava para o rosto dele bem perto do seu. Acreditava nele e ficou com mais vontade ainda de chorar por perceber, mais uma vez, como ele era bonitinho e sincero com ela. Passou os polegares nas bochechas dele, se afastando um pouco.

— Eu não consigo ver você com mais ninguém, Daniel. Sei que não é legal falar isso, que é egoísta da minha parte, que você não é nada meu e que não tenho esse direito. — Ela fungou. — Achei que podia lidar com isso, mas não posso.

— E não precisa, porque eu não quero ficar com mais ninguém! — ele falou, sério, segurando o rosto dela com as mãos. Amanda ficou na ponta dos pés, dando um beijo de leve nos lábios do menino.

— Bom saber disso. Tá tudo bem. Obrigada por vir falar comigo — disse, baixinho, e secou as próprias lágrimas, fungando de novo. — E eu não acredito na audácia dessa garota! Ela te beijou sem você deixar? Isso é errado, não é? Não é só porque você é um cara e...

— É errado, com certeza. — Ele sorriu de leve, sem conseguir se segurar ao ver a cara irritada de Amanda.

— Eu tô muito brava. — Ela sorriu também, esfregando os olhos. — Sempre quis sair na porrada com alguém e estava esperando momentos como esse na minha vida — disse, séria, fazendo o garoto gargalhar do nada.

Amanda sorriu ainda mais ao ouvir o riso alto dele.

— Você... gostou? Do beijo? — perguntou, insegura, ficando séria de novo.

Ele negou.

— Não foi ruim — Daniel disse, sendo sincero. — Mas eu não queria. Foi esquisito.

— Que bom — Amanda assentiu, concordando. Coçou o nariz, que com certeza estava vermelho. — Mas eu preciso ir pra casa, minhas amigas acham que eu não tô passando bem, e você... tem que dar carona pro Caio para ele levar o teclado da vó de volta. A mãe dele vai surtar se chegar em casa mais tarde e perceber que sumiu.

— Coitado do Caio! Me dá um minuto! — Daniel se afastou um pouco, segurando a mão dela. — Eu vou correndo até a porta da escola e dou as chaves do carro pro Caio, daí volto pra te encontrar aqui. A gente sai pra andar, pode ser? Me espera?

— Daniel...

— Já volto, rapidinho!

Ele a beijou de leve nos lábios e voltou correndo para escola sem dar tempo para ela negar. Amanda ficou parada, sorrindo sozinha, apaixonada, o sentimento ruim muito longe e distante, como se nunca tivesse existido. A garota encostou no muro e ficou esperando. Esperaria quanto fosse por Daniel.

Assim que Daniel voltou, Amanda sugeriu que eles se afastassem daquela rua. Não queria arriscar cruzar com Alberto ou qualquer outra pessoa que pudesse tornar aquele momento um inferno... de novo. O garoto concordou, e os dois andaram lado a lado em silêncio.

— Eu realmente acho que a gente foi bem. No trabalho de artes — Amanda disse depois de um tempo, tentando começar uma conversa.

— Também acho. Eu fiquei nervoso, nunca tinha subido num palco — ele mentiu.

— Você se saiu bem, mas tava suando muito! — Amanda olhou para o garoto, que coçou a cabeça com uma cara engraçada.

— Aposto que você adorou isso.
— O quê?
— Me ver suado. — Ele levantou a sobrancelha.
— Eu não preciso subir num palco pra ver você suando, Daniel — ela provocou. Olhou para os lados, se sentindo esperançosa de que as coisas fossem ficar mais fáceis e leves dali para a frente. Queria fazer Daniel sorrir. — Eu posso, por exemplo, correr de você.

Amanda deu de ombros, vendo o garoto confuso e então saiu correndo. Ele ficou sem reação de início, sem entender o que estava acontecendo, mas começou a rir e correu atrás dela. Os dois atravessaram a rua e pararam perto de um mercado, se apoiando em um muro.

Eles se olharam e começaram a rir, ofegantes, puxando o ar com dificuldade.

— Viu? — Ela passou a mão na testa suada dele e depois limpou na camisa, com cara de nojo. Continuava sem respirar direito, se achando muito infantil, mas sem sentir nenhuma vergonha.

Daniel abriu a boca como se estivesse magoado com a reação enojada dela ao seu suor e então largou os livros no chão, abraçando a garota com força. Amanda começou a dar gritinhos porque Daniel estava todo suado, assim como ela, e seguia esfregando o rosto e os cabelos nela.

— Daniel! — ela gritava.

— Agora vê... se aprende que... tem outras maneiras... — ele dizia lentamente e de forma pausada, esfregando o rosto nela, que tentava se afastar dando gritos entre risadas — melhores e... mais confortáveis... de me ver... suado!

— Daniel — Amanda ficou vermelha, falando o nome dele baixinho —, você tá ficando muito pervertido.

Ele deu uma gargalhada, apoiando as mãos nos joelhos para recuperar o fôlego. Pensou no que deveriam fazer e como aquele dia poderia durar uma eternidade. Daniel viu um ônibus no ponto vazio e, sem pensar duas vezes, correu e fez sinal.

— Vem, vamos sair daqui — ele sugeriu, sorrindo e puxando a mão dela com ele.

— Pra onde esse ônibus vai? — sentaram lado a lado em um banco no fundo. Daniel olhava pela janela, que estava toda aberta para deixar o vento entrar.
— Praia.

— Não chega de experiências com praia? — Amanda colocou a língua para fora.

— Não! Você experimentou um lado ruim. Vamos correr na praia, fazer castelos na areia molhada e jogar gravetos pra cachorros na beira do mar — ele disse poeticamente.

— Não temos cachorros e eu nem sei fazer castelinhos de areia.

— Você tem prazer em estragar minha diversão — ele retrucou, fingindo desgosto e balançando a cabeça, caindo na risada logo depois. — Vamos ter que inventar outras coisas pra fazer então.

Amanda tinha que se acostumar com o jeito que ele sorria e olhava para ela, com o jeito que era irônico e divertido, ao mesmo tempo carinhoso e preocupado. Aquele olhar que ele dava, levantando a sobrancelha e piscando o olho, fazia ela sentir um frio na barriga e os joelhos fracos. Como se acostumaria com algo assim?

— Eu posso te enterrar na areia — ela propôs depois de um silêncio.

Ele mostrou a língua, voltando a colocar o rosto para fora da janela.

A garota sorriu e encostou o queixo no ombro dele, mordendo o lábio.

— Daniel?

— Hum? — Ele continuou virado para o vidro, mas seu coração batia cada vez mais forte sempre que ela dizia o nome dele.

— Você quer ter quantos filhos? Digo, não comigo. — Amanda começou a rir quando ele se virou com a sobrancelha arqueada.

— Ah bom, já ia perguntar se você não tava indo rápido demais.

— Daniel! Apenas por curiosidade, tipo, o dia em que você resolver ter filhos. Quantos?

— Hum... — Ele pensou. — Quero ter uma família enorme. Vários moleques correndo de nariz escorrendo pela casa. Duas garotas presas dentro da casa de bonecas. Minha esposa grávida chegando com uma criança vestida de Batman no colo e sentando comigo no sofá. O Bruno, Rafael e Caio também estarão lá, bebendo cerveja em frente à televisão, vendo *De volta pro futuro*, *As tartarugas ninja* ou então *Eurotrip* — ele dizia, viajando no próprio mundo, enquanto ela sorria. — E, bom, Fred pode estar dentro do quarto dando uns amassos com uma amiga da minha esposa, enquanto meus dois gêmeos se escondem nos armários para não serem pegos.

— Só isso? — Amanda perguntou, sorrindo.

Ele negou.

— Minha casa vai ser enorme, porque eu preciso de pelo menos um quarto pra cada quatro crianças. Então, uma média de dez quartos na casa está bom.

— Você não quer uma família, quer um batalhão?

— Nahhh — ele disse, sério e pensativo, depois abriu um sorriso de repente. — A gente podia montar uma orquestra!

— E onde entra sua esposa nisso? — Amanda perguntou, ainda com o queixo no ombro dele.

— Comigo, ué.

A garota assentiu, se perdendo no que ele dizia enquanto prestava atenção no seu rosto iluminado pelo sol. As sardas ficavam mais visíveis e os olhos brilhavam, com cílios grandes, refletindo a luz. Ele era tão lindo que Amanda podia ficar observando o garoto falar qualquer abobrinha por horas.

— Coitada da pessoa que aceitar se casar com você. Espero que ela saiba no que está se metendo — disse, dando corda para a imaginação de Daniel.

Ele concordou, confiante.

— Ela vai saber. — Ele sorriu. — E vai adorar a ideia.

O ônibus deu um solavanco ao parar, e Amanda se desencostou do garoto quando ele se levantou. O vento que entrava pelas janelas tinha cheiro de maresia, e ela não tinha sequer percebido que já estavam na praia. O ponto do ônibus ficava em uma área deserta, embora desse para ver um ou outro guarda-sol avisando que tinha vida humana por ali, mesmo distante.

Amanda logo se lembrou da noite do baile, suspirando, e não sabia se pensava em coisas boas ou ruins sobre aquele lugar. Ambas as lembranças eram fortes, embora nenhuma delas contasse com um dia tão ensolarado e bonito daquele jeito.

Seguiu Daniel até o calçadão e, depois, até a areia. Ele parou e tirou seus tênis All Star, e a garota o imitou, segurando as sapatilhas junto com o material da escola.

— Teria sido mais inteligente ter deixado isso em casa.

Ela colocou os pés na areia, sentindo o quentinho gostoso e a textura macia, deixando um suspiro escapar. Daniel olhava para o céu meio acinzentado adiante que, mesmo com o sol, acabava deixando-o preocupado. O mar estava belíssimo, e as ondas batiam com força na areia, fazendo um barulho gostoso e trazendo no vento a maresia.

— Vamos deixar as coisas aqui.

Ele apontou para um lugar na areia onde batia a sombra das árvores do calçadão logo atrás. Largou o tênis, os livros e tirou o cinto que estava usando. Amanda concordou e também deixou suas coisas.

— Normalmente eu daria um chilique por causa da areia nas minhas coisas. — Ela sorriu, prendendo os cabelos em um coque malfeito. — Mas não vou fazer isso hoje.

— Porque é sexta e você vai ter o final de semana pra limpar tudo! — ele falou, rindo, tirando a blusa do uniforme. Amanda olhou para o chão e depois levantou o rosto, observando o corpo de Daniel na sua frente, debaixo do sol. Os ombros e o peito muito branquelos, com muitas sardas espalhadas, cheio de curvas e algumas dobrinhas. As mangas da camiseta tinham deixado marcas leves nos braços dele, como se Daniel só pegasse sol com a roupa. Amanda sorriu, mordendo o lábio e olhando fixamente para os seus olhos.

O que ele tinha dito mesmo?

Daniel a puxou pela cintura, e Amanda deu um gritinho de susto ao ser erguida em um abraço. A menina ficou sem jeito porque, como ele era mais alto, ela não conseguia ficar na ponta do pé de forma estável na areia e pensou que fosse cair algumas vezes.

— Você tá linda — ele disse.

Amanda, segurando o pescoço dele, deu um beijo de leve em seus lábios. O vento passava forte entre eles, empurrando o cabelo do garoto e os fios soltos do coque dela para seu rosto, quase entrando no olho dela.

Em meio a uma risada, passando a mão no rosto, Amanda se afastou do abraço e quase caiu para trás. Ela sorriu para ele e saiu correndo para perto da água. Daniel riu, balançou a cabeça, vendo os cabelos dela se soltarem e voarem como ondas no vento, e foi atrás.

Amanda parou de repente quando sentiu a água gelada nas canelas. Daniel veio no impulso, e, por pouco, os dois não caíram na areia. Eles começaram a rir.

— A água tá fria, vamos embora! — Amanda exclamou, dando pulinhos enquanto as ondas iam e voltavam nos pés dela e Daniel esfregava as mãos.

— Só fica fria se a gente estiver do lado de fora — ele disse, levantando a sobrancelha.

A garota arregalou os olhos na hora em que foi pega no colo, com as pernas em volta da cintura dele. Esperneou e gritou, abraçada ao pescoço de Daniel.

— Se você se sacudir mais, a gente vai cair na areia, e não na água! E daí eu acho que pode doer um pouco!

— Não faz isso, Daniel! Vai me sujar toda!

— Eu vou te jogar na água, Amanda! NA ÁGUA! — Ele riu, jogando o rosto para trás. — E não vem com chilique de patricinha pra cima de mim, não, que não cola. Você não tem mais esse efeito em mim.

Ele entrou no mar, a água nos joelhos, e deu alguns pulos gritando que estava gelada demais. Amanda se se soltou dos braços dele, desistindo de lutar.

— Eu falei.

Ela sentiu Daniel pulando e apertou ainda mais o pescoço do garoto. Ele soltou um grito quando a água chegou ao seu umbigo e molhou a roupa dela. Os dois desataram a rir até que uma onda bateu no peito de Daniel, deixando Amanda encharcada.

— No três? — ele perguntou.

Ela negou, balançando a cabeça.

— Não me solta — pediu, com a bochecha grudada na dele.

— Então vamos mergulhar os dois de uma vez. — Ele se virou meio de lado, ainda com ela nos braços, para que a onda não batesse com força direto em Amanda.

Ela riu com o cuidado que ele teve e se afastou um pouco, olhando para o rosto do garoto. Ele a encarou de volta, sorridente, com os cabelos cacheados balançando no vento.

— Daniel? — ela chamou, soltando uma risadinha pelo nariz. — Eu também amo você, tá?

Quando o garoto arregalou os olhos e sentiu os joelhos amolecendo, uma onda quebrou em cima deles, derrubando os dois. Eles levantaram, ensopados, com os cabelos bagunçados grudados no rosto e gritando de frio. Daniel a beijou nos lábios e a garota sorriu, arrumando os cabelos dele, sem ver outra onda vindo logo atrás.

> "Won't you break me
> And make me feel used
> Cause I want to know"
> (Break Me - McFLY)

trinta e quatro

Daniel e Amanda estavam sentados lado a lado na areia da praia. O garoto abriu as pernas e, com um graveto, começou a desenhar. Ela ficou um tempo encarando o que ele rabiscava, em silêncio, sentindo uma felicidade e uma tranquilidade inexplicáveis. Queria se sentir daquele jeito para sempre.

— Daniel, você escreveu meu nome errado!

Ela passou a mão na areia, apagando parte do que ele tinha feito. O garoto olhou para o coração desenhado entre as suas pernas, com os olhos arregalados, vendo que estavam faltando algumas letras. Soltou uma risadinha pelo nariz, sem olhar para ela.

— Eu tava distraído.

— Pensando em quê? — Amanda se inclinou para a frente, olhando o rosto dele. O vento forte secava os cabelos deles, e ela começou a ficar com frio com a roupa ainda molhada.

Daniel olhou de volta.

— Você disse que me ama — ele respondeu, sério.

Ela ficou vermelha e mordeu o lábio.

— Acho que disse mesmo — murmurou.

— Amanda. — Ele fez uma pausa, respirando fundo. — Por que ficamos nos escondendo?

Ainda estava sério, com a testa franzida de leve. A garota suspirou e ficou de pé, sentindo o vento na pele. Olhava para Daniel, que estava só de calça, com os cabelos caídos no rosto e uma expressão confusa. Ela sorriu de nervoso e sentou novamente, sem saber o que fazer.

— Se eu te amo e você me ama... — ele continuou baixinho — ... importa tanto assim se as pessoas não gostam de mim?

Ela escondeu o rosto nas mãos, sem dizer nada. Sabia que Daniel tinha razão de questionar, que isso devia ser muito difícil para ele também e que nada, nadinha, era culpa dele. Amanda tinha medo, não sabia o que fazer. Medo de Alberto fazer algo, de Guiga descobrir, de perder amigos de novo, de estragar as coisas, da maldade das outras pessoas e de como ela não sabia nada sobre o amor.

Ela amava Daniel. Era a única certeza que tinha.

Mas o que isso significava?

Que veria sua vida afundar, levando quem ela ama junto, como seus pais? Que teria que ver as pessoas sendo ruins com quem ela gostava, sem ter nenhum poder para defender? Que teria que, talvez, magoar uma das suas melhores amigas?

Suspirou, sem saber o que responder. Levantou o rosto e encarou a expressão confusa de Daniel, em silêncio. O garoto deu um sorriso fraco e baixou os olhos para a areia entre as pernas, redesenhando o coração e escrevendo os nomes deles juntos.

— É melhor a gente ir embora — Daniel disse depois de terminar o desenho, se levantando e tentando ignorar o momento desconfortável que tinha acabado de acontecer. Estendeu a mão para Amanda, que aceitou a ajuda para se levantar também, batendo a areia das pernas.

— Pra onde a gente vai?

— É sexta à noite. — Ele sorriu, ainda segurando a mão dela. — Quer jantar lá em casa?

— Claro que eu não fui jantar na casa dele — Amanda disse, sentada em sua cama, algumas horas depois.

Anna, do outro lado da linha, ficou confusa.

— Você é uma tonta mesmo, eu não te entendo! Achei que gostasse dele!

— E eu gosto. — Amanda gemeu, se jogando de costas e fechando os olhos. — Gosto muito.

— Mas você vai estragar tudo com medo de acabar estragando tudo? — Anna perguntou, irônica.

— Eu me sinto diferente quando penso nele. É como se nada mais existisse! E eu não sou assim, é assustador.

— Isso chama namoro na adolescência.

— O dia em que você gostar tanto de alguém e o dia em que esse sentimento doer na mesma intensidade, você vai me entender — Amanda falou baixinho, esfregando o rosto.

Anna concordou, parecendo triste de repente.

— Acho que vou. Enfim. Guiga tá doida atrás de você. Melhor ligar pra ela.

As duas se despediram e desligaram. Amanda suspirou alto, mordendo o lábio, antes de discar o número de Guiga com um aperto no peito.

— Calma, amiga, fala devagar — Amanda pediu, vendo Guiga chorar sentada no sofá de sua casa. Tinha pedido para se encontrarem, mas já chegou até Amanda chorando. E era horrível ver alguém tão sorridente e sempre tão pra cima triste desse jeito.

Apoiou as mãos nos joelhos da amiga, respirando fundo junto com ela algumas vezes.

— Eu não sei. Dói tanto isso, e estou cansada de me esconder, inclusive dos meus pais — falou entre um soluço e outro.

Amanda franziu a testa.

— Você tá mal porque... Pelo que me falou aquele dia no baile?

Guiga concordou, juntando as sobrancelhas como se confessasse algo que não era muito fácil de falar em voz alta.

— Eu gosto de alguém que não deveria, você sabe disso. Mas tô sofrendo muito mais do que imaginei.

Amanda assentiu, mordendo a bochecha por dentro.

— O garoto que tem D e E no nome? — gaguejou, por ser a última coisa que queria ouvir. Era como o pesadelo de alguns anos voltando com toda força.

— Você sabe, amiga. Eu nem quero falar isso em voz alta, de verdade. Fica muito mais real e é assustador, porque tem tantas coisas contra! — Guiga soluçou, apertando a mão de Amanda, suplicante.

— Sei — concordou, apertando a mão da amiga de volta.

— E eu não sei o que fazer. Eu não deveria gostar dele! A gente tem uma reputação a zelar, estamos no segundo ano, ainda temos tempo pela frente naquele colégio, e você sabe como as pessoas podem ser cruéis. — Ela voltou a chorar. — E ainda tem os meus pais. Eles nunca, nunca, me deixariam namorar alguém como ele. E não param de perguntar quando vou arrumar um namorado! Ficam tentando marcar encontro com os filhos dos amigos, e eu odeio isso!

Amanda queria acalmar Guiga, mas sentia um nó tão grande no peito que mal conseguia dizer algo. Se sentia egoísta, culpada, uma pessoa horrível.

— Mas ele é tão charmoso. Ele fica passando por mim na escola e daí foi... inevitável! Já faz muito tempo, você sabe.

— Eu entendo — Amanda tentou consolar a amiga, mas só queria começar a chorar junto. Era tão injusto.

— Eu sei que entende. Já estivemos em um problema assim juntas, não é? — Guiga perguntou, sorrindo de leve. — Agora sou só eu e mesmo assim é difícil. Queria que você me ensinasse a superar isso.

— Você tem que ser forte.

Amanda não sabia mais o que dizer. Tentava segurar o choro a todo custo.

— Você acha que eu devo contar pra ele? E, tipo, ignorar todo mundo e tal? Ou não? Não, né? Acho melhor não... — Guiga divagava sozinha.

— Você tem que fazer o que acha melhor.

— O que você faria?

Amanda gelou. Sentiu os joelhos tremerem e o coração acelerar.

— Eu? — perguntou, com os olhos arregalados. Guiga confirmou. — Eu não sei... Não sei se teria coragem de contar pra todo mundo — disse, sincera.

— Eu sabia! Porque é o mesmo que eu sinto. A gente custou a chegar onde está, não é? Eu lembro como nós duas éramos quando eu entrei na escola... Na verdade, não era tão ruim.

— Já foi pior. — Amanda sorriu sem vontade. — Na verdade, Guiga, tudo tá aqui. — E apontou para o peito da amiga, que sorriu. — Você precisa fazer o que for melhor pra você em primeiro lugar.

— Eu não posso fazer nada. É melhor esperar e ver se passa, não é? Dizem que essas paixões da nossa idade costumam não durar muito.

— Verdade.

Amanda sentiu a garganta seca quando Guiga a abraçou.

— Obrigada. Você é uma amiga incrível, sabia? Ia ser muito difícil passar por isso sem você.

Ficaram abraçadas, e tudo em que Amanda conseguia pensar era que fazia as pessoas sofrerem. Ninguém em volta dela conseguia ser feliz. Seus pais, seus amigos, o garoto de quem gostava... ela fazia mal para todo mundo.

Guiga se afastou, sorrindo, agradecida por conseguir desabafar.

— Preciso ir pra casa agora. Tá ficando tarde e você sabe como são meus pais com esse lance de horário. Minha mãe já deve estar chegando pra me buscar.

Depois que a amiga se despediu, Amanda fechou a porta e desabou no sofá, chorando compulsivamente. Ela era uma pessoa horrível e não queria mais fazer ninguém sofrer. Ninguém.

Encolhendo-se no sofá, continuou chorando e acabou adormecendo na sala.

Amanda sentiu alguém cutucando seu ombro. Abriu os olhos devagar, com a luz do sol no rosto, e fez uma careta, incomodada. Puxou uma almofada para cima do rosto, percebendo que estava deitada no sofá.

— Amiga, acorda. — Anna a sacudia. — Já são onze horas da manhã, seus pais não estão em casa? — Olhou para os lados. — A porta da frente estava destrancada.

— Eu sei lá onde eles estão. — Amanda respondeu sinceramente, dando um bocejo. Ainda tentava lembrar o que tinha acontecido e por que estava dormindo no sofá.

— Estava tentando te ligar, a gente combinou de almoçar juntas no restaurante do meu tio, lembra? — Anna cruzou os braços. — Estava caindo direto na caixa postal, então eu vim aqui. Aí você vai lá pra casa comigo depois, já avisei minha mãe. Podemos nos arrumar juntas pro baile de hoje à noite.

— Eu não estou com vontade de ir pra nenhum baile — Amanda resmungou, se levantando.

— Claro que não tá, é sempre a mesma ladainha. Vamos ver a Scotty!

Anna parecia animada, diferente de Amanda, que se levantou quase se arrastando.

— Você tem dez minutos pra tomar banho, meu tio deixou uma mesa reservada pra gente. O almoço lá no fim de semana fica lotado!

Amanda concordou, sem forças para rebater e sentindo a cabeça dolorida. Subiu correndo a escada para seu quarto e acabou se lembrando do que tinha acontecido na última noite. O que ia fazer? Como ia encarar Daniel depois da conversa com Guiga? Ainda bem que ele não costumava ir às festas da escola, assim ela poderia pensar melhor antes de tomar qualquer atitude.

— Sábado é um dia perfeito! O melhor dia da semana! — Caio pôs os pés em cima da mesinha de centro da sala, sorrindo.

Rafael e Bruno estavam assistindo à TV, enquanto Fred e Daniel tocavam violão.

— Você deveria estar ensaiando, e não com essa pose de quem já é profissional — Fred zombou.

Caio deu uma gargalhada.

— Você viu quantas pessoas vão pra escola no fim de semana pra me ver no palco?

— Que confiança toda é essa? — Fred perguntou, orgulhoso, dando tapinhas no braço do amigo.

Daniel, ao lado do amigo, apontou com a palheta na direção de Caio.

— Você tinha era que estar nos ajudando com a música de hoje.

— Como anda? — Caio tirou os pés da mesa, curioso. — Digo, a letra?

— Eu gostei bastante, e Daniel disse que é melhor chamar de "Perto do lago" mesmo — Fred respondeu.

— Que nome feio — Rafael resmungou, depois deu um arroto. — Parece nome de livro de mistério.

— A letra não significa exatamente o que tá no nome, não tem mesmo um lago — Daniel explicou, ignorando o garoto. — Coisas estão subentendidas.

— Que tipo de coisas? — Caio perguntou e olhou para o amigo enigmático.

— Fácil. Exemplo: *você não tem que provar nada pra ninguém, o que nós decidirmos fazer não significa que ele precisa saber.*

— Ele quem? — Rafael perguntou, franzindo a testa. — No caso real.

— As pessoas. Todo mundo. É uma analogia. — Daniel sorriu, se sentindo inteligente. — Como se você estivesse incentivando alguém a agir e não ter medo do que os outros vão dizer.

— Gostei disso. — Caio mexeu a cabeça, indo para perto de onde Daniel anotava a letra da música.

Levaram um susto quando Bruno e Rafael gritaram de repente para a tela da televisão.

— Nãããããão! Sem-vergonha! — Rafael fez bico.

— Seu time é uma droga, Rafa, desiste!

— Vocês estão realmente assistindo futebol americano? — Fred perguntou, confuso.

Bruno concordou.

— Só não sei quais times estão jogando — respondeu.

— Eu escolhi o de azul, e Bruno torce para o de vermelho. — Rafael bateu palmas. — Vamos, meus queridos, ainda dá tempo de virar esse touchdown!

— Vamos ignorar os dois e voltar ao trabalho — Fred disse, se virando para Daniel e Caio, que estavam sorrindo. — Então, "Perto do lago" hoje de noite? Dá tempo de decorar a letra?

— Se precisar, eu anoto na mão — Daniel respondeu, sentindo o celular vibrar. Viu que tinha uma mensagem e entregou seu violão para Caio, se levantando.

— Já volto.

E foi para a cozinha o mais rápido que pôde.

Sorriu antes mesmo de ler a mensagem, pois viu que era de Amanda.

Vai estar em casa de noite?

Não! Não ia estar, era dia de baile na escola! Nem ela deveria ficar em casa!

Não, vou com Bruno pra casa do tio do Caio. Pq?

Respondeu rapidamente, torcendo para que a garota fosse à festa. Sentou na cadeira da cozinha e batucou na mesa até receber outra mensagem, ansioso.

Pq vou ficar em casa, acho. Sem ânimo pra dançar.

Daniel respirou fundo. Sabia que tinha estragado as coisas na praia, no dia anterior, mas ela precisava ouvi-lo cantar. Mesmo sem saber que era ele!

E a Scotty?

Ele mandou, com a esperança de que Amanda pelo menos quisesse ver a banda. Ela era uma inspiração para ele, e Daniel achava que não poderia fazer seu melhor sem a presença de Amanda.

Ainda ñ sei, tenho q sair agora. Se cuida. Bjos.

Ele leu e franziu a testa. Alguma coisa estava errada. Será que tinha realmente estragado tudo entre os dois?

> "I threw a house party and she came
> Everyone asked me
> Who the hell is she?"
> (5 Colours In Her Hair – McFLY)

trinta e cinco

— Eu não vou hoje — Amanda disse quando chegou à casa da Anna. — Não tô legal.

— Isso é por causa da conversa de ontem com a Guiga? Ela disse alguma coisa?

— Eu tô me sentindo um lixo.

Amanda escondeu o rosto nas mãos. Anna levou a amiga até a cozinha e a sentou na bancada. Olhou profundamente para ela, com carinho e paciência.

— Pode me contar, você sabe que pode.

— A Guiga queria me dizer que estava apaixonada pelo Daniel — falou, triste.

Anna franziu a testa, sem entender.

— Você tem certeza? — perguntou, desconfiada.

— Tenho! Ela chorou, disse que tava na mesma que eu e tudo mais — Amanda explicou, segurando o choro. — E disse que o cara que ela gostava tinha D e E no nome. Sabe? Como que eu vou olhar pra cara do Daniel agora?

— Você contou pra Guiga que também gosta dele?

— Eu não vou fazer mais mal pra ela, Anna. — Amanda negou com a cabeça. — Tá decidido.

— Um dia você vai pra praia com Daniel, se declara pro garoto e depois dá um pé na bunda dele sem explicação! — Anna fez uma careta. — Tá maluca? E quando se arrepender? Acha que ele ainda vai estar lá te esperando? O mundo não gira em torno de você, amiga.

— Você é a segunda pessoa que me diz isso. — Amanda se levantou. — Eu sei que tava sendo egoísta, com os dois.

— Se você quer continuar com ele, ótimo. Assume, conversa. E, se quiser fazer igual no nono ano e se afastar, ignorar o que tá sentindo, precisa assumir também.

— Eu sei. — Amanda voltou a sentar. — Eu penso nele o tempo todo.

— Se você não fala, eu nunca ia saber — Anna disse de forma irônica, servindo Coca-Cola para as duas.

— É tão óbvio assim? — Ela sorriu de forma triste. A amiga concordou. — A gente tem uma química legal.

— Uma pena que ele é um excluído na escola, né?

— Isso não é justo comigo, essa não é a única razão que me deixa confusa. — Amanda fez bico, e Anna bebeu um gole do refrigerante antes de responder, pensativa.

— Eu sei. Me desculpa.

— Eu mandei uma mensagem, e ele também não vai pra festa hoje, como sempre. Vai sair com Bruno e Caio — Amanda reclamou.

— Ah, é? — Anna franziu a testa. — O que eles vão fazer?

— Por que esse interesse todo? — Amanda perguntou e sorriu ao ver a amiga enfiar a cara no copo.

— Nada — respondeu ela, suspirando. — Bom, se você vai ficar em casa, eu fico contigo e a gente assiste a algum filme. Pode ser?

— Não precisa ficar por mim, eu sei que você quer ir.

— Eu quero ficar. Também preciso de um tempo.

As duas se entreolharam de forma carinhosa. Como ninguém nunca avisou que crescer era tão cansativo assim?

— Ela não veio, Bruno! Ela não veio! — Daniel repetia, nervoso, no *backstage*.

Rafael e Caio conversavam de forma animada com Fred, enquanto Bruno, que ensaiava os movimentos da música, tentava acalmar Daniel.

— Ela pode chegar a qualquer minuto, relaxa, cara — Bruno disse, embora também tivesse a impressão de que Amanda não iria mesmo.

— Eu não estou com nenhuma vontade de tocar.

— Nem vem — Caio disse, se levantando. — Pode parar, isso é sério. Vamos tocar, vamos arrasar, e você nem vai sentir a falta dela.

— A Anna também não veio — Rafael anunciou, espiando pela lateral da cortina do palco. Viu somente as outras três amigas conversando com um grupo de garotos bonitos.

— O quê? — Caio quase gritou. — Ah, não, que droga! Vamos desistir, tá decidido.

Fred abriu os braços, balançando a cabeça. Entregou o bastão de maquiagem branca nas mãos de Daniel, que estava todo emburrado.

— Passa isso debaixo da máscara, dá seu melhor e depois liga pra ela quando chegar em casa. Não vai adiantar ficar desse jeito agora — sussurrou.

Bruno franziu a testa, achando que todo mundo sabia de algo que só ele não sabia. Ficou quieto, mas não era bobo. Em algum momento, Daniel e Amanda iam precisar contar tudo o que estava acontecendo. Ele se levantou enquanto o amigo terminava de passar a maquiagem no rosto e colocava a máscara. Jogou uma baqueta em Caio, fazendo com que ele se levantasse também.

— A gente tá junto nessa, panacas. Vamos derrubar esse ginásio.

— Vamos levar *As tartarugas ninja*? — Amanda sugeriu na locadora. Usava um moletom cinza enorme e um shortinho jeans.

Anna fez careta, negando.

— Ai, amiga, seu gosto pra filmes tá meio ruim.

Amanda devolveu o DVD para a estante, desapontada.

— A gente pode ver *O pestinha*! É muito bom, Daniel disse que...

— Não. Nada de Daniel. Vamos ver *Legalmente loira*? — Anna perguntou, feliz da vida. Amanda deu de ombros. — O que foi? Não tá contente?

— Eu já vi.

— E daí? Você também já viu *As tartarugas ninja* que eu sei. Você me disse.

Amanda ficou sem argumento. Queria ver algum filme que fizesse com que ela se lembrasse de Daniel porque, apesar de tudo, estava com saudades demais. Tudo que via acabava fazendo Amanda pensar nele.

— Não tem uma tartaruga ninja que chama Daniel? — Anna olhou para a amiga, que deu uma risada.

— Não!

— Se você me pedir pra alugar mais algum filme esquisito de nerd, a gente vai ver *American Pie II* pela décima vez.

— Tanto faz. — Amanda revirou os olhos, devolvendo para a prateleira o DVD de *Eurotrip* que segurava.

Anna seguiu para o lado da locadora onde ficavam os romances, afastando Amanda dos filmes que Daniel assistiria.

— Nada como um Ashton Kutcher pra nos fazer feliz num sábado à noite!

— Feliz... com dor de cotovelo, isso, sim! — Amanda reclamou.

Tudo que ela queria era falar com Daniel, o que poderia fazer?

Daniel saiu do banho e ficou encarando o telefone. Não sabia se ligava para Amanda ou não. Talvez devesse mandar uma mensagem para saber se ela estava bem? Já passava da meia-noite, ela podia estar dormindo. Ele não conseguia parar de se perguntar por que ela não tinha ido ao baile. Com quem será que tinha saído?

Ele tinha estragado tudo sendo tão sentimental?

Sentou na cama, enrolado na toalha, triste. Sempre fazia tudo errado.

De repente veio a voz de Bruno, do lado de fora do quarto:

— Eu já sabia! Quem você acha que eu sou? — Daniel ouviu, curioso. — Te peguei no flagra, sabe? Aquele papinho da sua amiga? Nem vem com essa. Não. Não. Você não me engana, cara.

Bruno entrou no quarto falando em um celular, e Daniel fez uma careta quando viu que era o seu.

— Eu vou passar pra ele, mas é bom você pegar leve. Ele é sentimental. — Bruno encarou o amigo, com um sorriso no rosto. — Ele tá só de toalha, sentado na cama. — Ele começou a rir, batendo nas pernas e ignorando Daniel, que gesticulava pedindo explicações sobre o que estava acontecendo e com quem ele estava falando. — Boa noite, Amandinha.

Ah.

Bruno passou o telefone para ele sem dizer nada e saiu do quarto. Daniel ficou encarando o celular por um tempo, com os olhos arregalados, pego de surpresa pela ligação.

— Oi — disse, confuso.

— Você tá bem? — Amanda perguntou, baixinho.

Daniel sentia o coração disparado. Então ela não estava brava com ele?

— Não muito. Tô cansado.

— Beberam muito?

— Por incrível que pareça, não — respondeu, e a garota riu em resposta.

Amanda ficou em silêncio, ouvindo a respiração dele, e fechou os olhos antes de falar o que se passava na cabeça dela.

— Daniel? Você tem *Os caça-fantasmas* na sua casa?

— Tenho. Por quê? — O garoto deitou na cama e ficou olhando para o teto.

— E quem tá aí com você? Além do imbecil do Bruno, que atendeu ao telefone.

— Bom... — Ele voltou a sentar, ainda confuso. — Na real, o Bruno tá indo embora, mas o Caio vai dormir aqui. Por quê?

— Um segundo. — Amanda pareceu tampar o bocal do telefone, mas ainda dava para ouvir sua voz ao fundo. Ela falou alguma coisa sobre Caio e Daniel estarem juntos, e o garoto ouviu alguém responder. Depois disso, Amanda começou a choramingar, e uma voz soou, perto do telefone:

— Vai, fala logo!

Daniel estava confuso.

— Ainda tá aí?

— Hm... Será que eu e Anna podemos ir ver o filme aí com vocês? — ela quis saber.

De repente, o sorriso de Daniel ficou maior que seu rosto.

— Aqui? Nós quatro?

— Eu também acho meio doido. — Ela riu alto, envergonhada. — Então, podemos?

— Óbvio! Óbvio que podem! Nem precisava perguntar, fofa. — Ele se levantou correndo, e o celular caiu quando tentou se vestir ainda com o aparelho apoiado no ombro. — Alô? Ainda tá na linha?

— Daqui a quanto tempo podemos ir?

— Agora! Nesse instante! No momento em que você quiser... — ele falou rápido, desengonçado. — Ai, droga!

— Que foi?

— Nada, eu descobri que não consigo vestir a cueca e segurar a toalha falando ao telefone.

— Eu não precisava saber disso. Vemos vocês em dez minutos?

— Cinco — ele disse, fazendo Amanda rir.

Ele desligou, abobado. Aquilo estava realmente acontecendo? Sentou na cama, finalmente de cueca, e sorriu, passando as mãos nos cabelos molhados. De repente, ficou de pé e disparou pelo corredor com as calças na mão.

— Caio! Caio! Caio!

O amigo estava sentado no sofá comento salgadinho, já com a roupa do show trocada por uma calça jeans e uma camisa do Foo Fighters.

— Barata de novo? — o amigo perguntou.

— Cadê o Bruno?

— No banheiro. — Caio apontou. — Por que você tá sem calça?

— Anna e Amanda estão vindo pra cá em cinco minutos — respondeu com um gritinho fino.

Caio engasgou com o salgadinho e não conseguia parar de tossir.

— Hã? Você ficou maluco?

— Não! Não! Ela me ligou e disse que elas querem ver *Os caça-fantasmas*. Do nada!

— O filme de 1984?

— É o único que existe.

— Meu favorito! — Caio ergueu os braços, animado, o que causou mais uma crise de tosse.

Bruno começou a rir quando saiu do banheiro e viu os amigos desesperados.

— Ainda bem que não vou dormir aqui, imagina ficar de vela? — Ele pegou a chave do carro enquanto os dois reclamavam. — Comportem-se, usem camisinha, e, Daniel, se você magoar a Amanda, eu quebro a sua cara.

— Não vai precisar disso, que grosseria. — Daniel fez uma careta, encostando no lado do rosto que tinha levado um soco algum tempo antes.

Caio se levantou.

— Eu preciso tomar outro banho.

— E eu vou ligar pro mercado 24h pra pedir papel higiênico e algumas cervejas. Garotas usam muito papel higiênico, e acho que acabou o que tinha aqui.

Daniel correu de um lado para o outro e pegou o telefone, ainda com a calça na mão. Bruno ficou observando os dois amigos agitados e riu com a cena. Que idiotas.

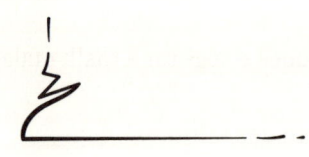

Vinte minutos depois, estavam os quatro sentados no sofá, assistindo ao começo de *Os caça-fantasmas*. Caio e Amanda se divertiam, falando juntos algumas falas que tinham decorado, enquanto Daniel e Anna pareciam tensos e um pouco deslocados.

— Vou ao banheiro — Anna disse, se levantando. Caio pausou o filme. — Onde fica?

— Mostra lá pra ela, Caio, é bem no fim do corredor — Daniel respondeu.

A garota lhe lançou um olhar engraçado ao ver Caio se levantando, de prontidão. O que Daniel queria era falar com Amanda a sós, mesmo que rapidinho. Eles mal tinham trocado algumas palavras, e Daniel não tinha tido muita coragem de olhar direito para ela, ainda confuso.

— Ele vai tão animado. — Amanda riu, observando Caio e Anna seguirem para o fim do corredor, e olhou para Daniel, sentado do outro lado do sofá. — Como você tá?

— Com saudades — ele sussurrou.

— Desculpa por mais cedo, tem muita coisa acontecendo ao mesmo tempo.

— Tá tudo bem, eu não quero ser mais um problema.

O problema sou eu mesma, Amanda pensou. Suspirou alto, porque tudo que mais queria era abraçar Daniel e sentir o cheiro dele. Olhou com uma expressão triste para o garoto, que estendeu o braço, chamando-a para perto. Amanda olhou para o corredor, receosa de os amigos aparecerem do nada, mas Daniel deu de ombros.

— Corre, vem aqui.

E puxou a garota.

Amanda começou a rir, sentindo os braços dele em volta de sua cintura. Daniel encostou o nariz no pescoço dela, apertando-a com força. Olhou seu rosto sorridente e deu um beijo estalado em seus lábios, sorrindo de volta. Ouviram as vozes dos amigos, e Amanda se desvencilhou do abraço, sentindo o rosto vermelho. Anna sabia sobre eles, mas Amanda não sabia se Daniel tinha contado para Caio. Além disso, ficou com vergonha por ter dito para a amiga que iam até lá só para conversar.

Daniel esfregou a mão nos lábios, olhando para Anna quando voltaram para a sala. Ele se sentia intimidado, porque Anna sempre pareceu muito madura comparada a eles.

— Sua casa é linda, Daniel — ela elogiou. Caio apareceu atrás, concordando, todo contente.

— Obrigado. Minha mãe é fã daquelas revistas de decoração — Daniel respondeu, meio nervoso, cruzando e descruzando as pernas. — Querem alguma coisa pra beber?

— Eu quero — Amanda confirmou.

— Eu também. — Caio assentiu.

— Tudo bem, vou pegar. — Daniel parou para pensar de forma nada natural e chamou Amanda, como se fosse uma ideia aleatória. — Me ajuda? Eu só tenho duas mãos.

Ela se levantou, fazendo careta. Caio e Anna se entreolharam, tentando não rir, e voltaram a se sentar no sofá, enquanto os dois corriam para a cozinha.

— Eles acham que a gente é idiota — Anna disse, e Caio balançou a cabeça.

— Vamos ver até onde eles conseguem esconder isso.

— Vocês só gostam desses filmes estranhos? — ela perguntou logo depois.

Caio deu uma gargalhada, pensando que, se qualquer outra pessoa falasse isso, ele ficaria ofendido. Mas Anna era diferente.

Daniel, deixando Amanda passar para a cozinha primeiro e entrando em seguida, fechou a porta atrás de si e a puxou pela cintura. A garota tampou a boca antes que um grito de susto escapasse, então começou a rir, passando os braços pelo pescoço dele. Empurrou Daniel de costas contra a porta e grudou a boca na dele, intensificando o beijo repentino e quase desesperado.

Amanda sabia que aquilo não era o certo a se fazer. Que estava confusa, que não tinha certeza de nada e que podia continuar magoando o garoto e uma de suas melhores amigas.

Mas estava completamente viciada.

— Temos que voltar logo, eles vão ficar entediados sozinhos na sala.

Ela beijou o queixo de Daniel, mas se afastou. Ele continuou encostado na porta, com os olhos fechados e recuperando o fôlego. Mexeu nos cabelos, concordando mesmo sem ter prestado atenção no que a garota dissera.

Amanda pegou algumas garrafas de cerveja na geladeira enquanto Daniel colocava uma pizza congelada no forno. Em seguida, voltaram os dois para a sala, a garota na frente.

— Daqui a pouco a pizza fica pronta — Daniel disse, com as bochechas coradas, sentando de volta no sofá.

Amanda se aproximou para distribuir as bebidas, vendo Anna franzir a testa e notando que o único espaço vazio era entre Daniel e Caio. Piscou algumas vezes, confusa.

— Adoro pizza — Anna falou, como se não tivesse se espremido no canto do sofá de propósito para os dois sentarem juntos. Caio encarou a garota, querendo rir. Ele não era muito discreto.

Amanda sentou, sentindo a perna encostar na de Daniel, abrindo a garrafa de cerveja e bebendo um gole enorme enquanto o filme voltava a rolar. A sala estava em meia-luz, e, dessa vez, Anna e Caio pareciam mais distraídos e confortáveis do que os outros dois.

Toda vez que Daniel se mexia, Amanda sentia sua perna encostando na dela. Não estava prestando atenção em nada do filme.

— Ai, que nervoso. Eles engolem os fantasmas pra dentro desses aspiradores — Anna comentou, fazendo Caio rir.

— Essa é a ideia. — Daniel balançou a cabeça, bebendo mais um gole de cerveja.

— É totalmente surreal, você sabe que não vai aspirar ninguém com isso! — Anna continuou.

— Bom, eu também sei que é surreal alguém se casar com Freddie Prinze Jr. e, mesmo assim, eu já vi quinhentas vezes *Ela é demais* feliz da vida — Amanda entrou na discussão.

Anna olhou surpresa para ela, pois esperava apoio.

— Ok, beleza, eu não fazia ideia de que estava dividindo a sala com três nerds esquisitos. Uma que acaba de se revelar! — Os três riram. — Mas eu não me conformo com o aspirador!

Depois de algumas garrafas de cerveja e da derrota do Homem de Marshmallow, os quatro continuaram discutindo quais eram seus filmes favoritos. Amanda já tinha tirado o casaco de moletom, e Anna sentia tanto calor que precisou prender os cabelos.

— *Beleza americana* é muito bonito — Caio disse quando questionado.

— Mais do que *Eurotrip*? — Daniel pareceu ofendido.

— O Scotty só se ferra! É muito difícil viver isso no dia a dia e precisar ver as mesmas coisas em todos os filmes! — Caio retrucou, e o amigo concordou.

— Hum... — Amanda bebeu mais um gole de cerveja, sentindo a cabeça mais leve e os dedos pinicando ligeiramente. — Ainda prefiro *A fantástica fábrica de chocolate*.

— Jura? — Daniel sorriu. — Eu gosto muito também, mas prefiro a versão antiga.

— Eu fico com *American Pie* — Anna escolheu, e os outros três encararam a garota.

— Um clássico! — Caio declarou.

Amanda suspirou quando Daniel colocou a mão em seu joelho, encostando na pele nua. Sentiu os pelos do corpo ficarem arrepiados e cruzou as pernas instintivamente. Anna e Caio continuavam falando sobre *American Pie*, em um mundo particular só dos dois, e Amanda encarou Daniel, sentindo as bochechas vermelhas. Colocou o cabelo para trás da orelha, piscando os olhos de forma lenta. O garoto estava com a camiseta quadriculada de botão aberta no peito, bebendo sua garrafa de cerveja meio distraído.

Anna reparou em como a amiga olhava para Daniel e cutucou Caio de leve.

— Tô sentindo cheiro da pizza, vamos ver se tá pronta? Eles foram pegar as bebidas, nada mais justo que a gente pegue a pizza. Certo? — perguntou, e Caio concordou.

Os dois se levantaram, sem olhar para os amigos que continuaram sentados no sofá.

Assim que eles saíram da sala, Daniel passou o braço por trás de Amanda e segurou a nuca dela com força. Ela se sentiu derreter inteira, tocando a perna dele.

— Isso é legal, né? A gente poder ficar juntos e passar tempo com nossos amigos ao mesmo tempo — Daniel disse baixinho, puxando Amanda para mais perto, beijando logo embaixo da orelha e sentindo a pele arrepiada da garota.

— Eu sempre te falei que a Anna é incrível, você que nunca acreditou em mim! — Amanda disse em tom de brincadeira.

— Claro que acreditei! Além do mais, o Caio também fala isso o tempo todo.

— Vocês querem ketchup?

Amanda e Daniel responderam que não e voltaram a se olhar.

— Isso tudo me deixa ainda mais confusa porque sinto muito a sua falta — ela gaguejou, apertando a perna dele por cima da calça, de olhos fechados. Voltou a encarar Daniel, colando os lábios nos dele e sentindo o gosto da cerveja gelada. Suspirou um pouco alto demais. — Você precisa ter paciência se quiser ficar comigo.

— Eu tenho toda paciência do mundo. — O garoto sorriu. — Eu só fico sentimental às vezes.

Ouviram o barulho da porta abrindo com força quase ao mesmo tempo em que Anna gritou anunciando que a pizza estava pronta. Amanda se ajeitou no sofá, tomando um gole da garrafa que estava quase no final.

Caio vinha logo atrás de Anna, rindo, e falou:

— Não precisa gritar desse jeito!

Anna encarou os dois sentados no sofá, fazendo a cara mais sonsa que conseguiam. Quem eles queriam enganar, vermelhos do jeito que estavam? Pensou no que poderia inventar para que os dois passassem ainda mais vergonha e sorriu, olhando para Caio, de repente.

— Que tal a gente jogar Verdade e Consequência?

> "I never was a cool kid
> No one ever really gave a damn what I did"
> (Air Guitar – McBusted)

trinta e seis

Amanda estava numa baita ressaca moral e passou a semana inteira ouvindo as amigas reclamarem de tudo sem abrir a boca para falar nada sobre si mesma. Não queria diminuir seus sentimentos, mas sabia que precisava tomar uma decisão. Não conseguiria ficar muito mais tempo daquele jeito, se sentindo culpada não importava com quem estivesse.

Durante o dia, ouvia Guiga chorando sobre seu coração partido. Ouvia Carol contando sobre vários outros garotos e ignorando Bruno na escola. Ouvia Maya conversando com Rafael e depois reclamando dele. Não ouvia Anna, que parecia triste e mais calada do que nunca. E, à noite, conversava com Daniel pelo telefone, se sentindo culpada por não poder fazer mais por ele naquele momento.

Ele merecia ser visto. Merecia ser amado do jeito que dava amor, e Amanda não sabia como agir ou como se sentir menos culpada por achar que não fazia o suficiente.

No intervalo de sexta-feira, estava andando com as amigas pelo pátio cheio, tentando ignorar as fofocas que rolavam.

— Eu acabei de ouvir que o Daniel saiu com a Rebeca, aquela garota bonita do primeiro ano. Isso é verdade? — Maya perguntou assim que encontraram uma mesa vazia.

Amanda franziu a testa, dando de ombros, então olhou para Guiga, que parecia curiosa com a informação.

— Rebeca não é a irmã do Alberto? — Anna perguntou, e Amanda negou.

— O nome da irmã dele não era Sofia?

— Esses garotos são esquisitos demais, olha lá. — Carol balançou a cabeça, vendo o time de basquete sentado por perto, encarando a mesa delas. — Eles ficam olhando pra gente o tempo todo, mesmo depois de tudo.

— Não vou nem olhar de volta, o Alberto sempre tenta falar comigo. — Amanda mexeu nos cabelos, se sentindo ansiosa ao pensar no garoto. Não conseguia esquecer as palavras dele sobre machucar Daniel.

Carol, sentada na frente dela, de repente acenou para alguém às suas costas. Amanda se virou, esbarrando em quem se aproximava sem que ela percebesse.

— Desculpa! — disse, sentindo alguém encostar em seu ombro.

Um garoto estava parado atrás dela, e Amanda ficou desconfortável com o toque repentino.

— Nicolas! — Carol chamou, animada, olhando para ele. — Ele é filho do amigo do meu pai, lembram? Do time de natação!

As amigas se entreolharam, concordando.

— Finalmente uma ocasião pra falar com vocês, é difícil ter a atenção dessa mesa aqui na escola — ele respondeu com uma voz grossa, tirando a mão do ombro de Amanda. O garoto era bem bonito, parecia um ator mirim das comédias de Hollywood, com os cabelos muito loiros e os olhos claros. — Esse aqui é o Kevin. O Breno precisou faltar hoje porque está treinando na piscina lá no colégio municipal.

Amanda não fazia ideia de quem eram, mas assentiu, tentando ser simpática. O garoto parado perto de Nicolas também era bonito, de um jeito bem diferente do mini Leonardo DiCaprio. A pele era mais escura e o corte de cabelo, mais estiloso. Usava brincos dourados e sorria de forma animada, como se já conhecesse as meninas há tempos.

Amanda ficou encucada, ainda tentando se lembrar de onde conhecia o garoto. Ele era bem familiar.

Aqueles dois pareciam fazer parte de uma boyband, com estilos totalmente opostos aos garotos do time de basquete e dos marotos. Estavam mais arrumados e pareciam mais velhos.

— Vocês são do terceiro ano? — Maya perguntou, e os dois concordaram.

Amanda olhou em volta e percebeu que as pessoas estavam olhando ainda mais para elas, agora que os dois tinham se aproximado. Não eram de se enturmar muito, deviam estar curiosas sobre os nadadores do último ano.

— Já vimos vocês andando com um dos perdedores da escola — Nicolas disse, irônico. — Ele é da nossa sala. Queremos apenas avisar que o garoto é completamente doido, se vocês não sabem.

— Só com um? — Carol questionou, fazendo-o rir.

Amanda e Anna se entreolharam.

Daniel estava se aproximando com o grupo de amigos, distraídos conversando. Assim como Fred, ele estava com um chapéu de papel, enquanto Bruno, Caio e Rafael riam da cara dos dois. Viviam em um mundo à parte, o que começava a fazer Amanda sorrir ainda mais quando olhava para eles sem querer.

— A cada dia mais linda... — Fred disse quando passou pela mesa delas, olhando para Guiga.

Guiga ficou vermelha de repente. Daniel encarou as cinco, fixando o olhar em Amanda assim que se afastou da mesa delas, vendo a garota abaixar o rosto. Que ótimo, ela agora tinha ficado amiga dos riquinhos populares e intocáveis da natação. Será que ainda dava tempo de Fred envenenar a piscina deles?

Amanda estava distraída, tentando resolver uma equação na aula de matemática, quando um pedacinho de papel caiu na sua mesa. Olhou para o lado e viu Guiga dar uma risadinha, mandando-a ler. A garota sorriu, lembrando-se de quando eram mais novas: elas faziam isso o tempo todo. Abriu o bilhete.

Acho que ele também gosta de mim.

Amanda leu algumas vezes, mordendo o lábio. Sentiu aquela culpa invadi-la de novo, mas forçou um sorriso e respondeu:

Você tem certeza?

Fechou os olhos, de frente para o livro de matemática, esperando o que a amiga ia escrever. Será que Amanda estava perdendo alguma coisa? Daniel nunca nem tinha falado de Guiga para ela.

Tenho. Quase, né? Carol disse que ele olha pra mim diferente. O que você acha?

Ela pensou no que deveria dizer. Não achava nada, devia estar completamente fora de si nos últimos tempos para não conseguir ver nada disso à sua volta. Estava tão apaixonada por Daniel que isso fez com que perdesse a noção? Respondeu uma bobagem qualquer, com um coração desenhado, e recebeu outro bilhete, dessa vez de Carol. Olhou para as amigas quando o professor virou de costas, as vendo darem risada, e não conseguiu não rir junto.

O que você achou do Kevin, hein? Acho que ele gostou de você!

Amanda leu o papel e soltou ar pelo nariz, fazendo mais barulho do que esperava e chamando a atenção do professor. Kevin tinha gostado dela? Ele parecia legal e simpático... Será que Amanda estava realmente assim tão fora da realidade que não conseguia enxergar nada além de Daniel?

— E se aqueles caras chamarem as meninas pra sair? — Daniel perguntou, trocando as cordas da guitarra.

Era de tarde, e os garotos estavam na sala de Bruno. Rafael e Caio disputavam uma queda de braço, e Daniel não fazia ideia de como Caio, que era bem maior, estava perdendo.

Bruno se jogou para trás, caindo no sofá ao lado de Daniel, claramente irritado.

— Presta atenção, seu pateta.

— Você é muito agressivo comigo — Daniel reclamou com uma careta. Bruno apertou o pescoço do amigo com o braço em um mata-leão.

— Eu sei que você e a Amandinha se gostam e que estão saindo juntos pelas nossas costas. Todo mundo aqui já sabe.

Ouviram um estrondo, Rafael batendo com a mão de Caio na mesa de centro. Ele se virou para os dois com os olhos arregalados. Daniel tentou se livrar do aperto de Bruno.

— Como é que é? — Rafael perguntou em um grito. — Então eu tava certo!

— Vocês são muito burros! — Bruno falou, soltando Daniel. — Eles já saíram várias vezes!

— Sério? Cara, que legal isso! — Rafael vibrou. — Eu tava certo mesmo!

— Você me machucou, idiota — Caio reclamou, massageando a mão dolorida, e olhou para Daniel. — Eu já sabia mesmo. Não sou tonto, apesar do que vocês acham. Foi engraçado demais ver como vocês disfarçaram mal pra caramba naquele dia na sua casa.

— O quê? — Daniel olhou para ele, ofendido. — Você tava fingindo o tempo todo?

— Eu sou um bom ator.

— Só eu que não sabia de nada? — Rafael brigou. — Daniel, como é dar uns beijos em alguém tão popular?

— Cala a boca, Rafa! — Bruno tentou chutar o amigo, que se esquivou.

— A gente não está junto.

— Mas o Bruno disse...

— Ela diz que não pode ser vista comigo, que as amigas não podem saber, que *ninguém* pode saber, que precisa de tempo pra se acostumar com a ideia de ficar comigo. — Daniel deu de ombros.

— Eita.

Rafael fez uma careta enquanto Caio balançava a cabeça e completava:

— Pega leve também, ela deve ter os seus motivos. Amanda sempre foi esquisita, sempre se cobrou demais.

— Verdade — Bruno concordou. — Desde pequena, ela chora por tudo, esconde o que tá sentindo, e, desde que o pai saiu de casa da última vez, acho que ficou mais fechada ainda.

— Ela nunca falava sobre os pais.

Caio ficou pensativo, e Bruno assentiu novamente.

— Eles não são o melhor exemplo de relacionamento, né.

— E ela tá acostumada com gente bonita e popular — Caio continuou. — E do nada aparece um cara feio que nem você, perdedor, despopular ao quadrado, se é que existe essa palavra, e cheio de amor pra dar. É claro que ela ia ficar apavorada!

— Eu não sou tão feio assim... — Daniel deu mais uma ajeitada no cabelo, recebendo um tapa nas costas de Bruno, que se levantou do sofá.

— Claro que não, mas aqueles caras que ficaram falando com ela hoje lá são mais bonitos — Rafael disse, e Daniel fechou os olhos. — Se te consola, você é bem mais sexy do que o Alberto.

— Obrigado — Daniel respondeu, nada consolado.

— Dê tempo ao tempo, mas não seja um babaca — Bruno opinou, gritando da cozinha. — Ser babaca é infernal, é terrível e dói demais. É um caminho sem volta, porque você só vai ter raiva pra dividir. Tô falando por experiência própria.

— E você precisa se impor, e impor seus limites, irmão. — Caio estendeu a mão novamente para Rafael, que sorriu, recomeçando a queda de braço. — Não é porque é a Amanda e a gente gosta dela que vou te dizer pra aceitar tudo calado.

— Que papo de otário é esse? — Fred questionou ao abrir a porta da casa de Bruno, mas foi ignorado. Mostrou a caixa de donuts que tinha comprado e só aí os quatro se interessaram e comemoraram a chegada dele.

— Onde você comprou isso? — Rafael perguntou, pegando a caixa das mãos do amigo.

— Segredo. Mas hoje eu tô feliz, então precisamos comemorar!

— Por que essa felicidade toda? — Caio pegou um donut, recebendo um tapa de Rafael.

Fred sorriu para os amigos, abrindo os braços.

— Acho que a Guiga já sabe que eu gosto dela, cara. Eu tô vencendo demais.

Amanda foi andando sozinha os três quarteirões que separavam a sua casa da de Anna, pensativa. Ainda não estava escuro, e ela gostava de sentir o vento no rosto, de ouvir os vizinhos conversando e de ver os carros passando de tempos em tempos. Alta Granada era uma cidade relativamente segura, porque, no fim, quase todo mundo se conhecia e qualquer coisa acabava virando fofoca e se espalhando por todos os bairros. Colocou as mãos nos bolsos do casaco vermelho quando começou a esfriar mais e cantarolou uma música. Devia ter levado seu MP3 para se distrair.

Ouviu uma buzina e se voltou para trás, revirando os olhos, arrependida de ter pegado o caminho de sempre. Era o carro de Alberto, e João estava no banco do carona.

— Boa noite — ele cumprimentou, quase parando o carro ao lado dela.

Amanda continuou andando, sentindo a adrenalina disparar pelo corpo. Uma mistura de raiva e medo se alojou no seu peito.

— Vai cuidar da sua vida, Alberto — disse ela, vendo que os dois não paravam de seguir seus passos.

O carro acompanhou o caminho da garota em marcha lenta. João estava se olhando no espelho retrovisor e arrumando o cabelo, como se ela não existisse.

— Queria me desculpar por aquele dia. É que me irritou muito a ideia de te ver com aquele perdedor miserável — Alberto disse, insistente.

Amanda olhou para os lados, pensando se dava meia-volta.

— De qual dos dias você tá falando? — ela perguntou, ainda sem encará-lo.

— Você sabe — ele disse. — Mas estou disposto a fazer as pazes, sabe? Sou um cara do bem.

Amanda enfim olhou para o garoto, com as mãos nos bolsos do casaco.

— Alberto, cai fora ou eu vou começar a gritar aqui, e o delegado mora logo ali naquela casa.

— Certo, certo, ok. Não quero brigar. Eu vou embora. Mas, se fosse você, não andava sozinha a essa hora. — Ele acelerou e o carro saiu cantando pneu, em tom de ameaça.

— Eu sei me cuidar, boa noite — Amanda resmungou consigo mesma, sentindo o corpo todo tremer de nervoso.

Cruzou os braços, pensando no que ia fazer enquanto o carro dele desaparecia na esquina. Se aparecesse assustada daquele jeito na casa da Anna, a mãe dela ia fazer um milhão de perguntas, e Amanda não queria falar sobre toda a situação de novo. Ainda mais com um adulto, que poderia causar todo o tipo de problemas. Olhou para a rua, lembrando que a sorveteria era na próxima esquina. Precisava se acalmar, e nada melhor para isso do que comer um docinho.

Quando estava de pé no caixa, escolhendo o sabor que queria, sentiu um toque no ombro.

— Amanda?

Encarou o garoto magrelo, com o cabelo impecável, sorrindo ao seu lado. Ele usava um avental com a logomarca da sorveteria e parecia muito animado de encontrá-la ali.

— Kevin! — cumprimentou de volta. — Você trabalha aqui?

— Meu pai é o dono. — Ele pareceu envergonhado, mostrando o avental.

Era isso! Amanda sabia que já tinha visto o garoto algumas vezes, que o rosto dele era familiar! Era o filho do dono da sorveteria, o seu Akbar, que sempre foi tão legal com eles desde pequenos. Como Amanda não tinha se dado conta?

— Eu sabia que te conhecia de algum lugar!

Kevin sorriu porque já tinha visto Amanda e os amigos diversas vezes na loja, mas nunca tinham se aproximado na escola. Como encontrava todos os alunos fora do horário de aulas, Kevin acabava sendo mais observador e, talvez, um pouco fofoqueiro. Sempre teve curiosidade sobre Amanda, porque ouvia diversas histórias sobre a garota popular do segundo ano. Ela era quase uma entidade no meio dos falatórios das outras turmas.

— Estou sendo obrigado a ajudar nas coisas de um tempinho pra cá. Algo sobre ter mais responsabilidade e decidir o que fazer com meu futuro, essa chatice de sempre! — ele disse, fazendo-a rir. — Aliás, o que vai querer? — Ele foi para trás do balcão, vendo que ela ainda não tinha escolhido.

A garota se apoiou nos cotovelos, olhando as imensas latas de caldas de todos os sabores.

— Ai, dúvida cruel! Escolhe pra mim.

— Ótimo, vou fazer pra você o combo mega-ultra-especial do Kev, com meus sabores favoritos! — ele brincou, animado.

Amanda ficou apoiada na imensa bancada vermelha, admirando a cozinha cheia de doces ali atrás. A sorveteria não estava cheia, mas tinha um número de clientes razoável para uma sexta-feira. Provavelmente ia ficar mais lotado no início da noite, porque muitas vezes virava point de encontro dos jovens que não tinham outros lugares para ir.

— Kevin! Eu não vou conseguir comer tudo isso sozinha! — ela protestou enquanto ele continuava a encher a taça.

— Eu te ajudo. Além do mais, é por conta da casa, agora que somos amigos! — Ele deu uma piscadinha e despejou mais calda de chocolate no sorvete.

A garota mal podia acreditar, parecia tão gostoso!

— Você vai falir seu pai — ela falou, rindo.

Kevin provou um pouco e sorriu antes de entregar a taça para Amanda, indicando a parte da bancada com os bancos altos para que sentassem juntos.

— Delicioso, como eu previ! Sou um gênio.

Ela sorriu e eles ficaram em silêncio, saboreando todos os tipos de sorvete que Kevin tinha misturado. Amanda olhou para os lados, vendo a sorveteria encher um pouco mais.

— O que você pretende fazer depois da escola? Trabalhar aqui? — perguntou para puxar assunto.

— Vou me mudar. Pra Paris, talvez.

— Que incrível! O que quer fazer lá?

— Provavelmente algum curso de culinária — o garoto respondeu.

— Eu achei que você fosse investir na natação.

Ele negou com a cabeça, pensativo.

— Eu até queria, mas sou realista e sei que não é nada fácil chegar em uma seleção. Já tenho toda uma estrutura aqui, sabe?

— Então você vai montar uma sorveteria em Paris? Parece bem chique! — Amanda comentou com um sorriso.

— Sim! *Glacier de Kevin*! — O garoto deu uma gargalhada, arranhando um francês com sotaque bem ruim. — Você pode me visitar, prometo sorvetes de graça!

Os dois riram juntos, confabulando sobre o futuro culinário de Kevin. Amanda percebeu que ele parecia muito à vontade ao seu lado e se sentiu como se já fossem melhores amigos. Eles se conheciam havia menos de vinte e quatro horas! Estava feliz de se distrair com um assunto completamente diferente da sua vida amorosa desastrosa.

— E dá total vontade de fazer aquele riff, mas você sabe como é... — Daniel ia comentando com Bruno enquanto andavam até a sorveteria no fim da tarde de sexta.

— Sei, sei. Não me comove tanto quanto as viradas do Dave Grohl na bateria, mas beleza.

Daniel balançou a cabeça, desistindo de tentar explicar a genialidade das músicas de Bruce Springsteen, quando se aproximaram do estacionamento da sorveteria. Bruno parou de andar ao avistar Amanda pela enorme janela de vidro. Ela estava sentada com um dos caras da natação, tomando sorvete e parecendo se divertir muito. Alarmado, Bruno segurou Daniel pelos ombros, virando o amigo de costas.

— Que foi, cara? — Daniel perguntou, sem entender nada.

— Poxa, tá muito cheio aqui. — Bruno olhava da janela para ele. — Não acha melhor irmos a outro lugar?

— Do nada, Bruno? Mas estamos na frente da sorveteria! — Ele tentou se virar, mas Bruno não deixou.

— É melhor voltarmos, quero ouvir mais sobre a guitarra mágica desse Spring Brucesteen, sei lá, riffs e uau.

— O que tá acontecendo, cara? Qual o problema?

Daniel ficou irritado e tirou as mãos do amigo dos seus ombros e, ao se virar, viu a cena de Amanda e Kevin pela janela. Ficou parado, sentindo o coração partido. Estava mortinho de ciúmes.

— Ops — disse Bruno, com um sorriso sem graça. — Não tinha visto que ela estava ali.

— Claro que não. — Daniel bufou, desgostoso. — Mas por que não entramos e compramos a droga do refrigerante do mesmo jeito?

Sem esperar uma resposta, saiu andando em direção à entrada da sorveteria, e Bruno fez careta, seguindo o amigo.

— Eles nem devem estar se divertindo, cara.

— Tá tudo bem. — A voz era só ironia. — Deixa disso, Bruno. Eu sei me cuidar.

Daniel empurrou a porta com força, de propósito para tocar o sininho preso no batente. Algumas pessoas olharam para eles por causa do barulho, outras continuaram conversando. Amanda e Kevin estavam tão entretidos com o sorvete que não notaram nada.

— Me vê quatro refrigerantes de limão de dois litros, rapidinho, por favor? Quatro não, cinco! — Bruno pediu para a garota no balcão, torcendo para que nada acontecesse.

Daniel faria drama sobre isso a noite toda, e Bruno estava pensando seriamente em comprar mais cervejas em vez do refrigerante para poder aguentar sem interromper o amigo. Daniel tinha razão de se sentir inseguro: do jeito que Amanda agia, ele não podia fazer muita coisa além de ficar esperando por ela. Com certeza o amigo só ia acabar triste naquela situação toda, mas Bruno também não sabia o que fazer além de ouvir os dois lados daquela história complicada.

— Não olha pra trás agora, mas aqueles esquisitos da escola estão olhando pra gente — sussurrou Kevin para Amanda, olhando por cima do ombro dela.

— Que esquisitos?

Ela se virou e deu de cara com Daniel e Bruno, encostados no balcão perto do caixa. Daniel balançava a perna de forma nervosa e olhava para os pés, sem prestar atenção no que Bruno dizia. O olhar deles se encontrou, e Amanda se voltou para Kevin no susto.

— Viu? Eles assustam, não é? Olha o tamanho da camisa daquele garoto, a manga tá quase batendo no cotovelo. E a calça rasgada? Será que herdaram do irmão mais velho? — Kevin fez careta, rindo logo depois.

— Eles ainda estão olhando? — Amanda perguntou, e ele concordou.

— Vamos dar um jeito nisso.

Kevin pegou a mão dela, se levantou e foi andando até os dois. Amanda até tentou fugir, mas já era tarde demais e, quando percebeu, estava ao lado dele, encarando Daniel e Bruno.

— Boa noite, precisam de alguma ajuda? — Ele apontou para o crachá de gerente no peito.

Daniel mediu o garoto de cima a baixo, com os olhos semicerrados, desconfiado. Bruno não parava de observar Amanda, que mirava o teto, como se estivesse esperando uma bomba ser detonada.

— Não, obrigado — Daniel respondeu com um sorriso falso. — Já fomos atendidos por alguém mais simpático.

— Vocês são lá da escola, não são?

Os garotos concordaram.

— Viu, Amanda? Eu te disse.

Kevin piscou e sorriu para ela. Amanda suspirou, sem graça.

— É, você disse mesmo.

— Boa noite, Amanda. — Daniel sorriu para ela e leu, fingindo dificuldade, o nome no crachá. — Você é... hmm... Kevin?

— Isso! Eu sei que não é um nome comum aqui, a família do meu pai é da Inglaterra. Muito prazer. — O garoto estendeu a mão.

— Daniel.

— Bruno.

Os dois se cumprimentaram, sérios. Kevin parecia ser o único dos quatro totalmente fora da vibe de bomba prestes a explodir.

— E essa é Amanda, se vocês não conhecem. — Ele indicou a garota.

— Conhecemos. — Daniel deu uma risadinha irônica. — Quem não conhece? A gente fez até um trabalho juntos, apesar de ela ser tão popular.

Bruno riu de nervoso com a expressão de desespero de Amanda, ouvindo o tom irritado na voz de Daniel.

— É verdade.

Kevin sorriu.

— Sua namorada? — Daniel perguntou, ainda fingindo simpatia.

Kevin ficou vermelho de repente, e Amanda abriu a boca sem saber o que falar. Ele estava ficando doido?

— Não! — ela quase gritou, depois deu um riso abafado, envergonhada. — Acabamos de nos conhecer.

— Vocês são esquisitos — Kevin falou rapidamente, rindo e balançando a cabeça. Percebeu o clima entre os três e olhou para os lados. — Já volto. Vou pegar algo pra você levar pra casa, Amanda.

Ele piscou para a garota, que concordou, sem jeito. Kevin foi para trás do balcão e sumiu por uma portinha.

— Acho que ele não gostou de parecer seu namorado — Bruno zombou.

Amanda cruzou os braços e fechou a cara assim que ficou sozinha com os dois.

— Muito engraçado. Que merda foi aquela? Precisava ser grosso assim?

Daniel olhou para Bruno sem conseguir manter a cara de malvado que estava fazendo. Encarou os próprios pés, sabendo que merecia o esporro, mas não tinha conseguido resistir ao ciúmes.

— O que você tá fazendo aqui? — Daniel perguntou, mordendo o lábio.

— Tomando sorvete, não tá vendo? — Amanda respondeu, ríspida.

Algumas meninas da escola passaram sorrindo para ela, o que fez Amanda dar um passo para trás e se afastar um pouco dos garotos. Bruno olhou para os lados com uma expressão séria, e alguns fofoqueiros que estavam de olho na cena voltaram a encarar os próprios sorvetes.

— Esse Kevin é o filho do seu Akbar, não é?

— É. — Ela riu de leve. Será que era a única que não tinha se lembrado dele? — E Kevin é meu amigo!

— Eu vi — Daniel falou baixinho, cheio de ciúme, fazendo bico.

Amanda tentou ficar séria para encará-lo, mas acabou sorrindo. Como ia conseguir brigar se ele ficava uma gracinha desse jeito? Tentou voltar a ficar emburrada, mas não conseguiu, e Daniel percebeu.

— Você tá rindo de mim? — ele perguntou, ficando vermelho. Mexeu nos cabelos cacheados, incomodado.

Amanda concordou.

— Você é um idiota, mas é tão bonitinho — a garota sussurrou.

Bruno fez uma careta de nojo.

— Agora chega, vamos embora. Passou dos limites. — Ele pegou a sacola que a moça do balcão tinha entregado, cutucou o amigo e foi saindo da sorveteria.

— Até mais tarde — Daniel sussurrou e foi atrás, com duas garrafas de refrigerante equilibradas nos braços.

Amanda ficou observando os dois pela grande fachada de vidro até que sumissem na esquina. Kevin se aproximou dela, silencioso.

— Eles são... esquisitos. Mas até que achei engraçada aquela ironia toda.

— Eles são... — Amanda suspirou, piscando e voltando para a realidade. — São péssimos. Irritantes. Desculpa por isso, o Daniel sabe ser sem noção às vezes.

— Tá tudo bem, é só que eu fico muito vermelho quando sinto vergonha. — Kevin deu de ombros, sorrindo. — Ele até que é bonitinho, eu nunca tinha notado.

Amanda arregalou os olhos, concordando embora estivesse sem palavras. Deveria confiar no garoto que tinha acabado de conhecer melhor? Talvez fosse cedo demais.

— Acho que daqui a pouco eu tô indo. Tá ficando tarde — disfarçou ela, mudando de assunto.

— Tudo bem, eu te levo.

— Eu vou pra casa da Anna, ela mora aqui perto — Amanda disse, levantando a sobrancelha ao ver Kevin tirar as chaves do carro do bolso traseiro da calça.

— Eu te levo mesmo assim, tô cansado de olhar pra tanto sorvete, preciso dar uma respirada.

A cabeça da garota seguia cada vez mais confusa. Era tanta coisa, tantos sentimentos, que naquele momento só queria passar alguns minutos aproveitando um sorvete grátis e a companhia de alguém tão legal e simpático quanto seu novo amigo, Kevin.

"Remember I'll always be true"
(All My Loving – The Beatles)

trinta e sete

— Ela gosta dele.

— Cala a boca.

— Ela ficava fazendo aquele movimento, rindo e passando a mão no cabelo.

— E como você sabe que ela gosta dele por causa disso? — Bruno perguntou, olhando para Daniel e se equilibrando no meio-fio enquanto caminhavam de volta para casa.

— Porque ela faz isso comigo! — Ele apontou para o próprio peito com uma expressão de desespero.

Bruno deu uma gargalhada.

— Se ela ficar com aquele playboy, eu paro de falar com ela — disse tranquilamente.

— Isso não ia *me* ajudar!

— Não seja egoísta. — Bruno riu.

— Não tô sendo! Saco, eu tô agindo que nem um babaca, né? Quero dizer, nem somos namorados nem nada...

— Verdade.

— E talvez ela nem esteja tão apaixonada assim por mim.

— Tudo pode ser verdade. — Bruno parecia distraído.

— Pode ser ilusão, uma paixão passageira.

— Você tá sendo idiota, Daniel. Cala a boca.

— É sério. — Daniel suspirou de forma dramática, chutando uma pedrinha e quase deixando cair as duas garrafas de refrigerante dos braços. — E se não for tudo, tuuudo, sobre ela? Tipo, minha vida não se resume a ela!

— Claro que não.

— Você não tá ajudando.

— E nem poderia! Cara, fica tranquilo e me escuta, ok? — Bruno se virou para trás de repente, fazendo Daniel parar de andar e quase dar de cara com ele sem querer. — Você tá indo longe demais pensando tudo isso. Não dá pra decidir as paradas por ela, sabe? Se tem algo que eu aprendi na minha experiência com garotas é que conversar é bem melhor.

— Bruno, você é um imbecil. — Daniel deu uma cotovelada no braço do amigo, equilibrando as bebidas. — Mas obrigado.

— De nada, você também é. — Bruno sorriu. — Essa foi a coisa mais bonita que alguém falou pra mim nos últimos tempos.

Daniel revirou os olhos e continuou andando até a casa de Bruno, ouvindo o amigo ser irônico caminhando logo atrás.

— Amanda, acho que seu celular tá tocando.

Anna parou de comer a pipoca que estava em seu colo para prestar atenção. Amanda pegou o controle da televisão e pausou o filme a que estavam assistindo para se distrair naquele fim de noite, mesmo que devessem estar na cama há tempos. As duas ficaram em silêncio, tentando ouvir, e levaram um susto quando o celular voltou a tocar alto de repente.

— Ninguém liga pro meu telefone fora o... — Amanda se levantou do sofá e foi até sua bolsa. Arregalou os olhos, encarando o visor, e mostrou para Anna sem aceitar a ligação. — E agora?

— Ué? Atende. — Anna deu de ombros ao ver o nome de Daniel escrito na tela.

A amiga parecia ansiosa olhando para o aparelho.

— Aimeudeus, aimeudeus, aimeudeus.

Por que ainda ficava tão nervosa quando Daniel ligava para ela? Eles conversavam pelo telefone sempre, então não era para ter se acostumado?

— Não vai atender? — Anna perguntou, irritada com o barulho. — Vocês brigaram de novo?

— Não, não teve nenhuma briga! Ele só tava com ciúmes do Kevin, e eu fico nessa indecisão sobre achar o Daniel tão bonitinho, ao mesmo tempo esse sentimento me assusta e...

— Só atende à droga do celular, ninguém te pediu em casamento — a amiga cortou com uma risada, voltando a comer pipoca.

Amanda suspirou.

— Alô?

— Oi — Daniel disse. — Desculpa te ligar tarde assim, ainda mais depois de ter sido meio idiota na sorveteria.

— Tá tudo bem. — Ela respirou fundo e se jogou ao lado de Anna no sofá. Os dois ficaram em silêncio, e Amanda só conseguia ouvir o barulho da amiga mastigando a pipoca. — Você não me ligou pra ouvir minha respiração, ligou?

— Posso te pegar pra gente fazer alguma coisa? — Daniel perguntou, gaguejando de nervoso.

Amanda olhou para Anna, gesticulando, e ela levantou o dedão polegar em sinal positivo, dando força.

— Tô na casa da Anna. Se você quiser passar aqui... — Amanda deu de ombros, fingindo desinteresse.

— Daqui a pouco tô aí.

Daniel desligou a ligação, e Amanda ficou encarando o aparelho, sentindo o rosto ficar quente. Anna respirou fundo, fazendo careta, vendo a amiga tão desesperada sem motivo algum.

— Por que você está agitada? É só o Daniel.

— É porque *é o Daniel*. — Amanda riu, sem graça. — Eu sempre fico assim quando falo com ele.

— Que bonitinho! — disse Anna, animada, comendo pipoca e observando o drama da amiga como se fosse uma comédia romântica adolescente. Só que essa ela ainda não sabia muito bem como terminaria.

Caio entrou na sala de Bruno com algumas cervejas equilibradas nos braços. As garrafas de refrigerante já tinham acabado, o dono da casa estava jogado no sofá, jogando videogame, e Daniel estava de pé, ajeitando os cabelos enquanto procurava um dos pés do tênis.

— Você vai sair agora? — Caio perguntou, sentando do lado de Bruno e entregando as bebidas.

— Ele vai me deixar em casa. — Rafael saiu do banheiro e pegou a mochila.

— E vou encontrar a Amanda.

Daniel riu, erguendo um sapato que tinha achado atrás do sofá. Não era exatamente o seu. Encarou o All Star preto que estava calçado e o azul que segurava, deu de ombros e colocou o tênis mesmo assim. Estava de noite, ninguém ia notar que não eram da mesma cor.

Bruno e Fred aplaudiram.

— Mas a essa hora? — Caio questionou, curioso.

— Ué, hoje é sexta-feira, amanhã não tem aula. Além do mais, qualquer hora que ela quiser me ver, eu topo! — Daniel sorriu vendo Rafael fazer um coração com as mãos.

O telefone da casa de Bruno começou a tocar. Os amigos se entreolharam, olhando para o relógio na parede e estranhando. Quem ligaria para lá àquela hora da noite?

Bruno se levantou do sofá, arrotando alto e pegando o telefone do gancho. Ficou em alerta por alguns segundos, então sua expressão se amenizou, embora parecesse preocupado. Os outros quatro encaravam o amigo, esperando que ele dissesse qualquer coisa. Bruno assentiu, concordou algumas vezes em voz alta e então, com a testa franzida, estendeu o telefone na direção de Daniel.

— Cara, é pra você. Sua mãe não parece muito bem.

— Ele tá demorando.

Amanda mexeu no cabelo, ansiosa, espiando pela fresta aberta na porta da frente da casa de Anna. Já tinha passado mais de meia hora, e Daniel ainda não tinha chegado nem dado qualquer notícia. A garota conferiu o celular mais uma vez.

— Fica calma! E fecha essa porta, minha mãe vai descer aqui e brigar com a gente! — Anna disse, rindo do desespero da amiga. — Ele deve só ter se distraído.

— Ele parecia doido pra me ver.

Amanda fechou a porta, emburrada, e se encostou na parede. Olhou para o relógio e depois para a televisão com o filme pausado, enquanto Anna voltava para o sofá. Ouviu uma buzina e arregalou os olhos, soltando um grito sem querer.

— É ELE!

Anna riu, voltando a assistir ao filme, enquanto Amanda colocava o casaco correndo e batia a porta atrás de si. Atravessou o jardim, animada.

Daniel estava encostado na lataria do carro, de cabeça baixa, vestindo um casaco de moletom com uma enorme estrela desenhada, e as mãos dentro dos bolsos da calça jeans. Olhava para os All Star encardidos, um preto e o outro azul, brincando com a terra no chão. Amanda fechou seu moletom e foi até ele, estranhando o clima.

— Tá tudo bem?

Quando Daniel levantou o rosto, Amanda percebeu que seus olhos estavam vermelhos e que ele estava chorando baixinho.

— Os meninos quase não me deixaram sair, desculpa a demora — o garoto disse, respirando fundo, com o queixo tremendo. Estendeu o braço, e Amanda se aproximou, confusa, pegando sua mão e com a outra fazendo um carinho em seu rosto. — Mas eu precisava ver você.

— Daniel... — ela disse baixinho, passando o polegar na bochecha dele.

— Eu precisava ouvir você dizer o meu nome.

Ela deslizou a mão no seu rosto, e o garoto fechou os olhos.

— O que houve? — Amanda perguntou com delicadeza, preocupada.

Os dois ficaram em silêncio enquanto Daniel parecia recuperar o fôlego, fungando alto e limpando os olhos na manga do moletom.

— Minha mãe me ligou agora lá do Canadá — ele começou a contar, mordendo o lábio para tentar não chorar mais. — Parece que meu pai tava dirigindo um pouco rápido demais e... — Ele respirou fundo, olhando pra cima. — O carro derrapou na neve, bateu em uma árvore. Eu não sei direito... Parece que o estado dele não é muito bom.

Amanda prendeu a respiração, assustada. Abraçou o garoto pela cintura, tentando dar apoio de alguma forma, sem saber se ele ainda queria contar mais. Daniel fungou novamente, passando a manga do casaco no rosto.

— Minha mãe disse que ele pode ficar com sequelas pro resto da vida.

— Ah, Daniel. — Amanda amparou o rosto dele com as duas mãos. — Sinto muito.

— Eu tô muito assustado. — Ele virou o rosto, beijando a palma da mão da garota, sentindo carinho e apoio. — Meu pai sempre foi meio distante, mas é meu pai, né. E a minha mãe ligando essa hora, caramba... — Tornou a fechar os olhos. — Eu nunca ouvi ela assim.

Amanda concordou, puxando Daniel para um abraço forte. O garoto encostou o rosto no ombro dela, respirando seu perfume e se sentindo um pouco melhor. Apertou ainda mais o abraço.

— Obrigado por estar aqui comigo.

— Seu pai vai ficar bem. Você vai ficar bem, ok? — Ela tentou manter a voz firme, sentindo a cabeça dele se mexer, ainda encostada no pescoço dela. — E agora? Você vai ter que ir pra lá?

— Não. Minha mãe disse que eu preciso terminar o ano, e daqui a pouco tem as últimas provas, né? E meu pai não pode viajar, o estado dele é grave. — Daniel fungou mais uma vez, tentando ficar mais calmo enquanto sentia o cheiro do cabelo de Amanda. — Ela vai ficar lá no hospital. Parece que a empresa conseguiu os melhores médicos pra cuidarem dele, algo assim. Tá em boas mãos. Só viajo se for realmente necessário. Eles sabem que eu posso ficar com o Bruno.

— Vai ficar tudo bem, você vai ver. — Ela deu um beijinho na bochecha dele, fazendo Daniel levantar o rosto e olhar para ela. O garoto sorriu de leve. — Vamos fazer alguma coisa? Pra tentar distrair um pouco?

— O que quer fazer? Acho que cortei o clima da noite... — Ele se encostou novamente no carro, ainda abraçado a Amanda.

A menina riu baixinho, balançando a cabeça em negativa.

— Claro que não cortou nenhum clima, você tá aqui e é isso que importa. Podemos ficar sentados um do lado do outro atirando pedrinhas na piscina do Caio, se você quiser.

Daniel fez um barulho estranho tentando segurar a gargalhada.

— É assim que você quer perder seu réu primário? — Ele apertou a cintura dela, se sentindo melhor por estarem juntos.

— Podemos furar os pneus do carro do Alberto também.

— Eu tenho menos medo dele do que da mãe do Caio — Daniel comentou, e a garota riu. Ficou feliz de vê-lo rindo também, com o semblante um pouco mais tranquilo.

Daniel ficou pensativo por um segundo e, de repente, abriu um sorriso, levantando a sobrancelha e abrindo a porta do carro.

— Já sei aonde a gente pode ir.

Meia hora depois, os dois estavam na parte alta da cidade, deitados em cima do capô do carro dos pais de Daniel, olhando as estrelas em silêncio. Aquele bairro era bem mais frio, mas dali dava para enxergar as luzes das casas logo abaixo. O céu estava limpo, e a lua iluminava ao redor, junto aos faróis acesos do carro. O estacionamento abandonado em um lugar mais distante da cidade estava vazio, e Amanda nunca tinha ido àquele lugar, embora Daniel tivesse dito que era um espaço que os amigos frequentavam com frequência quando queriam impressionar as garotas em encontros. Amanda riu porque, apesar de estar muito frio, a vista era mesmo bem bonita.

— Quando pequeno, eu queria ser astronauta porque pensava que podia pegar estrelas — Daniel contou, estendendo a mão para o céu.

— Imagina o sufoco de ficar preso em um lugar tão pequeno tipo um foguete?

Ela balançou a cabeça, negando, e ele deu uma risada. Ficaram em silêncio, e o garoto virou o rosto na sua direção.

— Como foi a noite hoje com aquele mauricinho?

— Ele é muito legal. Kevin, esse é o nome dele.

— Pareceu bem interessado em você... — Daniel fez bico.

— Bom saber.

Amanda sorriu, olhando de volta pra ele. Os dois ficaram se olhando por um tempo. Daniel conseguia ver o contorno do rosto dela iluminado pela lua, e, de alguma maneira, a beleza da garota fez com que ele sentisse seu corpo relaxar.

— Quanto você gosta de mim? — ela perguntou de repente, voltando a olhar para o céu.

— Como assim?

— Que tanto? — Ela riu, encarando novamente o garoto, que estava de boca aberta, em choque.

— Achei que você soubesse!

Amanda levantou a cabeça, apoiando o cotovelo no carro.

— Eu sei. Acho. Mas sempre fico insegura.

— Somos dois, então. — A voz de Daniel tremeu um pouco. — Quero dizer, eu gosto muito de você. Mesmo. O tempo todo. Mais do que devia. Mas, ao mesmo tempo, não queria que tudo na minha vida fosse sobre você.

— Não? — Amanda fez uma careta.

Daniel balançou a cabeça, sorrindo, sem conseguir tirar os olhos dela.

— Não! Porque é muito difícil pensar em você o tempo todo! Te ver de longe na escola, ver você sorrindo e saber que eu não... Que não posso estar perto e ser o motivo de te ver feliz. — Ele sorriu de leve, também se apoiando nos cotovelos. — Mas eu sei que você gosta de mim.

— Eu gosto — ela confirmou.

— Eu só penso em você.

— Eu não quero dificultar sua vida. — Amanda mordeu o lábio, respirando fundo. — Você faz tudo valer a pena no fim do dia, e eu sei que eu sou muito egoísta. Que faço todo mundo sofrer.

— Você não me faz sofrer. — Daniel deu um sorriso engraçado. — Quem me faz sofrer é o Kevin, que é muito bonito e parece um integrante de boyband! Quem tem o cabelo tão perfeito daquele jeito?

Amanda deu uma gargalhada, jogando a cabeça para trás. Daniel não tirou os olhos dela.

— Você é bonita pra caralho.

— Daniel!

O garoto voltou a se deitar no capô do carro, encarando o céu e as estrelas. Amanda deu um impulso, jogando o corpo para a frente e descendo para o chão de terra batida do estacionamento.

— O que quer fazer agora? — ela perguntou.

— Pode pedir qualquer coisa que eu faço. — Daniel se apoiou nos antebraços novamente, vendo a garota parada de frente para os faróis do carro.

— Hmmm, isso foi tentador. Vamos dançar?
— Dançar? — Ele arqueou a sobrancelha.
— É, ué... Tem rádio no carro. A gente pode dançar.
— Você tem o baile de amanhã pra isso.
— De que adianta se eu sei que você não vai estar lá?

Ele desceu do capô do carro, sorrindo, se sentindo bobo e apaixonado.

— Você me disse que o cara da banda suuuuuper te entende — falou, fingindo ciúmes, enquanto ia para o lado do motorista ligar o rádio. — Que ele canta meloso, que é charmoso, que falou até de miojo!

— Com brócolis! — Amanda riu, balançando a cabeça e achando fofo que ele falasse daquele jeito enciumado.

— Você deveria se casar com o cara que escreveu essa música, então! — Ele riu e sentou no banco para mexer no rádio, encarando a garota pelo para-brisa. Ela estava parada com as mãos na cintura na frente do carro, iluminada pelos faróis, parecendo o sol mais brilhante que Daniel já tinha visto na vida. Era tudo sobre ela, não tinha como negar.

— Ah não, Daniel. Já tá me dispensando assim? — Ela fez cara de brava.

Ele mexeu no botão do rádio, percebendo que ali em cima nenhuma estação pegava muito bem.

— Você que não quer se casar comigo.

— Claro, você não quer filhos, quer abrir uma creche! — Amanda riu, cruzando os braços. — O que você tá fazendo?

— Acho que meu pai tem uns CDs guardados aqui no porta-luvas, vamos ver...

A garota continuou parada, encarando o carro, franzindo a testa sem conseguir enxergar muita coisa por conta da luz forte. Semicerrou os olhos e colocou a mão na frente do rosto, enquanto Daniel parecia comemorar por ter encontrado alguma música de que gostava. Ela piscou algumas vezes, ouvindo uma batida conhecida ecoar pelas árvores. De repente enxergou a silhueta do garoto diante de si, contra a luz.

Conseguia ver o formato do moletom largo, as calças folgadas e os cabelos cacheados e bagunçados balançando com o vento. Daniel se aproximou, sorrindo, quando percebeu que Amanda tinha reconhecido a música que ele colocou para tocar. Era uma das suas favoritas e esperava muito que ela gostasse também.

Estendeu a mão para a garota, que dava pulinhos, animada, ao ouvir a famosa primeira estrofe de "All My Loving", dos Beatles. Ela cresceu com Bruno e Caio, é claro que conhecia todas as músicas da banda de cor! Aquela era, de longe, uma das que mais gostava.

Segurou a mão de Daniel, sentindo o choque de eletricidade entre os dois, quando ele começou a dançar todo desengonçado, imitando as coreografias dos anos 1960, girando a garota de forma divertida e puxando ela para um abraço. Amanda riu alto, balançando a cabeça, cantando a música com ele e sentindo o garoto encostar o queixo em seu ombro, coladinho. Ela fechou os olhos e suspirou. Ouviu a voz de Daniel baixinha em seu ouvido:

— *I'll pretend that I'm kissing the lips I am missing...*

Queria poder morar naquele momento para sempre.

Amanda desencostou o corpo do dele e encarou o garoto, que ainda cantarolava e rebolava tão bonitinho, iluminado pela luz amarela forte do carro. Ela se aproximou lentamente do rosto dele, tocando seus lábios e aproveitando a sensação gostosa de ouvir uma música de amor enquanto vivia aquilo tudo. Sabia a sorte que tinha de dividir aquele sentimento com alguém como ele.

Como amava seu Daniel!

> "Yesterday you asked me
> Something I thought you knew"
> (All About You – McFLY)

trinta e oito

— O nome dessa música é "Tudo sobre você" — Daniel disse.

Caio torceu o nariz, afinando sua guitarra.

Estavam no quartinho dos fundos da casa de Bruno, onde guardavam os instrumentos e todas as coisas relacionadas à banda. No dia a dia, o cômodo ficava trancado, como se fosse um lugar assombrado do qual ninguém podia se aproximar. Nas noites, madrugadas e nos fins de semana, a Scotty se reunia para fazer músicas novas, ensaiar antigas, reinventar alguns covers e fazer todo o barulho que quisessem. Fred tinha ajudado a instalar um monte de coisas à prova de som: as paredes eram cobertas de espuma, e as portas, reforçadas, mas, para quem olhasse de fora, era só um quartinho abandonado.

Naquele sábado à tarde, os quatro repassavam a melodia que tinham criado juntos durante a semana, tentando encaixar nela a letra que Daniel havia escrito de madrugada.

— Eu gostei de como ficou. — Bruno girou a baqueta entre os dedos, em uma das pausas no ensaio. — Mas acho que a bateria deveria entrar depois, esperar o clímax e fazer mais barulho.

— O sonho seria uma orquestra pra acompanhar, né? — Caio comentou, testando o som da guitarra.

Daniel concordou.

— Imagina ser tão famoso a ponto de ter uma orquestra pra tocar junto? — Bruno perguntou, e os amigos se entreolharam, sorridentes.

— Caio consegue chegar na nota do refrão? A gente pode subir o tom se precisar — Daniel disse, pisando na pedaleira.

Caio deu de ombros.

— Eu consigo, mas talvez o Rafa precise ajudar. A voz dele é mais aguda que a minha.

— Verdade! — Daniel falou, encarando o baixista, que estava sentado em um cantinho. — Rafa?

— Hum? — Ele olhou para eles com um biscoito recheado a caminho da boca, mas parou, percebendo os olhares dos amigos, e devolveu o biscoito para o pote. — Quê?

— Você não ouviu nada do que a gente falou até agora? — Bruno deu uma gargalhada.

— Claro que ouvi, quem você pensa que eu sou?

Rafael levantou, limpando a mão na calça de moletom, e pegou o baixo. Cantarolou o refrão em um tom mais agudo que Caio, fazendo Daniel aplaudir e comemorar o resultado. Bruno revirou os olhos.

— Exibido.

— Essa letra é bonita, é sobre ontem à noite? — Caio perguntou, curioso. Daniel concordou, fechando os olhos e dedilhando algumas notas com uma expressão sonhadora.

— Noite estrelada, Beatles e uma garota bonita, não tem inspiração melhor. — Ele suspirou. Estava evitando pensar sobre os pais ou qualquer problema: tudo naquele sábado seria sobre Amanda.

— Você levou ela lá no morrinho? — Bruno batucou no bumbo, animado.

— Tenho péssimas lembranças de descer aquele barranco rolando uma vez. — Rafael balançou a cabeça.

— Você foi pra lá... sozinho? — Caio questionou, rindo do amigo, que negou, apontando para Bruno com a palheta na mão.

— Claro que não, que tipo de idiota você pensa que eu sou? Fui com ele.

— Eu não fui com você, tava acompanhado de uma garota e você apareceu igual a um fantasma, do nada, e atrapalhou tudo! — Bruno berrou, tendo péssimas lembranças.

— Eu tava dormindo no banco traseiro do carro e você nem notou!

— Eu... tava... ocupado! No banco da frente!

— Culpa sua de ficar se agarrando dentro do carro, cara, você já viu o seu tamanho? — Rafael gritou, apontando para o amigo, que jogou as baquetas em cima dele.

— Eu não tenho culpa de você não ligar pra pegação, eu nunca mais consegui levar ninguém naquele morrinho, seu desgraçado do cacete!

— Você me jogou do barranco! Eu tenho a cicatriz até hoje! — O garoto levantou um lado da calça para mostrar a marca.

Daniel e Caio se entreolharam, sabendo que aquele ensaio tinha acabado por ali. A discussão ia durar, e eles precisavam começar a se arrumar para o show.

— Vamos indo, esses dois nem vão notar que a gente saiu — Caio disse, baixinho, indicando a porta do estúdio improvisado.

Fred estava ficando nervoso. Faltava pouco para o baile daquele sábado começar, e os amigos deviam estar chegando com a minivan da mãe do Caio, mas enquanto isso o diretor da escola não saía do quartinho do fundo do ginásio, insistindo que queria conhecer quem eram os músicos da Scotty.

— Eu trouxe até minha Polaroid, tecnologia avançadíssima, preciso registrar esse momento! — ele dizia, ajeitando a câmera enorme nos braços.

Fred apertou a gravata, pensando em como sair daquela situação. O diretor tinha aceitado a inscrição de mais duas atrações para os bailes de sábado à noite, porque aparentemente todo mundo na escola queria ser famoso como a Scotty.

Uma delas era o nerd flautista do segundo ano, ex-parceiro de trabalho de Guiga, que prometeu não tocar o hino nacional, e a outra, duas garotas que tocavam violão e que também resolveram usar máscaras, mas era mais como um acessório da moda e não uma forma de esconder a própria identidade. Todo mundo na escola sabia quem elas eram.

Fred tinha conseguido convencer os professores de que as atrações não poderiam dividir o camarim improvisado porque a Scotty tinha essa pegada de mistério que precisava ser mantida. Mas o diretor estava perigosamente curioso.

— Acho que eles vão... hmmm... chegar em cima da hora. Que tal no próximo sábado? — sugeriu.

Seu Antônio pensou um pouco antes de negar.

— Nosso combinado era que o último show deles seria na semana passada. Eu já estou dando uma colher de chá essa noite!

— O senhor sabe muito bem que ninguém vai vir pra escola no sábado só pra ver aquele garoto tocando flauta, convenhamos. — Fred franziu a testa.

O diretor fez careta.

— A Scotty só continua tocando se eu sair daqui hoje com a minha foto, não tem discussão.

O garoto coçou a cabeça, tentando encontrar outra forma de mostrar àquele homem o erro que estava cometendo! Olhou para o relógio, sabendo que os amigos entrariam na salinha a qualquer momento e que tudo estaria perdido.

Se o Seu Antonio soubesse quem eram de verdade, aí mesmo que nunca mais deixaria a banda subir no palco!

Fred ouviu um barulho vindo do corredor, e os dois arregalaram os olhos um para o outro, embora fosse por motivos completamente distintos. O diretor bateu palmas, animado e rendido ao fanatismo e à sensação de felicidade. Estava prestes a finalmente conhecer os alunos que estavam fazendo seus últimos meses mais felizes, mais musicais! Fred, por outro lado, estava em pânico, porque, no momento em que o diretor visse os amigos, tudo estaria acabado, arruinado, seus sonhos esmagados e jogados no lixão, para todo o sempre.

Fechou os olhos e foi até a porta do camarim, que abriu lentamente. Colocou a cabeça para fora, encarando o corredor mal iluminado. De lá, viu Caio se aproximar, esbaforido, com a capa da guitarra nas mãos e a máscara no rosto. Fred respirou levemente aliviado, tendo uma ideia.

— Opa, se não é meu querido guitarrista da maior banda desse colégio! — falou o mais alto que podia. O diretor ficou imóvel, roendo as unhas de ansiedade, e Caio parou na porta, sem entender o que estava acontecendo.

— Você tá bem? Tá quase na hora do show, o Dani...

— DANIFICADO? SEU INSTRUMENTO? O DIRETOR ESTÁ AQUI PRA TE CONHECER AGORA, OLHA QUE MA-RA-VI-LHA! — Fred gritou, apavorado, e Caio deu um passo para trás.

— Anda logo, rapaz, deixa ele entrar! — Seu Antônio mandou.

Fred abriu um pouco mais a porta, fazendo um movimento para Caio, esperando que o amigo entendesse a gravidade da situação.

— VAMOS MANTER O MISTÉRIO! SEM ABRIR A BOCA PRA NÃO GASTAR A VOZ, CERTO?

— Por que você tá gritando? Eu estou bem aqui, Frederico — o diretor falou com uma careta.

Caio olhou para a porta aberta e para a expressão desesperada de Fred. Teria que ser o melhor ator que poderia ser, interpretar a cena da sua vida, digna de um Oscar! Sabia que aquele momento ia chegar!

Deu um passo para a frente, curvando um pouco as costas e semicerrando os olhos, torcendo para não ser reconhecido.

— Seu Antônio, esse aqui é o guitarrista da Scotty — Fred disse com a voz tremendo, enquanto deixava Caio passar e fechava a porta na cara de Bruno, que vinha logo atrás. Ele ficou parado no corredor, todo confuso, tentando ouvir o que estavam falando lá dentro. — Cujo nome vamos manter em segredo, como combinado. Ninguém nunca viu nenhum deles de perto, o senhor é sortudo demais!

— Esse era o momento que eu tanto esperava! — o diretor falou, animado, estendendo a mão para Caio. O garoto deu um sorriso sem graça, sem fazer contato visual e tentando imitar o jeito que os jogadores de basquete se movimentavam. — Meu rapaz, obrigado pelos shows incríveis! Espero que no fim do ano possamos, finalmente, nos conhecer, quando Frederico parar com essa bobagem toda de mistério. Não prometo aumentar as notas de ninguém, mas a gente conversa sobre isso! — Ele deu uma piscadela, entregando a câmera para Fred, que impedia a passagem de forma desajeitada com o pé, com medo de os outros amigos entrarem. Os três estavam do outro lado, no corredor que dava acesso ao estacionamento, com os ouvidos colados na porta, ouvindo o que estava acontecendo.

— Hm... obrigado? — Caio respondeu, engrossando a voz e recebendo um tapa de Fred. Soltou um grito baixo, mordendo o lábio, observando o diretor puxar seu braço para colocar o garoto ao seu lado, pronto para a foto e sem mostrar qualquer indício de quem sabia quem ele era.

— Vamos logo com isso, a banda precisa subir no palco! — Fred disse, nervoso, mexendo na Polaroid e piscando os olhos freneticamente tentando fazer Caio entender que era pra tampar o rosto de alguma forma. — Vamos ver, ajeitando foco, opa, flash ativado...

— Melhor não usar o fla... — o diretor começou a dizer quando Fred disparou a máquina com o flash ativado, iluminando a pequena salinha e fazendo um barulho alto. — Tudo bem, melhor do que uma foto toda escura!

Fred concordou, entregando a câmera de volta para o diretor e puxando a foto que começava a sair pela lateral. Seu Antônio tentou pegar da mão dele, mas Fred foi mais rápido e sacudiu o filme no alto para conseguir ver a imagem e ter certeza de que a identidade de Caio não tinha sido revelada.

Quando encarou a foto, sorriu, aliviado. Entregou o papel para o Seu Antônio, que olhou de forma animada. Só dava para ver o rosto dele e um clarão no lugar onde Caio deveria estar. Parecia misterioso, e o homem se deu por convencido porque iria jogar na cara de todo o corpo docente que ele tinha sido o único a conhecer um dos garotos da banda! E tinha uma foto com ele! O Lúcio, professor de matemática, ficaria com muita inveja!

Seu Antônio saiu do camarim improvisado pela porta que dava acesso ao ginásio, acenando para o guitarrista que ele não sabia que era Caio, sem perceber que Fred parecia prestes a ter um ataque do coração. Assim que a porta se fechou, os dois garotos se entreolharam, aliviados e com os olhos arregalados.

— O que acabou de acontecer? — Caio perguntou, vendo Fred mexer a cabeça e abrir caminho para que os outros três amigos entrassem na salinha.

— A gente acabou de garantir mais alguns sábados de show mediante minha própria vida! Eu vou precisar beber muito hoje pra compensar, amanhã cedo ligo pra minha terapeuta. Prontos pra subir no palco? Acho que o nerd flautista acabou de terminar.

— Essa foi a apresentação mais esquisita que eu já vi na vida — Maya disse, de braços cruzados, logo na frente do palco.

Kevin, que estava ao lado dela, concordou.

— Ele terminou o show com o hino nacional?

— Eu não faço ideia do que acabei de ouvir. — Amanda mexeu a cabeça. Ficaram observando a movimentação do palco e a cortina fechando, provavelmente para que os instrumentos da Scotty fossem colocados no lugar.

Carol e Anna se aproximaram dos amigos, rindo alto.

— Viu a cara de idiota dele?

— Eu não acredito que algum dia na minha vida fui capaz de beijar o João, o que eu tinha na cabeça?

— Amiga, eu não faço ideia! — Anna segurou o riso, bebendo um gole do copo que estava nas mãos. Ofereceu a bebida para Amanda. — É energético com vodca, tem uma garota do terceiro ano com uma garrafa cheia!

— Opa, vou lá pegar pra mim! — Maya disse, e Kevin a seguiu pelo ginásio para o lado de fora do colégio.

Amanda bebeu do copo de Anna, agradecendo e olhando para os lados, procurando Guiga.

— Eu nem vi ela direito — Carol comentou. — E ela anda meio esquisita, vocês não acham?

Anna e Amanda se entreolharam.

— Deve ser a ansiedade com as provas, começam na semana que vem, né? — Anna deu de ombros.

— Quem se importa com as provas? Eu já vou reprovar em artes depois daquele fiasco de música! — Carol revirou os olhos, bebericando seu copo e prestando atenção nas pessoas em volta.

Amanda ficou um pouco desconfortável se perguntando se Guiga realmente estava estranha por causa da ansiedade com a escola ou se era por causa de Daniel. Ela se sentiu culpada, com aquela pontada forte no peito, por achar que estava fazendo algo errado.

Mas só de pensar no garoto e na noite que tiveram, Amanda ficou com as bochechas vermelhas e um sorriso escapou dos lábios sem querer. Era uma dualidade tão esquisita! Tinha sido tão bonito, tão especial. Nunca tinha imaginado viver algo tão intenso daquele jeito ao lado de alguém que demonstrava seus sentimentos de forma tão aberta. E isso era incrível, ao mesmo tempo que a deixava apavorada.

Olhando para a multidão no ginásio lotado e barulhento, viu Fred se aproximar, e Guiga do lado dele. Franziu a testa, notando a amiga bastante envergonhada ao falar com o rapaz, com as mãos cruzadas no peito, toda encolhida. Fred tinha um sorriso enorme, mas os cabelos estavam bagunçados e a gravata, mal-arrumada. Parecia um cientista maluco.

— O que a Guiga tá fazendo com ele? — Anna perguntou baixinho, ouvindo Carol dar uma risada.

Os dois chegaram perto delas, conversando, como se não vissem mais ninguém em volta.

— Minha mãe tem treze gatinhos adotados lá em casa, cinco cachorros e alguns outros animais resgatados. Você ia adorar! — Fred dizia, fazendo Guiga sorrir.

— Meu sonho era ter muitos bichinhos! Quem dera meus pais me deixassem adotar algum!

— Prontos pro show da Scotty? — Amanda perguntou de repente assim que os dois pararam na frente delas.

Guiga ficou vermelha, assentiu, se afastando de Fred e tentando parecer natural.

— Tô sempre pronto! — ele disse.

— Vocês já notaram como é esquisito o Fred estar em todo baile de sábado à noite e os amigos dele não? Não é meio suspeito? — Anna comentou com as amigas baixinho, em um tom conspiratório, franzindo a testa.

Fred levantou a sobrancelha, sorrindo, achando graça de a menina falar sobre ele como se não estivesse ali.

— Eu tô em toda festa nessa cidade, não sei qual a novidade nisso — ele falou, dando de ombros. Carol e Amanda concordaram, mas Anna não parecia convencida. — E eu estou no comitê de organização do baile, junto do professor de matemática.

Achei que vocês soubessem.

— Foi você que decorou tudo isso? — Guiga olhou para o palco, que brilhava em tons de amarelo.

— As flores de papel machê. Eu sou bom nisso. — Fred pareceu genuinamente orgulhoso de si mesmo. As garotas concordaram.

— Se você trabalha no comitê de não sei o quê dos bailes de sábado, deve saber quem são os carinhas da banda, certo? — Carol se aproximou dele, curiosa. — Conta pra gente, prometemos guardar segredo! Só me dá o telefone de um deles!

— O nome de quem acabou de sair do palco é Wesley.

— Desse a gente sabe, ele é um saco! — Guiga respondeu, fazendo cara de nojo. Fred sorriu.

— É só o que sei, garotas. Infelizmente eu só repasso fofocas e muitas vezes nem faço ideia quais delas são verdade ou não. Sinto muito. — Ele baixou a cabeça em um movimento exagerado de derrota.

Amanda suspirou, decepcionada.

— Você era nossa única esperança.

Ouviram a risada de Maya por perto e notaram que ela, Kevin e os dois amigos dele se aproximavam do grupo. Carol ajeitou os cabelos, sorrindo para Nicolas, enquanto Fred fazia uma careta.

— Olha só quem finalmente veio pro baile! — Kevin disse, indicando Breno, também da equipe de natação, que normalmente vencia os campeonatos regionais.

Se Amanda e as amigas eram populares na escola, Breno era popular na cidade inteira. Quiçá em todo o Rio de Janeiro. Era alto, musculoso, com cabelos castanhos bem curtos, a pele bronzeada de forma artificial e o sorriso muito branco, com os dentes retinhos.

— É meu primeiro show da Scotty, gente, peguem leve comigo! — o garoto disse, cumprimentando a roda de amigos. Confuso, parou em Fred, que estava com a mão erguida. — O que você tá fazendo aqui, perdedor?

— Eu não tô aqui, sou uma ilusão criada pela sua cabeça — Fred disse.

Breno fez uma careta e se virou como se estivesse irritado com a presença dele.

— Não basta olhar pra cara de vocês todo dia na sala de aula?

— Nunca vi o show da Scotty também, a gente costuma ir mais nas raves, sabe? Música eletrônica, tendas psicodélicas, chão de terra — Nicolas comentou, piscando, levando os dedos à boca como se estivesse fumando um cigarro invisível. As garotas se entreolharam. — A gente não é muito do rock.

— Isso é o completo oposto do seu personagem de boyband, eu nunca ia imaginar! — Maya bateu palmas, impressionada.

Kevin passou o copo de bebida para a garota, animado, e apontou para o palco.

— A cortina tá abrindo, gente!

Breno entrou na frente de Fred de forma nada discreta, quase empurrando o garoto para trás, e estendeu a mão para Guiga.

— Nossos pais passaram o dia juntos hoje no clube. Falaram muito bem de você, queriam que a gente se encontrasse! — Breno falou, mexendo nos cabelos castanhos e na gargantilha de conchas que usava. Guiga piscou, confusa, mas sorriu e assentiu. — Vamos dançar?

A garota encarou as amigas, que arregalaram os olhos, impressionadas com o convite. Carol fez sinal de joinha, incentivando Guiga a seguir o rapaz e se abanando em seguida, fingindo que estava com calor. Anna deu uma gargalhada. Amanda tentava parecer interessada nos garotos da natação, mas só pensava em como queria que Daniel estivesse ali com ela. Olhou para o celular, que não tinha nenhuma nova mensagem. Será que ele tinha se esquecido da noite que tiveram? Será que não queria conversar? Que não sentia saudades?

A microfonia da guitarra fez com que Amanda levantasse o rosto para o palco. As luzes piscaram enquanto o ginásio inteiro aplaudia. Os quatro garotos da banda apareceram com seus ternos rasgados e suas máscaras esquisitas, cumprimentando a plateia.

Amanda guardou o celular e levantou os braços, olhando para Kevin que se aproximava, animado. Os dois gritaram juntos, felizes de assistirem a um show da Scotty lado a lado.

O baterista levantou uma das baquetas no ar, e o público ficou em silêncio para deixar o guitarrista principal se apresentar, olhando para todo o ginásio. Ele agradeceu ao diretor, Seu Antônio, que deu um gritinho da lateral do palco, e começou a tocar uma música nova, uma levada romântica e animadinha, como uma balada. A banda logo acompanhou.

Naquela noite você me perguntou
Coisas que achei que você soubesse
Eu queria dizer que
O quanto eu gosto de você
Não pode ser medido em palavras
E você me disse então, debaixo do céu estrelado
Que faço sua vida valer a pena
É tudo sobre você

A voz do guitarrista era doce, grave, e algo no jeito como ele cantava fazia Amanda sentir que era muito pessoal. Ela dançou com os amigos, mas não conseguia parar de prestar atenção na letra. Sentiu que conhecia aquele amor, que não era algo novo pra ela, só não sabia exatamente de onde. Uma sensação de *déjà-vu*, de ter vivido as coisas sobre as quais aquela banda cantava. O céu estrelado? A declaração? Será que era tudo sobre ela?

Balançou a cabeça, rindo, incrédula. Claro que não era tudo sobre ela. No que estava pensando? O amor de Daniel era o maior que já tinha visto e isso a deixava assustada, mas e se todas as histórias de amor fossem como a deles? E se todo mundo tivesse dúvidas, inseguranças, fragilidades e momentos dançando Beatles sob as estrelas no morrinho da cidade?

Era completamente plausível!

Ouviu um grito que a tirou dos pensamentos. Maya, ao seu lado na frente do palco, berrava e pulava com uma palheta em mãos. A amiga mostrou para Amanda e Kevin, animada, o pedaço de plástico preto com o desenho de um coração partido.

— O baixista jogou na minha direção! Na minha! Logo hoje que eu vim sem sutiã, não posso jogar de volta no palco!

Ela parou de falar quando os três músicos começaram a cantar juntos o que deveria ser o refrão da música. Eram três vozes diferentes, que soavam muito românticas juntas. Amanda apertou o braço de Kevin, impressionada.

— Eles são realmente bons! — o garoto disse, de queixo caído.

E eu faço tudo que me pedir, atendo todos seus desejos
Se ficar comigo mais essa noite
Não me deixe sem seus beijos, não saberia o que fazer
Dançando sob o luar, eu queria só dizer
Que é tudo sobre você

Amanda sentiu os olhos se encherem de lágrimas, embora estivesse sorrindo. Ela era muito boba de sentir aquilo tudo? De, mesmo sabendo que poderiam acabar se magoando, querer ficar com Daniel?

Olhou para os lados, sentindo uma pontada no peito. Queria que ele estivesse ali. Que dançassem agarradinhos, de mãos dadas, na frente de todo mundo.

— A letra dessa música é linda demais! — Kevin gritou por cima do barulho, se aproximando para que Amanda pudesse ouvir o que dizia.

Ela sorriu, ainda dançando e tentando olhar para o palco e para o amigo ao mesmo tempo.

— Linda, né?

— Quem me dera gostar de alguém desse jeito.

Amanda franziu a testa, sem entender o que ele tinha dito. Se aproximou mais, colocando o ouvido muito próximo ao rosto de Kevin, pedindo para ele repetir.

— Quem me dera gostar tanto de alguém assim! — ele gritou, e a amiga sorriu, concordando.

— Deve ser assustador — Amanda gritou de volta, perto do ouvido dele.

— Como assim? — Kevin fez uma careta. Apoiou a mão livre na cintura dela, para não cair, enquanto a outra segurava o copo de bebida. — Assustador?

— Imagina gostar tanto de alguém e saber que as coisas podem dar errado? Imagina fazer alguém que a gente ama infeliz porque não sabe amar de volta do mesmo jeito?

Kevin franziu a testa, com dificuldade para ouvir o que ela dizia. Balançou a cabeça, negando.

— Mas como você vai saber que as coisas podem dar errado se você não tentar?

— E se eu não merecer? — ela perguntou, mordendo o lábio para segurar o choro e ficando de costas para o palco.

Kevin continuou balançando a cabeça.

— Todo mundo merece ser amado. Todo mundo.

O garoto afagou de leve os cabelos da amiga, olhando para o palco. O guitarrista principal tinha parado de tocar já fazia alguns segundos e estava congelado entre os outros dois, que continuaram cantando no lugar dele.

Caio e Rafael se entreolharam, tentando lembrar a letra da música enquanto Daniel parecia chocado demais para se mover. O que estava acontecendo? Tinha algo a ver com Amanda e o playboy da natação na frente do palco?

E eu faço tudo que me pedir, atendo seus desejos
Se ficar comigo não sei o que tem nesse pedaço
Não me deixe sem seus beijos, lalalá
Não saberia o que fazeeer
Dançando debaixo do luar não lembro a palavra
Dentro do carro eu queria só dizer
Que é tudo sobre vocêeee

Os dois se confundiram algumas vezes enquanto tentavam chamar atenção de Daniel. O guitarrista parecia fora de si, como se tivesse visto um fantasma. Não conseguia se concentrar na música e perdeu o número de vezes que errou as notas, ficando bravo consigo mesmo. Sem pensar, chutou o microfone e fez o pedestal cair para trás, quase na bateria de Bruno. A plateia gritou e bateu palmas, como se aquilo fosse parte do show, uma atitude rock 'n' roll e nada descontrolada do mascarado que tinha a voz linda. Mas os outros três em cima do palco sabiam que não era verdade.

Durante um solo de baixo, Caio levantou o pedestal para Daniel, olhando preocupado para os outros garotos da banda.

— Cuidado, cara.

— Não enche — Daniel respondeu, suspirando alto. Parou de costas para o público e, de repente, lembrou-se de onde estava. Piscou algumas vezes, voltando à realidade, sem conseguir encarar os amigos de tanta vergonha. Estava evitando olhar para a direção de Amanda e Kevin, que pareciam muito próximos, bem na sua frente.

— Essa letra é muito difícil! — Rafael reclamou quando se aproximou de Bruno, que continuava tocando a bateria, preocupado e irritado.

Quando a música acabou, enquanto o ginásio aplaudia, o baterista jogou as baquetas no chão com força e saiu do seu lugar. Caminhou até a coxia, onde Daniel estava, puxando o amigo de lado pela gola do blazer.

— Tá maluco, porra?

— Foi mal.

— Foi mal, coisa nenhuma, você não é descontrolado assim — Bruno quase gritou para ser ouvido por cima do barulho do público. Rafael falava qualquer coisa no microfone para distrair as pessoas até os amigos voltarem. — A gente ainda tem três músicas pra tocar, se vira pra fingir que tá tudo bem. Depois você desabafa.

Daniel concordou, envergonhado, voltando com Bruno para o palco. Nunca tinha se sentido desse jeito, com tanto ciúmes que sua mente inteira tinha perdido o foco. No que estava pensando? Eram tantas coisas na cabeça, seu pai no hospital, sua mãe longe de casa, Amanda com outro garoto, inseguranças e mais um monte de dúvidas. Estava se sentindo perdido.

Kevin olhou para Amanda, que aplaudia a banda no palco ainda com cara de choro. Não sabia muito bem o que estava acontecendo, mas não parecia nada fácil. Será que tinha a ver com os esquisitos da escola? Tinha visto a interação deles na sorveteria, sabia que Amanda às vezes andava com os garotos e ouvia fofocas sobre essa estranha amizade de todos os lados. Amanda tinha pose de durona, mas Kevin achava que, no fundo, estava confusa.

Ele conhecia bem esse sentimento. Também tinha medo de se apaixonar.

Quando a banda começou a tocar a próxima música, Kevin pegou na mão dela e a obrigou a dançar. Era um cover dos Beatles, "She Loves You", e ela pareceu se animar, se juntando a Maya e Anna, que gritavam e davam pulinhos. Kevin curtiu com elas, mas acabou esbarrando em alguém, deixando o restinho da bebida cair no braço de Amanda.

— Você me machucou! — Rebeca gritou, fazendo Kevin se assustar e encarar a garota loira e bonita ao lado deles.

— Desculpa, acho que me animei demais!

— Vocês são muito espaçosos. Se liga, gente. — Rebeca olhou Amanda de cima a baixo com uma expressão de desprezo. — O mundo não gira em torno de vocês só porque são populares.

Maya deu um passo para a frente, irritada, mas Anna segurou seu braço. Amanda ainda tentava entender o que estava acontecendo, com bebida escorrendo na roupa.

— Não tem por que ser grossa assim, eu já pedi desculpas.

Kevin fez careta, tirando o casaco e ajudando a amiga a se limpar. Rebeca deu uma risada. As pessoas em volta começavam a prestar atenção na discussão, mesmo com a banda tocando ao fundo. Ninguém falava com os populares da escola daquele jeito, era até esquisito de ver.

— E, Amanda, acho melhor desmentir os boatos de que o Daniel Marques gosta de você. Sabe como é, eu e ele estamos juntos. Eu tô indo embora agora pra encontrar com ele e não quero que fique um climão entre a gente — Rebeca disse, se aproximando de Amanda para se certificar de que ela escutasse. Não sabia de onde tinha tido tanta coragem, mas estava gostando daquela nova personalidade.

Amanda olhou para o chão, sem conseguir encarar Rebeca. Sabia que o tom era de provocação, que a garota era mais nova e não era a primeira vez que alguém dava a entender que não ia com a cara dela, mas envolver Daniel daquele jeito a incomodava de uma forma que não sabia explicar. Já tinha escutado a fofoca dele e de Rebeca pela escola, mas nem tinha cogitado que fosse realidade. Ela e Daniel estavam ficando, certo? Não era oficial, mas não estavam interessados em beijar outras pessoas.

Estavam?

Amanda fechou os olhos com força, confusa.

Se os dois iam se encontrar no horário do baile, fazia sentido Daniel não ir para a escola assistir ao show, né? Fazia sentido ele não ter enviado nenhuma mensagem nem falado com Amanda o dia todo.

Ficou pensando no que tinha acabado de acontecer e não percebeu que Rebeca tinha ido embora. Maya encostou em seu ombro, perguntando se estava bem. Amanda levantou o rosto, coçando os olhos e tentando sorrir para disfarçar a confusão que sentia. Fingiu que tinha bebido demais, e, enquanto Maya e Anna aos poucos voltavam a dançar, Kevin segurou Amanda pelos ombros, preocupado.

— Você quer sair daqui?

Amanda concordou, sorrindo. O garoto guiou a amiga para fora do ginásio, passando por Fred, que olhou para os dois, confuso.

— Vocês estão bem? — perguntou, deixando o grupo com quem estava conversando para se aproximar deles.

— Acho que bebi demais, só isso — Amanda respondeu.

— Francamente, que absurdo, isso aqui é uma escola! — Fred se aproximou dela, sorrindo com uma expressão engraçada e fazendo a garota dar risada. — Onde você conseguiu a bebida? Olhar pra cara bonita desse seu amigo me dá vontade de ficar bêbado pra esquecer!

— Eu tô ouvindo isso — Kevin disse, ao lado deles.

Fred sorriu, brincalhão.

— Você é o menos pior do seu grupo, que é menos pior do que o time de basquete. Espero que entenda meu elogio.

— Obrigado, mas eu não posso dizer o mesmo. Aquele seu amigo Bruno é bem bonitinho e faz mais o meu tipo — Kevin falou de repente, se aproximando dos outros dois, que arregalaram os olhos.

— Eca! Retira o que você disse! — Amanda colocou a língua para fora.

— Credo, que gosto ruim pra garotos, eu esperava mais de você! — Fred berrou.

Kevin balançou a cabeça e encarou os dois, sem saber por que tinha se exposto daquele jeito. Sabia bem que o perdedor era um fofoqueiro de primeira, uma revista *teen* ambulante, o grande mural de assuntos da escola. Sabia que ele podia espalhar aquilo para todo mundo e na segunda Kevin já seria motivo de olhares maldosos e desaforos. O colégio todo saberia.

Deu de ombros, pensando que talvez ele bem que queria que isso acontecesse. Que, diferente dos caras da Scotty no palco, gostaria de só tirar a própria máscara e mostrar quem ele era de verdade. Que não precisasse fingir ser outra pessoa pra ser popular.

Sentiu Amanda apertar sua mão, carinhosa, enquanto Fred continuava listando todos os defeitos de Bruno. Kevin sorriu, sentindo algo que normalmente não sentia, um acolhimento sutil e silencioso que fez seu coração bater mais forte.

> "Now hearts are getting broken
> But I guess it's what they call growing up"
> (Everybody Knows — McFLY)

trinta e nove

Amanda saiu do banheiro, depois de lavar o braço sujo de bebida, com o casaco de Kevin nas mãos. Estava feliz de ter o apoio de alguém tão legal como ele, mesmo que fosse uma amizade tão recente. A sensação era que os dois se conheciam há muito tempo! Ela estava sentindo muitas coisas nos últimos dias e tudo acabava tomando uma proporção enorme. Tudo estava intenso demais. Na escola, com as amigas, com Daniel, com Alberto e agora até com aquela garota do primeiro ano! Suspirou, vendo que a Scotty já não estava mais no palco e que uma música pop tocava nos alto-falantes, enquanto muita gente ainda dançava no ginásio. Tinha perdido o finalzinho do show, e isso a deixava muito chateada, porque tudo que mais queria naquele momento era ouvir o guitarrista rebelde de voz grave cantar. Sabia que ia dormir imaginando quem seria o dono daquela voz. Olhou para os lados. Onde será que as amigas estavam? Tentou enxergar por cima das pessoas que passavam na sua frente, ficando na ponta dos pés, sem ver Kevin nem Fred ali por perto.

Deu alguns passos, tentando enxergar apesar das luzes que piscavam no teto e deixavam a visão meio turva, e conseguiu ver Susana com algumas amigas. Reconheceu a menina porque já a tinha visto com Fred, que havia mencionado que a encontraria no fim da festa. Amanda se aproximou, sorrindo um pouco envergonhada, porque nunca tinham se falado antes.

Uma das garotas ao lado de Susana arregalou os olhos, espantada. Amanda levantou a mão, cumprimentando o grupo.

— Você sabe onde o Fred tá?

— Uau, você realmente tá falando com a gente? — perguntou uma garota de cabelos crespos, que estava de braços dados com Susana.

Amanda não sabia se era irônico ou não, então só concordou.

Susana não pareceu incomodada pela pergunta de Amanda, pelo contrário, e respondeu de forma animada:

— Ele foi em direção ao palco, disse que precisava pegar alguma coisa no carro de uma garota que tinha bebida, no estacionamento dos professores. Acho. Ele sempre inventa umas desculpas furadas assim.

— No estacionamento dos professores?

Amanda franziu a testa. Nunca tinha dito para Fred onde Anna tinha conseguido a bebida, mas não duvidava de que ele conhecesse todos os fornecedores de álcool ou drinques batizados da escola. Agradeceu à Susana pela ajuda e caminhou em direção à parte de trás do palco. Ela queria encontrar Fred, mesmo se ele estivesse bebendo. Talvez conseguisse qualquer fofoca a mais sobre a Scotty ou até sobre a tal Rebeca, que ainda era uma incógnita para Amanda.

Ou sobre Daniel. Droga, ela queria tanto que Daniel desse algum sinal de vida.

Olhou para o celular, que estava com a bateria quase acabando. Nenhuma mensagem.

Ele devia estar ocupado, talvez tivesse outras coisas para fazer, e já estava bem tarde. Amanda tentava repetir vários motivos para si mesma, se convencendo de que não era dor de coração partido. Era dor de estar crescendo e descobrindo novos sentimentos.

Passou pelo seu Paulo, o zelador da escola, que conversava de forma animada com um dos professores perto da porta do corredor atrás do palco, em frente à salinha dos materiais de educação física. O zelador acenou para Amanda, sem questionar quando a garota seguiu em frente e fechou a porta pesada atrás de si. Ela olhou para o corredor mal iluminado e ouviu uma movimentação ao fundo, onde ficava o estacionamento dos professores. Esperou para ver se o seu Paulo ou o professor viria atrás dela e, quando viu que estava sozinha, continuou caminhando.

Entrava um vento frio pela fresta do portão do estacionamento, e Amanda vestiu o casaco grande de Kevin. Estava com cheiro de bebida, mas, sinceramente, o próprio cabelo estava igual, então ela já não conseguia sentir muita diferença. Sabia que estava descabelada, já sem maquiagem e fedendo a álcool. Nada novo para o fim de uma festa no sábado à noite.

Escutou algumas vozes no estacionamento e se encostou de forma discreta no portão, tentando não fazer barulho. Se algum dos professores estivesse ali, Amanda não queria ser pega. Não era exatamente um lugar que os alunos frequentavam, principalmente nos fins de semana. Aonde Fred tinha ido? Ele tinha amizade com todo mundo na escola, mas era sacanagem até no estacionamento ele poder circular! Era muita vantagem!

Colocou a cabeça para fora, vendo que não tinha muita iluminação no lugar àquela hora. Havia poucos carros aqui e ali no estacionamento, embora ela não conseguisse ver todo o espaço sem se expor e mostrar que estava ali, espiando. A música da festa estava distante, abafada pela porta e pelo corredor, então ela conseguia ouvir alguns barulhos e vozes do outro lado. Procurou Fred, tentando não mexer o portão, quando sentiu o corpo congelar e não por conta do frio.

Ouviu a voz de Daniel.

Podia ser sua mente, já que ela queria tanto saber dele, receber uma mensagem ou uma ligação. Devia estar meio bêbada ou só muito cansada. Prendeu o fôlego, tentando prestar atenção para ver se ouvia mais alguma coisa.

A voz de Daniel de novo. E a de Rebeca. As pernas de Amanda tremeram.

— Olha, é melhor a gente sair daqui.

— Onde você tava? Eu tentei te encontrar a festa toda!

— Me encontrar?

— É, você não responde às minhas mensagens!

A voz de Rebeca parecia arrastada, alta e estridente no meio do silêncio.

— Quem te passou... Ah, esquece.

Daniel falou algo mais baixo, e Amanda se mexeu um pouco para tentar ouvir melhor ou ver alguma coisa. Ficou na ponta dos pés com cuidado e olhou para fora. Apesar do escuro, viu o garoto encostado em um carro e Rebeca bem na sua frente. Ela estava num ponto mais iluminado, mas Amanda sabia, de longe, que era Daniel ali. Ele estava de boné e camiseta branca, e parecia encolhido de frio.

— Eu esqueci meu celular em casa.

— Não tem problema, a gente tá aqui junto e é isso que importa.

Amanda fechou os olhos ao ouvir Rebeca dar risada. Sentiu uma onda de enjoo. Queria vomitar, abrir aquele portão, olhar para a cara dos dois e tentar entender! Ela e Daniel tinham passado uma noite tão legal juntos, depois de todos aqueles dias confusos, e Amanda realmente pensava que as coisas estavam melhores. Ficou esperando notícias dele, tentou dar algum espaço, e para isso? Para que ele saísse com outra garota sem nem se importar com os sentimentos dela?

Como Amanda podia pensar que se apaixonar seria legal? Não era legal para ninguém. Sua mãe não estava feliz, seu pai muito menos, Guiga estava sofrendo, até os caras da banda, que ela nem conhecia, pareciam tristes e de coração partido.

Por que com Amanda e Daniel seria diferente?

Tinha sido muito ingênua de pensar que poderia dar certo. Amor não era para ela.

— Rebeca, eu preciso ir — Daniel falou de forma urgente.

Amanda percebeu que estava chorando. Fungou, tampando a boca.

— Eu vou com você...

— Não, eu tô com o Fred e...

— Só vou pegar a bolsa com minhas amigas lá dentro.

— Rebeca...

Amanda respirou fundo, apertou o casaco de Kevin contra o corpo e saiu andando de volta para o ginásio. Não queria ouvir mais nada. Não ia ficar ali e precisar olhar para a cara de Rebeca quando a garota passasse. Estava arrasada, triste e muito confusa. Daniel estava mentindo para ela? O que estava acontecendo?

— Essa garota apareceu do nada, que pavor! — Caio reclamou quando já estavam todos os cinco dentro da minivan da sua mãe a caminho da casa de Bruno. Daniel estava cansado, deitado com a cabeça no colo de Rafael, no banco traseiro. — Eu achei que ela fosse descobrir tudo!

— Eu disse que tava lá no estacionamento bebendo escondido — Daniel respondeu, esfregando o rosto com o resto de maquiagem branca. Com sorte, Rebeca não tinha conseguido perceber nada por conta da iluminação ruim e do boné que ele estava usando. — Eu não sei o que essa garota quer comigo, desde aquele outro dia...

— Ela é esquisita — Rafael concluiu.

Bruno concordou do banco do motorista.

— Quem passou seu telefone pra ela? — perguntou, e Daniel bufou.

— Não faço ideia.

— Essa história tá muito estranha — Fred falou, pensando em voz alta, sentado no fundo da minivan. Os amigos ficaram em silêncio, esperando o que ele ia dizer. — A Rebeca é irmã do Alberto, não é?

— Irmã daquele idiota? Mas ela é tão bonitinha! — Rafael pareceu impressionado.

— O que a irmã do Alberto ia querer comigo? Não faz sentido — Daniel reclamou.

— Você não tá saindo escondido com ela e mentindo pra gente, né? — Bruno perguntou, olhando para os bancos traseiros pelo retrovisor. Daniel encarou o amigo pelo espelho, com a testa franzida. — Não seria a primeira vez.

— Eu gosto da Amanda, por que eu sairia com outra garota?

— Talvez porque ela tá muito próxima daquele playboy sorveteiro?

— Bruno, eu não faria isso! Você sabe bem! — Daniel sentou, irritado.

Fred mordeu o lábio, ouvindo os amigos discutirem. Apertou as têmporas, pensativo. Amanda e Kevin não estavam juntos, ele sabia muito bem. Tudo bem que Kevin tinha dito que gostava de garotos de um jeito meio sutil e, mesmo que ele também pudesse gostar de garotas, conseguia ver que a relação dele e de Amanda não era sobre isso.

Abriu a boca algumas vezes, ainda ouvindo Bruno e Daniel batendo boca. Queria contar o que sabia para os amigos, mas não era o tipo de segredo ou fofoca que ele gostava de passar adiante. Até os fofoqueiros tinham um código de conduta.

Respirou fundo.

— Olha só, vocês dois — Fred disse alto, fazendo os amigos pararem de discutir. — Bruno, corta essa, Daniel é gado da Amanda, tá aqui choramingando porque esqueceu o celular em casa e não pôde ligar pra ela. Você tá só descontando sua raiva nele.

— Vai todo mundo tomar no c... — Bruno começou a dizer, mas Fred continuou a falar, sem prestar atenção no amigo.

— E você, Daniel, segura sua onda no palco. Sério. — Colocou a mão no ombro do amigo. — O diretor veio me perguntar se os garotos da Scotty estavam usando drogas, se eram usuários de coisas pesadas, se vendiam pela escola, e eu estou exausto de fazer discurso careta pra ele. Da próxima vez que você derrubar o microfone, vou deixar ele ir falar contigo.

Daniel abaixou a cabeça, derrotado.

— Eu gosto muito dela, irmão, tô completamente perdido.

— Você disse que tiveram uma noite legal, cantou até uma música de letra duvidosamente brega pra garota — Rafael disse, tentando consolar o amigo.

— Mas ela nem deu a mínima, tava dançando abraçada com o tal do Kevin. Nem ligou pra mim.

— Ela não sabia que era você! — Caio falou do banco da frente. — Acorda, Daniel! A garota tava só se divertindo enquanto seu suposto namorado ficou supostamente em casa supostamente jogando videogame!

— Caio tem razão — Rafael concordou.

Enquanto o carro parava na porta da casa de Bruno, Fred confessou:

— Se te consola, esses playboys estão mexendo comigo também. — Ele suspirou, recebendo os olhares de pena dos amigos. — Aquele plastificado do Breno ficou falando pra Guiga que seria o namorado perfeito pra ela, que os pais se conhecem do clube de riquinhos e tudo o mais. Foi duro, gente. Eu parecia invisível na hora.

— Nossa, imagina os dois juntos? Seria o casal mais popular da escola! — Rafael disse, o que lhe rendeu um tapa de Daniel. Arregalou os olhos. — Foi mal, cara. Sinto muito, é uma situação devastadora mesmo.

— Talvez ele realmente fosse melhor pra ela do que eu, né? Meus pais não têm grana, eu sou o único bolsista da turma, e a Guiga merece alguém que pode dar tudo pra ela.

Fred desceu da minivan de cabeça baixa, triste. Bruno se aproximou, sacudindo os ombros do amigo.

— A gente tá no ensino médio, cara! Nada disso vai durar pra sempre!

— Você fala isso porque seu coração já virou pedra há muito tempo — Caio reclamou, ajudando Rafael a tirar os instrumentos do carro.

— Falta ódio em vocês! — Bruno bateu o pé.

— Te falta terapia. — Rafael cutucou o garoto enquanto passava por ele.

Daniel entrou na casa, procurando sua mochila na sala e ignorando os amigos. Queria achar seu celular e tentar ligar para Amanda. Seu peito estava apertado, inseguro, com saudades, sem conseguir tirar da cabeça a imagem dela com Kevin na frente do palco. Ele estava ali, colocando seu coração para fora, enquanto ela parecia se divertir sem nem prestar atenção nas suas palavras. Precisava ouvir a voz dela para se acalmar.

Ligou algumas vezes, mas o número de Amanda estava dando como fora de área ou desligado. Não tinha nenhuma mensagem dela, nada. Será que estava se divertindo tanto que tinha se esquecido dele?

Amanda passou a madrugada acordada, olhando para o teto do quarto e, vez ou outra, encarando o celular desligado em cima da mesinha de cabeceira. Toda vez que pensava em carregar a bateria e ver se Daniel tinha enviado alguma mensagem, tentava se lembrar dele no escuro, no estacionamento da escola, tão próximo de Rebeca. E isso enquanto Amanda estava lá dentro, triste por causa dele, ouvindo música sobre o relacionamento de outras pessoas e sonhando que fosse sobre os dois.

Em algum momento durante a noite, acabou pegando no sono. Acordou com gritos dos pais discutindo pela casa, mesmo através da porta do quarto fechada. A cortina da janela estava escancarada e a luz do sol entrava, deixando a visão de Amanda embaçada. Levantou da cama, irritada e ansiosa, ainda ouvindo os berros da mãe, e fechou a cortina com força. Suspirou, mexendo nos cabelos e se jogando novamente na cama.

Vieram gritos do pai e o som de portas batendo, e Amanda só pensava em sumir dali, desaparecer. O que ele estava fazendo em casa de novo? Eles não tinham brigado na semana passada?

Colocou o travesseiro em cima da cabeça, tentando abafar o barulho e voltar a dormir. Sabia que as amigas tinham combinado de almoçar na pracinha da cidade no domingo de tarde, mas ela não queria conversar com ninguém. Não queria falar sobre o que estava sentindo nem preocupar nenhuma delas.

Lembrou que o seu celular ainda estava sem bateria e tirou o travesseiro do rosto, arregalando os olhos. E se Daniel tentasse falar com ela? E se ele tivesse mandado alguma mensagem e Amanda não tivesse recebido?

Colocou o celular para carregar, tentando se convencer de que não faria diferença. Daniel estava mentindo para ela, e nada do que ele falasse poderia explicar o que Amanda tinha visto na noite anterior.

Ou poderia?

Seria melhor tirar satisfações? Ligar para ele e dizer que sabia de tudo sobre Rebeca?

— Eu não aguento mais essa cerveja, não tem nada mais forte? — Bruno questionou, com uma garrafa vazia na mão.

Rafael arrotou alto dizendo "não", e Caio começou a rir.

Sentados na praia, os cinco amigos encaravam o mar no fim da tarde de domingo. Tinham passado a madrugada de sábado bebendo, depois dormiram por boa parte do dia e resolveram, de repente, encher a cara em um lugar diferente. Aquela parte da praia estava vazia, e, apesar do vento suave, as ondas estavam bastante agitadas.

— Não joga lixo na areia, Bruno, seu porco. — Fred pegou a garrafa de vidro vazia e colocou na mochila. — Seja consciente, precisamos salvar a natureza.

— Desculpa, ministro da limpeza. — Bruno arrotou, e Rafael fez careta.

— Não existe isso, é parte do trabalho da prefeitura!

— Nerd — Bruno respondeu, e os três começaram a discutir.

Caio deu um cutucão em Daniel, que estava sentado na areia ao lado dele com os braços em volta dos joelhos, olhando o mar.

— Tá chateado?

— Não. Minha cabeça tá girando. — Daniel piscou os olhos devagar.

— Sabe, eu já pensei em chamar a Anna pra sair — Caio confessou de repente. — Mas desisti.

— Por quê? Vocês parecem que se dão bem.

— Se eu tivesse a sorte de ela gostar de mim, não ia querer manter um namoro às escondidas, que nem você e a Amanda. Não tenho estômago pra essas coisas. — Caio suspirou, mexendo na areia.

Daniel olhou para o mar, pensativo.

— Talvez a Anna não queira isso, ela pode ser mais madura que a gente.

— Mesmo assim... — Caio também abraçou os joelhos, pensando se pegava outra garrafa de cerveja da mochila de Bruno. — Não sei se suportaria isso como você.

— Eu não suporto. — Daniel viu os amigos acendendo um cigarro e balançou a cabeça, puxando sua mochila para perto. Colocou o boné para evitar que os cabelos continuassem batendo no rosto e encarou o celular, que não tinha nenhuma nova mensagem.

— Por que você não liga pra ela? — Caio perguntou.

Daniel continuou olhando para o celular, sentindo a cabeça girar.

— Acho que tô bêbado demais pra ter uma conversa decente. Não quero parecer bobo.

— Tarde demais pra isso, não? — Caio brincou, e ele e Daniel sorriram. — Meu estômago tá revirado, não sei como esses caras aguentam.

Ele apontou para Bruno e Rafael, que batiam palmas e dançavam na frente de Fred. Daniel concordou.

— Será que nossa alma gêmea pode ser um dos nossos amigos?

— Que papo de alma gêmea é esse? — Caio franziu a testa, confuso.

Daniel deu de ombros.

— Sei lá, eles dois parecem ter uma conexão doida assim. Bruno e Rafael.

— Nunca fale isso em voz alta, se te escutarem vão negar até a morte.

Daniel deu uma risada, sentindo o celular vibrar ao seu lado. Arregalou os olhos, piscando algumas vezes até conseguir ler o nome na tela. Amanda estava finalmente ligando pra ele!

Atendeu às pressas, gaguejando um pouco ao cumprimentar a garota do outro lado da linha. Droga, para que tinha bebido tanto?

— Daniel? Onde você tá? — Amanda perguntou, ouvindo risadas no fundo.

— Na praia! — o garoto respondeu, tentando afastar Caio que tentava ouvir o que ela dizia. — Pode falar um pouco mais alto? Não consigo te ouvir.

Sentada na cama, encarando o quarto escuro, ela perguntou:

— Você tá bêbado? — Amanda sentia o coração dolorido pensando que Daniel estava se divertindo, enchendo a cara com os amigos o dia todo, enquanto ela estava ali, sofrendo, depois de ter visto ele com outra garota. Mordeu o lábio, suspirando.

— Eu tô, foi mal não conseguir conversar direito. Nem lembro mais o que fiz a noite toda!

— Não lembra? — Amanda soltou uma risada irônica. Ele só podia estar de brincadeira. — Você não se lembra de passar a noite com outra garota? — perguntou sem rodeios.

— Quê? — Daniel franziu a testa. Olhou para Caio, que brincava com a areia do seu lado, e tentou entender do que Amanda estava falando. Tinha ficado com os amigos na casa de Bruno. — Eu não passei a noite com nenhuma garota.

— Não? Você não saiu com ninguém?

Daniel ficou pensativo, confuso.

— Não — respondeu, tirando e colocando o boné, ansioso. Do que Amanda estava falando? Ele tinha dormido no sofá de Bruno, do lado de Rafael! — Eu bebi muito de noite, mas tava com os meninos.

— Daniel, você não precisa mentir pra mim! — Amanda disse, nervosa.

— Eu tava com saudades de você.

— Não tô falando disso. — A garota respirou fundo. Uma parte dela estava feliz por ouvir aquilo e poder conversar com ele. Outra estava irritada, sem entender por que Daniel estava mentindo sobre ter ido até a escola no sábado à noite para se encontrar com Rebeca. — Deixa pra lá.

— Desculpa, eu tô meio perdido na conversa e pode ser porque bebi demais.

— Tá tudo bem, você não me deve explicação alguma. Se diverte aí com os meninos, depois a gente se fala — Amanda disse e desligou o telefone.

Não ia conseguir conversar com ele se sentindo frágil daquele jeito, porque a única coisa que se repetia na sua cabeça era a imagem do beijo de Rebeca e Daniel um tempo atrás, na saída da escola. Ela se jogou deitada na cama, sem forças para fazer qualquer coisa fora se sentir mal consigo mesma.

Daniel, sentado na areia da praia, encarava o celular, confuso.

— Tá tudo bem? — Caio perguntou, e Daniel negou com a cabeça, pegando a garrafa de água que Fred ofereceu aos dois.

— Tô perdido, cara.

— Claro que não, você tá na praia. — Bruno, chegando muito perto dele de repente, balançou a cabeça e então saiu andando meio torto. — Gente doida.

Caio e Daniel se entreolharam e caíram na risada.

Kevin chegou na escola na segunda-feira de manhã com as palmas das mãos suadas. Sentia um grande nervosismo, tinha passado o domingo inteiro pensando em como seria quando encontrasse os amigos e o que falariam sobre a fofoca de que Kevin gostava de garotos. Estava confuso e ansioso, sabendo que poderia ser deixado de lado, e imaginava o pior. As pessoas em Alta Granada não falavam muito sobre essas coisas, como boa cidade de interior que era.

Fechou os olhos e se aproximou do grupo de Amanda, que estava perto do muro ao lado do portão. Elas estavam falando das provas da próxima semana e ficaram em silêncio quando ele chegou perto.

— Kevin, a gente precisa conversar sério — Maya disse, suspirando.

O garoto concordou, triste. Pronto, aquele era o momento em que diriam que não queriam mais andar com ele, certo? Porque estavam falando mal dele.

— A gente ficou sabendo... — Anna começou, falando baixo como se contasse um segredo, enquanto Kevin olhava para os pés — ... que você é o maior CDF dessa escola e que tirou nota máxima nas provas finais do segundo ano. Como você escondeu isso da gente?

— Isso aí, vai precisar compensar com aulas particulares — Guiga concordou.

Kevin encarou as garotas, confuso. Piscou os olhos, ouvindo as cinco comentando sobre as matérias em que tinham mais dificuldades, quando viu Fred passando por ali com os amigos. Os dois se encararam, e Kevin franziu a testa quando o garoto sorriu e se aproximou.

— Falaram com ele? — Fred perguntou, e as meninas concordaram. — Eu disse pra vocês, o Kevin aqui é da minha sala. Colei muito dele pra tirar notas boas ano passado. O maior CDF, sentava na frente do professor e tudo.

Kevin continuou encarando o garoto de cabelos compridos, sorrindo de um jeito meio bobo, sem conseguir conter o alívio. Fred deu uma piscadela para ele, saindo de perto e entrando na escola sem olhar para trás.

— Que fofoqueiro do cacete — Kevin disse em voz alta, balançando a cabeça, fingindo estar irritado.

Amanda, ao lado dele, viu Bruno e Rafael se aproximando, com Caio e Daniel vindo logo depois. Ele e Amanda se entreolharam, e Daniel fez menção de falar alguma coisa, mas ela virou o rosto, ignorando sua presença. Kevin observou os dois discretamente, percebendo que Anna também prestava atenção.

Daniel ficou confuso, sem saber o que fazer, até que foi puxado por Caio para dentro da escola. Kevin olhou para Amanda.

— O que aconteceu entre vocês depois do baile? — perguntou num sussurro, recebendo um olhar irritado em resposta. Fez careta, entendendo que Amanda não queria falar sobre aquilo.

As outras garotas continuavam falando sobre as provas, e Anna tinha se aproximado dos dois, curiosa.

— A gente podia fazer que nem naqueles filmes e roubar o resultado das provas! Ia ser tudo tão mais fácil! — Guiga sugeriu, brincando.

— E ser reprovada se alguém descobrir? Tá maluca que eu vou fazer o segundo ano de novo, só por cima do meu cadáver! — Maya respondeu.

Alberto e João passaram pelo grupo, ouvindo o que estavam conversando, tentando passar despercebidos entre os outros alunos que seguiam para dentro da escola quando o sinal tocou. Alberto pareceu pensativo por um segundo, então soltou uma gargalhada assim que atravessaram o portão.

— Que foi, cara? — João perguntou.

— Você ouviu do que elas estavam falando? A Amanda e as amigas?

— Não.

— Vingança é um prato que se come frio. O papo todo de provas do segundo ano me deu uma boa ideia. — Ele sorriu, batendo palmas.

— E o que as provas do segundo ano têm a ver com a gente, maluco? A gente tá no terceiro.

— Larga de ser burro.

Alberto riu, desviando do seu caminho para passar ao lado de Daniel e dos amigos, que brincavam com algumas cartas de baralho, fazendo mágica no meio do corredor.

— Tomem cuidado, perdedores — ele alertou misteriosamente, chamando atenção de propósito.

— Vai se catar, seu espinhento horroroso — Rafael retrucou, e Daniel, que começou a rir, se engasgou.

— Cresce e aparece, pirralho, se enxerga que a conversa não chegou no fundamental — Alberto respondeu com raiva e saiu de perto.

Rafael arregalou os olhos e cruzou os braços, irritado.

— Você viu do que ele me chamou? Eu tenho a idade de vocês! — disse, indignado, recebendo um tapinha nas costas de Bruno, que não conseguiu conter a gargalhada.

Daniel ainda tossia depois do engasto, ouvindo o amigo reclamar. Alberto achava mesmo que metia medo em alguém?

— Bruno, eu preciso de conselhos — Amanda disse ao telefone depois do colégio.

Ele riu, jogando a chave do carro em cima da mesinha da sala e sentando no sofá.

— Ligou pra pessoa certa. Qual o problema com Daniel dessa vez?
— Como você sabe que é com ele? — a garota reclamou.
— É?
— Sim.
— Eu sabia. E então? — Bruno perguntou, rindo.
— Eu não sei se ele está falando sério sobre os sentimentos dele, sabe? Tô desconfiada de que ele tá saindo com outras garotas e eu me sinto uma idiota!

Bruno ficou em choque por alguns segundos e então deu uma gargalhada enquanto tirava os tênis com o celular preso entre o ombro e a orelha.

— Você tá de sacanagem, né? Eu tive exatamente essa discussão com ele no sábado depois do... Depois que a gente comeu pizza. — Ele fez uma careta, quase falando sobre o show. — Mas não achei que você pensasse isso também.

— Então é verdade? Ele tá saindo com outras garotas?
— Não.

Bruno deu de ombros, deitando no sofá.

— Mas eu vi! Eu vi, no estacionamento dos professores na escola, no sábado à noite. Ele não pode me enganar, Bruno, ele tava com a Rebeca. Os dois, sozinhos — Amanda choramingou, sentindo uma mistura de raiva e tristeza ao falar aquilo em voz alta.

Bruno arregalou os olhos, tampando a boca. Então era disso que ela estava falando? Tinha visto a cena de Daniel tentando se esquivar de Rebeca e estava pensando que os dois estavam juntos?

Deu mais uma gargalhada, perdendo o fôlego. Amanda pareceu irritada do outro lado da linha.

— Bruno, isso é sério!
— Amandinha, deixa eu te contar uma parada. — Ele sentou de novo, respirando fundo. Tinha seus problemas com Daniel, mas no fundo sabia que o amigo não mentiria sobre nada daquilo. Inclusive sobre Amanda e todas as coisas românticas que pensava sobre ela desde o nono ano. Era, basicamente, só disso que ele falava o tempo todo. — Sabe o que aconteceu hoje depois que ele viu você

e o Kevin de braços dados na hora do intervalo? Ele chutou a lata de lixo *sem querer* e foi mandado pra coordenação. Cinco dias ajudando o seu Paulo depois da aula, sabe o que é isso?

Amanda soltou uma risadinha pelo nariz.

— Ele não consegue ficar fora de encrenca, né.

— Você e o Kevin estão saindo? Tipo se beijando, ficando e tal? — Bruno perguntou, direto.

Amanda negou.

— A gente é amigo, tipo eu e você.

O garoto suspirou aliviado.

— Olha, essa história do Daniel com a Rebeca não é verdade. Não importa o que você tenha visto, nada disso é verdade. Ele nunca nem pensou em ficar com ela.

— Mas...

— Você precisa conversar com ele. Eu não vou ficar de mensageiro no meio dos dois, não. — Bruno passou a mão nos cabelos. — Daniel tá cheio de coisas por conta dos pais e dessa garota stalker, e não precisa que a gente duvide dele, sabe?

— Mas... — Amanda tentou de novo, mas o amigo a interrompeu mais uma vez.

— Foi exatamente isso que a Carol fez comigo, lembra? Você estava falando comigo na hora que disseram que eu tava com outra garota. E não era verdade.

— Eu sei que não.

— Então. Não faz a mesma coisa com o Daniel, é ruim demais. Experiência própria.

Amanda resmungou. Droga, Bruno tinha razão. Precisava engolir o ciúmes e o orgulho porque, no fundo, sabia que o certo a fazer era conversar com Daniel e ouvir o que ele tinha a dizer.

"I wish I could bubble wrap my heart"
(Bubble Wrap - McFLY)

quarenta

Amanda ensaiou algumas vezes mentalmente a ideia de levantar da mesa das amigas e ir até Daniel, que estava no meio do pátio da escola. Anna e Maya conversavam sobre alguma coisa em que ela não conseguia prestar atenção. Calculou a distância até os marotos, encostados na parede entre as mesas do pátio e a cantina. Rafael fazia uma dança engraçada enquanto os outros riam, e ela tinha conseguido ver a hora em que Daniel e Bruno se aproximaram do grupo, distraídos. Virou o rosto quando o olhar de Daniel foi na sua direção, porque não queria demonstrar que estava prestando atenção neles.

O dia estava claro e bastante frio, e raios de sol batiam no chão de concreto da escola. Nos últimos dias, de manhã bem cedo, dava até para sentir a fumacinha saindo pela boca e o nariz gelado. Amanda apertou o casaco contra o corpo e, com a outra mão, colocou o cabelo atrás da orelha enquanto discretamente observava Daniel de novo. Um raio de sol batia exatamente onde eles estavam, e a garota podia ver os cabelos dele brilhando, o vento bagunçando os cachos escuros, fazendo Daniel tirar as mãos do bolso do casaco de couro para afastar os fios do rosto.

Ele era muito bonito, mesmo que seu sorriso parecesse triste.

Ensaiou algumas frases mentalmente. Iria até ele, perguntaria sobre a noite de sábado, sobre Rebeca, sobre ele nunca querer ir ao baile quando ela perguntava, mas estar lá com outra garota. Sobre precisar mentir para Amanda àquela altura do campeonato, depois de ficarem juntos e se declararem um para o outro. Ensaiou as possíveis reações das amigas, dos outros marotos, das pessoas em volta se ela, de repente, puxasse Daniel para conversar. Voltariam a fazer fofocas sobre ela? Depois do fiasco com Alberto, das aulas de arte, será que ela queria mesmo que comentassem de novo pelas suas costas sobre estar de papo com um dos perdedores esquisitos da escola?

Levou um susto quando Kevin sentou ao seu lado no banco e apoiou a testa na mesa gelada, respirando fundo.

— Ainda bem que vocês vieram pra cá, não aguento mais o João passando pela gente tentando chamar atenção — Carol disse quando Breno sentou entre ela e Guiga. — Ele me manda mensagem quase todo dia falando pra avisar a Amanda que o Alberto tá tentando ligar pra ela. Comentei contigo, amiga?

Amanda olhou para ela, balançou a cabeça e deu uma risada.

— Eu bloqueei o número dele tem algum tempo, então ele pode tentar me ligar à vontade.

As duas riram juntas. Breno estalou a língua, fazendo todo mundo olhar para ele.

— Você fez o garoto se apaixonar de verdade, né, Amanda? — perguntou.

— Eu não fiz nada — ela disse, incomodada com o tom dele. Sentia que Breno sempre se comunicava como se soubesse de mais coisas do que o resto das pessoas, e isso era bem irritante.

— Alberto sempre foi um idiota, mas nunca achei que era tanto. — Kevin deu de ombros, e Maya parou de escrever no caderno dela para encarar o garoto.

— Você não sabe da história dele com a Amanda na praia?

— Que história?

Amanda revirou os olhos, impressionada por aquela fofoca não ter chegado a mais pessoas. De um lado era bom, já que Daniel entrava na equação e ela não queria que soubessem sobre eles. Por outro, sabia que muita gente achava que Alberto era um grande coitado na situação, abandonado pela garota popular depois de fazerem fofoca sobre o casal. Ela ia sair como vilã, não importava o que fizesse.

Ouviu Maya contar tudo (ou melhor, as partes que ela sabia) que tinha acontecido na praia e no sumiço de Amanda quando Alberto a ameaçou algumas semanas antes. Kevin estava com os olhos arregalados, em choque, enquanto Breno franzia a testa. Os dois tinham reações opostas durante toda a história, e, quando Maya terminou de contar, Kevin parecia superbravo, falando palavrões.

Breno apoiou o queixo nas mãos, encarando Amanda de forma estranha.

— Eu falei, você tem esse dom de fazer os caras se apaixonarem, né? É só o que eu escuto nas conversas das pessoas.

— Você tá dizendo que ela tem culpa pelo Alberto ter sido agressivo com ela? — Anna perguntou, cruzando os braços.

Breno negou.

— Não é isso. Mas, Amanda, você deve ter feito alguma coisa pra ele reagir assim. O cara é tão de boa, nunca vi ele ser grosso com ninguém — argumentou.

Maya fechou o caderno com força, fazendo um barulho com a boca, e Carol deu risada.

— Nada justifica ele ter largado ela sozinha na praia, Breno. Você realmente pensa assim?

— É só que... — Ele levantou as mãos, como se estivesse sendo rendido, sentindo as cinco garotas e Kevin encararem ele de perto. — Não é o primeiro cara que escuto falando sobre a Amanda, né. Eu conheço muita gente na cidade, e as pessoas falam. Na semana passada, surgiram uns comentários sobre um dos nerds ali — ele apontou com a cabeça para Daniel e os amigos — gostar dela, mas ontem no shopping só se falava que ele estava saindo com uma garota do primeiro ano, e eu fico pensando o que Amanda tem pra fazer os caras se apaixonarem e se afastarem rápido assim.

Ele falava como se Amanda não estivesse ali, sentada na frente dele. A garota fez uma careta enquanto ele dividia sua percepção sobre ela e não conseguia acreditar que era esse o tipo de coisa que comentavam pelas suas costas.

E o papo sobre Daniel fez com que ficasse confusa, sentindo a bile na garganta. A mão de Kevin estava apoiada no seu ombro de forma protetora enquanto Anna batia boca com Breno, refutando o que ele tinha dito e *como*. O garoto pediu desculpas, mas o estrago estava feito. Amanda não conseguia afastar a sensação de que todo mundo a odiava e de que não merecia ser o centro das atenções nem de ser amada como achava que Daniel a amava.

Levantou da mesa de repente enquanto os amigos discutiam. Não queria ouvir mais nada daquilo e precisava ficar um pouco sozinha. Dispensou Kevin e Anna com um gesto, dizendo que precisava ir ao banheiro, e saiu andando com as mãos nos bolsos do casaco, em direção às salas de aula sem olhar para os lados.

— E se eu for atrás dela? — Daniel perguntou aos amigos, preocupado depois de ver Amanda andar sozinha em direção ao corredor, deixando a mesa no pátio repleta de gente. Ela parecia apressada e cabisbaixa.

— Ela pode estar com dor de barriga, seria inconveniente você ficar seguindo ela assim.

Rafael franziu a testa, entretido com o joguinho do celular em que precisava manter uma cobrinha inteira depois de comer pixels da tela. Era a única vez em que sentia que o aparelho servia para alguma coisa, e ele e Caio estavam dividindo as tentativas de não perderem as vidas no jogo.

— Aquele Breno parece um boneco da Barbie, não parece? — Bruno perguntou do nada, e Fred concordou. Estavam encostados no muro perto da cantina, observando as mesas do pátio e, em consequência, o grupo de populares.

— Tipo a Barbie Malibu?

— É, com a pele meio laranja e o cabelo seco de cloro de piscina, sabe?

— Exatamente! — Fred bateu palmas, concordando.

Daniel suspirou, tirando os olhos dos amigos e encarando a tela do celular. Pensou algumas vezes, decidindo, por fim, enviar uma mensagem para Amanda. Estava preocupado. Depois de domingo, ela não tinha falado com ele de novo, e Daniel queria esperar ela dar o primeiro passo, mas não iria aguentar.

Você tá bem?? Mordeu o lábio, ansioso, esperando que ela respondesse logo. Os amigos continuavam ocupados com joguinho e discutindo bonecas, sem prestar atenção nele.

S, não se preocupe

Daniel leu e releu a mensagem dela. O peito subia e descia com a respiração pesada, o coração disparado e fora do ritmo. Ela tinha respondido, era um bom começo.

Precisa de ajuda?

N.

Mexeu nos cabelos, confuso. Ela nunca tinha respondido daquele jeito, tão seco, como se não estivesse com vontade de falar com ele. Pensou se mandava mais alguma coisa, mas não sabia nem o que dizer. Olhou para a mesa onde os populares estavam e teve vontade de ir até Kevin, questionar por que diabos ele não tinha ido atrás dela. Se eles se gostavam, se estavam próximos, ele não podia largar Amanda sozinha daquele jeito! Não estava preocupado?

Percebeu o olhar de Anna em sua direção e encarou a garota de volta, sem abaixar a cabeça.

— Se você não parar de olhar pra ele, vou achar que seu ciúme dele com a Amanda tem outro significado — Bruno comentou de forma irônica.

Daniel virou o rosto, cortando a comunicação visual com Anna e encarando o amigo.

— De quem vocês estão falando? — Rafael perguntou.

— Eu não tô olhando pra ele.

— Não que a gente tenha qualquer problema se for o caso. Nenhum problema, zero, nossa amizade é forjada em respeito! — Fred sussurrou.

Daniel franziu a testa, confuso. Do que eles estavam falando?

— Ciúmes de quem? — Rafael perguntou de novo enquanto Caio reclamava que o joguinho tinha acabado com a bateria do celular.

— Eu não tava olhando pra ele! Tem mais gente naquela mesa! — Daniel repetiu.

— Falou com a Amanda? — Bruno olhou para o celular na mão de Daniel, que concordou.

— Mas ela não quer falar comigo. Aparentemente ela agora só fala com o Kevin.

— Ah, o Kevin... — Rafael riu baixinho, finalmente entendendo a discussão, e Caio balançou a cabeça.

— Eu não sei o que ele tem que eu não tenho! — Daniel reclamou, irritado, levando um tapa de Bruno.

— Ele é bonito e popular — Fred respondeu, pensativo.

— E o pai dele é dono da sorveteria — Bruno continuou, ainda irônico, embora pensasse mesmo que seria muito bom ser amigo do filho do dono da sorveteria da cidade.

— O Kevin não é perdedor que nem você — Caio deu de ombros, cutucando Daniel para chamar a sua atenção. — Ele não carrega nas costas o fardo de querer quebrar as regras pela simples vontade de não ser mais uma ovelha.

— Não somos ovelhas — Rafael falou, imitando o animal.

Bruno e Fred riram juntos.

— Exatamente, não somos ovelhas. Esse era o ponto! — Caio tentou explicar.

Daniel suspirou, olhando de um amigo para o outro. Sua cabeça estava em vários lugares ao mesmo tempo e não conseguia seguir o raciocínio da discussão. Fechou os olhos, cansado, sentindo o celular tremer com uma nova mensagem.

O coração voltou a disparar com uma descarga de adrenalina quando levantou o aparelho, esperando ver o que Amanda tinha enviado para ele. Mas não era uma mensagem dela. Era de sua mãe, que ainda estava no Canadá, falando sobre cheques e pagamento da mensalidade da escola e outras questões com que Daniel queria não precisar lidar naquela hora. Respirou fundo, esfregando as mãos no rosto, ainda ouvindo os amigos discutindo sobre popularidade e ovelhas. Ele, sinceramente, não fazia ideia do que fazer.

Depois da aula e de um almoço corrido em uma lanchonete perto da escola, Anna e Amanda estavam sentadas no canto da sorveteria, com livros e cadernos espalhados pela mesa. Kevin se aproximou, colocando dois milk-shakes na frente delas e se sentando ao lado de Amanda.

— Eu não tô entendendo nada — Anna resmungou, coçando a cabeça. — Eu sei a matéria, mas isso parece grego.

— De fato é grego — Kevin ironizou, fazendo Amanda dar uma risada.

As duas pararam de estudar para tomar o milk-shake que o amigo tinha preparado.

— Eu vou copiar o seu resumo e torcer pro professor de matemática ter piedade da gente — Amanda disse, olhando discretamente para o celular que estava ao seu lado.

Kevin balançou a cabeça.

— Ele tá mais preocupado com os bailes de sábado à noite do que com as provas dessa vez. Acho que vai dar tudo certo.

— Será que o Fred não consegue convencer ele a passar um trabalho no lugar de provas? — Anna perguntou, e Amanda deu de ombros, pensativa, enquanto girava o canudo na sua bebida.

— Eu vou ser muito sincero com vocês duas... — Kevin apoiou os cotovelos na mesa. — Não entendo qual é a desse garoto. Do Fred. Por que os professores gostam tanto dele?

— Esse é um grande mistério — Anna concordou.

— Na verdade, nem tanto. — Amanda encarou novamente o celular e, depois, os amigos. — Ele sempre foi muito puxa-saco, e os adultos adoram um adolescente que parece mais maduro do que os outros.

— E ele tem um negócio, né? Um carisma — Anna pensou em voz alta. Nos últimos meses tinha aprendido a gostar do garoto, depois de tantos encontros e situações entre elas e o grupo de amigos dele. — E ele é genuinamente uma pessoa legal, que se preocupa com todo mundo.

— Ele é todo esquisito, mas tem boas intenções — Amanda concordou. — É bolsista na escola, a mãe dele trabalhou por anos no hospital municipal. Acho que todo mundo que nasceu aqui em Alta Granada já foi tratado por ela alguma vez na vida!

— Eu não sabia que ele era bolsista. — Kevin fez bico, prestando atenção na amiga, curioso.

— Ele nunca falou sobre o pai, mas eu sei que foi criado pela avó por muitos anos, enquanto a mãe trabalhava o dia todo — Amanda continuou. Conhecia muito da história do Fred por conta da amizade que tinha com Bruno e sabia que ele era uma incógnita para muita gente. — Então acho que esse estilo mais largado dele e até o fato de que ele se dá bem com pessoas mais velhas tem a ver com isso.

— Eu não fazia ideia! — Anna arregalou os olhos.

— Ele é irritante e persistente, e eu nunca entendi por que andava com aqueles garotos mais novos, mas no último baile percebi que ele se sente bem protegendo os outros, né? Nesse papel de cuidar dos amigos — Kevin comentou, e Amanda concordou com a cabeça.

— Ele sempre cuidou muito do Bruno — disse, mas foi interrompida pelo celular que começou a vibrar em cima da mesa. Kevin e Anna viram o nome no visor antes que a amiga pegasse o aparelho e se entreolharam. Amanda pediu licença e se levantou, ansiosa. — Eu já volto.

— Era o Daniel, né? — Anna perguntou baixinho, e Kevin concordou, curioso.

Amanda parou do lado de fora da sorveteria, sentindo o sol mais forte fora do ar-condicionado. Encarou o celular, que vibrava nas sua mãos, engolindo seco antes de atender. Falar com Daniel era uma mistura amarga e confusa para o coração dela.

— Oi, você tá melhor? — ele perguntou do outro lado, preocupado.

— Aham — respondeu Amanda, sem dar muitos detalhes.

— Você tá em casa?

— Não, eu tô na sorveteria. Estudando — disse ela.

Daniel soltou uma risada anasalada, fazendo Amanda sorrir contra a vontade.

— Estudando?

— Pois é, eu também duvidaria de mim se falasse isso, tá tudo bem — Amanda concordou em tom de brincadeira. Ouviu o garoto rindo, mas logo depois ele ficou em silêncio de novo.

— Hm... você... tá sozinha aí?

— Nããããão... — Amanda respondeu lentamente, andando de um lado para o outro na frente da sorveteria. Alguns carros passavam na avenida logo à frente, e ela demorou para processar o que ele tinha perguntado. Respirou fundo, percebendo que ele tinha voltado a ficar em silêncio. — Tô com a Anna e o Kevin. Ele tá ajudando a gente com o resumo de matemática.

Daniel concordou.

— Kevin tá em todas — respondeu baixinho, rindo.

Amanda mordeu o lábio.

— Eu não te entendo, Daniel — disse ela, parando de andar e colocando a mão livre no bolso da calça. Sentia o coração disparado, tentando encontrar palavras para expressar o que estava sentindo. — Você fica com ciúmes, mas não sou eu que tô saindo com outras pessoas e prometendo meu amor pra você.

— Eu não estou saindo com outras pessoas, acredita em mim — Daniel respondeu com a voz mais aguda. — Eu sempre só gostei de você.

Amanda respirou fundo, fechando os olhos.

— Eu tô muito confusa, não sei no que acreditar.

— A gente pode conversar? Você quer que eu passe aí?

— Não. Eu realmente preciso estudar.

Amanda fungou, tentada a largar tudo que estava fazendo para encontrar com ele. Mas sabia que precisava pensar bem para que não continuasse magoando todo mundo com suas decisões precipitadas. E tinha prometido para Anna que iam revisar a matéria juntas naquela tarde. Daniel concordou, sem saber o que mais dizer.

A despedida foi difícil para os dois, antes de desligar o celular. O garoto estava na casa de Bruno, ensaiando com o resto da banda, e tinha saído do estúdio dizendo que ia beber água quando pensou em ligar para Amanda. Encostou a cabeça na parede e fechou os olhos, destruído. Segurava a vontade de chorar, porque não queria preocupar os amigos. Bruno tinha contado a ele que Amanda, de alguma forma, tinha visto Rebeca conversando com ele na noite de sábado, mas não fazia ideia de como explicaria a situação toda sem falar sobre a Scotty. E ele não podia dizer nada, não era um segredo só dele. Queria saber como proteger seu coração para que não sofresse tanto a cada desencontro.

Na porta da sorveteria, Kevin se aproximou da garota assim que ela colocou o celular no bolso da calça.

— Tá tudo bem?

— Hein? — Ela se assustou e colocou a mão no peito, então sorriu. — Tá, eu só tava falando... Só tava avisando minha mãe e... Você tá aqui fora há muito tempo?

— Acabei de chegar — Kevin disse.

Ela suspirou, parecendo aliviada. Era mentira: ele tinha escutado, sem querer querendo, parte da conversa da amiga com Daniel ao telefone, mas sentiu que não era o momento de insistir para que ela falasse alguma coisa. Queria mostrar que estava por perto se ela precisasse. Amanda tinha com quem contar e o mais importante era que soubesse disso. Se apaixonar não era nada fácil, e Kevin entendia que ainda mais difícil era dividir o que se sentia, até com os próprios amigos.

No dia seguinte, Amanda roía as unhas andando ao lado de Anna no intervalo. Tinham ido até a cantina comprar algo para comer e encontrariam as amigas em uma mesa no meio do pátio. Como o dia estava um pouco mais quente, muitos alunos caminhavam debaixo do sol e na parte descoberta, o que estava começando a deixar Amanda ansiosa. Nunca tinha sentido essa ansiedade por tanto tempo. Olhava em volta, meio perdida, como se procurasse de longe por Daniel em algum lugar, até ser puxada para a realidade e precisar interagir com os amigos. Anna encostou em seu braço, e Amanda encarou a amiga, tão alta e bonita, que naquele dia usava novos brincos e uma faixa na cabeça.

— Você parece triste.

— Eu tô cansada, só isso — mentiu.

Anna levantou uma sobrancelha.

— Você e o Daniel não se falaram depois de ontem? Você não quer me contar muita coisa, mas eu tô preocupada.

Amanda arregalou os olhos, mordendo o lábio. Então Anna sabia que ela tinha falado com Daniel. Será que estava transparecendo tanto assim?

— As coisas estão estranhas. — Amanda suspirou — De novo.

— Não é sobre a Guiga, né? Porque você sabe que...

— Não é só sobre isso. Eu me sinto culpada pela Guiga, mas tem muita coisa acontecendo e tô confusa e brava, com saudades, preocupada, tudo ao mesmo tempo. — Amanda sorriu de forma triste, vendo Anna concordar, apertando de leve seu ombro.

— Você não precisa esconder nada de mim, não se afasta dos seus amigos por nada disso.

Amanda assentiu, sem saber como responder. As duas continuaram caminhando até pararem entre a mesa na qual as amigas conversavam de forma distraída e o grupo de Daniel. Os garotos riam juntos, e todos os cinco usavam bonés diferentes, o que tirou um sorriso genuíno de Amanda por alguns segundos. Desviou o olhar quando encarou Daniel, sentindo Anna se aproximar dela, sussurrando:

— Eu não queria admitir em voz alta, mas até que o Caio fica uma gracinha de óculos e boné.

Anna deu uma risadinha divertida, e Amanda abriu a boca, espantada. A amiga realmente tinha dito aquilo? Que achava Caio uma gracinha?

Sentaram juntas em volta da mesa onde Carol, Guiga e Maya já estavam, mas Amanda não conseguia tirar os olhos do grupo de Daniel. Ele estava com uma bermuda muito larga e uma camisa xadrez por cima do uniforme, e ela sempre achava o estilo dele um pouco engraçado. Era como se ele fizesse sempre o que queria fazer, usasse o que bem entendia, sem se importar com qualquer coisa que fossem falar. Amanda respeitava muito quem conseguia fazer isso. Caio e Rafael observavam Bruno mexer no celular enquanto Fred conversava com um grupo de garotas que tinha se aproximado. Amanda demorou um pouco para perceber que Rebeca estava entre elas.

Prendeu a respiração sem querer e passou os olhos rapidamente dela para Daniel, que olhava diretamente para ela de volta. Os dois se encararam por poucos segundos, até serem interrompidos.

— Esse idiota precisa rir tão alto assim? — Carol reclamou, chamando a atenção das amigas.

Amanda a encarou, focando a mesa delas.

— Quem? — Maya perguntou, olhando em volta, até se deparar com os marotos no meio de outras pessoas. Soltou uma risada, concordando. — Ah, o Bruno. Ele fala alto mesmo.

— Ai, gente, não sei se devia, mas... — Guiga começou a dizer, mexendo nos cabelos. Parecia nervosa, sem querer encarar o grupo de garotos que era o alvo dos comentários delas. — Eu aceitei sair com o Breno nesse sábado. Vou ao baile com ele.

— Sério? — Amanda perguntou, e a amiga concordou.

— Mesmo eu não gostando dele... *desse jeito*. Você sabe. — Guiga olhou para Amanda, como se dividissem um segredo, só as duas.

— Eu não vou com a cara do Breno — Maya respondeu.

— E com a cara de quem você vai? — Carol revirou os olhos.

— Só tem garoto exibido nessa escola, eu não sei o que tem de ruim na água dessa cidade!

— Maya! — Anna riu da amiga. — Isso se chama hormônios! Os caras que a gente conhece são todos da nossa idade.

— Ser imaturo não é motivo pra ser escroto.

— Mas o Breno não é escroto — Guiga respondeu, fazendo careta. — Não sempre.

Amanda levantou a sobrancelha, e a amiga deu de ombros.

— Ok, às vezes ele não é. E os meus pais gostam dele, vocês sabem.

— Se dependesse dos meus pais, eu tava morando em Singapura e me preparando para me casar com um milionário asiático. Sinceramente, às vezes eu dou razão pra eles — Carol disse, fazendo as amigas rirem.

— Se dependesse dos meus pais, eu nunca teria um namorado na vida — Amanda respondeu, tentando não parecer triste. — O tanto que eles brigam e se odeiam é correspondente ao número de vezes que eu já ouvi que o amor é uma mentira.

— Amor pode ser mentira, por isso eu falei que vou me casar com um milionário! — Carol pontuou, e Amanda sorriu. A garota continuou falando sobre dinheiro, mas foi interrompida pela risada de Bruno, agora mais perto delas. Ela respirou fundo, fechando os olhos. — Alguém me segura, porque eu vou jogar o resto do meu suco verde nele.

— Ele só tá se divertindo, amiga — Anna disse, baixinho.

— Ele estar no mesmo lugar que eu me irrita! — Carol falou alto, quase gritando. — Chato, barulhento e sem educação.

Bruno parou o que estava fazendo e encarou o grupo delas, com a testa franzida. Amanda fez um sinal para que ele deixasse pra lá e não ligasse, mas ele balançou a cabeça em sinal de negação e se aproximou delas, de braços cruzados.

— Você tá falando de mim?

Carol fez uma careta, brava ao perceber que ele estava chegando perto. Fred, acenando discretamente para Guiga, que abaixou a cabeça, colocou a mão no ombro do garoto.

— Deixa, cara, não vale a pena brigar — falou.

— Se a carapuça serviu, então você realmente é um chato, barulhento e sem educação — Carol disse alto, sem olhar para eles.

— Ué, os caras da natação não estão com vocês? Cada hora é um grupo diferente, né, o que for mais conveniente. — Bruno riu de forma irônica.

— Não mete a gente na briga de vocês dois. — Maya ergueu o dedo para ele.

— Foi mal, *doce de coco* — ele falou, sarcástico. — Agora que não tem mais esse trabalho de artes, a gente voltou a não se falar, e eu acho isso ótimo. É só a Carol me esquecer e parar de me xingar desse jeito.

— Eu já te esqueci faz tempo, Bruno, se toca!

— Você é uma péssima mentirosa.

— Mentiroso é você! — Carol gritou, se levantando da mesa.

Amanda levantou junto, estendendo o braço.

— Parem com isso. — Respirou fundo. — Ninguém mentiu aqui!

— Ninguém?

Bruno deu uma risada, e Amanda olhou para o amigo de cara feia. Sabia que estavam falando sobre o problema dele com Carol, mas ela não conseguia não relacionar aquela cutucada ao último sábado e à cena que viu. Estava insegura.

Daniel se aproximou, com Caio e Rafael, encarando a mesa das garotas. Seu olhar encontrou o de Amanda, e a garota virou o rosto.

— Vocês já fizeram a ceninha de vocês, agora deixa a gente em paz — Anna pediu, irritada com a discussão sem sentido no meio do pátio.

As pessoas estavam olhando para eles e isso, com certeza, seria pauta de fofocas para a semana inteira! Caio encarou a garota, envergonhado, e puxou o braço de Bruno, que mexeu as mãos para se soltar.

— A gente vai sair daqui, essas garotas são um caso perdido de qualquer forma. Se divirtam com as mentiras de vocês e a gente se diverte com as nossas.

Ele se virou, sem ver Carol erguer o dedo do meio em sua direção.

Amanda pensou em falar alguma coisa, mas voltou a se sentar, puxando a amiga junto. Olhou para Guiga, que observava com tristeza o grupo que se afastava da mesa delas. Amanda sentiu a mesma dor de sempre no coração. Abaixou a cabeça, ouvindo Carol e Maya discutirem, sem conseguir prestar atenção.

Bruno bufou, guardando o celular no bolso, enquanto caminhava ao lado dos amigos pelo corredor, voltando para a sala de aula. Daniel estava de cabeça baixa e braços cruzados, em silêncio. Rafael, entre os dois, bufou na mesma altura de Bruno, fazendo o amigo olhar, irritado.

— Eu nunca vou te perdoar por ter sido irônico com o doce de coco naquela hora.

— Rafael, a Maya nem lembra que você existe — Bruno disse, pegando o celular de novo.

— Você que pensa, a gente troca mensagens.

— Você tem o número dela? — Caio perguntou, e Rafael assentiu. O amigo pareceu impressionado.

Fred, que vinha logo atrás deles, interrompeu os outros.

— Não vou poder sair com vocês depois da aula. Lembrei que tenho reunião com a organização do baile de sábado, porque precisamos fazer alguns enfeites que ficaram faltando — o garoto contou, tentando parecer animado depois da discussão no meio do pátio.

— Vão anunciar o tema amanhã? — Rafael viu o amigo concordar.

— Não foi de mim que vocês ouviram, mas decidimos que vai ser A Terra do Nunca, do Peter Pan — Fred sussurrou, orgulhoso.

— A gente ia ouvir de quem, se não fosse de você? — Bruno disse, checando novamente o celular.

— Falando em enfeite, preciso de ajuda com a minha... — Rafael falou mais baixo, soletrando a palavra para ser discreto: — M-A-S-C-A-R-A. — Sinalizou o próprio rosto. — Rachou no cantinho.

— Se não der hoje de noite, amanhã vejo isso com vocês. — Fred sorriu. — Como você conseguiu quebrar aquela máscara?

— Eu sentei em cima.

— Com quem você tanto fala aí? — Caio perguntou, curioso, vendo Bruno guardar o celular de volta no bolso.

— A Amanda tá acabando com o meu crédito. Ela insiste que fui eu quem começou a discussão com a Carol, mas eu não aguento as indiretas dessa garota todos os dias, cara. Pode parecer impossível, mas eu também tenho coração. — O garoto fez bico.

— Ela tá te mandando mensagem? — Daniel olhou para ele.

— Tá com ciúmes de mim também? — Bruno deu uma piscadela, e o amigo negou.

— Minha cabeça não tá muito boa hoje, acho que vou ficar doente.

— Coração partido não tem cura, sinto muito, o caso é sério. — Fred encostou no ombro dele.

Quando se aproximaram do canto do corredor perto das escadas, Rafael se abaixou para amarrar o cadarço do tênis. Os amigos pararam junto, perdidos em pensamentos, olhando as pessoas passarem. Duas garotas sorriram para Fred e Bruno, que se entreolharam, impressionados.

Alberto desceu as escadas com parte do time de basquete em sua cola e parou quando viu o grupo por perto.

— Ora, ora, se não são os perdedores!

— Era só o que me faltava. — Bruno revirou os olhos.

Alberto se aproximou de Daniel, olhando o garoto de cima a baixo, com uma risadinha de canto. Ele era um pouco mais alto e estava todo suado, provavelmente porque o time passou o intervalo jogando basquete na quadra. Daniel retribuiu o olhar sarcástico.

— Cara, você tá com olheiras — Alberto falou, com o rosto próximo ao dele.

— Não consegui dormir — Daniel respondeu.

— Isso tem nome? — Alberto riu, caçoando do jeito que o outro parecia cansado.

— Tem. Insônia.

Daniel sorriu de leve ao ver a decepção no olhar do atleta, que esperava que ele fosse retrucar e dar continuidade à briga. Ou, talvez, que falasse de Amanda. Alberto fez uma careta e enfiou o dedo no peito de Daniel, empurrando-o para trás.

— Você se acha engraçadinho, né, seu nerd esquisito?

— Sua mãe também acha.

— Como é? — Alberto rosnou depois de ouvir Daniel responder.

Fred entrou na frente do amigo, percebendo que algumas pessoas em volta começaram a se aglomerar para ver a discussão. A segunda do dia envolvendo o grupo deles. Daqui a pouco o diretor ficaria sabendo e Fred receberia esporro por não conseguir mediar a situação.

— Vamos com calma, galerinha, tenho certeza de que ninguém aqui quer brigar!

— Fale por você. — Daniel deu um passo para a frente de novo, se aproximando de Alberto. Não sabia de onde tinha tirado a coragem, normalmente deixaria Fred intervir para não apanhar. Mas, do jeito que sua vida estava, talvez ficar apagado no pronto-socorro do hospital fosse melhor.

Um dos amigos de Alberto tinha tirado o boné de Rafael e jogado no chão, enquanto Bruno discutia com João sobre quem era mais alto.

— Vocês estão se achando muito nos últimos tempos. Isso não vai ficar assim — Alberto disse por entre os dentes.

— E você tá precisando de atenção pra vir caçar briga com quem tá quieto, né. — Fred se colocou entre os dois novamente, sério.

Alberto o olhou com desdém, rindo. O sinal do fim do recreio tocou, fazendo com que os dois grupos se afastassem a contragosto. Sabiam que algum inspetor ou professor poderia aparecer a qualquer momento.

— Eles pisaram no meu boné do Ayrton Senna, uma relíquia. Sacanagem — Rafael reclamou, triste, seguindo os amigos no meio da multidão de alunos em direção à sala de aula.

> "No matter what you say to me
> We are not the same"
> (Don't Know Why – McFLY)

quarenta e um

Amanda estava deitada no sofá de casa depois do almoço, com a cabeça em qualquer lugar menos na televisão. A situação com Daniel tinha passado de todos os limites que ela havia colocado para si mesma nos últimos anos e não dava para continuar daquele jeito. Não tinha se permitido se apaixonar daquela forma até então, e seu erro foi ter achado que seria capaz de passar por cima das convenções sociais e lutar pelo amor mesmo sem saber como seria difícil fazer isso.

Ela precisava resolver as coisas com Daniel e tomar uma decisão.

Correu para o quarto atrás do celular e ligou para o garoto antes que perdesse a coragem.

— A gente pode conversar?

Ela percebeu que Daniel ficou ansioso e espantado por ela ter ligado, e a tristeza na voz dele deixou Amanda com o coração na mão. Ela continuava fazendo todo mundo à sua volta infeliz. Era uma decepção, uma péssima amiga e uma namorada ainda pior.

Namorada. Ela riu de forma amarga para si mesma.

Daniel estava no mercado perto da casa de Bruno, e Amanda disse que ia encontrar com ele lá, porque a conversa não podia esperar. Os dois se encontraram no estacionamento ao lado do carro do amigo e escondido dos olhares de quem passava por ali. Era no meio da tarde e o vento soprava de leve, espalhando os cachos de Daniel pelo rosto. O garoto vestia um gorro cinza e desencostou da lateral do carro quando viu Amanda se aproximar. Ela apertava o casaco fino no corpo, como se tentasse desaparecer com o vento e não ser notada por onde passava. O garoto sorriu de forma triste, mas ansioso por poder conversar com ela de perto daquele jeito. Não sabia o que dizer ou como se sentir, mas seu coração batia mais forte do lado dela.

Amanda se encostou na lateral do outro carro, de frente para Daniel.

— Você veio — ele disse, baixinho.

A garota assentiu.

Os dois se olharam de forma carinhosa, e o impulso dela dizia para abraçá-lo, sentir o calor do seu corpo, o conforto da sua companhia, ignorar o resto das pessoas e parar de sentir medo. Mas sua cabeça continuava confusa, se diminuindo, se desmerecendo, sem deixar que formulasse muito bem as ideias. Não sabia o que queria. Não sabia o que dizer para ele.

— Nem sei por que eu vim — disse ela, abaixando o rosto e olhando para os pés.

Daniel fez um barulho estranho com a boca, cruzando os braços.

— Eu não consigo te entender, Amanda. Não sei o que você quer.

A voz dele parecia triste, e ela balançou a cabeça, sentindo o corpo tremer de ansiedade.

— Eu também não sei o que quero! — Amanda disse. — Eu tava acostumada com a minha vida de antes, daí você apareceu e mudou tudo. Tudo!

— Não apareci de repente, eu tava o tempo todo aqui — Daniel retrucou com a voz embargada. Não podia chorar a observando. Ficou encarando o rosto triste dela, vendo a garota morder o lábio e mexer as pernas, sem conseguir ficar parada.

— Eu não sei lidar com essa situação. Com todo mundo esperando coisas de mim! — Ela levantou a cabeça e olhou para Daniel. — Eu preciso ser perfeita em tudo, e olha só, só faço todo mundo sofrer. Você tá chorando.

Ele arregalou os olhos, passando a mão no rosto e limpando a lágrima que tinha caído sem que percebesse. Olhou para o lado, envergonhado.

— Eu tô sempre chorando, não é sua culpa.

— Daniel... — ela disse, vendo um sorriso de leve escapar do rosto dele.

— O que eu fiz de errado? O que eu te fiz?

Amanda suspirou alto, pensando no que responder. O que Daniel tinha feito?

— Nada. Você não fez nada de errado.

— Eu sei que você tem vergonha de mim porque eu não sou... popular, não sou o mais bonito da escola, porque as pessoas não gostam de mim — ele dizia enquanto Amanda franzia a testa, ainda sem saber o que responder. — Mas a gente tava indo bem, não tava? A sexta passada foi incrível e...

— Como você pode querer ficar comigo depois de tudo? Desses anos todos, de como eu sempre te tratei? É melhor pra você não ficar perto de mim.

— Você não pode decidir o que é melhor pra mim desse jeito — Daniel falou com uma voz baixa e séria. Respirou fundo, olhando para os lados, pensativo. — Foi pelo que você viu no sábado?

Amanda ia acabar com o Bruno, aquele fofoqueiro traíra.

— O que você tava fazendo na escola no sábado? Eu passei o dia esperando uma mensagem sua — respondeu.

— Eu... saí de casa, esqueci o celular. Fui com os meninos buscar o Fred e...
— Daniel.
— ... ela tinha seguido a gente até o estacionamento e...
— Daniel. — Amanda falou, séria. Percebeu que ele estava nervoso. — Você não tá falando a verdade pra mim.
— Desculpa. Eu queria muito que você confiasse em mim.

Ela respirou fundo e prendeu o ar. Confiava nele, sabia bem como ele se sentia, mas a insegurança era tão grande. Daniel pareceu ofendido com o silêncio, abaixando a cabeça e colocando as mãos nos bolsos da calça jeans.

— Eu sou sempre muito sincero contigo, eu só... Tem coisa que não é só sobre mim. — Ele mexeu os pés, chutando uma pedrinha com o All Star azul-escuro. — Você não quer ser vista comigo, quer que eu aja como se não gostasse de você. Finge até pras suas amigas que não gosta de mim! Eu não entendo, não sei por quê. Eu fico sozinho, vendo aqueles garotos... Vendo o Kevin com você.
— Eu e Kevin somos só amigos.
— Eu sei. Não duvido de você — Daniel rosnou, sentindo o coração agitado e exausto de tudo aquilo. — Só é difícil. Eu queria estar no lugar dele e poder ficar do seu lado. Se eu ficasse popular, as coisas iriam mudar?
— Não é só sobre você não ser popular, Daniel. — Amanda bateu o pé, nervosa.
— Então eu não entendo, de verdade! — A voz dele ficou um pouco mais alta, em desespero, querendo falar o que sentia. — Você não me fala nada e quer que eu fique bem? Eu te amo! Que droga!

Ele tirou o gorro cinza, mexendo nos cabelos de forma nervosa. Amanda sentiu vontade de chorar.

— Tem coisas que eu não posso dizer. E tem coisas que eu não consigo, que não sei como — ela falou, pensando em Guiga, nas ameaças de Alberto, em como se sentia incapaz e em como continuava só fazendo ele sofrer. — Eu sinto que você ficaria melhor sem mim.
— E eu? Já pensou no que *eu* sinto?

Os dois se encararam em silêncio.

— Você tem todo direito de não querer ficar comigo, eu entendo essa parte. E também não me deve nada, a gente não tá num relacionamento, né? — ele falou, ainda com raiva. — Mas você disse que me ama e isso me dá esperança.
— Eu te amo. — Amanda sentiu as lágrimas descerem pelas bochechas.

O garoto arregalou os olhos e olhou para o alto.

— Eu não sei o que você quer, e essa droga dói demais. Me machuca muito!

— Eu não quero te machucar...

— Amanda, chega! — Daniel disse, enfiando o gorro de volta na cabeça e batendo com os braços na coxa. — Chega.

Ela encarou o garoto, mordendo o lábio com milhares de pensamentos na cabeça ao mesmo tempo.

— Acho que a gente não pode mais se ver — ele concluiu. Amanda abriu a boca sem emitir nenhum som, piscando, sem acreditar. — Eu não aguento mais, tô tentando de tudo. É muito difícil gostar tanto de você e ser ignorado na escola todos os dias. Dói muito.

— Daniel, eu simplesmente não posso fazer nada sobre isso agora. Sinceramente? Não posso! E não posso dizer muita coisa, também tem segredos que não são só meus. Eu achei que você fosse entender!

— Eu tô tentando, eu juro que tô tentando! — Ele fechou os olhos com força.

— Eu não pedi por essa situação.

— Muito menos eu. Eu só queria você pra mim.

— Você acabou de falar que a gente não pode mais se ver! — Amanda passou a mão no rosto, secando as lágrimas. — Eu não posso escolher entre você e as minhas amizades, entre meus sentimentos e tudo que eu evitei desde o nono ano!

— Mas quem tá te pedindo pra escolher? — Daniel esfregou os olhos, cansado.

— Preciso sair daqui. Talvez seja melhor mesmo a gente se afastar.

— Amanda...

A garota colocou o cabelo para trás da orelha e evitou olhar diretamente para ele. Respirou fundo, tomando coragem, e saiu de perto, virando de costas e se embrenhando entre os carros com o vento frio soprando com força. Daniel colocou a mão no peito, sem conseguir respirar direito. O que tinha acabado de acontecer? O que seria de todo o amor que sentia?

Amanda estava sem paciência para prestar atenção nas aulas. Toda hora saía da sala com a desculpa de beber água ou ir ao banheiro porque não conseguia se concentrar e acabava perambulando pelo corredor. As amigas tinham reparado que ela estava mal-humorada, mas, com as provas chegando, pensaram que era só cansaço de tanto estudar. Todo mundo ficava meio biruta nessa época.

Pela décima vez naquela sexta-feira, Amanda encarava o bebedouro encostada na parede do corredor. Não tinha mais sede, e as suas desculpas para sair de sala estavam começando a deixar os professores desconfiados. Mas ela estava se sentindo muito mal, até um pouco enjoada. Queria Daniel de volta e sentia raiva de si mesma por deixar a situação chegar àquele ponto. Agora eles não se falavam mais e se ignoravam na escola, como antes de tudo. Talvez fosse a melhor coisa a se fazer, mas doía tanto.

Ouviu o barulho alto de uma porta abrindo com força e levou um susto. Um inspetor saiu de uma sala da diretoria logo em frente, acompanhado por Daniel, que usava o mesmo gorro cinza da semana anterior, quando brigou com Amanda, e uma roupa muito larga.

— Eu já entendi, cacete! — Daniel quase gritou.

O inspetor olhou para ele com uma expressão confusa.

— Garoto, você vai arrumar problemas se continuar assim — alertou.

Amanda ficou observando sem conseguir se mexer. Só havia eles ali naquele corredor, todo mundo estava em aula.

— Eu já tenho problemas o suficiente, obrigado.

O garoto deu as costas para o inspetor, que entrou de volta na sala. Daniel veio andando na direção de Amanda, e os olhares dos dois acabaram se cruzando. Ela logo se abaixou para beber um pouco de água, envergonhada por ter presenciado aquele momento. Sentiu Daniel parar atrás dela e fechou os olhos, desejando que isso não estivesse acontecendo. Ela se endireitou, sem olhar para ele, e saiu andando de volta para sua sala.

— Você não vai mesmo falar comigo, é? — ele perguntou grosseiro.

Ela parou e olhou para Daniel, que mordia o lábio com as mãos nos bolsos. Tudo que Amanda mais queria naquele momento era correr para abraçá-lo, mas o que fez foi balançar a cabeça em negativa e voltou para a aula, com pressa.

Nada faria Amanda tirar do pensamento aquele momento no corredor. Passou o resto da aula ansiosa, roendo as unhas com a testa encostada na cadeira, ignorando os chamados das amigas. Assim que o sinal do intervalo bateu, Anna puxou Amanda pelo braço e a levou até Kevin, que estava encostado no muro no lado oposto da lanchonete do ginásio.

— Acho que a gente precisa conversar — ele disse assim que as duas se aproximaram.

— Isso é um complô contra mim? — Amanda cruzou os braços, encarando os amigos, confusa.

Alguns alunos passavam perto deles, e o pátio começava a encher conforme as turmas eram liberadas. Amanda olhou para os lados, preocupada, com o pensamento voltando para Daniel e para a cena de mais cedo, no corredor.

— Amanda? — Anna disse, chamando a atenção da amiga.

Ela piscou, se concentrando neles.

— O que tá acontecendo com você? — Kevin parecia preocupado.

— Nada — Amanda respondeu, se sentindo culpada novamente por deixar os amigos daquele jeito.

— Você precisa falar com a gente. Não vou deixar você se afastar de todo mundo por conta desse seu orgulho, de querer resolver tudo sozinha. — Anna cruzou os braços, séria.

Amanda sentiu vontade de chorar. Não estava sendo orgulhosa, só não queria dar mais trabalho para todo mundo. Deixar mais gente triste por sua causa. Estava sempre se metendo em problemas e confusões, preocupando todo mundo, sendo egoísta e só pensando nos próprios sentimentos.

— A gente se conhece há pouco tempo, mas a sua companhia foi tão importante para mim nas últimas semanas! — Kevin disse, segurando o ombro dela. — Você é uma ótima amiga, e eu quero poder te ajudar também.

Ela pareceu um pouco confusa, mas agradeceu, sorrindo de leve.

— O Alberto tem te incomodado? Ele te seguiu de novo ou algo assim? — Anna perguntou, e Amanda negou.

Kevin balançou a cabeça, bravo.

— Juro, toda vez que olho pra cara daquele idiota eu entendo um pouco mais quem cai na porrada no meio da rua.

— Gente, eu sei que vocês se preocupam comigo e agradeço muito. — Amanda respirou fundo, olhando de forma carinhosa para eles. — Mas acho que o meu problema só vai se resolver com o tempo.

— A gente sabe que isso tem a ver com o Daniel, amiga. Nós dois sabemos, e eu nem precisei falar nada pro Kevin, juro. — Anna levantou a mão, vendo a expressão assustada de Amanda.

— Você acha que eu sou bobo, cara? Entendo muito sobre coração partido. Muito mais do que eu queria — Kevin respondeu.

Amanda balançou a cabeça, um pouco desesperada.

— Não tem isso de coração partido — disse ela, envergonhada. Estava acostumada a falar e reclamar com Anna, mas não sabia se queria dizer tudo que estava sentindo em voz alta. Sempre tornava as coisas reais demais. — A gente não se fala mais, não temos nada um com o outro.

— E você tá bem com isso? — Kevin perguntou, e ela deu de ombros.

Amanda, de costas para o pátio, e os amigos, distraídos pela conversa, não perceberam quando Daniel se aproximou. Ele parou ali perto com uma expressão séria no rosto, cumprimentando Anna e Kevin e encarando Amanda, de repente.

— A gente pode conversar?

Amanda prendeu a respiração, sem conseguir encará-lo. Abaixou a cabeça e, nervosa, engoliu em seco, lembrando que estavam no meio do pátio. Algumas pessoas em volta olhavam para os quatro, e ela se sentiu ainda mais enjoada.

— Acho melhor não, Daniel.

— Prometo que não vou tomar muito do seu tempo. Eu só queria...

— Eu não quero conversar — Amanda interrompeu, séria. Viu um dos amigos de Alberto passar do lado deles e fechou os olhos.

— Amanda, por favor.

Anna fez um barulho de reprovação com a garganta.

— O que tá acontecendo com vocês dois? — perguntou.

Daniel olhou para a garota, depois para Kevin e pousou os olhos em Amanda novamente. Não ia responder por ela, eram seus amigos, e ele sabia que ela não queria que soubessem o que eles tiveram. Ficou em silêncio, esperando que ela falasse alguma coisa.

— Nada. Não tem nada acontecendo entre a gente — Amanda respondeu sem olhar de volta para Daniel.

Kevin encarou os dois com a testa franzida, observando a forma como estavam agindo. Nunca tinha visto os dois interagirem de perto assim antes, mas conseguia entender exatamente o que sentiam.

— Caramba, vocês se gostam mesmo — ele deixou escapar baixinho, sem querer.

Amanda arregalou os olhos, sentindo o coração bater na garganta.

— Não é bem assim... — Daniel gaguejou, e Amanda balançou a cabeça, com um desespero visível.

— Não, a gente não se gosta. Eu não ia gostar de um perdedor desses.

Assim que falou aquilo em voz alta, ela se arrependeu. Na mesma hora. Fechou os olhos sem conseguir encarar a expressão decepcionada de Daniel. Ouviu ele se despedindo de Kevin e Anna e, sem mais nem menos, sabia que ele tinha virado as costas e saído de perto.

Sentiu os olhos encherem de lágrimas.

— Amanda, pra que tudo isso? — Anna encostou no seu ombro, preocupada.

— Eu não sei. — Ela suspirou, tentando limpar as lágrimas que corriam pelas bochechas, sentindo o pânico dominar seu corpo todo. — Eu não sei. Gosto tanto dele.

— Amiga, caramba. — Kevin se aproximou, puxando Amanda para um abraço rápido.

Anna sugeriu que fossem até o banheiro porque ela parecia preocupada em esconder o choro. Nunca sentiu tanta raiva das pessoas que as encaravam assim e sabia, no fundo, que as coisas precisavam mudar urgentemente.

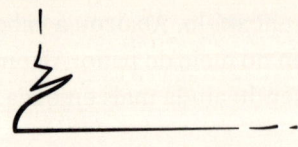

Daniel pegou a mochila, apressado, e saiu da sala de aula vazia, esbarrando em qualquer coisa que estava pela frente. Fred tinha seguido o amigo desde que o tinha visto se aproximar de Amanda no pátio.

— Aonde você vai, cara?

— Pra casa. Não vou aguentar mais ficar aqui hoje — Daniel respondeu.

— Quer que eu vá contigo? Sabe que qualquer motivo pra matar aula é comigo mesmo. — Fred sorriu, tentando acalmá-lo.

Daniel balançou a cabeça, sem conseguir sorrir de volta.

— Não, cara, obrigado. Pode ficar tranquilo. A gente se vê amanhã.

Fred ficou parado vendo o garoto sair às pressas da escola. Bruno, Rafael e Caio se aproximaram, confusos.

— O que aconteceu? Aonde o Daniel tá indo? — Bruno perguntou.

Sem responder à pergunta dele, Fred suspirou e comentou, cruzando os braços e olhando para o corredor vazio:

— As coisas vão ficar bem difíceis daqui pra frente.

> "Was I invading in on your secrets?
> Was I too close for comfort?"
> (Too Close For Comfort – McFLY)

quarenta e dois

Amanda ignorou as mensagens de Bruno durante toda a tarde de sábado, enquanto ajudava a mãe no mercado. Não queria conversar, não queria falar sobre Daniel nem ouvir esporro do melhor amigo. Sabia que estava preocupado com ela e que talvez estivesse sendo ingrata, lidando com o assunto daquele jeito, mas sentia tanta falta de Daniel que não conseguiria falar sobre o que aconteceu sem chorar. Já tinha passado a noite inteira rolando na cama, aos prantos, arrependida do que tinha feito e segurando a vontade de ir até a casa de Bruno só para esbarrar com Daniel e ver se ele estava bem.

Balançou a cabeça no meio do corredor de pães do mercado, ouvindo a mãe reclamar que ela não estava prestando atenção no que estava falando e que Amanda *era sempre assim*, que *sempre era ignorada pela filha* e que, *se fosse alguma amiga dela*, Amanda, com certeza, estaria mais animada.

A garota sabia bem de onde tinha puxado seu lado superdramático e não era algo que gostava de admitir o tempo todo para si mesma.

Quando chegou em casa, já quase no fim do dia, subiu correndo para o quarto porque Anna poderia passar a qualquer momento para irem juntas ao baile da escola. Amanda queria e precisava muito se divertir, tentar esquecer um pouco os problemas e só dançar junto das amigas e de Kevin, sem pensar em mais nada. Era bom saber que nem Daniel nem Bruno estariam lá, e esperava, no fundo do peito, não esbarrar com Alberto, Rebeca nem qualquer outra pessoa que pudesse fazê-la se sentir mal.

O tema daquela noite era "Terra do Nunca", de acordo com o banner que tinha sido colocado no durante a semana, e Amanda tinha a peça perfeita para o evento: um top verde sem alças que estava abandonado no fundo do armário havia bastante tempo e que, sinceramente, fazia com que ela se sentisse bem bonita.

Encarou o espelho quando estava pronta, prendendo os cabelos nas laterais da cabeça com pequenas presilhas douradas e tentando sorrir para o reflexo. Seus olhos estavam inchados de tanto chorar, mas o ginásio ficava escuro o suficiente para que ninguém reparasse nisso. Ouviu uma buzina de carro e sabia que era Anna chegando, por conta do horário. Amanda respirou fundo, colocando o celular dentro da bolsa enquanto descia as escadas, ignorando as reclamações da mãe de que ela nunca ficava em casa.

Não ia se esconder sozinha no quarto, se sentindo mal. Era melhor sua mãe não esperar acordada.

Maya não sabia quantos copos de cerveja já tinha tomado naquela noite, mas ainda assim olhou feio quando Amanda virava seu sétimo ou oitavo, sempre adepta ao ditado "faça o que eu digo, não faça o que eu faço". Como era mesmo? Talvez fosse melhor não beber mais nada por algum tempo.

— Se você vomitar e passar mal, eu vou fingir que não te conheço — avisou por cima da música alta do DJ que estava no palco.

O ginásio estava cheio e o empurra-empurra deixava Maya com ansiedade. Não queria que as pessoas ficassem encostando tanto nela, o que custava que cada um dançasse e se divertisse no seu canto?

— Eu preciso muito esquecer a vida e os problemas! — Amanda gritou de volta, animada e balançando os cabelos no ritmo da música.

Maya deu de ombros, porque sabia bem que a amiga estava cheia de segredinhos e não ia começar nenhuma discussão no meio da festa, não antes de a Scotty subir no palco. Maya passava a semana inteira esperando por aqueles shows, uma verdadeira fã de carteirinha. Falava bem deles pelos corredores e mal podia esperar pelo dia em que iam revelar quem eram para que ela pudesse agradecer por alegrarem a semana dela. Tocou o colar que tinha feito a partir da palheta preta com um coração partido que tinha pegado em um dos shows anteriores.

Ela se deixou levar um pouco pela música eletrônica que estava tocando, dançando com Amanda até os pés começarem a doer dentro dos sapatos que tinha escolhido usar. Sugeriu que fossem até o lado de fora do ginásio, no pátio, para se sentarem um pouco e procurarem as outras amigas. Amanda aceitou, sentindo as costas suadas e tentando prender os cabelos que já estavam embaraçados e cheios de nós.

— O que você acha que a Scotty vai tocar hoje? Tô torcendo por um Green Day ou Blink182, sabe? Acho que faria muito o estilo deles! — Maya comentou, notando Amanda concordar, mesmo sabendo que a amiga não tinha entendido do que ela estava falando. Sorriu enquanto caminhavam pela área descoberta, sentindo o vento bater no rosto, fazendo as duas suspirarem felizes.

Sentaram em uma das mesas do pátio, comentando baixinho sobre os vários casais de alunos se pegando nos cantos escuros. Um dos muros mais distantes estava repleto de gente. Maya não conseguia entender o atrativo daquilo, no meio de uma festa! Era o mesmo sentimento que tinha quando ia ao cinema com Carol e a amiga levava um garoto para ficar se beijando por toda a duração do filme. Era um lugar onde se pagava para assistir a um filme, geralmente novo. Por que usaria aquele tempo com algo que poderia fazer em qualquer outro lugar?

— Ali não é o Breno e a Guiga? Eca, sabe? — Amanda comentou, e Maya apertou os olhos, voltando a atenção para onde ela apontava.

Definitivamente eram Breno e Guiga, e ela, sinceramente, não fazia ideia de como a amiga aguentava beijar um idiota como aqueles.

— A Guiga tá ficando doidinha com essa parada dos pais dela gostarem dele. Não é possível, cara — disse.

Amanda concordou.

— Ele é um babaca.

— Eu tenho a impressão de que ela gosta de outro garoto e que a Carol sabe quem é, mas não quer me dizer. Guiga não admite de jeito nenhum! — Maya falou, curiosa. — Deve ser muito vergonhoso pra ela não querer contar pra gente.

— Deve mesmo — Amanda respondeu, baixinho.

Maya encarou a amiga, que parecia triste de repente. Maya não era boba como pensavam. Sabia que Amanda gostava de Daniel Marques e já tinha até trocado fofocas com Rafael sobre isso. Não entendia como a amiga se sentia, porque era algo de anos atrás, mas tinha noção do motivo de Amanda e Guiga esconderem dela de quem realmente gostavam. Maya falava o que elas talvez não quisessem ouvir.

— Mas não ia ter problema nenhum, sabe? Gostar de alguém esquisito ou, sei lá, que não seja popular. Essa regra idiota do ensino médio não precisa ditar por quem ela se apaixona — disse, esperando que Amanda pudesse entender o que ela queria dizer de verdade. Viu a amiga sorrir de leve, concordando e olhando em volta como fazia desde o começo da noite, como se procurasse por alguém que não estava ali.

Maya abanou o rosto quente, sentindo a cabeça pesada e lenta. Será que faltava muito pro show da Scotty? Encarou seu relógio de pulso, tentando enxergar que horas eram, mas estava escuro demais.

— Olha só quem eu encontrei aqui! — Veio a voz bêbada e arrastada de Alberto, que se aproximava delas.

Maya revirou os olhos, respirando fundo. Era só o que faltava.

— Vamos entrar, Amandinha? Tá quase na hora do show — disse, se levantando.

Amanda fez o mesmo enquanto Alberto chegava perto, com o grupo de amigos em volta.

— Você tá linda hoje — ele disse, segurando o queixo de Amanda.

Maya cruzou os braços, e Amanda tirou a mão dele do rosto.

— E você continua me irritando. Não encosta em mim.

— A gente bem podia sair daqui e ir para um lugar mais silencioso, né? — Alberto comentou, voltando a segurar o rosto de Amanda. — Quem sabe uma volta na praia? Só eu e você?

Os amigos dele gargalharam, e Maya abriu a boca, brava. Como ele podia falar essas coisas depois do que tinha feito? Que tipo de idiota aquela escola estava criando?

Quando pensou em dar a volta na mesa do pátio para tirar Amanda de perto de Alberto, viu o garoto se inclinar para a frente e segurar a amiga pelos ombros, forçando um beijo. Amanda se debateu e se afastou, ofegante.

— Você tá maluco? — Maya disse, alto, quase gritando.

Alberto deu uma risada.

— Não se mete, Maya, deixa eles — falou Jonathan, um dos jogadores de basquete, ao seu lado.

Ela negou.

— Eu não quero ficar com você, Alberto, que parte você não entendeu? — Amanda gritou, se desvencilhando do garoto.

Ele deu outra risada, se aproximou e falou algo no seu ouvido. Maya não conseguiu ouvir o que era e pouco importava, bateu o pé no chão, empurrando Jonathan para o lado, e foi até a amiga. Levou um susto quando Amanda levantou a mão e deu um tapa forte e estalado no rosto de Alberto. Os amigos do garoto se assustaram e todo mundo ficou em choque, esperando a reação dele, sem acreditar no que tinha acontecido. Maya mordeu o lábio, percebendo que outras pessoas olhavam para eles, e estendeu a mão para tirar Amanda ali do meio.

— Você tá bem? — perguntou baixinho enquanto caminhavam lado a lado de volta para o ginásio. Olhou para trás, para os jogadores de basquete rindo e sacaneando Alberto ao se afastarem dali.

— Eu tô bem, obrigada. Mas minha mão tá ardendo muito! — Amanda respondeu, com os olhos arregalados e sacudindo as mãos, parecendo animada. Deu um sorriso. As duas se entreolharam e caíram na gargalhada. O que tinha acabado de acontecer? Amanda tinha batido em um dos caras mais populares da escola na frente de todo mundo?

Maya estava orgulhosa. Aquela noite prometia.

Fred entrou no camarim improvisado, nos fundos do palco, vendo os quatro amigos se preparando para o show. Enquanto Bruno e Rafael terminavam de se vestir, Daniel tocava no violão acústico a música que estavam treinando durante a semana, incluindo uma nova letra que tinha escrito nos últimos dias.

— Você sempre faz isso de mudar a letra em cima da hora. É muita vontade de errar!

— Mas dessa vez é especial e importante — Daniel respondeu.

— É sempre especial e importante, né? — Caio rebateu.

Bruno se aproximou, colocando spray no cabelo para tentar manter os fios arrepiados.

— Rafael disse que vai copiar em três papéis diferentes e vocês colam no chão do palco.

— Eu não disse nada disso — Rafael reclamou. — Mas fiquei emocionado, irmão. Acho que é a mais bonita que você fez até hoje.

— Obrigado, eu vou copiar pra vocês, pelo menos o refrão. — Daniel puxou algumas folhas de papel de dentro da mochila.

— Ela vai saber que é você, cara — Fred disse com um tom preocupado, ajeitando o blazer de Rafael e verificando se as máscaras estavam certinhas. — Tipo, a letra toda é muito... clara.

— Quero mais é que saiba. Eu não aguento mais segredos.

— A gente tá quase no final do ano, aguenta só mais um pouco — Fred respondeu.

Daniel assentiu, escrevendo o refrão da música nas folhas em branco.

— Você já sabia que esse rolo de vocês não ia dar muito certo — Caio disse, se abaixando na frente do amigo. Estava preocupado, mas não era muito bom em consolar ninguém. — Mas sinto muito pela forma que tudo aconteceu.

— Eu realmente achei que podia dar certo.

— A Amanda também achou, ou não estaria me ignorando também. — Bruno deu uma risada irônica. — Ela não quer ouvir ninguém dizendo que tá errada.

— Ela não tá errada por não querer ficar comigo. Eu só acho que a gente já começou com problemas, mentindo um pro outro, né? — Daniel fez bico.

— Os dois estavam mentindo pra proteger os amigos, são dois idiotas. Mas ela tá errada em te tratar mal na frente dos amigos e da escola, você nunca fez isso — Bruno argumentou, colocando sua máscara.

Daniel franziu a testa.

— Como assim, "os dois estavam mentindo pra proteger os amigos"?

Bruno parou o que estava fazendo, confuso. Olhou para a expressão de Daniel. Confuso, Bruno parou o que estava fazendo, olhou para a expressão de Daniel e, logo em seguida, virou o rosto de lado, pensativo.

— Ué... não tem o negócio da Guiga?

— Que negócio da Guiga? — Fred perguntou, atento, fazendo Bruno olhar de um amigo para o outro.

— Ué...

O baterista tentou se lembrar de tudo que Amanda tinha contado para ele no passado, mas levou um susto ao ouvir uma batida na porta. Os amigos arregalaram os olhos, colocando a máscara às pressas, enquanto o professor de matemática avisava que estavam prontos para eles.

— Com essa discussão toda, até esqueci de avisar vocês que ontem passei algumas horas na sala do diretor convencendo ele a não deixar um grupo de alunas do primeiro ano vir até o camarim hoje. Juro — Fred contou, enquanto corriam para terminar de se arrumar.

— Do primeiro ano? — Daniel perguntou, pensando logo em Rebeca. — Será que elas descobriram alguma coisa?

— Claro que não, mas já dei um jeito. Não é só porque essa galera popular tem dinheiro que vai conseguir acesso assim, elas podem continuar sonhando. — Fred pegou o violão da mão de Daniel e guardou de volta na capa. — Bom show, e não esqueçam de chamar o pessoal lá do pátio pra entrar. Aquilo ali tá parecendo as festas da praça da Igreja, só tem pegação e gente saindo no tapa!

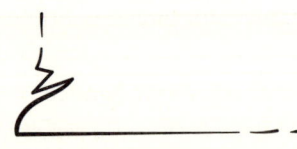

Amanda continuava gargalhando ao lado de Maya na entrada do ginásio, e as duas tentavam recuperar o fôlego só para começarem a rir de novo. Sentia a cabeça pesada, mas também uma sensação geral de conforto e tranquilidade que não conseguia sentir há alguns dias, o que era incrível e divertido. Nem Alberto nem ninguém tiraria a animação dela naquela noite! Lidaria com a persistência e as ameaças dele depois, embora lá no fundo acabasse repetindo as palavras que ele falou perto do seu ouvido: "Ou você fica comigo, ou vou acabar com o Daniel Marques, e a culpa vai ser sua." O que ele achou que Amanda fosse fazer ouvindo isso? Que correria pros braços dele e namoraria alguém que ameaçou a pessoa que ela amava? Isso era coisa de filme, na vida real era diferente!

Não sabia de onde tinha tirado a coragem de dar um tapa em Alberto, mas era exatamente o que queria ter feito já fazia muito tempo. Não se arrependia nadinha.

Viu Kevin se aproximar dela e de Maya com uma garrafa de cerveja nas mãos, gritando animado ao encontrar as amigas. Os três comemoraram juntos, alcoolizados demais para notar que estavam chamando muita atenção com seus berros.

As luzes piscaram, e a multidão dentro do ginásio aplaudiu assim que as cortinas se abriram. Amanda segurou as mãos de Maya e Kevin e puxou os dois para dentro, em direção ao palco.

— Nós somos a Scotty e o nosso show vai começar! — disse no microfone o garoto com o baixo cor-de-rosa brilhante, a voz estridente. — Os idiotas e pervertidos que estão do lado de fora, no pátio, podem entrar se não quiserem perder o verdadeiro rock 'n' roll!

— Pervertidos? O que está acontecendo lá fora? — O diretor deu um gritinho no fundo do ginásio, fazendo o público dar risada e aplaudir a banda.

Amanda roubou um pouco da cerveja de Kevin, cambaleando e comemorando com os amigos antes de verem Anna e Carol se aproximando. Eles se cumprimentaram e aplaudiram quando as notas da primeira música começaram, em um ritmo animado cheio de solos de guitarra.

Dançaram juntos, cantaram mesmo sem conhecer a música, e Amanda se sentiu, de repente, muito grata por ter amigos tão incríveis como os seus. Olhava para eles se divertindo, com as mãos levantadas, balançando os cabelos, e seu peito se encheu de um sentimento tão bonito que ela poderia chorar de felicidade. Fungou, percebendo que os olhos estavam mesmo cheios de lágrimas.

Eram lágrimas boas, de carinho, mas que faziam Amanda se sentir mais emotiva do que gostaria. Queria abraçar cada um dos seus amigos e dizer quanto os amava. Pedir desculpas por esconder segredos e sentimentos que tinha até vergonha de dizer em voz alta.

Secava as lágrimas de forma discreta, ainda sorrindo sem conseguir se concentrar na música divertida que a banda tocava no palco. Viu, ao seu lado, um casal se beijando, juntinhos, de forma muito romântica e alheia a todo mundo dançando em volta. Sentiu um aperto no coração que se somou ao amor que sentia. Ela queria aquilo também, aqueles momentos de romance e despreocupação com todo o resto.

Não queria admitir, mas sentiu inveja. Era horrível; ela odiava o sentimento, mas não conseguiu evitar. Queria o que eles tinham, e mais lágrimas caíram pelas bochechas quando pensou nisso. *Pois é tudo mentira, logo o relacionamento de vocês também não vai dar certo! Esse amor aí não existe de verdade!*, pensou, disfarçando a expressão triste e fingindo que estava ajeitando e prendendo os cabelos embaraçados. Voltou a encarar os amigos, que continuavam se divertindo, sabendo que estava sendo mesquinha e egoísta, mas não conseguia entender por que as coisas não davam certo para ela.

Continuou se mexendo e acompanhando seu grupo como se não estivesse com a cabeça rodando. Tentou sorrir, olhando para o palco e percebendo quanto ficava feliz de ver aqueles caras mascarados ali em cima. Não sabia quem eram, mas tinha sempre essa impressão de que sabiam exatamente o que ela estava sentindo e que toda semana a confortavam de uma forma diferente. Eles dançavam e se mexiam, animados, de um jeito familiar e que Amanda pensava já ter visto antes.

A luz do palco estava forte, então a garota franziu a testa, tentando enxergar mais nitidamente o guitarrista com a voz bonita que sempre ficava na frente. Piscou algumas vezes, com a mão na testa.

— Amiga, ele tá olhando pra gente! Aqui! Casa comigo! Me dá seu telefone! — Maya gritou, cutucando o braço de Amanda e apontando para o palco.

Amanda deu uma risada, percebendo que o guitarrista realmente olhava na direção delas.

E ele olhava bem nos seus olhos.

Sentiu um arrepio e não sabia dizer se era enjoo por causa da bebida ou uma sensação de adrenalina muito grande quando percebeu o olhar dele encontrando o dela. Sustentou quanto pôde, antes que a luz colorida invadisse e ela precisasse abaixar o rosto.

Sem conseguir explicar o que estava sentindo, Amanda percebeu que seus olhos estavam cheios de lágrimas de novo. Pensou em Daniel, no que tinha dito para ele na frente dos amigos, em como tratava o garoto o tempo todo em que ficaram juntos e em quanto queria pedir desculpas. Deveria mandar mensagem? Deveria tentar ligar para ele? O que estaria fazendo no sábado à noite? Estaria na casa de Bruno, jogando videogame e se divertindo?

Pegou o celular e, ouvindo a música da Scotty terminar e o público aplaudir, tentou ligar para ele, mas a chamada não completou. Choramingou sozinha, encarando o aparelho e tentando enxergar o visor antes de ligar novamente.

— Larga isso, vamos curtir o show! Depois você resolve o que precisar! — Anna falou, abraçando-a de lado.

Amanda tirou os olhos do celular e encarou a amiga.

— Você é muito linda, eu te amo — disse, chorosa.

Anna deu uma risada, mas, bêbada, começou a chorar também e as duas se abraçaram.

Ao fundo, a banda anunciou o nome da música que iam tocar. O baixista deixou claro que seria um momento mais calmo e romântico, uma música autoral inédita. Amanda fungou e reclamou.

— Por que as pessoas precisam de romance? Vai todo mundo à merda! — disse, fazendo Anna rir. Amanda afastou a amiga enquanto as pessoas à sua volta aplaudiam e acendiam a lanterninha do celular.

O guitarrista principal tinha trocado a guitarra por um violão bonito e começou a tocar uma música mais lenta.

Eu não queria fazer você chorar
Ao te ver triste
Naquela tarde na rua
Posso pedir perdão?
Sei que é difícil entender
E eu me arrependo
De tudo que disse e fiz

Amanda olhou para Kevin, sem acreditar no que estava ouvindo. Era como se ela mesma tivesse escrito aquela música! Como era possível que a letra falasse de como ela estava se sentindo? Que se arrependia, que queria pedir desculpas e nunca ter feito Daniel chorar? Kevin levantou o polegar, sem entender o que Amanda queria dizer e acompanhando as pessoas em volta com o celular para o alto.

A garota puxou o celular da bolsa, encarando o visor com dificuldade, e escreveu uma mensagem para Daniel. Talvez pudesse conseguir se expressar melhor desse jeito, sem ouvir o que ele tinha a dizer ou sequer se ele queria falar qualquer coisa com ela. Começou a mensagem pedindo desculpas. Escrevia lentamente apertando as teclas com a plena certeza de que estava errando um monte de letras. Por que os visores de celular eram tão pequenos e as teclas tão grandes? Droga. Ela se concentrou novamente. Escreveu que queria se explicar, contar toda a verdade, tudo que estava sentindo e o que sentia por ele. Que se arrependia de duvidar dele e de tratá-lo mal na frente das pessoas. Desde o nono ano.

Esfregou os olhos, sabendo que a maquiagem provavelmente ia ficar toda borrada, mas a adrenalina tinha deixado Amanda muito focada. Enviaria a mensagem para Daniel e pediria desculpas. Era o que a Scotty estava dizendo e era exatamente o que ela queria fazer.

O celular estava sem sinal, mas ela não percebeu; apertou enviar e guardou o aparelho para ouvir o guitarrista da banda, que entendia muito bem como ela se sentia.

Eu estava perto demais pra saber
Você quis me afastar
Manteve seus segredos
E tudo o que fiz foi te pressionar
Não sei o que estava pra descobrir
Mas entendo que estava perto demais
Eu só quis entender
Mas nunca vou saber o porquê

A garota encarava o palco, tentando entender o que estava ouvindo. Era possível que todo mundo estivesse se conectando com o que o guitarrista estava cantando, certo? Todo mundo tem segredos e sente que pode pressionar demais quem gosta! Certamente não era só porque estava tonta, emotiva e com saudades de Daniel. Amanda fungou quando viu Guiga se aproximar do grupo, com Breno logo atrás. Sentiu vontade de chorar de novo, parando de prestar atenção na banda e indo até a amiga, puxando a amiga para um abraço. Guiga abraçou de volta, sem entender o que estava acontecendo.

— Desculpa por tudo, amiga. Por tudo mesmo. Eu nunca quis machucar você.

— Tá tudo bem, você não me machucou! Eu tô bem! — Guiga respondeu, confusa, mas até perceber quanto Amanda estava bêbada. Sorriu, dando tapinhas nas costas da amiga, vendo Anna balançar a cabeça, pensativa.

Amanda pensava no que mais podia falar e em como se desculpar, quando o guitarrista principal voltou a cantar com a voz mais grossa. Seu coração bateu mais forte, deixando-a tonta.

Se lembra quando desenhei nossos nomes na areia
e você disse que me amava?

Parou, em choque, se afastando de Guiga e piscando, tentando enxergar o palco melhor. Ela tinha ouvido certo? Eles estavam cantando sobre escrever os nomes na areia e se declarar na praia? Será que toda aquela festa era uma ilusão e ela só estava bêbada demais, ouvindo o que queria ouvir?

Sua visão ficou turva com as lágrimas que desciam pelas bochechas. Os amigos simplesmente achavam que Amanda devia estar emocionada como todo mundo, exagerando um pouco por conta da bebida.

Agora acho que é tarde
Você mudou de ideia

E eu não sei mais o que dizer
Tentei de todos os jeitos te mostrar
Se lembra daquele pedaço de papel
Que estava em suas mãos?
Você nunca vai saber quanto doeu
Ver você ir embora

Se era culpa da bebida, Amanda nunca mais ia encher a cara. Aquilo doía demais. Como a música de pessoas desconhecidas falava tão exatamente sobre algo que tinha acontecido só entre ela e Daniel? Nunca tinha entendido como as pessoas se emocionavam com músicas românticas e, depois daqueles sábados ouvindo a Scotty cantar, ela compreendia perfeitamente. Depois que Daniel entrou de vez na vida dela, Amanda entendia as rimas cheias de amor, dor e, às vezes, os dois juntos.

Quem quer que tivesse escrito aquela letra, não tinha o direito de deixá-la tão triste!

— Quer ir embora? — Kevin perguntou, chegando perto da amiga.

Amanda não conseguiu desviar o olhar do palco, mas agradeceu e negou com a cabeça. Queria ficar ali. Precisava ouvir. A música era um desabafo, ela sentia. Até quando o outro guitarrista fez um solo mais agressivo e o ritmo de repente se tornou mais grosseiro e barulhento, ela conseguia entender o desabafo. A raiva.

O vocalista principal segurava o microfone com as duas mãos, deixando o violão pendurado no ombro, em uma postura emotiva, como se estivesse gritando e colocando tudo para fora. Amanda nem conseguia piscar.

E todo esse tempo você tem mentido pra mim
Mentiras que eu vejo nos teus olhos castanhos
Quando eu mais precisei você se afastou
E quando te perguntava você dizia ser segredo
Mas você sabe o que isso fez comigo?

Era só para ser uma noite divertida, e, naquela hora, Amanda sentia como se fosse uma grande sessão de terapia. Os amigos à sua volta pareciam abalados, cada um por seus motivos, vivendo a música com seus próprios problemas. Amanda não conseguia parar de chorar. Olhou para os lados e viu que Fred passou por ela, olhando em seus olhos e virando o rosto antes de se misturar com a multidão. Ela se sentiu invisível, e o peito doeu ainda mais.

Era uma pessoa tão ruim assim? Será que ela fazia as pessoas se sentirem invisíveis desse jeito?

Ouviu uma movimentação logo atrás e percebeu as amigas indo em direção a Carol, que parecia estar passando mal. Deu mais uma olhada no palco, triste, enquanto o guitarrista mexia a cabeça no ritmo da música, e se virou para ajudar as amigas a saírem dali.

> "Goodbye to you, been wasting all my time"
> (Hypnotized – McFLY)

quarenta e três

No domingo, Daniel desceu as escadas da casa de Bruno mexendo nos cabelos bagunçados. Tinha ficado deitado o dia quase inteiro, exausto e emocionalmente abalado com tudo que estava acontecendo. Quando chegou à sala, sem camisa, encontrou Bruno e Fred sentados no sofá, todos encasacados, comendo biscoitos.

— Cara, tá frio — Bruno disse com a boca cheia.

Daniel passou reto a caminho da cozinha, sem prestar atenção.

— Ele ainda tá mal por causa de ontem — Fred falou, como se contasse uma fofoca. — Foi um show intenso, né?

— Foi bastante, acho que ele tá pirando, sinceramente — Bruno concordou.

— Eu tô ouvindo! — Daniel gritou da cozinha, rindo. Voltou para a sala com um copo de suco nas mãos. — E então, vamos fazer alguma coisa hoje?

— Tá frio, cara.

— Você já disse isso. — Daniel se apoiou na parede, olhando para os amigos.

— Achei que uma vez só não foi suficiente, porque você ainda tá sem camiseta — Bruno falou olhando para o peito nu do amigo.

Daniel deu uma risada, se encolhendo.

— Acho que vai chover — Fred olhou para a janela. — Melhor a gente assistir a algum filme, você está com algum DVD novo aí?

— Aluguei *O diário da princesa* essa semana — Bruno respondeu, se levantando para procurar a caixa de plástico.

Enquanto Fred dizia o que tinha lido sobre o filme no jornal, Daniel olhou pela janela para o dia nublado e escuro, apesar de ainda estar no meio da tarde. Ele se distraiu se perguntando se deveria ou não enviar mensagem para Amanda, mesmo que ainda estivesse muito magoado desde a última conversa deles. Não tinha sido o pior momento, porque Amanda já tinha tratado o garoto de formas que o magoaram mais no passado, mas ali, perto de Kevin e Anna, ele estava sensível. O afastamento dos dois, os desencontros, as mentiras, tinham feito Daniel perder a cabeça e, para ser sincero, estava mais sentimental do que o normal. E ele era muito dramático, sabia disso.

Tirou o cabelo do rosto, deixou o copo de suco de volta na cozinha e subiu as escadas sem prestar atenção nos amigos. Tinha ouvido Fred falar mais cedo que Guiga aparentemente marcou de encontrar Kevin na sorveteria de tarde, então talvez Amanda fosse aparecer por lá também. Estavam sempre juntos, né? Ele poderia passar por perto, ver se ela estava bem, fingir desinteresse e se forçar a não enviar nenhuma mensagem se humilhando para receber a atenção dela. Porque era exatamente isso que ele queria fazer. Era desesperador.

Olhou para o celular e viu que a única mensagem que tinha recebido era da mãe, avisando que o pai estava melhorando, e resolveu responder antes de sair. Colocou uma camiseta, um moletom que estava revirado no chão e desceu novamente as escadas, pegando a chave do carro de Bruno que estava na mesinha do lado do sofá. Os amigos olharam para ele.

— Se tu vai sair, passa na pizzaria e traz comida pra gente — Bruno falou.

Daniel concordou, colocou o tênis e saiu para a garagem.

Amanda estava enjoada e com dor de cabeça, não tinha conseguido comer nada o dia inteiro. Por ela, teria ficado na cama sem se mexer até o dia seguinte, mas sua mãe tinha outros planos e não parava de reclamar no ouvido dela sobre os problemas com o pai e a última que ele tinha aprontado. A dor de cabeça de Amanda só parecia piorar, então ela resolveu sair de casa para uma caminhada. O dia estava frio e nublado, e ela estava usando um moletom que Daniel tinha esquecido. Ainda tinha o cheirinho dele e, de alguma forma, sentia como se estivesse abraçando o garoto. Colocou o capuz, sentindo o vento bater no rosto enquanto caminhava sem rumo, se equilibrando no meio-fio na rua de casa. Tinha pensado em ir à sorveteria do Kevin, como os amigos tinham marcado no dia anterior, mas não queria conversar com ninguém. Não só pela ressaca e dor de cabeça, mas porque precisava pensar.

Não se lembrava de tudo que havia acontecido de noite na escola, muita coisa era só um borrão, mas Amanda tinha uma memória muito clara de escrever uma mensagem para Daniel durante uma das músicas românticas da Scotty. Lembrava-se de pedir desculpas, de dizer que queria contar seus segredos e, basicamente, implorar por alguma notícia, mas até então ele não tinha respondido nada. Checava o celular sem parar, e aquilo fazia Amanda se sentir mais enjoada do que a lembrança do porre. Ficava triste de ser ignorada por ele, sentia o peito doer pelo orgulho ferido, a cabeça girava pelo desespero de não saber como ele estava se sentindo e se odiava ela. Tentou se equilibrar no meio-fio e sentiu uma gota de chuva atingir a ponta do nariz. Olhou para o céu cinza e carregado, percebendo que uma garoa começava a cair.

— Ótimo, era o que eu precisava — falou aborrecida consigo mesma.

A rua parecia vazia. Ouviu o som do trovão ao longe, e ela podia jurar que ainda estava bêbada e se imaginando em um filme europeu sobre as dores de ser adolescente. Colocou as mãos nos bolsos e continuou andando. Ia pegar chuva, não podia ficar pior do que já estava.

Viu o carro de Bruno parar ao lado dela, buzinando. Franziu a testa, confusa. Daniel abriu a janela do passageiro e destrancou a porta, encarando a garota.

— Entra.

— Não. — Amanda balançou a cabeça quando viu quem era. Voltou a caminhar, sentindo a boca seca e o corpo tremendo, e não tinha nada a ver com a chuva.

Daniel seguiu a garota com o carro, parando logo à frente dela, com a janela ainda aberta.

— Amanda, tá chovendo.

— E daí?

— Você não precisa nem falar comigo! Entra e eu levo você pra casa, a gente fica em silêncio.

— Eu não quero ir pra casa! — ela disse alto, pensando que não poderia entrar naquele carro. De jeito nenhum. Além da vergonha que estava sentindo por ver Daniel depois da mensagem sem resposta que enviou para ele, ela não queria nem ver *a mãe* por algum tempo.

— Eu te levo pra onde você quiser. Tá chovendo, só entra no carro.

— Não tá chovendo tanto assim — Amanda disse, sentindo os pingos de água se intensificarem e o moletom ficar todo molhado. Ela abaixou a cabeça, derrotada.

Daniel não conseguiu deixar de sorrir quando viu a garota ensopada diante dele, usando o seu moletom. Ficava enorme em Amanda, e ela estava linda.

— Você tá sorrindo numa hora dessas? Sério, Daniel, eu devo ser uma piada — Amanda falou, brava, abrindo a porta do carro e sentando no banco do carona. Fechou o vidro, emburrada, e tirou o capuz do moletom, que estava molhado.

O garoto ainda sorria, mexendo os ombros.

— Muito bem, mocinha! — Ele acelerou o carro devagar, vendo-a revirar os olhos para seu tom irônico e arrumar os cabelos. — Se não quer ir pra casa, pra onde quer ir?

— Pra nenhum lugar — ela respondeu ainda com a cara fechada, sem conseguir olhar para ele. Que humilhação, ter que falar com Daniel naquele estado, depois de o garoto nem ter respondido à sua mensagem! O mundo realmente não ia com a cara dela, era oficial.

— Ok, vamos pra nenhum lugar — Daniel falou com toda paciência, voltando a olhar para a rua.

O clima estava estranho, e os dois não se encaravam. O garoto ligou o rádio e o aquecedor, e os dois ficaram rodando pelas ruas do bairro por quase uma hora, em silêncio, gastando o combustível de Bruno.

— Ok, você vai por aquele lado! — Alberto ordenou, e um dos amigos concordou.

Estavam no escuro, e sua lanterna não era lá essas coisas, mas conseguiram pular o muro sem muita dificuldade.

— A gente precisa mesmo fazer isso? Não era só, sei lá, bater nele? — João perguntou, sussurrando.

Alberto negou, indicando o caminho.

— Eu quero vingança... dos dois — disse, sorrindo.

— Indo até a sala de professores? — João pareceu confuso.

— Só faz o que eu falei. Somos só nós três, a gente consegue entrar e sair da escola rapidinho. Ninguém vai perceber que a gente esteve aqui.

— E precisava ser logo no domingo, chovendo? Meu cabelo tá encharcado! — João continuava reclamando, seguindo Alberto pelos corredores escuros.

Daniel parou o carro no estacionamento vazio de uma farmácia perto da casa de Amanda. Ficaram em silêncio, encostados nos bancos do carro, vendo a chuva. No rádio tocava um CD do The Offspring, e Amanda fazia careta enquanto ouvia a música.

— A voz desse cara é meio irritante.

— É crime falar mal de The Offspring, você não sabia? — Daniel disse, irônico.

Amanda cruzou os braços, suspirando. Queria perguntar para ele sobre a mensagem. Por que não tinha respondido? O que ele sentiu quando leu? Ele a desculpava pelas coisas que tinha falado?

Como era ruim se sentir invisível.

— Você acha que a gente terminou por conta dos nossos segredos? — o garoto perguntou, de repente. Arregalou os olhos, sem esperar que ele puxasse o assunto. Encarou Daniel, percebendo que ele estava olhando na direção dela. A letra da música da Scotty da noite anterior voltou à sua cabeça, e ela demorou para pensar no que responder.

— Daniel, eu não sei.

— Eu não queria invadir sua privacidade e te fazer me contar algo que não queria dizer.

— Eu sei — ela respondeu baixinho, conseguindo lembrar os versos da tal música. Parecia que estava de volta no show, ouvindo as mesmas coisas.

— Você sempre tentou me afastar, mas eu insisti muito e devo ter sido um idiota. — Daniel percebeu que ela estava desconfortável.

Amanda deu uma risada sem graça, mas logo voltou a parecer triste.

— *Não sei o que estava pra descobrir, mas entendo que estava perto demais. Eu só quis entender* — ela repetiu em voz alta, quase no ritmo que se lembrava.

Daniel arregalou os olhos.

Amanda tinha acabado de citar a música dele? Sentiu as pernas trêmulas, encarando a garota.

— O quê...

— É a letra de uma música que eu ouvi. Eu achei que tinha sido a minha cabeça, embora eu ainda ache que esteja ficando maluca! — ela respondeu, sorrindo de leve.

Daniel continuou confuso. Ela tinha descoberto tudo? Sabia quem ele era?

— Amanda...

— Eu te falei que aquela banda Scotty tá dentro da minha cabeça, lembra? É bizarro!

Então ela não sabia. Ele respirou fundo, assentindo e tentando se acalmar.

— Eu tô com muita vergonha, Daniel. — Amanda escondeu o rosto nas mãos, sem saber o que falar. — Você pode me deixar na casa da Anna? Eu não quero ficar sozinha.

Daniel sentiu o coração bater mais forte, confuso por ela dizer que estava com vergonha. Devia ter a ver com a última vez que se falaram, certo? Quando ela o chamou de perdedor na frente dos amigos. Não ia forçar Amanda a dizer nada, já estava satisfeito em vê-la de perto e saber que estava bem, mesmo que parecesse triste. Queria abraçar a garota, reconfortá-la, fazer com que se sentisse melhor. Mas era como se um muro estivesse dividindo os dois.

— Tudo bem, eu te levo na Anna. — Ele ligou o carro, mordendo o lábio e voltando a dirigir.

Amanda sorriu pelo canto da boca, agradecida, mas não disse mais nada.

※

O alarme de segurança do colégio tocou. Alberto olhou para os dois amigos.

— Certo, cadê o livro?

— Que livro? — Leo perguntou.

João pegou o volume da mochila.

— Esse daqui.

— De quem é esse livro?

— Leo, você prestou atenção quando eu expliquei o nosso plano? — Alberto perguntou enquanto João ria.

— Claro, vamos pegar a prova e... — Leo sorriu — ... trocar pelo livro do segundo ano! Lembrei!

— Esse nerd esquisito vai levar uma baita suspensão... Talvez até seja expulso! — Alberto disse, quando João abriu o armário da sala de professores.

※

Na manhã do dia seguinte, Daniel desceu as escadas da casa de Bruno com a mochila na mão.

— Cara. — O amigo estava na porta, com os braços cruzados, olhando para o relógio. — Por que tá demorando tanto? Você ficou de dormir aqui justamente pra gente não se atrasar pra aula! Hoje tem prova!

— Eu sei, eu sei, mas você viu meu livro de geografia? Tinha certeza de que tava aqui na mochila! — Daniel colocou o tênis, vendo o amigo negar.

— Por que eu ia saber do seu livro de geografia? Pode estar na sua casa. — Bruno mexeu os ombros.

— Não, eu não abri a mochila desde sexta.

— Isso mostra quão empenhado a gente é! — Bruno riu, e Daniel o seguiu para fora, trancando a porta atrás deles. — Pode estar com os meninos, ou você deixou na sala. A gente pergunta pro zelador.

※

Na escola, os alunos estavam nervosos e ninguém parecia estar com a cabeça no lugar. Todos com livros debaixo do braço, colas escritas pelo corpo e grupos de estudo por todo o jardim. Mas Amanda, parada no corredor, encarava o celular perdida em pensamentos. E, mesmo tendo acabado de sair de uma prova, nada que pensava tinha a ver com geografia. Não conseguia tirar Daniel da cabeça.

— Amanda? — Guiga se aproximou, sorrindo, encostando na parede ao lado da amiga.

Amanda tirou os olhos do celular, guardando o aparelho.

— Se deu bem? — perguntou, observando Guiga franzir a testa.

— Mais ou menos, acho que consigo um sete. Menos que isso, meu pai vai me mandar pra um internato de freiras!

— Tá repreendido! — Amanda riu baixinho, falando sobre como achava que tinha, pelo menos, conseguido a nota mínima para não reprovar.

Guiga concordou, se aproximando mais da amiga, como se fosse contar uma fofoca. Amanda ficou curiosa.

— Me diz uma coisa — Guiga sussurrou. — Eu ouvi gente, tipo, fofocando que você saiu com o Daniel. Isso é verdade?

Amanda ficou gelada. Como assim "gente fofocando"? Quem tinha visto os dois juntos?

Abriu a boca algumas vezes, sem conseguir responder. Percebeu que Guiga parecia curiosa, mas não sabia diferenciar se estava chateada ou não com a informação. Decidiu pelo de sempre.

— Não, amiga, claro que não — negou, respondendo também em sussurro. — Isso é coisa que inventaram quando a gente fez o trabalho da aula de artes, naquela semana.

— Que bom, achei que fosse a única que não soubesse de algo grande como isso! — Guiga sorriu.

— Não tem nada que você não saiba, amiga — Amanda disse, resignada. *Não mais,* pensou.

Viu as amigas saindo da sala, e as duas se ajeitaram, desencostando da parede. Carol mexia nos cabelos, nervosa.

— Ainda tô de ressaca desde sábado! Nunca mais vou beber. Se tirar menos de oito, eu vou ficar muito brava!

— Você nunca nem abriu o livro de geografia — Maya implicou, fazendo Carol olhar para ela de cara feia.

— E você tirou um dez, por acaso?

— Claro, a prova tava superfácil! — Maya mexeu os ombros, e Anna riu do lado dela.

A amiga notou o colar que Maya estava usando e questionou, animada:

— Essa é a palheta?

Ela concordou.

— Que palheta? — Amanda se aproximou, fitando o colar de miçangas preto e branco que Maya usava.

— Peguei no show da Scotty de duas semanas atrás! O baixista jogou pra mim do palco, vocês não lembram?

Amanda nem se lembrava do que tinha feito nos sábados anteriores, mas concordou, animada pela amiga. Rafael e Caio passaram por elas, rindo alto, fazendo com que as garotas olhassem para eles. Rafa encarou Maya, sorrindo e apontando para o colar dela.

— Ficou bem bonito em você! — disse, sem parar de andar, deixando as quatro se entreolhando, confusas.

Maya nunca tinha sentido as bochechas tão vermelhas quanto naquele momento. Era bom saber que Rafael tinha bom gosto.

Amanda ficou nervosa, se perguntando se Daniel estaria logo atrás deles, e evitou sorrir quando ele veio caminhando ao lado de Fred e Bruno. Abaixou a cabeça, notando que eles se aproximavam, não querendo encarar o garoto de perto. Guiga, que estava logo ao seu lado, pareceu nervosa de repente. Amanda mordeu o lábio, vendo a amiga sair andando antes que os três parassem perto delas. Ela estava tão incomodada por Daniel estar por perto? Será que tinha ficado chateada pela fofoca sobre ele e Amanda?

— O que houve com ela? — Bruno perguntou, confuso.

Carol revirou os olhos.

— Claramente sua presença incomoda.

O garoto ignorou o comentário, olhando diretamente para Amanda.

— A gente só queria perguntar se alguém na sua sala encontrou o livro de geografia do Daniel, não estava com ninguém da nossa turma.

Ela negou, ainda sem encarar Daniel. Olhou de relance, percebendo que ele estava com a cabeça enfiada no gorro cinza, claramente de mau humor.

— Não vi ninguém falando de livro nenhum, o que é até preocupante — Maya respondeu.

Bruno agradeceu e saiu de perto, arrancando comentários entre as meninas sobre como Fred não parecia animado como antes e que ele e Daniel pareciam nervosos por conta das provas. Amanda só concordou, preocupada, em silêncio.

Na terça-feira de manhã, Amanda tinha decidido que passaria na casa de Bruno para irem à escola juntos, como não fazia há alguns meses. Não enviou mensagem avisando porque tinha esperanças de acabar encontrando Daniel lá e fingiria surpresa, tentando proteger seu orgulho. Afinal, ele não tinha enviado nenhuma mensagem depois de domingo de tarde, nem respondido à mensagem dela nem nada. Ele não tinha obrigação, claro, os dois estavam claramente separados e não deviam nada um para o outro. Mas ela mantinha aquela ponta de esperança, lá no fundo, esperando muito que ele fosse atrás dela.

Suspirou, parando na frente da casa do amigo. Apertou a alça da mochila, sentindo o vento da manhã nos cabelos molhados. Viu que o carro de Bruno ainda estava na garagem e ficou esperando alguns minutos, considerando sentar no meio-fio. Lembrou que o amigo sempre pedia para que ela entrasse caso estivesse com pressa, e Amanda seguiu até a porta da frente, girando a maçaneta e notando que estava destrancada. Abriu com cuidado, colocando o rosto para dentro, vendo algumas luzes acesas.

— Bruno? Tá aí? — perguntou alto, entrando na sala, olhando para os lados. Ouviu o barulho de algo caindo no chão no fundo do corredor. — Ô de casa?

— Amanda? — ouviu o amigo responder, ofegante, fechando rápido a porta da cozinha atrás de si.

Estava levando uma das guitarras de Caio para o carro na hora em que ouviu a amiga gritar por ele. Foi por muito pouco que ela não viu o instrumento e descobriu tudo sobre a banda. Ele estava suando, nervoso, com o coração acelerado. Amanda encarou o amigo, sorrindo.

— Você tava correndo?

— Se não percebeu, eu tô bem atrasado! — Bruno respondeu, tentando disfarçar, calçando o tênis que estava perto dela na entrada. — *A gente* tá atrasado!

Amanda olhou para ele com a testa franzida, encarando a porta da cozinha fechada ao fundo. Ele nunca fechava aquela porta. Alguma coisa parecia estranha. Viu Bruno passar por ela puxando seu braço e apontando para o relógio de pulso. Já eram sete horas da manhã?

— A gente vai perder a prova, corre! — disse, entrando no carro do amigo, nervosa, esquecendo totalmente o que estava pensando sobre a cozinha ou sobre qualquer estranhamento que tivesse sentido.

Quando terminou a prova de matemática, Amanda pensou em esperar as amigas na saída da escola, mas acabou decidindo ir caminhando até a sorveteria. Não tinha sido uma prova fácil e a cabeça dela estava cheia, então seria bom ter um momento sozinha.

Dentro da sala, horas antes, ouviu o professor comentando com um aluno sobre uma briga que tinha acontecido no corredor e, na hora, pegou o lápis e foi apontar na lata de lixo na frente do quadro para tentar ouvir de quem estavam falando. Ficou imóvel quando soube que Daniel tinha caído na porrada com um dos jogadores de basquete, amigo de Alberto, e que os dois tinham ido parar na diretoria. Só voltou para a carteira quando o professor chamou sua atenção, fazendo com que Amanda passasse a prova inteira pensando se o garoto estava bem e por que tinha feito aquilo. Não era comum que Daniel entrasse em brigas, ele e Caio normalmente eram os mais quietos entre os amigos. Ficou pensativa, tentada a enviar mensagem para ele. Acabou decidindo caminhar sozinha e colocar os pensamentos no lugar.

As palavras de Alberto acabaram se repetindo na cabeça dela. Ele tinha sido horrível na festa de sábado, beijando-a à força e falando que acabaria com a vida de Daniel. Era sempre o mesmo tipo de ameaça, e ela estava cansada de aguentar tudo isso. Não tinha mais medo dele.

Andou pela lateral da rua mais movimentada, percebendo que o estacionamento da sorveteria estava cheio. Apertou o passo, curiosa, vendo várias pessoas da escola por lá, a maioria ainda de uniforme, conversando e ouvindo música. Ela se aproximou, cumprimentando um ou outro, tentando ver se Kevin estava por ali. Era uma terça-feira de provas, o que todo mundo fazia na sorveteria na hora do almoço?

Atravessou o estacionamento, desviando de algumas pessoas até esbarrar em alguém. A cerveja do garoto rolou no chão, e ela levou um susto, colocando a mão no peito.

— Desculpa! — disse, respirando fundo, abaixando para pegar a latinha entornada.

Olhou para cima, e viu Daniel parado na sua frente, com o casaco de couro e uma mancha roxa na bochecha. Deu um passo para a frente, preocupada, mas logo lembrou que eles não estavam exatamente se falando. Entregou a latinha para ele, envergonhada.

— Tá tudo bem, eu compro outra — o garoto respondeu, sério, saindo de perto dela.

Amanda estranhou, voltando a andar em direção à porta, procurando por Kevin. Seu coração batia muito rápido e ela ficou curiosa, olhando para trás. Não era nem meio-dia e Daniel estava enchendo a cara?

Entrou na sorveteria, encontrando Kevin sentado em uma mesa com Breno. Amanda acenou, se aproximando dos dois e sentando ao lado do amigo.

— Terminou a prova de hoje também? — Breno perguntou.

— Pelo visto, assim como a escola inteira, né? — Amanda sorriu.

— Tá assim desde ontem, acho que algum pessoal combinou de vir pra cá relaxar depois das provas e as pessoas realmente levaram a sério! — Kevin mexeu os ombros, sorrindo de volta.

Amanda ficou observando os alunos passarem, percebendo que a maior parte parava na mesa deles para cumprimentar o grupo. Sem querer, procurava Daniel no meio de todo mundo, ouvindo música alta do lado de fora e várias risadas. Viu Bruno e Rafael entrando pela porta da sorveteria, gargalhando, distraídos. Os dois estavam com Susana e outras duas amigas dela, que também pareciam se divertir. Amanda virou o rosto, sentindo um ciúmes esquisito dos dois, sem entender.

— Vamos lá fora rapidinho? Acho que o Nicolas chegou, deve ter se dado muito mal na prova pra ter demorado tanto! — Kevin chamou, se levantando.

Breno disse que ia terminar seu sorvete, mas Amanda concordou, seguindo o amigo. Ela tentou não encarar Bruno e Rafael, fingindo que não estava vendo os dois, caminhando até o estacionamento. Sabia que estavam olhando para ela.

Kevin ficou na ponta dos pés, tentando achar o carro de Nicolas, quando Daniel se aproximou deles, cambaleando.

— Amanda, posso falar com você, rapidinho?

A garota olhou para Kevin e de volta para Daniel. Diferente da última vez, concordou, andando na frente e dando a volta pelo lado de fora da sorveteria, reparando no garoto seguindo-a de perto. Daniel estava visivelmente alcoolizado, tropeçando nos próprios pés e rindo sozinho.

Amanda se virou para ele assim que se viu um pouco mais distante da maior parte dos alunos.

— Você não parece muito bem — ela disse.

Estava brava por vê-lo daquele jeito, não conseguia explicar. O machucado no lábio do garoto fazia com que ela se lembrasse da primeira vez, meses antes, que o ajudou depois de uma briga. Parecia tanto tempo atrás.

Os dois se encararam.

— Você precisa voltar pra mim — Daniel falou, com a fala arrastada.

Amanda balançou a cabeça.

— Não é assim, Daniel — ela disse, sentindo sua expressão se amenizar e a raiva ser substituída pela tristeza. — Você tá superbêbado.

— E daí?

— E daí que você não pode simplesmente se afastar de mim, ignorar minha mensagem pedindo desculpas, passar a tarde de domingo comigo e depois fingir que eu não existo.

Amanda mexeu nos cabelos, nervosa. Daniel franziu a testa.

— Que mensagem?

— Por que você brigou com o Jonathan? Tá doendo? — a garota perguntou, apontando para o lábio dele.

Daniel passou a língua no machucado, fazendo careta.

— Ele é um babaca, filho da mãe.

— Isso não explica nada.

— Explica bastante coisa. — Daniel cruzou os braços, tentando se manter de pé.

— A gente pode conversar outro dia. É melhor.

— Eu não consigo aguentar mais, Amanda — ele falou enrolado, piscando devagar. — É como se eu tivesse hipnotizado, não consigo dormir, não consigo pensar nas provas nem nada.

— Você vai ficar bem, eu prometo — a garota disse, se controlando para não abraçar Daniel. Era difícil vê-lo naquele estado, falando daquele jeito, machucado, carente. Mas ele estava bêbado. Ela precisava se lembrar disso. Ele estava vulnerável.

— Eu não tô bem.

— Você não precisa de mim pra ficar bem. — Amanda engoliu em seco. — Desculpa por tudo.

— Não, você não fez nada — Daniel balbuciou, balançando a cabeça.

Amanda sorriu, triste.

— Eu fiz tudo errado, desde o começo. — Fechou os olhos, respirando fundo. — Mas eu não tava errada quando disse que você ficaria melhor sem mim.

— Eu pareço melhor? — Daniel perguntou, quase rosnando.

— Você tá bêbado. — Amanda mexeu os ombros, apontando para o resto do estacionamento. — Tá aqui, no meio de todo mundo, se divertindo.

Ela não diria em voz alta que estava com ciúmes, que queria estar se divertindo com ele, que queria que ele sentisse sua falta. Sabia quão egoísta tudo isso parecia.

— A gente conversa outra hora, Daniel. Você vai ficar bem, não se preocupe.

Ele sabia que Amanda estava mentindo, estava muito claro na expressão que ela fazia. Mas não conseguia controlar muito seus próprios movimentos e acabou se afastando dela, vendo a garota entrar de novo na sorveteria.

Amanda voltou para a mesma mesa de antes, agora com Kevin, Nicolas e Breno.

— Você precisa de bastante doce — Kevin disse, empurrando sua taça de sorvete na direção dela.

Amanda agradeceu.

— Eu achei que era piada quando ouvi a fofoca de que o perdedor lá gostava de você — Breno comentou, rindo, apontando para onde Daniel estava com os amigos, do lado de fora. — Mas ele, pelo visto, tá realmente apaixonado.

— Não fala besteira, Breno — Amanda disse, revirando os olhos.

— Bom, ele não tá errado nessa parte — Kevin falou com a testa franzida.

Ela olhou para o lado de fora e viu Daniel abraçado com uma garota, que o ajudava a ficar de pé. Ele estava rindo, como se a conversa com Amanda não tivesse acontecido.

Amanda sentiu raiva, de novo, percebendo que o celular estava vibrando com uma nova mensagem. Pegou o aparelho com pressa, batendo a testa na mesa quando viu que era sua mãe, mandando um monte de coisas, falando como seu pai era uma pessoa horrível, que não queria mais olhar na cara dele, que não conseguia parar de chorar e que Amanda não devia nunca mais confiar em homem algum. A garota segurou o choro, exausta. Se não bastasse o fiasco da sua vida amorosa, precisava consolar a própria mãe com o fiasco da vida dela. Que dia maravilhoso.

— Eu vou pra casa, gente. — Ela se levantou, suspirando.

Kevin levantou junto, dizendo que levaria a amiga, e os dois seguiram juntos pelo estacionamento, tentando ignorar o barulho dos outros alunos.

A manhã seguinte foi um tormento para Daniel. A ressaca deixou o menino pirado e sua cabeça em frangalhos. A prova à sua frente parecia estar em 3D, e ele não conseguia entender nada do que estava escrito no papel. Piscava os olhos e passava a mão no cabelo, nervoso. Batia os pés no chão e o lápis na mesa.

Seu foco inexistente foi interrompido por uma batida na porta da sala de aula. O diretor colocou a cabeça para dentro, cumprimentando a professora de português.

Bruno e Daniel trocaram olhares curiosos. Bruno tentou espiar a prova do amigo, fazendo careta quando viu o papel todo vazio.

O diretor entrou na sala e parou diante da turma, levantando um livro de geografia.

— Alguém é dono disso?

— Eu. — Daniel levantou a mão, sem pensar. Era seu livro, mas o que estava fazendo com o diretor?

O homem deu um sorriso, concordando.

— Faz sentido. Por favor, Daniel Marques, me acompanhe até minha sala.

Daniel largou o lápis na mesa e virou para os amigos, sem entender nada. Ele se levantou e foi caminhando, ouvindo os sussurros e burburinhos dos outros alunos. O que tinha feito de errado? Seria castigado por perder seu livro de geografia? Era algum crime que ele não sabia?

Sentou na cadeira em frente ao diretor, assim que entrou na sala dele. O Seu Antônio colocou o livro em cima da mesa, mantendo o sorriso presunçoso no rosto.

— Este livro foi encontrado dentro da sala dos professores.

— Eu perdi faz alguns dias — Daniel contou, com a testa franzida.

— Foi achado dentro do armário onde deveriam estar os gabaritos das provas do segundo ano.

— E o que eu tenho a ver com isso? — O garoto mexeu os ombros, confuso.

O diretor fez uma careta, nervoso.

— Os gabaritos sumiram, garoto. Não finja que não sabe o que aconteceu!

— O quê?

Daniel ficou na ponta da cadeira, ainda mais confuso do que antes.

— O alarme foi disparado no domingo de tarde, e o zelador informou que no sábado estava tudo certo com a sala dos professores.

O homem apontou o dedo para o garoto, que olhava para ele, perdido.

— O senhor acha que eu deixaria meu livro dentro da gaveta se eu fosse roubar as provas? — Daniel perguntou assustado.

Era possível que estivesse sendo acusado desse jeito? De ladrão e de burro?

— Então você roubou?

— Não, de jeito nenhum! Eu tava bem longe daqui no domingo. — Mexeu nos cabelos, lembrando que tinha passado o dia dentro do carro de Bruno. E que não estava sozinho.

— No domingo à tarde? E você tem algum álibi? Porque isso é coisa séria — o diretor perguntou, e o garoto concordou.

Algum tempo depois, o zelador bateu na porta da outra turma do segundo ano, procurando por Amanda. Ela tinha acabado de terminar sua prova e o professor de química liberou a menina, que se levantou confusa, caminhando entre as carteiras até o corredor.

— O diretor tá te chamando na sala dele, vem comigo — o zelador disse, simpático.

Amanda concordou, percebendo alguns alunos passarem por eles, curiosos. Ela ficou com vergonha. Nunca tinha ido para a sala do diretor desse jeito, o que será que tinha acontecido? Tinha feito algo de errado? Será que tinha zerado uma das provas?

Colocou o cabelo atrás da orelha, se sentindo ansiosa. Quando se aproximou da sala do diretor, viu Daniel sair lá de dentro, sério, com a testa franzida. Os dois se entreolharam, confusos.

— Amanda?

Ao ouvir seu nome, ela desviou o olhar do garoto e entrou na sala em frente. Viu duas meninas do terceiro ano lá dentro, sentadas na frente do diretor. Ele indicou a terceira cadeira, e Amanda ficou ainda mais confusa. Já tinha visto aquelas duas antes na pizzaria a que sempre iam e que tinha ido com Daniel algum tempo atrás.

Elas encararam Amanda de cima a baixo.

— Ela não estava com ele, não. Ele tava sozinho, eu tenho certeza — uma delas disse, olhando para o diretor.

O homem fez um barulho estranho com a boca.

— A gente ia notar se a garota popular do segundo ano tivesse junto. — A outra riu, irônica.

— Mas, de acordo com o que você disse, Joana — ele falou, lendo de um bloco de anotações —, Daniel Marques foi até a pizzaria no último domingo depois das seis da tarde. O alarme já tinha tocado há bastante tempo na escola.

Amanda franziu a testa, roendo as unhas.

Ele tinha dito no último domingo?

— Então você, mocinha, pode confirmar que estava com Daniel Marques durante a tarde? — o diretor perguntou, sério.

Amanda olhou para as duas garotas, que seguravam o riso, cochichando entre si. Que vergonha, tinha sido tirada da sala de aula para isso?

Pensou no que ia dizer. Gaguejou um pouco, vendo uma delas revirar os olhos na sua direção.

— Não. Eu... — Amanda tossiu, sentindo a garganta seca. — Eu não estava com o Daniel no domingo. Ou em qualquer outro dia. Eu não vejo o Daniel fora da escola, não sei de onde tiraram isso.

Tentou parecer tranquila, mas sabia que estava tremendo. Não ia dizer que tinha saído com o garoto para depois as duas espalharem a fofoca pela escola e a história acabar chegando em Guiga, por exemplo. Tinha passado pouco tempo com Daniel, de qualquer forma. Não sabia o que ele tinha feito, mas não podia suportar garotas mais velhas rindo dela daquele jeito.

O diretor concordou, parecendo aliviado e satisfeito com a situação. Liberou as duas garotas mais velhas e pediu a Amanda que esperasse, porque tinha um documento que precisava levar para casa e entregar à sua mãe.

Quando Amanda saiu da sala, minutos depois, o corredor estava cheio de alunos curiosos, falando alto. Ela segurou firme o envelope nas mãos, ainda confusa com toda a situação, envergonhada de ter passado aperto na frente de outras garotas daquele jeito. Viu Guiga se aproximar dela, com Maya logo atrás. As duas pareciam afobadas.

— Você ouviu o que estão falando?

— Eu acabei de sair da sala do diretor — Amanda disse, caminhando junto das duas amigas.

Os alunos pareciam estar olhando na direção delas, fofocando, falando baixo enquanto passavam. Amanda ficou incomodada. Era seu pior pesadelo. Viu, logo à frente, João e outros garotos do time de basquete, com Breno do lado, conversando com a tal Joana, uma das meninas que trabalhavam na pizzaria. Eles olharam Amanda passando, rindo juntos, balançando a cabeça.

Ela entrou no banheiro com Guiga e Maya, sentindo o coração disparado e as mãos trêmulas.

— Você tá bem? — Maya perguntou, preocupada.

Amanda concordou, abrindo a torneira.

— O que tá acontecendo? Eu tô ficando doida ou tá todo mundo realmente olhando pra mim de um jeito diferente?

— A maior história, amiga! — Guiga se apoiou na pia ao lado dela, com os olhos meio arregalados. Cruzou os braços. — Eu nunca imaginei, cara, que o Daniel seria capaz de fazer tudo isso e ainda inventar a maior fofoca de todas.

— Tá tudo realmente muito esquisito — Maya disse, confusa.

— As pessoas tão dizendo que Daniel roubou as provas do segundo ano e que ainda mentiu, dizendo que estava com você na hora. — Guiga pareceu decepcionada. — Eu nunca achei que ele seria capaz, nem sei o que dizer.

— E o João tá falando lá fora, pra todo mundo, que você contou a verdade pro diretor, que não estava com ele, nada. — Maya balançou a cabeça. — Esse garoto, ultimamente, tá mais estranho do que o normal. Falaram que ele passou o dia todo superbêbado ontem na sorveteria!

— Ele tá realmente outra pessoa. Sempre foi tão bonzinho — Guiga concordou.

Amanda desligou a torneira depois de molhar o rosto, tentando absorver o que tinha ouvido. Olhou assustada para as amigas.

— O que vocês disseram sobre as provas?

— Você tá bem? — Maya perguntou, segurando no ombro de Amanda, que estava pálida e sem ar.

— O que o Daniel tem a ver com as provas? — quase gritou, desesperada.

— João falou que ele pode ser expulso, imagina só que horror?

Ouviram um grupo de meninas entrarem no banheiro.

— Vai ser bem feito, ele e o grupinho dele tem cara de que ia roubar para tirar nota alta, com toda certeza!

— É injusto com a gente, que estudou tanto!

— Espero mesmo que ele seja expulso — uma delas disse, e Amanda sentiu os joelhos cederem e a visão ficar turva de repente.

> "'Cause your words are like bullets and
> I'm the way your weapons aim"
> (Lies – McFLY)

quarenta e quatro

Amanda piscou os olhos devagar, sentindo a cabeça dolorida. A visão ainda estava turva, e ela, aos poucos, ouvia melhor as vozes no fundo. Passou a mão no rosto, percebendo que estava sentada no chão com as costas na parede gelada. Piscou novamente e conseguiu ver Anna agachada na sua frente.

— Acho que ela acordou.

— Será que é melhor a gente chamar algum professor? — Guiga perguntou. Amanda, ainda confusa, balançou a cabeça de leve, negando. — Você tá bem?

Ela concordou, tentando se levantar. As amigas ajudaram, e Amanda, assim que se apoiou na pia e encarou seu reflexo, se lembrou do que tinha acontecido. Arregalou os olhos.

— Cadê o Daniel? — perguntou.

Maya deu de ombros, parada na porta do banheiro.

— Eu sei lá, a gente só colocou pra fora quem tava aqui pra esperar você ficar melhor.

— Eu preciso falar com o diretor — Amanda disse com determinação. — Daniel não roubou essas provas, ele tava comigo no domingo de tarde.

— Como é? — Carol descruzou os braços com a voz alterada.

— Se ele tava com você, por que você disse pro diretor que... — Maya parecia confusa, como Guiga e Carol.

Anna abaixou a cabeça.

— Então ele realmente não roubou as provas da sala dos professores? — perguntou.

Amanda negou.

— Ele não faria isso.

— Eu tô mais preocupada aqui é com o fato de você confirmar a fofoca que estão fazendo lá no corredor e que eu achei que era mentira — Carol falava enquanto gesticulava, nervosa. — Eu te defendi, eu falei pro Breno que Daniel estava mentindo, não você.

— Carol... — Amanda mordeu o lábio vendo a expressão de decepção da amiga.

— Vocês estavam saindo, é isso?

— Pior que, parando pra pensar, faz todo sentido. Vocês ficaram muito próximos depois da aula de artes, e o que a gente mais ouviu por aí foi que o Daniel gostava de você. — Maya balançou a cabeça — O que a gente já sabia há anos. Só não entendi por que não confiou na gente, amiga.

Amanda respirou fundo, tentando se acalmar, e contou um resumo dos últimos meses, olhando o tempo todo para a porta do banheiro. Queria poder explicar melhor às amigas, mas também queria sair correndo e procurar Daniel, saber como ele estava e convencer o diretor de que ela era a mentirosa daquela situação.

— Por que você não disse nada? — Guiga perguntou, com a testa franzida, depois de ouvir partes da história. Carol parecia espantada com a notícia, e Maya continuou repetindo que fazia bastante sentido. Guiga olhou para Anna.

— Você sabia desde o começo?

— Eu fui descobrindo as coisas, até a Amanda não ter mais como negar.

— Me desculpa, Guiga. Desculpa, gente — Amanda disse com a voz chorosa.

Guiga se aproximou mais dela, encostando em seu ombro.

— Tá tudo bem, todo mundo aqui tem seus segredos.

— Como é que você parece tão calma, Guiga? Eu fiquei com o Daniel! A gente tava saindo junto esse tempo todo! Eu sou uma péssima amiga! — Amanda sentiu os olhos se encherem de lágrimas.

— Uma amiga com mau gosto pra homens? Sim. Mas você não é péssima — Maya respondeu, e Guiga concordou.

— Eu me lembro da gente no nono ano, ele sempre pareceu gostar muito de você e...

Amanda ficou ainda mais confusa ouvindo Guiga falar. Olhou para Anna com a testa franzida.

— E? — Anna perguntou, curiosa.

Guiga deu de ombros.

— E o quê?

— Você não tá brava comigo? Decepcionada? — Amanda continuou, tentando entender. — Você tem todo o direito de me odiar e nunca mais falar comigo!

— Por que só a Guiga tem esse direito? Eu também tô decepcionada. — Carol estendeu o dedo na direção de Amanda. — Eu entendo não querer que as pessoas soubessem, seria suicídio social... Você lembra o que aconteceu comigo quando ficaram sabendo que eu tinha saído com Bruno.

— Não aconteceu nada com você, ninguém liga — Maya respondeu, sendo ignorada pela amiga.

— Mas esconder isso da gente é sacanagem! — Carol terminou seu discurso ainda com o dedo indicador no ar.

Amanda olhava dela para Guiga, pensando que alguma coisa ali não estava certa.

— Por que eu iria te odiar, amiga? — Guiga perguntou, ainda com a mão no ombro dela. Amanda piscou, balançando a cabeça. — Eu entendo que é uma situação delicada porque as pessoas esperam alguma coisa da gente. Mas eu não tô decepcionada contigo.

— Não? — Anna perguntou baixinho.

Guiga negou.

— Claro que não, ela seria hipócrita, né? — Carol cruzou os braços novamente.

Amanda continuava calada, olhando entre as amigas, confusa.

— Porque ela gosta do Daniel, certo? — Amanda perguntou, encarando Guiga. — Eu traí sua confiança.

— Eu gosto do Daniel? — A garota arregalou os olhos.

— Do Daniel? — Carol deu uma risada. — A gente tá falando da mesma pessoa aqui?

— Eu tô muito confusa. — Maya voltou a se apoiar na porta do banheiro.

— Calma. Como assim eu gosto do Daniel? — Guiga soltou uma risadinha. — Eu te falei que tava tendo problemas com meus pais porque tava a fim do Fred.

— Do Fred? — Amanda pareceu chocada. — Você nunca falou do Fred.

— Claro que falei, várias vezes! Tem E e D no nome, lembra? Como pode ser o Dan... Ah... — Guiga arregalou os olhos, entendendo a confusão.

Amanda tossiu, engasgando com a própria saliva.

— Você achava que a Guiga tava apaixonada pelo Daniel Marques? Por isso não contou nada pra gente? — Maya tampou a boca, impressionada.

Aquilo ali, sim, era uma boa fofoca.

— Eu sou muito burra — Amanda resmungou, ficando agachada e cobrindo o rosto com as mãos.

— Eu sabia que isso não fazia muito sentido. A Guiga nunca nem olhou pro Daniel — Anna respondeu, batendo palmas. — Se vocês tivessem conversado...

— A gente conversou! Eu desabafei tudo pra ela, porque a gente tinha um histórico de se apaixonar pelos perdedores! — Guiga deu de ombros. — Eu achei que era óbvio que eu tava confusa sobre o Fred!

— Vocês estão completamente malucas! — Carol continuava rindo, como se tivesse perdido a cabeça.

— Eu sou muito, muito burra. — Amanda sentiu a respiração ficar entrecortada e começou a chorar. Guiga e Anna se abaixaram na frente dela. — Eu fiz tudo errado.

— Bom, e pelo visto não vai dar tempo de consertar um dos problemas — Maya comentou, com a porta do banheiro ligeiramente aberta, ouvindo as conversas altas no corredor.

De repente, deu passagem para Kevin entrar escondido onde estavam, fechando a porta novamente. O garoto olhou para Amanda, agachada no chão, e correu até a amiga.

— Você tá bem? Fred acabou de me contar que Daniel foi suspenso e vai perder todas as últimas provas. Ele pode até repetir de ano! O que diabos aconteceu?

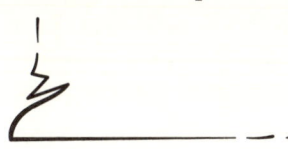

— O senhor não tá entendendo — Amanda repetiu, de pé, na sala do diretor algum tempo depois. O Seu Antônio estava sentado do outro lado da mesa, de braços cruzados e com os óculos de grau na ponta do nariz. Fred estava na cadeira ao lado de Amanda, em silêncio. — O Daniel Marques não fez nada.

— Foi você quem roubou as provas? — ele perguntou.

— Não. — A garota fechou os olhos com força. — Mas eu menti dizendo que não estava com ele no domingo.

O diretor olhou de forma incrédula para Amanda, com uma expressão cansada.

— E quem garante que você não está mentindo agora? — perguntou, levantando uma sobrancelha.

— Eu tava no carro com ele. — Ela gesticulava sem parar. — Tava chovendo e ele me levou na casa de uma amiga. O senhor precisa acreditar em mim!

— E para onde vocês foram?

— Pra nenhum lugar. A gente só passeou dentro do carro.

Não queria soar derrotada, mas tinha mais expectativas do diretor acreditar nela de primeira.

— Então ninguém viu vocês dois no carro.

O homem coçou os olhos, suspirando alto. Encarou Fred, que parecia pensativo.

— O Daniel não roubaria as provas, Seu Antônio. Eu te dou a minha palavra — o garoto disse.

— Esse grupinho do segundo ano é uma junção de delinquentes! Eu não consigo pensar em outros alunos que fariam uma bagunça dessas. — O diretor pareceu firme.

Fred balançou a cabeça.

— Eu tenho suspeitas de quem tinha motivação pra tentar incriminar o Daniel. O que não faltou foi ameaça!

— Fred, não tem muito o que eu possa fazer agora pelo seu amiguinho — o diretor falou, apoiando os cotovelos na mesa, vendo Amanda chorar copiosamente. — Eu agradeço por ter vindo falar a verdade, então vou analisar a situação.

— Foi tudo culpa minha, ele não pode ser suspenso e perder as provas por isso — ela dizia entre soluços.

O diretor concordou, preocupado.

— Eu prometo conversar com o conselho escolar e descobrir o que podemos fazer em relação às provas e à permanência dele no colégio no ano que vem. No momento... — Ele suspirou. — Os documentos já foram assinados. Eu sinto muito, queridos.

Fred se levantou de repente, agradecendo a oportunidade por deixar Amanda falar, mesmo que o dia do diretor estivesse sendo uma loucura. Virou de costas para a garota, sem olhar diretamente para ela, e saiu da sala. Amanda também agradeceu e o seguiu.

— Fred, deixa eu te explicar...

— Amanda, eu não quero saber. Não hoje — ele disse, sem se virar para trás, andando pelo corredor, que ainda estava cheio de gente, mesmo que o horário de aula tivesse terminado.

Todo mundo parou o que estava fazendo para encarar os dois. Amanda mordeu o lábio, deixando que Fred sumisse entre os alunos, e se aproximou de onde Kevin estava com suas amigas.

— O Breno e o João ajudaram a espalhar a fofoca de que você mentiu para o diretor. Eu não acredito que o meu amigo está do lado daqueles idiotas do basquete. Quando a gente acha que conhece alguém... — Kevin disse quando Amanda parou ao seu lado, de cabeça baixa.

A garota puxou o celular, notando que estava sem bateria, e pediu o de Anna emprestado.

— Você tem o número do Caio, não tem? Eu preciso ligar pra eles, falar com o Daniel.

— Eu vou pra casa, a gente não vai ganhar nada ficando aqui com todo mundo urubuzando — Carol explicou, mexendo na bolsa, e entregou seu celular para Amanda. — Me devolve amanhã. Tem o número do Bruno salvo aí.

— Eu sabia! — Maya exclamou, e a amiga mostrou o dedo do meio para ela.

— Não começa, *doce de coco* — respondeu de forma irônica.

Amanda, com o celular de Carol na mão, tentou ligar para Bruno, mas a ligação chamou até cair sem ninguém atender. Mexia as pernas, ansiosa, sem conseguir pensar direito com tanta gente em volta olhando para ela e cochichando.

— Eu preciso sair daqui — disse. — O diretor prometeu que falaria com o conselho, e eu espero muito que ele possa reverter o que aconteceu.

— Quer companhia, pra não ficar sozinha? — Guiga perguntou, e Amanda ficou pensativa, ainda apertando o celular nas mãos.

— Acho que vou pra casa do Bruno. Preciso pedir desculpas pro Daniel. Eu não consigo imaginar o que ele deve estar sentindo.

Amanda observou o redor com os olhos cheios de lágrimas. Maya pigarreou, mostrando o próprio celular para a amiga.

— Rafael me disse que o Bruno disse que o Daniel disse que não quer ver ninguém hoje. É melhor esperar, talvez o diretor consiga mudar a situação, e você vai estar com a cabeça mais fria.

Amanda concordou, limpando as lágrimas da bochecha.

— Você vai lá pra casa hoje, não vai ficar sozinha. — Anna encostou no ombro da amiga. — A gente liga pra sua mãe de lá.

— Amanhã as coisas vão estar melhores. — Guiga concordou.

— Eu levo vocês em casa. Mas não me deixa ver o Breno na rua, porque é capaz de eu perder o meu réu primário.

Kevin saiu andando em direção à porta da escola com as amigas atrás.

Não foi uma semana fácil para Amanda. Nada tinha ficado melhor, muito pelo contrário. Não importava quanto ela tentasse ligar para Daniel, ele não atendia nem respondia às suas mensagens. As pessoas na escola pareciam confusas com o que tinha acontecido, mas Amanda ainda era o alvo dos comentários. O garoto perdedor e bagunceiro do segundo ano, que tinha uma quedinha pela popular, roubou o gabarito das provas e tentou mentir para não perder as provas: essa parte era fato, ninguém discutia. Era como se não fosse difícil acreditar. A garota popular do segundo ano ter saído com um dos perdedores, nerds e esquisitos, e ter mentido para o diretor, causando a suspensão do garoto que na verdade era inocente? Isso, sim, era novidade.

Amanda tinha certeza de que todo mundo olhava para ela quando passava, e não de um jeito bom. As unhas estavam roídas, ela não tinha vontade de se arrumar e só queria ser invisível. O que estavam falando? Como o fato de ela estar com Daniel parecia pior para todo mundo do que o garoto ter sido suspenso e perder as provas?

Bruno também não tinha atendido às suas ligações. Amanda estava certa de que o amigo tinha fingido não estar em casa quando ela foi bater lá, mas não podia fazer muito mais do que dar espaço para todo mundo se acalmar, considerando que ainda estavam em plena semana de provas.

Na sexta-feira, decidiu esperar por Bruno na entrada da escola. Quando o garoto apareceu com Rafael, Amanda se desencostou do muro e caminhou até eles.

— Posso falar com você? — perguntou, assim que parou na frente dos dois.

— Você quer ter essa conversa na frente de todo mundo? — Bruno olhou para os lados.

Não tinha muita gente na porta da escola, mas todo mundo que estava por ali com certeza olhava para eles.

Amanda reparou que o amigo estava parecendo sem energia, com olheiras enormes e os cabelos sujos debaixo do boné. Rafael, ao lado dele, usava um moletom enorme que cobria quase o corpo inteiro, parecendo um personagem de desenho. Ele ficou imóvel ao lado de Bruno, sem olhar para Amanda.

— Eu só quero ter alguma conversa. Você não pode me ignorar pra sempre — ela disse.

— Eu sei que você não fez de propósito. — Bruno respirou fundo, falando baixo. — Eu sei que gosta dele, que as coisas não estavam fáceis. Não sou idiota.

Amanda encarou o amigo, sentindo os olhos cheios de lágrimas. Abaixou o rosto, pedindo desculpas e, sem esperar, foi abraçada pelo amigo, que a apertou.

— Eu também sinto muito que tudo isso tenha acontecido, Amandinha — Bruno falou com o queixo apoiado no topo da cabeça dela. Ela fungou. — Essa coisa de populares e de perdedores, essa dinâmica, tudo isso precisa acabar. Chegou longe demais.

Ela assentiu, ainda abraçada a ele.

— De que vale ser popular e andar com os idiotas do time titular de basquete...?

— Não é titular, só tem um time na cidade — Rafael comentou ao lado deles.

Bruno sorriu de leve e se corrigiu:

— ... os idiotas do único time de basquete da cidade, se a vida das outras pessoas vira um inferno?

— Eles são horríveis — Amanda respondeu.

Bruno concordou, se afastando do abraço. Amanda ficava triste por notar que o amigo, com dezessete anos, parecia tão mais velho e cansado do que deveria.

— Mas a gente também foi, desde o nono ano — completou ela.

— Eu preciso entrar agora, a gente se fala depois.

Os dois saíram andando para dentro da escola. Amanda ficou parada, passando a manga do moletom no rosto, quando percebeu Rafael voltar até ela. O garoto se aproximou, puxou um pouco o capuz para trás e encarou Amanda de perto.

— Daniel vai ficar na casa dele sozinho hoje. Não conta pro Bruno que eu te falei, porque ele vai me matar e me jogar do barranco do morrinho de novo.

Amanda tentou ligar mais uma vez, mas o celular de Daniel deu que estava desligado ou fora de área. Anna parou o carro em frente à casa do garoto e espiou, curiosa. Apesar de estar no final do dia, a rua estava bastante iluminada.

— Eu tô com medo de ele não atender a porta — Amanda disse, ainda sentada no banco do carona.

— Você já tentou de tudo. Se ele não quiser te ouvir vai estar no direito dele, né? O diretor confirmou que não tinha o que fazer até o ano que vem. — Anna apontou para a casa, elogiando como era bonita, mesmo com o jardim descuidado. — A minha mãe me pediu para passar rapidinho no mercado, já que peguei o carro. Qualquer coisa me liga?

Amanda concordou, saindo e se equilibrando no meio-fio do lado de fora. Andou lentamente até a porta, sentindo o corpo inteiro tremer e não era de frio, apesar de o vento estar gelado. Seus joelhos pareciam bambos, e os dentes machucavam os lábios de tanto que mordiam. Ela respirou fundo, balançando a cabeça e tocando a campainha.

Estava tão distraída que levou um susto com a porta se abrindo. Daniel vestia uma calça xadrez de flanela e uma camiseta branca de gola V. Os cabelos estavam bagunçados, e ele estava descalço. Ficou parado, com os olhos arregalados e uma expressão confusa, encarando Amanda.

— O que você tá fazendo aqui?

— Posso entrar? — ela perguntou, falando baixo.

Estar de frente para ele depois de tantos dias e tantas noites maldormidas bagunçava o coração dela.

Daniel concordou, deixando Amanda passar e fechando a porta atrás de si mesmo. Ela caminhou, em silêncio, até o sofá que já conhecia. Lembrou-se do dia em que comeram miojo com brócolis e trocaram confissões e alguns beijos pela primeira vez. Parecia ter acontecido tanto tempo atrás.

Notou que a casa estava meio suja e que tinha algumas latinhas de cerveja jogadas, vazias, no chão. Uma caixa de pizza tinha sido largada de lado junto do violão velho que Daniel tinha dito que era emprestado da escola. Amanda não questionou.

— O que você quer?

Ouviu a voz do garoto e virou em sua direção. Ele estava parado no meio da sala com os braços cruzados e uma expressão triste no rosto. Amanda suspirou e colocou os cabelos atrás da orelha, pensando por onde começar. Tinha ensaiado o que ia falar para ele a semana inteira, mas agora parecia que não lembrava nem o próprio nome.

— Eu vim te pedir desculpas — ela disse.

Ele piscou lentamente, assentindo.

— Eu nem assimilei ainda tudo que aconteceu — o garoto respondeu. — Você, em algum momento, realmente me amou? Durante esse tempo todo?

Amanda sentiu as lágrimas descerem pelo rosto e os lábios tremerem.

— Muito. Todos os dias, desde o nono ano.

Daniel não conseguia tirar os olhos dela, mas sua expressão continuava triste.

— Eu nunca te fiz mal, o negócio da Rebeca, eu...

— Você nunca me fez mal. Muito pelo contrário. — Amanda deu um passo para a frente, na direção dele, no automático. Quando percebeu, se afastou de novo, envergonhada. — Eu fiquei tão feliz do seu lado que acabei questionando todas as escolhas que já fiz. A culpa é todinha minha. Eu fiz tudo errado com medo de fazer tudo errado!

— Eu não consigo sentir raiva, só tô muito triste — Daniel respondeu, fungando e coçando o nariz, que estava vermelho. — Meu coração parece que vai explodir.

— Me perdoa. Eu fui tão egoísta. — A garota abaixou o rosto, chorando na manga do moletom. — E burra. Porque achei que tava protegendo minha amiga ficando longe de você. Eu nem ouvia o que ela dizia, eu só assumi tudo errado.

— A Guiga? — ele perguntou, e Amanda concordou.

— Ela gosta do Fred — os dois disseram juntos. Ficaram se encarando, até Amanda voltar a falar:

— Todo mundo percebeu, menos eu! Eu me sentia culpada por estar tão feliz, enquanto ela, minha mãe, Carol, sei lá, pareciam tristes. Era injusto que só eu estivesse feliz! E achei que eu fosse perder a minha amiga. E tinha todo o negócio do Alberto... — falava sem parar.

— Eu sei que ele tava te ameaçando, eu devia ter dado mais atenção pra isso. — Daniel colocou as mãos nos bolsos da calça xadrez.

— Ele passou essa semana tentando falar comigo, ele é uma pessoa horrível e eu tive muito, muito medo do que ele podia fazer contigo. — Amanda mexeu os ombros, olhando para o chão. — E, no fim, fui eu que te fiz mal.

— Eu ainda tô muito confuso com tudo isso. Você podia só ter me dito, tipo: "Oi, minha amiga gosta de você, não podemos ficar juntos."

— Eu achei que precisava proteger ela.

— Eu queria que você tivesse me protegido.

— Eu devia ter feito isso.

Daniel sentiu os olhos encherem de lágrimas. Amanda cobriu o rosto com as mãos, sem conseguir encará-lo.

— Me desculpa. Se eu pudesse voltar no tempo, faria tudo diferente.

— Como o Marty McFly — ele disse, rouco.

Ela completou:

— Não naquele primeiro filme, talvez igual ao do terceiro? — falou, sem querer, deixando um sorriso escapar.

Daniel fez o mesmo, soltando uma risada anasalada.

— O terceiro filme é irado.

Os dois ficaram em silêncio, se encarando.

— A parte boa de tudo que aconteceu é que eu não precisei fazer as provas.

— Daniel! — a garota exclamou, indignada.

A conversa dos dois foi interrompida pela porta da casa dele sendo aberta. Bruno entrou como um furacão e parou no meio da sala, olhando para os dois amigos.

— Você precisa ir embora, Amanda. Anna tá te esperando lá fora.

Ela concordou, pedindo desculpas novamente, sem conseguir encarar Daniel. Abaixou a cabeça e saiu andando em direção à porta. Quando viu que a garota já tinha saído, Bruno cruzou os braços, vendo Daniel sentar no chão, chorando.

— Você vai poder voltar no ano que vem pra escola, pro terceiro ano. O diretor falou que você vai ser aprovado a partir da sua média geral, não é? Vai dar tudo certo, eu te prometo — ele disse, e Daniel levantou o rosto.

— Eu quero fazer o show de amanhã, Bruno. Nem que seja o último da Scotty.

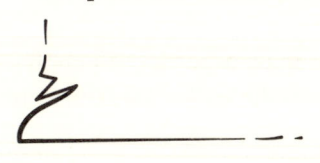

— Quando você vai pro Canadá? — Caio perguntou, ajeitando a guitarra no ombro, dentro do estúdio de ensaio da banda na casa de Bruno.

— Amanhã cedo.

Rafael deixou um gemido triste escapar.

— Eu vou sentir falta da sua voz irritante e do drama que você faz por qualquer coisa! — ele choramingou, fazendo Daniel sorrir.

— Você é meu amigo ou meu hater?

A porta do estúdio foi aberta, e Fred entrou, encarando os quatro com uma cara de cansado.

— Foi o Alberto — ele disse, colocando as mãos na cintura. — A Susana ouviu de uma amiga que ouviu de uma amiga que ouviu do João quando ele tava bêbado. Eu tenho certeza de que foi coisa do Alberto. Avisei ao diretor e também falei das merdas que ele fez com a Amanda: do bullying, da ameaça, tudo. Pode ser que não dê em nada, os pais deles são influentes, mas todo mundo vai ficar sabendo.

— Ele já vai terminar o terceiro ano e se formar, e eu espero que o pai dele faça o que todo pai rico faz, que é mandar o filho para um ano sabático na puta que pariu — Bruno respondeu.

Caio concordou, olhando para Daniel, que pareceu pensativo.

— Você tem certeza de que quer tocar hoje? A gente pode só ficar em casa, tá tudo bem.

— Eu quero, eu preciso fazer isso. — Daniel encarou Bruno com a testa franzida. — Você mandou mensagem pra Amanda?

— Mandei, mas não concordo muito com a sua ideia.

— Você nunca concorda com as nossas ideias. Esse recalque por ser o baterista e ficar no fundo do palco já não cola mais! — Rafael disse, rindo, e Bruno mostrou o dedo do meio para o amigo. — Eu tô contigo, Daniel! Toco o que você pedir.

— Obrigado, cara. — Daniel sorriu.

— Seu pai tá melhor? — Fred perguntou, sentando no canto do estúdio e pedindo para ouvir a música que eles iam tocar no grande plano que tinham bolado.

— Tá bem melhor, pelo visto. Minha mãe nem ficou tãaaao brava por eu ter sido suspenso! Ela acha que a escola que se enrolou!

— Ela já tinha imaginado que isso ia acontecer uma hora ou outra — Bruno disse, começando o ritmo da música na bateria.

Daniel deu de ombros, se sentindo um pouco mais esperançoso enquanto ouvia os amigos tocando juntos. Não seria fácil, mas ele sabia que ia ficar tudo bem.

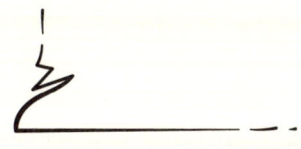

Anna estava se maquiando sentada no chão do quarto de Amanda, quando ela saiu de repente do banheiro, eufórica, e começou a tirar algumas coisas do armário. Encontrou a caixa que estava procurando e sentou ao lado da amiga.

— O que é tudo isso? — Anna perguntou.

Amanda tirou algumas fotos e pequenos objetos da sua caixa de recordações.

— Vai soar esquisito, mas eu passei a madrugada pensando... — Ela puxou alguns dos bilhetes de Daniel do fundo, abrindo os papéis no chão na frente delas. — Eu tenho certeza de que tá por aqui...

— Você guardou tudo isso? — Anna arregalou os olhos, impressionada.

Amanda pegou uma folha rabiscada com a letra de Daniel e leu para a amiga:

— *Porque você é a rainha da beleza e o tempo passa diante de mim. Fico só imaginando quem foi que te deixou assim.*

— Uma rima meio fraca, o que tem? — Anna continuou mexendo nas fotos antigas, sem prestar muita atenção.

— Ele escreveu isso pra mim no nono ano.

— E?

— E é parte da música da Scotty que a Maya gosta. Não é a mesma frase?

Amanda cantarolou um pouco o ritmo que se lembrava de uma das músicas que a banda tinha tocado na escola em um dos primeiros shows e de novo há pouco tempo. Maya, por algum motivo, tinha decorado o trecho e ficava repetindo o tempo todo. Anna franziu a testa, confusa.

— Mas não faria sentido ser a mesma frase.

— Eu sempre achei meio assustador como esses garotos da Scotty agiam... — Amanda continuou, tentando construir sua teoria.

— Eles usam máscaras de filme de terror — Anna comentou, não entendeu a relação.

— Não isso, era assustador eles sempre tocarem músicas que pareciam ter a ver comigo. Uma vez falaram de miojo, e eu tinha comido miojo na casa do Daniel! E mencionaram nomes escritos na areia. São coisas muito específicas.

— Isso é estranho, mas você não acha que...

— Sei lá, eu preciso perguntar pra Maya exatamente como era a letra que ela decorou, porque eu posso só estar ficando doida. Daniel não mentiria sobre isso pra mim, né?

— É sempre uma possibilidade. — Anna concordou, sorrindo. — Mas não acho que os marotos seriam capazes de guardar um segredo desses da gente por tanto tempo.

— Eu não sei, fiquei tão obcecada com meus problemas que já percebi que não prestei atenção em mais nada! — Amanda suspirou, encarando o celular que estava em cima da cama.

— O Bruno te respondeu depois daquela mensagem mais cedo?

Anna voltou a passar maquiagem, pensativa. Lembrou-se de como Caio agiu quando estavam compondo e ensaiando para o trabalho da aula de artes. Ele entendia de música, tocava piano muito bem e Anna tinha percebido que forçava a voz para parecer mais fraca do que ela sabia que era. Será que essa teoria maluca da Amanda era verdade?

— Aham. Mas tudo que ele falou era que eu precisava ir no baile hoje de noite e que quer falar comigo. Pareceu bem sério, ele colocou pontuação e tudo.

— Se te consola, Guiga disse que mandou o Breno à merda, e ele ficou tão chocado por alguém dar um fora nele que inventou um campeonato de natação em São Paulo pra não ir hoje na festa. — Anna deu uma risada, vendo Amanda sorrir um pouco. — Kevin disse que é mentira, não tem mais campeonato esse ano. Fim de carreira total.

Ouviram uma buzina do lado de fora e as duas se entreolharam com os olhos arregalados.

— Ele já chegou? Vou ter que passar o resto da maquiagem no carro!

Anna levantou correndo, colocou algumas coisas na bolsa e ajudou Amanda a fechar o vestido branco que estava usando. Saíram com os sapatos nas mãos, berrando para a mãe de Amanda, deixando o quarto uma completa bagunça.

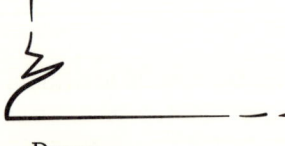

— Droga.

Daniel entrou na minivan da mãe de Caio, xingando.

— Que foi? — Bruno perguntou do banco da frente.

— O celular dela tá desligado! — Daniel disse.

— Você não quer parar de tentar falar com a Amanda? Já vai falar com ela hoje de noite, acho — Caio respondeu, dando partida no automóvel quando Rafael fechou a porta traseira.

— Eu falei pra ela ir, então não vai ser minha culpa se algo der errado! — Bruno reclamou.

— Você, literalmente, só tinha um trabalho! — Rafael zombou.

— Eu preciso falar logo com ela. Tá tudo aqui na minha cabeça, não quero esquecer nada.

Tentou ligar de novo e ouviu o anúncio da caixa postal mais uma vez. "Por favor, deixe sua mensagem após o sinal." Ele pensou no que fazer e decidiu, por fim, deixar um recado. Ele colocou para fora tudo que precisava dizer e se sentiu mais leve, embora ainda muito ansioso pelo resto da noite. Se as coisas dessem errado, pelo menos ele tinha falado com ela uma última vez.

> "Then I knew what she meant
> And it's not what she said
> Now I can't believe that she's gone"
> (She ~~Left~~ Me — McFLY)

quarenta e cinco

O ginásio estava lotado, como sempre. Não tinha muita decoração daquela vez, e parecia consenso geral que, em semana de provas, até o comitê responsável pelos bailes de sábado à noite devia estar superocupado.

Amanda caminhava ao lado de Kevin, sentindo o clima muito estranho. Notava que as pessoas olhavam para ela e passavam cochichando. Ouvia seu nome em sussurros, como se observassem cada passo que ela dava.

— Para com essa paranoia — Kevin disse, balançando a cabeça. — A maioria das pessoas nem se importa com o que aconteceu. Você sabe que daqui a pouco vai surgir uma nova fofoca e todo mundo vai esquecer essa história. — Ao ver uma movimentação estranha na parte externa do pátio, ele completou: — Tipo aquilo ali.

Kevin apontou para duas garotas que gritavam e se batiam. Alguém passou correndo do lado dele e de Amanda, gritando:

— É a Rebeca e a Aline?

Amanda e Kevin se entreolharam, querendo distância de qualquer coisa que envolvesse Rebeca. Viram alguns professores indo em direção ao tumulto e Maya se aproximou dos dois, fazendo careta.

— Parece que a Rebeca ouviu dizer que essa garota do primeiro ano estava falando mal do Alberto e não gostou nadinha — contou.

— Será que essa escola finalmente descobriu que ele é um idiota machista? — Kevin arregalou os olhos.

— Pra irmã dele bater em alguém do meio de todo mundo, alguma merda aconteceu — Maya confirmou, e Amanda apertou, de leve, as têmporas.

— Ela é irmã dele? O que mais eu perdi que tava debaixo do meu nariz esse tempo todo?

— Se te consola, eu achei que a irmã do Alberto já tinha se formado, ele nunca falava dela — Anna comentou, observando de longe a multidão que se dispersava.

Amanda não queria ter que lidar com aqueles dois idiotas naquela noite. Olhava para as pessoas que passavam, esperando ver o rosto de Bruno no meio dos outros alunos. Ele tinha dito que queria conversar com ela, certo? Então iria para a festa.

Esperar alguma coisa acontecer sem se desesperar não era exatamente uma qualidade de Amanda. Ficava ansiosa só de pensar no que ele diria e por que diabos tinha escolhido logo um show da Scotty para conversar.

Será que Daniel viria também?

O pensamento de poder ver o garoto fez o coração dela bater mais acelerado. Seguia os amigos entre a confusão do ginásio, sem prestar muita atenção. Estava distraída imaginando uma porção de cenários em que eles se reencontrariam, Daniel perdoaria tudo que ela fez, a pediria em namoro... ou então em que ele só ignoraria sua existência para sempre. Comentou com Anna suas incertezas, e a amiga fez uma careta, pensativa.

— Eu duvido muito que eles apareçam aqui como se nada tivesse acontecido.

Guiga e Carol se aproximaram dos amigos, conversando, com bebidas nas mãos.

— Guiga disse que vai chamar o Fred pra sair! — Carol falou, como uma fofoca, assim que o grupo olhou para elas.

Maya tampou a boca, sem acreditar.

— Não vou, nada! — Guiga explicou, rindo e empurrando a amiga de leve. — Não agora, pelo menos.

— Eu acho que a gente tem é que aproveitar, o tempo passa muito rápido. — Kevin pegou a bebida da mão dela.

Amanda encarou o garoto de forma engraçada.

— Quando é que você vai aproveitar? — perguntou.

Ele olhou de volta, sorrindo e piscando.

— Quem disse que eu não tô fazendo isso?

As amigas se entreolharam e comemoraram. Uma música de axé famosa, que não saía das rádios, começou a tocar, e as pessoas em volta dançavam em passinhos sincronizados. Amanda até tentou aprender, mas logo desistiu porque não tinha muita coordenação. Além disso, ainda estava distraída, tentando encontrar Bruno entre todo mundo que passava por eles. Procurou o celular na bolsa e se deu conta de que estava desligado. Tinha se esquecido de carregar a bateria? E agora? Como ia conseguir saber o que Bruno queria? Quando o axé terminou e uma das Pussycat Dolls começava a tocar, Amanda viu Fred se aproximando e ficou ansiosa, sem saber se perguntava para ele sobre o amigo.

Os olhares dela e o de Fred se encontraram, e ela podia jurar que ele não parecia bravo.

— O que o Alberto tá fazendo aqui? — Maya perguntou entre a roda de amigos, fazendo Amanda tirar os olhos de Fred e pousar no jogador de basquete, que atravessava o ginásio como se fosse o rei do mundo. Fez uma careta, sem perceber.

Ele andava com alguns dos outros atletas, fazendo baderna e chamando atenção. Amanda o viu se aproximar de Fred, peitando o garoto de forma intimidadora, como sempre fazia.

Ao contrário do que Amanda imaginou, Fred não fez nenhuma brincadeira, nenhum comentário irônico, nem saiu, se afastando de Alberto. Ele estufou o peito, encarou o garoto e falou algo em voz baixa, para que só os dois pudessem ouvir. Amanda sentiu que estava prendendo a respiração quando Fred se afastou e espalmou as duas mãos nos ombros de Alberto, empurrando ele no meio de todo mundo.

Algumas pessoas soltaram exclamações e fizeram barulho, surpresos com o acontecido. Amanda levou a mão até a boca, e Maya bateu palmas.

— Ele tá realmente indo embora! — Kevin disse, apontando para Alberto, que olhava feio para os lados, saindo do ginásio com os amigos logo atrás. — Eu vou falar com o Fred, já volto.

O amigo correu entre os alunos impressionados e sumiu no meio da bagunça. Amanda e Anna se entreolharam, sem saber o que comentar. Será que a hora de Alberto finalmente tinha chegado?

Amanda sentiu um empurrão e se apoiou em Carol para não cair para a frente. Viu Susana passar por ela, olhando-a de cima a baixo com uma expressão de nojo que Amanda nunca tinha visto antes. Não para ela, pelo menos.

— Olha por onde anda, sua mentirosa — Susana disse, sem parar.

— O que deu nela? — Carol perguntou, confusa, ajudando a amiga a se ajeitar e observando o outro grupo de garotas desaparecer entre os alunos. — Tá todo mundo ficando completamente maluco?

— Eu tô amando, mas, se rolar briga, minha aposta vai para a amiga do Fred. A Amanda não tem chances. — Maya riu, bebendo algo que Guiga tinha ido buscar para elas.

— Eu sou perfeitamente capaz de bater em alguém! — Amanda respondeu, indignada observando as amigas negarem. Arrumou o cabelo, incomodada com a situação. Susana sempre tinha sido tão legal e prestativa com ela, era até estranho ser tratada daquela forma. Abaixou a cabeça, tentando disfarçar o que tinha acontecido, achando que todo mundo tinha voltado a olhar para ela como se fosse um saco de lixo esquecido no meio do ginásio.

— Viu Bruno ou Daniel por aí? — Anna perguntou para a amiga, se aproximando.

Amanda levantou o rosto, negando.

— Eu acho que ele deve ter desistido de falar comigo — respondeu, suspirando. — Mas eu queria que o Daniel tivesse vindo.

— Pelo menos o show da Scotty vai começar. Você perguntou pra Maya sobre sua dúvida da música deles? — Anna franziu a testa, pensativa.

Amanda olhou para a garota, negando.

— Nem pensei mais nisso. É impossível que as coisas estejam conectadas.

— Não sei... — Anna cruzou os braços, vendo o professor de matemática subir no palco e anunciar o show da banda. As cortinas se abriram e os quatro garotos apareceram, recebendo aplausos e comemoração dos alunos. Anna não conseguia tirar o olho deles. — Talvez...

Amanda tentou ouvir o que a amiga dizia, mas o barulho no ginásio era alto demais. Olhou para o palco, sentindo um arrepio subir até a nuca ao encarar a banda mascarada com seus instrumentos. Alguma coisa parecia diferente.

De frente para o microfone, com a guitarra ajustada nos ombros, Daniel olhou para Amanda no meio da multidão. Queria guardar sua imagem daquele jeito, linda, encantada por vê-lo ali em cima. Eles provavelmente demorariam para se reencontrar, e quem sabe o que poderia estar diferente até lá? Tantas coisas mudaram em tão pouco tempo. Quem imaginava que ele estaria naquela situação depois de ter ficado com a garota de seus sonhos, depois de tantos anos?

Caio cutucou o amigo, chamando-o de volta para a realidade. Daniel colocou a palheta na boca e respirou fundo, cumprimentando os outros três que estavam ao lado dele no palco. Era agora ou nunca.

— Tem certeza, cara? — Rafael perguntou, enquanto apertava a mão do amigo.

Daniel concordou.

— A Scotty não existe sem o Daniel, a gente não tem mais o que esconder — Caio respondeu, voltando para a frente do seu microfone, sorrindo.

Os outros dois sorriram também, vendo Bruno levantar as baquetas, preparado para começar a música.

— Eu vou voltar logo, gente. Juro que vou. — Daniel piscou, passando a palheta entre os cabos da guitarra, fazendo um barulho alto para chamar a atenção do público.

Olhou para Amanda, que estava um pouco mais à frente, entre várias pessoas. Sentiu o coração batendo como na primeira vez que tinha visto a garota, anos atrás. Seus olhos encheram de lágrimas emocionadas, e ele sabia que acabaria borrando a maquiagem branca que tinha passado de qualquer jeito por debaixo da máscara. Fechou os olhos, apertando as pálpebras, sentindo o rosto ficar molhado enquanto sorria e tocava as primeiras notas da música.

Amanda tinha prendido a respiração. Não conseguia olhar para mais nada além do guitarrista em cima do palco, que tocava de forma tão bonita e emotiva. Era uma balada, e ela o ouviu suspirar alto no microfone antes de começar a cantar:

Ela apareceu naquela noite e disse que não me queria mais
E antes que eu pudesse pensar no que fazer ela foi embora
Eu não fazia ideia do que tinha feito de errado
Mas agora eu preciso seguir em frente

Amanda levou uma das mãos até os lábios, tocando a boca de leve, sem conseguir impedir a tristeza. Parecia que estava sozinha ali no meio, mesmo que os amigos estivessem em volta, balançando a cabeça no ritmo da música. Apesar de calma e bonita, a letra era angustiante, e o guitarrista principal cantava bastante emocionado com os olhos fechados. Ele parecia um pouco rouco, mas a voz dele soava... diferente. Confortável.

Desde que ela me deixou e disse
Não se preocupe, tudo vai ficar bem
Você vai ficar bem e não precisa de mim
Eu não acreditei e acho que ela também não
Sei muito bem que ela não queria dizer aquilo
E se escondeu atrás de um sorriso, uma mentira
E agora, eu não acredito que ela me deixou

A garota soluçou, sentindo que tinha começado a chorar sem perceber. Ela conhecia aquela história. Sabia bem o que tinha dito, como tinha dito e como doía. No fim das contas, talvez não estivesse tão errada em todos aqueles sábados à noite em que pensava que as músicas da Scotty falavam sobre o que acontecia entre ela e Daniel. Ela conhecia aqueles olhos tristes que já tinha visto tantas vezes a encarando. O mesmo olhar que ela sentia, cheio de carinho e amor, desde o nono ano. De um amor que nem sabia que alguém era capaz de sentir por ela.

> *Ela me disse: não se preocupe porque você vai ficar bem*
> *Eu vou ficar bem, você não precisa de mim*
> *E então entendi tudo que ela não queria dizer*
> *E soube o que eu tinha feito de errado*
> *Agora é tarde, não acredito que ela se foi*

Amanda abaixou a cabeça, tentando fazer as lágrimas pararem de descer pelo rosto. Um solo de guitarra começou assim que o último verso da música foi cantado, e ela ouviu as pessoas à sua volta se sobressaltarem. Levantou o rosto, confusa, quando todo mundo parou de dançar. Tentou entender o que estava acontecendo, encarando o palco, onde o guitarrista principal tinha deixado o instrumento no chão e estava descendo lentamente pela escada lateral. O solo continuava a ser tocado pelo outro guitarrista mascarado, que continuava a música com o resto da banda. Amanda tentou encontrar o garoto que estava cantando, e então percebeu.

Ele estava vindo na direção dela.

O mundo parecia ter parado. As pessoas se afastavam conforme o garoto avançava pelo ginásio, confusas e chocadas com algo que nunca tinha acontecido antes. Ele estava com a máscara e o paletó escuro surrado, e andava seguro, sem olhar para os lados nem para mais ninguém. Não tirava os olhos de Amanda. Ela sentiu um sorriso se abrir no seu rosto úmido de lágrimas. Conhecia aquele olhar. Claro que conhecia.

Sentiu os joelhos tremerem quando ele parou na sua frente. Todo mundo assistia à cena que se desenrolava enquanto a música continuava. Amanda deu um passo em direção ao garoto, que fechou os olhos quando ela encostou na máscara dele, prestando atenção em cada detalhe do que via toda semana no palco e nos seus próprios sonhos. Segurou seu queixo, vendo o garoto abrir os olhos e fazer menção de tirar a máscara. Amanda encostou a mão na dele, sorrindo e se aproximando do seu rosto, falando perto de seu ouvido:

— De algum jeito muito estranho, eu sempre soube que era você — ela sussurrou e se afastou de leve, fitando os olhos dos meninos, que brilhavam. Sorriu e, novamente, levou a mão até o rosto dele, finalmente puxando a máscara que lhe cobria a pele.

Daniel mordeu o lábio, sacudindo os cabelos e se sentindo livre depois de tanto tempo. Encarou Amanda, sorrindo, e ela não conseguiu desviar os olhos de cada pedacinho do seu rosto. Mesmo com a maquiagem borrada, ele era lindo.

— Dança comigo? — o garoto convidou, estendendo a mão para a dela.

Amanda concordou, sem conseguir parar de sorrir. Ouviu o burburinho à sua volta e pensou em quanto as pessoas daquela escola estariam chocadas com o que estava acontecendo. Alguns alunos gritavam, animados, outros falavam o nome de Daniel e Amanda em voz alta, repassando a fofoca sobre o casal improvável, que dançavam juntos, bem juntinhos. Ela não se importava mais. Ele era tudo com que ela queria se preocupar naquela hora.

Sentiu a mão dele apertar sua cintura, e Amanda segurou na sua nuca, tocando de leve seus cabelos, conseguindo perceber a respiração dele bater em seu rosto. Encostou a testa na dele e viu o garoto sorrindo com os comentários que acabavam soando mais altos do que a música que ainda tocava no palco.

— É um dos perdedores?
— A garota do segundo ano?
— Aqueles moleques da escola são a Scotty?

Amanda fechou os olhos, sem conseguir conter o sorriso divertido. Conseguia imaginar a confusão de todo mundo. Ela mesma tinha medo de acordar e perceber que tudo aquilo tinha sido apenas um sonho. Sentiu o garoto beijar a ponta do nariz dela, e Amanda abriu os olhos, encarando-o de perto.

— Eu vou embora amanhã — ele sussurrou.

Ela assentiu, sentindo os olhos se encherem de água novamente. Passou as mãos no rosto do garoto, grata por ele ter revelado seu segredo e estar ali com ela.

— Então hoje à noite você é só meu — Amanda respondeu. — Me desculpa por tudo.

— Esquece isso. Eu sou o Scotty com quem você sempre sonhou. Você é a menina que eu sempre quis. Nada pode dar errado hoje.

— Eu realmente te amo — ela disse, baixinho.

Sentiu Daniel beijar seus lábios e fechou os olhos, fazendo-a suspirar e devolver os movimentos da língua na mesma intensidade. Ficou na ponta dos pés, segurando a nuca dele com força, sentindo os braços dele ao redor da sua cintura.

Desde que ela me deixou
Ela me disse: não se preocupe porque você vai ficar bem
Eu vou ficar bem, você não precisa de mim
Eu então entendi tudo que ela queria dizer
E soube que não tinha feito nada de errado
Talvez não seja tão tarde, agora eu que preciso ir

A música voltou a tocar, com outro integrante da banda no vocal. Daniel parou de beijá-la, segurando o rosto de Amanda de perto, olhando em seus olhos.

— Vamos sair daqui.

— Mas e o show? — ela perguntou quando ele pegou a sua mão.

O garoto olhou para as pessoas à sua volta, se dando conta de que todo o ginásio olhava para eles. Voltou a encarar Amanda.

— Eu não me importo com nada disso se você vier comigo.

Ela concordou, sem conseguir parar de sorrir, e seguiu Daniel para fora dali.

No palco, Caio parou de tocar e olhou para Rafael e Bruno. Tirou a própria máscara, e os amigos fizeram o mesmo, recebendo aplausos e ouvindo gritos de todo mundo que assistia à banda. Ouviu o assobio de Fred no meio da multidão. Caio encarou o microfone, sorrindo e pegando os óculos que estavam no bolso do blazer surrado.

Algumas pessoas começaram a rir com a expressão assustada que ele fez, como se estivesse vendo a quantidade de alunos no público pela primeira vez.

— A noite acabou de começar!

Rafael concordou, tirando o paletó que usava e ficando só com o suspensório e a camiseta branca. Ele levantou o braço, animado.

— A próxima música se chama "A balada de sábado à noite". Espero que estejam prontos porque o rock 'n' roll faz muito bem pra nossa alma! — gritou, ouvindo o público aplaudir.

Amanda corria atrás de Daniel, de mãos dadas. Atravessaram o estacionamento do colégio, e ela parou de repente, abaixou e tirou os sapatos de salto. Ele sorriu, e os dois voltaram a correr em direção ao carro dele, que estava estacionado ao lado da minivan de Caio. Estavam rindo, esbaforidos, sem conseguir trocar nenhuma palavra. O único som eram suas gargalhadas soltas e os gritos animados.

Minutos depois, Daniel abriu a porta e deixou que Amanda entrasse primeiro. Ela parecia estar vendo tudo como se fosse a primeira vez. Ficou parada, de costas para a porta, encarando cada detalhe da casa dele. Algumas malas e caixas estavam arrumadas perto da porta, e Amanda supôs que eram as coisas de Daniel para a viagem no dia seguinte.

Quando se virou, o garoto a puxou para perto e voltou a encostar a boca na dela. Eles se beijaram entre suspiros, e ela soltou os saltos no chão, tirando o blazer dele. Daniel chutou os tênis para longe, apertando a cintura dela e guiando a garota pela casa escura, enquanto riam entre os beijos e batiam nas caixas espalhadas tentando chegar ao quarto dele.

Amanda soltou um grito e começou a rir quando quase caiu tateando a parede em busca da cama. Daniel abriu as cortinas, deixando a luz dos postes da rua entrarem no quarto, encarando Amanda com um sorriso no rosto. Ele sacudiu o cabelo, apontando para as bochechas dela que estavam manchadas de maquiagem. A garota mexeu os ombros, sentando na cama e observando Daniel perto da janela.

— Você tá lindo assim — disse.

Ele sorriu e andou até ela, se colocando entre suas pernas e apoiando as mãos na cama. Voltaram a se beijar, ofegantes, conseguindo ver detalhes um do outro de perto mesmo no quarto pouco iluminado.

Amanda sentia o corpo todo tremer, mas não estava nervosa. Era uma sensação de euforia, como se a pele pegasse fogo sempre que Daniel encostava nela. O coração parecia bater forte na garganta, e ela sabia muito bem o que queria fazer.

Amanda se afastou um pouco, separando a boca da dele e puxando o garoto para cima da cama. Daniel ficou ajoelhado, vendo-a tirar os cabelos das costas e olhar para ele, apontando para o zíper do vestido.

— Pode me ajudar? — pediu.

Ele sorriu, concordando. Aos poucos, foi observando a pele dela aparecer, iluminada pela luz que vinha da janela. Só queria poder gravar cada pedacinho dela na memória. Ajudou Amanda a tirar o vestido e, quando ela estava só de roupa íntima, beijou de leve o ombro da garota, sentindo a pele dela ficar arrepiada. Beijou sua nuca, respirando fundo o perfume, sabendo que nunca esqueceria nenhum segundo que passaram juntos, não importava o que pudesse acontecer dali para a frente.

Amanda se virou de frente para Daniel, desabotoando a camiseta branca dele, enquanto encarava seu sorriso. Ele segurou a mão dela, olhando em seus olhos.

— Você pode desistir a qualquer momento — ele disse, carinhoso. — Não precisa fazer nada que não queira fazer. Vou embora amanhã, mas eu volto.

Ela percebeu que ele estava ansioso e balançou a cabeça, segurando o rosto dele entre as mãos.

— Eu quero você. Quero tudo que eu puder ter, cada minuto que você ainda tiver pra mim — ela falou baixinho, confiante, tocando os lábios dele. O garoto beijou a palma da mão dela, fechando os olhos. — Eu sou mais feliz do seu lado. Desculpa ter demorado pra perceber isso.

— Eu amo você. A gente ainda tem muita coisa pra viver junto.

— Eu também te amo. — Amanda sorriu e voltou a abrir os botões da camiseta dele. — Agora tira essa roupa logo, porque a gente não tem muito tempo!

Daniel soltou uma gargalhada, sentindo o rosto ficar quente, enquanto se levantava para tirar a calça preta. Puxou a mochila que estava jogada do lado da cama e pegou do bolso interno uma camisinha, que entregou na mão dela. Amanda mordeu o lábio, sem conseguir parar de sorrir.

Ele voltou a se ajoelhar na cama, se aproximando dela e encostando a boca dos dois em outro beijo. Ouviam os sons da própria respiração pesada e dos barulhos que soltavam entre os suspiros, e o garoto segurou ela pela nuca com força. Sentiu o corpo dela relaxando, confortável, se deitando na cama e levando-o junto, com calma. Encostou o peito no dela, olhando a garota de cima, apoiado com as mãos ao lado da cabeça. Eles se encararam por algum tempo, sorrindo. Deu alguns beijos pelo rosto dela, sentindo Amanda encaixar as pernas em volta da sua cintura, dando risadinhas divertidas cada vez que os lábios dele encostavam na pele dela. Daniel pegou uma das mãos da garota e colocou em sua bunda, dando uma piscadela e sentindo Amanda apertar o cós da cueca dele.

— Não esquece que você é a única que pode fazer isso — ele disse, e ela deu uma gargalhada. Encostou a boca no pescoço da garota, deixando beijos por onde passava.

Amanda não conseguia se lembrar de nenhum momento que tivesse se sentido mais feliz ou confortável antes. A mão dele percorria seu corpo, e ela sabia que aquilo era muito mais do que sempre tinha sonhado.

Acordou no dia seguinte sentindo o cheiro de Daniel no travesseiro e o corpo pesado e cansado. Sorriu sem perceber. Imagens da noite anterior vieram à tona, e ela abriu os olhos de repente. Piscou diversas vezes, se acostumando com a luz que entrava pela janela, até se dar conta de que estava sozinha na cama. Sentou e encarou o quarto vazio e silencioso. Colocou o vestido rapidamente e foi até o banheiro, mas não tinha ninguém lá. Correu até a cozinha, observando que as malas e caixas não estavam mais na sala, como na noite anterior.

Amanda sentiu os olhos lacrimejarem. Sabia que Daniel ia embora, mas estava torcendo a cada segundo para ser tudo um grande engano. Sentiu o choro preso subir pela na garganta e abaixou a cabeça, deixando as lágrimas caírem sem medo. Estava sozinha?

Viu sua bolsa em cima do sofá da sala, onde provavelmente tinha largado na noite anterior e, ao se aproximar, notou que tinha um bilhete na mesinha. Ela suspirou, vendo a caligrafia de Daniel.

Te amo pra sempre, fofa. Deixe as chaves com o Bruno quando sair.

Ela leu o recado balançando a cabeça e chorando ainda mais do que antes. Abriu a bolsa às pressas, procurando pelo celular, que tinha colocado para carregar na noite anterior. Esperou que ligasse e viu que tinha recebido uma nova mensagem de voz no dia anterior. Franziu a testa, sentando no sofá, lembrando que não tinha mexido no telefone desde antes do baile. Apertou o botão e colocou o aparelho perto do rosto, ouvindo a voz de Daniel.

Eu não sei como te dizer isso, mas todo show de sábado à noite é meu motivo pra te ver. Você não sabe e talvez não queira ouvir isso, mas eu não vou desistir de você. Vou embora amanhã e não sei se a gente vai conseguir se falar antes. Meu voo pro Canadá é bem cedo, tô indo encontrar meus pais. Não sei quando nos veremos de novo. Eu só queria que você soubesse que todos os momentos que passamos juntos foram os melhores de todos. Eu não sou eu sem você. Mas, ao mesmo tempo, eu preciso saber quem você quer ser do meu lado. Eu... Eu preciso ir. "Ela foi embora." Um bom nome para uma música, né? A uma hora dessas, você deve estar achando irônico que quem te deixou fui eu. Espero que possamos nos perdoar com o tempo. Tenho que ir, o show começa daqui a pouco. Se cuida e... olhe à sua volta. Olhe pra nós dois. Podemos ser muito mais do que as pessoas acham que somos, né? Eu amo quem você é. Espero que você possa me amar por quem eu sou também.

Ouviu o apito do fim da mensagem. Chorava copiosamente, sem conter os soluços e as lágrimas. Olhou para a casa vazia de Daniel e sentiu o peito dolorido e triste por ter ganhado tanto em tão pouco tempo, mas ter perdido tanto do mesmo jeito. Ela era mais do que as pessoas achavam que era. Provaria isso para todo mundo. Esperaria por ele. Aprenderia a perdoá-lo por tê-la deixado ali, sozinha. E aprenderia a se perdoar por agora estar ali. Sozinha.

agradecimentos

Este livro tem uma lista muito grande de nomes e vivências que, em todos esses anos, transformaram esta história por completo.

Obrigada ao fandom do McFLY, os Galaxy Defenders, por ter sido o primeiro leitor de *Sábado à noite* há tantos anos. E também aos fãs de *Rebelde*, por terem colocado essa história no Orkut com os nomes dos personagens da novela; eu nunca conheci quem tivesse lido dessa forma, mas sempre achei divertido que tenha acontecido! Obrigada à Naka, Paulinha, Maya e Nica, por serem as primeiras inspirações das protagonistas de SAN. Ao Danny Jones, Tom Fletcher, Dougie Poynter e Harry Judd, por me inspirarem desde sempre a escrever tantas coisas só por saber que vocês existem! As músicas do McFLY estão presentes em cada palavra de *As coisas que eu não disse* e eu não tenho como ser mais grata a eles por toda a minha vida. Obrigada também ao James Bourne e Kevin McDaid, que me deram a inspiração inicial para Fred e Kevin.

Obrigada à equipe do McFLY Addiction, Fanfic Addiction e vários outros portais e leitores, que me deram a oportunidade de conviver e escrever na mesma época em que tantos escritores incríveis de fanfics foram reconhecidos e que vivem até hoje no imaginário de seus leitores. Conheci tanta gente maravilhosa no início dos anos 2000 que eu precisaria escrever um livro todo só para os nomes! Manu, Maya (você vai estar várias vezes aqui), Gabi, Rod, Clara, Livia, Fran, Nanda, Paty, Jessica, Sil, Marina e toda equipe do Mcfly Addiction e FFADD, obrigada por tudo.

Obrigada à Gui Liaga, que foi uma das primeiras pessoas que acreditou em mim e nesta história. Alê, Kenshin, Maya (haha), Brenda, Pedro Bricio, Caio, Pedro4, Matheus e Vitor, agradeço por serem a inspiração principal dos personagens quando precisei reinventar todo mundo para escrever o livro. SAN não seria nada hoje sem o que vocês fizeram lá em 2010! Panda, Rick, Sarah, Pilar, MaryK (eu não resisto haha), Bruno, Fer e todo mundo que fez parte da minha vida e da trajetória dessa história, obrigada. Ao Eduardo Villela, à Tassi, Bel Rodrigues, Pam Gonçalves, Iris Figueiredo, Mel, Pri Cavallaro e tantas outras pessoas incríveis que confiaram em mim, acreditaram nessa história e me ajudaram a colocá-la no mundo. À Dani Lage e às equipes da Universal Music e da BMG, que me apoiaram como fã de McFLY nesses anos todos!

Obrigada à Rejane, Tassi (Taissa Reis), Flávia Lago, com um agradecimento mais do que especial para Adrina, Alê Ruiz e Bruna Ceotto, por tudo que fizeram e pelo apoio nesses últimos anos!

Muito obrigada à Ana Lima, por sempre confiar em mim e me dar a oportunidade de realizar mais esse sonho; à Giuliana e Catarina, da Rocco, que tiveram tanta paciência comigo nesse processo; à Alexia, da Paint, que deu um rosto novo pro Daniel e para o livro, eu sou sua fã! À Mareska e Danuzinha, pelas leituras antecipadas e comentários; obrigada ao Da5vi, Dave, meu amigo, parte da minha família, um dos meus primeiros leitores, resenhistas e inspiração. Te amo, obrigada por fazer parte da minha vida. SAN Crew, vocês sempre serão lembrados!

Obrigada aos leitores que estão comigo desde que são adolescentes — e que hoje são adultos! É incrível poder ter feito e continuar fazendo parte da vida de vocês. Tenho muito orgulho de quem vocês são e de todos os sonhos que construímos juntos esses anos todos. Aos novos leitores, a quem me conheceu com os primeiros livros de SAN ou depois disso, eu sou eternamente grata por cada um que me deu a oportunidade e abriu um pedacinho da vida para o que eu escrevo!

Se você está chegando agora, você também faz parte desses agradecimentos. É pelos leitores que eu continuo fazendo tudo o que eu faço com tanto amor e tanta força de vontade! Obrigada!

Obrigada à minha mãe, que me ajudou a pagar meu lote de livros independentes e que nunca deixou de acreditar em mim. Ao meu pai, que segue sendo inspiração para mim e que sempre me mostrou que a nossa vida é feita de amor e música. Esse vai ser meu lema, para sempre. À minha irmã, que nunca leu esta história, mas que é parte de mim e que emprestou um rosto e uma voz para a história da Amanda. Ao meu irmão, que talvez só vá ler isso daqui a alguns anos, mas que eu amo de todo meu coração. E ao meu namorado, Gab, que me deu tanto apoio na reedição deste livro, segurou minhas pontas e me incentivou nos dias em que eu quis desistir. Obrigada por ser incrível comigo, eu te amo. Aos meus amigos que estão aqui e que são minha base, "home is where the heart is", Sayu, Miki, Eri, Mila, Maya (oi), Alê (de novo), Da5vi (hehe), Val, Nia, Lucas, Bells, Iris, Dayse e tantas pessoas maravilhosas que fazem parte da minha vida, muito obrigada. Eu amo vocês.

Às minhas filhas, Dry, Isa e Bruna, eu vou sempre ser grata a vocês porque este livro não teria ficado pronto se não fosse o amor das três por esta história, defendendo cenas indefensáveis (eu nunca vou entender haha), diálogos que não fazem sentido (mas que vocês acham que faz), clichês que eu queria deletar (e que vocês não deixaram), além de todo suporte emocional que vocês me dão todos os dias. Amo vocês para sempre e tenho muito orgulho de quem são.

Obrigada a tantas pessoas que eu posso não ter citado aqui, mas que passaram pela minha vida e por *As coisas que eu não disse* em algum momento. Todos vocês construíram quem eu sou hoje e vou tentar sempre ser o melhor que eu posso para que esta história continue sendo uma boa lembrança e um abraço quentinho nos dias difíceis.

Com amor e música,
Babi.

Playlist

Baby Dewet

2:30 3:30

1. **Obviously** — McFLY
2. **Met This Girl** — McFLY
3. **That Girl** — McFLY
4. **Scotty Doesn't Know** — Lustra
5. **Walk in the Sun** — McFLY
6. **Get Over You** — McFLY
7. **I've Got You** — McFLY
8. **I'll be Okay** — McFLY
9. **Year 3000** — Busted
10. **Going Through the Motions** — McFLY
11. **That's the Truth** — McFLY
12. **Another Song About Love** — McFLY
13. **Star Girl** — McFLY
14. **Unsaid Things** — McFLY
15. **The Guy Who Turned Her Down** — McFLY
16. **Dare You To Move** — McFLY
17. **Do Ya?** — McFLY
18. **Transylvania** — McFLY
19. **Down By The Lake** — McFLY

20. **Broccoli** — McFLY
21. **Love Is Easy** — McFLY
22. **Something New** — Tom Fletcher
23. **Falling In Love** — McFLY
24. **3AM** — Busted
25. **The Heart Never Lies** — McFLY
26. **Surfer Babe** — McFLY
27. **Home is Where The Heart Is** — McFLY
28. **What I Go To School For** — Busted
29. **Ultraviolet** — McFLY
30. **Ticket Outta Loserville** — Son Of Dork
31. **IF U C Kate** — McFLY
32. **I Wanna Hold You** — McFLY
33. **Happiness** — McFLY
34. **Break Me** — McFLY
35. **5 Colours In Her Hair** — McFLY
36. **Air Guitar** — McBusted
37. **All My Loving** — The Beatles
38. **All About You** — McFLY
39. **Everybody Knows** — McFLY
40. **Bubble Wrap** — McFLY
41. **Don't Know Why** — McFLY
42. **Too Close For Comfort** — McFLY
43. **Hypnotized** — McFLY
44. **Lies** — McFLY
45. **She Left Me** — McFLY

Impressão e Acabamento:
BMF GRÁFICA E EDITORA